Asesino de muertos

Asesino de muertos

Juan Carlos Aldir

Lectorum

México ◆ Miami ◆ Buenos Aires

Asesino de muertos
© Juan Carlos Aldir Doval, 2011

 **Lectorum**

D. R. © Editorial Lectorum, S. A. de C. V., 2011
Centeno 79-A, col. Granjas Esmeralda
C. P. 09810, México, D. F.
Tel. 5581 3202
www.lectorum.com.mx
ventas@lectorum.com.mx

L. D. Books, Inc.
Miami, Florida
sales@ldbooks.com

Lectorum, S. A.
Buenos Aires, Argentina
ventas@lectorum-ugerman.com.ar

Primera edición: enero de 2011
ISBN: 978-607-457-153-0

D.R. © Ilustración y diseño de portada: Ricardo Figueroa Cisneros
(www.ricardofigue.blogspot.com)

Impreso y encuadernado en México.
Printed and bound in Mexico.

A mamá, por volver de donde estabas
(y a la doctora María Elisa por enseñarle el camino de regreso)
A papá, porque aun desde lejos siempre estás ahí
A Lalo, por ser el hermano que nunca tuve
A Ana, por ser la hermana que sí tengo

1

5 de septiembre, en una calle de Polanco

Pobre Esteban: verdaderamente resulta conmovedor verlo carcomerse de angustia. Ahora que también ustedes pueden verlo estarán de acuerdo en que nadie jamás imaginaría que este individuo delgado y nervioso se convertirá en unos cuantos minutos en un eficiente e inquebrantable asesino de muertos.

Las manos le sudan y del estómago le cuelga un pozo sin fondo que le desgarra las entrañas. Nunca imaginó que respirar podría convertirse en un acto tan complejo. Esteban, como todo el mundo, lleva la vida entera respirando de manera natural y automática; pero esta mañana tiene la impresión de que si no se concentra dejará de hacerlo por completo. ¿Alguien habrá muerto por olvidarse de respirar? Es difícil saberlo, aunque suena absurdo. Sin embargo, Esteban siente que sus pulmones están hechos de cuero sin curtir, resecos, tiesos, inflexibles, que apenas le permiten meter el aire suficiente para salvarse de la asfixia. Piensa que quizá esta sensación se debe a que lleva demasiado tiempo metido en el automóvil en espera de que llegue el momento, y el ambiente en el interior se ha vuelto venenoso. Así que decide bajar la ventanilla y sacar la cara pero, salvo el golpe de frío, no nota ninguna mejoría que lo serene y su sensación de estar intentando jalar aire bajo el mar no se modifica en absoluto.

Apaga la radio. Hace ya un buen rato que dejó de prestar atención al noticiario y apenas ahora se vuelve consciente de ese ruido molesto que le martillaba los oídos. Cierra los ojos y se pregunta cómo llegó hasta aquí, pero no consigue recordarlo. Tiene la mente en blanco y no es capaz de pensar en otra cosa que no sea lo que está a punto de hacer. Tampoco puede controlar su cuerpo, que tiembla sin mesura en espasmos irregulares. Como sea, y eso hay que reconocérselo, hoy Esteban ha tenido un alto grado de autocontrol. Cualquier otro en su situación ya se habría echado a correr mandándolo todo al demonio. Quizá estés lleno de valor o quizá simplemente tomas conciencia de que ya es demasiado tarde. Es posible que hace unos cuantos días pudieras haberte arrepentido, haber confesado que no te atreverías, pedir perdón y devolver el anticipo, las armas, el coche, los sobres amarillos, jurar que serías una tumba, que jamás hablarías de esto con nadie y que, incluso, borrarías el recuerdo de los preparativos y que tu vida seguiría como si esto jamás hubiera sucedido. Pero sabes que eso ya no es posible.

Esteban sabe, con una certeza que nunca había experimentado, que el día llegó y que no puede esquivarlo. Sabe que al fin, luego de casi dos semanas de preparativos y dudas, ha llegado el momento de matar al licenciado Joaquín Villegas.

Diario de Elisa, 5 de septiembre

De niña escribía un diario. Bueno, no era propiamente un diario diario, porque no escribía en él todos los días, sino nada más cuando había algo que contar. Sería bonito tener una vida en la que una siempre tiene algo que contar. Una vida en que a una siempre le pasen cosas memorables.

Aunque ahora que lo pienso, escribo este diario ¿para contarle a quién? ¿A mí misma? En teoría una sabe lo que le pasa y no tendría que contárselo. ¿Para contarle a los demás? No. Yo no quiero que otros lean lo que escribo porque una se desnuda, dice sus secretos, confiesa aquello que mantiene oculto en lo más recóndito y privado de la mente, y la gran mayoría de las veces, luego de escribirlo, una se olvida de las cosas y si alguien se lo encuentra y lo lee, entonces esa persona sabrá de mí cosas que ni yo sé y me habré vuelto vulnerable.

Entonces ¿para qué lo escribo? ¡Claro! Para eso, para acordarme de lo que después ya no me voy a acordar. Sí, acabo de descubrirlo; los que escribimos diarios, sean diarios de verdad o no, los escribimos para la memoria. Sí, yo voy a escribir este diario para que mi memoria se acuerde.

Es bastante absurdo que la gran mayoría de las veces la memoria no se acuerde, porque, a fin de cuentas, no sirve para otra cosa.

Una memoria desmemoriada no tiene razón de ser. Es como esa piedra que me robé del río. Ahí, encima de la cómoda, no hace más que recordarme que de niña me llevaron a Cancún. Pero, pensándolo bien, tampoco estoy tan segura de que dormida en el fondo del río sirviera para demasiado. Por más que dicen que es perfecta, a veces no entiendo a la naturaleza. Hay ocasiones en que todo parece que tiene que ver con todo y otras da la impresión de que le sobran o le faltan piezas. Sin duda, esta piedra es de las que le sobran.

Ya fue hace mucho. Tendríamos trece o catorce años, aunque eso tampoco importa. El caso es que los cuatro nos fuimos a Cancún. Es raro porque a todas esas amigas, que también las llevaron, era para estar la mayor parte del tiempo en las famosas playas de arena blanca y mar entre azul y verde que tanto me gustó cuando lo vi desde el avión, y que me recordó una colcha de colores que tenía la abuela. De qué cosas se acuerda una, ¿no? El caso es que, en lugar de disfrutar de la arena y del mar transparente, mis papás decidieron llevarnos a conocer los cenotes, que dizque porque los turistas normales no los visitaban. Supongo que por algo será.

A Esteban le encantó pero a mí, la verdad, no tanto. No es que fueran feos, al contrario. Eran como pequeños oasis enterrados en medio de la nada. Lo que pasa es que el agua estaba demasiado fría y los malditos moscos me dejaron el cuerpo lleno de ronchas y, por culpa de la comezón, no pude dormir, mientras todos roncaban como si fueran felices. Papá y Esteban se pasaban toda la mañana echando competencias de clavados y mamá hojeando sus revistas, mientras yo me aburría, a ratos al sol y a ratos a la sombra para no quemarme tanto porque luego la espalda se me ponía como jitomate ardiente.

Fue justo en un chapuzón para refrescarme cuando me pegué con la piedra en la rodilla y metí la mano al fondo y la saqué para tirarla lejos y que nunca más volviera a descansar en la frescura del fondo, porque ¿de qué otra manera se castiga a una piedra? Pero justo cuando la iba a aventar bien lejos, me di cuenta de que el fondo estaba lleno de piedras igualitas y no estaba segura de que aquella fuera realmente la agresora, así que no la aventé. Luego la revisé por todos lados y me gustó porque parecía un cocol bien aplastadito y decidí llevármela de recuerdo. Ahora que la veo ahí me pregunto si esa piedra no habrá sido creada especialmente para golpear mi rodilla y terminar en la cómoda de mi recámara, para recordarme cuando mis papás nos llevaron a Cancún a mi hermano y a mí.

Ya sé que estoy escribiendo puras tonterías, pero esta clase de recuerdos me relajan. A veces, viajar por el pasado es un descanso; otras, al contrario, somos arrastrados de nuevo al mismo centro de aquel infierno que pensábamos se había quedado atrás. Los recuerdos son traicioneros, porque a veces empiezan siendo bonitos y de pronto se transforman en pesadillas de las que no podemos despertar. Por eso me dan miedo los recuerdos, porque una nunca sabe lo que aparecerá cuando empezamos a desenterrar el pasado.

Posiblemente por eso le doy tantas vueltas a estos renglones. Porque sé que podría empezar por lo que me sucedió hace apenas un rato pero, sin saber cómo, terminar por ahogarme en los pantanos de la memoria. Me senté a escribir estas líneas tratando de recordar cuándo fue la última vez que mi vida fue como era. Justo antes de entrar en este laberinto donde estoy encerrada y del que no tengo la menor idea de cómo voy a salir.

Quizá ese día que busco sea hace exactamente cinco meses, cuando cumplimos treinta y dos años. Papá nos invitó a comer al japonés caro que tanto me gusta. Sin duda que lo escogió por mí. Esteban miraba su plato con asco y, en broma, le dijo a papá que esperaba que le dieran un buen regalo, porque con esos platillos tan insípidos no se daba por celebrado. En realidad fue una comida como muchas otras y en ese momento no me pareció que fuera especial. Lo fue después, lo es ahora que sé que nunca se repetirá.

Mamá estaba contenta y Esteban parecía fastidiado, pero papá, como siempre, nos veía con cierta preocupación. Justo antes del postre sacó su discurso acostumbrado de que hoy cumplen treinta y dos años, ninguno de los dos está casado, ninguno de los dos sabe qué va a hacer con su vida; en fin, lo de cada año.

En parte los entiendo porque ellos a nuestra edad tenían la vida resuelta. Ya estaban casados, ya nos tenían a nosotros, ya sabían lo que harían el resto de sus vidas, mientras que yo me sigo sintiendo como cuando era adolescente y no tengo claro para dónde voy. Supongo que es cosa genética porque Esteban está igual, o peor.

Luego de la comida nos fuimos cada quien a sus cosas. Yo tenía una cita de trabajo a las seis. De haber sabido que era la última vez que éramos una familia, la habría cancelado y me hubiera pasado toda la tarde abrazada a ellos. Bueno, familia como tal lo seguimos siendo, pero ya nada es lo mismo.

Esteban

El día que cumplimos treinta y dos años fuimos al restaurante ese que tanto le gustaba a Elisa. Además llegó tardísimo y puso como excusa que venía de trabajar o qué sé yo...

Trabajaba en una agencia de publicidad, o en varias, nunca lo supe bien. Era "edecán-modelo-demostradora o lo que se ofrezca". Honestamente se lo decía así, burlón, sólo para molestarla, porque la verdad le iba bastante bien y ganaba mucho más que yo. Era bonita, tenía buen cuerpo, era agradable y aún no se le notaba la edad; así que trabajo no le faltaba. Justamente por eso, en aquella época no entendía por qué luego, cuando pasó lo que pasó, me atosigaba tanto con lo de papá. Ella tenía dinero y por eso nunca comprendí por qué le costaba tanto trabajo apoyar en la casa y se dedicaba a hacerme la vida imposible.

Volviendo al cumpleaños, sí, comimos en el sitio ese... lo de siempre, verduras, pollo, huevo, pescado, todo a la parrilla, servido a medio cocer, acompañado con toneladas de arroz y condimentado con salsa de soya. No es que supiera mal pero tampoco era cosa del otro mundo. De no ser por lo dietético, no puedo entender cómo le gustaba tanto; y claro, papá siempre queriéndole dar gusto a su princesa.

Elisa siempre pensó que aquel había sido el último día que fuimos una familia de verdad. No sé... Elisa siempre fue muy exagerada, muy melodramática, pero quizá en este caso tuviera razón. Yo nunca lo pensé así. Es que además yo ese día iba un poco... un poco crudo, es la verdad. No fue mi intención, además yo no sabía lo que pasaría después. Yo no podía imaginar que luego de ese cumpleaños las cosas habrían de complicarse de esa manera. Era miércoles y yo había salido la noche anterior a celebrar con mis amigos. ¿Qué tiene de malo? Se me pasaron las copas, pues sí. No fue la primera ni la última vez.

Hay muchas cosas por las que hoy me siento culpable pero no por lo que sucedió ese día. Simplemente estaba crudo y cansado, y encima me llevaron a un lugar que no me gustaba; sin embargo ahí estuve. Además, en ese momento nadie sabía que la familia se iba a derrumbar. Y en honor a la verdad es bastante patético que tu último recuerdo agradable sea una comida tan sin chiste. Es lo bueno de cuando alguien se va, que por triste que sea lo sabes y te despides y puedes ser emotivo, tomarte fotos, crear una atmósfera especial y hasta llorar; pero cuando simplemente es la última vez y nadie lo sabe, pues no pasa nada, sólo transcurre el tiempo y un día te das cuenta de que eso que te parecía tan aburrido de pronto lo añoras, pero ya no se repetirá más y ni modo. Así que no tengo por qué sentirme culpable de nada. A pesar de mi dolor de cabeza me levanté, asistí a la famosa comida, puse la mejor cara que pude, me comí lo que me pusieron en el plato y traté de no ser grosero con papá cuando empezó con el sermón del futuro próspero, los hijos que no llegan y los trabajos estables y bien pagados.

A toro pasado es muy fácil decir que fue una comida especial y que en el ambiente flotaba un aura distinta que nos iluminó con su destello de belleza; pero no, a mí no me pareció especial en ningún sentido. De hecho, mientras todos hablaban, yo sólo trataba de ordenar mis recuerdos de la noche anterior.

No me resultaba tan fácil recordar. Sabía que primero habíamos ido a cenar; luego al Soho Lounge, donde Boby nos atendió como reyes y bebí demasiado y sentí decenas de cuerpos que pasaban a mi lado y me rozaban y, junto con la calentura del estómago, llegó inevitablemente la calentura sexual.

Lo primero que pude recordar con claridad fue que llegué a casa antes del amanecer y fui débil y volví a caer en lo mismo de otras veces. Me serví un trago más y me senté a revisar el anuncio clasificado. Sabía perfectamente que en cuanto ella se fuera, sentiría el cuerpo hueco y pesado como si fuera de plomo, pero en ese momento me ganaba la calentura y no me importó el después.

Página 17F. Mi índice tembloroso recorrió el diario de arriba abajo. Acaricié el papel con delicadeza, lentamente, de columna en columna, titubeante y ansioso al mismo tiempo: "Yanet: la mejor chica de México. Radiante jovencita universitaria, sin inhibiciones, belleza inimaginable. $2,000.00". Era cierto, no podía imaginarla. Luego vino Perla: "Fresca, radiante, complaciente, 20 años, $1,000.00". Me pareció una opción infinitamente mejor: igual de radiante, pero más barata. "Raúl: 20 centímetros, morenazo de fuego, musculoso y apasionado". No, a eso nunca le hice; juro que no fue el subconsciente, fue el cochino dedo el que me traicionó por culpa de la borrachera. Luego llegué hasta Azul: "Exuberante, con porte y belleza. Sólo para exigentes. $3,000.00". Además de estar fuera de presupuesto, en el idioma del anuncio clasificado "exuberante" es sinónimo de "gorda"; y no, gracias, gordas no. "Montserrat: sólo lo prohibido. Piel, látigo, enemas, sado fantasías". ¿Qué rayos serán los enemas? No, ésta ni hablar. Qué difícil me resultaba escoger, cuando en el fondo sabía que todas eran la misma y que tanto daba Chana que Juana, o más bien Sharon que Jennifer.

De cualquier manera, en doce palabras dispuestas en redacciones estereotipadas y clichés no es posible desentrañar un rostro, un olor, una cadera y un sexo negro y, gracias a Dios, rasurado casi a cero. Escogí a Tanya: "Seamos novios por un momento, servicios de todo tipo, siempre disponible, $1,500.00". Pensé que la que puede darse el lujo de semejante cursilería tenía que ser buena; así que dominé mi cabeza voladora y comencé a marcar aquellos números, aun sabiendo perfectamente lo que sucedería.

Sabía que, por la hora, contestaría una voz somnolienta, que luego de carraspear, pretendería sensualidad y complacencia: "¿Qué, te animas?". Yo preguntaría "¿Qué incluye?". Aun sabiendo de memoria la respuesta: "Tu masaje, tu motivación oral y una relación en las posiciones que quieras". Sonreiría ante mi clarividencia, pero sin dejar de atender a la mujer: "Estaremos juntos, haremos el amor, pasaremos el mejor momento de nuestras vidas y luego me quedaré dormida sobre tu pecho para soñar con que lo hacemos de nuevo". La ñoñez en el anuncio estaba bien, pero ya en la realidad sería un exceso así que no me quedará más remedio que preguntar: "¿Pero vas a ser cachonda?". "¡Uy papi, ya lo verás! Entonces qué... ¿te animas?". Una pregunta más: "¿No estás gorda, verdad?". "¡Uy papi, estoy muy rica. Entonces qué... ¿te animas?". Mis fantasías sexuales se convertirán en un acto de fe y le diría que sí, que viniera.

Tan pronto colgué, un cúmulo de imágenes se superpusieron en mi mente y la excitación me subió por la entrepierna y llegó hasta presionarme el pecho. Juró que llegaría en veinte minutos pero tardó cincuenta y cinco. Me tomé dos copas más y cada minuto que transcurría tenía menos fuerza. Ya había pasado el momento de euforia y tuvieron que sonar muchos timbrazos para sacarme de mi letargo. Apenas pude refrescarme la cara mientras Tanya subía los tres pisos en el viejo elevador. Me miré al espejo con la cara goteando y traté de encontrar entre los escombros de mi borrachera la excitación perdida.

Abrí la puerta y Tanya resultó ser mayor que yo. Me enseñó los dientes chuecos y esbozó una sonrisa acartonada mientras se acomodaba la melena rubia, sumergiendo los dedos en las raíces oscuras. La miré de arriba abajo. La blusa morada, los jeans anticuados y la cintura inexistente. Me di cuenta de lo poco que valen mil quinientos pesos. "Es que el taxi no daba con el zaguán". Tampoco había mucho más que decir. Entró, y a su paso dejó una estela de perfume barato que saturó el ambiente volviéndolo rojizo y artificial. Le di su dinero y, mientras lo contó, me serví un ron derecho que me tomé de golpe para que me taladrara la garganta y le devolviera al estómago ese suave cosquilleo caliente que tanta falta me hacía.

"¿Aquí o dónde, mi amor?". La llevé a la habitación y apagué la luz porque la penumbra del amanecer era suficiente para observarla quitarse la ropa de manera mecánica, mientras me preguntaba si vivía solo y si no tenía novia. Eran preguntas extrañas para la ocasión, pero se las contesté mientras ella me miraba de pie en medio del cuarto, con su desnudez cruda, violenta, descarnada.

Hizo lo que siempre hace. Me ayudó a quitarme la ropa, repitiendo frases hechas que supuestamente debían excitarme. Ya estaba arrepentido pero no había vuelta atrás así que me tendí sobre la cama. Me acarició con manos sudorosas el pecho y el vientre, mientras yo le estrujé los senos caídos y llenos de estrías. Ella tomó mi sexo con las yemas y poco a poco comenzó a acariciarlo. Se inclinó sobre mí y sentí sus cabellos tiesos rozándome la cadera, y luego, unos labios capaces que lo recorrían de lado a lado y por momentos succionaba acompasadamente y de pronto lo acariciaba con la lengua y yo me abandoné a la sensación y la sangre saturó los conductos y la erección finalmente fue completa.

Con maestría de prestidigitador viejo me puso un condón que no supe de dónde salió y antes de darme cuenta estaba sobre mí, mostrándome su cuerpo robusto y flácido rebotar contra mi pelvis. Mientras tanto, yo cerré los ojos y pensé en Mari Paz. Por un instante regresé a los tiempos cuando hacíamos el amor sobre esa misma cama y sudábamos como esclavos y nos retorcíamos de placer. Finalmente llegó un espasmo violento y el orgasmo restaurador me devolvió la calma.

"¿Ya?". No sé si lo dijo con alivio o con sorpresa. Yo abrí los ojos tratando de recuperar el aliento y no respondí pero con un movimiento lateral la obligué a que me liberara. Entré al baño y volví a enjuagarme la cara. Cuando salí, ya estaba vestida. Me pidió cien pesos más para el taxi. Yo no pensaba discutir por eso, así que se los di de inmediato. Cien pesos era poca cosa con tal de que se fuera lo antes posible y me dejara como a fin de cuentas me dejó: más solo que nunca.

Al cerrar la puerta sentí que me mareaba la resaca. Ya había amanecido. Comenzaban a escucharse ruidos de miércoles por todo el edificio. Entré en la regadera porque no podía acostarme oliendo así, oliendo a ella, a Tanya, a perfume barato de jazmín, a ron y a humo de cigarro. Los chorros de agua se llevaron la noche anterior y me fui a la cama porque en un rato tendría una comida familiar en la que mi hermana y yo celebraríamos nuestros treinta y dos años.

5 de septiembre, en una calle de Polanco

Son las siete de la mañana con cincuenta y cuatro minutos. Esteban ha venido todos los días de la última semana a confirmar los hábitos de la futura víctima, que le fueron descritos a detalle en la información contenida en el primer sobre amarillo. A juzgar por la puntualidad habitual, faltan sólo seis minutos para que su muerto salga del estacionamiento del edificio, manejando el Mercedes blanco con rumbo a su oficina.

En el último sobre le señalaron esta fecha para llevar a cabo la ejecución. Alguien, en algún lugar indeterminado, había decidido la suerte de aquel hombre y Esteban es ahora el instrumento para que ese futuro de muerte se materialice. Al licenciado Villegas le quedan seis minutos de vida y ya nada puede cambiar ese hecho virtualmente consumado. Esteban se pregunta si ese breve futuro, que aún no sucede, es parte de la realidad o si ésta se funda como real luego de acontecer, pero no sabe responderse. Lo único que tiene claro es que en seis minutos el licenciado Joaquín Villegas habrá de morir.

Por ser el día señalado, Esteban llegó mucho más temprano que las veces anteriores. Por un lado, está el bloqueo sobre la avenida Reforma que desde hace poco menos de mes y medio lleva a cabo la gente del candidato a la presidencia que se siente despojado de su triunfo, y que parte materialmente a la ciudad en dos, dejando apenas una o dos calles por donde, los que están de un lado, pueden cruzar al otro. Él, que vive del lado opuesto a esa frontera coyuntural que habita el licenciado Joaquín Villegas, se vio obligado a ser previsor para que nada le impidiera llegar a Polanco con el tiempo de sobra para preparar los últimos detalles de su misión. Por otro lado, el automóvil en el que viene no es el suyo. En el sobre amarillo le habían dado sus características, le avisaban que lo encontraría estacionado en la esquina de su casa y que las llaves estarían sobre la llanta delantera del lado del conductor. Así fue. También le indicaban que después, sin prisas ni sobresaltos, debía entregarlo en un taller mecánico ubicado en la colonia Doctores. Esto implicará volver a cruzar la frontera temporal en una hora mucho más conflictiva. Pero de eso ya se encargará en su momento; por ahora lo único que le importa es lograr con éxito la ejecución del licenciado Joaquín Villegas.

Aún no eran las cinco y veinte de la mañana cuando dio vuelta en la esquina de esta calle. Tuvo que esperar más de una hora para que saliera el coche verde y se desocupara el lugar preciso donde debía estacionarse. Él mismo lo escogió en sus visitas anteriores. Le pareció el lugar ideal porque le permite simultáneamente estar cerca de la víctima y una ruta de fuga sin contratiempos, pero debía aguardar a que a eso de las seis y veinte bajara, como cada mañana, el joven de la mochila deportiva que partiría, seguramente, rumbo al gimnasio.

Esteban es novato en los oficios del crimen pero no carece del todo de sentido común y por eso, aunque podría parecer imprudente, trae consigo una libreta donde anota cada cosa que debe hacer, para que no se le olvide nada. Sabe que la libreta es un riesgo en sí misma y, por eso, el primer punto que anotó fue: "No dejar esta libreta en el coche cuando lo abandone". Parece una obviedad, una tontería, pero Esteban no sabe cómo pueden venir los acontecimientos y es mejor prevenir. Le pareció que consignar todo de manera ordenada y puntual le permitiría no cometer errores y al final el tiempo le dará la razón.

A Esteban la información sobre este trabajo le llegó en dos sobres amarillos. El primero, dos semanas antes le señalaba el domicilio, los datos de la víctima, el auto que solía usar, la dirección de su oficina y demás puntualizaciones pertinentes que debía tener en la cabeza para no cometer errores; pero lo que más le impresionó fue la foto. Se trataba de un hombre de mediana edad, con barba de candado y mirada poderosa y llena de autoridad. Vestía un traje azul marino y sonreía posando con dos señoras de sociedad en un coctel de beneficencia. Lo del coctel de beneficencia era invención de Esteban. Le pareció que una fiesta en busca de donativos con finalidades altruistas era una buena razón para colocarse en medio de esas dos mujeres encopetadas y sonreír como si la dicha fuera eterna. Además de la foto, venía una lista de actividades probables y le sugerían cómo, dónde y los horarios de vigilancia para que se familiarizara con el entorno.

El segundo sobre, que en realidad era un paquete grande, le llegó una semana antes. Ahí venían, entre otras cosas, la hora y la fecha precisa para ejecutar al hombre, el sitio exacto desde dónde debía hacerlo y un sinnúmero de precisiones milimétricas que lo hicieron sentir un poco estúpido. Luego entendió que quizá toda esa minuciosidad se debía a que era principiante y que, si lo dejaban a su criterio, podría escoger mal. Ni hablar, Esteban, el que sabe, sabe. Poco a poco comenzó a darse cuenta de que seleccionar el lugar y el momento adecuado es la mitad del trabajo. Tener de tu lado la sorpresa, las circunstancias favorables y el sitio preciso, reduce las posibilidades de errores y complicaciones futuras.

Anoche, luego de cenar un sándwich con pan reseco y un vaso de leche, Esteban pasó dos horas mirando la foto de su víctima.

Los primeros días sólo la miraba de reojo, pero ahora quiso grabársela en la mente, quiso asimilar cada arruga, cada milímetro de esa papada que comenzaba a colgarse por mandatos de la edad, cada ceja, cada diente de esa sonrisa confiada.

Ahora vuelve a repasarla. Son las siete cincuenta y seis y ya sólo quedan cuatro minutos, así que la coloca sobre el volante y la mira fijamente. No quiere equivocarse. Sabe que una cosa es matar a un muerto y otra muy distinta matar a un vivo, y era todavía peor si aquello sucedía por accidente.

Esteban sabe, porque lo ha pensado mucho durante los últimos días, que no hay nada más estúpido que matar por accidente. Matar a alguien sin querer es absurdo; apenas un paso atrás de matarse a uno mismo sin darse cuenta. Un suicidio involuntario es sin duda el acto imbécil por excelencia y de pronto piensa en esas quizá miles de personas que han muerto por comer un camarón podrido, o por cruzar la calle sin fijarse, o por quedarse dormidos con un cigarro en la mano. Es un destino idiota y sólo puede pasarle a un débil mental; pero no a ti que eres metódico y cuidadoso.

Los segundos pasan más lentos que nunca, así que una vez más repasa su libreta. A las 6:37 había salido el Audi azul. Arrancó a toda prisa porque, se entiende, llevaba siete minutos de retraso. Salía a la misma hora martes y jueves pero en ninguno de los días anteriores la había podido ver con claridad. Sin embargo sabe que ahí viajaba Laura, la hija del muerto. Sonríes porque eres consciente de que técnicamente aún no lo está, pero el licenciado Joaquín Villegas es un muerto que no sabe que lo es y sólo está esperando a que den las ocho para serlo oficialmente, y que todo mundo lo sepa como ahora lo sabe Esteban. Faltan tres minutos para que incluso el mismo licenciado Villegas lo sepa.

¿Cómo serán los segundos previos a la muerte? Claro que hay muchos tipos de muerte. Hay aquellos que agonizan y saben qué viene, pero hay otros, como el licenciado Villegas a los que la muerte les llega de manera súbita e inesperada. De pronto piensas en tu padre pero sabes que ése es un mal ejemplo porque tu padre no está muerto; incluso él sabe que no está muerto. Sin duda es esa conciencia de vida la que le llena los ojos de desesperación y tristeza. Seguramente tu padre prefiere morir, pero ya ni siquiera eso puede hacer por sí mismo.

Esteban se concentra una vez más en la foto del licenciado Joaquín Villegas. Lo más probable es que ni siquiera se lo espere, que ni siquiera lo imagine, aunque nunca falta el presentimiento, el hueco inexplicable en el estómago o el mal sueño que pone a las persona sobre aviso de que algo no marcha bien, de que algo ha dejado de ser como ha sido todos los días anteriores desde el mismo día de nacer.

No, Esteban prefiere suponer que no lo espera y que en ese preciso momento el licenciado Joaquín Villegas se lava los dientes mientras hace planes que jamás se concretarán. Quizá se imagine a sí mismo el próximo domingo en su casa de Cocoyoc, comiendo junto a la alberca con sus hijas y nietos, o quizá se imagine durante el próximo fin de año en Las Vegas jugando al golf y al bacará, o quizá se visualice en la más tierna ancianidad, sentado al sol armando aviones en miniatura. Esteban sabe que nada de esto habrá de suceder y repentinamente se siente inundado de un tremendo poder que le recorre el cuerpo. Pero recapacitas y te das cuenta de que el verdadero poder no es tuyo, sino de aquellos que decidieron y te pagaron para que lo hicieras. No eres un despiadado y por eso harás lo posible para que el licenciado Villegas muera sin darse cuenta. Pero ¿de veras puede suponer que llegará a la vejez luego de joder a quien no debía? ¿De verdad supone que saldrá impune luego de jugarle chueco a esos que ni tú sabes quiénes son pero que sin duda son esa clase de gente con la que no se juega? No, eso sería demasiado ingenuo y, aunque no lo conoces, no crees que el licenciado Villegas sea un ingenuo. Estás convencido de que sabe lo que hizo y no es descabellado suponer que cada día sale de casa en espera que llegues tú, o cualquier otro, y consume lo inevitable.

Esteban

En la noche previa a mi cumpleaños número treinta y dos, Reinaldo me organizó una cena con amigos en un restaurante italiano de Insurgentes.

Luego Reinaldo y yo fuimos al Soho Lounge donde tenían la presentación de un nuevo vodka. El gerente era Boby, que nos recibió como invitados de lujo. Nos dio una buena mesa, nos mandó de cortesía una botella del vodka en cuestión y hasta nos presentó a unas amigas. Para ese momento comencé a sentir un leve mareo, pero como aún era la parte divertida no le di importancia y continué bebiendo. Los destellos de luz y el *beat*, repetido hasta el infinito de la música electrónica, me daban la impresión de estar padeciendo alucinaciones. En un momento veía la cara de la amiga que me tocó, como la de una niña linda y sonriente, pero un instante después la veía con el rostro desfigurado, con las cuencas vacías y la expresión marcada por unos dientes violetas que brillaban terroríficamente cada vez que sonreía. Traté de ignorarlo. Traté de imponer mi voluntad al mareo y reía y continuaba bebiendo, hasta que sentí unas ganas impostergables de orinar.

Reinaldo sabía que no me gustaba meterme coca pero seguramente me vio tan mal que me puso un papel en la mano. Yo se lo devolví haciendo una caravana exagerada de agradecimiento. Partí rumbo al baño y estoy seguro que fue en ese camino donde se inició la excitación que me perdió al final de la noche. Atravesé aquel salón lleno de gente. Pasé entre los cuerpos de mujeres que rozaba en cada paso y sentí nalgas y pechos y brazos húmedos de sudor y los "con permisos" servían de excusa perfecta para acercarles mi sexo y forzar la caricia involuntaria y poco a poco sentir el cosquilleo que culmina en una erección feliz.

Salí de aquel laberinto humano con una sonrisa. Volví la vista para contemplar el camino andado que como por arte de magia desapareció en cuanto lo traspasé. Me alentó darme cuenta de que el regreso prometía nuevas rutas, experiencias, roces, pieles mojadas y "con permisos" prometedores.

Al entrar al baño se me desvaneció la sonrisa al encontrarme de frente con Diego. Nos saludamos con cortesía. Yo entendía que él no tuvo la culpa de nada, pero al verlo recordé irremediablemente la mirada profunda de Mari Paz. Me mordí los labios para no preguntarle por ella. Era lo evidente, lo natural; pero no le daría le gusto de que, cuando viera a su hermana, le dijera que pregunté por ella. Sin duda querría saber cómo me vio y él trataría de interpretar mi semblante y seguramente le diría: "se ve que te extraña" o "se moría por saber de ti" y, aunque era cierto, no les pensaba dar esa satisfacción. Incluso preferí considerarla como una pequeña victoria cuando le dijera que nos encontramos pero que ni siquiera la mencioné. Seguramente Mari Paz quedaría desconcertada y yo satisfecho.

Me despedí de Diego con un apretón de manos y con una sonrisa fingida, pero en cuanto salió me atacó la certeza inquebrantable de que Mari Paz también estaba en el bar e incluso que venía acompañada del imbécil por el que me cambió. Aquello era demasiado para mí y sentía que no podría resistirlo. Traté de calmarme pero el camino de vuelta a la mesa se convirtió en una condena donde trataba de no verla en cada rostro, donde cada "con permiso" se volvió una tortura y durante todo el trayecto miré de un lado a otro como el más enfermo de los paranoicos. Finalmente regresé a la mesa y continué bebiendo hasta retomar al estado festivo. No volví a pensar en Mari Paz hasta más tarde, mientras retozaba sobre mi·cama con una desconocida de alquiler.

Reinaldo

Pues sí, no sé dónde lo habrán oído, pero así fue. Yo era un pobre "come-cuando-hay" que por venir de una familia jodida tuve que romperme la madre para abrirme camino. Pero un día me armé de güevos y me aventé el tiro de secuestrar a la mamá muerta de un pinche comandante ojete; y desde entonces la vida me empezó a sonreír. Pero no se impacienten, culeros, si de veras quieren saberlo, ya llegaremos ahí... cada cosa a su tiempo.

La neta, no sé qué pedo... no sé quiénes son ustedes, de dónde salen esas voces... Estoy aturdido, mareado, hecho un verdadero pendejo. Hay un chingo de cosas que no recuerdo... Pero de esto sí, así que voy a seguirle para ver si en medio del choro me vienen todas las ideas y me siento de nuevo como siempre.

Nunca me ha gustado quejarme y mucho menos arrepentirme de nada, porque arrepentirse de lo que uno hace es de puñales y de pendejos. Puñal nunca he sido y pendejo sólo unas cuantas veces; pero eso sí, siempre sin querer.

Lo de estudiar nunca se me dio. Las clases me aburrían y las tareas me daban una güeva espectacular y si terminé la prepa fue a base de puras mañas. Pero no lo digo como algo malo, al contrario. Para vivir en México la maña es indispensable y yo fui precoz y la aprendí desde temprano, no que otros tienen que ir a aprenderlas hasta la universidad, o incluso hasta la maestría. También están los que nunca las aprenden y así les va. O si no, ustedes díganme a qué van los abogados a la universidad si no es a volverse mañosos, eso sí, siempre dentro de la ley.

Yo debí de ser abogado para hacer que se respetara la ley... ¡Ah, verdad!... ¡La ley mis güevos! La ley es aquello que tienes que hacer para sobrevivir y que si no haces te lleva la chingada; aquello que tienes que ejecutar para sacar la cabeza por arriba de los otros y poder ver el panorama; eso es la ley. ¿De qué sirven la ley y las reglas y todas esas mamadas si al final, de cualquier manera, gana el más fuerte? Supongo que así ha de ser en todos lados, sólo que aquí somos más descarados o más honestos, claro, según se vea.

Ahora que si quieres ser un verdadero ojete, la cosa consiste en ser un buen mañoso. Pero lo más importante es saber cuándo y con quiénes no serlo jamás. Por eso hay tanto muerto a lo pendejo, porque quieren vivir de la maña pero son mañosos de tiempo completo y así no se puede. Este negocio es muy delicado y tiene sus reglas y si no se cumplen, más temprano que tarde te lleva la chingada. Para vivir así hay que saber tener palabra, hay que saber prometer, hay que saber a quién sí y a quién no se le promete; y lo más importante, hay que saber cumplir. En el mundo de los verdaderos culeros no te vale para nada el dinero, ni las armas, ni las influencias si no tienes lealtad, si no tienes palabra, porque de otra forma la gente no sabe a qué atenerse contigo. Si eres solamente un mañoso cualquiera, por más cabrón que te creas, puedes estar seguro de que acabarás encajuelado y sin cabeza.

Como pueden ver, a pesar de mi origen no salí tan pinche feo y cuando por cosas de la chamba estoy rodeado de gente bien, me sé comportar como ellos, hablar como ellos, vestirme como ellos; en una palabra, dar el gatazo, para que, si no me van a aceptar del todo, por lo menos que no me tengan repele. Son cosas que se aprenden y que si quieres sobrevivir en ese medio las tienes que saber. En un pinche país como éste, donde la apariencia lo es todo, no ser un pinche prieto culero te puede abrir muchas puertas.

Cuando empecé a ir a la secundaria fue la época en que papá estuvo menos muerto de hambre y me pudo meter en una escuela privada de medio pelo. Por ahí de segundo empecé a ir a las tardeadas. Luego de varias semanas le caí en gracia a Johnny y me dio chance de ganarme una lanita. Me daba diez pesos por cada boleto que le vendiera a los pendejos de mis compañeros. Además de que todos me trataban como si fuera parte del *staff*, me dejaban recibir a mis "clientes" y levantarles la cadena para que vieran quién era el chingón de toda la escuela. Luego, para quedar bien conmigo, los ojetes me invitaban una cuba en cada mesa, y sin gastar un solo varo me ponía la peda de mi vida cada ocho días. Ahora me doy cuenta que sí, que en algún momento conocí la verdadera felicidad sin necesidad de depender de nadie.

Luego, ya en tercero, llegaron las vacaciones y como parte del equipo me fui con la banda a Acapulco a trabajar en el antro que el mismo dueño tenía allá. De día íbamos a la playa y yo era el encargado de comprar las chelas y la mota; de noche, aunque apenas tenía catorce años, me metieron de bar tender sirviendo tragos y agarrándome a una que otra gringuita y dándole lo suyo encima del refrigerador de cerveza, oculto en la bodega del fondo. Fueron tiempos chidos, sin responsabilidades; los jefes me valían y sólo me importaban las propinas, los tragos y atascarme a cuanto bizcocho aflojara.

Así debí quedarme, pero no: yo quería progresar. Qué fácil hubiera sido seguir siempre así. Cumplir treinta, treinta y cinco, cuarenta y continuar igual, sin estrés, sin riesgos; pero uno se deja llevar por la ambición y cuando eso pasa, más tarde o más temprano, las cosas se acaban por chingar.

El gerente era Maicol. No podía quitarle la vista de encima toda la noche y no porque yo fuera puñal, sino porque quería ser así, como él. Lo admiraba y lo envidiaba al mismo tiempo. Siempre estaba en la mejor mesa, todas querían con él y a su lado todo eran risas y desmadre. Tenía un convertible rojo y me llevó dos veces con él a dar la vuelta por la costera. Claro que yo quería ser Maicol; ¿quién chingados no?

Ya de regreso le pedí trabajo fijo a Johnny, que era el gerente de México. "No mames, Rei, si estás bien chavo". Y aunque era cierto, se ve que le caí bien, porque me dio un trabajo igualito al que tenía en Acapulco; claro que sin gringas, pero no importaba porque, aunque bien pinches prietas, había muchas del país que tampoco estaban tan mal.

Pasaron los años y continué recorriendo diferentes puestos hasta que me ofrecieron una buena oportunidad quedándome de planta en Acapulco. Mis jefes se colgaron de la lámpara porque boté la escuela, pero a mí me valió madres. Pasé ocho meses ahí. Los primeros cinco fueron excelentes, pero cuando Maicol se fue a vivir a Miami con su nueva esposa rica que se consiguió en un *spring break*, su puesto se lo dieron a Boby, que se arrastró lo suficiente para convencer al dueño. Hasta ese momento había sido mi mejor amigo, pero a partir de su ascenso no había quién lo aguantara.

Para mi fortuna un buen día apareció Pepe. Gastaba a lo cabrón y yo le guardaba la mesa y lo trataba como rey por las propinas que daba. El caso es que luego me enteré de que pensaba abrir un negocio en la capital y en una peda me ofreció la gerencia. Desde luego que tomé la ocasión e incluso, con el tiempo, logré ganarme su confianza al grado de que me dejó entrar en los "negocios" de verdad y las cosas mejoraron aún más.

Durante un buen tiempo me obsesionó la idea de que, a pesar de que llegué a ser gerente como Maicol, de alguna manera, en el fondo, me daba cuenta de que había una gran diferencia. No sé explicarla y además tampoco puedo decir que me metí en sus tripas para saber lo que sentía, pero yo estaba convencido de que nunca fuimos iguales. Los dos éramos gerentes, los dos teníamos dinero, a los dos nos sobraban las nalguitas, pero él parecía ser siempre feliz, mientras que para mí el tiempo entre domingo y jueves pasaba con una lentitud devastadora. Por más que me levantaba tarde, que iba al *gym*, que veía todas las películas de la cartelera, el tiempo fuera del antro transcurría a una velocidad diferente. Me aventaba todos los videos de MTV, me fumaba un churro, me tomaba un whisky derecho; pero yo sólo deseaba que fuera jueves en la noche para volver a ser yo, para que me respetaran, para que todos quisieran ser mis amigos, para que ninguna mujer me volteara la cara cuando quisiera darle un beso.

Maicol parecía ser siempre Maicol. Todos los días con esa sonrisa, con sus lentes negros paseando en su convertible y rodeado de mujeres y de alcohol; mientras que yo sentía que fuera del antro no era nadie. Que nadie me volteaba a ver, que nadie se interesaba por mí, que a nadie le preocupaba en lo absoluto si yo vivía o moría. A menos, claro, que fuera viernes en la noche y quisieran pasar a su amiga gorda en la cadena o quisieran un trago de cortesía o desearan pedirme que les pusiera una pinche canción. Ahí yo era el rey, ahí se hacía mi voluntad, ahí eran mis terrenos y yo ordenaba y todos se sometían a mi mandato como si hablara el Papa. Por eso odiaba los putos domingos y los lunes y los pinches martes y los miércoles, porque, como Drácula, tenía que encerrarme en mi sarcófago para esperar que fuera de noche, que empezara mi noche particular de la que era dueño absoluto.

5 de septiembre, en una calle de Polanco

Son las siete cincuenta y siete de la mañana. Faltan tres minutos para que Esteban asesine al licenciado Joaquín Villegas. Ha empezado la etapa final. Revisas por última vez tu libreta y enciendes el motor. Tienes planeado dejarlo así para facilitar la fuga. Te bajas del coche y el aire de la mañana te golpea en la cara. Ya que te adaptas lo sientes fresco y te gusta, pero ahora te tiemblan las piernas de una manera que no puedes controlar. Miras hacia todos lados y de pronto caes en la cuenta de lo ridículo que te ves con esa gabardina negra, esa bufanda, esos lentes y tu gorro ceñido a las cejas. Eres la definición visual de sospechoso pero ya nada se puede hacer.

Para tu fortuna nadie camina por esta calle y sólo de vez en cuando pasa algún coche ocupado en sus asuntos y al cual le das la espalda para no mirarlo. Es una suerte que el licenciado Villegas viva justo en una de las calles menos transitadas de Polanco. Por un instante te imaginas cómo serían las cosas si esto tuvieras que hacerlo en alguna de las avenidas aledañas, llenas de coches, bocinas y un hervidero de peatones que se apuran para no llegar tarde a trabajar. Aquí no sucede eso. Sólo hay edificios de departamentos a ambos lados de la calle y muy poco movimiento a esta hora de la mañana.

Abres la cajuela y volteas a todos lados. Quitas el seguro al cuerno de chivo que te mandaron junto con el cargador, la granada, la pistola y la orden para ejecutar al licenciado Joaquín Villegas. Tomas el rifle y lo escondes en la gabardina; con la otra mano metes la granada al bolsillo.

Son siete cincuenta y nueve. El corazón se te sale del pecho; giras sobre tu eje y te pones en posición. Desde este poste Joaquín Villegas no te verá venir. El tiempo es eterno. ¿Qué es un minuto? ¿Qué son cinco minutos? ¿Qué es la eternidad? Nada, no se sabe, quizá sólo se pueda imaginar si sabemos quién lo cuenta. Son las ocho con dos minutos y te saca de tus divagaciones un ruido sordo. Se activa de pronto el mecanismo de la puerta eléctrica del estacionamiento y lentamente comienza a deslizarse de izquierda a derecha sobre un riel que emite un rechinido que parece más un lamento, un grito que sale del infierno donde un alma como la tuya se quema sin remedio. Se enciende un motor.

Mientras la puerta continúa con su lento recorrido esbozas una sonrisa que no termina de concretarse porque recuerdas que sentiste el mismo terror cuando, hace ya tiempo, le dirigiste la palabra por primera vez a Mari Paz. ¿Será posible que acercarse a una mujer que te gusta y matar a un muerto sean emociones para las que tu cuerpo reacciona de manera similar? Quizá el sistema nervioso y el laboratorio de bioquímica del cuerpo humano no entiendan la diferencia entre el amor y el odio, o peor aún piensen que es lo mismo. Temblor de piernas, corazón desbocado, agujero en el estómago, resequedad de boca, en fin... lo mismo, pero ahora todo eso no importa porque son las ocho de la mañana con dos minutos y ya no tienes tiempo para pensamientos estúpidos. Jamás una puerta había tardado tanto tiempo en abrirse. Estás seguro de que ayer mismo se abrió más de prisa, de que hace apenas un rato, a las seis treinta y siete de la mañana cuando salió el Audi azul a toda prisa, las rejas corrieron sobre su riel por lo menos al doble de velocidad.

Pero ya no te distraigas; que las rejas hagan lo que mejor les parezca y tú dedícate a lo tuyo. Es más productivo que repases una vez más los detalles: el seguro está abierto, el arma lista, el dedo en el gatillo, la granada en el bolsillo izquierdo, el piso tiembla, pero eso no tiene remedio. Recuerda lo que te recomendaban en el sobre amarillo: con seguridad y firmeza, sin aspavientos, sin distracciones, sin voltear para ningún lado, porque eso ya no importa, la mirada en el licenciado Villegas y su ventanilla y tranquilo, porque para cuando te vea ya no podrá hacer nada. Todo será cuestión de segundos.

El muerto quiere morir con buena apariencia y, antes de poner en "D" la transmisión automática del vehículo, se ajusta la corbata en el espejo de vanidad y saca de la guantera unos lentes de sol que se coloca con elegancia, a pesar de que hoy amaneció nublado. Así son los muertos de impredecibles, y en última instancia cada quien muere como quiere, o como puede.

Última mirada. Al principio de la calle viene una pareja madura caminando pero la distancia es suficiente para que les resulte imposible describir al asesino. Ojalá que el licenciado Villegas se apure y salga a morir de una vez. La ciudad se quedó sin aire, sin oxígeno y las sienes te retumban más que nunca cuando al fin el vehículo comienza su lento desplazamiento hacia la calle.

Conduce con cuidado. Tiene que salir con exagerada lentitud para no raspar el *espoiler* delantero con el vado que provoca el desnivel entre la calle y el piso del estacionamiento; precaución, quién lo dijera, que trabaja en perjuicio del licenciado Villegas. Esteban espera de su lado, en su marca, en el pedazo de banqueta preciso donde obtiene el ángulo justo para el disparo mortal. Al fin todo se sincroniza. El coche del licenciado Villegas pasa por donde debía, el ángulo es perfecto y Esteban apunta a la cabeza, sujeta con firmeza y jala del gatillo.

Quieres matarlo rápido. No tienes ningún interés en que sufra; lo ideal sería que ni siquiera se dé cuenta de lo que pasó y ya después, toda la desmesura, toda la exageración que te encomendaron será simplemente parte del circo que es necesario crear. Tú sólo tienes que matar a un muerto, no martirizar a un vivo; que no se entere, que siga soñando con sus nietos, con la casa de Cocoyoc, con el golf, con los aviones para armar, que siga repasando sus pendientes, los escritos que debía elaborar hoy porque se agotan los plazos que le dio el juzgado, que siga pensando en estrategias novedosas para ganar los casos que tiene en litigio, que muera pronto y que así tú tampoco sientas nada por la carnicería que te mandaron hacer.

En el sobre amarillo te lo explican con detalle. No sólo estás aquí para matar a un muerto, sino para mandar un mensaje para los que aún se creen vivos. Para que aquellos que están jugando con fuego pongan sus barbas a remojar y entiendan que todas las acciones tienen una consecuencia.

En este preciso instante estás matando a Joaquín Villegas. Tienes muy presente que la mitad del cargador tiene que esparcirse por su cuerpo. La ventanilla ya se hizo polvo y le rocías el pecho y la cabeza. No quieres ver el amasijo de sangre que se forma sobre las vestiduras de piel gris. Ahora continúas con el resto del coche, tiene que ser brutal, tiene que quedar claro quién tiene el poder y la desproporción. Las balas perforan el cofre, las puertas, las llantas; todo tiene que quedar lleno de agujeros como decían las instrucciones que te llegaron dentro del último sobre amarillo. Ahora una ráfaga breve sobre la entrada peatonal del edificio, las puertas metálicas del estacionamiento y algunos de los coches de alrededor, que deben terminar también con algún orificio, para que siempre recuerden lo que sucedió esa mañana.

No puedes olvidar la cereza del pastel. Ahora sacas del bolsillo izquierdo la granada. Quitas el seguro, el automóvil continúa con su lenta marcha frente a ti y en el momento justo la introduces. El vehículo sigue su camino hasta detenerse con otro que está estacionado en la acera de enfrente. Tal y como preveías, el coche del licenciado Joaquín Villegas se atraviesa en la calle y forma una barricada infranqueable y así nadie te podrá seguir.

Los nervios te juegan una mala pasada y sientes que miles de ojos te observan, te reconocen, te señalan y te identifican aún a través de la bufanda, la gabardina y el gorro ceñido a las cejas. Corres al automóvil pero olvidas que habías dejado la cajuela entreabierta para meter el rifle, y lo lanzas sobre el asiento del copiloto. Arrancas y, en cuanto volteas y lo ves, sabes que has cometido un error, quizá el primero pero sin duda uno muy grave. Te falta la serenidad para detenerte y corregir las cosas; quieres irte de ahí lo antes posible, pero llegas a la esquina y te toca la luz roja. El tráfico es el normal de Polanco de un martes a las ocho y diez de la mañana. El verde tarda una eternidad y tienes un sobresalto de muerte cuando sientes unos golpes en la ventanilla. Es una mujer que quiere decirte que llevas la cajuela abierta pero da un largo paso hacia atrás cuando observa el rifle sobre el asiento.

No puedes esperar más y arrancas y, por obra de un extraño milagro, consigues atravesar la avenida de camellón sin impactarte contra nadie. Ahora sigues por una calle de poco tráfico. Empiezas a revolverte sobre el asiento para quitarte el gorro, la bufanda y la gabardina y con ellas cubres el arma. La cajuela sigue abierta y no tienes la menor idea de si la mujer huyó despavorida agradeciendo que la dejaras vivir o corrió en busca de un policía para explicarle lo sucedido y pedir que te dieran alcance.

La orden que leíste en el sobre amarillo era que, luego de la ejecución, debías salir del lugar con calma y sin cometer acciones intempestivas, y dirigirte a entregar el coche en el taller acordado. El problema es que no tienes cabeza ni temple para llegar hasta allá; ni siquiera tienes idea de en qué calle estás, aunque, desde luego, es seguro que sigues en Polanco.

Avanzas con rapidez. En pocos metros llegarás a otra de las principales, pero, ¿cuál será? ¿Será Horacio? ¿Será Mazaryk? Quizá tienes detrás a toda la policía de la ciudad, así que tienes que actuar de prisa. Del lado izquierdo observas un lugar vacío sobre la calle y te estacionas. Pones tu libreta sobre la ropa del asiento y lo sacas todo abrazándolo en un gran bulto contra tu pecho. Ves a un lado a otro y no detectas ningún movimiento especial, no escuchas sirenas ni ruidos que te pongan en alarma. La cajuela sigue entreabierta y la levantas del todo. Colocas lo que llevas en los brazos sobre el tapete gris que cubre la llanta de refacción y sacas de la maleta deportiva una chamarra verde que te pone a pensar en que para este momento tienes la frente saturada de perlas de sudor frío. Metes el resto de las cosas en la mochila y te la pones a la espalda, cerrando la cajuela con excesiva fuerza, y comienzas a caminar a paso rápido, tratando de pasar desapercibido entre los demás peatones.

Ya en la esquina te das cuenta de que aún traes las llaves del coche en el bolsillo, pero de ninguna manera te vas a regresar para dejarlas sobre la llanta delantera, como lo encontraste anoche. De cualquier forma, ni siquiera debiste dejarlo ahí, así que el error ya está cometido y ahora tendrás que cargar con las consecuencias y dar las explicaciones necesarias, pero a como dé lugar evitarás ser capturado.

No sabes si te perdonarán el asunto del coche pero al menos sabes que mataste al licenciado Joaquín Villegas. Ahora que lo piensas, tampoco estás del todo seguro de que la granada haya estallado. Te parece haber escuchado un ruido estruendoso pero no podrías asegurarlo con certeza. Lo importante, quieres pensar, es que de lo que se trataba es de que el muerto estuviera muerto, y eso seguro lo lograste. Lo demás ya se verá después.

En la esquina doblas a la izquierda. Nadie se fija en ti. Parece que estuviste a punto de perder el control sin justificación. Sabes que cometiste errores que no son aceptables en el oficio de matar pero todo indica que fueron errores veniales y que podrás continuar adelante, sin esperar consecuencias trágicas. Pero hay algo que comprendes a la perfección: si quieres que las cosas retomen su cauce, debes recuperar también la calma perdida. El asesino común tiene el instinto criminal que lo protege y lo enseña a reaccionar, pero tú debes utilizar la inteligencia, de lo contrario no llegarás a ningún sitio.

Compruebas que estás sobre Presidente Mazaryk. Cruzas la calle para quedar frente al flujo que va en dirección a Mariano Escobedo. Necesitas moverte rápido y salir lo antes posible de la zona de riesgo. Decides caminar una calle más y en el siguiente semáforo abordas el primer taxi desocupado que pasa. "A la Condesa, por favor". "Claro, mi joven... de volada".

Laura. Bitácora de investigación: día 0

El día que mataron a papá desayuné a las carreras un plato de papaya desabrida y dos quesadillas que me preparó Juanita mientras terminaba de cerrar mi bolsa para llevar a mi clase en la universidad. Trato de pensar en otros detalles pero no me vienen. No puedo acordarme ni de la ropa que llevaba puesta o si daba sol o estaba nublado y sólo visualizo los tres sobres de Canderel y el limón entero que tuve que exprimirle encima a la papaya para poder comerla.

Como todos los martes y los jueves, debía levantarme a las cinco y media. El problema fue que la noche anterior me quedé despierta hasta pasadas la dos viendo la repetición de la entrega de los Emys donde por fin le dieron a Kiefer Sutherland el premio a mejor actor por interpretar a Jack Bauer. No sé bien qué soñé, pero me acuerdo que al despertar tenía un peso muy grande en el pecho y apenas tuve fuerza para salir de la cama.

Naturalmente se me hizo tarde, y ya de salida me encontré a papá en el desayunador leyendo el periódico y tomando café como una mañana cualquiera. Tampoco puedo precisar qué fue lo último que me dijo; quizá fue un simple "adiós", o quizá un "hasta luego" sin siquiera levantar la vista del diario. Si hubiera sabido que ésa era la última vez que hablábamos, sin duda habría puesto más atención. Al menos así podré recordarlo como un hombre vivo y no como alguien que intuye su destino e invierte sus últimos momentos en despedidas perturbadoras, que dejan intranquilo para siempre el espíritu de quienes se encuentran a su paso.

No, papá no se despidió de mí, ni yo de él. Salí tarde y llegué con retraso a mi clase pero a decir verdad, cuando uno llega tarde a la clase de siete, los alumnos lo agradecen. Es cierto que no es normal que a alguien que terminó la carrera hace poco, y que además no tiene maestría, le permitan dar clase en la universidad. Pero a fin de cuentas tampoco es que la asignatura que doy le cambie la vida a nadie. Estudié "Historia del arte" y trabajo en mi propia galería, así que me resulta sencillo impartir un seminario optativo que se llama "Gestión, administración y comercialización de establecimientos de Arte", y mucho más a esa hora de la mañana en la que todos, incluida yo, estamos medio dormidos. Sería absurdo negar que obtuve la plaza gracias a la gran amistad de mi papá con el rector. Yo intento cumplir lo mejor posible pero ahora no tengo idea de si el semestre que viene la podré conservar. Claro que en este momento eso no me importa en lo absoluto.

Salí de la universidad a las nueve y media porque tuve que pasar por el departamento de servicios escolares a entregar el próximo examen. A mi papá lo mataron a las ocho. Es posible que para ese momento hubiera alguien que lo supiera y no me lo dijo, pero por más que trato de hacer memoria, no recuerdo ninguna expresión de lástima o de compasión en el camino hasta el estacionamiento.

Llegué a la galería pasadas las diez y comencé a revisar unas piezas nuevas para la exposición que tendremos a fin de mes. A las once recibí la llamada de mi hermana Luisa: "¿Ya sabes lo que pasó?". Se escuchaba angustiada pero no tenía idea de qué me hablaba. "¿Lo que pasó de qué?". "¡Ay Laura!". El final de la expresión se ahogó en un llanto sordo. "¡Que lo mataron!". "¿A quién?". "¡A mi papá!".

No pude decir más. Me quedé sentada frente al escritorio con el teléfono en la mano y mirando a la pared. No tengo idea de cuánto tiempo estuve así. Cuando quise continuar con la conversación, Luisa ya no estaba en la línea; así que colgué y continué sentada mirando a la nada. No recuerdo haber pensado en algo en especial. No recuerdo siquiera haber sentido nada. Yo supongo que simplemente no entendía lo que estaba sucediendo. ¿Cómo que mataron a mi papá si apenas en la mañana lo dejé en casa leyendo el periódico? Fue Óscar, mi cuñado, el que me sacó de ese estado de suspensión en que había caído. Se asustaron porque el teléfono de la galería estaba descolgado y mi celular sonó sin que lo escuchara, así que pensaron que me había dado un ataque o algo por el estilo.

Cuando vi a Óscar me derrumbé por completo. No podría decir cuánto tiempo estuve llorando sobre su hombro. "¿Qué fue lo que pasó?". "No se sabe aún. Lo único seguro es que hoy en la mañana, cuando salía de la casa, alguien lo mató". "¿Pero quién? ¿Por qué?". "No se sabe". "¿No sería un asalto?". "No, Laura, fue una ejecución".

Óscar me preguntó si yo sabía si mi papá tenía negocios con alguien. Claro que tenía negocios con alguien, con mucha gente; eso lo sabíamos todos. Era un abogado importante y en algún tiempo fue funcionario de Gobernación. Luego se dedicó por completo a su despacho y llevaba muchos asuntos, de esos que salen en las noticias, y también seguramente muchos otros de los que jamás nos enteramos porque nunca hablaba de su trabajo cuando estaba con la familia.

Habían matado a mi papá. ¿Cómo se asimila esa información? ¿Cómo puedo comprender que alguien, por la razón que sea, decida asesinarlo justo en la puerta de la casa? Nunca fuimos ingenuas. A mi mamá, muchos años antes de enfermar, le preocupaba que hubiera aceptado ese puesto en el gobierno. Pero cuando tomó notoriedad como abogado, su preocupación creció aun más y constantemente le decía que tuviera cuidado porque esa gente era peligrosa. Me gustaría que mi mamá aún estuviera viva para preguntarle: ¿qué gente?

Cuando llegamos a la casa, Luisa estaba aterrorizada. Había por lo menos quince agentes sólo en el estudio de papá y otros más que rondaban por toda la casa. Revisaban cajón por cajón, revolvían papeles, vaciaban archiveros completos en cajas de cartón, que sellaban con cinta canela y apilaban en diablitos que sacaban descaradamente por el vestíbulo. Otros dos desconectaban y guardaban la computadora y demás artículos personales de papá. Otros revisaban libro por libro para verificar que no tuvieran nada en medio. Yo comprendí que aquello no podía ser un procedimiento normal. Apenas hacía unas horas de la ejecución y la rapacidad de aquella gente era exagerada, así que fui hasta dónde estaba mi hermana para hablar con ella. "¿Qué hacen Luisa?". "Buscan al asesino". "No seas tonta, ¿por qué los dejaste entrar así?". "Porque son de la policía y dijeron que necesitan investigar, que las primeras horas son claves para dar con el asesino". "¿Pero no te das cuenta de que se están llevando todo, que no tenemos control sobre nada? No estamos en Suecia, cualquiera de ellos puede estar involucrado. Tú sabes que papá ha llevado todo tipo de casos...". "¿Y qué querías que hiciera?". "No sé, pero puedes estar segura de que si en este despacho había alguna pista para encontrar al culpable, no va aparecer jamás". "Mira, Laura, yo tengo dos hijos y un marido y de todas maneras no pienso ponerme a investigar lo que pasó. Que sepan que nosotras no tenemos nada que esconder. De todas formas papá ya no va a regresar y necesitamos seguir con nuestra vida". "Pero lo mataron como a un perro". Luisa me jaló a una esquina de la sala y comenzó a hablar en voz baja. "Ni tú ni yo sabemos en qué estaba metido, y nada de lo que podamos hacer va a volver el tiempo atrás; yo sólo quiero que esto se acabe lo antes posible. Si se llevan todo y cooperamos quizá comprendan que no sabemos nada y nos dejen en paz". "Tu hermana tiene razón", dijo Óscar muy serio. Pero no pude evitar responderle a gritos: "¡Tú cállate y no te metas!". Luego tomé a Luisa por la solapa del suéter, le hablé furiosa, llena de coraje y de odio: "No puede ser que te quedes tan tranquila". Ella se sacudió mi mano con violencia: "¿Y qué quieres que haga?". "No sé... supongo que esperar a que esto termine lo antes posible".

Los dejé ahí a ambos, de pie, mirando cómo me alejaba en dirección a mi cuarto, donde me hubiera gustado llorar; pero era demasiado el resentimiento que me aturdía. Odiaba a Luisa por cobarde, odiaba a Óscar porque sólo quería que el asunto no se hiciera grande para que no lo fueran a despedir del banco, odiaba a mi papá por haberse relacionado con gente peligrosa, odiaba a mi mamá por haberse muerto, odiaba a la policía por corrupta y abusiva, odiaba a Juanita por comprar papayas desabridas, odiaba al mundo entero y lo único que podía hacer era tumbarme en la cama y patalear como niña chiquita; aventar las películas contra la tele, aventar el teléfono, el reloj despertador, aventarlo todo; y cuando por fin se me acabaron las fuerzas, hundí la cara en la almohada y finalmente pude llorar. Me hubiera gustado que esas lágrimas fueran por él, por mi papá, pero en realidad eran sólo de coraje y de impotencia.

2

5 de septiembre, a bordo de un taxi

Esteban viaja en un taxi ecológico. Son las ocho diecinueve de la mañana y el tráfico en las calles de Polanco está en su punto más alto. La realidad es que ya no tiene prisa, porque ya hizo lo que tenía que hacer; ya, digámoslo así, desahogó los pendientes del día, y ahora simplemente le urge salir de la zona riesgosa para estar más tranquilo.

No tiene idea de cómo funciona la policía pero piensa que cambiando de demarcación territorial, la posibilidad de que lo rastreen en el momento se reduce casi a cero. Además, y seguramente no fue casualidad la elección de la fecha por quienes le enviaron el sobre amarillo, hoy es un día especial y debe mantener a las autoridades más distraídas de lo normal. Hoy, los ojos del país entero están puestos en otro lado, y no en una ejecución más, de esas que abundan a lo largo y ancho del territorio nacional. En unas cuantas horas el Tribunal Federal Electoral emitirá su sentencia definitiva respecto a las diversas impugnaciones que realizaron los partidos políticos sobre las presuntas irregularidades y fraudes ocurridos durante la elección general, que se llevó a cabo hace apenas unas cuantas semanas. Pero Esteban no ha tenido la cabeza para seguir las noticias. A fin de cuentas, piensa que en los asuntos del poder, los que deben preocuparse son justamente ellos, los que pelean descarnadamente por imponerse a los otros y no él, que lo único que le preocupa en este momento es conseguir el dinero que de forma cada vez más intransigente le exige su hermana Elisa para pagar su parte de los gastos provocados por la enfermedad de su padre.

Esteban no está seguro de si aquella mujer podría reconocerlo. Seguramente no, porque en aquel momento aún lucía su disfraz de asesino de muertos. Además, quién en este país estaría dispuesto a meterse en un problema semejante de forma gratuita.

No, puedes estar tranquilo porque, sin duda, ahora mismo esa mujer se deshace en agradecimientos hacia todos los santos a su alcance por continuar viva y en lo último que piensa es en involucrarse en denuncias sobre muertos ajenos. El taxista, enajenado de información político-electoral, trata de hacerle plática. Pero Esteban no le responde, ni siquiera lo escucha. Él está ensimismado en el recuerdo de lo que acaba de hacer y le sorprende reconocer que lo que verdaderamente lo invade es una placentera excitación. Su riego sanguíneo está saturado de adrenalina que lo hace sentirse emocionado, eufórico. Los colores del mundo le parecen más brillantes, más vivos; sin embargo todo lo que ocurre fuera de su cabeza le parece que sucede con mayor lentitud de la habitual.

No sabe qué pensar de sí mismo. Hace apenas unos minutos asesinó a sangre fría a un desconocido, y ahora viaja en un taxi con una mochila deportiva en la que lleva un AK-47, un cargador vacío, un disfraz de asesino de muertos y una pistola al cinto. Es posible que también traiga detrás a toda la policía de la ciudad pisándole los talones; sin embargo, él se siente bien, incluso podría decir que se siente contento, satisfecho. Quizá esto se deba a que, hasta apenas unas horas, Esteban no sabía si al momento final tendría el valor necesario para hacer aquello para lo que se había comprometido; y por eso ahora le alegra saber que pudo vencer sus propios miedos. Sin duda es una manera extraña de sentirse bien, de sentirse fuerte y competente por haberse derrotado a sí mismo, pero a veces la cabeza funciona de manera extraña.

Esteban mira distraídamente hacia la calle, a través de la ventanilla del taxi, y recuerda con claridad el momento preciso en que jaló del gatillo. Se siente orgulloso por haber apuntado en la dirección adecuada y con la sangre fría necesaria, y también porque sacó la granada del bolsillo y, con precisión de relojero, le retiró el seguro y la introdujo en la cabina del Mercedes blanco en el instante preciso. Porque ahora lo recuerda bien, y sabe que la granada en efecto estalló; recuerda que el suelo se cimbró bajo sus pies mientras corría en dirección al automóvil; y recuerda también que ese resplandor poderoso, que se reflejó en el vidrio trasero, lo distrajo al grado de arrancar con la cajuela abierta y el fusil de asalto imprudentemente a la vista, sobre el asiento del copiloto.

Ha dejado de importarle el tráfico y la lentitud de la marcha; y hace un buen rato que ya ni siquiera escucha el discurso político del taxista, que le sacude el hombro con cara de preocupación. "¿Se siente bien, joven?". "Sí, ¿por qué?". "Es que se viene riendo solo". Te gustaría explicarle de qué te ríes, pero eso sí que sería una verdadera imprudencia. Te gustaría contarle que justo en este momento te sientes como un personaje de Tarantino; pero no, desde luego no le dices nada. Reflexionas por un momento y te das cuenta de que, en vez de sentirte culpable y apesadumbrado, te imaginas a ti mismo cambiándole el tema político con el que ya te tiene aburrido, para explicarle cómo se sirven las hamburguesas en los Macdonalds de Holanda; o sobre cómo se da correctamente un masaje de pies; o sobre cómo Superman es el único superhéroe cuya identidad verdadera es justamente ésa, la de superhéroe y la segunda, la aparente, es la de humano; identidad, por cierto, que además construye como la de un individuo estúpido, débil y limitado, porque seguramente así nos ve desde su perspectiva de extraterrestre poderoso. Pero no, naturalmente no le dices nada y una vez más sonríes para tus adentros.

Han llegado al final de Mazaryk y ahora toman Mariano Escobedo. El taxista le explica que en las circunstancias actuales de la ciudad, la manera más sencilla de llegar a la Condesa es tomando el Circuito Interior; aunque por la hora debe de estar saturado de automovilistas desesperados por la lentitud del avance. Esteban asiente, pero unos metros adelante le pide que lo deje bajar porque prefiere seguir su marcha caminando. Está lejos de su casa, pero al menos ya no tendrá que ir a la colonia Condesa, donde le había pedido al taxista que lo llevara con la única intención, absurda e innecesaria, como se ve, de sembrar pistas falsas y donde pensaba tomar otro taxi hacia la colonia Roma, donde realmente vive.

Esta larga caminata le sirve para disfrutar el momento. Sí, "disfrutar" es la palabra que te viene a la cabeza. Y no te vino de casualidad, sino porque es lo que realmente está pasando: lo disfrutas. Tienes miedo de que después, cuando te baje la adrenalina y vuelvas a la realidad, ya no te sientas tan satisfecho. Sabes que más tarde te llegará el cansancio; porque han sido demasiadas horas sin dormir, demasiados minutos de tensión, demasiados días de mentalizarte de que eras capaz de matar sin sentir emociones ni remordimientos. Ahora ha llegado el momento de saber si todo eso es posible o si, al contrario, no volverás a tener una noche de descanso tranquilo por el resto de tu vida.

Esteban ha llegado a la avenida Reforma. Camina por la orilla del camellón y observa los campamentos semivacíos de manifestantes que guardan un silencio inusual. A la mayoría de la gente que apoya el movimiento opositor le tocó asistir a la concentración que se prepara en el Zócalo o a la protesta fuera del tribunal electoral; y los pocos que debieron quedarse a cuidar las carpas, se reúnen en torno a aparatos de radio y televisores portátiles, tratando de enterarse en vivo sobre el curso de los acontecimientos. Pero a Esteban sigue sin importarle en lo absoluto; él camina con su mochila al hombro, llena con sus implementos de matar, y las manos en los bolsillos de su chamarra verde, dándole vueltas y más vueltas a sus pensamientos.

Ha llegado a la glorieta de la Diana cazadora y se da cuenta de que le ha entrado un apetito feroz. Hace casi veinticuatro horas que no comes y aunque sabes que traes en la mochila el cuerno de chivo y la pistola en el cinturón, sabes también que sería vergonzoso que un personaje de Tarantino, como el que eres en este momento, se sintiera atemorizado por un detalle tan insignificante como ése. Así que das vuelta aquí, en la calle de Sevilla, con la intención de buscar algún lugar agradable donde disfrutar de un desayuno generoso. Te sentarás a la mesa con toda calma y disfrutarás cada bocado, fantaseando con levantarte en medio del comedor para gritar con todas tus fuerzas que eres un asesino despiadado y que tengan mucho cuidado de no meterse contigo. Lamentarás que ese delirio momentáneo no pueda llevarse a la práctica y, desde luego, permanecerás en silencio.

Al fin encuentras un Vips que hace esquina con la calle de Durango. Pero está demasiado lleno y debes esperar mesa. Aprovechas la espera para acercarte a la farmacia y comprar una caja de aspirinas, porque repentinamente te das cuenta de que, desde hace un buen rato, te estalla la cabeza. Regresas a pararte junto al atril donde anotaron tu nombre, con la convicción y la esperanza de que, con ese par de comprimidos y un buen desayuno, recuperarás la calma y entonces volverás a ser tú.

Esteban

Aquel fue un día demasiado largo. Dormí casi toda la tarde y aun así desperté sintiéndome como de plomo. Ya había anochecido y todavía me costaba pensar con claridad. Abrí la ventana para que entrara un poco de aire y eso me ayudó un poco. Al menos había dejado de dolerme la cabeza. Ahí recordé cuando estuve en la farmacia para comprar las aspirinas.

Luego de esperar un rato, me dieron una mesa en la esquina del restaurante. Completamente embebido en el personaje que me acababa de inventar, miré alrededor y me preguntaba cuántas de esas personas habrían sido capaces de matar a alguien. Cuántos de ellos se habrían atrevido a entrar a un Vips con un cuerno de chivo en la maleta y una pistola en el cinturón, así como si nada.

Llegó la mesera y, con movimientos mecánicos y desangelados, me entregó el menú y me colocó enfrente un vaso de agua tibia y una manteleta de papel para luego servir una taza de café negro humeante y desaparecer por un buen rato sin decir una sola palabra. Al fin regresó para preguntarme con esa voz impersonal y fría: "¿Le tomo su orden?". Yo continuaba sumergido en mi nueva personalidad y con toda calma le dije qué quería: "Sí, gracias; mándeme por favor unos fetos de pollo revueltos a la mexicana". La mujer se quedó congelada un instante y por fin apartó la vista de su cuadernito de comandas y me miró perpleja, "¿Unos qué?". "Unos fetos de pollo". Ahora la perplejidad cambió por una mueca de susto y, de nuevo, sin decir nada, se retiró para volver unos instantes después acompañada del gerente. Volví a sentirme orgulloso de mí mismo. Nunca antes de ese día me hubiera atrevido a alterar los nervios de una mesera con una idea perturbadora como aquélla. "Buenos días. ¿Le tomo la orden?". Ahora el que hablaba era el gerente de turno, mientras la mujer esperaba dos pasos atrás sólo para comprobar que de veras oyó lo que oyó. No pensaba defraudarla. "Sí, mire... le decía a la señorita que quería unos fetos de pollo revueltos a la mexicana... ah, y un jugo grande, mitad naranja y mitad zanahoria". Aquel hombre de bigote espeso no lo podía creer. "Disculpe pero aquí no tenemos eso". "Pero cómo, ¿no tienen fetos de pollo? Eso no puede ser...". Yo disfrutaba repitiendo mi frase grotesca en cada oportunidad. "Qué curioso... juraría que los acabo de ver en la carta...". Y la tomé de nuevo fingiendo que la revisaba "Fetos de pollo... fetos de pollo, fetos de pollo... efectivamente, aquí están; fetos de pollo revueltos a la mexicana... ya lo ve, no hay ningún error, claro que tienen". Y yo le mostraba el menú y el hombre arqueó las cejas y miró con atención a la altura que señalaba mi dedo. "¡Oiga, pero...!". Lo interrumpí de inmediato para demostrar mi punto. "Sí, ya sé que ahí dice huevos revueltos a la mexicana, pero si los huevos no son fetos de pollo, entonces usted me dirá qué son". Aquel hombre me dirigió una mirada de absoluto desconcierto. Me dio la impresión de que se debatía entre liberar una sonrisa, desde luego que no tanto porque le hiciera gracia sino por cortesía ante el mal chiste de un cliente, o correr en busca de un policía para que sacara de su restaurante a ese desequilibrado que sólo buscaba problemas. Lo miré sin expresión, así, como si nada, como si aquello fuera una solicitud de lo más normal. Yo sólo era un comensal que pedía educadamente su desayuno, y parece que eso terminó por interpretar, porque sólo asintió para luego retirarse a hablar al oído de la mesera. Unos cuantos minutos después, el propio gerente en persona puso frente a mí el plato con unos insípidos fetos de pollo revueltos a la mexicana.

Ya en casa, cuando saqué de la mochila la Kaláshnikov con su cargador curvo de 30 balas y del cinto la pistola calibre cuarenta y cinco, comprendí el nivel de mi imprudencia. Por fortuna México es un país lleno de gente que se cree servicial pero que en realidad es servil; y que, por no buscarse problemas, son capaces de resistir cualquier ofensa a cambio de una propina. Supongo que en cualquier otro lado me habrían tomado por un provocador y, en el mejor de los casos, me habrían echado a la calle; pero no aquí, donde el servicio es lo primero. Si un cliente pide fetos de pollo en vez de huevos revueltos es porque tiene un gran sentido del humor y hay que celebrarle la ocurrencia, en espera de una buena compensación a la hora de la cuenta.

Al salir del restaurante decidí continuar a pie hasta mi casa. Supuse que ese esfuerzo final terminaría de calmarme por completo. Todavía me temblaban las piernas y, aunque me quedaba claro que nadie había muerto de eso, tenía la sensación de estar viviendo una especie de cruda química luego de haberme emborrachado de tanto estrés y de tantas emociones. Aún no había sido capaz de entender cómo me sentía. Durante las últimas dos semanas había invertido todos mis pensamientos en lo que haría esa mañana. Ahora que por fin había pasado, no tenía la menor idea de cuál era mi estado verdadero, más allá del hecho de que todo había resultado bastante más fácil de lo que había imaginado.

Durante la caminata me vino a la cabeza el licenciado Joaquín Villegas y traté de reconstruir en la memoria sus instantes finales, para tratar de adivinar cuáles fueron sus últimas palabras. No es que el tema de las últimas palabras me pareciera relevante en sí; pienso que en la gran mayoría de los casos son del todo accidentales; pero no dejaba de darme curiosidad el imaginar si aquellas palabras habían sido dirigidas a mí. Recuerdo que arrancó y yo salí de detrás del poste; luego, supongo que percibiendo que algo se movía, giró la cabeza y me miró... sí, así fue y desde luego dijo algo, pero, ¿qué fue? Llevaba el vidrio cerrado, pero gesticuló mucho y pude verlo con claridad. Sí, en ese momento estuve seguro. Lo último que dijo el licenciado Villegas fue: "¡Puta madre!" Sí, así fue; me vio apuntándole con el arma, entendió lo que estaba sucediendo y gritó: "¡Puta madre!". Y le vacié el cuerno de chivo sobre la cabeza.

Luego comencé a darle vueltas sobre cuáles podrían ser mis últimas palabras. ¿Podré pensarlas antes de decirlas o también aparecerán de la nada, por puro instinto? Para estar completamente seguro de lo que diría en el último momento, tendría que ser un suicida; pero, por más que en tiempos recientes he pensado que me gustaría ser uno, nunca he tenido la madera para ello. En mi caso no había, ni hay, forma de saberlo. Lo mismo le pasó al licenciado Villegas, que tampoco pudo preverlo.

Luego tuve la duda sobre si las últimas palabras son únicamente aquellas que se dicen o si también cuentan como últimas palabras aquéllas que sólo se piensan pero que, por la razón que sea, no se alcanzan a pronunciar. En estricto sentido, supongo que son las que se pronuncian, porque las otras, si bien lo son, no pueden heredarse a la posteridad. En este caso, me preguntaba cuáles habrán sido las últimas palabras de papá. Quizá la única forma de saberlo era preguntarles a sus compañeros de la oficina, que estaban con él cuando le dio el ataque; o quizá también podría haber buscado a los paramédicos que lo trasladaron en la ambulancia. A los del hospital no tenía caso, porque había llegado inconsciente. Ahora que también podía haber ido a preguntárselo directamente a él. Podía ir a verlo ahí, a la cama en la que llevaba varios meses sin moverse, y preguntarle: "Papá, sé que esto te sonará extraño, pero me gustaría saber si recuerdas cuáles fueron las últimas palabras que pudiste pronunciar". Supongo que eso habría provocado que abriera mucho los ojos y me atizara una mirada de terror y odio a la vez. Además, habría tenido el inconveniente de que, aunque lo recordara, no hubiera podido decírmelo; porque su parálisis permanente le había dejado viva sólo la mirada.

Al llegar a casa me recosté sobre la cama y el cansancio me venció sin darme cuenta. Me quedé profundamente dormido hasta que me hicieron levantarme de un salto los violentos toquidos que amenazaban con tirar la puerta. Aún estaba bastante adormilado cuando me cayeron encima los gritos secos de Reinaldo. "¡Grandísimo pendejo! ¿Dónde dejaste el piche carro?". Yo lo veía convertido en un energúmeno sin entender del todo lo que me reclamaba. "¿Cuál carro? ¿De qué me hablas?". "No mames, ¿cómo que cuál? Pus el carro, güey". Ahora lo recordaba; desde luego se refería al coche que me habían proporcionado para llevar a cabo la ejecución. "No sé... en una calle... por ahí cerca...". Reinaldo negaba con la cabeza y me miraba con gesto iracundo. "Estás cabrón... Te das cuenta de que esto no es juego ¿verdad?... Aquéllos están bien peinados". Yo seguía confundido y no sabía cómo explicarle. "Es que me venían siguiendo...". "No mames, ¿quién?". "Una mujer". Ahí Reinaldo cambió la expresión de enojo por una enorme sonrisa: ¿"Cómo te van a seguir si lo hiciste de pocamadre...?, de no ser por el detallito del carro... la próxima vez tienes que ser más cuidadoso". "¿Próxima vez? No habrá próxima vez". Reinaldo sonrió con ironía y me dio unas buenas palmadas en la espalda que me zarandearon hasta casi hacerme caer. "¿Estas pedo?". "No, Rei, estoy dormido". "Pues despierta, porque necesitas decirme dónde chingados lo dejaste para mandar por él".

Le expliqué lo mejor que pude. Cuando se fue, llamé a Elisa por teléfono para avisarle que por fin había conseguido el dinero que llevaba tantos días exigiéndome. Sin duda la sorprendí, porque en vez de alegrarse o agradecerme, lo primero que me dijo fue un seco: "¿De dónde lo sacaste?". Tres meses de quejas y de reproches, de decirme en todos los tonos imaginables que ella no puede sola con los gastos de papá, que ella no es hija única, que para eso soy el hombre que queda en la familia, que en la casa las cosas no están bien, que no alcanza para las medicinas, ni para las enfermeras, que mamá está como zombi y llora todo el día, que si la comida especial para sonda que le traen de no sé dónde, que los pañales, que además ella tiene que vivir ahí y ya no aguanta, y no sé cuánta cosa más; y todo para que ahora, que al fin recibía la noticia que tanto esperó, me saliera con cuestionamientos y dudas, en vez de reconocer el esfuerzo y agradecer que me haya preocupado por conseguirlo. Claro que ella no sabía lo que había tenido que hacer, pero ésa no es razón para me tratara con semejante dureza, y lo único que acertara a decir fuera su impersonal: "¿De dónde lo sacaste?". ¡Puta madre! grité para mis adentros, emulando a Villegas. "Y qué más da, el caso es que mañana te deposito". Guardó silencio por un instante, para luego hablarme con una fingida preocupación maternal. "Está bien, sólo espero que no estés metido en algo malo...". Comenzaba a sacarme de mis casillas. "Elisa, no me chingues...". No podía entender cómo siendo gemelos éramos tan distintos. Éramos, más que semejantes, opuestos, como la misma imagen pero reflejada en un espejo. "Es que es mucho dinero para que aparezca así nada más". "No fue así nada más... llevas tres meses recordándomelo todos los días". "¿Y qué querías que hiciera? No nada más es mi papá, es de los dos". Ya no quería seguir con aquella conversación. "Una parte lo gané con unos eventos extras y el resto lo pedí prestado en el trabajo". Quise cortar la plática pero Elisa aún tenía más cosas que informarme. "A fin de mes le van a hacer otra cirugía, no sé qué tienen las mangueras del alimento". "No me digas... hace falta más dinero". "Con un enfermo siempre hace falta más dinero". Acababa de hacer algo terrible para conseguir la parte que me tocaba de lo ya gastado, y ahora me salía con que había que poner más. "Y, ¿para qué?". "¿Cómo que para qué? No seas inhumano". "Sí, Elisa, ¿para qué? ¿Ya le preguntaron a papá si quiere seguir viviendo así?". Hizo una pausa y cuando me respondió apenas le salió la voz. "¿Y qué propones? ¿Que lo matemos?". Luego de un breve silencio, le expliqué que estaba cansado y prefería colgar.

Le confirmé que al día siguiente le haría el depósito en su cuenta y por fin colgamos. Yo estaba completamente fastidiado de la situación. No era mi culpa que papá se hubiera enfermado y ahora, que hasta había cumplido con mi parte, no me parecía demasiado pedir que me dejara en paz por un rato.

La plática con Elisa me había agotado de nuevo. Me tiré a ver la televisión y salté de un canal a otro para hacer tiempo hasta que llegara la hora del noticiero de la noche. Sentía una gran ansiedad por saber lo que dirían sobre la muerte del licenciado Joaquín Villegas. Observar el reporte desde el lugar de los hechos, escuchar las diferentes líneas de investigación, interpretar las opiniones de las autoridades relacionadas con el caso, pero la realidad me desilusionó de la manera más brutal. Ese día el tribunal dictó sentencia definitiva sobre las elecciones presidenciales. Sin duda, aquél era el tema principal. No podía discutirse que, ante las decisiones que dan rumbo a un país, la ejecución rutinaria de un abogado con posibles vínculos con delincuentes carece por completo de importancia. Aun así para mí era incomprensible que una nota como aquella no ameritara más de veintiséis segundos, medidos con el cronómetro de mi celular, en la parte final del noticiero. Unas escenas del coche, otras del portón eléctrico, una escueta declaración del Ministerio Público, asegurando que se llegará hasta las últimas consecuencias con tal de hacer pagar a los responsables para que "ese cobarde crimen no quede impune" y punto final. Apagué la tele rendido de cansancio y decepción y me fui a la cama de nuevo.

6 de septiembre, en el departamento de Esteban

Esteban despierta temprano. Tarda algunos instantes en reaccionar y tomar conciencia de sí mismo, porque continúa sobrecogido por un sueño perturbador. En él, estaba de pie, frente a una ventana, mirando las miles de luces tintineantes del paisaje nocturno de la gran ciudad, cuando, de la nada, aparece su padre que lo mira con una mueca perversa y lo empuja al vacío. Esteban cae irremediablemente y, apenas un instante antes de reventarse contra el piso de concreto, despierta sobresaltado y bañado en sudor.

Ahora se ha incorporado y comprueba que, en efecto, ha sido sólo un sueño; y de inmediato lo trastorna este sentimiento de culpa por ver a su padre, al menos inconscientemente, capaz de un acto semejante.

Arrastra los pies hasta la cocina, donde se prepara el primer café del día. Da sorbos grandes y deja que el calor amargo lo despierte por fin. Acompañado de la taza, camina hasta el baño. Se enjuaga la cara y se acomoda un poco la cabellera alborotada y todavía húmeda de sudor. Decide bajar al kiosco que está en la contraesquina de su edificio y comprar todos los diarios posibles para enterarse de los pormenores consignados respecto a la ejecución del licenciado Joaquín Villegas.

Al igual que sucedió anoche con el noticiario televisivo, la gran mayoría de las columnas y las páginas están dedicadas al tema electoral. Pero ya sabemos que a Esteban aquello no le importa en lo absoluto. A él lo único que le interesa es el tema en el que en efecto, ha participado. Y bien visto, no es poca cosa que en medio de esta avalancha de información y reacciones desesperadas de unos y otros, tus actos estén también consignados; a pesar de que en este caso no se habla de ti, en promedio, antes de la página catorce.

Anoche, la brevedad de la cobertura indiscutiblemente lo molestó. Pero esta mañana, Esteban siente un extraño orgullo al darse cuenta de que, aún a pesar de la trascendencia y la importancia de todo lo que sucede en el país, el asesinato del licenciado Villegas aparezca consignado en todos los periódicos importantes. Revisa las notas una por una. En algunos se dedican hasta tres cuartos de plana, con fotos a color. En otros, apenas una nota de escasos renglones. Pero en todos los diarios la versión que se maneja es bastante similar, salvo en uno, donde se asegura que, amparados en declaraciones de testigos, están en condiciones de afirmar que los responsables habían sido dos sicarios jóvenes, que asesinaron al licenciado Villegas a quemarropa, para luego huir a toda velocidad a bordo de una motocicleta.

Comprobó que, en efecto, la granada sí había estallado, pero lo desconcertó el hecho de que el reporte de disparos fluctuaba desde los veinte hasta los noventa cartuchos percutidos. ¿Cómo podría ser posible que algunos casos faltaran diez balas y en otros sobraran sesenta? Esto es un absoluto misterio que Esteban jamás podrá desentrañar. Desde que recibió el rifle de asalto en aquel paquete, investigó en internet sobre él. Sabía que era conocido como "cuerno de chivo" por la forma de su cargador y que su nombre técnico era AK-47, donde la "A" era acrónimo de "Avtomat", que a su vez significa automático y la "K" se usó en homenaje de Mihail Timoféyevich Kaláshnikov, su diseñador; y su nombre se complementa con el número "47", por el año en que fue convertido en el rifle oficial del ejercito Soviético. Sabía, porque lo tuvo en sus manos muchas veces, y las había contado una por una, que el cargador curvado que le mandaron contenía treinta balas, ni una más, ni una menos; y sabía también que para asesinar al licenciado Joaquín Villegas las había utilizado todas. Era entendible que por culpa de la inexperiencia, algún tiro le hubiera salido en una dirección en que no pudiera ser encontrado. Podría ser también que se hubiera extraviado algún casquillo al ir cayendo al suelo uno por uno. Pero definitivamente no le sucedió con diez. Por el otro lado, no se explicaba de dónde podrían haber salido las sesenta balas adicionales que se consignaban en uno de los diarios. Pero deja de angustiarte con eso; al final ése es un detalle menor. Lo que importa es que ahí está, que viene confirmado el hecho incuestionable de que lo hiciste. De que por fin, luego de tantas dudas y tantas angustias, no lo soñaste y que sí, que en efecto has matado al licenciado Villegas tal y como te habías comprometido cuando aceptaste llevar a cabo esa ejecución a cambio de dinero.

Esteban ha cumplido plenamente su parte y, salvo por el detalle del automóvil, hizo un gran trabajo. El propio Reinaldo le había confirmado la noche anterior que los jefes desconocidos están satisfechos y, una vez más, siente ese extraño orgullo que lo avergüenza y que al final le deja una especie de mal sabor de boca, que trata de ocultar con otro sorbo de café tibio. Una vez más, para convencerse de que no hizo tanto mal como parece a primera vista, utilizó el único argumento que lo tranquiliza y que consiste en repetirse hasta el cansancio que, aún sin su participación, el licenciado Joaquín Villegas era, de cualquier forma, un hombre muerto. Sabía con certeza que aquel hombre, influyente y famoso, habría de ser asesinado de todas maneras y que, gracias a su decisión y coraje para hacerlo él mismo, había recibido ese dinero que tanta falta le hace a su familia.

Esteban retoma el análisis de los diarios y comprueba que también en el tema de especular causas y responsables, las distintas versiones dan bandazos inexplicables. Le parece que cada uno propone pistas y líneas de investigación más absurdas y desencaminadas que el anterior. Esto le provoca un ataque de risa, que parece más de nervios que real. De forma súbita para de reír. Se da cuenta de que, en efecto, ninguna de las versiones pareciera remotamente acercarse a él; sin embargo, tampoco tiene idea de quién lo decidió, utilizándolo como conducto, y, por lo tanto, tampoco tiene la menor idea de si alguna de esas hipótesis, en apariencia peregrinas, está cerca de la verdad.

Además de esto, observa que en uno de los reportajes aparece el licenciado Villegas con otras personas. El pie de foto es en cierta manera ambiguo: "El hoy occiso acompañado de amigos y familiares". Es cierto que el licenciado Villegas se metió con quien no debía y que por eso está muerto. Pero repentinamente Esteban se da cuenta de que el licenciado Joaquín Villegas tenía otra cara; era hijo de alguien, padre de alguien, hermano de alguien, esposo de alguien y esta nueva percepción lo intranquiliza hasta lo más hondo.

Desde que le llegó el sobre amarillo, Esteban sólo había visto al blanco, al objetivo, al condenado, al muerto en vida que sólo lo esperaba a él para confirmar su condición; pero ahora, de pronto, aparece ante sus ojos el hombre. De su mochila saca la foto del licenciado Villegas y la observa fijamente. Es posible que, desde el punto de vista de alguien, aquel hombre mereciera morir, pero, en todo caso, qué piensa y qué siente al respecto su gente cercana, sus seres queridos. Tú viste salir de ese mismo estacionamiento, desde donde aguardabas la aparición del Mercedes blanco, un Audi azul donde viajaba su hija menor. Sabes que, además, tiene otra, que si bien está casada y no vivía con él, le había dado dos nietos que seguramente lo apreciaban como su abuelo que era. ¿Qué pensarán ahora todos ellos?

Por primera vez en dos semanas Esteban no está seguro de haber hecho lo adecuado. Todos los días previos se había dedicado a vencer el miedo; pero ahora que lo ha logrado corre un riesgo mucho peor: el de tener que pasar el resto de su vida luchando por derrotar la culpa y el remordimiento. Entiende que debe hacer algo; pero qué. Ahora te debates con las dudas, pero, ¿no te parece que es un poco tarde? ¿Qué remedio le puedes poner a este vacío que te crece en el vientre a cada momento y te impide respirar con serenidad?

Esteban toma uno de los periódicos y revisa los obituarios. De inmediato encuentra el servicio funerario del licenciado Joaquín Villegas y se da cuenta de que si pone manos a la obra aún puede llegar al panteón antes del entierro. No está seguro de que eso solucione nada, pero al menos le dará la oportunidad de conocer más de cerca a la familia, de observarlos, de interpretar en sus miradas y sus gestos el grado de dolor y el grado de resignación que han alcanzado ya. Con un poco de suerte confirmará que también ellos lo sabían, que también ellos esperaban que, más tarde o más temprano, el licenciado Joaquín Villegas tuviera un final violento y trágico como el que de hecho tuvo. Sin duda eso lo reconfortaría; lo haría sentir menos mal de lo que se siente desde hace unos cuantos minutos, cuando este asunto tomó dimensiones hasta entonces insospechadas para él.

Primero pensó en usar su traje gris Oxford y la corbata negra, pero comprendió que más de uno se preguntaría quién es. Pero si en vez de vestir formal usa prendas casuales y discretas, sin duda podrá pasar por un miembro de la prensa, que supone, los habrá a montones. Si, eso hará. Incluso se llevará una libreta y su cámara digital; así podrá tomar notas y fotos que le permitan congelar el momento y, a la vez, reforzar su personalidad ficticia de periodista de nota roja. El riesgo de ser reconocido es nulo; así que aún en el supuesto de que no saque las conclusiones que busca, nada malo puede acarrearle esa decisión repentina de asistir a la inhumación del hombre que apenas hace unas horas acribilló a la salida de su casa.

Diario de Elisa, 6 de septiembre

Anoche por fin me llamó Esteban para decirme que consiguió su parte del dinero para los gastos de papá. Me sorprendió mucho que luego de tantas semanas de darme largas y hacerse el loco, de pronto juntara una cantidad como esa.

Desde hace tres meses que pasó lo de papá, la situación se ha ido deteriorando hasta hacerse insostenible. He tenido que trabajar muchísimos turnos más de lo habitual y ya ni así la libro. Por eso tuve que echar mano de parte de los ahorros que estoy juntando para comprarme un departamento. Entiendo que quizá él no tenga demasiado dinero, pero lo que más me molestó durante todo este tiempo fue esa actitud desidiosa, esa falta de interés con la sana intención de dejar sobre mí toda la responsabilidad.

Seguramente Esteban piensa que vivo aquí con mis papás por comodidad; pero no. Lo que pasa es que detesto tirar el dinero en rentas que se van por el caño. Es muy distinto cuando una logra tener algo propio. Así, el dinero que invirtiera en estar cómoda lo gastaría con gusto. Ya sé que tengo treinta y dos años y que sigo viviendo con mis papas, ¿y eso qué? Quizá en Europa sea una cosa mal vista, pero estoy en México. Lo malo es que ahora que las cosas se pusieron difíciles me iría de buena gana; pero si lo hiciera en este momento terminaría por hundir a mamá.

Aún me acuerdo que en la comida de cumpleaños Esteban se burlaba de mí, porque decía que me comportaba como si fuera adolescente varón y que continuaba en casa de mis papás para que me laven y me planchen. Pero también hay que recordar que en la vida todo tiene un precio y ésa es la parte buena, pero también está la mala, como por ejemplo, cuando andaba con Antonio y no llegaba a dormir.

Las primeras veces hubo regaños, reproches de todos colores y malas caras. Ya con el tiempo los ánimos se calmaron, pero no tanto porque lo entendieran, sino porque terminaron por acostumbrarse. Sabían que yo ganaba mi dinero y que, en un momento dado, podía largarme de casa pero así, con todo lo malo que ellos veían, al menos podían comprobar que estuviera bien. En los últimos meses de relación, pasaba con él por lo menos tres noches a la semana. Mamá me veía salir con mi maleta para el día siguiente y me acompañaba hasta la puerta llenándome de reclamos morales. Papá optó por no decir nada. Cuando Antonio venía a la casa lo miraba con ojos de: "Así que tú eres el que se está acostando con mi niña", y lo incomodaba muchísimo; por eso el pobre trataba de no asistir a ninguna reunión con mi familia, a menos que no tuviera más remedio.

A mí, la verdad es que llegó un momento en que dejó de importarme. Pasaba de los treinta años, era independiente y si dormía en casa de mi novio no le hacía mal a nadie. Cenábamos juntos, platicábamos y hacíamos el amor.

Desde que Antonio y yo terminamos, las cosas en ese sentido cambiaron bastante. Supongo que a ojos de mamá se resolvieron. Evidentemente no se resolvieron de la forma que ella cree; ahora piensa que volví al redil, al buen camino. Son sus ideas y ni modo. Yo no veo en qué el sexo y el deseo la manchan a una; es parte de la vida. Lo que pasa es que para mí dormir con alguien tiene un gran significado.

Una cosa es salir con un hombre agradable, pasarla bien, reírte, compartir una cena o una copa y, cuando llega el momento adecuado, tener un buen rato de sexo; y otra muy distinta es dormir con alguien después de hacer el amor. Una cosa es el sexo y otra la intimidad verdadera, eso es muy diferente. Para mí, hacer el amor viene después del sexo. Empieza exactamente cuando terminas rendida y sudorosa, para luego, acostarte con esa persona; saber a qué huele su almohada, verlo despertar y dejar que la vean a una, escucharlo roncar o hablar mientras sueña. Todo eso es muy diferente a un simple rato de sexo. Una cosa es quitarse la ropa, sentir deseo, tocarse mutuamente y disfrutar del cuerpo del otro, y otra muy distinta es quitarte las máscaras y ser quien de verdad eres. Decirle: "Orita vengo, voy al baño". Y regresar a la cama luego del sonido de water; salir de la ducha con una toalla en la cabeza; dejar que te toque justo cuando ya necesitas depilarte de nuevo; en fin, dejar de fingir que eres esa mujer perfecta de cuando sales con alguien que apenas conoces, para asumir quién eres en realidad. Para mí, eso es hacer el amor y, ahí sí, no con cualquiera. No creo que mamá entienda mis motivos, aunque sin duda los resultados le parecen fantásticos. Ahora disfruta de verme salir de mi cuarto todas las mañanas.

Otra vez me salgo por la tangente. No sé porque escribo todo esto que, a estas alturas, ya no tiene la menor importancia. Supongo que de nuevo evado el tema principal, de nuevo le doy vueltas para no abordar de frente el cómo me siento por lo que pasa ahora. Desde el día en que papá se enfermó nuestra vida es otra y supongo que lo que me aterra es que no veo cómo ni por dónde voy a encontrar una salida.

Yo estaba trabajando como cualquier miércoles. Mamá me llamó al celular para avisarme que papá se había puesto mal en la oficina y lo habían llevado al hospital. Al parecer empezó a convulsionar, se retorció, se golpeó contra un escritorio y luego rebotó contra el piso y no se cuánta cosa más, antes de que llamaran a la ambulancia que lo trasladó a urgencias. Pasó varios días en terapia intensiva y para el lunes nos dieron la noticia. Papá había sufrido un ataque de no sé qué y ahora se había quedado paralizado para siempre. "¿Pero cómo que paralizado?", pregunté, porque yo no entendía qué significaba aquello de "paralizado". Una vez más, el médico responsable del caso nos dio una larga explicación técnica, con nombres impronunciables que tampoco entendí, hasta que al final, supongo que después de ver nuestras caras de incertidumbre, nos lo explicó con manzanas: a partir de ese momento papá no podría volver a mover ninguna parte de su cuerpo nunca más. ¿Cómo se le hace para que algo semejante le quepa a una en la cabeza?

Mamá lloraba sin control. Esteban miraba la mesa sin decir nada, sin expresión, con un dolor tan profundo y tan genuino que, en ese instante, casi me conmovió más que la situación en sí. Pero yo no sentía nada. Estaba como en blanco, como separada de la realidad, como si todo fuera lejano y aquella escena perteneciera a un sueño confuso. Me di cuenta de que yo era la única que no experimentaba ninguna emoción por lo que le pasaba a papá y quise concentrarme para poder llorar, pero no pude. Ese día no fui capaz de soltar ni siquiera una lágrima, claro que al día siguiente, cuando por fin entendí del todo, recuperé el tiempo, y ya no pude parar.

Papá había perdido no sé qué sustancia del cerebro y con ella todo el movimiento. Se quedó rígido, engarrotado de pies a cabeza; pero, por dentro, todos sus órganos funcionaban normalmente. Le hicieron varias cirugías y le colocaron un sistema de tubos y mangueras para comer y para el baño, y ahora todo tendría que hacerlo desde la cama. A partir de ese momento necesita ayuda para todo, para moverse, para bañarlo, para ejercitarle los músculos, para acomodarle el cuerpo y la cabeza para que vea la tele y hasta para evitar que se le quede la oreja doblada cuando lo acuestan de ladito.

Entré a verlo varias veces y yo observaba que me veía, que me seguía con la mirada por todo el cuarto y al salir corría a hablar con el médico. Él me confirmó que, en efecto, papá estaba completamente inmóvil, pero seguía vivo. "Sí, don Esteban perdió el movimiento voluntario, pero no el juicio ni la conciencia. Por ahora todavía está un poco sedado, pero en unos días, en cuanto despierte del todo, recibirá un impacto terrible". Esteban continuaba sin decir una sola palabra; sólo miraba el piso de la sala de espera, mientras mamá y yo llorábamos en silencio sin saber qué hacer. Recuerdo que giré la cabeza y le dije muy bajito "Hubiera sido mejor que se muriera". Pero ella me miró desorbitando los ojos para responderme furiosa. "No digas eso... nunca digas eso... mientras hay vida, hay esperanza". Ya no le contesté, pero claro que para mis adentros pensaba: "¿Esperanza de qué?".

Luego de dos semanas lo dieron de alta. En el sanatorio ya no había nada que pudieran hacerle y además la gente del seguro ya no autorizaba más días de hospitalización. Lo prepararon para el traslado y nosotros acondicionamos el cuarto donde había dormido Esteban cuando vivía en la casa. Lo llevaron en una ambulancia y desde entonces hemos tenido enfermeras que nos ayudan a moverlo, a bañarlo, a colocarle la comida y todo lo demás que le permita continuar viviendo. Digo vivir, por llamarlo de alguna manera, pero estoy convencida de que si para nosotros es terrible, para él tiene que serlo mucho más.

Por todo esto no puedo irme ahora, y quizá lo que más me aterra es que luego de cierto tiempo todo esto llegue a parecernos normal. Es posible que para entonces ya no sea una traición independizarme. Quizá en un futuro tengamos plenamente organizado el asunto del dinero, de sus cuidados y de todo lo demás y terminemos por seguir con nuestra vida como si nada sucediera y sin considerar lo que él estará sintiendo.

Hoy papá tiene sesenta años y todos sus órganos internos gozan de plena salud. Podría vivir así por años, hasta por décadas. A mamá la veo cada vez peor y sólo falta que se me muera, y entonces, ¿qué hago? Con Esteban prácticamente no se cuenta; viene de vez en cuando, pero como si fuera una visita, un familiar lejano que cortésmente nos acompaña en nuestro sufrimiento. Entonces resulta que, sin pedirlo, a mí me toca asumir toda la responsabilidad. El seguro hace mucho tiempo que dejó de cubrir los gastos, el sueldo de papá se convirtió en una pensión de risa, o más bien de llanto, y entonces ahora, una vez más, ¿qué hago? ¿Cómo salgo de esta prisión donde vine a parar sin saber por qué? ¿Dónde puedo encontrar una puertita cualquiera y salir corriendo para no volver más? Ojalá lo supiera...

Esteban

El día que nos dieron la noticia de que papá se había quedado paralizado ni siquiera lo recuerdo bien. Siempre me sentí un poco culpable por eso. Mientras mamá y Elisa recibían el impacto y sufrían, yo ni siquiera me daba cuenta de nada. Desde luego que no lo hice a propósito, pero las cosas a veces pasan de cierta manera y hay que aceptarlas.

Papá llevaba ya varios días internado y hacía apenas unos minutos que había salido del dentista cuando Elisa me llamó para que fuera al hospital porque los doctores querían hablar con nosotros. Me habían puesto demasiada anestesia y saturado de analgésicos. Tenía la cara dormida y no podía hablar; tampoco podía pensar con demasiada claridad.

Al día siguiente, ya sin el efecto de la anestesia, fui de nuevo al hospital a que los doctores me explicaran otra vez. El médico hablaba de parálisis y cirugías; pero yo no era capaz de concentrarme, porque ahora el dolor de muelas era agudo y los analgésicos que tomé al salir de casa no habían hecho el menor efecto. Mamá me abrazaba llorando, pero yo sólo podía pensar en aquel dolor que parecía producido por un cuchillo caliente que alguien me había clavado en la encía y al que le daban vueltas con saña criminal.

No acaba de comprender, pero no era mi culpa. Hubiera dado lo que fuera porque ese dolor parara. Esos casos no se pueden prever, mucho menos controlar. Yo no pedí que se me pudriera la muela justo ese día. Yo hubiera preferido entenderlo todo, razonarlo, preguntar todas las dudas que me vinieran a la cabeza, poder incluso llorar por lo que le pasaba, pero no me fue posible. Miraba a mamá y a Elisa y me daba mucha vergüenza darme cuenta de que ellas atribuían mi cara y mi apariencia al dolor que sentía por papá, y bueno, al menos dolor sí era. Me acuerdo que ahí, sentado en aquella sala de espera, pensé por primera vez que el infierno, así como nos lo pintan, con fuego y torturas y todas esas cosas, no puede existir. En ese caso, el condenado estaría tan ocupado sufriendo por lo que le pasa en el cuerpo, que ni siquiera podría entender las razones por las que está ahí. No, si el infierno existe, tendrá que ser un lugar silencioso y oscuro donde uno no tenga más remedio que enfrentarse cara a cara con sus propios demonios.

Conforme pasaron los días me fui recuperando y al fin terminé por entender la situación de papá. Se lo llevaron a la casa y, con el transcurso de las semanas, me di cuenta de la suerte que tenía de no vivir ahí. Observar a papá tirado en una cama, convertido para siempre en un bulto, era una imagen demasiado fuerte con la que no era capaz de lidiar, pero tampoco sabía como explicárselo a Elisa y a mamá, de tal manera que no me respondieran lo evidente: "¿Y tú qué piensas, que nosotras estamos en un lecho de rosas?".

La primera vez que lo visité no pude resistir las ganas de llorar. Elisa se puso como energúmena; me sacó del cuarto a jalones y me llevó así hasta la cocina, donde no dejó de gritarme por hacerlo sentir mal. De pronto me ganó la furia y le respondí que sí, que seguramente está tan contento que un poco de llanto lo deprime. Le dije a gritos que me apenaba darme cuenta de que nuestra tristeza lo sacaba de esa gran alegría en que vivía. Era absurdo pensar que él no se daba cuenta de la tragedia en que estaba atorado, y aunque era lógico no estar recordándoselo a cada momento, tenía que entender que para nosotros tampoco era algo fácil de aceptar.

Cuando estaba en ese cuarto, que además me traía montones de recuerdos, porque yo dormí ahí durante años, tenía que comportarme como si no fuera humano. Tenía que aparentar que no sentía nada y conducirme como si en vez de estar ante mi padre enfermo, estuviera ante una planta a la que hay que hablarle bonito para que crezca, a la que hay que sonreírle, contarle anécdotas chistosas, mentirle con que los médicos están buscando alternativas y que debe mantener viva la esperanza y la fe. Pero, en cambio, yo hubiera querido decirle: "No, viejo, no les hagas caso, todo eso es mentira. Tu vida se jodió para siempre. Nunca más vas a poder decir una palabra, o reírte o rascarte la nariz, si es que aún puedes sentir comezón. Nunca podrás volver a dar un beso y ni si quiera sentirlo si nosotros te lo damos. No papá, tu vida ya se acabó. No fue tu culpa, no fue culpa de nadie, pero así fue... Así que mejor hazte un favor a ti mismo y háznoslo a todos y muérete de una vez y descansa, porque aun sin quererlo nos estás matando a nosotros de verte así. Mira a mamá, cada día está más débil, más triste y si ella se nos muere, ¿qué vamos a hacer contigo?". Hubiera querido decirle eso y mucho más. Habría sido tremendamente cruel, lo sé, pero no por eso hubiera sido menos cierto y, además, estaba seguro de que aunque ni mamá ni Elisa lo decían, ellas sentían la misma desesperación y la misma angustia que yo.

El problema no paraba ahí. Resulta que para poder vivir en un infierno como aquél, encima se tiene que ser millonario. Antes del ataque papá tenía su trabajo y mantenía la casa. Luego, ese sueldo se convirtió en una pensión miserable. Además, durante la hospitalización hubo infinidad de gastos que no cubrió el seguro, y luego, ya en casa, necesitaba gente profesional que lo cuidara, necesitaba comida especial, pañales y un sinfín de cosas más. Cuando se acabaron los ahorros de papá, que de por sí eran estrechos, Elisa tuvo que continuar aportando.

Resultaba evidente que lo justo era que cada hijo pusiera la mitad, pero yo vivía al día y no había forma de que completara mi parte. En el bar me pagaban bien y además me caían mis buenas propinas; pero entre la renta, la mensualidad del coche, la ropa —porque no podía trabajar en el Esperanto vestido como niño pobre— y demás gastos, no me sobraba nada; al menos nada que pudiera resultar un verdadero apoyo para Elisa. Ella se ponía furiosa cuando hablábamos del tema. Quería que regresara a la casa para dejar de pagar renta y que vendiera mi coche, pero, ¿qué vida era ésa? Haber hecho lo que ella me exigía me habría llevado a la depresión segura, ¿y luego qué? No podía regresar a casa, pero eso no quitaba que fuera realmente humillante que mi hermana estuviera siempre echándome en cara mi egoísmo e irresponsabilidad.

Me fastidiaban sus regaños y sus reproches. Pero lo que de verdad terminó por hartarme era el chantaje permanente al que me tenía sometido y por eso decidí recurrir a Reinaldo. Pensé que quizá él podría ayudarme con un préstamo. Llevábamos ya varios años siendo amigos y era evidente que a él le sobraba el dinero. En aquel momento tan difícil estaba seguro de que no me dejaría morir solo.

6 de septiembre, en el Panteón Francés de la ciudad de México

Esteban llega en un taxi al Panteón Francés de la ciudad de México, apenas unos minutos antes de que arribe el cortejo de amigos, familiares y curiosos, que siguen a la carroza negra que traslada los restos del licenciado Joaquín Villegas.

El estacionamiento aún está semivacío y Esteban dibuja una sonrisa al observar, al fondo, las unidades móviles de los noticiarios de televisión y los grupos de fotógrafos y periodistas que dialogan entre sí, en espera de que llegue la hora de trabajar. Parece que la fachada que escogió para disimular su presencia en este evento es la correcta y difícilmente alguien cuestionará sus razones para estar ahí.

Los empleados de la funeraria abren por fin la puerta trasera de la carroza negra y comienzan las maniobras para colocar el ataúd de cedro sobre una base con ruedas con la que han de trasportarlo hasta el nicho donde descansará por muchos años. Las cámaras y los fotógrafos se arremolinan de manera desordenada y convulsa entre el féretro móvil y las puertas de los autos de donde descienden los amigos y los familiares más cercanos. Luego del sobresalto inicial, los distintos participantes toman su lugar en el cortejo que sigue al ataúd, e inician la marcha lenta y silenciosa hacia el interior del panteón.

Esteban aguarda pacientemente a que pase el grupo de los principales, para luego confundirse entre el heterogéneo conjunto de mirones y trabajadores de la información que completan la robusta columna de caminantes. Se detienen frente a un mausoleo de granito, que es más grande que cualquier casa de interés social. En el frente de la fachada se observan cuatro columnas figuradas que pretenden sostener un capitel blanco que corona la entrada y sobre el cual brillan letras doradas en las que se lee: "Familia Villegas Montemayor". Esteban intenta encontrar un buen ángulo para poder ver lo que vino a ver; pero acercarse a la puerta es un reto inalcanzable. Opta por rodear la capilla, y por uno de sus costados, a base de empujones, consigue un espacio pequeño en la esquina de la ventana lateral, que le permite una vista completa del interior.

El recinto tiene dieciséis nichos, de los cuales sólo dos están ocupados. En uno lateral está sepultado un tal Mario Joaquín Villegas Arce que murió hace veinticuatro años y que Esteban supone que fue padre del licenciado Villegas. En uno de los dos centrales, yace una mujer, María Luisa Montemayor Icaza, que murió ocho años atrás. Es evidente que era su esposa, porque los nichos están distribuidos de tal manera que quedan dos al centro y aquella mujer está en uno y el licenciado Villegas será sepultado en el otro. Ésta es una información valiosísima para Esteban, porque lo tranquiliza mucho saber que, al menos con su desaparición forzada, el licenciado Joaquín Villegas no deja una viuda atrás.

Comienza la ceremonia de rezos y letanías, mientras los empleados de la funeraria acomodan el ataúd de cedro en el nicho que corresponde. Esteban olvida por un momento al difunto para concentrarse en los vivos. No conoce a nadie, pero trata de identificar la cercanía de los asistentes al vincularlos de manera directa con el dolor que manifiestan. A pesar de que Esteban es muy bueno para estos ejercicios de observación, sólo consigue identificar lo evidente. Muy adelante, y justo frente a él, hay dos mujeres jóvenes, dos niños y, en medio de ambas, un hombre de aproximadamente cuarenta años. Desde luego que esas dos mujeres son hermanas, quizá gemelas por el gran parecido que tienen entre sí. Pero no, por la posición que ocupan en la ceremonia, tienen que ser necesariamente las hijas del licenciado Villegas y ellas no son gemelas. Esteban las observa, pero con esos lentes oscuros que usan ambas, le resulta imposible determinar cuál es la mayor y cuál la menor.

A su lado hay un periodista que también toma fotos y hace notas en su libreta de mano. Esteban aprovecha el momento para intentar obtener la mayor información posible. "Perdón compañero... ¿Usted sabe cómo se llaman los familiares del muerto?". El otro termina de hacer la última anotación y voltea hacia Esteban para hablarle en voz baja y acompasada. "Mire, aquéllas son sus hijas, una se llama Luisa y la otra Laura. El de en medio es el marido de la mayor, que se llama... ora verá... Óscar, Óscar Fernández de León... ya sabe... de los Fernández de León de las minas". Esteban asiente como si de veras entendiera de quiénes le hablan. "Luego, la viejita de la silla de ruedas es la mamá del muertito, se llama... sí, doña Amalia y vive en Sonora con su hija Sonia". Aquel hombre en unos cuantos segundos le dijo todo lo imaginable, menos lo que de verdad quería saber. "Oiga, pero, de las dos hijas, cuál es cuál". El hombre revisa sus notas y se rasca la cabeza "Pues la mera verdad, no sé. Pero da lo mismo, ¿no? al cabo, mírelas, son igualitas. Toma uno las fotos generales y luego al pie se ponen todos los nombres y listo, ¿no cree?". Aquel razonamiento tenía su base lógica y, más aún, su base práctica. "Sí, claro...". Respondió Esteban por no dejar, pero continuó mirándolas tratando de desentrañar ese misterio que, sin explicación alguna, comenzaba a inquietarlo profundamente. Era cierto lo que decía aquel hombre: ¿Qué más da? ¿Qué importancia puede tener distinguir a la una de la otra? ¿Cuál puede ser la diferencia?

Por suerte el bochorno del interior juega a su favor. El hombre de cuarenta años, y que ahora sabe que se llama Óscar no sé qué, familiar de unos prominentes industriales mineros, tenía en brazos a uno de los niños. El otro, hasta ese momento de pie frente a las dos mujeres, comienza a perder la calma y a jalonear el vestido de su madre, que, para calmarlo, lo toma en brazos. Ahora las cosas están claras; por eliminación, la conductora del Audi azul es la mujer de pantalón negro. Por fin puedes verla de cerca, por fin aquella silueta que nunca pudiste distinguir del todo tras los vidrios entintados del Audi azul se vuelve verdadera; por fin aquella imagen ideal con la que fantaseaste tantas veces durante tus largas guardias fuera de la casa del licenciado Villegas, se convierte en una persona de carne y hueso. Y además, como lo imaginaste, resultó ser una mujer hermosa; a pesar de que, por culpa de los lentes negros, no puedes apreciarla del todo, contemplar su mirada, completar su expresión, reconocer sus gestos distintivos. ¿Cuántos años puede tener? Veinticinco, acaso veintiséis. Esteban alista la cámara y hace un par de disparos sobre la hija soltera del licenciado Villegas. La observa con atención y parece tener el rostro duro, inexpresivo. Esteban no es capaz de interpretar lo que en este momento siente esa mujer, pero si tuviera que hacer un diagnóstico al aire, diría que sus emociones están bloqueadas. Piensa que sería magnífico que a ella, como en su momento le sucedió a él, también le doliera la muela, porque así esos minutos de sufrimiento no serían por su culpa, no serían por el impacto de haberla dejado huérfana inesperadamente, sino por caprichos fisiológicos inexpugnables.

Por fin termina la ceremonia y lentamente la gente regresa al estacionamiento. Conforme avanzan, se va perdiendo el silencio y la solemnidad de antes, para pasar a un murmullo creciente que se consolida en charla común en cuanto traspasan las puertas del cementerio.

La familia cercana se escabulle de las cámaras y recibe condolencias y abrazos en una esquina del estacionamiento. Esteban camina discretamente en el mismo sentido, guardando siempre una distancia prudente que le impida llamar la atención.

Se coloca en una posición privilegiada, desde donde observa a la hija menor del licenciado Villegas recibir abrazos y pésames sin modificar el rostro que tenía dentro de la capilla, sin expresar nada, ni pena, ni dolor, ni odio; si acaso un poco de fastidio de que esa ceremonia inútil se extienda de más.

Ya son las tres de la tarde y todos se han marchado. Esteban decidió que sería el último en dejar el panteón y lo ha cumplido. Ahora permanece sentado en una esquina y observa el estacionamiento vacío. Piensa en cómo habrá de llenar las horas hasta que llegue el noticiario de la noche.

Esteban por fin decide marcharse y aborda un taxi.

Tienes la intención de pasar una tarde tranquila; quizá hacer un poco de ejercicio, una buena comida, posiblemente hasta ir al cine y ver la primera película que te encuentres. Pero esa tarde tranquila no sucederá, porque a partir de este momento no podrás quitarte de la cabeza la imagen y el recuerdo de Laura Villegas. Poco a poco, como un cáncer terminal, crecerá en ti una obsesión incontrolable y desde este día, en que la viste cara a cara por primera vez mientras enterraba a su padre, hasta el último día de tu vida ya no podrás deshacerte de ella. Una enfermedad repentina te había quitado a tu padre sin quitártelo del todo. A ella se lo arrebataste tú, a cambio de un puño de dinero que usaste para atender al tuyo. Sin duda una paradoja siniestra que marcó las vidas de ambos y que ahora no dejará de darte vueltas en la cabeza hasta llevarte a las puertas de la locura. Pero para eso aún falta mucho tiempo, muchos días, muchos actos salvajes e irracionales que se irán apilando uno sobre otro. Por ahora basta con decir que a partir de este momento la pensarás a toda hora, te obsesionarás con su imagen, con su recuerdo; despertarás en medio de la noche llorando porque, aunque sabes de sobra que el licenciado Joaquín Villegas merecía morir, ella no merecía que tú se lo quitaras. Saldrás de madrugada para verla salir del estacionamiento a las seis y media; querrás seguirla, saber un poco más, sentirte cerca de esa mujer que conociste desde lejos. Pero no saldrá, es lógico; hace pocas horas que murió su padre y quizá no aparezca en todo el día. Pero tú aguardarás paciente y, por fin a las once de la mañana con catorce minutos, irás tras el Audi azul que se estacionará afuera de la galería donde trabaja. A las dos quince de la tarde saldrá para comer, pero le faltará apetito y ánimo y sólo irá a sentarse en la banca de un parque aledaño y, antes de una hora, volverá a la galería para salir de nuevo a las seis cuarenta y siete de la tarde en dirección a su casa. Y lamentarás que durante todo el día sólo hayas podido verla con esos lentes; siempre con ese estorbo que no te dejará mirarla, conocerla de verdad, integrar en la imagen que ya tienes sus ojos, su mirada. Cuando por fin se cierre la puerta eléctrica del estacionamiento estarás confundido, angustiado y no sabrás qué hacer. En tus delirios, el recuerdo de Mari Paz y tu nueva obsesión se batirán en un duelo a muerte y rebotarán en tu cerebro febril y te darás de topes contra el volante de tu auto, tratando de encontrar una solución, una alternativa viable que te permita seguir viviendo.

Esteban

Lo de papá vino a caerme encima como un derrumbe estrepitoso, justo en la época en que pensaba que ya no podía sentirme peor. Cuando vino lo del ataque, apenas habían pasado tres meses desde que una noche, sin razón aparente, Mari Paz decidió que nuestra relación había terminado. Traté de convencerla de que siguiéramos, pero ya lo tenía completamente decidido, así que no tuve más remedio que aceptarlo.

Para entonces yo seguía imaginándola en cada rincón, apoyada en cada mueble, en cada esquina de mi cuarto mirándome justo como lo hacía un instante antes de que hiciéramos el amor. Continuaba soñando con ella, sintiéndome como un visitante en mi propia casa porque no era capaz de reconocer ni un solo metro de mi departamento sin que ella estuviera ahí.

Fueron tres años increíbles y quizá lo que más me afectó fue el no haber previsto su decisión. Estábamos bien, divirtiéndonos como siempre. Todavía unos días antes del final, le inventó a su familia una tarea o algo así y pasó la noche en mi casa. Hicimos el amor dos veces y cenamos en la cama viendo una copia pirata de *Crash* que, contra todo pronóstico, le había arrebatado el Oscar a *Secreto en la montaña*. De pronto, a los dos días, me fue a ver al bar para decirme que no podía más, que éramos muy distintos y que nuestra relación no tenía futuro.

Pasé semanas atormentándome con sus fotos, con sus recuerdos amontonados en la cabeza y que caían sobre mí como cascada de agua hirviendo. Muy pocos días después un "alma caritativa" me informó que Mari Paz tenía un nuevo novio. Un tipo que recién había terminado su maestría en Boston y que ya trabajaba en un puesto directivo en la empresa de su familia.

Elisa me lo advirtió más de una vez, pero jamás la escuché. Mari Paz me quería para pasar el tiempo, tener buenos momentos y ser la reina del antro. Reconozco que al principio yo también. Era muy linda, de buena familia, divertida, apasionada... lo malo es que me enamoré y toda mi objetividad se fue a la basura. Ni modo, a veces pasa. Mari Paz venía de una familia de dinero, estaba terminando su carrera y no se podía permitir continuar conmigo. Para salir en serio tenía que ser alguien con futuro, con proyección, uno al que su familia le diera el visto bueno; claro, ése no era yo. Fue entonces que entendí por qué apenas había visto a su mamá unas cuantas veces y a su papá sólo dos. Ahí comprendí por qué cuando iba por ella sólo me dejaba entrar hasta el vestíbulo; y por qué su hermano Diego me miraba de soslayo, con esa sonrisa burlona y llena de desprecio.

Quise convertirla en la peor de las hienas, para ver si así conseguía transformar mi cariño y mi nostalgia en odio arrebatado; pero yo continuaba extrañándola como el primer día que supe que la había perdido. Muchas veces estuve a punto de llamarle, de visitarla en su casa de improviso para comprobar si lo que decían era cierto, de provocar un encuentro casual para suplicarle que volviéramos; pero resistí y luego del rompimiento no volví a verla ni una sola vez. Viví esos meses de duelo en soledad y para mi buena suerte, los fines de semana tenía mi trabajo en el bar, que me ayudaba a sobrellevarlo. En esa época me convertí en una especie de payaso. Estaba interiormente devastado, pero al llegar al jueves en la noche, me ponía mi máscara de felicidad *cool* y sonreía sumergido en la fiesta y el exceso. Casi todas las semanas trabajaba borracho para que la noche se me fuera pronto, para no sentir mi propia soledad, para no recordarla. Ligaba una niña con otra, pero siempre, en algún gesto, en alguna mirada, en alguna sombra furtiva, terminaba por ver a Mari Paz en aquellos rostros sudorosos mientras hacíamos el amor.

Hubo un día que toqué fondo. Soñé que Mari Paz me devoraba; así, literalmente. Soñé que me mordía los brazos y luego las piernas y luego se reía de forma macabra para seguir mordiéndome el vientre. Luego me arrancó la lengua y el sexo y los escupió al piso y seguía carcajeándose. Desperté bañado en sudor. Tenía que extirpármela de la cabeza, no sabía cómo.

Esa noche volví a beber y me encontré en el antro a su amiga Fernanda. Eran muy cercanas y yo sabía que se lo contaban todo, así que me pareció un momento ideal para el desquite. Estuve platicando con ella. Le dije cuánto sufría y cuánto recordaba a su amiga. Estuvo de acuerdo en acompañarme con una copa. Continué con mi rosario de penas y le hice creer que era un tipo sensible y tierno que había sido brutalmente maltratado por una arpía. Ella estuvo de acuerdo y seguimos con una copa tras otra. Yo la hacía que bebiera rápido y cada sorbo que daba me hacía sentir fuerte y excitado. Por fin reconoció que lo que hizo su amiga no se le hace a alguien tan lindo como yo y brindamos por eso. Conforme la plática avanzó, yo recorté la distancia. Primero le puse la mano sobre el brazo, luego sobre el hombro, luego le retiré los mechones que le caían sobre el ojo izquierdo. Yo no quitaba ni un momento mi cara de tristeza y desesperación. Ella se fue relajando y comportándose con calidez y empatía. Dijo que necesitaba ir al baño y yo supe que había llegado el momento. Se perdió entre la gente y yo la seguí. La esperé a que saliera y sin decir nada la tomé de la mano y entramos a la bodega del fondo, donde la abracé y comencé a besarla. Al principio se resistió. Pero yo sabía que, con lo que habíamos hablado y lo que había bebido, su resistencia era en realidad para que quedara claro que aquello no había sido cosa suya. En efecto, a los pocos minutos se abandonó del todo. Yo la besaba y la tocaba por todos lados, pero mi excitación no era por Fernanda en sí, sino porque sabía que era amiga de Mari Paz. A cada instante crecía el deseo y un repentino odio, un profundo resentimiento por las terribles semanas que llevaba viviendo. Terminé por perder el control. Se dejó hacer hasta la inminencia de la penetración y ahí me preguntó si tenía condón. Lo saqué del bolsillo y me lo puse delante de ella. Luego le bajé el pantalón y la tanga y le di le vuelta para apoyarla contra la pared y cuando estuvo de espaldas me lo quité. Al principio la penetré con suavidad. Estaba tan húmeda que no notó nada, pero conforme lo hacía, comenzó a recorrerme una extraña sensación de poder y, con ella, también el odio y el resentimiento de antes, y cada instante que pasó fui más y más violento. Ella quiso parar pero yo la tomé de los pelos y no la dejé moverse. Comenzó a gritar. Le estrellé la cabeza contra la pared y me acerqué a hablarle al oído: "Dile a Mari Paz que me vale madres... que con cualquier putita la paso mejor que con ella". Fernanda había dejado de gritar pero ahora lloraba y a mí eso me excitó aún más. "Eso es lo que son todas ustedes... unas putas; y así hay que tratarlas". Ya nada más sollozaba. Finalmente, le eyaculé encima. Le manché de semen la ropa y las nalgas y al volverse, traía un hilillo de sangre que le partía la frente en dos. Volví en mí y supe lo que había hecho y me sentí la peor de las basuras. Ni siquiera me miró; se subió como pudo la ropa interior y el pantalón, y salió corriendo. Yo me senté sobre una pila de cajas de cerveza y me quedé como un imbécil mirando al piso por no sé cuánto tiempo.

Esa noche fue la primera vez que sentí miedo de mí mismo; de lo que era capaz de hacer. Yo pensaba que seguía amando a Mari Paz, pero alguien que amas no puede provocarte semejante cantidad de odio. Nunca supe si Mari Paz se enteró, y por supuesto Fernanda jamás volvió al Esperanto y nunca la volví a ver. Me hubiera gustado no haber sentido tanto miedo y tanta culpa, y haberme atrevido a buscarla para pedirle perdón; pero no lo hice. La verdad es que lo más me aterrorizó de ese momento, fue reconocer para mí mismo que, aun por encima de la vergüenza y de la culpa, me sentía aliviado. Pensé que aquel era el primer paso real para quitarme a Mari Paz de la cabeza, pero al mismo tiempo me asustaba reconocerme a mí mismo en ese tipo violento e impulsivo que jamás había sido. Por primera vez en mi vida me percibía como un hombre con una tremenda capacidad de crueldad y de resentimiento. Y esas características desconocidas, de alguna manera estaban ahí, en mi interior; de alguna forma eran parte de mi sustancia y yo jamás las había detectado. En aquellos tiempos aún tenía demasiado por descubrir de mi propia esencia; pero ya no faltaba demasiado para que cayera la cortina que me impedía mirar hacia dentro y conocerme de verdad.

Reinaldo

Y así, casi de la nada, la vida me empezó a sonreír. Pepe se había obsesionado con la idea de poner un antro y además no cualquier antro, sino que quería ser dueño del mejor de la ciudad. Supongo que había visto demasiadas películas y eso le hizo pensar que todo gángster que se respete debe tener uno; yo no le iba a quitar la idea.

Consiguió un local muy chingón y empezó a acondicionarlo. Contrató a un arquitecto medio puñal que lo decoró muy bien... aunque, ahora que lo pienso, supongo que nadie es "medio puñal", pero en fin, el tipo sabía su negocio. A mí me contrató como gerente para que le armara un equipo de operación, le coordinara las relaciones públicas y se lo manejara mientras él se ponía pedo y se ligaba chavitas. Para entonces yo acababa de cumplir veintiséis años y ya llevaba ocho metido en el negocio. Aunque era mi primera responsabilidad grande, experiencia no me faltaba. Conocía a mucha gente del medio y podía armar un equipo capaz; y como en los años que llevaba trabajando ya había pasado por todos los puestos imaginables, estaba cabrón que me dieran la vuelta.

Cuando yo me integré al negocio faltaban dos meses para que el arquitecto puñal lo terminara, y para mí era apenas el tiempo justo para poder construir un lugar de éxito. Pepe no escatimó dinero, así que contraté al mejor equipo disponible. Físicamente el lugar era como una fuente de sodas gringa de los cincuentas tipo *Vaselina*, pero con una iluminación espectacular. Diseñamos el concepto y decidí que se llamaría Caprice, pero no como el shampoo sino como el coche. Ya por esa época no existían, pero me acordaba mucho de que cuando estaba chavo aquél era uno de los modelos más grandotes y lujosos. Me enamoré de ellos cuando en la secundaria el pinche Boligoma se lo robó a su papá y nos llevó al Moncada y a mí a dar una vuelta a la Zona Rosa, y hasta me dejó manejar a cambio de tres boletos para la peda de la noche.

Se entiende, desde luego, que era cuando la Zona Rosa todavía no estaba llena de putos y todavía podía uno encontrarse una que otra gringuita decente, es decir, putísima.

Más allá de los recuerdos, el nombre era bueno, funcionaba. Era corto y pegajoso y a los quince días de abierto, cuando vieran que estaba la mejor gente de la ciudad, nadie iba a relacionarlo con un pinche shampoo. Conseguí al mejor equipo de relaciones públicas y diseñamos la campaña de apertura dirigida al perfil de mercado más alto posible. Puros niños y niñas bien, de las familias más influyentes, hijos de políticos y empresarios cabrones, la parte más alta de la cadena alimenticia. El pedo es que esa gente no corresponde ni con el uno por ciento de la población y todos se los pelean. El otro noventa y nueve por ciento, o sea, los pinches jodidos prietitos, sólo sirven para hacer bulto en la cadena. Ni pedo, así funciona este país, y que quede claro que no sólo en los antros, sino en todos los demás ámbitos y niveles; siempre los que ganan, los que lucen, los bien vistos, son los mismos y eso no es culpa mía. Yo sólo sé, por experiencia, que si revuelves a los bonitos con los feítos, al pinche negocio se lo lleva la chingada, porque a la vuelta de un mes no va nadie; ni los bonitos porque está lleno de nacos, ni los feítos, justamente porque está lleno de feítos. ¿Quién chingados los entiende? El caso es que en este tipo de negocios el éxito está en hacer venir a los correctos, a los que son, y apretar la puerta para que sólo pasen esos. Cuando esa magia se consigue, no sólo te puedes permitir que entre uno que otro "guanabí" fresa y una que otra aspirante a modelo de "petatiux", sino que además tienes la garantía de tener en las manos el mejor lugar de la ciudad, y nosotros lo logramos.

El día de la apertura fue el éxito total. Bloqueamos todas las calles aledañas y el valet parking no sabía qué hacer con tanto carro de lujo. Metimos tanta gente como se pudo, al grado de que malamente se podía caminar. Pepe me miraba complacido y yo no cabía en mí del puto orgullo. Ése fue el primer pasito para ganármelo, y como además tengo buen ojo con la gente, luego luego le agarré la debilidad y en menos de un mes lo tenía comiendo de mi mano.

Pepe era un hombre fuerte y a veces violento. Tenía mucho dinero y unos gustos muy charros. Se especulaba mucho sobre sus negocios ilegales, pero nadie sabía bien a bien en qué consistían. Para mi fortuna, tenía una presencia decente; era alto y blanco, aunque no había que ser un genio para saber que había tenido un origen humilde. Yo sabía de eso; así que lo imaginaba de niño como un pinche mugrosito que no tenía ni pa'tortillas; pero ahora era su momento y yo me iba a encargar de que lo disfrutara.

Sobre sus negocios, no sabíamos nada en concreto. Tenía guarros armados, camionetas y toda clase de actitudes sospechosas, pero a nosotros no nos pedía que hiciéramos nada ilegal, si acaso, lo único fue cuando me presentó a dos güeyes y me ordenó que les diera total libertad para que se movieran dentro del lugar. Naturalmente resultaron ser *dealers*, pero tampoco hacían demasiados alardes ahí adentro. El objetivo primordial para ellos era conseguir clientes para atenderlos afuera. Tenían toda una red de servicio y, para el tipo de gente que iba, aquello resultaba ideal, porque ya fuera en casas, en oficinas, en la universidad, en algún restaurante, en fin, donde estuvieras, los llamabas y llegaban más rápido que las pizzas, con cualquier tipo de sustancia que te quisieras meter. Era una organización muy cabrona que funcionaba como relojito suizo y, aunque estaba bien que a nosotros no nos involucraran en esas cosas, yo por mi parte me sentía un poco excluido de los "verdaderos negocios" de Pepe. Asumí que tenía que ser paciente, besarle las bolas cada cinco minutos y ganarme primero su confianza; ya luego, el dinero caería a montones; no me equivoqué.

Para Pepe el antro era sólo una manera de lucirse, de padrotear y de conseguir viejas. Hay quien se inscribe en un club para hacer negocios mientras juega golf; pues Pepe puso un antro. Estaba en sus propios dominios; podía invitar a socios, autoridades o a quien necesitara para cerrar sus tratos. Todos lo cuidábamos como si fuera nuestro rey, conocía buenos bizcochos y encima ganaba dinero. ¿Qué más se podía pedir?

El haberme dado cuenta de esto desde el principio me permitió planear bien mi estrategia para ganármelo y vaya que me resultó. Cuando abrimos, para él yo era sólo un chavito caguengue a quien había contratado por referencias, para que le manejara el Caprice. De inmediato comprobó que era bueno en lo que hacía, y que había construido un lugar exactamente como se lo prometí. Ésa fue una buena carta de presentación. Luego, les ordené absolutamente a todos que lo atendieran de forma tan servil como fuera posible. Entre más nos arrastráramos mejor nos iba a ir, así que le cumplíamos el mínimo capricho por ridículo que sonara. Si quería una determinada mesa pero había clientes en ella, los levantábamos; si, según él, alguien lo había mirado feo, lo mandaba sacar sin contemplaciones; si pedía una canción, así no viniera al caso, yo ordenaba que la pusieran.

Con quien más problemas tuve por estas órdenes fue justamente con el DJ. Cada vez que un capricho desfasado le estropeaba la secuencia de música, se alteraba peor que mujer engañada. "No mames, cómo voy a poner eso orita... se me va a caer la noche y encima voy a quedar como un pendejo". Yo sabía que tenía razón pero no podía darle más alas. "Pues si no la pones nos van a correr a todos y si luego no eres capaz de componerla, el que va decir que eres un pendejo voy a ser yo". El pobre cabrón se quedaba en silencio rascándose la cabeza para encontrar la manera menos destructiva de complacer a Pepe. La cosa era que se sintiera como Nerón y si quería quemar Roma yo le daría los pinches cerillos. Desde luego, era muy importante que supiera cuánto me esforzaba por complacerlo, pero no que lo supiera porque iba ahí a presumirle pendejadas insignificantes; no, de lo que se trataba era justamente de que lo sintiera sin oír una sola palabra. Eso no sólo requería cumplirle los caprichos a lo güey, sino hacerlo de tal manera que pareciera natural; o sea, como al cuate ése de la Biblia, que nada más porque llegó y bajó su palito, se le abrieron las aguas. Yo era el encargado de que, al menos en el Caprice, a Pepe se le abrieran las aguas.

Ya había resuelto la primera etapa del plan; ahora correspondía continuar con la segunda. Y así, sin más, como de la nada, comencé a llevarle viejas. Eso, trabajando en un antro, puede parecer muy simple, pero requería de toda una labor, para la que yo era un experto. Primero tenía que estar al pendiente para ver cuál le gustaba, a cuál se le quedaba viendo sin que le hiciera el mínimo caso. Luego la abordaba haciéndola sentir la dueña del lugar. Le invitaba tragos, cambiaba a sus amigos a una mesa mejor, llegué hasta a regalar cuentas enteras, a subirlas a la cabina a poner canciones, tachas, perico, en fin, lo que quisieran, luego le tiraba el rollo más cabrón que me viniera a la cabeza y, dependiendo de la vieja, Pepe podía ser productor de televisión, director de cine en busca de una actriz protagónica, dueño de un avión privado y departamento en Nueva York, empresario responsable de la próxima gira de Madonna para toda Latinoamérica, en fin, lo que se ofreciera para deslumbrarlas; y cuando por fin la tenía en su punto, la llevaba a la mesa de Pepe para entregársela como una ofrenda respetuosa que él aceptaba feliz.

Todo esto no era cosa fácil. Muchas veces hacía toda la labor y al final me mandaban a la chingada y había que empezar de nuevo; y todo esto sin contar que tenía que seguir al pendiente de la operación, de la puerta, de la pinche música y de todo lo demás. Era una verdadera chinga, pero una chinga divertida, eso que ni qué; y, además, a la larga, altamente lucrativa.

Así pasaron los primeros cuatro meses, hasta que llegó la noche en que terminé de echármelo al bolsillo. Como había pasado en un sinnúmero de veces anteriores, Pepe había estado mirando a una chavita que ni lo fumaba. Me aventé toda la labor y se la llevé a la mesa. Luego de un buen rato de tragos y plática, comenzaron los besitos y los fajes, hasta que la tomó de la mano y entró con ella a la oficina. Una media hora después llegó por mí el jefe de seguridad para avisarme que el señor Pepe me mandaba llamar con urgencia. Cuando entré, al menos él ya estaba vestido, así que me ahorré un piche espectáculo bochornoso. Ella estaba en tanga, inconsciente y acostada sobre el sillón de piel. Le mandé hablar al único de seguridad que sabía un poco de primeros auxilios y me confirmó que apenas respiraba. Revisamos su ropa y su bolso y al no traer ninguna identificación asumí que era menor de edad. Aquello se podía poner muy cabrón.

Pepe estaba eufórico de tanto alcohol y tanto perico. Estaba hecho un pendejo, sólo gritaba: "¿Ahora qué hacemos? ¿Ahora qué hacemos?". Eso mismo quería saber yo; a pesar de los pinches gritos histéricos de todos, yo trataba de pensar. De pronto, no sé cómo volteo hacia el sillón, donde la pendeja niña dejó su ropa, y veo un plástico verde. Me acerco para ver que era y si, tal y como me había parecido desde lejos, era un pinche ventolín. "Puta madre. ¡Tiene asma!". El supuesto paramédico se me quedó viendo como si yo fuera un fantasma de Halloween. "Si no la atendemos se nos muere... hay que llamar una ambulancia". Era lo que me faltaba, en plena noche de sábado llamar una puta ambulancia para subir a una menor de edad hasta la madre de perico. "Ni madres, ninguna ambulancia... Vístela". El güey todavía trató de rezongar. "Pero Reinaldo". Yo lo mandé a la chingada sin contemplaciones. "Vístela o te va a cargar la verga". Pepe ya estaba un poco más tranquilo y sólo me observaba como si fuera mi supervisor. El jefe de seguridad ayudó a su elemento a vestirla. "No mames Rei... se va a morir". Yo lo miré a los ojos y fui terminante: "No en el Caprice".

Mientras terminaban de arreglarla yo busqué su boleto del valet entre sus cosas. Lo encontré todo arrugado, hasta al fondo del bolsillo, y ordené al jefe de seguridad que por radio hiciera que tuvieran ese carro listo junto a la puerta de atrás. Lo estacionamos a varias calles y la dejamos sentadita en el volante. El supuesto paramédico estaba más pálido que un holandés. "Señor, si se queda ahí, no tarda en morirse". "¿No ves que está en la calle? Si estuviéramos adentro sería otra cosa, pero lo que pasa fuera del antro no es nuestro pedo". Sí, es verdad que fui un poco cínico, pero fue la única manera de que me dejaran de chingar.

Ya de regreso, fui a la oficina a decirle a Pepe que lo mejor era que se fuera lo antes posible. Me miró con una mezcla de sorpresa y orgullo y me dio la mano sin decir nada; pero yo sabía que esa noche no se le olvidaría jamás. Continuamos funcionando como si nada. Los pocos que se enteraron estaban cagados de miedo, así que no se corrió demasiado el rumor.

Ya en mi casa no pude quitarme de la cabeza a Sandra, así se llamaba la muy pendeja. Las cosas se habían complicado y yo había cumplido con mi responsabilidad. Había sacado del pedo al lugar y a mi jefe, y en ese sentido estaba tranquilo y satisfecho; pero tampoco podía hacerme pendejo al grado de no darme cuenta de que la chavita no la había librado. Ahora, también hay que decirlo, cómo chingados se le ocurre fumar como chimenea y meterse tanto perico si sabe que tiene asma. Tampoco era justo que nosotros pagáramos por la irresponsabilidad de otros.

Decidí dejar descansar a Sandra, porque más allá de la tragedia, yo había demostrado ser un buen gerente. Tuve la cabeza despejada para pensar y sangre fría para hacer lo necesario. Reaccioné bien ante lo inesperado y ese instinto me ayudó muchas veces a sobrevivir después.

Como era lógico, a Sandra se la cargó la chingada. La encontraron el domingo a mediodía, dos policías que querían sacarle dinero pensando que estaba borracha. Resultó ser la hija de un empresario importante y que, desde luego, no se tragó la historia de que a su hija se le habían pasado las copas y se quedó a dormir en el coche para no llegar mal a su casa. Todos los empleados del Caprice declararon que la habían visto salir, subir a su coche y marcharse. No había manera de que la relacionaran con nosotros, pero el papá estaba desconsolado y necesitaba encontrar quién se la pagara. Comenzaron las presiones fuertes y los contactos de Pepe dentro de la Procuraduría le dijeron que no tendrían más remedio que empezar una investigación. Pepe tenía demasiados intereses en juego y no podía arriesgarse por una pendejada, así que sin más, decidió cerrar el Caprice.

Yo me quedé helado cuando me lo dijo. Traté de convencerlo pero la decisión estaba tomada. Pensé que todo se había ido a la chingada, pero al contrario, aquello era el principio de una vida feliz. Pepe me palmeó la espalda. "Pero usté no se preocupe... ¿o a poco crees que ya se me olvidó...?". Me miró con una sonrisa de alegría que me calmó, porque aquello no podía ser presagio de algo malo. Me dio la orden de comenzar, desde el día siguiente, a buscar un nuevo local para montar otro. Me adelantó mis sueldo de seis meses y me dio carta abierta para diseñar el siguiente como yo quisiera. Podía escoger al mejor arquitecto, los muebles más vistosos, el mejor sonido, la mejor iluminación, en fin, lo que quisiera. Contraté a varios de los miembros del equipo anterior y a varias caras nuevas para que no nos relacionaran de inmediato con el Caprice. Tardamos cinco meses en concretar el siguiente proyecto; esta vez le puse Taj Majal, y aunque el diseño no tenía nada que ver con el pinche edifico ese de la India que parece un pastel de Sanborns, el nombre se escuchaba mamón y funcionó de maravilla. Otra vez el negocio resultó un éxito. Todo a mi alrededor era perfecto y al final era lo justo; me lo había ganado.

Esteban

A Reinaldo lo conozco desde que fue gerente del Caprice. Yo tenía veintitrés años y ya había cambiado de carrera por tercera vez. Yo no sé quién inventó eso de que a los diecisiete o dieciocho años, en que uno termina la prepa, debe saber lo que quiere hacer con su vida.

Quizá en la época medieval, en que la gente malamente llegaba a los cuarenta, aquello tendría cierta lógica, pero en la década final del siglo veinte, esa obsesión me parecía absurda. Yo, desde luego no tenía la menor idea. No es que fuera malo para la escuela, simplemente no me interesaba ninguna de las materias que cursaba y hacía sólo lo necesario para pasarlas y evitar los regaños en casa. Mi tiempo lo distribuía entre el deporte, el cine y la fiesta. Como salí malo para el fut me enfoqué en la natación y aunque llegué a acercarme a los tiempos para participar en competencias nacionales, de nuevo la desidia y la fiesta me lo impidieron. Cuando me eliminaron de la última, el entrenador de la escuela hizo mucho coraje, porque decía que estaba desperdiciando mis condiciones y, que si me ponía a entrenar de verdad, podía aspirar, incluso, a una beca en una universidad americana. Pero yo no estaba para eso, yo tenía otras prioridades; como, por ejemplo, escaparme a Acapulco con mi novia de entonces y otros amigos y pasarnos el fin de semana completo sin dormir, de fiesta en fiesta, de antro en antro y si acaso dormitar un rato en la playa para tomar fuerza y seguir con la diversión.

Toda aquella época resultó magnífica. El problema vino después, cuando en casa me exigían que escogiera carrera y yo no tenía la menor idea de qué hacer. Para colmo de males, Elisa estaba obsesionada con que quería estudiar Derecho internacional y entrar al servicio exterior. Juraba y perjuraba que quería ser diplomática. Entró a estudiar francés y alemán, pasó el examen en la mejor universidad de Derecho del país y ya se veía a sí misma como embajadora en Francia o secretaria de Relaciones Exteriores. Claro que luego, cuando vio lo que le pagaban como modelo-edecán-demostradora, lo botó todo, pero en esa etapa sólo sirvió para darle a papá argumentos de sobra para meterme presión. El típico "deberías aprender de tu hermana" se volvió mi desayuno, comida y cena. Para quitármelos de encima entré a la Facultad de Arquitectura y hasta eso, contra todo pronóstico, aguanté tres semestres. Según yo, lo hice en conciencia; pero hoy supongo que en el fondo lo hice sólo por molestar; el caso es que luego de Arquitectura entré a Sociología. Papá me miraba como bicho raro. "¿Y eso para qué?". Yo tampoco sabía. "Siquiera estudia Derecho; a los abogados les va muy bien". Supongo que a mí no me importaba que me fuera bien, yo sólo quería quitármelos de encima.

Como era de esperarse, mi paso por Sociología resultó efímero y, luego de mucho meditar, entré a Comunicación. Era una carrera perfecta porque, aunque en el fondo no servía para demasiado, estaba relacionada con el cine, la televisión, el teatro y demás entretenimientos que me gustaban; pero, sobre todo, era la carrera con las niñas más guapas y esa razón era suficiente para mí.

Ya para entonces, la presión en casa era grande. Tenía veintitrés años y papá aún me daba mi mesada, y no dejaba de echármela en cara a cada momento. Una vez más, Elisa era el mejor ejemplo. Para ese momento ella ya trabajaba como modelo-edecán-demostradora, pero desde antes, desde que estaba en la universidad entró a trabajar como asistente de editora o algo así, en aquella revista de modas. El caso es que el único holgazán de la casa era yo.

Ésa era mi situación cuando asistí a la inauguración del Caprice, y desde luego, aun sin tener un centavo, me volví cliente asiduo. Circunstancialmente conocí a Reinaldo y no dejé de molestarlo e insistirle hasta que me dio trabajo de bar tender. Supongo que le caí bien. De estar al borde de que me echaran de mi casa por zángano, pase a tener mi buen dinero de propinas, conocer a niñas muy lindas cada noche y tomarme todos lo tragos que fuera capaz de resistir sin caerme. No supe cómo, pero había entrado en el paraíso; hasta que de la nada decidieron cerrarlo. Se corrieron muchas versiones pero nunca se supo bien. Debió ser algo muy fuerte, porque el lugar era un éxito absoluto.

Reinaldo se apiadó de mí y me llevó con él al Taj Majal. La verdad, quedó espantoso con aquellos muebles de colores y esa alfombra verde, pero de cualquier manera fue un éxito semejante al anterior. Luego de seis meses en el Taj, pude independizarme. Compartí departamento con Roco, otro compañero de la barra, y me olvidé por completo de la universidad. Cada que me veía, papá me atosigaba con sus consejos pero yo estaba demasiado ocupado siendo feliz como para perder el tiempo yendo a clases.

Reinaldo

Agüevo... cómo no. El pinche Esteban era buen bróder. En los últimos tiempos nos distanciamos un poco... o un mucho, pa'qué más que la verdad... ya saben, por asuntos de negocios y esas cosas; pero desde que lo conocí, el cabrón me cayó bien. Llegó a Caprice como cliente y desde el principio estuvo chingue y chingue para que le diera trabajo. No sé qué tantos pedos tenía en su casa y como la verdad, y sin joterías, era un güey alto y bonito, y además era buen cuate, pues me compadecí del ojete y acepté meterlo de bar tender, aun sin tener la mínima experiencia. Para la chamba estaba muy pendejo, pero yo creo que me hizo recordar cuando estaba chavo. Claro que cuando me comportaba como él, yo tenía quince y este güevón ya tenía veintitantos, pero yo no era su papá, así que me daba lo mismo; mientras cumpliera, fuera más o menos aprendiendo y las viejas siguieran embobadas mirándolo, para mí estaba bien.

Luego, cuando el Caprice valió madre, me lo jalé desde el principio al proyecto del Taj. El güey no tenía un varo y la escuela le valía madres, así que estaba pegado a mí y resultó un colaborador de primera. No le ponía peros a nada, no estaba maleado y, lo más importante, era un tipo de fiar. Nunca lo caché robándome o queriendo darme la vuelta y eso ya vale algo. Lo ingenuo y lo pendejo se lo tuve que ir quitando poco a poco y al final resultó muy útil. Era listo, sabía expresarse, no como esos güeyes que parecen animalitos sin domesticar. Pero, sobre todo, no andaba esperando un momento de distracción para darme una puñalada por la espalda, como pasaba con muchos otros, que sólo me hacían la coba para ver si podían chingarme y quedarse con mi puesto.

De hecho, con Esteban las cosas siempre funcionaron bien. Supongo que por eso nos fuimos haciendo amigos poco a poco. Desde que vi que podía servirme para el trabajo, le hablé al chile; le dije que si era leal lo iba a jalar siempre conmigo, que tenía a Pepe en la bolsa y trabajo y varo no le iban a faltar; pero que tenía que entender el lugar que le correspondía y que si un día trataba de brincarme, la cosa se volvería personal. Se cagó de risa y aceptó en chinga. Luego entendí que lo último que quería era un puesto como el mío, donde hay demasiadas responsabilidades. Él sólo quería seguir viviendo en Disneylandia; con su buen varo, sus buenas viejas, sus pedas cada fin de semana y tiempo libre para ir al cine y seguir estando guapo y mamey. Éramos el equipo perfecto y por eso estuvo conmigo en todos los lugares que trabajé. En la primera etapa como bar tender, luego fue capitán por un tiempo y en el último, en el Esperanto, lo puse de jefe de puerta, porque era perfecto para ella. Con los años que llevaba en el negocio, sabía la importancia de filtrar bien a la gente, además tenía una presencia muy cabrona y podía ser tan mamón como se ofreciera, para que los chavitos influyentes entendieran que para entrar al Esperanto había que ganárselo.

Él nunca quiso meterse en los otros negocios; supongo que le daba entre miedo y güeva. Pero en el antro era uno de mis brazos derechos, muy por encima de Roger, el subgerente, porque además de mi subordinado era mi amigo y me decía las cosas al chile, además de cuidarme la espalda.

Tanto en temas de trabajo como de amistad, las cosas fueron perfectas entre nosotros hasta que se enfermó su jefe. No sé qué chingados le pasó al ruco, pero un buen día se quedó como muñeco de cera, y como estaba muy necesitado de lana, Esteban vino a pedirme prestado. A mí se me hizo fácil involucrarlo en otras cosas. Desde ahí la relación entre nosotros se empezó a enturbiar, hasta que un buen día me di cuenta de que había valido madres por completo.

Diario de Elisa, 7 de septiembre

Ahora sólo falta que Esteban se ponga digno y deje de contestarme el teléfono. Le dejé recado en el buzón del celular y en el contestador de su casa, pero ya son las diez de la noche y aún no me ha llamado. Supongo que piensa que otra vez es por cosas de dinero y mejor se hace el desentendido. Así reacciona siempre, así que no debería sorprenderme. En realidad sí le llamaba por cosas de dinero, pero, digamos, de las buenas. Lo llamaba para calmarlo, para decirle que si necesitaba parte de lo que me dio, se lo regreso, que no se angustie, que entre todos sacaremos adelante el asunto de papá, que la cosa es estar unidos, como familia que somos.

Estoy muy enojada por tener que llamarlo para esto; pero no me quedó más remedio porque mamá me obligó. Poco a poco ha espaciado más y más sus visitas a papá, cada vez es más frío y distante y ahora mamá piensa que es por mi culpa, por la manera en que le exigí que pusiera su parte, pero, ¿no era eso lo más justo? Para mamá es muy fácil: "Habla con tu hermano y tranquilízalo para que venga más seguido; ya casi no ve a tu papá... menos mal que no me puede preguntar por él, porque no sé qué explicación le daría". Sí, eso está muy bien, pero, ¿por qué tengo que absorber yo todos los costos?

Ya parezco disco rayado, pero es que los reclamos de mamá me ponen de nervios. No es sólo el dinero. Yo vivo aquí y tengo que lidiar con ellos. Estoy al pendiente de ambos y encima de las enfermeras, de que no le falte comida, de que se cumplan los ejercicios, de que lo bañe, de que en la casa no falte nada, porque ahora nadie se acuerda de que también hay que pagar el súper, el gas, el agua y todo lo demás. Pero claro... pobrecito del niño Esteban que está incómodo porque le piden un poco de atención y le exigen que coopere con lo que pueda. Y encima, no contesta el teléfono y tampoco se reporta.

A mi hermano casi podría decir que ya no lo conozco. Por más que trato de recordar cuándo empezamos a distanciarnos, no soy capaz de identificar ningún momento en concreto. Me imagino que conforme crecimos nos convertimos en algo parecido a dos carreteras. Quizá al principio la separación era mínima, pero conforme avanzamos la diferencia se hizo cada vez más evidente, hasta que un día nos encontramos caminando en sentidos opuestos.

En fin... Esteban no llama y yo necesito dormir. Hoy en la tarde, cuando estaba atorada en el tráfico, me sentí repentinamente desesperada. Me imaginé como uno de esos cirqueros que están metidos en un cañón y sólo esperan a que se termine de consumir la mecha para ser disparados. Así me siento yo. Quizá tampoco sería tan malo salir volando de una vez; el problema es que la mecha de mi cañón no termina de consumirse nunca.

7 de septiembre, afuera del edificio donde vive Laura Villegas

Esteban está completamente desconcertado. No encuentra cómo justificar esta obsesión repentina e incontrolable que siente por Laura Villegas. Él sabe que ese sentimiento es absurdo porque, a la fecha, aún no le ha visto la cara sin esos lentes, nunca ha hablado con ella, no sabe cómo suena su voz, ni siquiera han cruzado una mirada casual y sin embargo, desde que la vio en el entierro de su padre, no puede dejar de pensar en ella.

Es posible que lo que te haya conmovido fuera observarla desesperanzada, mientras aquellos dos empleados de la funeraria empujaban y acomodaban la caja de cedro con los restos del licenciado Villegas en su recinto definitivo. Quizá fue después, cuando la viste tan ausente, rodeada de aquella multitud que la llenaba de pésames vacíos y que recibía sin manifestar emoción alguna. Esteban estuvo tentado a formarse en la fila de dolientes para expresarle sus propias condolencias. Estaba seguro que, en el estado en que se encontraba, no le haría preguntas; sólo las recibiría diciendo, si acaso, un "gracias" desganado, y así, de esa manera él podría abrazarla un instante, sentir su cuerpo delgado y tibio entre sus brazos. Recuerda cómo la mirabas, como desde lejos, tratabas de enviarle tu empatía; tú la comprendías bien porque, por más que quisieran convencerte de que tu caso es diferente, también perdiste a tu padre hace poco. También, no te engañes, la mirabas así porque sabías que eras tú quién lo había hecho, no el azar, ni el destino, ni una enfermedad fulminante, ni un asesino desconocido, sino tú, con tu propia mano y a cambio de dinero. No puedes negar que eso tiene que ver, no puedes negarte a ti mismo que gran parte de lo que te tiene sentado aquí, en este momento, es la culpa y no sólo la belleza y el atractivo de Laura Villegas. Mientras la mirabas subir al coche para marcharse, lo decidiste. Sabes que no tienes alternativa, que necesitas conocerla, y no sólo eso, necesitas conquistarla. Necesitas entrar a su vida, necesitas saber que todo está bien, que con tu ayuda superará el dolor y la pérdida, necesitas hacerla feliz de nuevo, como supones que lo era antes de perder a su padre; necesitas compensarla llenándola de amor y, de esa forma, llenar también el propio vacío que te quedó luego de que te dejara Mari Paz.

Ha pasado todo el día siguiéndola. Él sabe que esa actitud es absurda, pero no puede evitarlo. Mientras esperaba a que saliera de la galería, se preguntó muchas veces, ¿dónde quedó el recuerdo de Mari Paz que lo ha atosigado incansablemente durante los últimos siete meses? ¿No decías que se te había metido muy adentro y que jamás podrías olvidarla? ¿Dónde quedó toda esa palabrería hueca? ¿Dónde, Esteban, dónde quedó? ¿O es que acaso la enterraste encima del cuerpo del licenciado Villegas para poder buscarte una nueva obsesión que te llene los días y las noches y te mantenga entretenido?

Otra vez le viene a la cabeza el recuerdo de Mari Paz. Lo tiene aún muy claro, en especial los últimos momentos. Sin tocarse el corazón, lo dejó por otro más prometedor que él. Cambió al adulto inmaduro, que no acierta a hacer otra cosa que trabajar en la cadena de un antro de moda, por el exitoso empresario de presente próspero y futuro prometedor. ¿De veras puedes culparla por eso? Quieres recordarla como una maldita pero no puedes.

Esteban siente que le falta el aire y sale un momento del coche. Se sienta en la banqueta y en el vientre le aletea un profunda angustia que apenas lo deja pensar. Necesita entender lo que siente, lo que lo mueve a estar ahí, pero no se le ocurre cómo.

Son las seis cincuenta y cuatro de la tarde. Hace ya varios minutos que el Audi azul de Laura tomó su lugar en el estacionamiento del edificio. Es poco probable que hoy vuelva a salir, pero en todo caso a Esteban no le importa, porque piensa que tiene algo más importante que hacer. Aborda de nuevo su automóvil y, sin tener muy claro para qué, arranca en dirección a casa de Mari Paz. ¿Tienes alguna idea de por qué haces esto? ¿Qué harás cuando estés frente a la casa? ¿Qué le dirás, si por azares del destino vuelves tenerla enfrente? Por supuesto que no lo sabes, pero una vez más tus impulsos incontrolables llevan el timón.

Fueron cuarenta minutos de camino, sumados a los veinticinco que llevas aquí afuera mirando la fachada de la casa de Mari Paz sin saber qué debes hacer ahora. ¿Realmente te vas a bajar a tocar? ¿Qué pasa si no está? O peor aún, ¿qué pasa si está con él, en la sala, viendo una película, tal y como nunca lo hizo contigo? Si es el caso que no está, ¿piensas quedarte aquí esperándola a que llegue? ¿Esperando a qué? Hace seis meses que no sabes de ella, así que no tienes idea de su itinerario. Hoy es jueves y podría andar de fiesta y volver hasta la madrugada. Tampoco es imposible que ya se haya casado y ya ni siquiera viva aquí. ¿Y tú no tienes que ir a trabajar? ¿No debes estar en el Esperanto a más tardar a las diez? Desde luego que no puedes irte sin hacer lo que viniste a hacer, ¿pero qué es eso que viniste a hacer? ¿Ya tienes alguna idea?

Necesita saber lo que siente; saber lo que queda dentro de sí de aquella relación que tanto lo ha atormentado los últimos seis meses. Pero no sabe cómo lograrlo, hasta que se arma de valor y toma una decisión definitiva. Se para frente a la puerta de entrada, esa de la que tantas veces salió Mari Paz para irse con él, y toca el timbre. Te das cuenta de que sientes exactamente el mismo vacío en el estómago que te sacudió mientras matabas al licenciado Joaquín Villegas. Sientes el mismo temblor en la piernas, la misma ansiedad. ¿Por qué tú cuerpo no sabe distinguir una emoción de otra? ¿Por qué siempre reacciona igual, ya sea que se trate de amor, de muerte o de incertidumbre?

Abre la puerta Lupita, la empleada de servicio, que se sorprende de verte luego de tanto tiempo y que no acierta a preguntarte nada, así que eres tú quien, con seguridad inesperada, le ordenas que vaya en busca de Mari Paz. Asiente y entra de nuevo en la casa. Te deja ahí, con la puerta entreabierta y con un verdadero cráter en el centro del estómago. Pasan minutos eternos, hasta que por fin se prende la luz del vestíbulo y aparece Mari Paz que está a medio arreglar. Esteban entiende que en pocos minutos han de venir a buscarla. ¿Será el mismo novio por el que te dejó, o será uno nuevo? Te ahorras la pregunta porque a estas alturas ya no tiene importancia. Tiene el pelo más corto y un par de tonos más claro que su color natural, quizá un par de kilos menos y una cara de desconcierto y de nerviosismo que lo llena de valor. "Hola", le dice ella, apenas con un hilo de voz. Pero Esteban no responde, sólo la observa. A fin de cuentas a eso viniste, a observarla, a saber qué sientes de volver a tenerla frente a ti. ¿Todavía la reconoces? ¿Es la misma mirada de antes o es otra? ¿Tú eres el mismo, o también eres otro? "¿Estás bien?". Ella frunce el ceño asustada. "Sí, perdón... ¿cómo estás?". Ella parece estar a cada momento más confundida. "Pues bien... ¿y tú?". Esteban medita su respuesta un segundo. "Ahora, muy bien". Ambos guardan silencio y se miran como desconocidos. "Esteban, me estás asustando... ¿a qué viniste?". Antes no lo sabías pero ahora, al fin lo has entendido. "Vine a despedirme... a decirte adiós". Mari Paz se pasea la lengua por el labio superior mientras encuentra qué decir. "¿A dónde vas?". Sin duda tu respuesta la va a desconcertar aún más. "A ningún lado". Mari Paz lo mira como queriendo penetrar sus pensamientos y quizá así comprender esa escena inexplicable. "Habla claro, porque no te entiendo". "No hace falta...". Te das la vuelta y te encaminas hacia el auto. No te importa que los ojos de Mari Paz se claven en tu espalda y te juzguen como a un loco. Lo único que te importa es saber que por fin te sientes curado. No sabes si éste es un alivio natural o sólo una sustitución de obsesiones; pero te complace comprender que ahora, por fin, Mari Paz pertenece al pasado.

Laura. Bitácora de investigación: día 4

Han pasado ya varios días desde la muerte de mi papá y aún no consigo acostumbrarme a estar sola. Siento la casa más vacía que nunca. Es posible que sea en gran parte psicológico porque ya desde antes, por culpa de los horarios y el trabajo, nos veíamos muy poco. Había domingos que nos juntábamos a comer con parte de la familia, a veces con los tíos del lado de mi mamá y otras con los de mi papá. Pero los que más me gustaban era cuando nos íbamos desde el viernes en la tarde a la casa de Cocoyoc y la pasábamos con mi hermana y mis sobrinos. Ahí sí compartíamos más tiempo juntos. Teníamos muy buenas pláticas de sobremesa o nos sentábamos a hacer retas de backgammon junto a la alberca, mientras atardecía y esperábamos que llegara la hora cenar. Pero mientras estábamos en la ciudad, la verdad es que sabíamos muy poco el uno del otro.

Luisa me invitó a comer a su casa pero no tuve ganas de salir. Nunca me había dado cuenta de lo largo que puede ser un fin de semana; y eso que aún me falta el domingo.

Ya entrando en materia, con relación a lo de mi papá, lo primero que quiero consignar es el interrogatorio que me hizo el judicial encargado del caso. Es el comandante Felipe Ortiz. Es alto y gordo y usa cantidades inimaginables de una colonia con fondo de maderas que resulta exageradamente dulce y que a los cinco minutos ya me tenía mareada. No me gustó ni su presencia ni su actitud; y desde las primeras palabras confirmé que no es un tipo de confianza. Obviamente no soy la más experimentada en estos asuntos, pero me quedó la sensación de que todas las preguntas que me hizo no fueron para obtener datos y detalles que pudieran darle pistas para avanzar en la investigación, sino para darse cuenta realmente de qué tanto sabía yo sobre los asuntos de mi papá. Era como si quisiera, por un lado, confundirme con toda clase de pistas falsas y, por el otro, comprobar que los secretos de mi papá se habían ido con él.

Me preguntó si conocía a una tal Fernanda Pérez-Rey, y sí, la he visto un par de veces. No supe qué responder cuándo me preguntó si no había visto en ella nada sospechoso. Pero, ¿qué es "algo sospechoso"?. "Usted sabe, güerita... Algo sospechoso...", insistió el comandante Ortiz. Yo lo miraba con ganas de decirle que si tuviera que definir "algo sospechoso" diría que es justamente alguien como el comandante Ortiz; pero desde luego la apreciación me la guardé para mí. Le dije que a esa mujer la había conocido en un desfile de modas, hacía ya algún tiempo, y que luego la había vuelto a ver en dos o tres eventos sociales y nada más. Sabía que era una mujer divorciada, que organizaba fiestas de caridad y que era amiga de mucha gente de dinero. "¿Sabía que esa señora era amante de su papi?". El comandante Ortiz me tiró aquello a quemarropa, como para sacudirme y ver qué sacaba. "No, no lo sabía". Respondí fingiendo absoluta calma. Y la verdad es que no lo sabía y no puedo decir que no me importó; pero traté de calmarme pensando en que mi papá era un hombre viudo y que era una ingenuidad pensar que llevaba ocho años en el celibato total. Era lógico que tuviera amigas y en última instancia, bastante hizo con no paseárnoslas enfrente. Aquello me inquietó, es cierto, pero fue simplemente porque yo no lo veía como un hombre, sino como mi papá, que además tuvo un matrimonio feliz hasta que mamá murió; y si por alguna causa no había sido del todo feliz, yo no querría enterarme a estas alturas.

Supongo que Ortiz percibió mi intento de disimulo, porque me escrutaba con la mirada al mismo tiempo que liberó una especie de sonrisa retadora y volvió a revisar sus apuntes y de nuevo se lanzó a la carga. "¿Y no conoce a la señorita... Georgina Marbella?". No sé si fue la pregunta en sí, o el tono burlón, pero aquello me hizo enfurecer. "Mire, no sé a dónde quiera llegar, pero yo no estaba al pendiente de la vida sexual de mi papá; así que ya deje de molestarme con ese tipo de preguntas. A esa mujer jamás la había oído mencionar y no me imagino qué pueda tener que ver con el caso". Ortiz sonrió de nuevo, pero trató de contener su alegría por sacarme de mis casillas y retomó el tono serio y solemne de antes. "No lo sabemos, por eso tenemos que investigar. El caso de su papi es muy delicado y no debemos dejar de lado ninguna posible línea de investigación". Yo quería que me dejara en paz de una vez, pero Ortiz continuaba revisando sus papeles y fingiendo profesionalismo. "Unas preguntitas más y acabamos... ¿Conoce usted, güerita, a José Luis Rosales Escutia?". "No, nunca lo había escuchado nombrar". "Y, ¿le suena Importadora Centeno S.A.?". "No, tampoco me suena". Ortiz se puso de pie. "Ya ve, güerita, ya terminamos, era sólo cosa de tener un poco de paciencia. Le aseguro que esto lo vamos a resolver y que este crimen tan salvaje no quedará impune". Las frases hechas, dichas con semejante falta de convicción no sólo pierden el sentido sino que además resultan ofensivas. Ya cerca de la puerta se detuvo de golpe, como si apenas hubiera recordado un detalle significativo. "Oiga, y su papi nunca mencionó a un tal Francisco José Oliguerra". Noté que era importante porque me miraba fijamente como tratando de encontrar en mí una reacción especial. "¿Oli... qué?". "Oliguerra, también se le conoce como Frank... ¿nunca oyó que su papi lo nombrara?". No, nunca había oído que papá lo mencionara pero por el interés y la atención que ponía Ortiz en mis gestos y mis respuestas comprendí que ése sí podía ser una pieza clave en esta historia. Yo respondí con toda la naturalidad que me fue posible. "No, nunca escuché que lo nombrara". Luego de darme el pésame volvió a insistir: "¿De veras nunca mencionó a Frank? Acuérdese, como el mago". "No, le digo que nunca... ¿Es importante?". Ortiz volvió a mirarme a los ojos. "Como le dije antes, nunca se sabe... Ahí si se acuerda de algo, no deje de avisarme". Y por fin se fue, dejándome un papelito con su nombre y su celular.

Luego vino el velorio y el entierro. Los funcionarios del gobierno, que supuestamente eran amigos de papá, no dejaban de repetirnos que los responsables de aquello caerían, que no nos preocupáramos; cuando yo estoy cansada de saber que este país nadie paga por nada y que el verdadero culpable estaría en su casa muerto de la risa y sin el mínimo riesgo de terminar en la cárcel. Ojalá que al menos mi papá lo haya fregado lo suficiente como para que no lo olvide jamás. Lo que yo quería era sólo que nos permitieran enterrarlo en silencio y sin empujones y luego me dejaran volver a casa para empezar a asimilarlo.

Los siguientes días los he pasado en otra dimensión. El jueves no fui a dar mi clase en la universidad y, de hecho, me dieron también las dos de la próxima semana para que termine de recuperarme. Hablé con Jana para que se encargara de todos los pendientes de la galería, pero al final fui un rato jueves y viernes porque ya estaba cansada de tanto encierro y de tanta ansiedad.

Comprendí que si quiero recuperarme debo lidiar con la muerte de mi papá lo antes posible y por eso decidí permanecer en casa todo el fin de semana y enfrentar la situación, para ver si logro comprender algo. Lo primero que hice fue entrar a su estudio y me senté en ese escritorio donde tantas veces lo vi trabajar. Aún estaba todo revuelto luego de la "investigación policiaca". Abrí todos los cajones y estaban casi vacíos. Se habían llevado la computadora, la agenda, su Palm, su directorio telefónico, el tarjetero, en fin, todo lo que realmente le había pertenecido, y sólo habían dejado en los libreros sus enciclopedias de derecho y sus libros de jurisprudencia; eso sí, todos tirados y revueltos.

Lo que realmente me desconcertó es que tampoco estaban, ni la foto de Luisa ni la mía, que mi papá había puesto sobre la credenza, a un lado del humidificador de puros. ¿Para qué las querrían? ¿Qué podrían tener que ver con la investigación? Al menos dejaron sus plumas, su taza usada, su colección de timbres postales y el abrecartas de plata en forma de espada medieval que le traje de Londres hace dos años.

Ahí sentada lloré y lloré sin control por un buen rato, hasta quedarme dormida con los brazos cruzados encima del escritorio. Cuando abrí los ojos empezaba a atardecer. Levanté la cara y di una ojeada alrededor. Me quedaba claro que cualquier dato sobre la muerte de mi papá ya no podría encontrarlo en ese estudio, ni en su oficina del despacho, que ya había sido cateada desde el mismo martes en la tarde.

Para mí, el famoso licenciado Joaquín Villegas era sólo mi papá; pero no por eso puedo olvidar que muchas veces lo criticaban en los periódicos por defender a delincuentes y a veces hasta lo involucraban en negocios turbios. No era algo nuevo y desde siempre se había justificado con nosotras, diciendo que precisamente él era abogado y que su trabajo consistía en defender a quien lo necesitara, sin importar la calaña de la persona. Nos salía con aquello de que todos merecen una defensa justa y que hasta la Constitución lo contempla y todo eso de lo que se habla de sobra en las películas. Supongo que nosotras, sin decirlo, nos tratábamos de convencer de que era cierto, para no pensar demasiado en que esos delincuentes eran quienes al final pagaban nuestros colegios, nuestra ropa, nuestros viajes, nuestros coches, la casa en Cocoyoc y todo lo demás. Al principio mamá le protestaba mucho, Luisa y yo nos enojábamos cuando nos molestaban en la escuela, pero poco a poco comenzaron a llegar los lujos y terminamos por callar y aceptarlos como parte de un convenio tácito del que todos éramos plenamente conscientes aun sin hablar de él.

Ya había anochecido cuando entré en el cuarto de mi papá. También ahí la policía lo había revuelto todo. Había ropa tirada en el piso, hecha bola en los cajones o desacomodada en los ganchos del vestidor. Me senté en su lado de la cama y lo imaginé levantándose cada mañana y sentándose justo ahí, mirando hacia la ventana y pensando en lo que tenía que hacer a lo largo del día. En el buró está el teléfono y no pude resistir la curiosidad de ver qué números tenía grabados en la memoria. Es un poco tonto, pero sentí muy bonito cuando vi que en los lugares uno y dos tenía grabado tanto el celular de Luisa como el mío. Después venían los de su despacho, conmutador uno y dos y directo. Volví a odiar a Ortiz cuando vi que, en efecto, había en su listado una tal Georgina. Me llamó la atención que en la última memoria, en vez de anotar el nombre de una persona, había anotado un número de ocho dígitos. ¿De quién podía ser? Revisé la función de memoria de llamadas y justamente ése fue el último número marcado. El día y la hora correspondían con la inspección policiaca, así que ellos también habían sentido curiosidad. Por un momento me sentí toda una detective y no pude evitar intentarlo yo también. Oprimí "redial" y respondió la voz hueca de una grabación: "El número que usted marcó no existe". Ni hablar, otra pista que conducía a ningún sitio.

Luego entré al vestidor. Me estremeció sentir que todavía olía a él. Aunque todo revuelto, ahí estaban sus trajes, sus corbatas, su filita de ganchos con camisas blancas con sus iniciales bordadas sobre el bolsillo del pecho, la chamarra azul que siempre se llevaba cuando íbamos a Cocoyoc y, al fondo, pegados a la pared y cubiertos con un plástico de la tintorería, estaban los pants verdes que se ponía los sábados, cuando nos llevaba a Luisa y a mí a clase de danza. Los quité del gancho para verlos bien. Los dejó de usar hace mucho, no sólo porque habían pasado de moda, sino porque a últimas fechas ya no entraba en ellos. Y sin embargo los conservaba en perfecto estado. Quizá a él también le trajeran recuerdos. A mí me llevaron de regreso a la secundaria, a las clases de historia con la señora Valencia, a la competencia permanente que tenía con Tania por ver cuál de las dos juntaba más novios a lo largo del año escolar. Me acordé de los corajes que hacía Luisa con la danza, porque a pesar de que me ganaba en expresividad, yo le ganaba en velocidad, extensión y memoria, y de aquella vez en que la directora me castigó a mí porque Luisa le había pegado un chicle en el pelo a no sé quién, hasta que una maestra le dijo que, a pesar del parecido, yo era la otra. Lloré de emoción, porque entre mis recuerdos volví a ver a mi papá como era en aquella época. Vivíamos todavía en la casa de Las Lomas. De regreso de la danza comíamos los cuatro en el jardín. Mamá, que todavía no se enfermaba, nos preguntaba cómo nos había ido. Luisa se quejaba de mí y yo de ella; pero mamá ponía más interés en que nos termináramos la sopa, que en averiguar cuál tenía razón. Luego nos vestíamos muy guapas y nos íbamos cada una con sus amigos, ya fuera al cine o a alguna fiesta.

Quise mirar qué había en los estantes de arriba y me subí en la base del vestidor. No encontré nada interesante, salvo darme cuenta de que había una parte de la alfombra que estaba floja. Me agaché a comprobarlo y, en efecto, había una parte que no estaba pegada al escalón. Encontré una pestaña de tela que al jalarla se abrió del todo y apareció ante mis ojos una caja fuerte empotrada en la base del mueble que no sabía que existía. No sólo estaba sorprendida, sino que además me recorrió la extraña satisfacción de sentirme más lista que la policía, porque era evidente que si aún estaba ahí era porque nadie la había visto. El problema ahora consistía en averiguar qué números había que teclear para poder abrirla.

Me senté tranquilamente en la alfombra y comencé con lo más obvio. Los cumpleaños de todos, fechas de boda de papá, de Luisa, la de muerte de mamá, en fin, todo lo que se me ocurrió y nada. Pensaba en quién podría llamar para que la abriera y justamente al pensar en llamar, me acordé de los números misteriosos que están en la memoria del teléfono. Tan pronto terminé de teclear-los, se encendió una luz verde, se escuchó el mecanismo eléctrico que hizo correr los cerrojos y se liberó la puerta. Las manos me temblaban de emoción. Saqué todo lo que había dentro y lo puse sobre la alfombra. Hasta abajo había una carpeta con varios fól-ders y papeles, luego encontré algunos fajos de dólares y de euros, y un pasaporte con la foto de mi papá, pero que aparentemente pertenece a un tal: "José Luis Rosales Escutia". Aquél era uno de los nombres que me había mencionado el comandante Ortiz. Encima de todo había una caja de balas y una pistola que no se de qué calibre sea, pero que debe ser alto porque apenas me cabía en la mano. La pistola podría haberla comprado para defender la casa, aunque, la verdad, no estaba en el lugar más práctico para llegar a ella en caso de una emergencia. Pero al asunto del pasa-porte no le encuentro ninguna explicación razonable y no hay duda de que ese documento es falso y su origen evidentemente ilegal. ¿Para qué querría mi papá un pasaporte a nombre de un alias? Metí de nuevo la pistola y las balas, cerré la caja y acomodé la alfombra para que no se notara. Tomé todos los papeles y me los traje a mi cuarto.

Lo guardé todo en el cajón del tocador y me apuré a vestir-me, porque les había prometido a Jana y a Daniela que cenaría con ellas. Nada quisiera más que cancelar esta salida; pero están preocupadas por mí y si quiero que me dejen de atosigar con aten-ciones, tengo que comportarme tan normal como sea posible; ya habrá tiempo para continuar investigando.

Esteban

Para el tercer día de hospitalización de papá, la muela me dolía menos y ya casi podía hablar con claridad. Había bajado a la ca-lle a tomar un poco de aire, porque mamá se negaba a abrir la ventana, y en el cuarto apenas se podía respirar. Era viernes en la mañana, y gracias a que esa semana Reinaldo me había dado permiso de faltar, estaba completamente fresco; sin la desvelada crónica que lo hace a uno ver el mundo opaco, sin brillo, como desde atrás de una ventana cubierta con una capa de celofán.

Cuando entré de nuevo al vestíbulo del hospital, me llamó una recepcionista vestida con uniforme café. Me preguntó si era familiar del paciente del cuatrocientos ocho y le dije que era su hijo. Me explicó que, por un error del personal de urgencias, le habían llevado ahí la ropa y los efectos personales que llevaba papá al momento del ingreso. Firmé el comprobante y recibí la bolsa blanca donde venía su reloj, la ropa, los zapatos, un cinturón muy gastado, la medallita de San Esteban que le colgó del cuello desde que tengo memoria y que yo recordaba desde niño como un dije enorme y descomunal que me deslumbraba con su brillo cuando le daba el sol, pero que ahora, colocada sobre mi palma, no medía más que la mitad de mi pulgar y en ella, apenas se adivinaba la imagen desgastada del santo, y, finalmente, hasta el fondo, su teléfono celular.

El teléfono estaba apagado y supuse que se había quedado sin batería. Maquinalmente oprimí la tecla verde de encendido mientras pensaba en llevar la famosa bolsa al coche de una vez, para no tener que cargarla todo el día. Para mi sorpresa, el aparato se encendió, marcando aún media carga. Me deprimió un poco darme cuenta de que ahora ése era un objeto inútil porque papá no podría usarlo nunca más. Jugueteando con él entré en su lista de contactos y, salvo alguno aislado, todos me resultaban desconocidos. Supuse que eran relaciones del trabajo y era triste saber que papá no los volvería a llamar. Al volver al menú principal encontré que papá tenía un mensaje sin leer: "Gracias por lo de ayer. Eres lo mejor que me ha pasado en la vida. Te amo". El remitente estaba guardado como "Lic. Sotelo". ¿Papá estaba teniendo una aventura? ¿Quién era ella? ¿Y si en vez de una ella, era un él? No, eso no podía ser. Podía imaginarme a papá siéndole infiel a mamá, pero no con un hombre. Lo obvio era que papá lo guardó así en su teléfono para que, aún en el caso de que mamá viera las llamadas, no sospechara. Descarté por completo que el "Lic. Sotelo" fuera hombre y me sentí avergonzado de haberlo considerado siquiera. Pero, entonces, una vez más, ¿quién era ella? ¿Cómo había hecho papá para guardar ese secreto? ¿Pensaba seguir con ella mucho tiempo? ¿Era la primera vez que le hacía esto a mamá? ¿Era una relación intrascendente y pasajera o de veras estaba considerando dejar a mamá por el-la Lic. Sotelo? ¿Quién era realmente papá?

El mensaje estaba fechado el día del ataque. Esto quería decir que había estado con esa mujer el día anterior a su muerte para con el mundo. Me compadecí de papá y me pareció que, ya que le había pasado lo que le había pasado, al menos pudo despedirse de la existencia entre los brazos de una mujer que lo amaba y que quizá él amaba también. Ese pensamiento era injusto para con mamá, pero eso no impedía que fuera cierto. ¿Cuándo se termina de conocer a alguien? Quizá la única manera de intentar acercarse a conocer a alguien de verdad sea que ese alguien sea uno mismo; pero es posible que tampoco así se pueda del todo.

Naturalmente que me invadió una poderosa curiosidad de saber quién era esa mujer, pero no tenía manera de enterarme. Ese mensaje debió llegarle después del ataque. No había más mensajes recibidos ni tampoco había ninguno en enviados. Como era lógico, los borraba de la memoria para no ser descubierto. Eso me tranquilizó un poco, porque significaba que, por alguna razón, aún le importaba que mamá no lo descubriera. Sin embargo la Lic. Sotelo le decía que lo amaba. ¿A quién engañaba más papá: a mamá o a la Lic. Sotelo?

Pensé que debía buscarla, conocerla, hablar con ella para intentar saber un poco más de mi padre; al final no lo hice. Esa mujer formaba parte de la vida íntima de papá, aquello que todos tenemos y que no puede ser confesado, aquello por lo que haríamos hasta lo indecible para que nadie se enterara, aquello por lo que seríamos capaces hasta de matar para mantener oculto. Pensé que así debía continuar. A fin de cuentas, él ya no tenía posibilidad de decidir y, más allá de lo que sintiera o pensara hacer antes de la parálisis, ahora nos pertenecía para siempre. Yo no sabía quién era la Lic. Sotelo, pero de cualquier forma lo había perdido y ya no lo tendría más. ¿Qué sentido tenía mover más las cosas y que mamá se enterara? Pensé que quizá a papá le hubiera gustado despedirse y que aquella mujer que de alguna manera lo hizo feliz también merecía unas palabras finales. Abrí de nuevo el mensaje y oprimí "responder". "Quizá no podamos volvernos a ver pero quiero que sepas que yo también te amo" y lo envié. Luego borré ambos de la memoria, apagué el teléfono y me lo guardé en el bolsillo para que mamá no lo encontrara en la bolsa de las pertenencias y así evitar cualquier riesgo. No sabía si había hecho bien o mal, pero sentí un extraño alivio de que aquello hubiera terminado.

Traté de olvidarlo, pero semanas después, ya cuando papá estaba en casa pensé en decirle que lo sabía. Papá miraba el televisor sin expresión y yo le tomé la mano. Él me miró con desconcierto pero yo no me atreví a decirle nada. ¿Para qué atormentarlo cuando ni siquiera podría justificarse o idear una explicación exculpatoria? ¿Para qué recordarle lo que había dejado en el mundo, si ya no podría volver a disfrutarlo? ¿Para qué ponerlo en esa situación incómoda, si ni siquiera podría mentirme diciéndome que se arrepentía? No, no le dije nada, ni a él ni a nadie. Eso era algo que compartiría para siempre con papá; sería un secreto de ambos, aunque cada uno lo guardara por su lado.

Luego supe por Elisa que en la semana siguiente habían visitado el hospital tres de sus compañeros de trabajo, en representación de todos los demás. Eran dos hombres y una mujer y al parecer, la desconocida, que resultó llamarse Sofía Sotelo, se derrumbó en un llanto incontrolable y hasta tuvieron que darle un calmante. Al parecer mamá ya sospechaba algo, porque se puso furiosa desde que la vio y mucho más luego de la reacción que aquella mujer tuvo al verlo. Elisa me preguntaba si yo creía a papá capaz de haber engañado a mamá. Yo le dije que no sabía, pero que todo era posible. Al final mamá se aguantó el coraje y lo dejó pasar. Supongo que comprendió que no tenía sentido hacer más escándalo porque, a fin de cuentas, independientemente de lo que hubiera pasado, ya nadie podría quitárselo.

Diario de Elisa, 10 de septiembre

Hoy fue la primera vez, desde que está paralizado, que vi reír a papá. Claro que no hablo de la risa común, como la de todo el mundo, porque papá no puede mover la boca, ni los labios, ni los cachetes, ni nada; y, sin embargo, lo vi reír con los ojos.

Normalmente la enfermera de la noche sale a las ocho de la mañana, y, para ahorrar algo de dinero, los domingos durante el día nos encargamos de atenderlo entre mamá y yo. No es nada fácil, pero nos las ingeniamos; además, es papá y lo hacemos con gusto. No es que se queje de nada, pero las instrucciones de los médicos son moverlo lo más seguido que se pueda. Además, aunque los domingos no lo bañamos, hay que cambiarle el pañal, colocarle el alimento, en fin, estar al pendiente de él.

Desde el ataque, ya no tomo ningún trabajo en este día para poder estar en casa y ayudarle a mamá. Aunque no me sirve propiamente como descanso, me resulta reconfortante colaborar un poco. Además, mamá y yo nos damos nuestra escapada para desayunar. Durante toda la semana cuido cada gramo de comida, para mantenerme bien; pero ya le agarré gusto a esta salida semanal y me la regalo como un premio ganado y merecido. A eso de las once, lo dejamos listo y seguro, le ponemos la tele y salimos a comer una buena barbacoa que sirven en un restaurancito que está a menos de tres calles de aquí. Supongo que a las dos nos preocupa dejarlo solo, pero ¿qué puede pasarle en una hora?

Tengo que confesar que algunas veces me doy un poco de miedo y me siento profundamente avergonzada, porque en varias ocasiones al volver del desayuno y entrar en el cuarto de papá, me desilusiona un poco ver que está bien. Claro que es sólo un instante y luego doy gracias a Dios de que así sea. He tratado de pensar a qué se debe, quizá para encontrar alguna justificación que me consuele. Juro que no quiero que se muera, pero, no sé, quizá en el fondo sienta que es lo mejor que le podría pasar. La verdad es que me da vergüenza reconocer que a veces pienso que también para nosotras sería lo mejor. Que Dios me perdone por estar escribiendo esto, pero es verdad. Hay veces que tengo la impresión de que mamá piensa lo mismo, pero por supuesto jamás hemos hablado del asunto; y supongo que no lo haremos nunca.

Por primera vez en muchos domingos, hoy no acompañé a mamá a desayunar barbacoa. Anoche trabajé hasta tarde y en la mañana me costó despertar. Ella, luego del segundo llamado que no atendí, me dio por muerta y me dejó dormir hasta pasado mediodía. La verdad es que no me desvelé por el trabajo, pero tampoco tengo por qué platicárselo todo.

En realidad trabajé sólo hasta las siete como imagen de Jaguar, en la Feria Internacional del Automóvil. Todos los años trabajo en esta feria y los últimos cuatro con Jaguar. Me gusta trabajar con ellos, porque es la marca que tiene el mejor stand y la presencia más distinguida de todas; aunque se enojen los de Mercedes. Además, los uniformes son más discretos y elegantes y por si fuera poco, al final del evento, nos los regalan. Aunque nos los quitaran, de todos modos preferiría trabajar con ellos, porque una no tiene que andar de top diminuto y hotpants por todo el recinto ferial. La desventaja es que la mayoría de la gente que nos pide informes son señores de más de cincuenta años que nos ven con un morbo difícil de describir.

Me tocó hacer equipo con Rosana y con Lola y, resumiendo, basta decir que estuvimos las horas en gran plática con tres señores de lo más agradables. Como siempre sucede, terminaron por invitarnos a tomar una copa. Yo jamás salgo con clientes, pero Lola, que además era la única casada de las tres, insistió en que fuéramos un ratito y la verdad estaba tan fastidiada de todo que tampoco me pareció mala idea. Nos llevaron a un bar muy exclusivo por el rumbo de Las Lomas. No lo conocía, pero la verdad está muy lindo. Además la clientela es pura gente súper bien de la zona y prácticamente todos son mayores de treinta años.

Para mi buena suerte, a mí me tocó el más joven. Y cuando digo joven, me refiero a cuarenta y tres años, porque los otros dos eran bastante mayores. De hecho, uno de ellos, el señor que acaparó Lola desde el primer momento, resultó ser su tío y el único que realmente pensaba en comprarse un Jaguar. De hecho ya traía uno y no paró de hablar de él en toda la noche; como si no comprendiera que ninguna de las tres sabemos nada de coches y que sólo estábamos ahí por razones de imagen.

Lola no se anduvo con hipocresías y antes de las diez se fue con el señor del Jaguar. No había que ser bruja para entender que ambos eran casados y tenían que llegar a sus respectivas casas a una hora decente, así que ¿para qué perder el tiempo? Los otros dos nos invitaron a Rosana y a mí a cenar a un restaurante recién abierto que está en Mazaryk.

Hacía mucho que no comía caracoles. Rosana ni siquiera los quiso probar. A mí, la verdad no me saben a nada, pero me pareció de lo más *fashion* comer caracoles con una copa de champagne, en el sitio de moda y en buena compañía.

Me parece que fueron tres botellas entre los cuatro. Luego del postre y la sobremesa querían que fuéramos a bailar, pero la verdad yo no quería ir a meterme a un antro lleno de ruido. Yo ya estaba un poco mareada del champagne y lo que realmente quería era encerrarme en un cuarto con Rodrigo, así se llama, y dejarlo que me hiciera el amor hasta perder el sentido. Pero como me hubiera visto bastante mal de proponerlo, acepté pasar primero por el requisito del bar.

En una ida al baño, Rosana me dijo que ella se iba porque le acababa de bajar, pero yo, ya con otras dos copas encima, le pedí que me diera un poco de tiempo para esperar a que Rodrigo me lo propusiera por tercera vez, y ahora sí aceptar sin parecer tan necesitada. Me gustó que desde el principio me dijera la verdad. Rodrigo es casado y tiene dos hijos y se tomó la noche porque su familia salió de fin de semana. Saber que era casado me hizo sentir aliviada, porque así no habría complicaciones y, si todo salía bien, podríamos incluso vernos otras veces sin generar compromisos y relaciones de las que luego una ya no sabe cómo zafarse.

Yo estaba mareada de tanto alcohol, y quizá eso era lo que me tenía tan excitada. Quería hacer algo distinto, un poco perverso si se podía; y por eso le propuse que fuéramos a su casa a revolcarnos en su cama conyugal. Era una locura y, desde luego, no estuvo de acuerdo. Terminamos en un hotel muy lindo e hicimos el amor dos veces.

Rodrigo resultó un hombre tierno y amable, y, la verdad, yo ya necesitaba esos orgasmos más que respirar. Ya estaba quedándome dormida sobre su pecho cuando vi que pasaban de las cuatro y media. Lo desperté para que pidiera un taxi, y él, como todo un caballero, se ofreció a llevarme a mi casa. No acepté que lo hiciera, porque me había gustado mucho y preferí dejarlo con la imagen de la mujer perfecta e independiente, con la que no tienes que preocuparte de nada. Parece que la imagen funcionó, porque aún no son las diez de la noche del domingo y ya tengo tres llamadas de Rodrigo. No quise contestarle hoy, ya mañana le mando un mensajito dándole cualquier excusa. La verdad me gustó y me encantaría verlo de nuevo, pero todo a su tiempo.

Como escribí antes, desperté pasadas las doce. Al levantarme me encontré con la sorpresa de que mamá había traído la barbacoa a la casa. No nos gusta hacerlo así, porque sentimos que es un poco cruel recordarle a papá las cosas que él ya no puede hacer; pero en esta ocasión montamos una mesa en su cuarto y ahí colocamos todas las cosas del desayuno. Antes de los tacos, yo me serví un buen plato de consomé y le puse dos gotitas de jugo de limón, para cortarle un poco la grasa y aligerar el sabor fuerte del carnero. Mamá se lo tomó así como venía, pero sin ponerle verdura. Cuando le di la tercera cucharada, apareció en mi cuchara un dedal de costura. Sí, un dedal de esos con los que se cose la ropa y se usan para no picarse el dedo. ¿Cómo pudo haber ido a parar un dedal a la olla del consomé de carnero? Es un misterio que seguramente jamás se resolverá. Lo más sorprendente fue que a pesar del asco que me dan esas cosas, en vez de salir corriendo a vomitar, estallé a carcajadas, mientras mamá no daba crédito a lo que había encontrado en mi plato. Fue entonces que lo vi. Papá miraba el dedal y me miraba a mí y miraba a mamá y juro que lo vi sonreír. Quizá fuera sólo una leve sonrisa, quizá en sus adentros se carcajeaba igual o más que yo, pero como fuera, yo sé que se estaba riendo. Por primera vez en mucho tiempo lo vi feliz, aunque sólo fuera por un instante y, cuando lo comprendí, mezcladas con las carcajadas se me salieron lágrimas de emoción y corrí a abrazarlo y le dije que lo quería y juré para mis adentros que nunca más lo imaginaría muerto. Mientras escribo esto, la piel se me pone chinita y me recorre un escalofrío por todo el cuerpo. Mamá se puso furiosa y no quiso saber más del desayuno. Yo estaba tan contenta que, luego de quitar el dedal, me terminé mi plato y aun me comí los tacos que me tocaban. No siempre hay cosas realmente importantes que celebrar como para permitir que un simple dedal nos las arruine. Me voy a dormir, porque mañana comienza una nueva semana.

Laura. Bitácora de investigación: día 5

No fui capaz de disfrutar la cena con Jana y Daniela porque deseaba, más que ninguna otra cosa, regresar a casa y revisar los papeles que encontré guardados en la caja fuerte secreta de mi papá. Ellas me miraban con cara de lástima por lo mucho que suponían que estaba sufriendo, pero mi desesperación no era de tristeza sino de ansiedad.

El deseo de saber se combinaba con miedo ante lo que podía encontrar. Era posible que terminara por confirmar lo que todos decían de él; que no sólo defendía a los delincuentes, sino que era parte de la misma organización. De cualquier forma, yo sólo quería saber. Tener una razón, por absurda que fuera, para entender por qué a mi papá lo mataron así. Estoy segura de que eso me calmará y así podré dejar todo esto atrás y seguir con mi vida. Por fin terminamos el postre y Daniela me llevó a mi casa. Quién sabe cómo me veía que se ofreció a subir y pasar un rato conmigo mientras me entraba el sueño. Desde luego no la dejé, porque yo justamente lo que quería era estar sola.

Eran cerca de la una de la mañana cuando comencé a revisar los documentos. Había muchos papeles y ponerlos en algún orden que pudiera comprender me tomó un buen rato. Había estados de cuenta de distintos bancos y países, había escritos jurídicos en español y en inglés y un disco que contenía un intercambio de correos electrónicos desde distintos remitentes, todos desconocidos para mí. Al entrar en la lectura de los documentos, descubrí que el tal Francisco José Oliguerra Reséndiz aparecía en casi todos. Al principio todo resultaba confuso. Me llevó horas ordenarlos por fechas y secuencias para poder armar una hipótesis coherente. Luego de leerlo todo, los hechos parecen ser bastante simples. Al parecer, el señor Francisco José Oliguerra Reséndiz, alias Frank, estaba negociando con el gobierno de Estados Unidos para declarar como testigo protegido y recibir una recompensa de diez millones de dólares; negociación de la cual mi papá era el intermediario. En el escrito, elaborado por el despacho de mi papá, se mencionan muchos nombres, pero parece claro que el más importante es un tal Vladimir Huerta Peñaloza, que aparentemente es el jefe de una supuesta organización que en los documentos la llaman "Cártel del mar adentro" y un sinnúmero de empresas que al parecer blanquean dinero, producto de tráfico de estupefacientes y de comerciar con toda clase de productos robados o piratas.

En los correos electrónicos se entiende que también el famoso Frank formaba parte de la organización, pero que está enojado con el tal Vladimir porque asesinó a su hermano, al parecer por un problema de faldas, o algo así. Ahora, negociando con el gobierno americano, está dispuesto a hundirlo y de paso salvar su propia vida.

La cosa se complica, porque, al parecer, por consejo de papá, Frank le robó al tal Vladimir siete millones ochocientos mil dólares, que fueron a parar a una cuenta en islas Caimán a nombre de Armando Pérez Quintanilla, un alias del famoso Frank, y de José Luis Rosales Escutia, el nombre que está en el segundo pasaporte de mi papá.

Hay copias de cheques y depósitos en otras cuentas, que van pasando de unas a otras hasta llegar a la cuenta, digámosle concentradora, que está en Caimán. Por lo que se entiende, mi papá obtendría cinco millones de dólares de la recompensa que pagaría el gobierno americano a Frank y tres millones novecientos mil dólares del dinero robado de las cuentas de Vladimir. Esto a cambio de todos los trámites legales y negociaciones para concretar la declaración como testigo protegido, sumado al compromiso de velar, durante el proceso y el tiempo que resulte necesario, por la familia de Frank que está escondida en alguna parte de Costa Rica.

Parece evidente que el tal Vladimir se enteró de todo esto y por eso mandó matar a mi papá, pero las preguntas que se me ocurren son: ¿el tal Frank vive todavía? Si es así, ¿dónde está? El cateo que se hizo en mi casa y el bufete de papá fue exhaustivo, porque sin duda buscaban este expediente. ¿Qué tiene que ver la policía en toda esta historia? Y, por obviedad, ¿cuál es el siguiente paso que puedo dar?

Ya son las nueve y media de la mañana y estoy agotada. No puedo pensar con claridad, así que será mejor que me vaya a dormir un rato y lo decida después. ¿Qué otra cosa puedo hacer? Y lo más importante ¿Para qué? Aquí tengo las claves de las cuentas, así que fácilmente podría transferir el saldo y quedarme con él. Pero, ¿y después? Supongo que si les quitara semejante cantidad de dinero nadie se quedaría tan tranquilo. ¿Será por eso que la policía está tan urgida por encontrar los papeles de mi papá? ¿Qué pasaría si alguien se entera de que los tengo yo? Son decenas de preguntas y ninguna respuesta. Ya se me cierran los ojos, así que me voy a dormir. Quizá mañana todo esto me parezca menos complicado.

Reinaldo

Ustedes dirán lo que quieran, pero, por más que enamorarse se sienta bonito un tiempo, la neta, viéndolo fríamente, es la peor pendejada que uno puede cometer. El amor no hace otra cosa que empañar el sentido común y, para acabarla de joder, te vuelve vulnerable. Durante la adolescencia todos somos unos pendejos, así que en esa época no cuenta. Ya después, me había defendido bastante bien, hasta la apertura del Taj, en que conocí a la puta de Denise.

Me la presentó el DJ en una de mis apariciones en cabina para supervisar la música. Tenía diecinueve años y, aunque era muy flaquita y apenas tenía chichis, se cargaba unas nalguitas redondas y duras que le cortaban el aliento a cualquier cabrón que tuviera sangre en las venas.

Estaba paradita junto a la consola, inclinada hacia delante mirando a la gente y, en cuanto la vi parando el culito, me dieron ganas de mordérselo entero. Tenía los audífonos puestos y estaba escuchando una rola de hip-hop que el DJ pensaba poner enseguida de la que estaba sonando. En cuanto me vio, la hizo a un lado, porque sabía cuánto me cagaba que se distrajera en plena mezcla. Claro que la chavita lo ameritaba, pero yo asumí mi papel de jefe culero, sólo para enseñarle quién mandaba en el mejor lugar de México.

Cuando me la presentó, la muy mamona me miró de lado, como haciéndome menos y la neta eso me ardió hasta la madre. Luego de ese desplante me encapriché, porque a mí ninguna pinche chamaquita me hace esas caras. Era clienta frecuente, así que no faltaba cada semana. Yo hacía lo necesario para que nos topáramos por casualidad y ahí la saludaba haciéndome el cagado, tratando de invitarle un trago, pero siempre me daba la vuelta, y me miraba retadora con esa carita coqueta y aquellos ojos muy negros que parecían la entrada de unas cuevas profundas que me moría por conocer.

Un día, que me agarró de malas, me harté de tanto desprecio y en un descuido la jalé a una esquina y la besé agüevo. Al principio se revolvió como pinche charal, pero poco a poco fue cediendo, hasta que al final ella también me estaba besando, bien quietecita, por cierto, mientras yo le acariciaba las nalgas y le decía al oído cuánto me había gustado desde la primera vez que la vi.

Desde esa noche empezamos a salir y desde la primera vez que la llevé a mi casa salieron chispas de la cama. Cogimos como degenerados toda la noche, porque además resultó ser bastante perversa. Desde ese día fuimos inseparables y, por un rato, estaba sorprendido de sentirme al mismo tiempo enamorado y feliz.

Me pasaba el día entero pensado en ella como un pendejo colegial y aunque en el momento me gustaba recordarla, me encabronaba conmigo mismo por sentirme así y pasarme todo el tiempo distrayéndome con el recuerdo de sus ojos, en vez de estar pensando en lo que tenía que hacer para que el Taj siguiera siendo el mejor lugar de la ciudad, y así continuar creciendo en la organización y conseguir mejores oportunidades para hacer billete. Pero, ¿cómo se puede estar pensando en los ojos y la sonrisa y no sé cuanta pendejada más, de una pinche vieja, y al mismo tiempo planear lo que tenía que hacer para agradar a los patrones mafiosos? Les juro que no está cagado.

Así pasaron cuatro meses, hasta que una noche, regresando de la puerta, me la encuentro recargada en la barra, en plena chorcha y cagada de la risa, platicando con Pepe. Se me secó la boca y sentí un ardor en el estómago, como si me hubiera tragado un litro de ácido. Tomé aire y lo justifiqué, pensando que de lo pedo y lo perico que andaba, no la había reconocido como mi vieja y por eso bajó desde su mesa para hablar con ella. Hice acto de presencia, pero la muy hija de la chingada, en vez de bajarle de güevos, le siguió coqueteando como si se quisiera burlar de mí. Hice como que no me importaba y me fui a la esquina de la caja, desde dónde la estuve viendo. La muy culera me estaba dando picones y además le estaba saliendo bien, porque yo sentía que me llevaba la verga. Eso es enamorarse, pasar unos ratos buenos y otros en los que a uno se lo lleva la verga. A ver, díganme... ¿Qué puede tener eso de bueno?

Me moría de ganas de jalarla a la oficina y hacerle un pedote de su tamaño, pero no le iba a dar el gusto de dejar que me viera jodido de celos, y de paso enseñarle cuánto me importaba. Con todo y el nudo en el estómago, decidí hacerme güey y dejarla pasar.

Se la llevó leve algunas semanas, hasta que la encontré en su mesa bebiendo con él y echando la risa. Ni modo que llegara como un energúmeno a bajarla de ahí; no me quedó más remedio que morderme un güevo y aguantar vara. Lo que más me encabronaba era que ella sabía perfectamente lo que estaba haciendo, porque me miraba de reojo y me echaba risitas pendejas.

Dos días de la semana siguiente ni siquiera me contestó su cel, y eso sí ya me empezó a oler mal. Casualmente Pepe comenzó a hacerme encargos urgentes en días y horas que yo sabía que ella estaba libre, y la pinche gota que derramó el vaso fue ese jueves en que la vi estrenando un Cartier. Ya no era sólo saber que la había perdido, sino los putos celos de darme cuenta de que mientras seguía diciendo que era mi vieja, le estaba poniendo a todo lo que daba con mi propio jefe y valiéndole madres que me diera cuenta. No podía dormir, no podía pensar en otra cosa. Vivía en un verdadero infierno: el pinche infierno del amor.

Estaba enloquecido, por eso, en vez de mandarla a la chingada y olvidarla, como era lo lógico, me encapriché más y comencé a seguirla. De nuevo llegó una tarde en que Pepe me hizo uno de esos encargos urgentes, que no importaban en absoluto; pero yo se lo pasé a un bróder, sólo para estar libre y poder confirmar lo que era evidente. Llegó por ella el chofer de Pepe, y la llevó a un departamento que yo sabía que usaba para tirarse a sus putas y cuatro horas después, bien cogida, Denise salió de nuevo, con el pelo todavía húmedo, y el chofer la devolvió a su casa.

Sentado al volante de mi coche, lloré de impotencia. Quería mentar madres parejo, romperles la madre a todos, pero, ahora que por fin comenzaba a ver un futuro, no podía estropear las cosas con Pepe, por culpa de una putita que sólo le interesaba que la llenaran de regalos caros. Aguanté todavía unos días más sin hacerla de pedo. Hablé con ella por teléfono como si nada pasara; pero escucharla mentir con toda naturalidad, no hacía sino encabronarme más y más. Llegó el viernes y ya no aguanté. Estábamos junto a la barra y de pronto la sorprendo mirando de reojo hacia la mesa que él siempre ocupaba; aunque ese día ni siquiera había llegado aún. Ya no supe cómo controlar el encabronamiento y sin más, la tomé del brazo y la arrastré hasta el privado, donde, sin decirle ni agua va, le receté el primer cachetadón. Le grité que a mí ninguna puta me ve la cara y le rompí la madre bien y bonito. Los primeros cabronazos se los di con la mano abierta, pero cuando todavía se atrevió a negar lo que yo había confirmado de sobra, me enceguecí el coraje y me seguí con el puño cerrado y las patadas, hasta dejarla inconsciente encima del sillón. Menos mal que paré a tiempo, porque un poco más y la hubiera matado.

Me eché unos tragos de whisky, hasta que recuperé un poco la calma. Para que nunca volviera a pasarnos nada parecido a lo que nos hizo cerrar el Caprice, en el Taj decidimos contratar a un paramédico para atender las emergencias, y lo mandé llamar para que la reanimara. Cuando por fin volvió en sí, la agarré de los pelos y le dije que si volvía por ahí o la hacía de pedo por la madriza, la iba a matar; que eso se lo había ganado por ser una puta de mierda y que hasta le había salido barato. Hice que la llevaran a su casa y no la volví a ver nunca. Ya lo ven, como dice José José, "el amor acaba" y éste fue un lindo y digno final para ese sentimiento de mierda, ¿no les parece?

Pasé unos días de la chingada, al grado de que estuve a punto de llamarla para pedirle perdón. ¡Háganme el puto favor! Es de no creerse, pero fue verdad. Ahí me tenían, tirado en el sillón de mi departamento llorando por una pinche vieja que había puteado con mi propio jefe. Me juré que no me volvería a pasar, y casi lo cumplo; pero de eso ya hablaremos después.

Pepe no se apareció en todo el fin de semana y el martes en la tarde me citó en el lobby bar del hotel Presidente. Me recibió uno de sus guarros y me señaló la mesa dónde me esperaba: "Quiere hablar contigo, nomás no vayas a hacer pendejadas". Me senté frente a él y no pude evitar mirarlo con odio. Seguro lo sintió, porque en vez de aventarse un discurso, sólo se puso de pie y me ordenó que lo siguiera. Subimos en el elevador él, el mismo guarro que me había recibido y yo. Abrió la puerta de una suite y al entrar me encontré con toda una fiesta. Había una mesa completa llena de botellas de champagne, varios puños de buen perico distribuidos por toda la habitación y unas siete u ocho putas del más alto nivel. Me las señaló. "Agarra a las que quieras, son para ti". A mí todavía me hervía la sangre y no sabía cómo reaccionar. "La neta me ganó la calentura... pero hoy invito yo". O sea que, para él, yo simplemente le había invitado una puta. Aunque yo para dentro lo sentía diferente, el pedo es que en la realidad no le faltaba razón. Además, que un cabrón como él se disculpara con uno como yo, porque aun sin decirlo, todo ese show no era otra cosa que una disculpa, significaba que no sólo se daba cuenta de que se había manchado conmigo, sino que además le importaba que yo lo perdonara y me olvidara del asunto. Claro que podía salirle con la mariconada de que me había jodido demasiado, que para mí aquella pinche vieja no era una puta más, que de verdad estaba enamorado y cuanta pendejada cursi se me ocurriera, pero nada de eso cambiaría el pasado y además me dejaría enemistado con él para siempre. Preferí pensar que aquel episodio era una lección que me serviría para entender que el amor no sirve para un carajo, más que para apendejar a la gente, y, además, aprender que uno no puede fiarse de las pinches viejas.

Le dije que sí, que no había pedo. "Entonces ahí muere... ¿estamos a mano?". "Sí... estamos a mano". Juro que cuando le dije eso, pensé que lo decía de corazón, que de verdad lo perdonaba y lo dejaba todo en el olvido, pero ya ven cómo es la cabeza de traicionera; y aunque Pepe y yo jamás volvimos a tocar el tema; algunos años después me regresó a la memoria sin ni siquiera saber dónde lo tenía guardado. Pero no sean pinches impacientes, ya les dije que de eso hablaremos luego. "Pues órale... agárrate a las que quieras". Me volvió a decir Pepe; pero todas estaban buenísimas, así que me acordé del consejo de un buen camarada que había conocido desde mis épocas de Acapulco, y que para tomar cualquier decisión, desde escoger carne o pescado en un restaurante hasta decidirse por el color del coche que vas a comprar, decía siempre en su tono campechano: "Ante la duda, la más chichona...". Y justo eso hice; esa noche me agarré a las dos putas más chichonas y me encerré en uno de los cuartos, con mucho chupe y mucho perico, y salí de ahí hasta el jueves en la mañana. Y, por cierto, salí feliz, porque pensé que con todo aquello había matado dos pájaros de un tiro; había logrado arreglar las cosas con Pepe, lo que me aseguraba un futuro próspero, y, lo mejor de todo, me había desengañado por completo del amor.

Diario de Elisa, 16 de septiembre

Hace ya varios días que no escribía nada en este supuesto diario. La verdad es que veía muchas veces el cuaderno sobre el tocador, pero me daba una flojera enorme sólo de pensar en lo que había sucedido en el día y remover mis sentimientos. Por un lado he llegado tarde y cansada de trabajar y, por el otro, cada vez estoy más fastidiada de las neuras de mamá.

Cuando empecé con este cuaderno, lo hice con la intención de que me ayudara a recordar; de ser un testigo de lo que va pasando y de lo que siento ante cada hecho, pero no estoy segura de que algún día me interese recordar cómo me siento en este momento. Claro que comprendo que, a veces, la vida es muy burlona y muy cruel y, en una de ésas, sólo falta que en unos años recuerde esta época como "los buenos tiempos". Y mira Elisa, si esto es así, si estás leyendo esto en el futuro y piensas que esta época era maravillosa en comparación con tu presente, deja de leer y corre al edificio más alto que haya, y tírate de la azotea, porque estoy segura de que tu vida es una absoluta basura y no merece ser vivida.

Me río sola de lo que estoy escribiendo y es posible que se deba a que todavía me siento un poquito borracha, al grado de que ya me mandé un mensaje de suicidio para el futuro. Pero aún no digo que hoy estoy escribiendo junto al mar. Bueno, no literalmente al lado de la playa, pero sí desde mi cuarto de hotel en Acapulco.

Escribo en voz baja porque Rosana está dormida y roncando a todo lo que da. Ella está mucho más borracha y ya no pudo más. Hace un rato que subimos de tomarnos unas copas en la alberca y, como es sábado, tenemos pensado descansar un rato para luego arreglarnos de nuevo, salir a cenar y luego al antro, igual que lo hicimos ayer.

Yo también quiero dormir un rato antes de eso, para poder recuperarme y recargar energías; sólo que, después de la desvelada de ayer, no estoy segura de poder levantarme más tarde para volver a salir. A lo mejor quedarme sea lo más sensato, porque llevamos veinticuatro horas haciendo puras tonterías de adolescente y, si me ahorro las de hoy, quizá para cuando vuelva a México tenga menos cruda moral de la que ya empiezo a sentir. La ventaja es que, como ninguna de las tres trabajamos el lunes, podemos quedarnos un día más para reponernos.

Bueno, pero voy a empezar desde el principio para poner un poco de orden en mis ideas y escribir sobre lo que realmente me motivó a sentarme a garabatear estas páginas. Escribir sobre esta incomodidad que se me metió aquí, en el centro del pecho, y que me tiene entre ansiosa y triste, sin poderlo remediar.

Gracias a los héroes que nos dieron patria, ayer fue día del grito de Independencia y, por consiguiente, fiesta nacional. Este viaje apenas lo planeamos el jueves. Rosana me llamó para decirme que se venía con una amiga, y yo me apunté. A Martina sólo la había visto una vez en que trabajamos juntas hace años, en una sesión de fotos para Liverpool. Desde luego, me refiero a que sólo la había visto una vez en persona, porque en la tele la veo a cada rato en sus comerciales de shampoo. Rosana me contó que la tal Martina estaba deprimida porque la había dejado el novio y quería desestresarse en la playa. Ya tenían la reservación de hotel y el coche listo, y, como la verdad me dio un poco de coraje saber que Rodrigo se iba a Miami con su esposa y sus hijos, yo cancelé mi trabajo del viernes y me apunté para venir con ellas. A fin de cuentas, éste es el primer viaje de descanso que hago desde que fue lo de papá, y pensé que a mí también me sentaría bien salir un poco de la rutina.

Salimos el viernes en la mañana y todavía llegamos a tiempo para pasarnos una buena tarde al lado de alberca, bronceándonos al sol y tomando unas cuantas copas. Desde luego que era evidente que tres mujeres espectaculares en bikini no estarían solas mucho tiempo. Nos llegaron copas de todos lados y se acercaron a nosotras varios remedos de conquistadores que bateamos sin compasión, hasta que por ahí de la tercera o cuarta ronda, nos cayeron un trío decente de treintones guapos y agradables, y los dejamos que se quedaran con nosotras por un rato.

Nos reímos de las tonterías que no paró de decir el más alto y bebimos hasta marearnos. Luego nos invitaron a cenar, pero los rechazamos, porque aquél era plan de pura vieja. Fuimos a cenar a un lugar muy lindo, pero que se veía un poco charro de tantos adornos que le pusieron, por motivo de las fiestas patrias. Hasta a los pobres meseros los obligaron a usar esas camisas tricolores tan feas que los hacían ver como verdaderas piñatas tropicales.

Luego de la cena nos fuimos a un antro. Estaba lleno de puros chavitos, pero nosotras estábamos felices, así que no nos importó.

Martina de plano se desapareció con uno de los tres que habíamos conocido en la tarde y que llegó por ella en plena madrugada, supuestamente para ayudarle a superar su depresión por la pérdida del novio. Ya después Rosana me dijo la verdad. No había tal abandono de novio. Lo que tiene Martina es una depresión monumental porque ya no le renovaron el contrato como imagen del shampoo y porque en su lugar acaban de conseguir a una modelo mucho más joven. Es la hora que no la hemos visto, y sólo vino a cambiarse de ropa; pero ahora llegó acompañada de otro de los amigos de ayer en la alberca. No me sorprendería que mañana en la mañana apareciera, ahogada en alcohol, como ayer y hoy, y abrazada del alto, que es el único que le falta y que además es el más chistoso de los tres.

Rosana y yo seguimos en el antro hasta terminarnos la botella de vodka. Bateamos a todos los que se nos acercaron, porque nos prometimos que esa borrachera era sólo para nosotras, pero de alguna manera, ya muy tarde, yo acabé besuqueándome con un chavito, que yo creo que no tenía ni veinte años. Me dio ternura porque me tocaba por todos lados con una ansiedad divertidísima. Yo lo dejé hacer porque, según yo y mi borrachera, era una obra de caridad permitirle conocer un cuerpo hermoso. Cuando empezaba a amanecer, Rosana y yo salimos rumbo al hotel y apenas podíamos caminar de lo alcoholizadas que terminamos.

Hoy desperté con una terrible cruda moral, pero, por suerte, no me pesó tanto gracias a que también tenía de la otra y me sentía demasiado mal físicamente como para preocuparme por unos simples besitos caritativos. Luego de desayunar, y de que Rosana confirmara que Martina estaba bien, nos fuimos a la playa del Princess. De nuevo empezamos con unos tragos y como por arte de magia nos sentíamos alegres y repuestas otra vez. De nuevo nos cayeron montones de zopilotes de todas clases. Aunque no se aprovechaba ninguno, al menos sí sirvieron para subirnos la moral. Es lindo saberse bonita y atractiva. Todos nos veían embobados y se peleaban por embarrarnos el bronceador. Claro que no los dejamos, con lo de anoche habíamos tenido bastante, pero es agradable que le digan a una cosas bonitas y te miren con deseo.

Alrededor de las cuatro nos regresamos al hotel para evitar el tráfico de la escénica. Además, a ese ritmo, en poco tiempo ninguna de las dos podríamos manejar de vuelta. Seguimos tomando el sol y bebiendo aquí, en la alberca del hotel, hasta hace apenas un rato que decidimos subir a descansar para reponer fuerza y salir más tarde a cenar y de nuevo al antro. Rosana se quedó dormida como piedra en cuanto se recostó sobre la cama; pero yo, por más que lo intenté no pude. Me aburrí de la tele y decidí aprovechar la tina y darme un buen baño largo con agua muy calientita. Mientras se llenaba la tina, me miré en el espejo de cuerpo entero. Me veía espectacular con mi bikini verde. Ya luzco un bronceado bastante decente, aunque parece que me descuidé un poco, porque tengo los hombros algo enrojecidos. El caso es que me veía fantástica. Probé mirarme de un lado y de otro, comprobé que aún no tengo celulitis y todo está en su lugar. Luego me quité el bikini y me miré desnuda. Me sentí de nuevo muy orgullosa de mi cuerpo y posé para mí misma. Empecé a jugar imaginándome que estaba en una sesión de fotos para Playboy. Primero adopté todo tipo de poses, pero con inocencia; luego cambié por una actitud más sensual y terminé con poses realmente agresivas y sexuales, que jamás me habría atrevido a hacer en público, pero que me dejaron tremendamente excitada. Ya sumergida en el agua caliente comencé a tocarme muy despacito pensando en Rodrigo. Me acaricié los senos, me di pellizquitos suaves y cachondos en los pezones mientras con la otra mano me acariciaba el sexo hasta sentir el estremecimiento de un orgasmo suave y reparador.

Al salir del agua me puse la bata, pero al pasar de nuevo frente al espejo, no pude evitar quitármela para mirarme de nuevo. Ahora me miré de otra manera. Recordé lo que acaba de pasarle a Martina y pensé en que, a mi manera, no tardará en sucederme lo mismo. Es cierto que aún tengo un cuerpo firme y hermoso, pero, ¿por cuánto tiempo? Todavía soy atractiva, aún no tengo arrugas ni líneas de expresión que me marchiten el rostro y, en donde me presento, aún me buscan las miradas, tanto de los hombres con deseo, como de las mujeres con coraje y envidia. Todavía me dan buenos trabajos, aún me contratan para buenas campañas y con marcas de primer nivel, pero, ¿cuánto más puede durar toda esta magia? ¿Cuánto tiempo más puedo alargar esta vida? ¿Y después? Me miraba por un lado y por el otro. Es verdad que luzco espléndida, pero ya tengo treinta y dos años y el tiempo nunca perdona. ¿Cómo va a ser mi vida cuando ya no pueda destacar por mi apariencia? Y no sólo es el hecho de que poco a poco comenzarán a ofrecerme trabajos de menor nivel, con menos dinero y menos glamour, sino yo, en lo interior, ¿qué voy a sentir? Hoy me llenan los halagos; me satisface observarme hermosa; me siento feliz y plena después de una sesión de fotos, donde presté mi rostro o mi cuerpo para un producto, para una prenda de ropa, para una marca de maquillaje y con las imágenes finales se crea esa ilusión maravillosa de perfección y yo soy una parte importante de esa fantasía ideal de la que miles, o hasta millones de personas se cuelgan para sentirse bellos también, aunque no lo sean; pero, ¿y después?

Ya no quise pensar más y volví a ponerme la bata. Saqué las dos botellitas de vodka que había en el frigobar, sin importar que cuesten como si fueran de oro, y me las tomé de un sorbo, porque quería ver si así se aliviaba un poco la desesperanza y la tristeza que me inundó de pronto. Como no lo conseguí, decidí sentarme a escribir estos renglones, para ver si así consigo pensar con claridad y encontrar un poco de calma y de consuelo.

No sé qué es lo que me pasa. Hace apenas unos meses, unas semanas, yo estaba completamente feliz y tranquila con mi vida. Me sentía bella y fuerte como para pelear aún por los mejores trabajos, por los mejores escaparates para lucir mi elegancia y mi sensualidad, pero de pronto ya nada parece tener importancia y ya no estoy segura de que todo este esfuerzo y toda esta lucha valga realmente la pena.

A más tardar el lunes vuelvo a la ciudad y con ello a la rutina, a la casa con mamá y papá, regreso a mi trabajo, regreso a encontrarme con que no tengo siquiera una pareja a la cual llegar a abrazar, porque para Rodrigo no soy más que una mujer hermosa para tener sexo y salir de la monotonía de su matrimonio. ¿Y yo qué? ¿A mí qué me llena? ¿Yo qué obtengo de toda esa realidad que me tiene atrapada? ¿Cuál podría ser una buena razón para que el martes y el miércoles y el jueves y todos los demás días me levante de la cama? No tengo idea.

Los vodkas de oro del frigobar por fin empiezan a hacer efecto. Comienzo a sentirme pesada y rendida de cansancio. Voy a meterme en la cama y cuando Rosana me despierte para salir a cenar y luego al antro, le diré que se vaya sola, que busque a Martina o a quien mejor le parezca, porque yo no tengo nada a qué salir del cuarto. Le diré que me deje en paz porque yo prefiero dormir.

19 de septiembre, en el departamento de Esteban

Esteban viste sus jeans favoritos y la camisa azul que tan bien le sienta, en la que resaltan los brazos fuertes y los pectorales y el abdomen que moldea cada tarde en el gimnasio y se mira con acuciosidad en el espejo del baño. Sabe que necesita lucir bien, verse atractivo y seguro, porque hoy es el día en que pone en marcha su extraño plan para conquistar a Laura Villegas.

Habrá quien piense que es un plan absurdo. Es indiscutible que, cuando menos, lo parece. Pero, a fin de cuentas, la eficiencia de un plan no se mide por su apariencia, por sus parámetros o por sus etapas, sino por su grado de eficacia, y Esteban está decidido a convertirlo en un éxito.

Ahora que por fin la imagen de Mari Paz ha quedado en el pasado, se siente más ligero, más alegre, más dispuesto a tomar riesgos y a volver a poner en juego su corazón, tan vapuleado y adolorido hasta hace muy poco. Como símbolo de su resurrección, cortó en pedacitos muy pequeños la única foto que aún conservaba de su relación con Mari Paz. Aquella que le tomó una noche mientras dormía, en aquellos tiempos, hoy en apariencia tan remotos, en que aún eran felices. Con esos recortes diminutos, salió de su vida una imagen que aún, hasta hace poco, lo torturaba en sueños y que ahora ha quedado superada por completo.

Pero, volviendo a su plan; visto desde afuera parece bastante tonto y riesgoso, porque tiene una buena cantidad de aristas que pueden atorarse y hacerlo fallar. Pero fue lo único que se le ocurrió, tomando en cuenta el pequeño detalle de que ni siquiera la conoce y que no encontró ninguna manera más o menos natural de que pudieran coincidir. No tenía más remedio que ser creativo y sumar esa creatividad a todas las películas que ha visto, para así encontrar una manera de acercarse a ella y además causarle una buena impresión.

El primer paso consistió en la vigilancia cuidadosa. Necesitaba conocer sus costumbres, sus horarios, los lugares que acostumbraba frecuentar y la gente que habitualmente la rodeaba. Tomó nota de todo en una nueva libreta y ahí construyó una bitácora detallada. Gracias al asesinato del licenciado Joaquín Villegas, Esteban ha adquirido una cierta experiencia en los oficios del espionaje, que ahora decidió aprovechar.

Ni en el velorio, ni en los días de vigilancia posterior, encontró elementos que pudieran indicar que Laura Villegas tenga novio. Es verdad que la ha visto con gente, pero Esteban tiene buen ojo para distinguir un abrazo amistoso, un saludo fraternal, una caricia casual, de una mirada o un roce donde se involucre la cercanía y la confianza de aquellos que se sienten atraídos o que ya se relacionan íntimamente. No la conoce de antes, pero su actitud le permite inferir que está triste y deprimida y eso puede jugar en contra; porque, en ese estado, no son muchas las personas que se abren dispuestas a conocer gente nueva. Fue justamente darse cuenta de esa situación anímica lo que lo llevó a diseñar este plan descabellado, según el cual, si sale bien, podrá entablar relación con ella en sus propios terrenos y hacerla sentir así confiada y tranquila.

La muerte del licenciado Villegas sucedió el martes cinco. El resto de la semana ella casi no salió de casa, así que la vigilancia efectiva comenzó el lunes doce. Ya sabe que martes y jueves por la mañana da clases en la universidad. El resto de los días, por la mañana, Laura hace lo que para Esteban es el comportamiento más extraño que ha detectado en ella. Sale de su casa temprano y se desplaza al otro lado de la ciudad para entrar, cada día, en un café internet diferente. Es impensable que una mujer como Laura no tenga conexión en su casa; además es absurdo suponer que no los hay más cercanos, y eso sin contar con el hecho de alternar diferentes lugares. Esteban nunca comprendió esa conducta, pero para su fortuna, luego de eso, Laura regresa a una rutina predecible. Se dirige a la galería donde trabaja y que está relativamente cerca de su casa. Ahí suele llegar alrededor de las once para retirarse entre seis y media y siete, tomándose más o menos una hora para comer en algún restaurancito cercano, salvo las veces en que alguna de las mujeres con que trabaja sale a comprar sushi o bocadillos dietéticos. Ya por la tarde, al salir de la galería, las actividades de Laura se vuelven irregulares. Dos días regresó directo a su casa para ya no salir más. El martes cenó en casa de su hermana, el miércoles fue de compras a Santa Fe y el viernes fue al cine con las dos mujeres con que trabaja. El sábado estuvo de nuevo todo el día en Santa Fe, acompañando a su hermana y sus sobrinos, recorriendo el centro comercial semivacío por causa del puente provocado por las fiestas patrias, y el domingo sólo salió a rentar películas.

Esteban decidió que la parte más predecible y más adecuada para buscar un acercamiento con Laura era el tiempo que pasaba en la galería. Ahí podía prever sus movimientos y horarios con mayor precisión. Claro que juega en su contra el inconveniente de no tener la menor idea de nada relacionado con pintura o escultura; pero supuso que no toda la gente que entra es experta. Decidió que hoy pondría a funcionar su plan y confió en que las circunstancias no le jugarían un cambio inesperado. Dio por hecho que Laura iría a sus clases en la universidad y él decidió prepararse física y mentalmente para lo que debe hacer y ahora sale directo en dirección a la galería.

Se traslada en taxi. Para su fortuna, por fin, sin que haya resuelto nada se ha retirado el bloqueo que tuvo paralizada a la avenida Reforma durante cuarenta y ocho días y que además partía la ciudad y el país en dos. Es una bendición que así sea, porque ésta es la segunda vez en el día que Esteban tiene que hacer este recorrido. Por la mañana muy temprano fue a dejar el coche justo en la zona de la calle en que Laura siempre deja el suyo, bajo el supuesto cuidado de un franelero que, a cambio de una propina, le aparta el lugar y se lo cuida de todo mal. Volvió en taxi, para cambiarse de ropa y tomarse un respiro, y ahora regresa listo y dispuesto para lo que venga.

Son las cuatro treinta y dos de la tarde. Esteban baja del taxi y da un repaso a la situación. El coche de Laura está en el lugar previsto, a sólo dos coches de donde el suyo espera desde esta mañana. Da un paseo por toda la acera y encuentra que el franelero vigilante está en la esquina contraria, lavando un coche y en gran plática con otro compañero. Esteban sabe que éste el momento propicio y abre la cajuela de su coche, de la que saca un martillo y un puño de clavos gruesos. Observa la calle de un lado a otro y confirma que no viene nadie. Se coloca entre la banqueta y el Audi azul y se dispone a meterle los clavos en el perfil de las dos llantas alineadas con la banqueta. Nunca imaginó que para ponchar una llanta se necesitara tanta fuerza; pero finalmente el material plástico cede y el clavo desgarra el costado y entra por fin. Ahora pasa a la trasera y realiza la misma operación. Finalmente retira los clavos para que la pérdida de aire sea más rápida y la mala intención menos evidente.

Dentro del plan de Esteban era necesario inutilizar el Audi azul y le pareció que la manera más práctica era aquélla. ¿Quién traería dos refacciones en la cajuela? Nadie, desde luego. Se aparta de la hilera de coches y respira aliviado de ver que la primera parte del plan está hecha; pero al mismo tiempo siente la extraña ansiedad de saber que ha cruzado ya el punto de no retorno.

Son las cuatro cuarenta y cuatro de la tarde, así que Esteban aún debe esperar unos minutos a que den las cinco cincuenta para continuar con el siguiente paso de su estrategia. Mientras tanto, aguarda al otro lado de la calle, observando divertido como el franelero hace su ronda y se sorprende al encontrarse con las llantas ponchadas del Audi azul. Ahora el individuo, sucio y desarrapado, observa para todos lados y se rasca la cabeza. "¡Chale...!". Esteban alcanza a leerle los labios y apenas puede contener la carcajada. Aquel hombre decide no perder más tiempo y de inmediato toma la mochila que dejó colgada de un poste, para retirarse de la zona sin mayor vacilación. Se ve que las explicaciones inverosímiles no son su fuerte y prefiere lidiar con su clienta de todos los días hasta la mañana siguiente. Es posible que para entonces ya se le haya bajado un poco el coraje. Así podrá decirle que le mandaron hablar de su casa, porque su madre enfermó y que no tiene la menor idea de qué pudo suceder en su ausencia. Incluso, con todo el cinismo de que es capaz le dirá. "¿Ya ve, güerita...? Cuándo estoy aquí para cuidárselo nunca le pasa nada, nomás me voy y mire nomás...". ¿Llegará al grado de utilizar el acto planeado de Esteban como pretexto para subirle la tarifa por sus invaluables servicios de vigilancia? No debe descartarse la posibilidad de que así suceda.

Esteban sabe que la galería cierra al público a las seis y que Laura sale aproximadamente media hora después. Ha planeado dejar que el tiempo corra y en el momento propicio, entrar a pedir informes sobre unos cuadros. Naturalmente debe lograr que sea

Laura, y no sus asistentas, quien lo reciba. Él sabe, gracias a su vigilancia, que una de las dos sale siempre unos minutos antes de las seis, como si debiera estar en algún lugar cercano justo a esa hora. La otra siempre espera al final y sale junto con Laura. Son las cinco cuarenta y nueve de la tarde y por fin la mujer rubia sale, como todos los días, para llegar a tiempo a sus clases de inglés, o de cocina checoslovaca, o de lo que sea que le permita tener autorización para salir antes de la hora. El momento llegó y ese hormigueo de ansiedad y de emoción lo recorre de pies a cabeza. Se acerca al aparador, pero en vez de observar la pieza exhibida en él, lo usa como ventana para analizar los movimientos interiores. Tal y como lo planeó, ahora las otras dos mujeres están solas. En el salón principal únicamente está la otra. Parece que Laura está en el baño, o en el privado del fondo. Esteban tiene la boca seca y mira el reloj. Son cinco cincuenta y ya no puede esperar mucho más. Por fin Laura sale del privado y platica algo con su asistenta. Es el momento de dar el siguiente paso, antes de que algún imprevisto altere ese escenario ideal. Esteban saca su celular y busca en la memoria el número de la galería, que previamente grabó. Sabe que siempre es la otra la que toma las llamadas y eso le permitirá que Laura quede desocupada y así pueda ser ella quién lo atienda.

Marca y espera a que suene. En efecto, la otra mujer camina hasta el escritorio, mientras Esteban ingresa en la galería ocultando el teléfono en plena llamada, dentro del bolsillo del saco de pana negra.

Una vez más te sacude esa maldita sensación, la de siempre, la que no distingue entre el amor y el odio, o entre la emoción del enamorado y la ansiedad del homicida. Caminas titubeante. Sabes que no puede abandonarte el valor justamente en el momento más importante. Sabes que ya que se toma una decisión, hay que seguir hasta el final y que, si fuiste capaz de acribillar a un hombre a balazos, también serás capaz de hacerle plática a una mujer hermosa. Por fin puedes verla de cerca. Por fin tienes frente a ti ese rostro tantas veces soñado, tantas veces imaginado. Por fin puedes comprobar que tenías razón; que sus ojos son café claro, casi miel; que sus cejas son expresivas y coquetas; que su nariz es corta y recta; que a sus pómulos marcados y a la piel blanca y tersa de su rostro los adornan algunas pecas, que, a manera de estrellas, le constelan de alegría la expresión juvenil. Sus labios delgados te dan las buenas tardes, y su voz, melodiosa y grave, corresponde a la perfección con el timbre y la suavidad precisas para hacerte temblar las piernas, al grado de casi romperse bajo el peso de tu cuerpo.

Esteban corta la llamada distractora que hizo a la misma galería y saca la mano del saco, para de inmediato ocultar ambas en los bolsillos del pantalón, y que así Laura no detecte ese temblor que apenas es capaz de controlar. Responde con la voz entrecortada al saludo de Laura, que de inmediato le pregunta si busca alguna pieza en especial.

"Sí, gracias, es que estoy buscando un cuadro para mi casa". Ahí debiste terminar la frase, dejar que fuera ella la que diera una exposición respecto a las piezas de que dispone; pero la ansiedad y la ignorancia te llevaron rematar la idea con un detalle que te pone parcialmente al descubierto. "A ver si tienes alguno en tonos rojos... para que levante la pared". Laura frunce el ceño sorprendida y responde con ironía molesta. "¿Quieres una pieza de arte o un pedazo de tapiz?". Se ve que no es la primera vez que lidia con gente como tú, que desconociendo por completo de trazos, técnicas y texturas, sólo les interesa un trozo de tela vistoso que llene el hueco incómodo de la pared. No te queda más que intentar hacerla reír. "¿No se pueden ambas? Y de preferencia que no cueste demasiado". Laura sonríe y por primera vez observas los hoyitos sensuales que le hunden el centro de las mejillas. Sin duda tu candidez le causó ternura; la forma en que te ve da muestras de que no le resultas del todo indiferente.

Te hace la señal de que la sigas y camina en dirección al fondo del salón. No puedes evitar mirarla de arriba abajo; tiene una figura esbelta, y aunque apenas se le dibuja la ondulación de las caderas, tiene un contoneo sutil que le hace lucir sensual el trasero pequeño y de formas curvas y delicadas. En los primeros pasos te le emparejas. Te señala hacia una de las paredes laterales. "¡Ah, qué pena!... aquél es muy bueno, y en unos años va a duplicar su valor... lástima que sea verde". Trata de contener una sonrisa, pero te mira de lado y de nuevo aparecen, furtivos, los hoyitos del cachete. "Esa tontería no me la vas a perdonar jamás, ¿verdad?". "No, nunca". Ambos ríen cruzando miradas y te pone feliz sentir esta química que los intercomunica más allá de las palabras.

Resulta incierto y aventurado profetizar por cuánto tiempo Esteban será capaz de sostener esta pequeña farsa, pero por ahora, las cosas marchan a la perfección, al grado que ha perdido por completo el nerviosismo. Laura continúa su camino y se detiene en la sección más lejana de la galería. Señala a la pared donde hay exhibidos cuatro cuadros; todos, por cierto, en tonos rojizos. "Vamos a ver... ¿cuáles te gustan más? Los rojos grandes o los rojos chicos". En primera instancia, el sarcasmo de Laura burlándose de tu ignorancia pictórica te resulta delicioso. Pero de pronto, te pone alerta una leve punzada en el estómago que te hace darte cuenta de que a estas alturas lo más probable es que Laura ya no te esté tomando en serio y piense que todo esto es una broma. De cualquier manera no te queda más remedio que seguir hasta el final. Los que señala como "grandes" son dos piezas que miden alrededor de los dos metros por lado; los otros, los que identificó como "los chicos" tendrán acaso la mitad. "Los chicos". Laura asiente divertida. "Lo supuse... y de los chicos... ¿el caro o el barato?". Piénsalo bien, Esteban, porque el identificado como barato tiene en el centro tonos lilas y te puedes arrepentir toda la vida. "El barato está bien". Se comprende, no tienes otra alternativa; sin embargo Laura continúa mirándote con esa sonrisa incrédula. "Excelente elección... ése cuesta siete mil dólares". "¡¿Dólares?!". "Sí, dólares". Esteban mira el cuadro como si contemplara un animal mitológico.

Estás metido en un pequeño lío. Desde luego que la solución es fácil, das las gracias, sales de la galería con tanta dignidad como sea posible y asunto acabado; pero con lo que llevas hasta ahora es muy complicado que puedas lograr algo con Laura. Necesitas avanzar más, pero cómo hacerlo con un cuadro que vale más que lo que llevas pagado del coche. Ahora Laura te mira, y manteniendo el tono burlón, te da una solución divertida: "Claro que también puedes tomar menos de la mitad, cambiar la alfombra, renovar los muebles, tomar vacaciones en la playa y comprar uno de esos cuadritos con girasoles que venden en Coyoacán.". Al menos te queda el consuelo de que está pasando un rato entretenido. "Sí, también podría hacer eso...". Ambos guardan un silencio grave, el primero de verdad incómodo desde que Esteban entró a la galería. No tengo que decírtelo, sabes perfectamente que estás atorado y que necesitas un auténtico milagro para recomponer lo que marchaba de maravilla hace apenas unos momentos. "Me rindo... es cierto que empecé mal. No sé nada de arte, ni de cuadros; pero, no sé cómo explicártelo, tengo una gran ilusión de tener una pintura original. Es una tontería, lo sé, pero quiero ver en mi pared algo que alguien haya hecho con su propia mano, le haya puesto todo su deseo, toda su creatividad, todas sus alegrías y sus angustias. Un cuadro donde el artista haya intentado reflejar todo el amor que siente, o toda la tristeza por esa novia que tanto amaba y lo dejó por otro, toda la desesperanza luego de haber sido alcanzado por la muerte de un familiar muy querido. Claro... pero que no cueste siete mil dólares ¿No sé si me explico?". Tu discurso sacado de la manga ha dejado a Laura con la boca abierta. Claro que eso de "la desesperanza luego de haber sido alcanzado por la muerte de un familiar muy querido" no parece producto de la simple retórica, ni mucho menos de la casualidad. Como sea, de lo que se trataba era de provocar una reacción y ésa, al parecer, la has conseguido.

Laura te mira fijamente, como tratando de penetrar en tu cabeza y conocer tus verdaderas intenciones. "¿Cuánto quieres gastar?". "¿La verdad? Lo menos posible...". "¿Aunque no sea rojo?". "Ni siquiera me gusta el rojo... además no me combina con nada". Laura sonríe de nuevo y ahora camina hacia otra ala de la galería. Es un cuadro de metro y medio por uno, donde aparece una mujer sensual con poca ropa, pintada con tipografía de cómic sesentero, que está recargada en el malecón de La Habana, agitando una bandera y celebrando el triunfo de la revolución. "Es una pieza interesante; por un lado es una imagen típicamente gringa y popera, pero celebrando el triunfo del archienemigo. El pintor es un cubano que estudió en Miami, pero que lleva ya una buena trayectoria en México. Te aseguro que en unos años le vas a ganar dinero. Tiene demasiado azul y demasiado amarillo, pero sólo cuesta dos mil quinientos dólares". La respuesta te sale del corazón. "¡Una verdadera ganga!". Laura te mira molesta "Oye, no estamos en el tianguis... en este tamaño es lo más barato que te puedo ofrecer; realmente deberías considerar lo de ir a Coyoacán". Estás jalando demasiado la liga. Éste es el momento de la verdad. La conmoviste en alguna medida y te buscó la pieza más barata que tenía; si la compras, tendrás cierto pretexto para hablarle, para convencerla de que te acepte siquiera un café. Recuerda que además son seis catorce de la tarde y aún falta la siguiente parte del plan, sólo que, sin cuadro difícilmente habrá posibilidad de que la segunda parte cuaje. Pero, por otro lado, ¿de dónde vas a sacar dos mil quinientos dólares? Eso poco importa; lo que es un hecho es que si pretendes tener el mínimo avance con Laura Villegas tienes que comprar la dichosa pintura.

Por fin Esteban le dice que sí, que la compra. Ella, todavía un poco incrédula lo conduce al escritorio donde le muestra una ficha del cuadro en la que se exponen todas las características, técnicas, materiales, datos del autor, etcétera; incluida una pequeña reproducción a color de cinco centímetros de ancho. Laura te da una explicación completa, tanto del cuadro, como del embalaje, el certificado de autenticidad, la entrega y demás detalles; pero tú no le pones atención porque estás concentrado en resolver la manera de lograr que esa compra sea posible. Por fin se arma de valor y la interrumpe. "Mira, sí quiero el cuadro, pero en este momento no tengo los dos mil quinientos dólares. Puedo venir mañana y dejarte un anticipo de cinco mil pesos, para que veas que es una cosa seria, en tres o cuatro semanas lo liquido". En el mismo momento de decirlo, Esteban se avergüenza y se arrepiente de haber usado la palabra "liquido" frente a Laura; pero ella no parece interpretarla como sinónimo de muerte, ni encontrarle relación alguna con la ejecución de su padre. Ella más bien parece estar haciendo cuentas mentales y todo tipo de consideraciones financieras. "No sé por qué hago esto; es una pieza que se vende muy fácil. Pero con tus cinco mil pesos te lo aparto por un mes, ni un día más". Felicidades Esteban, Laura acaba de hacer una consideración especial contigo y eso no puede ser una mala noticia. En principio ya tienes pretexto para verla mañana. Y mira que tu plan parecía todo un disparate. Con excepción de los dos mil quinientos dólares que tienes que conseguir en menos de un mes para pagar un cuadro que ni siquiera te gusta, todo te está saliendo de maravilla.

Son las seis veintidós de la tarde y la colaboradora de Laura te mira con impaciencia. Ya fue al privado a recoger su bolso y trae consigo también el de Laura. "Pues te esperamos mañana de diez a seis. Si no estoy yo, le dejas el anticipo aquí a Jana o a la otra niña que se llama Daniela". Desde luego que no le piensas decir que no pretendes tratar con nadie que no sea ella, porque con la emoción que sientes podrías parecer un psicópata obsesivo y peligroso, y sería una pena que te viera así ahora que comienzas a ganarte su confianza. Por otro lado, tienes la impresión de que, en el fondo, ella también desea verte de nuevo y eso te pone aún más feliz. Decides probar con algo sutil. "Prefiero dártelo a ti... no sea que me vayan a desconocer". Laura sonríe y asiente. "Pues entonces te veo después de mediodía".

Aún no es tiempo de cantar victoria. Las dos mujeres se levantan y Esteban lo hace también. Se despide desde la puerta, mientras Jana se dirige a apagar las luces y Laura revuelve su bolso en busca de las llaves del Audi azul. Ya en la calle, Esteban camina con lentitud exagerada. Finge contestar su celular y observa que ambas se despiden. Sabe que el coche de Jana está al otro de la acera y que ya no verá que Laura tiene las dos llantas ponchadas. Dejas que Laura pase frente a ti y se adelante. Continúas con tu llamada imaginaria, mientas la ves llegar al Audi azul y mirarlo desencajada. Ahora voltea a todos lados con expresión de terror y decides que es suficiente plática con la nada y que es hora de aplicar la siguiente parte del plan. Conforme te acercas, te das cuenta de que Laura está sumergida en un profundo estado de angustia. Caes en la cuenta de que, luego del asesinato de su padre, interpreta ese mini atentado como un hecho en franca relación con el otro; quizá como un aviso, como una amenaza que no termina de entender. En eso no habías pensado. Se trataba de tener un pretexto para llevarla a su casa y charlar un rato adicional, no para provocarle un ataque de pánico en plena calle.

Por fin llegas a su lado, le hablas y ella voltea sobresaltada, aunque se calma al comprobar que eres tú. "¿Tienes algún problema?". "Sí, las llantas". Las señala con la mano temblorosa. "Pero son dos... supongo que no traes dos en la cajuela". "No, claro". A pesar del sobresalto, la ocasión se presenta aún más perfecta de lo que habías imaginado. Laura desea irse de ahí más que ninguna otra cosa. "¿Quieres que te lleve a tu casa?". A pesar del miedo, todavía duda. "Pero ni modo que lo deje aquí". "De todas maneras no creo que así como está se lo puedan llevar". Laura observa por un instante el Audi azul y luego mira a Esteban, aún con cierta desconfianza. "Está bien... al rato llamo a Isma para que venga mañana por él". Está aterrada, lo sientes. Trata de ser discreta, pero tú, que sabes los antecedentes, te das cuenta a la perfección de que voltea en todas direcciones de manera convulsa. Necesita irse de ahí, sentirse a salvo, saberse protegida.

Suben al auto y tratas de iniciar la conversación de alguna manera que la relaje. "Y ese tal Ismael, ¿no será tu novio?". Laura por fin se libera un poco con una gran carcajada. "No, cómo crees. Es el mensajero del despacho de mi papá". Por su actitud, cada vez más relajada, parece que Laura entiende como providencial el hecho de que estuvieras justo ahí el momento indicado, en vez de tener que andar hasta la avenida en busca de un taxi, con todo y el terror que la sacudía de pies a cabeza. Da la impresión de que la charla va a continuar con el mismo tono cordial con que comenzó. No cabe duda de que a pesar de los defectos intrínsecos del plan, todo está resultado perfecto. Sólo cabe esperar, Esteban, que en estas pocas calles que tienes que recorrer no cometas algún error fatal que lo complique todo.

3

19 de septiembre, en el interior
del automóvil de Esteban

Laura y Esteban viajan juntos por las calles de Polanco. Salieron de la galería, donde dejaron el Audi azul con dos llantas ponchadas. Desde que arrancaron, la angustia de Laura parece ceder un poco. Platican de cosas triviales. Esteban intenta ser agradable y a la vez tranquilizarla, para de esa forma aprovechar estos pocos minutos que habrá de durar el viaje, y crear alguna clase de vínculo que le permita, al menos, que Laura le acepte un café.

Esteban le pregunta sobre la galería. "Y, ¿cómo fue que decidiste hacer eso?". "Siempre me ha gustado. Es divertido... cada pieza que te llega es un intento de crear el mundo. Claro que a veces llegan mundos muy malhechos". Laura le explica que está preparando una exposición y que tiene muchísimo trabajo, porque aún debe clasificar y ordenar muchas piezas y el tiempo apremia. Ahora parece paulatinamente más tranquila. Te explica sobre su trabajo y su voz se llena de ímpetu, de orgullo, de pasión. La escuchas embelesado y por eso pierdes la noción de tu propio plan y terminas por cometer este error absurdo que nunca debió suceder. ¿Cómo es posible que, luego de haber superado lo más difícil, te equivoques de forma tan infantil? Laura interrumpe su discurso para mirar alrededor. Tú notas que algo ha sucedido, que algo va mal; pero en tu distracción aún no alcanzas a comprender en qué te equivocaste. No te apures, enseguida te lo hará ver. "¿Pasa algo?". Laura gira la cabeza y clava en los tuyos sus ojos café claro. "¿Cómo sabes dónde vivo?".

¿No te parece increíble que, luego de ejecutar paso a paso un plan tan descabellado, todo salga perfecto y que por una tontería lo eches a perder? ¿Qué te costaba preguntarle su dirección antes de arrancar, para luego olvidarte del asunto y poder concentrarte en su plática? ¿Cómo piensas arreglarlo, recuperar su confianza, ahora que te ve como si comprendiera que se había metido en la boca del lobo? "No lo sé, yo simplemente arranqué y cómo vamos platicando...". "No digas tonterías, ya casi llegamos". Laura tiene razón. Esteban no tiene más que seguir hasta la próxima calle y dar vuelta a la izquierda. Ahí, antes de la esquina, está el edificio de donde salió el Mercedes blanco en que acribilló al licenciado Joaquín Villegas, de donde ha visto salir cada mañana de los últimos días el Audi azul al que le ponchó las llantas para poder estar unos minutos más con Laura Villegas. Sabes que no hay forma de convencerla de que esto es una casualidad. Tratas de pensar rápido, pero ¿qué decirle? No hay nada que Esteban desee más en este momento, que poner el mundo en pausa; así como si estuvieras viendo tu propia película en un inmenso aparato de DVD. ¿Podrá Dios hacer eso, poner el universo en pausa, mientras echa una siesta, o mientras se hurga en la nariz, o mientras observa con morbo a alguna de sus creaciones? No, quizá tampoco él pueda y por eso el mundo está como está. Pero no pierdas el tiempo pensando en tonterías y concéntrate en lo que le dirás a Laura. Sería magnífico que tuvieras unos instantes de silencio para sacar tu cuaderno de notas y revisar cada punto. Así podrías inventar una versión, ya no creíble, quizá a estas alturas eso sería demasiado pedir; simplemente una versión cualquiera, que pueda convencer a Laura de que, al menos tus intenciones, por más cuestionables que las hagan parecer las circunstancias, son en realidad buenas. Quisieras encontrar las palabras correctas que le hagan ver que sólo quieres pasar tiempo a su lado, dejar que te conozca. Quizá después comprenda que eres un buen tipo; que si bien es cierto que te has obsesionado con ella, es para amarla sinceramente. ¿Pero de dónde vas a sacar esa versión?

Piensas en decirle la verdad. Pero desde luego no la verdad, verdad, sino la verdad que se te ocurre justo ahora. "Mira... la verdad es que no pensaba llevarte a tu casa, sino a tomar un café. Me encantó conocerte y quería platicar contigo otro rato y como no me conoces de nada, temí que te negaras. Simplemente quería llegar a una cafetería que está aquí adelante, donde sirven un excelente pay de pera, y proponértelo". "¿Pay de pera? ¿Y qué cafetería es esa?". Otra vez das bandazos. Sabes perfectamente que ella conoce estas calles mejor que tú. Al menos ahora, gracias a su tono de voz, sabes que no existe ninguna cafetería en este perímetro que venda ese supuesto pay de pera. ¿Por qué escogiste pay de pera, que no lo hay en ningún lado? ¿Por qué no dijiste lo obvio, un simple pastel de chocolate, que lo venden en cada esquina? Las cosas se te complican cada vez más. "Te juro que está aquí, adelantito...". Además, insistes. ¿De dónde piensas sacar ese pay de pera? Naturalmente, ella te mira incrédula, desconfiada. En realidad, más que aceptar tu invitación a comer una rebanada de un pay imaginario, parece intrigada por saber hasta dónde piensas llevar las cosas.

El primer problema consiste en decidir qué rumbo tomar; no tienes la menor idea. Olvidémonos del pay de pera; no conoces la ubicación de ninguna cafetería en esta zona de Polanco y este desconcierto inicial no durará mucho. En cualquier momento Laura te pedirá que la dejes bajar y entonces ¿qué harás?

Ella guarda silencio. Parece atar cabos en su cabeza. Parece estar erradicando de su día la palabra "coincidencia". Un individuo como tú, comprando un cuadro de dos mil quinientos dólares; dos llantas ponchadas; tu llegada providencial para salvarla; el milagroso recorrido hacia su casa, aun sin saber la dirección; la cafetería que no existe... Tu plan perfecto parece derrumbarse como castillo de naipes. Ahí en la esquina hay una cafetería. No es un favor sobrenatural, Polanco está lleno de ellas. Simplemente es la primera que apareció en la marcha de Esteban, y desde luego no tiene más remedio que parar y estacionarse. "Aquí no venden ningún pay de pera". "¿No? Qué raro... te juro que la vez que vine, lo tenían... sólo que la confunda con otra". No puede ser que de veras pienses que con este argumento tan endeble te va a creer. Laura te mira entre enojada y nerviosa. "No hay... nunca ha habido. Estoy a dos cuadras de mi casa y he estado aquí miles de veces". "No te enojes... sólo quería invitarte un café, estar un poco más de tiempo contigo, es todo". Laura se baja y azota la puerta. Esteban se baja también y la mira tomar dirección hacia su casa. Parece que se te fue, que la perdiste de la manera más tonta; pero un momento, parece que se detiene. Es verdad, da la vuelta y regresa. Parece continuar furiosa y sin embargo te ve de reojo y entra al café. Necesita saber quién demonios eres, por qué ha sucedido todo lo que ha sucedido. Parece que se te cae del cielo una última oportunidad, así que no la desperdicies y piensa bien lo que vas a decir.

Laura entra al restaurante y se sienta en una mesa del centro. Le hace la señal a Esteban, que entró detrás de ella, para que se siente en la silla que tiene enfrente. Esteban obedece y ambos se miran fijamente en silencio por unos instantes. Es Laura la que comienza la conversación "¿Quién eres y qué quieres?". Ahí tienes tu oportunidad; mucha suerte, porque no hay que ser brujo para saber que te va a hacer falta. "Soy Esteban Cisneros y lo único que quiero es conocerte". De nuevo Laura hace una breve pausa para analizar el rostro de su interlocutor. "No estamos aquí de casualidad, no entraste en la galería sólo para buscar un cuadro. Sabes perfectamente quién soy... así que dime ¿qué esta pasando? ¿Qué estamos haciendo aquí?". Tienes que encontrar una supuesta verdad que al menos no la obligue a ir a la policía a denunciarte como sospechoso. "Te voy a decir la verdad...". Excelente; así comienzan todas las grandes mentiras. Ahora sólo falta saber en qué consiste esa sarta de inventos que piensas decirle para construir una verdad medianamente sólida, medianamente creíble. "Te juro que sí tengo una pared vacía; que sí quiero tener un original; te juro que todo eso que te dije de la creatividad, del autor, de la obra hecha por la propia mano, todo eso es cierto; sólo que no sé nada de arte y nunca imaginé que fueran tan caros. Claro que cualquiera sabe que Picasso, Dalí y todos esos muy famosos son inalcanzables, pero uno desconocido... pues yo creí que costaba menos". Al punto, Esteban, al punto. Mira su cara de impaciencia; así no vas a llegar a ningún lado. "Pasé frente a tu galería y te vi, y el famoso cuadro me pareció un excelente pretexto para platicar contigo y conforme platicábamos, te me hiciste conocida, hasta que entendí que eres la hija de ese abogado famoso que acaban de matar, que vive aquí, a dos cuadras. Es un caso que seguí desde el principio, no sé por qué, pero me interesó. Te vi en las noticias o en el periódico, o en algún lado, porque tu cara se me hizo conocida y simplemente quise saber más de ti. Sí, te pensaba llevar a tu casa, y la verdad es que por causa de lo que le pasó a tu papá sé donde vives. ¿Tú crees que si tuviera una mala intención habría cometido esta torpeza? Yo sólo quería ser agradable para que, al despedirnos, aceptaras justo esto, tomarte un café conmigo. Perdón si no te lo dije antes, pero no sabía cómo lo ibas a tomar".

No cabe duda de que es una versión muy forzada; hasta tonta, si me permites una opinión. Ahora veamos cómo la toma ella. Laura guarda silencio y se muerde los labios. Está nerviosa, está pensando qué decir, cómo tomar esa historia que Esteban acaba de contarle. Laura no piensa esperar a que le traigan el café que pidió. Toma su bolso y mira a Esteban una vez más antes de hablarle en tono cortante y duro. "Diles que me dejen en paz. Que no sé nada. Que la policía vació mi casa y se llevó todos los papeles de mi papá. Diles que no tengo la menor idea de por qué lo mataron y que no entiendo por qué me persiguen". Laura trata de levantarse, pero Esteban la toma del brazo y la detiene. "Nadie te persigue... al menos yo no te persigo... te lo juro". Los ojos de Laura enrojecen repentinamente y dejan escapar un par de lágrimas que le escurren por las mejillas hasta perderse en el tejido del suéter violeta. "Suéltame... quiero irme a mi casa". "Te llevo". "No, me voy a pie". "Te veo mañana en la galería, por lo del anticipo". "No sé si quiera volverte a ver. De veras... diles que no sé nada". Esteban trata de hacer un último intento. "Laura, yo te juro...". Pero ella lo interrumpe "Aun en el remoto caso de que digas la verdad, no es mi mejor momento para conocer a alguien; así que no tiene ningún sentido que me busques". Se pone de pie y lo mira por última vez. Esteban no acierta a decir demasiado. "Te veo mañana, en la galería". "No sé si estaré ahí...". Laura da la vuelta y sale del restaurante sin volverse ni una sola vez. Esteban la observa limpiarse el rostro, así que, sin duda, va llorando de nuevo.

¿Qué sigue ahora, Esteban? ¿Vas a darla por perdida o piensas urdir un nuevo plan extravagante y absurdo que te permita acercarte a ella de nuevo? Es pronto para saberlo. Por ahora permanece cabizbajo y da un sorbo al café que acaban de servirle.

Diario de Elisa, 19 de septiembre

Anoche, cuando llegué de Acapulco, mamá me dijo que había hablado con el doctor y que faltan dos semanas para que le hagan la nueva cirugía a papá. No es una intervención riesgosa y le ayudará a estar más cómodo y mejor. Lo que no puede quedar de lado es que hay que poner otros ochenta mil pesos. A mamá no le digo nada porque sólo le provoco más angustia; pero ayer, que se lo dije a Esteban, en vez de apoyar aunque sea moralmente, se enojó conmigo, como si fuera una ocurrencia o un tratamiento innecesario. ¿Y yo qué culpa tengo? Encima ya ni siquiera viene a visitarlo; como si yo fuera una bruja que le cobrara más si viene seguido a la casa. Hace dos semanas que no se aparece y aún me sale con que está muy ocupado. ¡Cómo se atreve a decir eso! Si en el bar en que trabaja sólo tiene que ir de jueves a sábado. Quizá eso es lo que me da más coraje. Se queja y se queja de que lo presiono por asuntos de dinero, pero no se plantea siquiera la posibilidad de buscar un trabajo el resto de la semana, como cualquier persona normal. Yo sí tengo que tomar los turnos que sean necesarios, sacar de mis ahorros de años y, además, vivir el problema todos los días.

Rosana me dice que le pida a Rodrigo que me ayude, que para eso me acuesto con él. Quizá si se lo dramatizara un poco, como hacen las demás con sus "novios", así, entre comillas, seguramente me prestaría, al menos una parte, pero yo nunca he hecho eso. Además sentiría que me voy a la cama con él por culpa de ese dinero y no porque realmente quiero. A lo mejor tampoco es tan malo hacer el amor rico, con alguien que te gusta y encima tener un premio material. Hay hasta quien piensa que justamente eso sucede en un matrimonio a la antigüita.

En el fondo me gustaría hacer algo así, pero no me atrevo. Quizá deba mentalizarme para hacerlo pronto, porque el tiempo se va volando, y así como hoy tengo treinta y dos, mañana voy a tener cuarenta y mis posibilidades serán mucho menores. Sólo de pensar que únicamente aceptando las propuestas de los que en su momento no me desagradaban del todo, hoy podría tener mi departamento, un coche mejor, mucho más dinero ahorrado y además estar viviendo sola y feliz, me da remordimiento de conciencia por haber sido tan cerrada y tan necia.

No es que me arrepienta de haber sido como soy, pero es que hoy pienso que ya que abandoné la universidad deslumbrada por el dinero, entonces debí, por lo menos, hacerlo bien y no a medias. Puedo estar segura de que hoy no tendría ninguna marca en la frente y seguramente sí tendría las ventajas. En cierta forma, la mayoría de las mujeres lo hacen, sólo que de la manera que es socialmente aceptada.

No sé por qué tengo tanta amargura dentro. ¿Qué es lo que ha cambiado? No sé, pero hoy me siento totalmente defraudada de mi vida, que no parece ir para ningún lado. ¿Fue culpa mía por decidir mal, por hacerlo a la ligera, por renunciar a mis verdaderos sueños o fue culpa del destino por mandarnos la enfermedad de papá?

Por culpa del cansancio y del aburrimiento, cuando salí de trabajar hice algo que nunca pensé que haría. Tardé más de una semana en conseguir que mis horarios se ajustaran a la cita en el salón de Polanco para hacerme las uñas, el pelo y el facial y simplemente la cancelé. Jamás había dejado de cuidar mi físico, de alimentar mi vanidad, sólo por flojera; pero hoy lo hice. Me venció el desgano, la apatía, el agotamiento y, la verdad, no sé qué pensar al respecto. Parece que la vida está dejando de tener sentido; que todo comienza a darme un poco igual. Espero que esta sensación termine pronto, porque de lo contrario, no sé qué va ser de mí.

Laura. Bitácora de investigación: día 15

Anoche no tuve la serenidad suficiente para sentarme a escribir acerca de lo que está sucediendo. Cada vez me queda menos claro en qué me metí; pero ahora parece que ya es demasiado tarde para arrepentirme. Debí pensarlo dos veces antes de contactar a Oliguerra, pero lo hecho hecho está. Ahora trataré de ordenar los acontecimientos para que esta bitácora tenga sentido.

Luego de revisar los papeles que encontré en la caja fuerte de mi papá, pensé en lo qué podría hacer con ellos. Tampoco soy tan ingenua como para creer que iba a descubrir al asesino y ponerlo tras las rejas, haciendo que la justicia se impusiera. Pero sí tenía un enorme deseo de entender lo que había pasado, y saber en realidad qué tan lejos estaba ese hombre al que tanto quise y admiré, y que era mi padre, del abogado exitoso y próspero que era el licenciado Joaquín Villegas.

Me daba cuenta de que, por ambición, mi papá se había metido a nadar al estanque de tiburones. Ahora parece que yo también empiezo a jugar con fuego, y cada vez veo más cerca las posibilidades de quemarme. Sin quererlo, abrí una puerta que no sé a dónde conduce. Por lo menos voy a intentar hacer esto sola para no involucrar a nadie y este cuaderno servirá para que, si algo me sucede, se sepa lo que hice y hasta dónde llegué. Lo sorprendente es que, luego de lo que le pasó a mi papá, no haya comprendido que este asunto implica peligros verdaderos. Siete millones ochocientos mil dólares son razones de sobra para morir o para matar a cualquiera.

El único hilo que podía jalar era la relación de mi papá con ese tal Francisco José Oliguerra Reséndiz, y que se identificaba con el alias de Frank. Encontré la cuenta de correo con la que mi papá se comunicaba con él, y me pareció evidente que ese tal Oliguerra era el más perjudicado con su muerte, así que no pudo ser él quien la ordenara. Habían matado a su abogado y, por consiguiente al único intermediario entre él y la Embajada Americana. Además, mi papá era quien tenía en su poder las cuentas en Caimán y quien se encargaba de abastecer a su familia en Costa Rica. Era muy posible que ahora este señor Oliguerra estuviera, igual que su gente más querida, aislado, sin dinero y sin alguien en quién confiar; y yo pensaba aprovechar esa situación.

Desde el mismo lunes de la semana pasada, busqué un café internet en el sur de la ciudad. Uno lejos de mi casa y donde el mensaje que pensaba enviar no pudiera relacionarse conmigo ni con mi familia. Abrí una cuenta de correo anónima y envié un mensaje a Oliguerra, con la intención de que me considerara su aliado. "Soy la única persona que lo puede ayudar. Tengo en mi poder los expedientes del licenciado Villegas y su dinero, pero necesito que nos veamos". No estaba mal, pero enseguida me di cuenta de que eso mismo podía habérselo enviado la gente del tal Vladimir, o incluso la policía, en el caso de que no fuera la misma cosa; así que tenía que enviarle algo que lo convenciera de que realmente estaba de su lado. Le expliqué que sabía la condición y el lugar en que estaba su familia y que pensaba continuar apoyándola tal y como lo hacía el licenciado Villegas, y para demostrarlo, ahí mismo le hice una transferencia de veinticinco mil dólares a la cuenta en que habitualmente mi papá les depositaba cada mes.

Envié el mensaje. Era posible que, de ser rastreado, pusiera en peligro a la familia del tal Oliguerra. Me pasaron por la cabeza montones de dudas y de temores, pero ya lo había enviado, así que no había marcha atrás.

El martes di mi clase en la universidad y fue hasta el miércoles que busqué un nuevo café para revisar el correo. No había respuesta. Ésta llegó hasta el viernes. Al principio parecía furioso por haber arriesgado a su familia. Pero luego, ya más mesurado, me pedía que, como muestra de buena voluntad, le transfiriera un millón de dólares a una cuenta que me indicaba más abajo y que, además, me identificara.

Conforme leía el mensaje, me volví presa de una extraña emoción. Levanté la vista del monitor y di una ojeada a todo el café internet, como asumiendo mi papel de detective. No le deposité el millón, pero sí le entregué cincuenta mil dólares para que comprendiera que, en efecto, tenía en mi poder el dinero. Le dije también que le bastaba con saber que era un colaborador muy cercano de mi papá y alguien en quien él confiaba plenamente, como para mantenerlo muy empapado en el caso y que, desde luego, yo sólo aspiraba a ayudarlo a cambio de mi parte del dinero. A mí, en realidad, no me importa conservar un sólo centavo de esas cuentas; pero no podía decirle eso sin decirle también quién era y cuáles eran mis motivaciones verdaderas; eso sin duda implicaba otros peligros que, por ahora, no estoy dispuesta a correr. Eventualmente tendré que decirle la verdad, pero eso será cuando esté en condiciones de hacer el intercambio de la información que me interesa. Por ahora, basta con que piense que soy alguien que pretende un beneficio económico, sin el riesgo que implicaría simplemente vaciar las cuentas y echarse encima a un individuo peligroso como sin duda es el tal Oliguerra. No, yo debía hacerle entender que este remitente pretendía cumplir con el compromiso de mi papá, ganarse su parte, no robarle el dinero, dejando de paso también desprotegida a su familia.

Salí del café satisfecha y feliz pero luego vino lo de ayer y ahora estoy aterrada. Al principio, la actitud y la ignorancia de ese supuesto Esteban Cisneros hasta me dio ternura. Además el tipo no es feo y me pareció agradable y divertido atenderlo. Cuando al final aceptó comprar un cuadro no supe qué pensar. En ese momento me sentí la mejor vendedora del mundo, pero luego de lo que pasó estoy totalmente desconcertada. Quizá un cuadro de ese precio no sea una sorpresa para alguien acostumbrado a lidiar con piezas de arte, pero para un individuo cuyo único contacto con la pintura consiste en comprar litografías de quinientos pesos, tiene que parecerle una locura. Además, no parece ser un millonario extravagante, sino, digamos, una persona normal, con un ingreso modesto y sin intereses específicos en esas piezas; entonces: ¿por qué aceptó comprarlo, si ni siquiera tiene el dinero suficiente? Me pidió un mes para liquidarlo, y eso no es extraño; pero si de veras pensaba comprar un cuadro ¿por qué no traía al menos lo del anticipo?

Claro que todo esto lo pienso ahora, porque en el momento estaba... digamos que un poco embobada platicando con él. Después de su supuesta compra, salimos de la galería y me encuentro con que alguien le ponchó intencionalmente dos llantas a mi coche y "casualmente" aparece de la nada mi nuevo cliente, y de manera milagrosa se ofrece a traerme a mi casa. Yo tenía demasiado miedo como para darme cuenta de lo sospechoso que resultaba aquello. En la cabeza sólo me cabía una pregunta: ¿quién y por qué había atacado mi coche? Me parecía evidente que "alguien" se enteró de que me puse en contacto con Oliguerra y ahora trataba de amedrentarme. ¿Qué tanto falta para que en vez de dos llantas sean dos balazos? No hay forma de saberlo. Estaba de verdad aterrorizada, y por eso el hecho de que Esteban estuviera ahí, justo en ese momento, me pareció providencial. Me subí a su coche y comenzamos a platicar muy a gusto, hasta que me di cuenta de que se dirigía hacia mi casa sin que yo le hubiera dicho dónde vivía. Sentí el doble de terror que antes. ¿Quién lo había enviado y para qué? No parecía un maleante, pero ¿por qué los maleantes deben ser siempre feos y siniestros? Si me hubieran enviado a un pandillero cualquiera, habría salido corriendo desde el principio; hubiera llamado a la policía desde el mismo momento en que entrara a la galería. No, si alguien pretendía enviarme un mensaje o averiguar cosas sobre mí, tendría que hacerlo por conducto de alguien como él.

Luego, cuando lo puse en evidencia, me salió con una historia absurda de que quería invitarme un café, y después me vino con que supo lo de mi papá y por eso sabía mi dirección y que a mí me conocía de los noticieros y los periódicos. Le dije que me dejara en paz y salí corriendo de la cafetería.

Hoy, en el coche que me prestó Luisa, fui a continuar con mi investigación en un nuevo café internet. Sentí que todos me seguían, que decenas de ojos me vigilaban. Cuando revisé el mensaje que me había enviado Oliguerra, mi angustia y mi paranoia fueron aún mayores: "Cuidado con el carnalito ése. No sé quién lo mandó, pero él te ponchó las llantas". El mundo se me vino encima. Oliguerra conocía mi identidad, pero ¿cómo la supo? Además, su advertencia dejaba muy claro que me tiene vigilada. Miré para todos lados, porque era probable que ahí mismo, en ese café hubiera algún enviado suyo cuidando mis movimientos. ¿En qué estoy atrapada? Es difícil saberlo por ahora. "Te estás metiendo en terrenos que no conoces. No seas pendeja y mejor entrégame el dinero y los papeles y regrésate a tu casa a jugar a otra cosa. Con un poco de suerte aún estás a tiempo de parar, antes de que te den en la madre como le dieron a Villegas". Apagué la máquina y salí corriendo del café. Quizá Oliguerra tiene razón y deba dejar todo por la paz. Estoy muerta de pánico y no tengo a quién recurrir.

Esteban

Apenas se habían cumplido dos semanas desde la muerte del licenciado Villegas y ya estaba de nuevo atorado por cuestiones de dinero. Me llamó Elisa para avisarme que en quince días iban a operar a papá, y el chiste iba a costarnos ochenta mil pesos. Por si esto fuera poco, tenía que pagar los dos mil quinientos dólares del cuadro que prometí comprarle a Laura.

Con lo que recibí por la ejecución del licenciado Villegas apenas alcancé a liquidar lo que me faltaba del coche y a darle a Elisa mi parte de los gastos de papá. Sabía que seguirían acumulándose deudas, por el asunto de las enfermeras y demás, pero calculaba que, al no tener que seguir pagando la mensualidad del coche, podría ir llevándola bien. Pero no contaba ni con la nueva cirugía, ni con el asunto del cuadro.

Yo creo que era esa desesperación ante lo imprevisto lo que me hacía ser tan duro con Elisa. Supongo que inconscientemente pensaba que entre más difícil le resultara pedirme dinero, más se lo pensaría antes de llamar. Me daba miedo ir a la casa para enterarme de más problemas; además, tampoco me resultaba fácil sobreponerme a ese ambiente de tristeza y desesperanza; así que preferí mantenerme al margen.

En mis discusiones con Elisa le decía cosas horribles. Ojalá que ya no me guarde rencor. Me enfurecía que pretendiera meterse en mis cosas y decirme lo que tenía que hacer. Me ofendía muchísimo que me dijera holgazán por no tomar otro trabajo entre semana. ¿Quién era ella para decirme eso? Además ¿un trabajo dónde, en una fábrica, de vendedor de ropa en Zara, de demostrador-modelo-edecán como ella? Por alguna razón, en aquel tiempo eso me parecía absurdo y resultaban salidas que yo no estaba dispuesto a tomar. Yo estaba cómodo con mi vida, tal y como estaba, con tiempo para el *gym*, para ir al cine, para salir con una niña y con otra, y no estaba dispuesto a cambiar nada.

Encima de ese conformismo irracional, estaba confundido por lo que estaba viviendo. La sensación de matar a alguien por primera vez fue demasiado fuerte y yo tenía la cabeza muy revuelta como para poder razonar con claridad.

Si soy de verdad honesto, el tema de la cirugía de papá no me interesaba demasiado. Sabía que con gritos o sin ellos, Elisa pondría lo que hiciera falta, y ya habría tiempo de pagárselo poco a poco. Pero lo que realmente me quitaba el sueño eran los dos mil quinientos dólares para el cuadro. No puedo explicarlo porque ni siquiera yo lo entiendo; pero lo que es un hecho es que Laura Villegas se me metió muy hondo en el pensamiento y no la podía dar por perdida así como así. Para conocerla elaboré todo un plan complejo, que hoy recuerdo con una sonrisa porque me parece tonto, ridículo quizá, pero al final salió bien; hasta que perdí la concentración y cometí un pequeño error que se convirtió en un deslave inmenso y poderoso que amenazaba con devastarlo todo como si se tratara de una escultura de arena. Todo se habría resuelto con un simple ¿me puedes dar tu dirección para poder llevarte a tu casa?; pero no lo hice, porque estaba demasiado eufórico de tenerla ahí, a mi lado. Lo único que podía salvar mi posible relación con Laura era convertir en realidad algo de todo lo que le había dicho y, en efecto, cumplir con mi palabra de comprar el cuadro.

Dejé pasar el miércoles para que se tranquilizara y el jueves llegué a la galería desde la mañana. Su coche estaba estacionado en el lugar de siempre, pero ya con las llantas reparadas. Esperé a que saliera a comer y, a su regreso, entré justo detrás de ella para evitar que, al verme, se ocultara en el privado del fondo. Una de sus colaboradoras se ofreció a atenderme, pero yo insistí en hablar con ella y al final aceptó. Estaba seria y sólo me miraba de reojo, como queriendo leer en mi rostro mis verdaderas intenciones. Elaboró el recibo y anotó con letras grandes la fecha de vencimiento del apartado, explicando que, en caso de no liquidar, lo dejado a cuenta quedaba como penalización. Me lo leyó con gravedad y me recibió el dinero. "Es todo; aquí te esperamos antes de un mes". Yo traté de cambiarle el tema. "¿Estás enojada conmigo?". Me miró a los ojos y no pudo ocultar la tensión. "Enojada no, más bien desconcertada. No acabo de entender quién eres, quién te envía". Yo quise aprovechar lo que seguramente sería mi última oportunidad. "Ya te lo dije... ya te expliqué cómo y por qué llegue aquí... ahora simplemente quisiera conocerte un poco más". Ella guardó silencio un momento. "Son muchas casualidades... no sé... todo es demasiado extraño".

El martes en la noche estaba aterrada; ahora se veía tensa, pero bajo control. Extendía la plática, como si quisiera ver qué podía averiguar de mí. Se veía hermosa con esos ojitos inquietos yendo de un lado a otro. "¿No pensarás que yo te hice lo de las llantas?". Se lo pregunté muy serio, casi ofendido; ella se tomó un instante para responder. "No... supongo que no, ¿o sí?". Nos miramos a los ojos fijamente. Necesitaba darme cuenta si de verdad pensaba que podría haber sido yo quien lo hizo. "Por supuesto que no, no soy un vándalo, además, ¿para qué?". Ella relajó un poco el rostro tenso que había tenido a lo largo de la conversación. "No sé... es que, desde que fue lo de mi papá estoy demasiado nerviosa. Lidiar con la policía, luego apareces tú, pasa lo de las llantas... ya no sé qué pensar". Le dije que la comprendía, pero que me diera la oportunidad de conocerla. "Es que no sé quién eres, ni de dónde saliste".

Volví a contarle la historia de los recortes de periódico donde la reconocí, de los noticieros donde daban su dirección y luego le dije cuánto me había conmovido su mirada triste, y cuanta frase cursi se me ocurrió para intentar convencerla de que me dejara verla una vez más. "Un café... pero un café de verdad, sin pay de pera ni tonterías de esas". Laura bajó la vista un momento al escritorio y volvió a mirarme "Es que no entiendo qué pretendes, ni a dónde quieres llegar...". "No sé... a donde sea. Tú sólo acepta. Es una comida, una cena, un café, cualquier cosa que quieras, en un lugar público. ¿Qué puedes perder?". A pesar de que yo intentaba con vehemencia convencerla, cuando por fin aceptó, no lo pude creer. Pero en fin... lo había logrado y hubiera sido completamente estúpido cuestionarla volteándole sus propias preguntas: ¿Por qué aceptas encontrarte con un desconocido que llegó a ti en circunstancias tan sospechosas, y cuando además todo lo que te estoy diciendo es absolutamente absurdo?

Yo ya no quise pensar más, había logrado mi objetivo y eso era lo único que importaba. Ese día era jueves y yo tenía que trabajar por la noche. Le expliqué mis problemas de horario y aceptó que nos viéramos el sábado a las tres de la tarde, para comer. Repentinamente había cambiado la tensión y la desconfianza por un tono amable y hasta coqueto. Estaba feliz y con ese estado de ánimo me resultó sencillo tomar esa decisión que llevaba varios días dándome vueltas en la cabeza. Había pensado en vender mi coche, había llegado incluso a considerar la posibilidad de tomar ese segundo trabajo con que tanto me molestaba Elisa; pero esa felicidad me hizo sentir poderoso de nuevo. Necesitaba ese dinero y estaba dispuesto a hacer lo que fuera necesario para tenerlo, y decidí hablar otra vez con Reinaldo; aunque me juré a mí mismo que ésta sí sería la última vez.

21 de septiembre, saliendo de la galería

Ahí lo tienen. Esteban sale eufórico de la galería. No es para menos, porque ahora que parecía que todo estaba perdido, consiguió que Laura aceptara volver a verlo. Comerán el sábado a las tres de la tarde, y sólo de imaginar ese momento Esteban camina hacia su automóvil dando pasos largos que ni siquiera tocan el piso. Sí, flotas, sientes que avanzas en una atmósfera extraña y mientras experimentas tu propia versión de la gravedad cero, tomas la decisión, te armas del valor necesario para hablar con Reinaldo y avisarle que estás dispuesto a aceptar una segunda ejecución.

Parece que ni siquiera recuerdas todos esos momentos de angustia que viviste antes de asesinar al licenciado Joaquín Villegas. Estás de nuevo embebido en tu mundo y sólo piensas en obtener ese dinero a como dé lugar. Reconstruyes en tu cabeza aquel primer homicidio, y ahora te parece una cosa fácil. Sólo es tener un poco de decisión, seguir las instrucciones y apuntar correctamente. ¿De veras es sólo eso?

De alguna manera piensas que el acto de matar está constituido por dos etapas. La primera es la planeación. Con calma y serenidad, se selecciona el objetivo, se le estudia, se prepara el cuerpo y la mente para lo que pueda suceder. Después viene la segunda etapa, la de hacerlo propiamente. Sabes que se siente miedo y angustia; pero sabes también que, como en todos los momentos en la vida en que es necesario actuar bajo presión, no hay más que apretar los dientes y dar el paso. Dejar por un momento el miedo y la duda, poner la mente en blanco y tirarse al vacío.

Extrañamente, en la cabeza de Esteban, el momento de matar al licenciado Villegas está equiparado con la primera vez que trabajó en la puerta del bar. Sentía los mismos nervios, la misma angustia, la misma presión; y sin embargo, en el momento indicado, sólo lo hizo; sólo salió a la cadena y comenzó a ejecutar las instrucciones que había recibido. Conforme lo hacía, fue tomando confianza hasta lograr esa naturalidad, que no le quita que cada noche sienta ese profundo hueco en el estómago al seleccionar a los primeros clientes que tendrán la fortuna de ser los escogidos para entrar al Esperanto.

Otra vez piensa que el cuerpo humano es una pieza única y que quizá lo que la hace única es que posee un número muy limitado de sensaciones, pero que a la vez lo expresan todo. Casi puede resumirse en dos, las buenas y las malas, con toda la serie de combinaciones y matices posibles entre las unas y las otras, y que el cuerpo siente como si fueran las mismas, pero que el cerebro, según sea la circunstancia específica, simplemente les pone nombre correcto.

Esteban lleva varios años trabajando con Reinaldo. Cada vez que abren un nuevo lugar, él recibe su nueva encomienda y siempre lo invade la misma emoción y la misma angustia; pero llegado el momento, la vorágine de actividad lo sumerge en lo concreto y lo hace olvidar el miedo. Para cuando llega la gente, de lo único que se trata es de sacar la noche; lo demás, ya se verá luego. Esteban recuerda que fue lo mismo que le sucedió entre el momento en que esperaba la salida del Mercedes blanco y el hecho en sí de colocarse en la posición correcta, jalar el gatillo y vaciarle encima todas las balas del cuerno de chivo.

De camino a casa, Esteban recuerda el momento en que Reinaldo le dijo que para ese nuevo lugar, ocuparía el puesto de jefe de puerta. En esencia parecía el más fácil de todos. ¿Qué complicación podría tener permitir la entrada de la gente de manera ordenada y tranquila para que no se sature la taquilla de ingreso y, a la vez, adentro, los capitanes puedan asignar las mesas sin desorden ni aglomeraciones? Sin embargo, todos en el bar saben que el jefe de puerta hace mucho más que eso. Es la primera pieza de un engranaje que, si falla, pone en riesgo el equilibrio completo del sistema. El jefe de puerta es el responsable de ponerle la vida, de ponerle la carne y el alma al lugar; y si lo hace mal, todo el ambiente estará viciado sin remedio.

Aún recuerda aquella primera noche, hace apenas unas semanas, en que dieron las once y tuvo que salir por primera vez. Era el día de la apertura. Se había convocado a muchísima gente, y al asomarse por la mirilla y observar la aglomeración de jóvenes queriendo asegurar su entrada; mirando sus relojes para comprobar que ya faltaba poco; imaginándose al día siguiente en la universidad, presumiéndole al mundo entero que habían sido los primeros en traspasar el umbral y en conocer el Esperanto, sintió de nuevo ese abismo profundo en el estómago que le comprimió las entrañas, mientras una gota de sudor frío le partió la espalda como un meridiano arbitrario que conectó un polo con el otro.

Él sabía de lo que se trataba. Había visto trabajar a muchos jefes de puerta, había tenido innumerables juntas para aclarar las dudas y prever las posibles circunstancias adversas, tenía en la mano la lista de invitados VIP a los que debía darles preferencia; pero cuando llegó Reinaldo a darle la últimas instrucciones, ya no resistía los nervios y la resequedad de la boca, y lo único que quería era que por fin el momento pasara. "Ponte a las vergas; ya sabes... ni un solo naco". Esteban asintió sin poder hablar y sólo acertó a echarle una nueva hojeada a la lista de invitados.

Esteban lo sabía entonces y lo sabe hoy aún con mayor certeza: escoger a la gente correcta es la diferencia entre convertirse en un lugar cualquiera y ser el mejor de México. Es cierto que las modas no duran pero, al final, son las que marcan tendencia y las que todos, ya sea por seguirlas o rechazarlas, toman como referencia obligada. De lo que se trata es precisamente de eso, de ser el lugar de moda, de ser la referencia de todos, el punto de reunión, que todos canten lo que se toca ahí, que todos bailen lo que se baila ahí, que todos vistan según el código de vestuario que exija la entrada, que todos beban lo que sirven ahí.

Primero son los de la lista. Los que salen en la tele; el vocalista del grupito del momento aunque parezca mugroso y desarrapado, como niño pobre; los que tienen cierta fama y notoriedad; los que mandan el mensaje para que el resto lo interprete: "Si ellos están ahí, será por algo y yo y también quiero ser como ellos, estar en el sitio correcto, con la gente correcta". Luego vienen los de los apellidos sonoros e importantes, los hijos, no sólo de los que tienen dinero, dinero lo tiene cualquiera, sino los que verdaderamente tienen el poder, los que en casa tienen padres que ponen y quitan bloqueos que parten la ciudad en dos, los que resuelven una elección, los que dicen quién gobierna, quién vende, quién tiene permiso de adquirir fama, de adquirir su pequeña parcela de poder, claro, siempre guardando sus distancias, porque hasta en los perros hay razas, porque, como dice la canción, hasta la basura se separa. Y luego, si aún caben, viene el selecto grupo de la gente bien. Ésos son los más difíciles; ahí es dónde Esteban tiene que ponerle talento. No sólo se trataba de que fueran bonitos, eso caía por su propio peso; el problema era escoger, de entre los bonitos, la verdadera "gente bien" y no a los que pretendían pasar como si lo fueran. Ahí estaba la verdadera magia de la puerta. Diferenciar entre la que compró su blusa en las rebajas porque se parecía a una que usó Paris Hilton en la última alfombra roja y la que de veras trae un cinturón "Dolce & Gabana" de setecientos dólares, que compró en el último verano durante su viaje a Nueva York. Había que ubicar de qué coche se bajaban, quien traía escoltas, a quién le respondía el saludo el hijo del Secretario de Educación, y a quién la hija del desarrollador inmobiliario más importante de la ciudad le volteaba la cara para murmurar con sus amigas y dedicarle risitas burlonas. Esteban tenía que diferenciar entre sus iguales, que se ven bien, que visten bien, pero que viven en la Del Valle, en Satélite, en Lindavista, en la Condesa, contra los otros, los que están muy lejos de la gente normal, los que viven en casas de una manzana completa en Bosques de las Lomas o en el Pedregal, en departamentos de quinientos metros cuadrados en Polanco, en Santa fe o en Interlomas, los que tienen casa en Valle, en Acapulco, en Miami.

Éste, lejos de lo que se piensa, es un trabajo que no puede hacer cualquiera. Hay que ser observador, fijarse en los detalles, tener memoria fotográfica y precisa para diferenciar cuáles caras sí y cuáles no. Hay que tener la sensibilidad, sí, sensibilidad para saber discriminar a los discriminables. No se trata de rechazar el bulto, la multitud; se trata de escogerlos, de hacerlos sentir que para cualquiera es obvio que ellos sí pertenecen y, a la vez, a los otros, decirles: no, tú pareces, pero no eres. Pero no te desanimes y sigue intentando; quizá la próxima vez, quizá en el próximo puente, cuando los que sí son tomen un descanso para irse a conocer la Patagonia o las pirámides de Egipto, quizá entonces Esteban deje que entres y así puedas pensar por un momento que sí, que en efecto, que tú también perteneces aquí.

Te has convertido en un verdadero artista de la cadena. Las primeras semanas aún tropezabas, aún llegaba a colarse entre la multitud "el prietito en el arroz", como les llama Reinaldo, pero ahora ya no. Ahora conoces a la gente y ellos te conocen a ti. Ahora sabes perfectamente con quién tienes que ser un mamón insoportable, y rechazarlo sin contemplaciones, y de quién tienes que ser bróder a cualquier precio, al grado aceptar prepotencias y malos tratos.

Aún recuerdas aquella primera noche. Saliste a la cadena luego de que Reinaldo diera la señal de inicio y se abrieron las puertas. Reconociste a uno de los clientes del lugar anterior. Era un grupo de cuatro. El chaparro gritó tu nombre y los dejaste pasar. Te dieron la mano y un abrazo exagerado y teatral. Ahí se fue la tensión. Cinco minutos más tarde, cuando la multitud completa gritaba tu nombre, "Esteban, somos seis", "Esteban somos tres parejas", "Esteban, traigo invitación", el miedo escénico había pasado. De pronto tu visión periférica alcanzó niveles sobrehumanos; y mientras le explicabas a una chica alta y de ojos azules que su amiga con sobrepeso no podría pasar, sabías que en el extremo opuesto de la cadena había un grupo de ocho que habían sido tus clientes cuando trabajabas en la barra del Firenze. Con toda naturalidad le señalaste el grupo al jefe de seguridad, mientras tú ibas al otro lado a recibir con bombo y platillo al hijo del secretario de Comunicaciones. Eras un pez en el agua y ni siquiera aquel coro desarticulado y caótico que gritaba ¡Esteban, Esteban! sin ton ni son, lograba sacarte de tu papel, de esa absoluta concentración, de ese estado de gracia perfecta que parecía acercarte a la divinidad.

Actuabas por instinto, con la certeza absoluta de que lo hacías bien. No había tiempo para pensamientos ni reflexiones; era el momento de la acción, era el momento del trabajo fino, era el momento de enseñarle al mundo que, por más influyentes que fueran en la vida real, por más que gritaran tu nombre, sólo tú estabas en control, sólo tú podías abrirles las puertas del paraíso por unas horas.

Pero aún faltaba la prueba de fuego, el bautizo definitivo, el momento de duda y deseos de claudicación que debías superar. Reinaldo te jaló del hombro. "No mames Esteban... qué pedo contigo". No entendías lo que te quería decir y él lo interpretó enseguida, por eso te señaló hacia el vestíbulo, dónde un grupo de varias parejas se disponía a pagar su cover. "Qué pedo con la pinche gorda de morado... ¿estás pendejo o ya necesitas lentes?". Tenía razón. ¿Cómo se te había podido pasar aquello? "Puta... se me fue... perdón". Reinaldo te miró con su sonrisa burlona de siempre. "¿Perdón?... Perdón mis güevos... ¡Sácala!". Desorbitaste los ojos porque no podías creer lo que te estaba ordenando. "Pero no chingues, Rei... ya está dentro". "Pues por eso te digo que la saques... si estuviera afuera, donde tenía que estar, no sería necesario que pasaras por este mal trago". Al comprender que no había más remedio, fuiste por el jefe de seguridad para que te ayudara a sacarla. "¿Pero qué le vamos a decir?". Justamente eso es lo que quisieras saber. "Pues no sé, pero hay que sacarla". El grupo que la acompañaba hizo todo un escándalo, pero a final sólo se fueron dos amigas con ella. El resto, eso sí, muy molestos y con mucha pena, pero se quedaron a pasar una noche increíble. Incluso, ya dentro, uno de los del grupo se te acercó para justificarte. "Yo les dije que no la trajeran... siempre nos pasa lo mismo cuando salimos con ella". Y te palmeó la espalda como muestra de aprobación. Así es la gente, ya lo sabías, pero eso te sirvió para comprobarlo, para saber que habías hecho lo correcto.

Hoy relacionas todas aquellas experiencias, todos aquellos nervios, toda aquella presión con el momento de matar al licenciado Villegas; y te espanta encontrar tantas semejanzas en las sensaciones que viviste en uno y otro caso. Por eso sabes que, aunque habías jurado no repetirlo, si te lo propones puedes volver a hacerlo. Una vez más tendrás ante ti la foto de alguien que ya será un muerto, contigo o sin ti; pero al menos, si encuentras ese valor para repetirlo, una vez más podrás resolver tus apremios económicos. Con sólo decidirte podrás aportar la mitad de la cirugía de tu padre y quitarte de encima los reproches de Elisa, y además comprar ese cuadro horroroso con el que terminarás de ganarte la confianza de Laura Villegas.

Ya fuiste a casa, ya te diste un buen baño y te vestiste como el rey de la noche. Por fin llegas al Esperanto. Observas la cadena. Han pasado seis meses desde aquella primera vez y casi no puedes creer lo fácil que te resulta ahora, lo que entonces parecía como domar a un dragón de siete cabezas. Los jueves ya no son lo que eran, y es normal. Ahora es el día más tranquilo de la semana, donde apenas alcanzan a completar medio aforo. Pero el hecho de que haya poca gente no significa que las políticas cambien, porque así haya sólo dos mesas, tú sólo puedes levantarle la cadena a los que deben entrar; así son las cosas y ya ni siquiera te las cuestionas. Para ti, lo que te tiene intranquilo es imaginar el momento en que hablarás con Reinaldo para pedirle que te dé una nueva oportunidad para liquidar a otro muerto a cambio de dinero.

Ya puedes observarte. Esperarás a que llegue el final de la noche. Él estará recargado en la barra intentando besar a una mujer hermosa y mareada de tanto brindis. Te observará y sabrá que necesitas hablarle. Dejará a su próxima conquista platicando con el barman y llegará a tu lado. "Qué pedo, güey". Tú aún abrigarás dudas, pero para no arrepentirte, se lo soltarás de golpe. "Es que necesito otro trabajo". Reinaldo liberará carcajadas estridentes, apenas ahogadas por los altísimos decibeles de la música. "¿No que no, puto?". Tragarás saliva de la vergüenza. "Éste y ya... te lo juro. Es que con lo de mi papá...". Reinaldo te interrumpe porque desea volver con la mujer que lo aguarda en la barra. "Me vale verga, no me expliques... nomás ten cuidado, no sea que se te haga vicio...". Te guiñará un ojo y volverá con la mujer que lo espera. Tú te acercarás al otro lado de la barra a pedir un trago y lo beberás de golpe para resolver tu incomodidad por la boca seca. Una vez más sentirás esa mezcla extraña de miedo, angustia y emoción. Jurarás que ahora sí, ésta será la última vez. ¿De veras en esta ocasión cumplirás tu juramento? Sólo el tiempo nos dará la respuesta.

Reinaldo

El Taj Majal duró dos años. Luego abrimos el Firenze, que nos duró pasadito el año y medio, y así fuimos abriendo uno después del otro, hasta que llegamos al Esperanto, donde igual que en la gran mayoría nos sobraba el éxito y la gente de primer nivel. Desde que Pepe me llamó para abrir el Caprice, trabajo nunca me faltó; pero yo no sólo quería eso, yo quería crecer. Veía cómo Pepe y la gente que lo rodeaba tenían dinero pa'tirar pa'rriba. Eso, naturalmente, no sólo se convertía en buena ropa, en casas, en coches, que ya está de pocamadre, sino también en mujeres y en poder.

Desde el principio era evidente que tenía otros bisnes, y yo quería pertenecer a ellos; pero de inicio las puertas no estaban abiertas. Veía que a Pepe lo visitaban abogados de renombre, jefes policiacos, políticos de todos los niveles y toda clase de ojetes poderosos que pretendían hacer negocio con él; y justamente eso era a lo que yo aspiraba. Yo quería ser como Pepe; y si me apuran un poco, así, al chile, yo quería ser Pepe. Infinidad de veces me perdía fantaseando que ocupaba su lugar, que me vestía con sus trajes, paseaba en sus coches, me cuidaban sus guarros, me cogía a sus putas, y me veía dando órdenes y cómo todos los que estaban a mi alrededor me la pelaban y hacían lo que se me hincharan los güevos sin rechistar. Pero el pinche genio de la lámpara no llegaba y yo seguía siendo yo.

Como nunca he sido ningún pendejo, me propuse ser paciente; esperar la ocasión, que estaba seguro que más tarde o más temprano tenía que llegar. Me dedicaba a hacer que los antros fueran exitosos y a observarlo todo para aprender, para saber quién era quién, para entender cómo funcionaban las cosas dentro del primer círculo de Pepe. Como era de esperarse, los vientos cambiaron de rumbo y terminaron por soplar a mi favor.

Mi suerte cambió un domingo por la mañana. Había terminado la noche del sábado y acabábamos de finalizar con los cortes de caja y la limpieza, y salía del Firenze, ya de día, a eso de las siete. Cuando me subo al carro, me encuentro con que Pepe estaba escondido en el asiento de atrás. "Arranca, chingá... y no voltees si no quieres que nos rompan la madre a los dos". Yo obedecí, pero de reojo lo miraba por el espejo retrovisor. Era evidente que se lo llevaba la chingada; estaba muy alterado; incluso podría decirse que tenía miedo. Yo nunca lo había oído con la voz temblorosa y titubeante, al menos desde el episodio de la muertita con asma. Pero esa mañana apenas era capaz de articular las palabras. Quiso que lo llevara a un lugar seguro. Pensé en llevarlo con mi familia, pero de mi jefa no quería saber nada, y con mis hermanos, pues ni hablar, porque son los dos un par de pobres pendejos.

Se me ocurrió que la mejor alternativa era la casa de mi tía Rufina; esa sí era una ruca de tamaños. Así que agarré pa'l rumbo de Atizapán. Pepe me autorizó a que le ofreciera una feria, y un poco a regañadientes, porque tenía con ella de visita a sus nietos, aceptó, siempre y cuando no fuera por más de una semana.

Ya que logré instalarlo, comprendí que la oportunidad que esperaba había llegado. Entré al cuarto que le asignó mi tía y le dije sin rodeos. "Tú me dirás qué hay que hacer". Me miró un poco incrédulo, pero de cualquier forma, tampoco tenía muchas otras opciones que confiar en mí. "Siéntate, pues...". Me explicó que desde hacía tiempo se había peleado con un comandante de la Judicial que estaba muy cabrón dentro de la policía. El caso es que ahora ese comandante lo había vendido a una banda que quería quedarse con sus negocios en la capital y le habían armado un expediente muy perrón, que ya habían liberado varias órdenes de aprehensión y que si lo agarraban se lo iban a chingar al detenerlo. Traía papeles en una mochila con los datos del tal Comandante. Era muy cercano al procurador y no había cómo pararlo, a menos que le diéramos en la madre. "Puta... pero no querrás que vaya yo sólo a matar a ese güevón... ha de andar rodeado de todo un ejército". Pepe se cagó de la risa "No mames... ¿cómo crees? De lo que se trata es que contactes a unos valedores que conozco y les des las instrucciones de lo que tienen que hacer".

Cuando me enseñó la foto, me di cuenta de que era un ruco como de sesenta años y ahí se me ocurrió una idea que estaba tan chaqueta que hasta podía salir bien. "Oye Pepe... y si mejor secuestramos a su jefa". Pepe revisó en sus papeles hasta que encontró lo que buscaba. "No mames... ya se murió". Evidentemente era lo lógico, por eso lo propuse. "Pues por eso... vamos al pinche panteón y nos llevamos el cadáver". Pepe me miraba como si le estuviera hablando en otro idioma, hasta que tuve que explicárselo con manzanas. El Comandante en cuestión era de Michoacán. Pepe tenía mucha gente suya allá, así que el plan era robarnos los restos y pedir el expediente completo como rescate. La cosa era mantenerlo en secreto y sólo avisarle a su familia, para que lo presionaran. Él podía alegar que alguien dentro de la propia corporación se había chingado aquel expediente y así Pepe quedaba limpio y él recuperaba a su jefecita. "Y ya cuando estés fuerte y acomodado de nuevo, pues te lo chingas y asunto acabado". Pepe me miraba en silencio, como si estuviera dándole vueltas en la cabeza. "Nadie quiere que su jefecita acabe en un puto hoyo culero en la orilla de la carretera, y menos por un pinche fólder lleno de papeles que, en último caso, le valen madres". Tenía cara de que estaba a punto de convencerse de que aquella no era una mala idea. "Yo creo que ir orita a balacearlo debe estar cabrón; ha de andar con un chingo de marranos porque sabe que no te vas a morir sin pelear. Pero si me mandas a Michoacán a arreglar lo de la jefa, debe ser más fácil; no creo que tenga un comando esperándonos en el panteón". Yo lo que quería era participar, dirigir mi propia idea, obtener los resultados y ganarme su respeto. "Órale pues". Aceptó quizá porque no tuvo más remedio, pero yo estaba dispuesto a cualquier cosa con tal de que la operación fuera un éxito.

Salí para Michoacán al día siguiente, con las direcciones y los nombres de los que tenía que contactar para que me ayudaran. Esa misma noche entramos al cementerio y nos llevamos la caja con todo y ruca; después me comuniqué con la familia para que le hicieran saber al Comandante nuestra petición. Luego de cinco días de negociaciones recibí un paquete grande con un chingo de papeles y dejamos a la muertita en la caja de un camión de redilas a la salida de Morelia.

Cuando regresé a México me fui directo a la casa de la tía Rufina. Le entregué a Pepe el expediente y le di un reporte detallado de lo que había sucedido. Él revisaba los papeles sin dar crédito a que aquello se hubiera logrado sin disparar un solo tiro y sin un solo muertito; además de la señora, claro; pero sobra decir que en eso no tuvimos nada que ver. Pepe estaba feliz y me miraba como si fuera de su familia. "Nunca se me hubiera ocurrido". Yo sólo pude responderle. "Ya lo ves, soluciones las hay, nomás hay que echarle creatividad y güevos".

Diario de Elisa, 21 de septiembre

Hoy hablé con el doctor de papá y me confirmó que, salvo que haya un imprevisto, la cirugía se hará el jueves 5 de octubre. Hace un rato fui al cuarto de papá a explicarle el procedimiento, pero su mirada no permitía suponer el menor interés. Llamé a Esteban para que estuviera enterado y me prometió que haría lo posible por darme su parte del dinero antes de la cirugía. Yo le expliqué que no le llamaba para eso, sino para que lo supiera y, quizá, planearlo con tiempo y hacerse un hueco para acompañarnos en el hospital. No tanto por mí, sino por mamá.

Luego de colgar, me sentí un poco triste de la imagen que tiene de mí. Mi propio hermano me ve como una persona a la que sólo le importa recuperar su dinero; como alguien que se reduce a cobradora y que piensa que la función de hijo se limita a mandar por mail una ficha de depósito.

Hoy me sucedió quizá lo más extraño que me ha pasado en la vida. Por la mañana fui a la agencia para confirmarle a Willy que sí haría el comercial que me ofrecieron ayer. Ahora debían pasarme todos los datos y fechas de filmación, para no cometer errores. Al parecer le dio gusto, o al menos lo fingió. Yo más bien creo que fue sorpresa, porque, según me enteré después, no le estaba resultando fácil encontrar una chica de buen perfil que lo aceptara. Me dijo, con esa voz melosa y chillante que usa cuando quiere quedar bien, que había tomado una excelente decisión al aceptar; que si bien no era el trabajo más lucidor sí me pondría en la antesala de muchos proyectos magníficos que tenía en puerta.

Ya de salida me encontré con Lola, que tenía una expresión desconsolada. Me pidió que la esperara porque necesitaba platicar. Luego apareció Rosana y nos fuimos las tres a tomar un café. Resulta que Lola está embarazada, pero no se lo ha dicho a su marido porque la obligaría a tenerlo. Al parecer él desea tener familia desde hace más de dos años, pero Lola no quiere dejar de trabajar, ni de tener sus aventuras, ni de hacer todo lo que hace y que embarazada no podría. Yo le hice ver que ya tiene treinta y seis años, y que además está casada desde hace tres, que a su marido no le va mal y que quizá era una señal de la vida para dar ese paso. Ella me miró como si estuviera loca y hubiera dicho el peor de los disparates. "Señal de la vida... No mames, Elisa". Yo le aclaré que lo había dicho en serio. "Ya lo sé, por eso te digo que no mames". Nos explicó que embarazarse ahora implicaba parar al menos un año y a su edad le resultaría imposible regresar al nivel donde está hoy. Eso era cierto; además tenía en puerta la firma de un contrato, de al menos un año, para el lanzamiento de una nueva marca de medias. "Comprenderás que no se trata de promocionar las várices... ¿o sí?". Ese contrato podría ampliarse por uno o dos años y eso, sin duda, alargaría su carrera hasta pasados los cuarenta. Rosana la escuchaba con atención y hasta con envidia. Lola nos contaba todo tipo de detalles sobre los planes para tele, revistas y un sinfín de cosas más; pero yo me distraje pensando qué decisión tomaría si fuera yo la que estuviera en su caso. Qué pensaría si fuera yo la que estuviera embarazada.

En realidad los niños nunca me han llamado especialmente la atención; incluso me molesta tenerlos cerca por ruidosos y sucios. Sin embargo en ese momento me imaginé a mí misma embarazada, luego me imaginé al niño en mis brazos, me imaginé dejándolo con mamá mientras me iba a trabajar, me imaginé su cara de felicidad mientras le daba de comer, mientras lo ponía sobre el pecho de papá para que pudiera verlo, quizá hasta sentirlo, y me imaginé sus ojos emocionados ante ese nieto que siempre soñó tener. Cuando volviera a casa lo encontraría cenado y listo para dormir. Y ya más grande, lo llevaría a la escuela por las mañanas y le enseñaría las letras para que algún día le leyera el periódico al abuelo. Fue la propia Lola la que me regresó a la plática. "¿Qué hago Elisa? ¿Qué hago?". Y yo, sin siquiera pensarlo, le respondí lo primero que me vino a la cabeza. "Pues tenlo y me lo das". No sé de dónde me salió eso, pero así lo dije. Las dos se me quedaron viendo como si hubiera hecho una mala broma. Pero en cuanto confirmaron que lo había dicho de verdad, se quedaron heladas. Se miraron entre sí y luego me vieron fijamente, como si fuera un fenómeno de circo o una enferma mental. "¡¿De qué hablas!?". Me preguntó Lola incrédula. Yo no sabía qué responder, porque para ese momento ya me daba cuenta de la clase de disparate que había dicho. Pero recapacité de nuevo y sentí la extraña certeza de que había dicho lo correcto. "Pues del niño... si no lo quieres, pues lo tienes y luego me lo das". Lola se quedó muda y tuvo que ser Rosana la que intervino. "Elisa... no es una sandía. ¿Te sientes bien?". Entendí cuánto estaba ofendiendo a Lola y me disculpé, pero a partir de ese instante no he podido pensar en otra cosa. ¿Qué pasaría si tuviera un hijo? ¿Por qué de pronto no me parece tan mala idea?

Al final de la conversación, Lola confirmó que ya lo había decidido y que el lunes, que su marido salía de viaje de trabajo, iría con su doctor a interrumpir el embarazo. Rosana se ofreció a acompañarla y yo me disculpé porque tenía la filmación del comercial. La tomé de la mano y le pedí que lo pensara bien. "Ya lo hice... pero lo que es a ti no te conozco". Yo me quedé pensativa mirando la mesa. "Yo tampoco...". Salimos del café y me subí al coche, pero sin dejar de pensar en lo mismo. ¿Por qué de pronto, y de la nada, me ilusiona tener un hijo? ¿Me estaré volviendo una de esas personas que sólo le encuentran sentido a su vida teniendo hijos? Espero que no; sin embargo, desde esta tarde, no puedo dejar de imaginarme teniendo uno en el vientre, en los brazos. ¿Qué me pasa?

En una ocasión, mientras andaba con Antonio quedé embarazada e hice exactamente lo mismo que piensa hacer Lola. Yo no quería que mi vida cambiara, que se echara a perder con la llegada de un hijo inoportuno, que nadie había pedido, que nadie deseaba. Me dio terror y fui al médico para abortar. Antonio vino conmigo porque también estaba de acuerdo. El doctor iba a empezar con su discurso salvavidas, pero yo le pedí que no lo hiciera, que no me dijera nada, que no intentara convencerme, que simplemente me lo quitara de dentro porque yo no quería tenerlo. En aquella ocasión yo hacía grandes esfuerzos por no imaginarlo, por no pensar en él como si estuviera vivo. Todo este episodio coincidió con que cumplimos año y medio de novios y fue muy complicado hacerle entender a Antonio que lo amaba, cuando no me soportaba ni a mí misma, cuando no permití que me tocara por varias semanas. Continuamos juntos por otros ocho meses, pero de alguna manera ya nada fue lo mismo.

Por unos días supe que algo crecía dentro de mí, pero lo percibía como un cuerpo extraño, ajeno a mí, como un tumor, como una enfermedad, como un error que nunca debió suceder. Yo no quería tener un hijo y jamás volví a pensar en eso hasta hace unas horas. ¿Por qué todo es tan complicado? ¿Por qué las ideas se me vienen encimadas unas sobre otras de tal manera que no soy capaz de entenderlas?

Laura. Bitácora de investigación: día 17

Esteban no apareció a dejar el supuesto anticipo por el cuadro. Supuse que al verse descubierto había desaparecido de la escena. Eso podía ser bueno y malo a la vez. Bueno, porque era un problema menos; malo, porque quien lo envió, lo sustituiría por otro y ahora tendría más cuidado de que no lo identificara.

Oliguerra me daba a entender que a Esteban lo había enviado alguien, pero no me aclaraba quién o para qué. Por el asunto del dinero no necesitaban de nadie; podrían entrar a mi casa cuando mejor les pareciera y obligarme a entregarlo. Por otro lado, estaba el propio Oliguerra. A él sí tenía que darle una respuesta y pronto, porque de lo contrario será él quien haga lo necesario para recuperar su dinero y sus papeles, sin tocarse el corazón. El problema era que no tenía idea de qué decirle. Volví a replantearme lo que estaba haciendo. Pensé que si el verdadero objetivo era saber la verdad, era conocer en lo más íntimo a mi padre, ésta era una buena ocasión, porque del total del dinero, le correspondía la mitad. Podía entregárselo completo a cambio de una explicación detallada. Casi cuatro millones de dólares por una plática no parece mala idea, y yo por mi parte no tengo ningún interés en conservar un solo centavo de eso, que de una manera o de otra provocó lo que provocó. Así que eso fue lo que hice. Le mandé un mensaje explicándole que estaba dispuesta a entregárselo todo, papeles, claves bancarias, todo, a cambio de una reunión donde me explicara lo que había sucedido. Ahora debo esperar al lunes para conocer su respuesta.

Finalmente ayer por la tarde me llevé una buena sorpresa, porque reapareció Esteban en la galería a dejar el anticipo para comprar el cuadro. Cuando regresé de comer entró tras de mí como si nada. Ni a Jana ni a Daniela les platiqué lo que pasó, pero a ambas parece darles mala espina y Jana se ofreció a atenderlo. Le hice la seña de que me lo dejara a mí. Pensé en escucharlo y hacer como que le creo, con reservas, desde luego, para que no sospeche que sé lo que sé, y tratar de averiguar algo más. Elaboré su recibo y le hablé con seriedad desconfiada y él insistió en que nos viéramos. Realmente no termino de comprender. O es un gran mentiroso, o de veras no sabe nada. A fin de cuentas fue Oliguerra quien me dijo lo de las llantas, pero por qué debería creer con los ojos cerrados lo que me dice un delincuente para quien no soy otra cosa que casi ocho millones de dólares. Es cierto que Esteban no me desagrada, pero también es verdad que hay algo extraño en él. Lo de encaminarse a mi casa sin que le dijera dónde vivo no es poca cosa; así que, por más lindo que me parezca, tampoco puedo pasarlo por alto así nada más. Acepté salir con él. Es una oportunidad única, donde tengo que ver la manera de averiguar lo más posible. Espero no haber cometido otra imprudencia peligrosa.

Esteban

Conforme fui conociendo a Reinaldo, comprendí que estaba dispuesto a hacer cualquier cosa con tal de obtener dinero y poder. Cada vez se fue volviendo más y más cercano a Pepe y, aunque no puedo determinar a partir de cuándo, llegó el momento en que era evidente para todos que ya participaba de ciertos negocios con él.

No lo supimos porque anduviera de bocón; tenía muchos defectos, pero no era tonto. Quizá lo supimos justo por lo contrario, porque aún siendo prepotente y ostentoso, sobre ese tema jamás decía nada. A mí no me importaba lo que hiciera con su vida, mientras no me metiera en problemas. Yo me llevaba muy bien con él, y con el tiempo ya podíamos decir que éramos amigos. Nunca pretendió involucrarme en nada turbio, y yo no le hacía preguntas, hasta que la enfermedad de papá me trastornó la vida por completo.

Los primeros tiempos mamá me protegió. Entendía que para mí era imposible soportar semejante tren de gastos; pero conforme pasaron las semanas y los meses, comprendió que estaba siendo injusto con mi hermana y terminó por llamarme sin que Elisa lo supiera. Me dijo que la veía muy desesperada y que lo correcto era que yo también aportara algo. Yo podía ir sobrellevando a Elisa, pero a mamá no supe qué decirle. No encontré palabras para justificar mi desidia, y aunque mi primera reacción fue distanciarme aún más, no podía dejar de pensar en eso y comencé a buscar alternativas.

Pensé en pedirle un préstamo a Reinaldo en espera de que las circunstancias mejoraran. Para él no podría representar ningún problema, porque todos lo veíamos despilfarrando en coches, en ropa de marca y en mujeres.

Reinaldo

Agüevo, claro que me acuerdo de esa noche. Estábamos a punto de cerrar. Ya no había nadie en el Esperanto y la nalguita que me quería tirar me dejó botado de lo borracha que andaba. Esteban se acercó porque quería platicar conmigo.

Traía su cara de velorio de esa época. Pensé que me iba a contar una nueva complicación con la salud de su jefe; pero no, resultó que el muy güevón quería pedirme dinero, porque entre hospitales y no sé cuánta mamada más, en su casa traían unas broncas de la chingada. No se hizo de la boca chiquita y se dejó pedir un dineral. Y todavía me dice el muy pendejo: "Te juro que te pago en cuanto pueda". Yo me cagué de la risa. "Ése es justamente el pedo... que no vas a poder". Y de veras que no iba a poder. El güey ganaba bien, y además, por fuera, se llevaba sus buenas propinas que ciertos clientes le daban para estimularle la memoria y se acordara de ellos en la próxima visita; pero como para pagar semejante cantidad, imposible. Sólo lo iba a ahorcar, y eso sin contar que luego podía hacerle falta más. Si algo aprendí con los años es que lo peor que puedes hacer es tener gente endeudada en los puestos de confianza; siempre terminan por meterse en pedos, de los que después ya no saben cómo salir y lo obligan a uno a tomar medidas drásticas. Yo no quería que eso le pasara a Esteban.

Tampoco voy a negar que hubiera podido prestárselo, incluso regalárselo si fuera necesario; pero sentí que yo no tenía por qué convertirme en caridad pública. Así que opté por otra solución y sin pensarlo demasiado se me hizo fácil decirle: "En vez de que te los preste, mejor gánatelos".

Esteban

Reinaldo no me quiso prestar el dinero que necesitaba; pero a cambio de eso me habló de ciertos trabajos que yo podía realizar para ganármelo. No había que ser un genio para comprender que a cambio de semejante cantidad, sería necesario hacer algo ilegal y peligroso; pero en ese momento no me imaginé hasta qué nivel.

Naturalmente, me sentía acorralado, así que quise escuchar de lo que se trataba. Estaba dispuesto a hacer cosas que antes jamás me hubiera atrevido a considerar. Pensé que podía medir riesgos, ser precavido, hacer sólo lo necesario para salir del apuro y después regresar a mi vida. Es evidente que me equivoqué.

Reinaldo

La verdad, el nacimiento de los Chacales fue una pinche ocurrencia que me llegó en una peda. Pepe se quejaba de que sus enemigos ya conocían a toda su gente de confianza y que cada vez estaba más cabrón mantenerlos a salvo. La neta, yo creo que lo dijo por decir.

Todos hacían lo que se les hinchaban los güevos, la policía estaba comprada y cada quien tenía sus bisnes y sus zonas y sus padrinos protectores; así que mientras no rompieras el equilibrio no había pedo alguno. Pero tanto se quejó que a mí se ocurrió reclutar un ejército de gente normal. "¿Cómo normal?". "Sí, normal; gente que se dedique a vender seguros, o que atienda una refaccionaria, o que haga trabajos de plomería, gente con necesidad y un poco de güevos que no tenga nada que ver con nosotros y que nadie la vea venir". Pepe se me quedó viendo como bicho raro. "No mames... si no puedes con el perico, entonces fuma mota, pero no digas pendejadas". Yo le aposté a que si me daba los recursos se lo armaba.

Me tomó la palabra y me dio luz verde para hacerlo como experimento. No tardó mucho en ver que era una gran idea y a los pocos meses ya me había quitado el control de las decisiones; pero aún así, a cambio de una buena lana, me dejaba participar en el reclutamiento, en la investigación y en la supervisión de los Chacales, porque así les puse: Chacales. Me pareció un buen nombre, se oía mamón y peligroso; en principio porque son unos perros muy hijos de la chingada que, según me enteré, hay hasta quien los pone cuidando las puertas del infierno; así de culeros son. Además es un nombre fuerte, contundente, y a quien se le ponga se puede uno hacer a la idea de lo que es, de lo que hace y de lo que puede ser capaz.

Armé toda una organización. Como era gente poco experimentada en estos asuntos, había que darles la comida a medio masticar. Los patrones decidían a quién había que darle en la madre. Un equipo de profesionales armaba el plan. Decidía cómo y dónde y lo resumía en instrucciones sencillas que cualquier cabrón decidido pudiera ejecutar. Esto tenía la ventaja de que, aún si la cagaba y lo detenían, no había forma de que lo relacionaran con nosotros, porque ni él sabía quién lo había contratado; y, en un momento de crisis, eso podía prevenir muchos pedos graves con las cabezas de otras organizaciones.

Lo más delicado era escoger a los Chacales apropiados. Tenía que ser gente desesperada, con alguna necesidad muy grande y muy encabronada con la vida y con el mundo, como para hacer lo que fuera sin rechistar; pero al mismo tiempo debían tener algo por donde agarrarlos, algo para mantenerlos controlados. No se trataba de aspirantes a mafioso; tenían que tener familia, tener algo que perder, mantener una doble vida para que no fueran a salirse del guacal. Lo más tardado era encontrar a las personas correctas. Había que explicarles que, si aceptaban hacerlo, se llevarían una buena lana que les resolvería sus pedos y sus angustias; luego de eso podrían volver a su vida cotidiana, hasta que apareciera un nuevo muerto que matar. Y encima de todo, el plan de acción se les daría completamente digerido; se les harían llegar las armas, los horarios, los días precisos para hacerlo, los posibles riesgos a considerar, en fin, todo lo necesario para que no tuvieran pretexto. Era un plan perfecto porque significaba que todos ganábamos, y todo eso, como decía, sólo por matar a alguien, que de todas maneras ya estaba muerto.

Empecé a trabajar y poco a poco fui consiguiendo a varios candidatos. Unos salieron buenos, pero la mayoría resultaron unos pendejazos maricones que nunca pude usar. Por supuesto que ni por aquí me pasó decírselo a Esteban. Jamás imaginé que le interesara, ni creí que tuviera los güevos para de verdad hacerlo. Cuando me salió con el asunto del préstamo, se lo dije más para asustarlo y quitármelo de encima que porque pensara que lo podría considerar. No puedo explicar la sorpresa que me llevé cuando me salió con que sí, que estaba dispuesto a hacerlo. La neta, Esteban era mi amigo y me gustó darme cuenta de que era un cabrón de güevos. De cualquier manera me daba cierta desconfianza que a la hora buena se le frunciera el culo; así que siempre estuve muy pendiente para que no me fuera a dejar colgado de la brocha.

23 de septiembre, en un restaurante de la ciudad de México

Por fin están sentados frente a frente. Cómo cada sábado, el restaurante está completamente lleno y debieron esperar treinta y dos minutos para que les asignaran sitio. De camino a la mesa, Laura se detuvo a saludar a dos grupos de conocidos. Esteban, observó de lejos a varios de sus clientes del Esperanto, incluso tres lo invitaron a sentarse con ellos. Desde luego, aunque disfruta del privilegio de recibir esas muestras de afecto interesado, sabe que hoy no es la ocasión adecuada para aceptar esa clase de cortesías. Hoy Esteban quiere estar únicamente con Laura Villegas. Quieres que te conozca mejor, que se quite de la cabeza las sospechas, que comprenda que eres un buen tipo que la busca con las mejores intenciones. Nunca podrás hablarle sobre lo que sucedió con el licenciado Villegas; aquello fue una circunstancia distinta; pero debe quedarle claro que la atracción que sientes hacia ella es genuina.

En cuanto se instalan en la mesa, Laura pide un vodka. A él no le apetece demasiado, pero no parece tener más remedio que pedir otro para acompañarla. La plática comienza, y de inmediato se convierte en una especie de escarceo donde ambos duelistas se miden, se conocen, comprueban reflejos y distancias, para evitar ataques sorpresa; pero sin dejar ver aún sus verdaderas armas. Esteban la mira con cierta desilusión. Por momentos le parece que, haga lo que haga y diga lo que diga, jamás conseguirá ganarse su confianza.

Hablan de cosas sin importancia, pero de pronto Laura toma la iniciativa y le pregunta a Esteban dónde estudió, qué ha hecho, a qué se dedica aparte del bar. A él no se le ocurre qué actividades adicionales inventar y no le queda más remedio que responderle la verdad. Así no vas a llegar a ningún lado. A menos que encuentres la manera de ser un tipo medianamente interesante, puedes darte por perdido. Es una pena que lo único de veras interesante que eres capaz de hacer sea ejecutar gente y es aún más lamentable que no se lo puedas contar. Ella lo mira sorprendida. "Y, ¿qué haces el resto de la semana?". Esteban no quiere quedar como un vago, pero tampoco pretende construir alguna historia con la que luego Laura lo pueda descubrir como mentiroso. Decide inventarse un escenario donde, a manera de mariposa saliendo del capullo, vive una etapa de cambio y evolución. Cambia el tono, la expresión, la voz; ahora se vuelve serio, grave. Le cuenta que durante mucho tiempo su vida estaba vacía y que no hacía otra cosa que disfrutar de la noche, ir al gimnasio, al cine y poco más; pero que desde que le habían puesto una prueba tan dura con la enfermedad de su padre, sabe que debe encontrarle un sentido, un significado. Finge que se le corta la voz y continúa hablando de cómo se concientizó sobre la fragilidad de la existencia y toda clase de lugares comunes que lo colocan al borde del Nirvana. Laura no le despega la vista, e incluso hay momentos en los que abre desmesuradamente los ojos y asiente, como dándole la razón.

Por fin Esteban se detiene un momento y entonces Laura le hace la pregunta obligada. "¿Pero qué fue lo que le pasó a tu papá?". Por fin sales del pantano para entrar en un territorio que dominas. Ahora guardas un silencio profundo y melodramático; pero en el fondo sabes que la plática está tomando el camino que más te conviene. Es tu oportunidad de hablar con toda amplitud sobre lo que sientes acerca de tu padre y además conmoverla, haciéndola empatizar contigo, puesto que sabes de sobra que ella también ha perdido al suyo recientemente. Éste es un tema del que asoma una verdadera veta de oro y no lo piensas desperdiciar.

Esteban le narra, con lujo de detalles, todo lo sucedido. Le cuenta el día que se enteraron y todas las consecuencias que ya se saben. Le habla de manera arrebatada y teatral de todo ese sufrimiento de la familia, y, en especial, desde luego, del suyo propio. Te sorprendes de la facilidad con que exageras las cosas, del cinismo con que le hablas de una depresión que en efecto tuviste, pero más provocada por el abandono de Mari Paz que por la salud de tu padre. Te sorprendes del descaro con que justificas tu inactividad de entre semana contándole todas las tardes que pasas junto a su cama platicándole una película o leyéndole el periódico, para que el día se le pase más rápido. ¿Cuándo has hecho algo como eso? Quizá lo cuentas porque te gustaría hacerlo, pero ni todas las buenas intenciones del mundo han sido suficientes para concretar una buena acción. Recuerdas para ti cuántas veces has pensado que, durante la gestación, de nuevo a manera de reflejo invertido, todos los genes de bondad y entrega se los llevó tu hermana; dejándote a ti sólo los de egoísmo y maldad. Quizá sea eso, quizá la propia naturaleza te haya condenado a permanecer seco, vacío de buenos sentimientos. Pero no te distraigas, porque vas muy bien. Luego de la abierta desconfianza inicial, ahora los ojos de Laura no parecen saber qué pensar de ti. Esteban percibe la duda y sabe que ésa es una gran victoria para su causa. Parece que Laura aprecia a la gente sensible y compasiva, y tú has demostrado de sobra que tienes la capacidad para imaginarte a ti mismo como si lo fueras.

Esteban extiende la mano a través de la mesa y la coloca sobre la de ella. "Pero soy un insensible Yo aquí hablando como merolico de lo mucho que sufrí, cuando lo que te pasó a ti tampoco debió ser fácil". Sintió su estremecimiento y comprendió que aquello no había sido un paso en falso, sino un gran acierto. "No te lo pregunto para que me digas cómo fue, ni las implicaciones familiares, ni la parte que venía en los periódicos... a mí eso no me importa... Yo lo que quiero saber es cómo te sientes tú". Los ojos se le enrojecieron en un instante y comprendiste que habías anotado otro punto a tu favor.

Laura pidió otro vodka antes de explicarle que aún no sabe cómo se siente. Le cuenta que está triste y que no comprende cómo pudo suceder algo como eso. Esteban la mira extasiado al comprobar que ha logrado hacerle la primera grieta a la coraza. Laura le cuenta que su madre murió hace ocho años, pero que mientras vivió su padre nunca había sentido el verdadero peso de la orfandad; nunca, hasta ahora, había sentido, tan pesada como una losa de piedra, aquella sensación de desamparo y tristeza. Esteban tiene que contenerse para ocultar la felicidad que lo domina. No dice nada, pero le aprieta la mano y la mira a los ojos. Laura está a punto de perder el control y apenas logra contener el llanto mirando hacia la ventana. Desde luego, no piensas darle cuartel. "No puedo decir que sea lo mismo, pero te entiendo. Yo también perdí a mi papá de la manera más injusta, sin esperarlo. Además, nosotros aún lo tenemos ahí, como si se tratara de una muerte prolongada, una muerte que no termina de suceder. Está como un recordatorio permanente de todo el cariño que debimos darle y de cómo desperdiciamos el tiempo en tonterías, en vez de llenarlo de amor cuando aún podía disfrutarlo". No cabe duda de que cuando te lo propones puedes ser implacable y feroz. Laura clava la vista en la mesa y te pide compasión diciéndote, sin hablar: "¡Ya, por favor! ¡Ya es suficiente!". Levanta la vista de nuevo y con la mirada te suplica que te calles. Sientes la grandeza del triunfo indiscutible y la observas en silencio. Lucha por no derrumbarse. Te llena de ternura encontrarte por fin con esa niña sola y desvalida que no es capaz de entender lo que sucede a su alrededor. Retira su mano de debajo de la tuya y se levanta para dirigirse al baño. La miras alejarse y aunque piensas que quizá se te pasó la mano, no puedes disimular la satisfacción de sentirte tan cerca de la victoria.

¿Realmente se le han quitado de la cabeza las sospechas sobre ti? Es difícil saberlo por ahora. Tendrás que esperar para saber con qué actitud reaparece luego de este respiro, luego de esta pequeña tregua. Pero sea cual sea el resultado parcial, tu avance es indiscutible. Laura tarda varios minutos en volver del baño y esa tardanza provoca en Esteban una buena dosis de ansiedad.

Por fin viene de regreso. Se sienta y Esteban confirma que esa ida al baño la ha recompuesto y es de nuevo la Laura del principio. Ahora la imaginas dando vueltas frente al lavabo, lamentándose consigo misma por ser tan débil, por permitir que la tomaras de la mano, por aceptar que conocieras sus sentimientos, por dejar escapar sus emociones, por haber consentido en que la conmoviera un hombre en quien no confía. Pide otro vodka y choca su vaso con el tuyo y evade mirarte a los ojos. ¿Has perdido parte del terreno andado? Es prematuro afirmarlo.

Están a punto de terminar de comer. Las quesadillas de marlin estaban estupendas, igual que el caldo de camarón, que quizá picaba un poco de más. El pescado empapelado no lo convenció del todo y por eso dejó una buena parte en el plato; Laura se termina su pámpano a la sal mientras platica de su último viaje a Londres. ¿Cómo pudieron llegar a un tono tan impersonal, luego de que hace apenas unos minutos habían conectado sus emociones y compartido sus sufrimientos? Lo más probable es que se deba a la distancia evidente que ha tomado Laura. Esteban lamenta observar que la desconfianza continúa, pero le gusta descubrir en ella a una mujer fuerte, que logra sobreponerse y no se deja vencer por unas lágrimas.

Llegan a ofrecerles postre y Laura no pierde la ocasión para burlarse. "Deberías pedir pay de pera... he escuchado que aquí lo hacen muy bien". Esteban sonríe, dando un sorbo al café de olla.

Son las cinco y diez minutos de la tarde. Han terminado de comer y Esteban sabe que es un momento clave. Podría darse el caso de que ambos se levanten para ir cada uno por su lado y no volver a verse más, por eso él hace el intento de alargar la reunión. "¿Ahora qué hacemos?". Laura lo mira tratando de escrutarlo, de entender lo que quiere decir con su pregunta. "Tienes que ir a trabajar,

¿no?". "Bueno, sí; pero entro hasta las diez. Podemos, por ejemplo, ir al cine". Laura parece estarlo considerando, mientras observa su vaso y hace girar el agitador. "¿Al cine? No... con tantos vodkas me voy a quedar dormida". Esteban está dudoso, pero al final se decide porque, con el rumbo que están tomando las cosas, tiene poco que perder. "También podemos pasar a dejar tu coche y nos vamos a algún barecito a tomar una copa más... claro que primero necesito pasar a casa de mis papás; le prometí a mamá que pasaba a verlo al menos un momentito". Laura frunce el ceño. "¿A casa de tus papás? ¿Siempre haces eso en tu primera cita?". Esteban había previsto esa reacción y ya tenía lista su respuesta. "No, lo que nunca hago es tener citas en sábado. Este día siempre se lo dedico a él". Laura parece meditar por un momento. Esteban intenta convencerla. "Te juro que no tardamos... es que no me gusta fallarle". Ella suspira y lo piensa, mientras lo mira fijamente. "Pero sólo un momento". Esteban extiende la palma derecha. "Es una promesa".

La casa de Laura está a pocas calles del restaurante y ahí dejan el Audi azul. Luego, ambos abordan el auto de Esteban y se dirigen a la colonia Del Valle. Claro, ahora miras el reloj y no piensas en otra cosa que lo que puede suceder si Elisa está en casa. Sin duda que lo echaría todo a perder con sus reproches. Volteas a mirar a Laura y le sonríes con tensión; ella te devuelve la mirada, pero la suya es escrutadora. Piensas que tienes que dejar de apostar tu resto en cada mano; pero siendo honestos, tampoco parece que hubiera demasiadas opciones.

Tu madre te recibe como si fueras el Mesías. Claro que tampoco es para culparla porque hace tres semanas que no te ve. La abrazas con fuerza para que no hable, para que no vaya a ponerte en evidencia. Laura mira alrededor para reconocerlo todo. Tal parece que quisiera confirmar que ésta es una casa real y no un montaje para impresionarla. Sabes que no puedes separarte de ella, porque corres el riesgo de que tu madre, con toda su buena voluntad, pueda cometer una imprudencia que desnude tus mentiras. Tomas a Laura de la mano y caminas hacia el cuarto de tu padre, haciéndole a tu madre toda clase de preguntas de rutina que la mantengan hablando en un nivel donde no pueda comprometerte. Entran los tres a la habitación y lo encuentran de frente, postrado sobre la cama, con una montaña de almohadas bajo la espalda para ayudarlo a quedar en el ángulo correcto con la tele y mirar sin interés el futbol sabatino. "Hola papá... sólo pasé un momento a saludar, para que veas que ni estando con esta belleza te fallo". La madre no puede creer lo que escucha, y el padre le dirige una mirada iracunda; luego observa a Laura y finalmente regresa los ojos a la televisión, para no desviarlos más mientras Esteban permanezca en el cuarto.

Laura se percata de la reacción y mira de reojo a Esteban que se acerca a la cama y le toma la mano a su padre, pero éste ni siquiera se inmuta. Mejor así, porque no podrías resistir otra mirada de odio como la que te dedicó hace apenas un instante. La madre parece recuperarse de las palabras de Esteban y de nuevo parece feliz de tener a su hijo en casa. "¿No quieren un cafecito?... Elisa ya no tarda y así podemos estar un rato en familia". Eso es justo lo que no puedes permitir. "No, mamá, gracias. Es que vamos a ir al cine y tenemos el tiempo justo, pero no quería dejar de visitarlos". No la dejas que diga nada y la abrazas de nuevo. Tienes que salir de aquí antes de que llegue Elisa, porque, si no, todo estará perdido. Son seis diecisiete de la tarde cuando Esteban y Laura se despiden y salen del departamento. Ya en la puerta, tu madre te mira con una profunda tristeza. Sabes que está a punto de decirte algo que seguramente Laura no debe oír; por eso la abrazas por última vez. "Se cuidan mucho... vengo la próxima semana, como siempre". Tomas a Laura de la mano y salen por fin, mientras tu madre se queda desencajada y silenciosa, mirándolos alejarse desde el umbral.

Ahora están ya en el coche. Esteban respira hondo para tratar de volver el corazón a los ritmos normales; Laura permanece seria y reflexiva. "¿Así se va a quedar?". Al menos la pregunta lo tranquiliza, porque es símbolo de que se impactó al ver a su padre. "Sí, es una desgracia, pero no hay nada que hacer". Laura guarda silencio de nuevo, pero tú decides continuar con la batalla. "Entonces ¿prefieres el cine o una copa?... nos da tiempo de cualquiera de la dos". Esteban la mira de reojo y a pesar de la penumbra que empieza a caer sobre la ciudad, sabe que de nuevo ella ha retomado la fuerza y otra vez está frente a la Laura poderosa. Ella se queda un instante meditando y su respuesta deja a Esteban sin aliento. "Vamos a tu casa". Ahora el sorprendido eres tú.

Nunca esperaste que de pronto ella tomara una iniciativa semejante. De pronto, y con una sola frase, toma el control de la situación entera. ¿Qué pretende? Ahora te resulta obvio que si aceptó verte fue para saber con quién lidiaba, para saber de qué podía llegar a enterarse. En cualquier otra circunstancia, éste es el final soñado para cualquier "primera cita", pero no para ésta, porque no sabes qué esperar de la repentina decisión de Laura. ¿Por qué supones que será repentina? ¿Ya la tendría planeada desde antes de encontrarse para comer? Lo que te queda claro es que, planeado o repentino, ésta no será una visita inocente. ¿Qué espera encontrar? No puedes negarte, eso sería el colmo de lo extraño. Tratas de hacer memoria para recordar si no existe algo comprometedor que hayas dejado a la vista. Calculas que el nuevo sobre amarillo debe llegar el lunes, pero esa correspondencia no tiene palabra de honor y bien podría estar ahora mismo bajo tu puerta. Además, tienes un leve bloqueo y no eres capaz de recordar qué hiciste con el sobre amarillo del licenciado Joaquín Villegas. Sabe que la pistola y el cuerno de chivo están en la maleta deportiva, junto con la gabardina y la bufanda, en la parte alta del clóset, justo atrás de las cobijas de repuesto que sólo baja en invierno. Ahora recuerda que en la sala están las dos libretas; la que usó para anotar todos los detalles del asesinato del licenciado Villegas y la otra, donde anotó cada movimiento de Laura durante los días que dedicó a vigilarla. En principio no debían correr peligro de llamar la atención, porque están sobre el librero, colocadas a la vista, de manera casual. Claro que si Laura va en plan de detective, tampoco puede descartar que las revise. No te olvides que en el otro estante está la cámara digital. Ella puede revisarle la memoria con muchísima naturalidad, con el pretexto de conocer a tus amistades. Si hace eso, se encontrará con innumerables fotografías de su edificio, de su padre y de ella misma, que corresponden a la perfección con las notas de ambos cuadernos. ¿No te parece un poco tarde para culparte por descuidado? Era normal que no lo previeras, luego de como terminaron las cosas el día que se conocieron, es un auténtico milagro que haya aceptado tu invitación a comer. Por eso comprendes que la única razón por la que propuso ir a tu casa es para ver qué puede averiguar sobre ti. Ahora tienes apenas unas calles para elaborar un plan de defensa que evite que se descubra la verdad.

Son las siete con seis minutos y Esteban lamenta que no sea totalmente de noche. Así, podría controlar mejor la atmósfera y encender sólo las luces que considere necesarias. Suben al viejo elevador, que se bambolea ligeramente mientras remonta los pisos. Faltan pocos pasos para entrar y Esteban repasa mentalmente la estrategia. Está seguro de que si no toma medidas, Laura recorrerá el departamento como un torbellino y se le saldrá por completo de control. Casi puede verla caminando por todos lados, abriendo cajones, revisando estantes, haciendo toda clase de preguntas incómodas, pero ¿cómo impedírselo sin propiamente impedírselo?

Metes la llave y en vez de, a la manera de todo un caballero, abrir de par en par y permitirle el paso, la tomas de la mano y entran juntos. Ella, como se esperaba, intenta soltarse, pero en vez de eso, tú la abrazas un poco a la fuerza y tratas de besarla. Ella resiste de inicio, pero de alguna manera pareciera que, en el fondo toda esta situación la excita, y se deja besar. Ya están dentro del departamento y cierras la puerta con una mano, mientras con la otra tienes sujeta a Laura para que no se te escape. Ahora Laura parece retomar conciencia de lo que fue a hacer y le dice a Esteban que necesita entrar al baño. Él, naturalmente la lleva de la mano hasta la puerta y sólo la libera cuando ha entrado por completo.

Lo primero que hace al quedarse solo en el salón es correr por la cámara que está sobre el librero. Voltea a un lado y otro. ¿Dónde piensas esconderla? Ahora toma los cuadernos y aunque tiene una mirada llena de desesperación, al fin se le ocurre un escondite seguro. Entra en la cocina y mete los paquetes comprometedores dentro del horno. Parece buen lugar, llevas tres años viviendo aquí y jamás lo has usado. Está lleno de bolsas del súper que usas para la basura, y, bien ocultos en medio de esa maraña de plástico, no pueden detectarse a simple vista. Ahora esperemos que Laura no resulte fanática de preparar pasteles y venga a conocer tu horno a fondo para evaluar si es apto para cocinarte uno.

Luego toma el fólder con los recortes sobre el asesinato del licenciado Villegas y entra con ellos a su habitación. Escucha el sonido de escusado y saca del buró los últimos que recuerda tener, y los oculta debajo del colchón. La adrenalina y los nervios amenazan con vencerlo, pero alcanza a regresar a la sala justo a tiempo cuando Laura reaparece luego de abrir la puerta del baño. Ahora Esteban sirve un par de copas, mientras ella camina con libertad y se dirige al estéreo donde parece revisar los discos que hay apilados a un lado; pero en realidad recorre la mirada por todas partes. Tú la dejas, porque el peligro inminente ha pasado. Debes ser cuidadoso y mantenerla vigilada, porque, aunque ya no parece una situación desesperada, como lo era hace apenas unos instantes, no tienes idea de qué tan hambrienta pueda estar su curiosidad por conocer tus secretos.

Esteban camina hacia ella con dos vasos en la mano. Ella lo mira con desconfianza, como si no supiera cuál escoger. "Oye, no te voy a envenenar". Ella toma uno con coquetería. "Nunca se sabe". Hacen un brindis silencioso y Laura mira en todas direcciones. "Y, ¿dónde piensas poner el cuadro?". ¡Excelente pregunta! No piensas desaprovechar la ocasión. En tu casa no hay ningún cuadro, así que sólo en este salón tienes tres paredes disponibles, pero no se la vas a poner tan sencilla; si propuso visitar tu casa, ahora te resulta indispensable saber hasta dónde está dispuesta a llegar.

La tomas de la mano y la llevas a tu habitación. Encima de la cabecera de la cama hay un enorme espacio de pared blanca. Te pones detrás de ella y la abrazas, pasándole la mano entre el brazo y la cintura y señalando el hueco. "Ahí". Comienzas a besarle la nuca y percibes el olor a coco de su shampoo. "Se va a ver muy bien". Le das besos suaves en la mejilla y ahora su perfume penetra tus fosas nasales y te llega hasta el cerebro. Le apartas el mechón que le cuelga de lado para besarle el cuello y ella se estremece entre tus brazos. Ella entrecierra los ojos y te permite que avances. Ahora están de frente y se funden en un beso largo y suave, y por primera vez las lenguas se rozan, se reconocen de forma sutil y a la vez juguetona. Ella te acaricia el rostro y luego desplaza las manos suavemente hasta esconder sus dedos largos entre tu melena desordenada. Tú le acaricias la espalda y bajas las manos poco a poco, hasta rozar con sutileza el contorno de sus nalgas redondas y firmes. Como si ésta fuera la culminación de una danza erótica, abrazados dan pasitos lentos en dirección a la cama. La recuestas lentamente, mientras comienzas el vía crucis gozoso de desabrochar esa larga hilera de botones que mantienen la blusa cerrada. Ella suspira y vuelve a enroscar sus dedos en tu pelo.

Cuando por fin su blusa ha cedido, te quitas la camisa y la dejas caer a los pies de la cama. Continúas besándola despacio y ahora recorres cada puntada que decora el brasier y sientes bajo tus labios sus pechos pequeños y sus pezones sutiles repentinamente endurecidos de excitación. Huele a perfume de naranja, a jabón con esencias de flores y recorres la suavidad de su piel, de su vientre, hasta que llegas al contorno del ombligo y lo llenas de besos diminutos y lo acaricias con el interior del labio y ella se revuelve y su respiración se agita mientras empiezas una batalla a muerte con la presilla oculta del pantalón. Por fin la vences y apenas se dibuja la silueta atrevida de una tanga blanca de encaje. Subes de nuevo para olvidarte del mundo dando mordiditas tiernas y suaves a los pezones ya al fin desnudos. Ella sólo libera suspiros, algún murmullo apenas perceptible. Escuchas el golpe seco de los zapatos que ella misma ha liberado, levantas la vista y la observas con los ojos cerrados y la lengua paseándose por el labio superior. Ahí la tienes, Esteban, por fin Laura está entre tus brazos, por fin puedes tenerla y recorrer su cuerpo y sentirla cerca y sin corazas. La liberas también de los jeans. Primero una pierna y luego la otra, mientras te clava una mirada ansiosa. Tú te quitas el pantalón y la observas de cuerpo entero. Ya sólo queda esa diminuta tanga que besas poco a poco, recorriéndola con suavidad y confundiendo la tela blanca de flores bordadas con la piel de su pubis cálido. Por fin la tanga se desliza y quedas solo frente a su sexo recortado al ras de la piel. Lo besas y sientes entre tus labios su humedad, su olor sutil que te hace explotar de deseo. Subes lentamente, sin poder ocultar la erección que amenaza con reventar las costuras de tu bóxer. La besas de nuevo y percibe su propio olor en la comisura de tu boca y te da pequeños lenguetazos juguetones y te sonríe y baja la mano y toma tu sexo que acaricia sintiéndolo punzar suavemente. Te recuesta sobre la cama y se pone sobre ti, te besa el pecho y se revuelve hasta lograr deshacerse del estorbo de tu ropa interior, y comienza a darte besos suaves sobre el pene erecto, que por fin se pierde en el interior de su boca y esas suaves succiones atrás y adelante te hacen trasladarte a un mundo lejano donde no existe el tiempo ni el temor.

Hacen el amor despacio. En la penumbra de la habitación se observan sus siluetas entrelazadas moviéndose con lentitud y con ritmo. Se llenan de besos, y sus sudores se mezclan formando un solo maná del que ambos beben como si no hubiera otro alimento sobre la tierra. Ha caído la noche y ambos están abrazados y en silencio. Poco a poco han recuperado el ritmo cardiaco lento y acompasado del reposo. A oscuras, se besan y se acarician. Al menos por unos minutos, han dejado de ser aquellos duelistas ansiosos que disputan sin cuartel para vencer al enemigo, para convertirse en hormigas nerviosas que se recorren mutuamente sin dejar un solo milímetro de piel sin conquistar. Ahora son exploradores, aventureros intrépidos para los que no hay obstáculo que no estén dispuestos a vencer con tal de colonizar del todo ese territorio, que hace apenas un rato les parecía a ambos, lejano e inexpugnable.

Lentamente dejan de ser un solo cuerpo fusionado para recordar cada uno quién es y lo que busca. Esteban mira la puerta cerrada del clóset, y sabe que por ningún motivo debe salir de la habitación mientras ella esté ahí. Laura, por su parte, observa con curiosidad enfermiza de un lado a otro; sin embargo, su búsqueda se complica al no saber a ciencia cierta lo que debe encontrar.

Son las ocho cuarenta y dos de la noche. Esteban sabe que tiene el tiempo justo para darse un baño, llevar a Laura a su casa y llegar a tiempo para su jornada de trabajo en el Esperanto. Pero ella no dice nada, ni muestra intención de levantarse; tal parece que quiere poner a prueba su serenidad. "Tenemos que irnos". Esteban no puede esperar más. En medio de la oscuridad, se escuchan las risas de Laura. "Qué te parece si te vas a trabajar y yo te espero aquí. Y cuando regreses hacemos el amor de nuevo y dormimos abrazados". La idea te seduce pero sabes que en este caso es inaceptable. ¿Estará dispuesta a hacerlo o sólo te está probando? "Regreso demasiado tarde y es muy pronto para dejarte aquí sola toda la noche". Laura se coloca bocabajo y se recarga en los codos. "O sea que no quieres que me quede en tu casa... ¿tienes miedo a que te robe o tienes algo que esconder?". Esteban se levanta y comienza a rebuscar en los cajones su ropa para la noche. "Ni lo uno ni lo otro... no me quedaría tranquilo de dejarte aquí sola. Si quieres te llevo a tu casa y después de trabajar llego ahí y pasamos el resto de la noche juntos". Laura estalla en carcajadas. "Sí, cómo no... otro día".

El reloj avanza y necesitas entrar en la ducha, pero no quieres dejarla sola tanto tiempo "Ven, vamos a darnos un baño juntos". Ella te mira divertida. "No, entra tú... yo prefiero quedarme con tu olor". Está jugando contigo; esa sonrisa burlona no puede deberse a otra razón. Sabe perfectamente que no la dejarás sola y ahora pone a prueba tu paciencia. Ambos miden fuerzas, especulan, juegan sus cartas, intentan descifrar la mínima reacción del otro. "Tienes razón... yo también prefiero quedarme oliendo a ti". Laura se carcajea de nuevo. "No seas cochino, yo voy para mi casa, pero tú vas a trabajar, vas a un sitio donde hay gente. ¿Qué van a pensar tus clientas?". Esteban intenta remediarlo lo mejor posible. "Sólo me importa lo que pienses tú".

Esteban termina de vestirse. Hay que decirlo, tampoco te molesta oler a ella. Laura parece comprender que no obtendrá nada más de Esteban y comienza a vestirse también. Se besan de nuevo y pasadas las nueve y diez, salen rumbo a Polanco. "¿Cuándo nos vemos de nuevo?". Esteban ya siente que la extraña, pero ella lo mira con dudas. "No sé, mañana hablamos". Sabes perfectamente que eso no significa que mañana se ponen de acuerdo, sino que quiere decir: "Tengo mucho que pensar sobre todo lo que pasó hoy y decidir si eres o no digno de mi confianza". Ella baja del coche, y él espera frente al edifico a que haya cerrado la puerta. Esteban se dirige al Esperanto con una extraña mezcla de felicidad y de angustia, que lo acompañará toda la noche, igual que el aroma íntimo de Laura Villegas.

Reinaldo

Y entonces, esa noche vi al pendejo de Esteban al borde de la desesperación. Me pareció el momento perfecto para cagarme de la risa un rato y le dije que esa lana no se la podía prestar pero sí ganársela ejecutando muertos. "¿Cómo que ejecutando muertos?". Se me queda viendo con carita de niño retrasado. Yo le di una explicación, así, nomás por encimita, para que dejara de chingar y se fuera a su casa con la cola entre las patas; pero él insistió. "Pero cómo... o sea yo voy y mato a alguien... así nada más". Ya me empezaba a desesperar. "No, no seas pendejo, así nada más no. Te van a decir a quién, en dónde y cuándo. Tú vas y lo haces. Más fácil, ni sacarse el Melate". El muy güevón seguía pensando que era broma. "Ya Rei, no mames, préstame esa lana; de veras la necesito mucho". Yo ya me había aburrido de esa plática inútil. "A ver, pendejo, ponme atención. Todo lo que te acabo de decir es cierto. Ahora que de veras necesites ese varo y que te armes de los güevos para ganártelo, me avisas". Y ahí lo dejé, parado junto a la barra, mirándome como perrito sin dueño. Yo juré que esa noche se había cagado en los calzones.

Esteban

Después de que Reinaldo me explicó cómo podía ganarme el dinero matando muertos, le di vueltas por un rato, pero entendí que no sería capaz; así que me fui a casa, descarté que me prestara el dinero y me olvidé del asunto por varios días.

Claro que no pasó demasiado para que recibiera otra llamada de Elisa, haciéndome la semana insufrible. Como por teléfono no adelantó demasiado, una noche se apareció en mi casa. Se soltó llorando que ya no podía más, que ya no entendía para qué seguía viviendo y que papá moriría por mi culpa. Nunca la había visto tan desesperada. Yo me sentí totalmente acorralado. Para quitármela de encima le prometí que antes de un mes le daría mi parte y que ya no me jodiera más.

Ese domingo visité a papá. Lo vi ahí, inmóvil, con sus ojitos de desesperanza y fastidio, atado a su cuerpo en una cadena perpetua, y me dieron muchas ganas de llorar. Mamá miraba al piso en silencio, Elisa estaba tirada en la sala viendo la tele sin ninguna expresión y hasta las plantas del comedor se habían marchitado de respirar tanta tristeza. Ya de salida, mamá me acompañó a la puerta, y le puso el último clavo al ataúd de mi tranquilidad. "Ayuda a tu hermana... no la dejes sola en esto". No me lo dijo como reclamo, ni siquiera como reproche; su voz era tierna, compasiva, pero llena de desesperanza. "No te preocupes mamá, ya le dije que antes de un mes le doy mi parte". Mamá me despidió con una sonrisa amorosa, como no le había visto desde hacía muchas semanas.

Sentí que no tenía más remedio que volver a hablar con Reinaldo para que me explicara con pelos y señales de qué se trataba su propuesta. De camino a casa intenté convencerme de que sería fantástico tener el valor para ejecutar algo como aquello; un acto definitivo y poderoso con el que le regresara a mi familia al menos un poquito de paz.

Reinaldo

A la semana siguiente Esteban me cayó de sorpresa en mi casa para conocer más sobre los Chacales. Estaba lleno de dudas y de miedo, pero lo que de verdad me sorprendió es que esas dudas y ese miedo sólo podían aparecer luego de haber estado considerándolo, de haber pensado en ello, de hasta tener pesadillas por culpa del tema. Ahí comenzó a interesarme. Bien asesorado y con la presencia que tenía, podía resultar muy útil para trabajos donde no pudiera mandar a un pinche prietito culero, justamente con cara de chacal. En su caso el dinero fácil era un gancho magnífico; además no era tonto y podía terminar por hacerlo bien. Siempre me había demostrado lealtad, así que podía convertirlo en un aliado invaluable. Dejé las burlas para otra ocasión y le expliqué con seriedad de qué se trataba. Le hice ver que, ya decidido y armado de güevos, lo demás era bastante sencillo.

Esteban

Visité a Reinaldo. Me explicó que existía gente que interfería con los negocios de sus patrones, o que de plano los habían traicionado y que por eso serían ejecutados. Me dijo que él no tenía que ver con la selección de esas personas; que alguien, en algún lado había decidido su suerte. Me juró que en ningún caso se trataría de gente inocente, sino de mafiosos o asesinos que se habían pasado de la raya y que conmigo o sin mí habrían de morir de todas formas. Me acuerdo que me dijo: "A esos culeros alguien se los va a chingar; ¿qué hay de malo en que tú te lleves esa lana que tanto necesitas?". Aún estaba indeciso, pero cada vez me parecía más realizable, más posible.

Reinaldo

Claro que tenía miedo el muy ojete. Como todos, quiso saber los riesgos, y, pues sí, para qué hacerse pendejo, si no se trataba de un día de campo; de que había riesgos, los había. Me empezó a preguntar sobre cosas que le podían pasar: y ¿puedo acabar en la cárcel?, y ¿me pueden matar?, y ¿me pueden torturar para tratar de que les diga quién me manda? "Pues sí, no mames, todo eso puede pasar. También comprende que no estamos jugando a la matatena". Fui muy claro en que los planes se hacen con mucho cuidado, porque justamente a nadie le interesa un principiante jugando al Terminator y haciendo pendejadas sin control por todos lados. Le hice ver que si sigue las instrucciones al pie de la letra, la posibilidad de pedos posteriores se reduciría casi a cero "Pa'que me entiendas; si no la cagas, no va a haber pedo. Y aun si la llegas a cagar, claro si te matan, pues no hay nada que hacer, pero si terminas, por ejemplo, detenido y te mantienes calladito y aguantando vara, antes de que te des cuenta, vas a tener a un abogado chingón para que te chispe lo antes posible". Le hice ver que, aun en un escenario culero, no lo dejaríamos botado a su suerte. "Si eres leal, vamos a ser leales contigo. Si permaneces de este lado, nunca te vas a quedar solo, ni tú, ni tu familia". Aunque cada vez tenía más confusión en la cara, para esas alturas yo sabía que el güevón de Esteban iba a aceptar.

Esteban

Me estremecí cuando mencionó la palabra "familia" y me miró fijamente; con esos ojos de taladro que ponía cuando intentaba dejar claras sus convicciones. Con aquello me prometía que, pasara lo que pasara, mi familia estaría bien. Yo no quería terminar en la cárcel por homicidio, pero conforme escuchaba la manera en que se harían las cosas, me convencí de que no tendría por qué suceder. Me quedó claro que son criminales, y que si tienen poder y dinero no es por hacer las cosas a lo loco. Que si preparan un plan para que lo ejecute un principiante, lo harán de tal manera que no les provoque consecuencias.

Aún tenía algunas dudas y me fui de casa de Reinaldo, diciéndole que necesitaba una última pensada. Él me dijo que hacía bien, que lo pensara todo lo que quisiera, porque aquello no era un juego, y ya dentro, las cosas tendrían que hacerse tal y como se me ordenaran. Sonaba razonable.

Reinaldo

Sí, así fue. Yo le dije que podía hacerlo una sola vez o las que quisiera, porque era cierto. Uno no puede andar por el mundo obligando a la gente a matar cuando no quiere. Pero es muy distinto botar las misiones a medias, cuando ya tomaron el compromiso. Por eso también le dejé muy clarito que si se embarcaba, si aceptaba una ejecución, tenía que llevarla hasta el final; tampoco estábamos jugando. ¿Qué explicación iba a dar, si mis Chacales andaban con esas mariconadas?

Además esta libertad de saber que podían dejarlo me permitía reclutar más gente. Y, ya en la experiencia, el que lo hizo una vez, le sale bien y recibe su varo, en muy contadas ocasiones se retiraba a la primera. Y eso, para mí, mejor; era un pedo y una chinga conseguir prospectos para que fueran sólo de debut y despedida.

Todos le agarramos cariño al dinero fácil y no hay nada más fácil que apuntar un R-15 o un cuerno de chivo contra un cabrón que ni conoces. También le agarra uno gustito a la emoción, al poder que tiene uno sobre la víctima; no sé, son explicaciones que se me ocurren, lo cierto es que todos los que pasaron el proceso de reclutamiento y probaron lo hicieron más de una vez. Esteban no fue la excepción.

Diario de Elisa, 23 de septiembre

Hoy decidí que voy a tener un hijo. Estoy emocionada, pero a la vez ansiosa y llena de miedo. Lo sorprendente es que aquí, en las entrañas, siento la convicción y la certeza absoluta de haber tomado la decisión correcta.

Hoy salí de trabajar a las seis y había quedado de cenar con Rosana y Cintia, a las nueve y media. Tenía poco más de tres horas para pensar en esa idea que me daba vueltas en la cabeza desde la plática que tuve el jueves con Lola. Mi primer dilema es entender si esto lo hago por convicción genuina de ser madre o por llenar los vacíos que deja un trabajo en el que no me siento realizada, una soledad cada vez más insoportable y la situación que vivo a diario en la casa. Negar que todos estos factores influyen sería mentirme a mí misma. Comprendí que, teniendo a mi hijo, puedo no saber lo que depara la vida y el futuro, pero nunca más estaré sola.

¿Cómo lo tomará mamá? La conozco bien. Al principio pondrá el grito en el cielo, pensando que fue producto de un error. Me va a cuestionar por hacerlo crecer sin padre, sin una familia que lo cobije. Ya puedo escucharla: "¿Qué va a pensar de ti por hacer las cosas así?". Ésa es buena pregunta: ¿Qué va a pensar mi hijo de mí? Pensará que lo amo, puesto que nació producto de un deseo. Sobre lo demás, iré construyendo mi imagen de madre día con día; y si lo hago bien, no podrá juzgarme por haberlo tenido, ¿o sí?

Papá insistía siempre en que quería que le diéramos un nieto. Claro que no se refería precisamente a esta forma de hacerlo; pero estoy segura de que hasta a él terminará por darle gusto, aunque en su caso será más difícil hacérnoslo saber. Al menos podrá verlo crecer y yo me encargaré de inculcarle mucho cariño por su abuelo y, a pesar de las circunstancias, volveremos a ser una familia feliz y mucho más llena de amor de lo que éramos antes.

Yo volveré a sentirme motivada y con deseos de vivir; como cuando estaba en la universidad. Y no me importa tener que buscar otro trabajo donde gane menos. Sí, entre más lo pienso y entre más lo escribo, más segura estoy de que esto es lo que debo hacer.

Al salir del trabajo, decidí relajarme un poco y caminar un rato por el centro comercial. Había niños por todos lados. Supongo que son los que hay siempre, pero hoy me fijé especialmente en ellos. Vi a una señora empujando una carriola doble y me acordé de cuando era niña y Esteban y yo estábamos juntos siempre. Es posible que lo herede y termine también embarazada de gemelos. Ni siquiera lo había considerado hasta ese momento, y sin duda que tener dos de un jalón, en mis circunstancias, sería un grave inconveniente. En fin, creo que tendré que correr el riesgo, porque no se me ocurre cómo evitarlo.

Luego me topé de frente con una mamá que trataba de lograr que su hijo con retraso mental se comiera un helado. Bueno, lo del retraso no se lo pregunté, pero eso es algo que se les nota en la cara. Me aterrorizó pensar que a mí pudiera pasarme lo mismo. Yo no quiero un hijo con retraso mental. Claro, no soy tonta, supongo que nadie quiere. Quienes los tienen dicen que los quieren como a los otros, que son una bendición y no sé cuánta cosa más; pero yo quiero tener un hijo sano, inteligente, que les gane a todos a correr y a sacar buenas notas. Me acerqué a la mujer para preguntarle lo que sintió cuando lo supo, pero no pude porque se me cortó la voz y se me salieron las lágrimas. Ella me miró desconcertada y no supe si se ofendió o si lo tomó como un acto solidario, porque salí corriendo y me alejé todo lo que pude para no encontrármela de nuevo. Yo no quiero tener un hijo enfermo; con un enfermo en casa tenemos bastante. Todos en la familia somos sanos, y no hay antecedentes que lo anticipen. Claro que para que en una familia haya dos enfermos, primero tiene que haber uno, y ese uno llega cuando todos los demás son sanos. Trato de convencerme de que no tiene por qué pasarme a mí.

Seguí caminando y observé niños hermosos, pero también vi niños horribles. Nunca lo había pensado así, y me da vergüenza confesarlo, pero luego de ver niños de todo tipo me di cuenta de que yo no quiero tener un hijo feo, de pelos tiesos y parados, de facciones toscas o de piel demasiado oscura. ¿Por qué pienso esto, si yo nunca he sido así? ¿Por qué todos soñamos con ser y con tener hijos de piel blanca, de facciones finas, cabellos rizados y ojos claros? Yo sé que está mal pensar así, pero por más que todo el mundo, de dientes para fuera, diga que aquí todos somos iguales, yo he vivido en carne propia cómo la apariencia determina la manera en que te tratan. En este país, aunque no se diga, no da lo mismo ser güero que prieto, no da igual ser bonito que feo, no da igual un apellido que otro, no es lo mismo un Jaguar que un Chevy, no da igual vivir en Ixtapalapa que en Santa Fe. Qué bueno que esto no va a leerlo nadie, porque ¿qué pensarían de mí? Pero es que no es mi culpa, es la verdad. Por mal que suene, así funcionan las cosas y yo no quiero complicarle el futuro a mi hijo desde antes de nacer. Yo siempre he sido considerada bonita y eso me ha abierto montones de puertas; quiero que a mi hijo le pase lo mismo.

¿Quién va ser el padre? Ahí va la mitad de la información genética, así que tengo que ser cuidadosa al escoger, porque ni modo que me dé lo mismo. Me doy miedo, porque me veo como una seudo nazi que va levantando cuestionarios y haciendo pruebas de ADN, para ver qué espécimen califica para padre de mi hijo. ¿Seré una mala persona o, en el fondo todos pensamos igual y consideramos unas apariencias superiores a otras? Ya no quiero pensar así. Ya no quiero pensar más en eso. Yo quiero tener un hijo y sólo quiero que sea sano, que sea grande y fuerte y que se parezca a mí y a quien sea que vaya a ser su papá. No me importa si es niño o niña, no me importa nada más que sentirlo vivo dentro de mi vientre, no me importan los malestares o el dolor que me provocará al nacer, a mí me basta con saber que es mío y que al igual que la suya, con su llegada también mi vida comienza de nuevo y más prometedora que nunca.

Cené con Rosana y Cintia en un restaurante italiano y traté de comportarme como siempre. Cuando llegué a la casa, mis papás ya estaban dormidos. Al entrar en mi cuarto, lo primero que hice fue buscar mis pastillas en el cajón. Ya sólo me quedaban dos para este periodo. Las saqué del empaque y las machaqué con la botella de perfume. Al reducirlas a polvo, me imaginaba mi aparato reproductor vibrando de actividad y luego pensé en una maquinaria que estaba dormida y poco a poco se echa a andar hasta alcanzar el tope de funcionamiento y efectividad. Cuando por fin tuve una montañita de polvo, las coloqué con mucho cuidado sobre este cuaderno y las llevé hasta la ventana y soplé muy fuerte. El polvito se esparció por el aire y salió volando lejos de mí y lejos de mi vida y me sentí feliz y plena, porque con ese acto empezaba una nueva etapa de mi vida.

Por primera vez me siento dueña de mi futuro, por primera vez siento que hago lo que de verdad quiero; y pensar así me llena de alegría y vitalidad. Ahora sí quiero que sea mañana y que sea pasado y que la vida continúe, porque ahora tendrá una razón de ser. Por fin estoy viva y de pronto me parece que el mundo es nuevo, que está... digamos que recién lavado y recién pintadito. Todo lo que siempre ha estado ahí ahora me parece verlo por primera vez.

Releo lo anterior y me siento un poco ridícula porque no tengo idea de cómo todo eso habrá de llevarse a la práctica; qué y cómo sucederán las cosas para que mi sueño se vuelva realidad y yo termine por tener un hijo en el vientre. Lo que es un hecho es que hoy tomé la decisión y me siento segura, feliz y orgullosa de ello. Aún no lo puedo creer, pero voy a ser mamá. Y no me importa lo que pase con mi trabajo, ni con la familia, ni con papá, ni con ninguna otra cosa.

No puedo dejar de recordar que ya estuve embarazada una vez y lo rechacé. Sé que lo hice porque me dio miedo, porque no lo quería y ni siquiera puedo decir que me arrepiento, porque en aquella situación no supe hacer otra cosa. ¿Merezco esta segunda oportunidad? Todos merecemos una segunda, una tercera, una cuarta, una la que sea; todos merecemos las oportunidades que hagan falta, porque una cambia, la vida misma cambia. No sé qué habría sucedido conmigo de haber tenido aquel hijo, pero sé que a éste lo voy a amar más que a mi propia vida, y eso es lo único que cuenta.

24 de septiembre, en el departamento de Esteban

Faltan aún quince minutos para las doce del día y Esteban duerme, luego de su desvelada habitual de fin de semana en el Esperanto. El teléfono suena una y otra vez, hasta que por fin logra sacarlo de un sueño angustioso que no puede recordar.

"Bueno". Una voz de mujer, que Esteban no reconoce en primera instancia, le grita enfurecida. "¡De veras que no tienes madre!". Esteban entreabre los ojos intentando comprender lo que sucede "¿Quién habla?". "Tu conciencia, para recordarte la clase de mierda que eres por no pensar en cómo haces sentir a la gente". La voz le gritaba con un profundo resentimiento. "¿Laura?". "¿Quién es Laura? La putita que trajiste para que sepa cuánto sufres con un papá paralizado y así, enternecida, te afloje las nalgas". "¿Elisa?". "¿Al menos cogieron rico?". Esteban se incorpora tratando de encontrar respuestas en su cerebro aún aletargado. "No fue lo que piensas". "¿Ah, no? Entonces qué fue. Ya sé; seguramente es una doctora famosa que vino para darnos una segunda opinión. ¿Cuándo lo cura?". "No, tampoco fue así". Elisa cada vez se enfurece más. "¿Entonces cómo? ¿Estabas con ella tratando de convencerla para que aceptara ir a tu departamento y de pronto te entraron unas enormes ganas de visitar a papá, luego de tres semanas de ni siquiera una llamada?". Esteban intenta desesperadamente encontrar alguna justificación racional, pero no se le ocurre ninguna. "No iban tres semanas. Además no entiendo por qué te pones así. No fue para tanto. Sólo pasamos un momentito y luego nos fuimos". "¿Tienes una remota idea de cómo los hiciste sentir? Ojalá vieras la cara que tiene mamá orita. ¿Y sólo para tirarte a una vieja que acabas de conocer?". "Estás exagerando... además no la acabo de conocer". "¿Ah, no? Estoy segura de que la acabas de conocer y que, como no te aflojaba, quisiste hacerle ver lo acomedido y buen hijo que eres. Si llevaras tiempo con ella, ya sabría que papá y mamá te valen madres y no habría sido necesario el espectáculo de ayer". Esteban quiere terminar con esa discusión en la que no hay manera de ganar; pero no sabe cómo. "Elisa, creo que estás exagerando y no quiero pelear más contigo". "Ni yo tampoco. Pero comprende que el hecho de que tú seas una piedra y todos te valgamos madres no significa que las demás personas no sientan y no se den cuenta de las porquerías que les haces. No vuelvas a usar a papá de esa forma nunca más, ¿entendiste?". "Elisa te juro que yo...". "¡¿Entendiste?!". "Sí... entendí". Elisa cuelga sin decir nada más y Esteban se vuelve a recostar y termina suspirando lleno de culpa, con el teléfono sobre el pecho y la mirada clavada en la lámpara que cuelga sobre la cama.

Por las rendijas que no cubre la cortina, se filtran apenas unos retazos de luz que dejan la habitación en una penumbra apacible. Pero a Esteban le cuesta respirar, como si en vez del teléfono inalámbrico tuviera una enorme roca sobre el pecho. "Con razón no se ha casado... con ese carácter...". Hablas en voz alta y tratas de convertirlo en un chiste; pero en cuanto lo pronuncias sientes ese amargor incómodo en el paladar.

Te levantas apesadumbrado y caminas hasta el baño. Liberas la primera orina del día y el chorro sale ámbar y de olor intenso y penetrante. Jalas la cadena y te miras al espejo de un lado y de otro "¿No me estaré volviendo un hijo de puta?". Ni siquiera tú conoces la respuesta, así que no sabría qué decirte. Te enjuagas la cara y decides tomar un café que te ayude a despertar por completo. Te gana la pereza y, en vez de poner la cafetera, calientas agua en el microondas y le pones dos cucharadas generosas de ese café soluble que sabe tan mal, pero que te permite reencontrarte con el mundo en apenas unos instantes. "¿Será que de verdad me estoy volviendo un hijo de puta?". Te sientas en la sala y piensas en cuál puede ser la diferencia entre aquel Esteban, que asistió con una tremenda resaca a la comida por su último cumpleaños, y éste que ha llegado al grado de matar a cambio de dinero. ¿Cómo llegó hasta aquí, hasta este día, aquel Esteban que en la adolescencia echaba carreritas con su padre en las albercas de los balnearios? No tienes la menor idea de cómo responderte. Te imaginas que eres como los ojos de esos gatos que, según les dé la luz, son verdes o grises. Así tú también, eres el mismo o diferente, según se te mire. También, y lo sabes, hay la posibilidad de que te hayas transformado sin darte cuenta en alguien completamente distinto. "¿Me estaré volviendo un hijo de puta?". No entiendo qué ganas con atormentarte así; preguntándote una y otra vez algo para lo que no tienes respuesta.

Es cierto que querías conmover a Laura, ganarte su confianza, pero lo hiciste porque tienes un interés verdadero en ella, no sólo para llevarla a la cama. Además aquella fue una acción simple, inocente, con la que nadie tenía porque salir lastimado. Es verdad que la expresión de tu madre fue cambiando de una evidente felicidad inicial a una profunda tristeza cuando te despidió junto a la puerta; pero tú no lo hiciste con esa intención, tú no querías lastimarla, tú no querías ser hijo de puta. ¿Eso lo disculpa todo?

Sí, es mejor así. Es preferible que pienses en Laura a que sigas atormentándote por lo que ya no tiene remedio. Decides que por la tarde la llamarás para invitarla a salir la próxima semana. Para entonces, tendrás que tener la casa lista para evitar cualquier riesgo. Tienes que destruir las libretas, las notas, eliminar las fotos de la memoria de la cámara, ocultar las armas donde resulte imposible que las encuentre. Vas al clóset y bajas la mochila que contiene la pistola y el cuerno de chivo. Observas a tu alrededor y buscas un lugar. Regresas a la sala y le das vuelta al sillón individual. Le desprendes el forro y, tal y como te imaginabas, hay un hueco libre y seguro; ahí las colocas. A Laura jamás se le ocurrirá buscar ahí. Sacas las libretas del horno y las guardas en una bolsa del súper. Revisas la cámara, y aunque te fascine observar a Laura, sabes que debes eliminar esas imágenes comprometedoras y las borras de una vez. Te vistes unos pants y te preparas para salir a deshacerte del resto de la evidencia: libretas, algunos de los recortes del periódico, los papeles con instrucciones y datos que venían en los sobres amarillos.

Ya estás listo y te encaminas a la puerta, cuando escuchas que algo se desliza bajo ella. Aún alcanzas a ver en movimiento ese nuevo sobre amarillo, que alguien acaba de hacerte llegar con las instrucciones del nuevo trabajo que aceptaste, hace apenas unos días. Esteban se queda como de piedra observándolo fijamente resaltar en medio del mosaico blanco "¿Me estaré volviendo un hijo de puta?". No, esto nada tiene que ver con tu pregunta, porque a ellos no les haces un mal que no fueran a sufrir de todos modos. No los odias, ni siquiera los conoces. Todo esto es demasiado confuso y prefieres no darle más vueltas. Llevas el sobre a la mesa del comedor y lo abres. Contiene poca información, pero se te asegura que en los próximos días llegará otro que lo complemente. También se te informa que llegará otro cargador para el cuerno de chivo y para la pistola. Ése no lo has usado, así que ahora tendrás dos. Observas la fotografía del hombre que debes ejecutar. Tiene cara de loco. Lo reconoces de inmediato. La ficha dice que mide un metro sesenta y cinco y pesa cincuenta y siete kilos. Te preguntas cómo un hombre tan insignificante puede haberle hecho daño a los grandes jefes desconocidos. Lo miras y tratas de interrogarlo en voz alta: "¿Qué hiciste? ¿Con quién te metiste? ¿Ya ves lo que pasa por ser ojete?". Lo regañas como si fueras un auténtico justiciero. Vuelves a los papeles y revisas las notas finales. "Ya se le dará más información en el momento preciso. Este individuo es altamente peligroso, por lo que se recomienda extremar precauciones. Está escondido y por eso no pueden aportarse más datos por ahora. Se le avisará la fecha, la hora y el lugar de la ejecución con poco tiempo de margen, así que favor de estar preparado". ¿Favor de estar preparado? Qué clase de frase es ésa. Parece estar fuera de contexto en relación con todo lo demás. Al menos no te puedes quejar; se dirigen a ti con mucha cortesía.

Ahora revisas el nombre "Francisco José Oliguerra Reséndiz", "Alias: Frank", y vuelves a mirar el rostro enjuto de la fotografía. Lo has visto muchas veces. Desde el principio, desde que Reinaldo te dio tu primer trabajo en el Caprice. Sabes que es amigo de Pepe, los viste juntos y departiendo montones de veces. ¿Será posible que nadie esté a salvo? Te incomoda un poco que no sea un desconocido, como la primera vez. Claro que tampoco te preocupa demasiado, porque en todo este tiempo, apenas cruzaste algunas frases con él. Si está condenado a muerte, si está ya, en algún sentido, en algún nivel, muerto desde ahora, por algo será; algo habrá hecho para merecerlo, y si no eres tú, de cualquier manera lo ejecutará otro, así que dejas de preocuparte. Debes permanecer alerta, tal y como se te indica. Guardas de nuevo todo en el sobre y lo ocultas dentro del forro de la sala, junto a las armas. No quieres más sorpresas.

Esteban abre la puerta y sale del departamento. Va rumbo al parque que tiene a poca distancia, donde pretende deshacerse de todas las evidencias comprometedoras sobre la ejecución del licenciado Joaquín Villegas y la vigilancia que llevó a cabo sobre Laura para poder conocerla.

Diario de Elisa, 24 de septiembre

Sé que las cosas están tirantes, pero tenía tanto coraje que no pude aguantar la ganas de llamar a Esteban y decirle de groserías por lo que hizo ayer. Yo escuchaba la voz de mamá contándomelo, pero no lo podía creer. "¿Y no le reclamaste? ¿No le dijiste nada?". Ella fingía que le había dado un enorme gusto verlo; pero no se necesitaba ser mentalista para darse cuenta de lo mucho que le dolió que los usara así. Encima, lo que más coraje me dio fue escucharla justificándolo.

Con mamá me aguanté, porque no quise pelear con ella, y porque en el fondo sabía cómo se estaba sintiendo. Pero a él le dije todo lo que me vino a la cabeza y me sirvió de desahogo. Para cuando colgué ya me sentía mucho mejor, más ligera, más liberada.

Luego entré al cuarto de papá. Me di cuenta de que a mamá se le había pasado cambiar el canal de la tele, y dejó al pobre viendo un programa de cocina, donde daban las instrucciones para preparar un pastel de fresa decorado con pétalos de tulipán. Yo estuve tentada a hacerle la broma acerca de sus repentinos cambios de gusto, del futbol a la repostería, pero me contuve al ver por su mirada que no estaba de humor. Tenía los ojos perdidos en la ventana y yo, sin decir nada, cambié al canal deportivo. Había una especie de noticiero con los resultados del día. Me miró y cerró los ojos una vez. Aquello sin duda era un "gracias". Le señalé la pantalla. "¿Éste?". Luego cambié a otro, dónde había una carrera de coches. "¿O éste?". Él cerró los ojos dos veces, y volví al primero. Salí del cuarto porque me entraron unas incontrolables ganas de llorar y no quise que me viera. Desde el principio comenzamos a ponerle los canales deportivos sin siquiera razonarlo. Nos pareció lo obvio. ¿Qué otra cosa? ¿Películas? ¿Qué películas? ¿Qué otra cosa podíamos ponerle en la tele para que se mantuviera entretenido, deprimiéndose lo menos posible? Pero hoy en la mañana me di cuenta por primera vez de que era factible que aquello no le interesara para nada. ¿Pero qué hacemos? ¿Cómo saber qué es lo que le gustaría experimentar a lo largo de sus dieciséis horas diarias de vigilia congelada? Antes pasaba sus ratos libres jugando ajedrez y platicando con el doctor Rogelio, del piso de abajo; pero ahora no podía hacer ni eso. El doctor Rogelio lo visitó un par de veces, pero luego no vino más. Supongo que lo deprime, y ni modo de que lo traiga de los pelos. Cada que me lo encuentro en el elevador o nos cruzamos en la puerta, me pregunta por él; "Me lo saludas mucho", me dice siempre al despedirse, pero no viene a verlo.

Ha pasado el primer día sin tomar la pastilla y naturalmente he seguido dándole vueltas a mi decisión. Aún es reversible, pero lo tengo muy claro y no pienso cambiar de idea. Ahora tengo que dar el siguiente paso; pero ése ya no es tan sencillo. Debo darme prisa antes de que la duda y el temor hagan tambalear mi certeza.

Laura. Bitácora de investigación: Día 19

Ayer salí con Esteban por primera vez. Entre más lo trato y más lo conozco estoy más desconcertada y confundida. Tengo que ser lo más objetiva que se pueda, porque es innegable que me gusta y eso puede llegar a nublar mi juicio. Durante todo el tiempo que pasamos juntos fue amable y atento. Me queda claro que toda esa sociabilidad puede ser parte de un plan para ganarse mi confianza; pero lo que no acabo de entender es con qué finalidad haría eso.

Por el lado de Oliguerra, ya sabe perfectamente quién soy, que tengo el dinero y los papeles que necesita; así que Esteban no le hace falta para nada. Por el otro lado, tampoco comprendo para qué el tal Vladimir se tomaría tantas molestias. Si tuvieran duda acerca de lo que sé o lo que tengo, ya se habrían asegurado por otros métodos. El problema con Esteban es que no tengo claro de dónde salió. Es una pieza que no encaja en ningún sitio, pero no puedo negar que con lo de llevarme a conocer a su papá me ganó el corazón.

En ese momento sentí que podía ser cierto todo lo que me había dicho. Que es un tipo normal y que de verdad está interesado en mí, sin mayores implicaciones ni complot. Pero si dejo un poco de lado lo que empiezo a sentir y soy totalmente honesta, también hay muchas cosas que no concuerdan con sus supuestas versiones. No puede ser casual que en la primera cita tuviera que ir forzosamente a visitar a su papá cuadraplégico, acompañado de alguien que acaba de conocer; a menos que lo que busques sea precisamente eso, generar un efecto en la persona. No es normal que alguien que tiene el coche que tiene y el departamento que tiene, se compre un cuadro que vale más que todos sus muebles juntos. Es innegable que le daba pavor dejarme sola en cualquier parte de la casa, como si temiera que le revisara sus cosas, que de hecho era mi idea. Toda esta situación es muy extraña y no termino ni por creerle, ni por dudar del todo sobre él. La ocasión perfecta para averiguar algo era justamente la primera visita, sobre todo en esta ocasión que no lo esperaba. De aquí en adelante tendrá mucho cuidado de ocultar lo que no quiera que sea encontrado. El problema es que me gusta y que pienso que debo visitarlo, al menos una vez más, para ver si puedo averiguar algo. Sé que ambas cosas difícilmente son compatibles.

Hace un rato me llamó para invitarme a salir. Aún no sé qué debo hacer, así que le dije que en la semana nos poníamos de acuerdo. Ahora es preferible concentrarme en el día de mañana, en que debo recibir la respuesta de Oliguerra.

Reinaldo

Al regresar de Morelia le entregué a Pepe el bulto de papeles y se encerró a revisarlos en el cuarto que le había asignado la tía Rufina. Como a las dos horas me llamó a gritos porque quería hablar conmigo.

Estaba encabronadísimo. De veras que estaba al borde de un pinche ataque; caminaba de un lado a otro como fiera con un nopal amarrado a los güevos. Prendía un cigarro con el anterior y se pasaba las manos por la cabeza, hasta quedar más despeinado que el güey ese, el pinche gringo que maneja boxeadores y se ríe como retrasado mental. Nunca había visto a los loquitos del manicomio, pero me los imaginaba así, sudorosos, descontrolados, con los ojotes muy abiertos y la boca seca de tanto hablar para dentro consigo mismo. "No mames, Rei, esto está muy cabrón. Ahí vienen un chingo de cosas que nadie podía saber". Yo diagnostiqué lo obvio. "Algún chiva...". Pepe prendió otro cigarro y le dio tres bocanadas seguidas. "Pues sí... qué otra. Y tiene que ser uno de los cercanos. Además no hay ninguna garantía de que esté completo. En una de ésas, los putos agentes tienen otro tanto guardado, y el día que menos lo espere me chingan de nuevo". Apenas me atreví a decir algo. "No, pues eso sí...". No sabía ni qué chingados responderle para animarlo. "Necesito saber si cuento contigo". Me miró muy fijo y le dio otra calada al pinche cigarro que estaba por terminarse. "Para lo que sea". Me subió una oleada de emoción por la barriga. Eso era justamente lo que quería, demostrarle de lo que era capaz, y en el momento que más lo necesitara. Pero él seguía teniendo sus dudas. "Esto no es un juego. Si quieres piénsalo un rato, porque si le entras, luego ya no hay pa'tras". Yo no quería ir pa'tras, yo quería ir pa'lante. Demostrarle que podía ser leña, ser derecho, hacer lo que hiciera falta, porque güevos no me faltaban. "Cuenta conmigo al cien... pa'lo que quieras". "Las cosas se van a poner cabronas". Yo tenía que confirmarle que estaba seguro. "Pues mejor todavía... yo le atoro". Pepe aceptó y me mandó sentar para que lo escuchara. "En este momento no sé en quién puedo confiar y si no me recupero pronto, los de arriba se van a paniquear y van a dejar que me den en la madre. Estamos en una carrera, al mismo tiempo contra los tiras ojetes y contra la desconfianza de los patrones para que les quede claro que sigo siendo fuerte y que conmigo no hay pedo. Todo eso sin dejar que la pinche Judicial se me acerque. ¿Comprendes el pedo?". Había llegado el momento que tanto había esperado y no lo iba a dejar pasar por maricón. Él me miraba como si estuviera hablando con un pendejo de esos que lo rodean y quiso confirmar su explicación: "Para que me entiendas: al mínimo descuido nos lleva la chingada". "Eso sí lo entendí muy clarito", le dije para alivianarle la tensión. El riesgo me valía madres porque ya me había cansado de ser un chalán; ahora quería ser jefe. Estaba dispuesto a lo que fuera para ganarme ese lugar. Pepe me extendió la mano y me miró a los ojos; se la di y a partir de ese momento me sentí de veras dentro. Además, las circunstancias me ponían en posición de jugar un papel importante; lo que sin duda me redituaría en mis posiciones futuras.

De inmediato empezamos a trabajar. Pepe hizo algunas notas en un cuaderno y comenzó a darme órdenes e instrucciones precisas que yo debía cumplir. Lo primero que me encargó fue que le consiguiera tres celulares con bastante crédito y que pasara por él al día siguiente, a eso de las diez de la mañana. Así lo hice, y luego de desayunar chilaquiles rojos, Pepe se metió a la cajuela de mi carro, con una maletita bajo el brazo, que no soltó ni un momento, y me pidió que lo llevara al otro lado de la ciudad. Entramos en un centro comercial por el rumbo del aeropuerto; yo le avisé cuándo salir, de tal forma que nadie lo viera. Se metió al carro, me dio la cuarenta y cinco que traía y me ordenó estar al pendiente. Estuvo ahí adentro como una hora hablando por los diferentes teléfonos y durante un buen rato. Estaba emocionado de estar apoyando a Pepe de verdad, pero al mismo tiempo me sentía encuerado. Ahí volteando como pendejo para todos lados sin saber lo que podría pasar o quién sería enemigo. La gente iba y venía, y yo, con la mano en la pistola que me había puesto al cinto, debajo de la chamarra, los miraba tratando de penetrarlos como si tuviera rayos X, para adivinar si algún culero nos había reconocido y venía a darnos en la madre.

Como es obvio, no pasó nada. Ahora me queda la impresión de que el muy gandalla nomás me dio la pistola para que sintiera el rigor de la chamba, y para que me entretuviera mientras hacía sus llamadas. Por fin, a las tantas, bajó el vidrio y ordenó que nos fuéramos. No me dio ninguna explicación, ni hizo ningún comentario, pero lo que fuera que quería arreglar, le salió bien, porque de regreso ya no se metió a la cajuela. Durante todo el camino se mantuvo pensativo y callado. Me ordenó que lo llevara a un hotel de Reforma y me dio instrucciones para que fuera a su casa y le llevara dinero que tenía oculto en una pared falsa de su despacho.

Lo dejé en el hotel y me dirigí a la dirección que me indicó. Conforme me acercaba, no puedo negar que se me hizo chiquito el culo, al darme cuenta de que si no iba personalmente, era porque había posibilidades de que lo estuvieran esperando. Pero ya ni pedo; no podía mostrarme como un coyón, justo en la primera encomienda peligrosa que me hacía. Me dio las llaves de su casa y me dio instrucciones precisas sobre cuál era y cómo desmontar la pared falsa y que, al hacerlo, me asegurara de que no hubiera nadie en la habitación. Me explicó que lo más probable es que hubiera cuatro guaruras afuera, repartidos en dos camionetas; y que si no los veía, mejor me siguiera de largo y le avisara a uno de sus celulares. En efecto, las camionetas ahí estaban. Cuando me acerqué a la puerta me encañonó uno de los escoltas y yo le enseñé el llavero del que colgaba un enorme crucifijo de plata. Supongo que aquella era una buena señal, porque al verlo, me abrieron la puerta y me dejaron pasar. Adentro había otros dos puercos más. A ésos los conocía bien, porque siempre andaban con Pepe; naturalmente, ellos también me conocían a mí. "¿Y tú qué pedo?", me preguntó Romo, el escolta principal, chofer y mandadero de Pepe y a quien todos conocíamos como el Gordo. "Yo nada, aquí... por un mandado de Pepe". "Y cómo sabemos que de veras te manda él". Yo no me iba arrugar luego de traer aquella encomienda directa. "Pues porque yo lo digo: ¿cómo ves?". Quería que supieran que yo era un cabrón de güevos y no el pendejito del antro que ellos creían. "¿Dónde está?". Me preguntó el Gordo. "Si no lo sabes, es porque él no quiere que lo sepas". Ahí, el otro se prendió y me agarró de la camisa. "No te quieras pasar de verga". Yo, a ése, ni lo pelé, porque era un chalán entre los chalanes; yo siempre me dirigí a Romo. "Mira, Gordo, no quiero pedos. Dile aquí a tu gorila que me suelte. Me mandó por unas cosas. Vas a ver que no voy a andar pendejeando por toda la casa, porque me dio instrucciones precisas; sólo que nadie puede venir conmigo. No me tardo más de diez minutos porque sé lo que vengo a buscar y dónde encontrarlo. Ésa es tu mejor prueba. Ahora, que si no me crees, pues haz lo que quieras; nomás mídele el agua a los camotes". El Gordo le ordenó que me soltara. "Pero, ¿está bien?". "Sí, está bien". "Y, ¿cuándo vuelve?". "Eso, ni puta idea; a mí nomás me trae de mandadero". El Gordo asintió. "Ta'bueno; pásale pues...".

Seguí las instrucciones que Pepe me dio y llegué hasta su despacho. Abrí con la llave de seguridad y volví a cerrar. Saqué del clóset la maleta que dijo y desmonté la pared. La llené de dinero y puse la pared en su lugar. Tomé del cajón los papeles y las armas que me ordenó y salí con toda calma por la puerta principal. Ya en la calle, el Gordo me jaló a una esquina y me habló muy serio. De veras parecía lamentar la situación por la que estaba pasando su jefe. "Mira, aquí está mi número de celular, para que se lo des a Pepe. Yo no sé qué chingados está pasando, pero dile que puede contar con el Gordo siempre. Le estoy muy agradecido, porque cuando lo necesité me dio la lana para operar a mi chavito, así que dile que pase lo que pase yo nunca lo voy a traicionar". Me dio la tarjetita, me subí al carro y me fui. Primero anduve dando vueltas, para asegurarme de que no me siguieran, y cuando estuve seguro me encaminé rumbo al hotel. Ésa fue la primera vez en mi vida en que me sentí verdaderamente fuerte y de camino a conseguir todo lo que había soñado.

4

Esteban

Ese domingo recibí el sobre amarillo donde se me ordenaba la ejecución de Francisco José Oliguerra Reséndiz, y a quien conocía con el alias de Frank. Para ese momento yo lo consideraba una ejecución más; si es que matar a alguien puede verse con esa sencillez y esa superficialidad.

En realidad me esforcé por verlo así; por no darle importancia. Era alguien que conocía, pero sólo de vista, de cruzar algunas frases amistosas, de verlo emborracharse en la mesa de Pepe; sin que nos viéramos forzados a entablar ninguna relación cercana. Al final era sólo un muerto que, para ese momento, para alguien ya lo estaba. Yo sólo quería que pasara el episodio, cobrar mi dinero y alejarme para siempre de toda esa sangre y esa violencia. Desde luego, las cosas no siempre salen como uno las planea. Supongo que nuestras intenciones se cruzan y chocan con las de los demás y todo termina convirtiéndose en un caos.

Aunque traté de no pensar en ello, me resultaba incómodo saber que este plan debería ejecutarlo sin demasiada preparación. No tendría tiempo de familiarizarme con la víctima, ni con el lugar donde ocurriría, con la atmósfera, las circunstancias que rodearían el momento. Esta ejecución la realizaría totalmente a ciegas y confiando en que las instrucciones recibidas fueran suficientes y correctas. Lo imaginaba como pilotear una bicicleta con los ojos vendados y sólo obedeciendo una voz desconocida orientándome; o como saltar de un edifico, en una noche sin luna, únicamente con la promesa de que, antes de reventar contra el pavimento, encontraría en mi camino una red que me salvara la vida.

Por la tarde fui al parque que está a dos calles de mi casa. Llevaba conmigo una bolsa del súper que contenía todo lo relacionado con el asesinato del licenciado Villegas y con la vigilancia que había hecho sobre Laura. En una esquina poco transitada lo coloqué en el piso y le prendí fuego. Ya que logré que ardiera bien, me alejé un poco de mi pequeña hoguera, pero sin dejar de supervisarla y regresé a casa cuando comprobé que se había consumido. Sentí un gran alivio de saber que la ejecución del licenciado Villegas había terminado. Ahora podía continuar buscando la cercanía de Laura, sin riesgo de que descubriera el vínculo original que provocó conocernos.

En ese momento comenzaba a tener sentimientos profundos y reales por ella, y me resultaba perturbador comprender que, de no haber ejecutado a su padre, jamás nos hubiéramos cruzado en la vida. Mientras guardaba mi distancia con la pequeña hoguera, yo le hablaba en silencio al licenciado Villegas y le prometía que cuidaría de ella y jamás le haría daño. Era algo absurdo, pero me reconfortó un poco. Comprendí que el primer paso para no lastimarla era precisamente no hacer cosas estúpidas que la hicieran desconfiar y sentir miedo. Cuando volví a casa le llamé. Le dije cuánto había disfrutado de su compañía y cuánto la había recordado a lo largo de la noche. Le confesé que su olor me acompañó en todo momento y que había sido una forma de tenerla conmigo.

Es posible que le haya parecido exagerado o cursi todo aquello, pero en todo caso era verdad. Al menos no pareció molestarle, y eso ya era ganancia. Aceptó que nos viéramos en los próximos días, aunque no definió cuándo.

Diario de Elisa, 25 de septiembre

Hoy tuve un día excelente. Desde la mañana recibí buenas noticias. Papá tiene menos irritada la espalda, gracias a la nueva pomada que empezó a ponerle la señora Graciela desde el jueves. Mamá por fin no se quejó de amanecer con migraña. Y yo fui a la agencia a cobrar varios trabajos pendientes y no sólo me pagaron completo, sino que por fin se confirmó lo del comercial que me había ofrecido Willy.

Son sólo dos días de trabajo y voy a cobrar como si trabajara un mes; y para como vienen las cosas, esto resulta que ni pintado. Además las fechas me coinciden perfecto, porque es varios días antes de la operación de papá. Gracias a este dinero podré parar unos días sin ningún problema y así acompañar a mamá.

Es magnífico que se me abran de nuevo las puertas a los comerciales. Hace al menos dos años que no hago ninguno y eso sin duda tiene que ver con que siempre las mejores oportunidades son para las consentidas de Willy.

Este comercial forma parte de una campaña de la Comisión de los Derechos Humanos contra el maltrato y la discriminación. Yo voy a salir de la chica mamila que maltrata y humilla a su sirvienta porque no le planchó la blusa para ir al antro. Sé que esas cosas pasan, y que por eso las combaten, pero yo no soy así. Pobre gente, ya bastante tienen con tener que hacer esos trabajos, para que los traten de esa forma.

Me enteré de que se lo ofrecieron a varias niñas, pero ninguna quiso hacerlo. Las de mejor cartel no quisieron relacionar su imagen de belleza, perfección y glamour con un personaje así. Pero ya en mi posición, y a mi edad, no veo en qué pueda perjudicarme. A estas alturas, ni modo que esto me cierre puertas para el futuro. Tengo que ser realista y reconocer que mis mejores oportunidades y mis esperanzas de dar el salto a las grandes ligas ya pasaron.

Ésta es la desventaja de desenterrar este tipo de recuerdos. Ahora no puedo evitar reconocer que cuando llegó mi momento, no estuve dispuesta a dar el paso grande simplemente por apretada. Rechacé montones de propuestas muy tentadoras. Para no ir más lejos, hace cuatro años, Willy me dio aquella campaña de las medias. Fue una serie de seis comerciales y parecía que las puertas se abrían. Fue cuando me invitó a cenar y me dijo que había grandes planes para mí, pero que tenía que irme con él a hacer una sesión de fotos a Miami. Yo sabía que lo único que quería era estar conmigo y yo me sentí tan arriba y tan llena de soberbia que lo rechacé con cajas destempladas. Eso debí hacer hace cuatro años: acostarme con Willy. Así habría hecho montones de campañas y estoy segura de que hubiera sido yo, y no Michel, la que llegara a las grandes pasarelas, la que fuera imagen para todo Latinoamérica de Lancome, y la que hubiera terminado haciendo uno que otro papel importante en películas de Hollywood. Pero ese tiempo se fue y ya no tiene remedio. Sólo me consuela pensar que si me lo propongo, quizá pueda recuperar algo de lo perdido. Hoy, mientras platicábamos, Willy no dejaba de mirarme las piernas. Cuando salí, fui especialmente cuidadosa en mover el trasero; supongo que tampoco entonces me quitó la vista de encima. Siendo honesta, tampoco es del todo feo; pero siempre me ha dado repugnancia sólo de pensar que les insinúa a todas y que se va a la cama con la que sea. Además, aunque aún no lo es, casi siempre se comporta como viejito morboso, que no pierde ocasión de tocarle a una la cintura o las piernas, con tal de hacer sentir su poder dentro de la agencia. La verdad me encantaría irme a otra, cambiar de aires; pero ya tengo demasiado tiempo aquí, y comenzar a picar piedra en otro lado no significa más que arriesgarse a encontrar otro jefe aún más abusivo y encima que no tenga los contactos que tiene Willy con las mejores agencias de publicidad de México.

Quizá eso es lo peor de todo. Que comienzo a ver mi trabajo sólo como una manera de conseguir dinero. La verdad es que ya no me divierto como antes y muchas veces ya me fastidia tanta presión, tantos cuidados, tanta superficialidad. Pero esto es lo que mejor hago y no me imagino a dónde puedo ir a parar si lo dejo. ¿Trabajar haciendo qué? ¿Ganando cuánto? ¿Por qué de pronto lo que he hecho desde hace tantos años, por lo que me he cuidado, por lo que me he mantenido delgada y guapa, por lo que he llegado hasta a entrar al quirófano, parece no tener importancia?

Hoy que me aparece una buena opción de trabajo me dio pánico mi decisión de tener un hijo; pero entre más lo pienso, más cuenta me doy de todo este vacío que siento y de que es la única alternativa real que tengo a la mano, para que mi vida cuente y tenga alguna importancia.

Reviso lo que escribí hasta ahora y me digo: menos mal que empecé diciendo que fue un gran día, que si no... Por eso me daba miedo empezar a escribir un cuaderno como éste. Pero supongo que al menos me sirve para desenterrar lo que traigo dentro. Lo malo es que, cuando una escarba mucho, a veces encuentra diamantes, pero otras una se topa con pedazos horribles de carbón. Por hoy termino porque se me cierran los ojos.

Laura. Bitácora de investigación: día 21

Ayer era la fecha prevista para recibir el mensaje de respuesta de Oliguerra. Salí de casa a la hora normal y llegué a la galería. Atendí algunos pendientes y luego le dije a Jana que tenía que salir un rato. Tomé un taxi a Pabellón Polanco y de ahí otro a Galerías Insurgentes. Ya ahí, caminé hasta encontrar algún café internet donde no hubiera estado antes. Fui muy precavida para que no me siguiera nadie, y pienso que lo logré.

En el mensaje, Oliguerra trataba de evadir la reunión. "Tú no sabes quiénes son ellos, y no tienes idea del poder que tienen. Si nos vemos corremos peligro los dos". Supongo que esto es cierto, pero también podría ser un simple pretexto para llevarse el dinero y los papeles sin siquiera darme la cara. "Yo necesito ese dinero y esos papeles para seguir vivo; pero tú puedes volver a tu vida de siempre ahora mismo. ¿Para qué le buscas tres pies al gato?". Lo más probable es que esto también fuera verdad.

Estoy consciente de que, me diga lo que me diga, no voy a resolver nada; pero yo necesito saber. Pienso todos los días en lo que le pasó a mi papá y no puedo dejarlo así y simplemente olvidarlo. Quiero saber quién era en realidad, qué tanto se involucró con esa gente, saber si también era un mafioso como ellos o sólo aprovechó la ocasión para intentar ganarse un buen dinero. Necesito enterarme hasta qué punto no le importó ponernos en peligro a todos por culpa de esa ambición y de ese afán de riqueza y de poder. Yo necesito saber todo eso para perdonarlo, y, entonces sí, continuar con mi vida. Me doy cuenta de que, entre más cosas me entero, más resentimiento y coraje siento hacia él. No sólo no le importó que lo pudieran matar, sino que además pudieron hacerlo estando conmigo, o con mi hermana, o con mis sobrinos o estando todos juntos, y eso no se vale. Quiero saber, porque quiero entenderlo. Saber qué lo llevó a actuar de determinada forma para no odiarlo o, en todo caso, para odiarlo con razón y perdonarlo. No pienso en otra cosa que quitarme del pecho este rencor que cada día me pesa más.

En la parte final del mensaje, Oliguerra me dice que está escondido pero que tiene asuntos muy importantes que atender con la Embajada Americana y que no tiene más remedio que venir a la ciudad la semana entrante. Me dijo también que ya era hora de terminar con este jueguito, porque para su encuentro con los gringos, necesitaba los papeles que yo tengo y que me daba dos alternativas. Una consistía en señalarme un lugar seguro para dejarle los papeles y que así todo se diera por terminado y nunca volvería a saber de él. La otra consistía en concretar la cita que le pedí, buscando el lugar y el momento más seguro que fuera posible y donde, a cambio del expediente, tendría diez minutos para peguntarle lo que quisiera acerca de mi papá. Yo sólo debía responderle "uno" o "dos", dependiendo de la alternativa que escogiera, él se pondría en contacto conmigo para darme los pormenores.

Lo pensé por un rato. Entiendo que lo más razonable era deshacerme de esos papeles y acabar de una vez sin correr más riesgos; pero luego de haber llegado hasta aquí y estar tan cerca de alcanzar el objetivo que me propuse, no podía simplemente abandonarlo todo. Escribí "dos" y oprimí "enviar". Espero nunca arrepentirme de haberlo hecho.

Anoche me llamó Esteban para que nos viéramos de nuevo. Es verdad que tengo ganas de verlo, pero pienso reprimir mis emociones tanto como sea posible hasta averiguar si realmente no tiene nada que ver en este asunto. Le propuse que nos viéramos en su casa. Le dije que yo le cocinaría algo rico y pasaríamos un momento lindo, sin gente alrededor. Sé que al final, si no tiene nada que ver con el asunto de mi papá, se va a hacer una idea equivocada de mí; pero ni modo. Necesito ver su comportamiento, volver a su casa, encontrar la ocasión para revisar algunas cosas. Necesito buscar algo que no sé qué es, pero que al menos me permita confirmar si de veras Esteban es real.

26 de septiembre, en el departamento de Esteban

Esteban camina con impaciencia de un lado a otro del departamento. Se bañó, se perfumó y se arregló con esmero. Ahora, observa el reloj por enésima vez. Son las nueve de la noche con diez minutos. Le desespera que Laura no haya llegado aún. Es posible que ni siquiera venga. Es probable que sólo te lo haya propuesto para jugar contigo.

Pero no, Esteban sabe que Laura vendrá, simplemente porque, como están las cosas entre ellos, no puede no venir. Es cierto que en parte le gana la soberbia de saber que, más allá de dudas y resquemores, le resulta atractivo. Ella misma propuso esta visita para saciar su curiosidad y Esteban espera aprovechar la ocasión. El escenario está dispuesto para que Laura se convenza de su deseo genuino de relacionarse con ella a la buena, sin segundas intenciones, sin deseos de obtener algo a cambio, sin mentiras, sin engaños, con ese profundo cariño que siente por ella y que crece cada día. No seas ridículo. ¿No te parece absurdo que de verdad pienses que ya la quieres, luego de haberla visto sólo un par de veces? No me vas a decir que fue por el encuentro sexual que tuvieron el sábado. Si te enamoraras de todas las mujeres con las que te acuestas, tu corazón sería un auténtico condominio de interés social, una fuente inconmensurable de amor, y sabemos de sobra que no es así. ¿No será la culpa? Sólo espero que luego de que mates al que sigue, no vayas a salir corriendo a averiguar si tiene hija, esposa o hermana para enamorarte perdidamente a primera vista y llenarla de consuelo.

Esteban hace un nuevo recuento mental para confirmar que todo está listo para la llegada de Laura. Desde que supo de la cena de hoy, revisó cada centímetro del departamento para evitar la posibilidad de que ella encontrara algo comprometedor. Abrió cada cajón, buscó en cada estante, recorrió cada alacena, cada milímetro del clóset, del baño, de la sala, hasta quedar completamente convencido de que, por más que Laura revuelva, jamás podrá encontrar nada que lo vincule con el asesinato del licenciado Joaquín Villegas.

Son las nueve diecisiete de la noche y se pregunta si no se habrá puesto demasiada loción. A buena hora te acuerdas de eso. Sabes perfectamente lo molesto que resulta estar a lado de alguien que se vació encima el frasco de colonia. Además, si ése fuera el caso, ya no tiene remedio. Consuélate con saber que los olores, de tanto olerlos, terminan por dejar de oler. De cualquier forma Esteban quiere agradar a Laura, así que, sólo por si acaso, abre la ventana y saca el torso para ventilarse un poco.

Son las nueve veintiuno y la contundencia del timbre lo regresa de golpe al presente. Hace maquinalmente el último repaso al departamento. La cocina está limpia y despejada para que Laura pueda hacer los arreglos necesarios para la cena que trae de su casa a medio preparar, las copas están limpias y en su sitio, la mesa está puesta con sencillez pero con buen gusto, un poco de botana en la mesa de centro y la bolsa de hielo en el congelador para lo que pueda ofrecerse.

Esteban comprueba que es ella y oprime el botón que abre la puerta de la calle. Aunque le parece una tontería, le gustó escuchar la voz de Laura repitiendo su propio nombre. Sale del departamento y aguarda junto a la puerta del elevador a que aparezca su invitada. Estos segundos de larguísima espera le resultan una agonía. Por fin las puertas se abren y se ilumina el pasillo de manera sutil. Laura sonríe y Esteban quiere abrazarla; pero ella lo evita, interponiendo entre ellos las bolsas y paquetes que apenas puede cargar. Él le ayuda quitándole los bultos más estorbosos y pretende besarla. Ella le cede sólo la mejilla, pero él no ceja en el empeño y al menos consigue concretar ese beso breve y tímido en la comisura de los labios. Muy bien Esteban... algo es algo. Se ha terminado el primer round y no parece haber ganador. No te desesperes. Éste no parece ser un combate de *knock out*, más bien parece una pelea de desgaste, de paciencia, de ir a las zonas blandas hasta vencer la resistencia y aguardar la mínima distracción del oponente para meter el golpe preciso, en el mismísimo instante en que, por culpa de un titubeo, abra momentáneamente la guardia.

Esteban no se detiene hasta llegar a la cocina con todos los paquetes, mientras ella avanza con lentitud y mira en todas direcciones, sin disimular demasiado su intención de detectar el mínimo cambio con relación a lo que observó la tarde del sábado. Esteban nota la tardanza, pero ni siquiera se asoma para apresurarla. Eso es; déjala que mire, déjala que busque lo que no va a encontrar; que sepa de paso que a ti no te importa, porque no tienes nada que esconder. Por fin Laura llega hasta la cocina y comienza a desempacar los distintos refractarios que carga en las bolsas. Por ahora charlan de tonterías; sobre el tráfico, sobre lo complicado que le resultó encontrar un espacio para estacionar el coche. "Espero que aquí no ponchen llantas, al menos no de a dos...". Esteban esquiva el primer golpe exagerando las carcajadas.

Hay tensión; ambos lo notan. Pero cada uno sabe para sí que esta tensión no tiene porque interpretarse necesariamente como producto de la desconfianza, y procuran que se confunda con el desasosiego propio de las primeras semillas del amor.

Esteban aprovecha que Laura enjuaga las hojas de lechuga francesa y tiene ambas manos bajo el chorro del agua, para abrazarla por la espalda y llenarla de besitos tiernos en el cuello. Ella se estremece y cierra los ojos por un instante, para enseguida interrumpirlo solicitándole una buena cantidad de hielo. "¿Hielo? ¿Justo ahora que la cosa empezaba a ponerse cálida?". Laura sonríe. "Es para la lechuga... la remojas en agua helada y las hojas se ponen crujientes. ¿Nunca cocinas?". Esteban va al congelador por el hielo que le solicitaron. "Abro muchas latas de atún y sé pedir pizza... ¿eso no cuenta?". Ella sonríe de nuevo, mientras continúa con su danza de un lado a otro, abriendo cajones y puertas, en busca de utensilios que no encuentra porque nunca han estado ahí.

Ahora Esteban la mira recargado en el marco de la puerta abatible que divide la cocina del salón. "En vez de estar ahí sin hacer nada ¿no deberías estar sirviéndonos unas copas?". Llegó el momento que habías esperado. Sonríes satisfecho de que ni siquiera tuviste que forzarlo tú. "Claro, había pensado que tomáramos un poco de vino con la cena. ¿Te parece bien que te sirva una copa?". "Me parece una idea excelente". Esteban sale de la cocina para perderse unos instantes de la vista de Laura y regresa fingiendo una voz llena de congoja. "No puede ser... ya sabía que algo se me había olvidado... no compré el vino". Laura seguía a vueltas con los platos y los tóper. "No te preocupes, lo que tengas está bien". "De ninguna manera, la princesa quiere vino y tendrá vino. Voy rápido por él". Esteban sale del departamento y se dirige al supermercado que está a dos calles de su edifico. Compra dos botellas de vino chileno y un bote de queso parmesano que Laura olvidó traer de su casa y que, al parecer, es indispensable para que todo tenga el sabor previsto.

En cuanto Esteban cierra la puerta, Laura comienza una revisión frenética en decidida carrera contra el tiempo. Empieza la búsqueda de algo que no tiene idea de lo que es y decide comenzarla por la habitación. La última vez, Esteban no la había dejado sola ni un instante. Al entrar se impacta, y a la vez se conmueve con lo que ve. La cama está llena de pétalos de rosa y repartidas por el cuarto hay, cuando menos, cinco velas aromáticas de quince centímetros de diámetro. Pasa suavemente la mano y acaricia los pétalos, para luego acercarse a una de las velas y percibir su olor. Se ha desconcentrado del todo, pero se esfuerza por recordar las razones originales por las que entró ahí. Abre el clóset y repasa los cajones uno a uno. En el primero encuentra relojes, el cargador del celular, el pasaporte, notas de la tintorería, en fin, un sinnúmero de objetos sin relación con lo que le interesa; aunque siente una poderosa tenaza en el vientre cuando se encuentra un buen paquete de servilletas y tarjetas de todo tipo, con números telefónicos y nombres de mujer. En el resto de los cajones sólo encontró ropa. Luego revisa los ganchos de donde cuelgan camisas y pantalones, supervisa el piso donde están los zapatos; pero se distrae de nuevo porque se da cuenta de que todo huele a él. Cierra los ojos y respira profundo y de nuevo recuerda que el tiempo apremia. Se asoma en la parte alta del clóset y tampoco encuentra nada que califique como sospechoso. Ahora se dirige al buró, y al abrir el segundo cajón, se queda petrificada. Encuentra dos hojas de periódico referentes a la muerte de su padre y se ve a sí misma en una fotografía a color al lado de su hermana y su cuñado. Corresponden al día del entierro, así que necesariamente son anteriores a que ella y Esteban se conocieran. La tranquiliza recordar que él mismo le había asegurado reconocerla en la galería a partir de las fotos de prensa y las breves apariciones en los noticiarios del día. Observa detenidamente el diario y sabe que aquella no es su imagen más nítida, pero indiscutiblemente es ella.

Parece que Laura no quiere confundirse más, porque devuelve los recortes al cajón. Revisa bajo la cama y mira hacia todos lados, pero no sabe dónde más podría buscar. Deja todo como lo encontró y vuelve echar una mirada sobre los pétalos y sonríe como si se imaginara a sí misma sobre ellos, haciendo el amor con Esteban luego de cenar.

Han pasado nueve minutos desde que Esteban se fue. Ahora está de pie en el centro del salón; sabe que ya no puede demorarse mucho en volver. También debe continuar con la preparación de la cena, pero no puede desperdiciar la oportunidad que tiene delante. Va hasta el librero revisa los estantes. Abre los cajones, pero de nuevo, su búsqueda de elementos extraños resulta infructuosa. Se sienta un momento en el sillón de la sala, ése que casualmente oculta las armas, y mira en todas direcciones sin saber dónde más buscar, o qué sentido puede tener esa pesquisa sin rumbo y sin propósito preestablecido.

Ahora se cumple el minuto catorce y Laura brinca sobresaltada por culpa del sonido estridente y repentino del timbre de la calle. Contesta y escucha la voz de Esteban que olvidó las llaves. Le abre y regresa a la cocina para apurar los últimos preparativos de la cena que, previendo la aparición de una oportunidad para una revisión apresurada, ya trae casi lista.

Esteban entra al departamento y disimula una ojeada alrededor; como si tratara de confirmar que todo está tal y como lo dejó. Camina hasta la mesa y destapa la primera de las botellas. Sirve dos copas y entra a la cocina con una en cada mano y el bote de parmesano bajo el brazo. Laura finge estar más atareada de lo que en realidad está, y voltea a tomar una de las copas para brindar con Esteban. "¿Me tardé mucho? Es que había una cola horrible en la caja". "No, apenas lo justo para que se cociera la pasta".

Por fin se sientan a cenar. Esteban ya había puesto música de fondo y encendido las dos velas que están al centro de la mesa. Platican, sonríen, coquetean, brindan una y otra vez, comparten anécdotas cómicas; hasta que por fin Esteban se decide y le toma la mano. "Laura, me gustas mucho, pero siento que desconfías de mí". Ella baja la mirada por un momento y se muerde con suavidad el labio inferior. "No es eso... pero la verdad, todo ha sido muy extraño". En teoría, para ti todo está desarrollándose con normalidad. Quieres saber exactamente qué es lo que a ella le ha parecido de esa forma; así que decides ponerla a prueba. "No veo en qué". Laura frunce el seño "Pues en todo... primero lo de mi papá, de pronto sales de la nada para comprar un cuadro que no entiendes y que además vale más que todos tus muebles juntos, luego me dices que me identificas por un recorte de periódico donde apenas me veo y que quieres salir conmigo... si lo pienso un poco, no sé qué hago aquí". Parece que tu plan defectuoso y fallido ha sido todo un éxito; no se ha tragado ni un pedacito y sin embargo la semana pasada le hiciste el amor y ahora la tienes aquí de regreso. Al menos, con eso del recorte de periódico "donde apenas se ve", puedes confirmar que, tal y como querías, ha revisado tus cajones. "Bueno... quizá visto así, puede parecer extraño; pero yo prefiero llamarlo mágico". Ahora sí no te mediste; vamos a ver qué cara pone. Laura sonríe, y Esteban, extasiado mirando los hoyuelos de las mejillas, se da cuenta de que su comentario ha dado en el centro de la diana. Ahora se levanta y se coloca de rodillas junto a ella, para quedar a su altura y poder besarla. Ella lo abraza fuerte y él siente el cuerpo de Laura estremeciéndose contra el suyo. Parece que poco a poco se derrumban sus defensas como fichas de dominó que caen unas sobre otras. Empiezas a sentirla de verdad. Empiezas a ver a esa verdadera Laura; a esa niña asustada, confundida; a ésa que suplica por un poco de amor y de ternura.

Ella lo abraza aún más fuerte y él comienza a sentir unos ligeros espasmos y el sonido de unos estertores contenidos. "¿Qué tienes?". "Nada... es que no había podido llorar". Laura no puede contenerse más y se vacía de la angustia que le llenaba el pecho hasta hacérselo estallar. Sí, disfrútalo. Es normal que te avergüences por sentirte aliviado y feliz de verla así; pero no se puede negar que estás más cerca que nunca de tenerla por completo bajo tu yugo; de conquistarla sin reservas. Ahora sólo falta lograr que se abra del todo; que te diga, o al menos que te deje ver, lo que en el fondo piensa de ti, lo que le preocupa, lo que la entristece. El problema es que no sabes qué palabras usar para que no sienta que la invades. "Tuvo que ser muy difícil lo que le pasó a tu papá". Ella no responde de inmediato, trata de calmar las lágrimas para poder hablar. "Aún no lo entiendo". Por lo menos te contestó. "Quizá no lo entiendas nunca, porque a veces la gente se lleva a la tumba sus secretos". Estás jugando con fuego. Ahora sabes que no debiste usar esa frase. Hablar de secretos cuando ella piensa que le ocultas cosas, no fue lo más prudente. Pero es posible que aún lo puedas arreglar. "Al menos eso me pasó con la enfermedad de papá... Ahí está, pero a veces me parece un desconocido". Estás a salvo, ella ni siquiera te está prestando atención. "No puedo entender por qué la gente se mata entre sí, como si nada; a sangre fría. No sé qué pudo haber hecho mi papá, pero nadie merece que lo maten así". Es normal que se te haga un nudo en el estómago. "No... nadie lo merece".

Ahora eres tú el que quiere llorar. Ahora eres tú el que quisiera tener el valor de abrirse, de confesarlo todo y quitarte esa lápida que sientes sobre la espalda. Quisieras gritarle que tú lo hiciste y pedirle perdón; pero sabes que no puedes. Ésta será tu condena. Podrás decirle que la amas, que la entiendes, podrás decirle lo que sea, pero jamás confesarle que tú mataste a su padre; porque sabes que jamás te lo perdonaría. Nunca imaginaste que un secreto pudiera pesar tanto. Terminas por perder el control y comienzas a llorar tú también. Los dos se abrazan desconsolados en medio de la penumbra tímidamente alimentada por las velas. Y ahora eres tú el que no puede parar y es ella la que te pregunta qué tienes. "No sé". No puedes articular más palabras. No importa, porque tampoco hubieras sabido qué decir. Sabes que en algún momento tendrás que darle una explicación verosímil de esta forma de reaccionar, pero ya te vendrá la serenidad y la calma para pensar en algo. Ahora no puedes más que seguir sacando de dentro toda esa amargura que ni siquiera tú sabías que guardabas. "Esteban, ¿qué te pasa?". Necesitas controlarte; decirle algo que le quite esa cara de preocupación y de susto. "Es que hasta ahora pude entenderte... yo también perdí a mi papá, así de golpe, sin explicación, sin remedio y además, lo veo ahí postrado, viviendo sin vivir...". Qué bueno que tienes a don Esteban para sacarte de los apuros. Y sí, una vez más, la buena de Laura cae en la trampa y te abraza.

Laura llora, pero al mismo tiempo lo consuela. Lo abraza contra su pecho y le acaricia el pelo y trata de decirle palabras de alivio y poco a poco Esteban retoma el control. Te mira enternecida y tú de nuevo sientes culpa y vergüenza; pero también alegría por haber superado con éxito ese momento de derrumbe. Laura te besa y tú le correspondes. Ahora la tristeza comienza a transformarse y se acarician con ansiedad, con deseo. Secan sus últimas lágrimas y se abrazan una vez más. Ella está sobre la silla y apoyada contra él, Esteban continúa de rodillas junto a la mesa, pero comienza a incorporarse. Ella se abraza a tu cuello y tú la cargas contra tu pecho; se besan mientras caminas hacia la habitación.

Al abrir la puerta se percibe el aroma de los pétalos en el ambiente. Esteban no piensa en encender las velas, ni en nada que no sea hacerle el amor a Laura Villegas. La tiendes sobre la cama y ella finge sorpresa. Toca los pétalos, los huele, pero tú sabes que eso mismo ya lo había hecho antes, cuando tú ni siquiera estabas en el cuarto. Tienes la certeza de que ella también imaginó este momento y, aún en la oscuridad, percibes sus gestos y sus facciones y sabes que lo desea tanto como tú. Ambos se quitan la ropa con prisa, con ansiedad profunda; y ahí, sobre los pétalos, Esteban y Laura hacen el amor.

Ambos quieren verse a los ojos, así que toman un respiro momentáneo. Esteban recorre toda la habitación encendiendo las velas que había dejado listas. Ella lo mira en su recorrido, desnuda y tendida sobre la cama, oliendo y besando un puño de pétalos. Hay momentos en que él se pone sobre ella y entierra la cara entre su pelo impregnado de olor a coco. En otros instantes, ella se pone sobre él y lo cabalga. Y ahora entrelazan los dedos y se besan, y ambos cuerpos unidos forman una enorme cruz jadeante y rozan sus pechos y se mezclan los sudores. Esteban la recorre toda, le besa cada centímetro, la huele para capturar su aroma, su esencia. Siente cómo los dedos de ella le recorren la espalda y cuando llega el espasmo magnífico, sus uñas se clavan y hacen surcos de dolor dulce. Y ahora dan vuelta, y ella lo mira desde las alturas, apoyando las palmas sobre su pecho; y se mueve rítmicamente y pone los ojos en blanco, y vuelve a mirarlo, y una vez más levanta la cabeza y observa al cielo e imagina las estrellas aun estando bajo techo y con los ojos cerrados.

Recuperan poco a poco la respiración serena. Están abrazados y jadeantes. Esteban se levanta y vuelve con las copas de vino; las chocan a la luz de las velas y beben en silencio, a sorbos diminutos, mirándose a los ojos. Ahora dejan las copas sobre el buró y se acuestan abrazados, con la cabeza de ella sobre su pecho. Tienes la cabeza revuelta. Estás aterrado porque empiezas a sentir por ella el mismo deseo y la misma obsesión que hace apenas unos meses sentías por Mari Paz. Te mueres de ganas de preguntarle, de saber lo que siente ella, de confirmar si ese estremecimiento que te recorre todo el cuerpo y te perturba hasta el límite de la razón es mutuo, para así abandonarte del todo y sin temor; o si sólo lo sientes tú, mientras ella continúa llena de dudas y de sospechas. Si es así, sabes que por culpa de ellas vives en el riesgo inminente de que, quizá mañana que recuerde esta noche y recapacite, decida olvidarlo todo para no volver a verte. ¿Por qué el amor te da tanto pánico? ¿Por qué no eres capaz de entregarte sin reservas y confiar en que ella hará lo mismo? ¿Será más fácil asesinar que dar amor verdadero? No te desesperes, porque antes de lo que te imaginas sabrás la respuesta.

Esteban necesita saber lo que ella siente por él. Necesita confirmar que ha logrado vencer todas las barreras y, que a partir de este momento, pueden compartirlo todo; excepto, claro está, ese secreto que sabe que jamás podrá confesarle. Pero guarda silencio. Decide ser paciente y esperar a que sea ella quien no soporte cargar con más dudas y se entregue por completo. Sabe que de su parte no falta mucho para que todo su pasado y su presente de violencia y muerte queden atrás, y puedan amarse sin límites, sin más reservas que las inevitables. Esteban desea que el tiempo pase y que por fin llegue el día en que tenga que ejecutar a Francisco José Oliguerra Reséndiz y así confirmarle a Reinaldo que nunca más lo hará, y comprar el cuadro, y pagarle a Elisa y volver a ser el que siempre ha sido, y dejar atrás esta doble vida que en instantes como éste lo abruma y lo consume por completo. Y va más allá. Piensa que estando con Laura las cosas pueden ser aún mejores de lo que nunca han sido; se convence de que podrá dejar su trabajo en el bar y entregarse a ella y compensarla en silencio por el mal que le causó, haciéndola muy feliz. Con Laura vencida de cansancio y dormida sobre su pecho, Esteban se siente poderoso de nuevo. Se siente fuerte, invencible, inquebrantable. Nunca como en este momento había tenido la certeza de que esa vida feliz y plena que siempre soñó es posible.

Reinaldo

Otra vez esta pinche sensación, este puto vacío que me rasga las tripas, estas pinches voces que no dejan de chingar, de hacer preguntas y preguntas como si de veras importara. Pero vale verga, de todas formas no puedo hacer otra cosa que tratar de recordar, pero los putos recuerdos me llegan a puños chiquitos, como la pinche gotera de un techo todo madreado que amenaza con caerse completito encima de mi cabeza. Sólo espero que eso no pase, que no se derrumbe de un chingadazo cuando menos me lo espere, que no se venza de pronto y acabe por aplastarme como a una puta cucaracha.

Pero ¿en qué estaba...? ¡Puta madre! Ah, sí... Agüevo... En los días que siguieron a mi regreso de Michoacán, Pepe comenzó a reorganizarse. En principio, las instrucciones que recibí fueron seguir trabajando igual y cerrar la boca. También debía mantenerlo informado de cualquier cosa, así pareciera una pendejada. Eventualmente me hacía uno que otro encargo menor; como llevar papeles de una casa a otra, llevarle alguna vieja a donde estuviera hospedado, seguir a alguien dos o tres días y darle un reporte detallado y mamadas por el estilo con las que volví a sentirme fuera de la jugada.

No pude evitarlo y comenzó a ganarme el desánimo. Yo, en mi nivel, me la había rifado por salvarle el culo y ahora parecía que todo quedaría más o menos como estaba antes. Me parecía una auténtica chingadera, pero no podía hacer nada. Conforme pasaban los días, me quedaba la impresión de que recuperaba el control de sus asuntos y que se había olvidado de mí. Pero finalmente comenzó a hacerme justicia la revolución la tarde en que recibí una llamada directamente de él, citándome en una casa por el rumbo de Satélite.

Llegué solo, tal y como me había ordenado. Toqué el timbre y me abrió el pinche Gordo. Adentro estaban Raúl y los otros marranos que encontré en la casa de Pepe cuando fui a buscar el dinero. Tenían a dos güeyes, uno en cada habitación, amarrados a una pinche silla, y les estaban poniendo una súper madriza que ponía la piel chinita. Luego, entre tanda y tanda, los quemaban con cigarros, les apretaban los güevos con pinzas de plomero y les hacían cortes en la piel con un cuchillo como de Rambo. Y todo eso, sólo para que dijeran un nombre, que, naturalmente, tenía que ser el mismo en ambos casos.

La neta, mis respetos. Los ojetes esos aguantaron un buen rato de putazos, por no hablar de todo lo demás, y sin decir una palabra. Pero, al final, como siempre pasa, cuando empezaron a desmadrarles dedo por dedo con un martillo, terminaron por aflojar. Es lo malo de la tortura; a menos que estés mal de la cabeza, siempre acabas por aflojar. Al chile, nunca he entendido en qué están pensando ésos que creen que van a resistir. No hay como contestar a la primera lo que te preguntan, y luego pedir de favor que te metan un pinche balazo en la nuca.

Yo no supe quién era el tal Gustavo ese que aventaron; pero no me hubiera gustado estar en sus zapatos. En cuanto confirmaron que ése era el nombre que buscaban, el Gordo llamó a Pepe, que apareció antes de media hora. Les hizo una visita a cada uno, y, sin mover un solo músculo de la cara, les cortó la oreja derecha con el cuchillo de Rambo, y, en medio de los berridos de dolor, se las aventó a los pies y les escupió en la cara. Luego ordenó que los terminaran de matar y prepararan todo para la llegada del tal Gustavo, porque quería que ése de verdad sintiera que la Virgen y todos los putos santos del cielo le hablaban en lenguas.

Luego nos sentamos en una pinche sala toda jodida y Pepe empezó a girar nuevas órdenes. "Necesitamos dos equipos. Uno que vaya por el pinche Gustavo, y otro que se chingue al Comandante". El Gordo asintió, y luego se dirigió a Pepe señalándome. "¿Y qué hacemos aquí con el quintito?". Pepe se me quedó viendo con cierta preocupación. "Pus no sé... Gustavo es mucho pa'su primera vez... y el Comandante, pus pior". Yo necesitaba decirle que estaba listo. "A mí nomás ponme a prueba". Pepe se carcajeó en mi cara. "A poco muy cabrón...". Y se me quedó viendo, como si con los ojos pudiera medir mis capacidades y mi valor. "Órale pues... a Rei mándalo con el Comandante... pa'que acabe lo que empezó. Ya le chingó a la mamá, ahora que de plano le dé en la madre...". Y todos se cagaron de la risa de la paradoja pedorra y a mí me ardían hasta los güevos de tanta puta burla; pero había que aguantar vara, porque para eso era el nuevo, ni pedo.

Yo terminé en el equipo que tenía que chingarse al mismo comandante que le secuestramos a la mamá. Cuando se ven los chingadazos de cerca, ya no están tan cagados. Un comandante de la Judicial, y más de su nivel, no era cualquier mamada. Pero ni modo de que saliera con la putería de: "Dijo mi mamá que siempre no". Ni madres; había llegado mi verdadera oportunidad de demostrarle a Pepe que estaba hecho para cosas grandes y que podía confiar en mí, y no me iba a echar para atrás. Era lógico pensar que con la desaparición de los dos güeyes desorejados, tanto el tal Gustavo, como el Comandante, estarían sobre aviso de que se les venía un pedote encima.

Al día siguiente me reuní con el Gordo y con la gente que formaba nuestro equipo. Empezó la reunión con cara de estreñido, y sin darnos demasiados ánimos. "Esto no va a estar fácil... no se trata sólo de matarlo, sino de pasarse de vergas... pa'que los otros ojetes sepan de una vez quién es el chingón". Yo no tenía puta idea de quiénes eran "los otros ojetes", pero no hacía falta; con escuchar lo que teníamos que hacerle al Comandante tenía más que suficiente.

Para ese momento ya lo tenían bastante checado. Sabían que tenía tres casas que iba alternando, sin que nadie supiera, hasta la mera hora, en cuál iba pasar la noche. Por más que lo estuvieron estudiando, no encontraron un patrón fijo para poder anticiparse y ejecutar un plan. En una vivía la esposa con sus tres chamacos adolescentes. En la segunda no parecía vivir nadie, y ahí llegaba cuando quería descansar solo; porque en la tercera tenía viviendo una nalguita a la que se estaba tirando. Con ella iba por lo regular dos veces por semana, pero no tenía ni días ni horarios fijos. A veces iba dos días seguidos, a veces uno y uno, y había semanas que dejaba pasar tres o cuatro días sin visitarla. El pobre pendejo de veras pensaba que así nadie lo podría matar, y por culpa de esas pinches mamadas tuvimos que estar encuartelados cerca de dos semanas. El plan estaba totalmente elaborado, sólo teníamos que estar listos y disponibles el día que se ofreciera y esperar el momento exacto para ejecutarlo.

La luz verde llegó cuando la sombra que vigilaba a la nalguita nos reportó que había salido de la casa a comprar dos botellas de whisky, y de regreso había pasado al salón de belleza, donde se hizo las uñas y se arregló el peinado, como si la fueran a nombrar reina de la primavera. Como era lunes, todos entendimos que no iba pa'ninguna fiesta y que eran los preparativos para recibir al Comandante. No había tiempo que perder, porque ya casi daban las siete de la tarde. Yo iba en el grupo que entró en la casa de al lado. Ahí vivía un matrimonio con cuatro hijos. Entramos encapuchados y, sin hacer el menor escándalo, amarramos en un cuarto a todos los que estaban en la casa. Faltaban dos de los chavos, que habían salido a hacer una tarea, o no sé qué mamada. Cuando llegaron, los amarramos también con el resto de la familia. Entramos a la casa del Comandante por la azotea y para las nueve de la noche estábamos listos y ocultos detrás de los tinacos.

Tal y como siempre hacía, a eso de las ocho mandaba una camioneta con cuatro o cinco tiras a cada casa. Esos se encargaban de vigilar afuera. Ya después, con el Comandante llegaban dos camionetas más, y eso sumaba otros ocho marranos. El Comandante traía una camioneta blindada con un chofer, y esa entraba directamente al estacionamiento de la casa en turno. Eso no dejaba más alternativa que chingárselo desde dentro, porque si llegaba un comando echando balas en la calle contra tanto cabrón, antes de diez minutos habrían llegado refuerzos y estaríamos rodeados de todo un ejército de judiciales.

Tres agentes hacían un rondín por toda la casa. Nosotros lo sabíamos y nos acomodamos en una cornisa en la que, gracias a que eran muy güevones, y que además estaban bien pinches gordos, no se alcanzaron a trepar. A eso de la una de la mañana llegó el Comandante con todo su convoy de torretas y guardaespaldas. El guardia le abrió el portón y entró con su camioneta; las otras dos, como siempre, se quedaron afuera. Para ese momento había ocho agentes afuera, cinco más en el patio del estacionamiento, recargados en sus rifles y fumándose un cigarrito, mientras platicaban entre sí, muy quitados de la pena. El Comandante se dirigió a la entrada de la casa, donde lo recibió la nalguita como si hubiera llegado el auténtico Eliot Ness.

Dejamos que avanzara la noche, hasta que llegó el momento adecuado. Supongo que en ese ínter, el Comandante cenó, se bebió sus buenos tragos y se echó su último palito. A eso de las tres cuarenta y cinco de la mañana, cuando vimos a los vigilantes del patio más apendejados por el sueño, pusimos a andar el plan. En absoluto silencio bajamos de la azotea y entramos en la casa. Yo, por ser el nuevo y al que había que graduar, tenía la mano para chingarme al Comandante. Lo lógico era que estuviera acostado con la nalguita, y como estaba cabrón apuntarle sólo a él, mi misión era llenar toda la cama de balazos y chingármelos a los dos.

El Gordo venía a mi lado, para cuidarme la espalda y resolver cualquier contrariedad. Ya fuera del cuarto, me hizo la señal y lo hicimos. Yo imaginaba que al abrir la puerta habría poca luz, y efectivamente así fue. Al entrar de golpe, apenas vi dos bultos bajo las sábanas, que empezaron a revolverse como putos gusanos. No les di tiempo de nada. Disparé todas las balas que traía, rociando la cama de lado a lado. Cuando me acabé el cargador, el Gordo les vació también el suyo. Ya estaban muertos, y esas decenas de balas, falta, lo que se dice falta, ya no hacían; pero la instrucción era pasarse de vergas, y no tuvieron que decírnoslo dos veces.

Las detonaciones de mi rifle eran la señal para todos los demás. Los tres que estaban dentro de la casa, con el Gordo y conmigo, tenían que eliminar a los vigilantes del patio; y el grupo que nos cubría afuera tenía que irse sobre los agentes que dormitaban en las camionetas. Luego de matar al Comandante, el pinche Gordo tiró una granada en el cuarto y bajamos a apoyar a los demás. Afuera se oían balazos y explosiones. Tal y como se tenía programado, un bazucazo desmadró el portón y pudimos salir sin apuro. Cumplimos la misión al cien por ciento. Matamos al Comandante, a la nalguita y a todos sus escoltas, y de nuestro lado sólo tuvimos un herido, que al final se recuperó sin pedos.

Subimos en nuestras camionetas y huimos a toda velocidad. Para cuando me quité la capucha me sentía el cabrón más verga del mundo. Ahora, por fin empezaba mi verdadero ascenso, hasta convertirme en un auténtico jefe; si se podía, más arriba que Pepe. Me sentí más vivo que nunca. Cumplí, y ahora Pepe me vería como uno de sus incondicionales; además de leal, con los güevos y la convicción para hacer lo necesario. Y no se hagan pendejos... oigo sus murmullos y sus risitas, pero me vale madres lo que piensen; para mí ése ha sido uno de los mejores días de mi vida.

Diario de Elisa, 26 de septiembre

Hoy, en realidad, no me pasó nada memorable como para escribirlo aquí. Pero necesito platicar conmigo misma, porque siento, aquí en el pecho, una profunda angustia que malamente me deja respirar. Hace apenas unos días que tomé la decisión más importante de mi vida y ahora ya no sé si quiero seguir adelante con ella. Me siento como si, luego de caminar por un lugar soleado y conocido, apareciera de pronto en un cuarto en penumbras donde jamás había estado, y donde no logro distinguir nada. Entonces me imagino extendiendo las manos como ciega, para guiarme y no tropezar; y camino a tientas, llena de terror ante la posibilidad de caer por el cubo de una escalera inesperada, o de tropezar con una pared negra que impida continuar con mi marcha y entonces me quede ahí, atrapada para siempre.

Así me sentí todo el día y me angustió pensar que lo lógico, en todo caso, hubiera sido imaginarme lo contrario. Podría entender que, luego de mi decisión, me viera a mí misma saliendo del sótano profundo y oscuro donde estaba metida, y que al llegar al exterior me cegara la luz. Así, sólo sería cuestión de tiempo, para acostumbrarse a la nueva claridad y poco a poco comenzar a percibir los colores, la belleza del mundo que me había resistido a contemplar, por permanecer atrapada en una supuesta seguridad.

No puedo entender por qué me paraliza este miedo. Apenas la semana pasada me veía a mí misma andando sin rumbo, sólo por andar. Siendo llevada por la vida y los acontecimientos, como una nave espacial sin motores, que avanza en línea recta, por inercia, y que jamás detendrá su avance; pero que tampoco llegará a ningún sitio, hasta que accidentalmente termine chocando contra un obstáculo. Sé que si no hago algo, cada vez me voy a sentir peor y seguiré furiosa con la vida por lo que le pasó a papá, porque veo que mis ahorros se diluyen, porque Esteban hace como si él no tuviera nada que ver con lo que sucede, porque mamá vive en la depresión permanente y porque el tiempo sigue pasando y un día ya ni siquiera podré hacer lo que hago para ganar dinero. Y, entonces, llega a mí esta señal, esta posibilidad de dar un cambio a mi vida, de que tenga sentido de nuevo, de recuperar la esperanza y las ganas de vivir y me encuentro con que estoy engarrotada de terror.

Es verdad que siento mucho miedo de seguir adelante con la decisión de tener un hijo. Pero lo pienso con detenimiento y me da mucho más imaginarme en cinco años, peleando por trabajos que antes me caían en cascada, pero que ya no me los darán. Después pasarán diez años, quince, y me imagino obsesionada con mi apariencia, sometiéndome a cirugías que atrapen la juventud pero que terminen por convertirme en otra persona que ya ni siquiera voy a reconocer en el espejo. Tal vez me sienta desesperada por encontrar a un hombre que me rescate del desahucio y me dé la vida cómoda y segura que creo merecer, pero que ya no puedo conseguir por mí misma. Al lado suyo me parecerá olvidar por un tiempo la decadencia, la vejez prematura, pero terminaré aterrada de perderlo y así resistiré lo que sea con tal de que no me deje. No importarán las infidelidades, los malos tratos, el desamor, todo será llevadero antes de perder la seguridad aparente, que lejos de hacerme sentir feliz, me tendrá más desamparada que nunca. ¿Eso quieres para tu vida, Elisa?

Sí, quiero tener un hijo. Lo sé, estoy segura. Es el momento y lo siento aquí, en las entrañas. Por él y por mí, sacaré valor de donde sea y podré seguir adelante sin importar nada más. Ahora, mientras escribo todo esto, mi angustia cede un poco. Dejé las pastillas el sábado y no sé cuánto tiempo se necesita para que mis sistemas despierten otra vez. Sé de quienes se han embarazado con todo y pastillas y de las que luego de suspenderlas ya no pudieron concebir, así que supongo que hay estadísticas, pero no reglas absolutas.

Otra vez me siento segura. Otra vez sé que estoy haciendo lo correcto. De nuevo sé que esto es lo que deseo. Sólo espero que él o ella me entienda y no se enoje conmigo porque piense que sólo lo uso para que mi vida no esté vacía. Ya no quiero esperar más, así que ahora debo dar el siguiente paso, pero ¿cuál es?

Sé que existen opciones artificiales para embarazarse, pero yo no lo quiero así. No sólo porque son caras, sino porque yo quiero que el papá de mi hijo tenga nombre, tenga rostro. Quiero sentirlo cuando de verdad suceda, capturar su esencia, tocar su cuerpo. Quiero poder un día hablarle de él, y que, aunque quizá nunca lo conozca, sepa cómo era, cómo pensaba, cómo me miró en el momento justo de ser concebido.

Así platicado suena bien, pero en la práctica no tengo la menor idea de qué o cómo tendré que hacer. Pero al menos, saber a ciencia cierta que esto es lo que quiero me llena de una profunda tranquilidad. Por hoy puedo irme a la cama sabiendo que levantarme mañana sí tendrá sentido.

27 de septiembre, en el departamento de Esteban

Apenas puede decirse que ha amanecido del todo. Un sol naranja y pálido baña tímidamente la ventana de la habitación. Laura abre los ojos y se incorpora. Reconoce el terreno, recuerda lo que hace ahí, y lo que sucedió hace muy pocas horas. Se sienta en la cama y mira a Esteban dormir. Le pasea la yema del índice con suavidad por el filo de la nariz, por los labios y él se reacomoda al sentir ese ligero cosquilleo en el rostro. Ella sonríe y lo observa con ternura. Se levanta con cuidado de no despertarlo y se pone la camisa de Esteban, que la noche anterior cayó a los pies de la cama. Al salir del baño va hasta la cocina, donde se sirve un poco de agua y observa el desorden que quedó de la cena de ayer. Recoge por aquí y por allá, lava platos, acomoda sus refractarios en la bolsa que debe llevarse de vuelta a casa, lava cubiertos, levanta los platos y los restos de comida que quedaron sobre la mesa del comedor. Sonríe, mientras despega la cera que se desbordó del candelabro y cayó sobre el mantel. Mira por la ventana y contempla un sol demasiado oblicuo que baña la ciudad, ya en tonos más rojizos y amarillos.

Por fin la cocina ha quedado en orden; ahora prepara café. Pone la mesa de nuevo, pero ahora con la loza y los utensilios propios para el desayuno. Tal y como imaginó, el refrigerador está semivacío, pero alcanza a rescatar la mañana con algo de leche, un paquete de jamón de pavo y un buen trozo de queso panela. Son casi las nueve y tiene que irse. Aún debe pasar a su casa, darse un baño y cambiarse de ropa, para llegar a la galería lo más temprano posible; el trabajo atrasado hace que se sienta agobiada.

De camino a la habitación, pasa junto a la puerta. Le llama la atención que en el piso hay un sobre amarillo que definitivamente no estaba ahí cuando pasó de ida. Le parece curioso que el cartero llegue tan temprano; además, al levantarlo, confirma que no tiene remitente ni destinatario. Tampoco tiene timbres postales, ni matasellos, ni empaque de mensajería, ni el logotipo de alguna empresa que pudo haberlo enviado como promoción de sus productos. Sonríe y ablanda el semblante. Mueve la cabeza, como diciéndose: "Ya no seas desconfiada". Y lleva el sobre hasta la mesa y lo deja junto a la taza que dispuso para Esteban.

Laura se sienta en el borde de la cama y lo mira un instante más. Ahora se acerca y comienza a besarle el cuello y la oreja y él abre los ojos y enseguida corresponde jalándola sobre él y llenándola de besos y caricias. "No, ya no... es que me tengo que ir". Él continúa como si no la oyera. "No, en serio... orita no... además, ni siquiera te has lavado los dientes". Él no se detiene y continúa tocándola. "Para que empieces a acostumbrarte". Se abrazan y ella siente la erección contra su vientre y finalmente cede. Hacen el amor de nuevo, y una vez más terminan abrazados.

Ella es la primera en soltarse. "Tengo que irme... preparé café". Se levantan y Laura se viste parcialmente. Lleva en los brazos el resto de la ropa y, con ella, hace una escala en el baño. Esteban se coloca unos pants, se acomoda la melena con las manos y camina hacia la mesa. Mira con desgano a través de la ventana, y al bajar la vista hacia su taza, se encuentra con el segundo sobre amarillo. Tienes una erupción ardiente en el estomago. Lo tomas, compruebas que está cerrado, y eso te tranquiliza. Piensas en esconderlo, pero de inmediato comprendes que es absurdo, porque necesariamente fue Laura la que lo recogió del piso y lo colocó en tu lugar. Ahora debes pensar en alguna explicación razonable. Lo acomodas sobre el librero, sin ocultarlo, pero sin que quede ante sus ojos; con un poco de suerte, las prisas hacen que se olvide de interrogarte sobre él. El corazón le salta dentro del pecho y retumba como si estuviera en una caverna vacía. Debes calmarte y actuar con toda la naturalidad posible. Se abre la puerta del baño y Laura aparece lista para marcharse. Apenas te quedan unos instantes para retomar el control sobre ti mismo e impedir que todo lo que has logrado con tanto esfuerzo, termine por desbarrancarse nuevamente.

Laura acerca su bolso a la puerta y mira hacia la ventana. "Amaneció lindo, ¿no?". No respondes porque sigues dándole vueltas a lo que dirás si sale a tema el asunto del sobre amarillo. Laura frunce el seño y lo mira. "¿Qué tienes?". Esteban por fin reacciona. "Nada". Laura va a la cocina por la jarra de café. "Estabas bien y de pronto te ves raro... ¿lo tomas sólo?". Estás como entre nubes y no comprendes nada de lo que pasa a tu alrededor. "¿El qué?". "Pues el café, naturalmente... ¿qué otra cosa?". Esteban continúa con su expresión de piedra. "Sí, solo está bien". Laura le sirve la taza casi hasta el borde. "No preparé nada más porque el refri está vacío...". Ella se da cuenta de que él no le presta atención. "Esteban ¿qué tienes?". "Nada... Perdón ¿qué decías?". "Que tu refri está vació". Esteban hace un esfuerzo enorme por comportarse con normalidad. "Ah... sí. Es que recién levantado no me da hambre. Luego del *gym*, desayuno fuera". Laura se sienta frente a él y agrega sustituto de azúcar en su taza. "¿De veras estás bien?". "Sí, muy bien". Ya no hay más tiempo, debes recuperar el control ahora mismo, de lo contrario las cosas pueden salirse de cauce. "De hecho estoy feliz porque pasamos una noche magnífica". Laura lo mira con cierto desconsuelo. "Pues tu cara indica otra cosa". ¿Lo ves?; ya la llenaste de dudas y de intranquilidad. Esteban le toma la mano y la jala para sentarla en su regazo y poder abrazarla. Ella lo mira desconcertada pero por fin sonríe. "Sí, la verdad, maravillosa...". Quizá este beso lo haya arreglado todo, pero no debes confiarte. Laura se pone de pie y se alista para marcharse. Esteban va hasta la puerta para despedirla. "Mil gracias por quedarte. La pasé muy bien". "Yo también... pero me preocupa verte así... a lo mejor te bajó la presión". Es una buena explicación, así que decides no desaprovecharla. "Sí, a lo mejor... pero orita me repongo". Está lista para salir, pero naturalmente no podía dejarla pasar. "Por cierto... te dejé un sobre encima de la mesa. No tenía sellos, ni marcas de mensajería, ni nada". Ahora esperemos que la explicación que vas a darle, la deje tranquila. "Ah, sí... ya lo puse en el librero para revisarlo después...". Ella espera un poco más. "No quería decirte nada hasta que fuera un hecho. Me lo dejó un vecino de arriba. Es que, no sé... no estoy del todo a gusto con lo que hago y ahora, desde que te conozco lo noto aún más. He pensado en dejar el bar y retomar mis estudios. Estoy feliz de tenerte y quiero que te sientas orgullosa de mí. Quiero una vida normal para que estemos juntos y felices. Por eso le pedí que investigara sobre carreras y costos en la universidad dónde estudia". De veras que es impresionante lo bien medida que la tienes en tan poco tiempo. ¿No te parece demasiada ingenuidad? "¿En serio?". A Laura se le ilumina el semblante. "Si quieres investigo en la universidad donde yo trabajo; con suerte hasta te puedo conseguir media beca". Ahora a ver cómo la detienes. "Tampoco te aceleres... apenas lo estoy pensando. Por eso no quería decírtelo todavía, pero ya que viste el sobre...". Laura no cabe de gusto. "Si quieres nos vemos en la noche y lo revisamos juntos". "Sí, luego nos ponemos de acuerdo...". "Soy una metiche, ¿verdad?". "Pero así te quiero". Esteban la besa y ella lo abraza complacida. "Ahora sí ya me voy... es tardísimo". Él la toma del brazo, justo cuando pretende cruzar el umbral. "No te quiero asustar, pero empiezo a quererte". Ella sonríe, pero no responde. Se dan un último beso y se va. Ahora Esteban se sienta frente a su café tibio, y toma conciencia de lo cerca que estuvo de que su teatro se derrumbara.

Laura. Bitácora de investigación: día 22

Ayer fui a cenar a casa de Esteban y pasé la noche con él. Comienza a atraerme de verdad y por eso, antes de perder por completo la objetividad, necesito saber con certeza si tiene alguna relación con los que mandaron matar a mi papá.

Para que no fuera del todo inverosímil, le dije que quería verlo en su casa, porque cocinaría para él. Nunca he sabido preparar nada, así que le pedí a Juanita que me ayudara a librar el compromiso con un menú sencillo, pero que me hiciera quedar bien. Juanita se encargó de comprar las cosas, de preparar el aderezo de la ensalada y la salsa que debía poner sobre la pasta. Para el primer plato, yo sólo tendría que poner en un recipiente hondo la lechuga, las rodajas de jitomate, unas cuantas aceitunas verdes y negras, unas rebanadas de queso de cabra y unos cuantos espárragos, agregar el aderezo y un poco de queso parmesano. Eso sin duda lo podía hacer cualquiera. Con el segundo plato, debía hacer hervir el espagueti catorce minutos exactos, calentar la salsa de Juanita, ponerla encima de la pasta y agregar nuevamente queso parmesano. Esto, sin duda, tampoco me provocaría problemas.

El queso parmesano se convertía, entonces, en un ingrediente fundamental, así que decidí olvidarlo para obligar a Esteban a que saliera por él; así quedarme sola en el departamento por unos minutos, y poder hacer una revisión que me sacara de dudas. Sabía que era posible que se negara a salir. Pero esa negativa irracional sería una prueba en sí misma. Me prometí que de suceder eso buscaría la primera oportunidad para irme y no volver más. Al final no hubo problema, porque él también olvidó comprar el vino, y así mi encargo no resultó tan obvio.

En cuanto salió del departamento, abrí la puerta de su habitación para comenzar mi búsqueda. El cuarto entero olía a rosas. Había extendido sobre la cama una colcha de pétalos rojos. No niego que me conmovió. Me emocioné mucho y tuve que acercarme a tocarlos. Tomé un puñito y me lo pegué a la nariz para olerlos. Tuve emociones encontradas. Por un lado me molestó que diera por hecho que terminaríamos haciendo el amor. Por otro lado me emocionaba que lo deseara, que lo hubiera pensado, que lo prepara desde antes, planeándolo paso a paso.

En el clóset no encontré nada; sólo ropa y objetos personales en general. Al abrir el buró, me estremeció observar algunos recortes de periódico sobre la muerte de papá y otros del día del velorio, donde había también algunas fotos mías. Me perturbó tener esos papeles en las manos, aunque me calmó recordar que él mismo había dicho que gracias a ellas me había reconocido. Las imágenes no eran buenas, pero al menos tampoco era imposible que estuviera diciendo la verdad.

Continué revisando por todos lados y no encontré nada sospechoso.

Todo resulta aún demasiado confuso y no soy capaz de definir cuál es la verdad. Lo malo es que Esteban se me mete cada vez más en la cabeza, y muy en especial anoche, cuando lo vi llorar desconsolado por su papá y por el mío. Ahí, en ese momento, entre sus brazos, me sentí tan cerca de él que no pude sino dejarme llevar y entregarme por completo.

Esteban amaneció bien, pero repentinamente se puso pálido y estaba como ido. Espero que no esté enfermo. Estaré muy al pendiente de su semblante, para llevarlo al doctor en la siguiente ocasión que lo vea igual. A los pocos minutos se recuperó, así que quizá sólo se le haya bajado la presión. Fue ahí cuando me contó de sus planes de dejar el bar y retomar sus estudios. Me emocionó saber que estar conmigo lo motivó a superarse. Ojalá me deje que lo ayude. Quizá Óscar pueda conseguirle algún trabajo de medio tiempo en su oficina, o tal vez en el despacho de mi papá puedan ayudarlo.

En cualquier caso, me entusiasma darme cuenta de que mis sospechas sobre él quedaron sólo en eso, en sospechas, en figuraciones. Me urge ese encuentro con Oliguerra para terminar con este asunto, retomar mi vida y volver a ser una mujer normal.

Esteban

Desde el momento en que, por fin, accedió a que nos viéramos de nuevo, y más aún cuando propuso que lo hiciéramos en mi departamento, mi prioridad fue hacer lo necesario para que dejara de tener sospechas y desconfianza sobre mí. Sabía que tenía una enorme ventaja: Laura se moría de ganas de creerme; eso sin duda lo facilita todo. Me bastaba con darle los elementos básicos para que ella construyera la verdad que deseaba encontrar.

Decidí olvidar el vino. Así me vería obligado a salir, y ella, casualmente, tendría algunos minutos sola para revisar lo que quisiera. Me tomé mi tiempo y olvidé llaves. No tenía la menor intención de sorprenderla en plena búsqueda y un timbrazo oportuno garantizaba que así sería. Sé que revisó mi cuarto, porque las marcas que dejé en los cajones para confirmarlo, estaban alteradas, y por eso me sacudió tanto observar cómo fingió sorprenderse cuando, más tarde, entramos ahí para hacer el amor. Supongo que todos, cuando estamos suficientemente motivados, somos capaces de mentir bien.

Cuando terminamos me sentí feliz, porque comprendí que por fin, luego de mucho tiempo, no sólo tuve sexo, sino que realmente había hecho el amor. En la mañana me despertó con un beso. Yo sólo quise penetrarla de nuevo. Hoy me duele darme cuenta de lo breve que fue esa felicidad, aunque, desde luego, no me arrepiento, porque sin duda mi vida estaría aún más vacía si no la hubiera vivido nunca.

Ella había preparado café, y cuando llegué a la mesa para desayunar juntos, me encontré el segundo sobre amarillo, donde se ampliaba la información sobre mi próximo ejecutado: Francisco José Oliguerra Reséndiz. Me quedé mudo. Un mareo me nubló la vista por un instante y no fui capaz de expresar nada. De alguna manera las dudas y la desconfianza de Laura habían cedido, porque lo puso sobre la mesa sin abrirlo y sin bombardearme de preguntas; aun a pesar de darse cuenta de que no tenía seña alguna que explicara su origen. Ahora debía inventar una nueva historia, pero amanecí con la mente en blanco.

Alcancé a retomar el control justo a tiempo. Estaba a punto de irse cuando recordó el tema del sobre. Le dije que quería cambiar mi vida por una más normal, dejar el Esperanto y volver a la universidad y que le había pedido a un vecino que me recopilara información sobre carreras y planes de estudio. Una vez más, me creyó. De hecho la historia me parecía magnífica, al grado de que de verdad me hubiera gustado que fuera cierta. Lo importante era que la había tranquilizado, y con eso tenía bastante por el momento. Finalmente se fue, y yo pude respirar aliviado.

Dejé pasar un par de horas y la llamé a la galería para desearle un lindo día. Pude haberla llamado a su celular, pero yo necesitaba confirmar que estaba ahí, lejos de mi casa y así pude sentarme con calma a revisar el sobre amarillo. En esta ocasión se ampliaban detalles sobre la víctima y me explicaban que, aunque no sabían dónde se ocultaba, tenían información suficiente para saber que su llegada a la ciudad sería el próximo lunes. Se hablaba de que en algún momento de la semana tendría una reunión en un sitio público y que ese sería el escenario propicio. Había un pequeño inconveniente: para evitar complicaciones y riesgos, debía eliminar también a quien lo acompañara. Naturalmente eso implicaba paga doble.

Al principio me molestó la idea de tener que matar a dos personas, pero luego entendí que, ya metidos en el lío, me daba lo mismo vaciar el cargador de mi Kaláshnikov sobre uno, que sobre dos. Pensé que la vida me sonreía. Las explicaciones del sobre no indicaban que el riesgo o la complejidad se elevaran; simplemente parecía que aquella era la única opción oportuna y segura para eliminar a Frank; y que a ese acompañante, de quien no se hacían mayores referencias, simplemente lo condenaría la mala suerte.

En primera instancia no le vi problema; pero mientras estaba en el *gym* haciendo pecho, entendí que quizá ese segundo involucrado no fuera un muerto como los otros, sino que era posible que se tratara de una persona normal, que, sin deberla ni temerla, sería ejecutada por el simple hecho de estar en el sitio equivocado a la hora incorrecta.

Terminé de convencerme al comprender que quien se junta con gente como Frank corre el riesgo de morir. Si un delincuente peligroso y buscado como él se expone a reunirse con alguien, ese alguien no puede ser una inocente paloma, sino una persona que de alguna manera está inmiscuida en sus asuntos. Le di tantas vueltas como fue necesario y para cuando llegó el último sobre, con el día, la hora y el lugar para la ejecución, yo, no sólo no tenía inconveniente alguno, sino que, además, el hecho de que hubiera una paga doble por un solo asunto me parecía un regalo de la fortuna.

Diario de Elisa, 30 de septiembre

Ayer en la noche, luego de salir de trabajar, todos los del grupo nos fuimos a tomar la copa en un bar de San Jerónimo, donde, se suponía que una de las nuevas conocía al gerente. Era cierto y, la verdad, nos trataron muy bien y nos dieron una de las mejores mesas.

Al principio no tenía demasiadas ganas de ir. Me sentía muy cansada de tantos días de pie, de arriba para abajo; pero luego lo pensé mejor, y con eso de que el lunes empiezo con el comercial, me pareció buena idea relajarme un rato. Ya dentro del bar éramos como veinte personas, porque varios habían llamado a sus parejas o a otros amigos. Pero yo no pude platicar casi con ninguno, porque desde el principio de la noche Alejandro se me pegó como lapa.

Es un chavo muy lindo, con el que he trabajado varias veces. Siempre me ha tirado la onda; pero como es más chico que yo nunca le había prestado atención. Además, cuando lo conocí, yo todavía andaba con Antonio. La realidad es que Alejandro es guapo y simpático. Por si fuera poco, se la vive en el gimnasio y la dieta, y tiene un cuerpo hermoso.

Nunca me ha gustado involucrarme con la gente con la que trabajo. Es un ambiente complicado, donde todos los hombres y muchas de las mujeres sólo quieren ponerle una pintita más al tigre y decir que se echaron a otro u otra de sus compañeras. Al rato empiezan los chismes y todo el mundo se entera, y termina pareciendo que le ponemos todos contra todos.

Pasamos una noche divertida. Platicamos, nos reímos y nos tomamos varios tragos de más. Todavía no era ni la una cuando ya estaba tratando de besarme, y naturalmente, no lo dejé. No es que me desagradara la idea, pero en principio no quise que todos me vieran. Además, aquella negativa era un ingrediente más del juego de seducción que Alejandro estaba feliz de jugar. Nos mirábamos a los ojos, coqueteábamos, bailábamos muy pegados y yo aprovechaba para rozarlo con los pechos y con la cadera, y hasta llegué a tocarlo con la pierna para comprobar que ya le había provocado una erección. Me divertía excitarlo, y él tampoco lo pasaba mal.

Finalmente me propuso que nos fuéramos a su casa, y por supuesto me negué. Una no puede aceptar a la primera, y tampoco es que esto sea un secreto para nadie. La verdad es que la idea me coqueteaba y fui al baño para tener un poco de tiempo para decidir si lo hacía o no. Es cierto, la verdad es que lo pensé.

No lo pensé desde el principio, lo juro, sino al último, cuando estaba en el baño repintándome los labios. De pronto comprendí que se me presentaba la ocasión perfecta para conseguir una paternidad de oro. Alejandro es un hombre bello, no me parecía tan tonto como los otros compañeros y realmente me gustaba. En ese instante me recorrió una excitación intensa y un enorme deseo de estar con él. Además, era alguien de quien podría deshacerme con facilidad y sin darle mayores explicaciones. Me di cuenta de que irme a la cama con él era una posibilidad real para dar ese gran primer paso que tanto me aterraba, y decidí que había llegado el momento de que la rueda del futuro comenzara a girar.

Volví a la mesa y me negué de nuevo, pero continué coqueteando. Lo dejé rozar mis labios; aunque no puede decirse que haya sido un beso de verdad. Muchas veces la inminencia es más excitante que el hecho en sí. Al final, estamos hechos de sueños que nunca se cumplen, pero que quizá son el motor que nos permite encontrar las ganas para vivir.

Alejandro volvió a la carga, y ahora mi negativa ya no fue tan tajante. Primero hice una pausa de duda. Eso lo es todo. Una manda el mensaje de que lo estamos pensando, y entonces el hombre sabe que necesitamos que insista más para no sentirnos unas facilotas. Luego de la pausa, le dije con mucha coquetería: "Es que no puedo... de veras... Mañana tengo que madrugar muchísimo". Estaba claro que aquello ya no era un "no quiero", sino más bien un "convénceme". Él lo comprendió claramente. "Te juro que vamos sólo un rato... para tomar la última copa sin tanto ruido". Más roces, nuevos pretextos cada vez más endebles, y, de su parte, cada vez más insistencia.

Por fin acepté, pero resultó que Alejandro vivía hasta Lomas Verdes y yo no estaba dispuesta a ir tan lejos. Yo quería volver a mi casa a dormir y sabía perfectamente que, estando allá, a él le daría flojera traerme y me juraría que muy temprano me devolvía a mi casa; y yo terminaría tomando un taxi en plena madrugada. Dejaron de importarme las formas y le propuse que fuéramos a un hotel por el rumbo.

En cuanto entramos al cuarto comenzamos con las caricias y con los besos, y no tardamos mucho en estar en pleno acto sexual. Por suerte, a pesar de su juventud, Alejandro mostró cierta pericia. Yo estaba muy excitada de imaginarlo viniéndose dentro de mí y despertando mi vientre, y veía en mi imaginación cómo se juntaban los fluidos y mi hijo comenzaba a existir. No estaba del todo segura de que quisiera que las cosas fueran así, pero sentía demasiado deseo como para pensarlo con mayor detenimiento.

Se quitó la camisa y se abrió el pantalón. Luego comenzó a quitarme la ropa interior, y cuando terminó de desnudarse, supe con una certeza absoluta que él no debía ser el padre de mi hijo. Todo sucedía de prisa, y por fortuna me preguntó si estaba tomando pastillas. Originalmente tenía planeado decirle que sí, y luego poner a prueba mi fertilidad. Pero ante mi nueva sensación le dije que no, que tenía que protegerse él, y de inmediato se rebuscó en los bolsillos y sacó un condón que yo misma le puse con toda la cachondería que me fue posible. Respiré aliviada y me relajé para poder disfrutar la experiencia. Hicimos el amor con mucha intensidad y terminamos bañados de sudor. Luego me trajo a la casa, y, como era de esperarse, no me llamó en todo el día. En este caso, me alegra porque así no tengo que lidiar más con él. Pero eso no quita mi enojo de que los hombres sean así: ya logré lo que quería, ahora finjo que ni siquiera existes.

Me siento extraña, porque nunca en mi vida había actuado de una forma tan impulsiva. Al menos me queda la tranquilidad de que al último hice lo correcto. Claro que esto no cambia en nada las cosas. Mi decisión de tener un hijo es la misma, sólo que no era así, y no era con él. Debo pensar más en cómo hacerlo, inventar un plan, escoger con quién y cuándo. Esto se vuelve cada vez más extraño, pero no me desanima.

Reinaldo

Pues sí, así fue. Con el asunto del Comandante terminé por ganarme la confianza del patrón. Ese viernes en el Firenze, caminaba como si el mundo no me mereciera. Por si fuera poco, a media noche llegó el pinche Gordo a decirme que estaba invitado a comer en casa de Pepe. "Llégate mañana como a las tres bien bañadito... y no la chingues y vayas a llegar crudo". Y me dio un papel con la dirección, aclarándome que era una casa nueva de la que nadie sabía, y que por eso tenía que ser cuidadoso.

Ya se imaginarán que no cabía de gusto. Aunque no me quedaba claro qué clase de comida era aquella, ni cuál era el objeto o la razón para una invitación así. De cualquier forma, a mí me valía madres. Yo estaba feliz de que me tomara en cuenta y me considerara dentro de su círculo cercano.

La casa quedaba por el rumbo del Pedregal y estaba de pocamadre. Por fuera parecía un fuerte, con una barda alta, un portón grande de acero, cables de alta tensión, un chingo de cámaras y dos camionetas con guaruras armados, que me anunciaron por radio. Salió una sirvienta uniformada y me llevó a una salita muy chingona que estaba al fondo del pasillo, justo antes de empezar el jardín. En la mera esquina, atrás de la alberca, había cuatro marranos más que me miraban frunciendo el ceño, como tratando de reconocerme. Me dieron ganas de gritarles: "Soy yo, putos, Reinaldo... véanme bien, ojetes, porque no tardo en ser su padre". Claro que no lo hice; me senté calladito a esperar, pero no me dejaron ahí solo por mucho tiempo.

De pronto, me sacó de mis pensamientos, una voz de mujer que me llegó tan de improviso que me sobresaltó. "Hola". Giré la cabeza en un movimiento rápido. "Soy Ivonne... mucho gusto". Y me extendió la mano. "Hola". Yo le respondí hecho un pendejo, porque la pinche vieja estaba espectacular. La neta, casi la supercago, porque al principio pensé que era un "regalito" que me mandaba Pepe. Por suerte me fijé bien y me di cuenta de que, para eso, era demasiado. Traía un pinche reloj y una pulsera que valían más que el Palacio de Bellas Artes; además, se conducía con total naturalidad, abriendo las puertas del mueble para sacar las botellas como si fuera la dueña de la casa. Mejor decidí ser cauto y esperar a ver qué chingados pasaba. Menos mal que no me le aventé encima a agarrarle las chichis, porque resultó ser la nueva vieja de Pepe. La muy cabrona sabía lo que traía, y para enseñarlo se puso un vestidito azul embarrado, que apenas le llegaba a medio muslo. Era como una mujer sobre pedido; tenía operadas las chichis, las nalgas, la nariz, la barbilla y los pómulos, y que conste que hablo sólo de lo que se notaba a primera vista. Lo que sí, operada o no, estaba impresionantemente buena.

Yo juré que me miraba aventándome el calzón, mientras servía dos vasos de whisky en las rocas. "¿Y tú que haces?", me preguntó mientras ponía los últimos hielos en el segundo vaso. "Yo soy gerente del Firenze". Me echó una sonrisita: "Ay... no mames". "Eso ya lo sé... pero me imagino que no estás aquí por eso. Ya, en serio, ¿tú qué haces?".

Claro que me sacó de pedo, porque ni yo sabía la respuesta. Además, si era la vieja del jefe, su obligación era cogérselo rico, gastar todo el varo que quisiera y mantenerse bien buena y muy calladita y no estarse metiendo en asuntos que no le tocan. Como ni sabía, ni quería responder, yo traté de hacerme todo lo pendejo que fuera posible. "No entiendo la pregunta". Ella me miró con cara de fastidio. "Pepe no trae aquí a gerentes del Firenze. ¿Eso sí lo entiendes?". Sentí un cosquilleo en los güevos de puro gusto. Ese comentario confirmaba que por fin me había vuelto de la gente de su confianza, y eso me llenó de seguridad. "Oye, encargarse de que le sirvan bien los tragos no es trabajo menor. ¿Te parece poca cosa?". Ivonne se cagó de risa. "Sí, claro... eso es importantísimo". Vino hasta la mesa y me entregó mi copa. Al dármela, me rozó la mano con sus dedos suaves y clavó sus ojos negros en el centro de los míos. Me estremecí por culpa de una punzada de deseo que empezó a ponérmela dura; mientras, apretaba los dientes tratando de disimular. "Es que Pepe nunca me dice nada... me tiene aquí nomás de adorno". Pues agüevo, ¿qué esperaba? Les juro que quise decirle. "No mames... ¿y para que otra cosa piensas que podrías servir?". Pero por supuesto, me quedé callado y sólo la miré con carita de: "Ni modo, ya sabes cómo son de machistas estos pinches gánsters"; y brindamos chocando los vasos.

Ella se sentó frente a mí. El vestido se le subió bastante y quedaron a la vista sus piernas bronceadas, y continuó mirándome con cachondez, hasta hacerme sentir incómodo. Afortunadamente Pepe no tardó en aparecer. Me saludó muy sonriente y me dio un abrazo muy apretado. "Mira, Ivonne, éste es mi amigo Rei... ya me ha salvado el culo más de una vez". Y luego pasamos a la mesa junto al jardín, donde nos sirvieron la comida y hablamos de todo un poco.

Pepe me platicó que había conocido a Ivonne en un desfile de modas y que lo había flechado de inmediato. Ella sonreía encantada, pero yo tampoco era tan pendejo como para no darme cuenta de que Ivonne no tenía cuerpo de modelo, y que lo más probable era que la hubiera conocido como una puta que se lo cogió como nadie; y por eso la había llevado a su casa, dispuesto a no escatimar gastos con tal de tenerla para él solo. Ella decía que se enamoró de Pepe porque era todo un caballero y que estaba feliz porque finalmente había conocido al hombre ideal. Una vez más me sonrió con coquetería y yo entendí que aquella mamada tan cursi en realidad significaba que al fin había conocido a un güey con el suficiente varo y dispuesto a concederle los caprichos más extravagantes como para venderle su exclusividad.

Luego del postre, Pepe le pidió a Ivonne que nos dejara solos. Se levantó de mala gana y me extendió la mano. "Mucho gusto en conocerte... ojalá nos veamos muy pronto". Yo asentí y me quedé calladito para no arriesgarme a decir una pendejada que Pepe pudiera malinterpretar. Por fin se fue, luego de dejar la mano entre la mía unos instantes más de lo que exige una despedida cordial. Caminó hacia el interior de la casa y los dos nos quedamos viéndola contonear las nalgas. Me dio un poco de vergüenza que Pepe lo notara, pero al parecer lo tomó como cumplido. "Está rebuena, ¿verdad?". Yo volví la cabeza hacia él, sólo para comprobar que no se hubiera encabronado; pero no, me miraba con una enorme sonrisa satisfecha. "Pues... pues sí, la neta está... muy linda. Además se ve que es muy simpática". Yo quería quedar bien, pero Pepe reventó a carcajadas. "¡No mames! Qué simpática ni qué la chingada... está buenísima, y además hace unas chambas que ni te imaginas... La verdad es que me trae hecho un pendejo... pero vamos a lo nuestro". Pepe sirvió dos whiskys veintiún años y me ofreció un puro de una caja de madera.

Primero me preguntó cómo me había sentido con lo del Comandante. Ya sabía que yo había hecho las cosas bien y que a la hora buena no se me habían arrugado los güevos. Le dije que me sentí bien y que aunque había estado cabrón, yo no me rajaba. De pronto se puso serio y me habló con mucha gravedad. "Mira, Rei, yo estoy agradecido porque me sacaste de un apuro muy grande". Yo le respondí que estaba dispuesto a hacer lo que fuera con tal de demostrarle que contaba con mi lealtad. "Por lo pronto vas a buscar un departamento que te guste y un buen carro, porque esos ya te los ganaste". Por un instante me sentí Ivonne con pito. Yo no quería que me pagara los favores, sino que me dejara entrar a ayudarle y ganarme mis propias cosas. Se ve que interpretó bien la cara que puse, porque de volada continuó con su rollo. "No te estoy pagando... hay cosas que no se pueden pagar. Sólo estoy correspondiendo como lo hago con todos aquellos que son de ley conmigo". Yo le agradecí y le dije que sólo me interesaba que me dejara participar más de cerca con él. Le juré que podía resultarle útil y que le demostraría que era capaz. Se me quedó viendo y luego se puso muy serio. Estuvo callado por un rato y finalmente volvió a mirarme muy fijo. "¿De veras le quieres entrar?". Yo le dije que sí, que de veras; y se lo dije con mucha convicción. "Mira, Rei, esto no es un club social. Éste pedo es serio y peligroso. Se gana mucho, pero nos la jugamos a diario, ¿me entiendes?". Sólo con lo que había vivido hasta entonces lo sabía de sobra. "Sí, lo entiendo y estoy dispuesto a jugármela contigo". Otra vez se quedó pensativo por un rato. "Mira, hay de dos sopas. La primera es que te quedes como estás, me ayudes en uno que otro trabajo importante, te metas tu buena lana y te la lleves leve. La otra es que te entregues bajo mi custodia. Ahí la lana es lo de menos, porque vas a tener toda la que quieras y más. Puedes hacer lo que te dé la gana, pero también el compromiso y los riesgos son mayores. Yo quisiera que lo pensaras, porque la segunda sopa no tiene regreso". Yo no tenía nada que pensar. "Le entro a la segunda sopa". Pepe se frotaba la barbilla, dudoso. "¿Estás seguro?". "Totalmente". Hizo otra pausa y me miró. "Ta'bueno, pues. Sólo espero que entiendas que a partir del momento del inicio, tu vida me pertenece y ahí sí, ni las desobediencias ni las deslealtades se perdonan". Yo le respondí con total convicción: "Puedes estar seguro de que conmigo eso no va a pasar". Asintió mientras me miraba muy fijo: "Okey, pues... nomás acuérdate de que cae más pronto un hablador que un cojo. Te voy a dar una última oportunidad para que lo pienses. Quiero que vayas a tu casa y empaques ropa para dos días. Si cambias de opinión, no hay pedo, pero después ya no hay vuelta, ¿entiendes?". "¿A dónde vamos?". Pepe me sonrió con cara de maldito. "Ahí está el pedo... tienes que poner tu vida en mis manos; sin preguntas, sin dudas, sin titubeos...". Se me puso la piel chinita. Apenas me caía el veinte de dónde me estaba metiendo. "Yo nomás lo preguntaba para ver qué ropa traigo". "¿Cómo que qué ropa traes? ¿Qué pensabas, llevarte tu bikini y tu bronceador? No mames, si no te voy a llevar de vacaciones... pus ropa, ropa normal pa'vestirse". Y se cagó de la risa.

Me hizo sentir un absoluto pendejo. Dejé mi copa a la mitad e hice lo que me ordenó y, en menos de dos horas estaba de vuelta con mi maleta. Me mandó subir en una de las camionetas. Ahí, viajé con un chofer y un copiloto que no conocía y ninguno de los dos me dirigió la palabra en todo el viaje. Delante de nosotros iba otra camioneta, donde subió Pepe, el Gordo al volante, y otros dos escoltas armados. Comenzaba a caer la noche cuando tomamos la carretera. Avanzábamos a buena velocidad hacia un destino que desconocía, y que, paradójicamente, yo mismo había deseado y escogido.

Laura. Bitácora de investigación: día 26

Acabo de llegar de casa de Esteban y necesito poner un poco de orden en mi cabeza, porque cada vez estoy más confundida. Desde que cenamos el martes, sólo hablamos por teléfono un par de veces. Él insistió en que nos viéramos el jueves, y luego el sábado, pero yo me negué. Le puse como pretexto la galería y una comida en casa de Luisa, pero lo cierto es que no quise verlo porque cada vez pienso más en él.

La verdad es que ya lo extraño, y reconozco que estos sentimientos nublan mi juicio. Aún tengo ciertas dudas; pero reconozco que lo he visto en su ambiente, con su familia, y, salvo la compra del cuadro, todo lo demás parece normal. Es cierto que la forma en que nos conocimos fue extraña, y además está el asunto de las llantas y la advertencia de Oliguerra; pero sigo sin ver dónde encaja Esteban en la organización del tal Vladimir.

También es verdad que Esteban es un hombre extraño. Detrás de su apariencia y de sus poses de seductor, yo veo a un tipo reservado y solitario al que le aterra parecer débil. Por más que saca a tema lo de su papá, yo lo siento muy alejado de su familia. Nunca habla de cómo se siente, ni de lo que piensa.

Ya estoy cansada de construir versiones en un sentido y en otro. Siento que en cualquier momento me voy a volver loca. Hace apenas un rato que estuve con Esteban, me regaló un changuito de peluche y me dijo que me quería. Yo no le respondí nada, pero casi me derrumbo. Fue lindo, tierno, y en apariencia, más honesto y abierto que en ningún otro momento desde que lo conozco. Yo hubiera querido abrazarlo y decirle que yo también lo quiero y que lo necesito mucho para iniciar una nueva etapa en mi vida y dejar atrás las malas experiencias y la soledad. Pero no pude hacerlo; al menos no todavía. Necesito concretar ese encuentro con Oliguerra. Que me diga la verdad sobre mi papá y sobre Esteban y acabar por fin con esto que me pesa cada día más.

Mañana debe llegar la respuesta de Oliguerra. Ya está cerca el día en que podré olvidarme de cuentas de banco, de papeles, de delincuentes y de asesinos; y por fin recordar a papá como lo que era, un hombre con debilidades y defectos, pero a quien amaba profundamente. Ya falta poco para que todo se aclare, poder abrazar a Esteban y decirle que lo quiero.

Esteban

Aquel domingo confirmé lo mucho que quería a Laura. Luego de la cena del martes la noté esquiva y extraña. Se negó a verme en toda la semana y las pocas veces que hablamos por teléfono la sentí impersonal y apresurada.

Luego de mucha insistencia aceptó que nos viéramos el domingo en la tarde. Como siempre, en mi casa. Yo empezaba a dudar si su interés era continuar realizando pesquisas inútiles, o le avergonzaba encontrarse a algún conocido y que la vieran conmigo. A pesar de la desvelada y de las dudas, me levanté temprano y salí a comprarle un regalo.

Caminé por todo el centro comercial como un robot desorientado, sin saber qué buscaba. Debía ser algo a la vez tierno y bonito, pero no excesivamente caro, para que no lo tomara en un sentido equivocado. Ante la desesperación de no encontrar nada adecuado, fui hasta el estante de los peluches. Son lugares comunes, pero casi nunca fallan. En medio de una fauna colorida y estrambótica, encontré un chango sonriente, que tenía los brazos cerrados en un gran abrazo; y así, uno podía colgárselo al cuello como si fuera uno de verdad. La vendedora quería envolverlo en una caja enorme, llena de confeti, pero se lo daría en mi casa y no quería pasarme semanas sacando papelitos de colores de debajo de los muebles; así que opté por una simple envoltura de celofán con un enorme moño rojo que era más grande que la propia cabeza del chango.

Llegó a las seis. Una vez más curioseó por todos lados. Tomamos café y una dona cada uno y vimos una película. Comenzamos a besarnos, pero cuando traté de quitarle la ropa, se negó. Estaba alterada, tensa, ansiosa e incluso triste. Le pregunté qué le pasaba y ella respondió que nada. El problema es que dijo "nada" con ese tono característico que usan las mujeres para decir que les pasa mucho, pero que por más que lo intentara no me lo diría. En esos casos, al hombre no le queda más remedio que sacar sus conjeturas y hacer lo correcto. Desde luego yo no tenía idea de que era eso "correcto" que tenía que hacer o decir, así que opté por entregarle el chango.

Al dárselo le dije que la quería y que estaba dispuesto a esperar todo el tiempo que fuera necesario para ganarme su cariño. Ella se emocionó. Se le enrojecieron los ojos y abrazó al chango como quisiera que me hubiera abrazado a mí. Luego me besó y volvió a abrazar al chango. Había sido un triunfo mínimo, pero me sentí feliz por un rato.

Finalmente se fue, pero la sentí un poco más cerca. Lo sabía antes y lo confirmé en ese momento: por más gastado que esté el recurso, un buen peluche en el momento indicado nunca falla.

Cuando me levanté al día siguiente encontré el tercer sobre amarillo. Ahí me explicaban que habían metido en la cajuela de mi coche un cargador para la AK-47 y uno más para la pistola.

También me daban las órdenes generales. Me confirmaban que la ejecución se haría el miércoles en un café de Polanco. Que Frank estaría con una mujer, y que debía eliminarlos a ambos. Que el nombre del lugar y la hora me la informarían el mismo miércoles por la mañana y que debía estar alerta desde muy temprano.

Me desesperaba la incertidumbre de los detalles finos. Traté de averiguar algo más y llamé a Rei. Le pregunté si tenía idea de la hora aproximada porque necesitaba saber para organizarme; pero su respuesta fue bastante seca. "Ahora también quieres que los pinches muertos se ajusten a tu agenda". Le dije que no era eso, sino que a mí me gustaba planear, hacer una rutina, preparar las cosa con tiempo; pero me interrumpió para que me callara de una vez. "¡No chingues, Esteban! Pues ni que fuéramos burócratas. Déjate de mamadas y espera las instrucciones. Haz exactamente lo que te dicen y deja de estarme chingando, ¿okay?". Colgamos porque no había más que hablar. Debía esperar a la mañana del miércoles para enterarme de lo que faltaba. El problema es que esta incertidumbre desgasta y cansa más que correr un maratón.

Reinaldo

Llegamos a Morelia a las once de la noche. Apenas habíamos entrado en la ciudad, cuando el guarro que venía de copiloto se volteó para entregarme una capucha de tela. "Toma, póntela". No tenía sentido cuestionar la orden, así que lo hice. A partir de ese momento no supe a dónde nos dirigíamos.

Después de un rato de oscuridad, me adormecí; pero me despertaron los tropezones irregulares que daba la camioneta, ante lo que sin duda parecía un camino de terracería. Finalmente nos detuvimos. Una voz desconocida me ordenó quitarme la capucha y bajar. Estaba muy oscuro, y la única luz venía del interior de una especie de establo, justo enfrente de donde estaban estacionadas las camionetas. El guarro que me bajó del coche me hizo la seña para que entrara. Pepe me esperaba junto a la puerta. Sólo entramos él y yo.

Se cerró la puerta y nos recibió una mujer bajita y redonda, como de unos sesenta años, con el pelo canoso y lacio, atado en una gran cola de caballo que le llegaba a la cintura y que me observó fijamente por un buen rato, con una mirada negra y penetrante. Vestía una túnica blanca y llevaba al cuello decenas de collares, unos de colores, otros de madera rústica. Me tomó de ambas manos y me condujo al centro del salón.

Me ordenó que me quitara la ropa. Así, como lo oyen, la pinche ruquita me mandó encuerar. Yo miré hacia donde estaba Pepe, que asintió respaldando la orden. "¿Toda?". La ruquita confirmó: "Toda". Miré alrededor. Lo único que se veía eran velas de todos colores que convertían la oscuridad total en una pinche penumbra siniestra que calaba los huesos. Yo estaba en el centro de un círculo delimitado por velas rojas y negras. En el piso había dibujadas unas figuras geométricas con polvos grises, que resultó ser pólvora, y que en cuanto la ruquita empezó con una letanía extraña, se encendió generando una flama alta y poderosa que se apagó apenas unos instantes después; pero que llenó todo el jacalón de un humo denso y en el que apenas se podía respirar.

Yo, conforme avanzaba esa pinche ceremonia, me cagaba de miedo cada vez más. Toda la atmósfera era sobrecogedora. Ya había llegado demasiado lejos; ahí estaba, encuerado y retorciéndome de frío y rodeado de pinches locos; pero no me quedaba más remedio que agarrarme los güevos y aguantar vara.

Cuando se apagó la pólvora quedé en medio de un círculo negro, rodeado de otro círculo de velas. Al terminar la primera parte de su letanía, la ruquita se paró frente a mí y me tomó de las manos. Continuó con sus oraciones chaqueteras y luego recorrió todo mi cuerpo con las palmas extendidas pero sin tocarme. Terminó de rodillas frente a mí, y, al ponerse de pie, se me quedó mirando fijamente. "¿Eres creyente?". Pues no, desde muy niño me di cuenta de que eso de la misa y la iglesia y el ruquito de barbitas blancas sentado en un trono en medio de nubecitas eran puras mamadas que no servían para un carajo; pero tampoco me pareció el momento de dar tantas explicaciones. "La mera verdad, no mucho". La ruquita asintió. "No le hace...". Se dio la vuelta y llegó hasta una mesa que estaba pegada a la pared, de frente a mí.

Se quitó un puño de collares y se colocó otro, y luego sumergió las manos en un líquido verdoso que tenía en una palangana frente a ella. Ahí, con las manos sumergidas en ese líquido extraño, continuó susurrando aquellas invocaciones que nunca pude entender. Sonaban como aquellas señoras que rezaban el rosario en la sala de la casa cuando murió la abuela. Yo estaba morro, pero aquel sonido tan perturbador nunca se me salió de la cabeza.

Se dio vuelta de nuevo y se paró frente a mí. "No importa que no creas —me dijo con su vocecita aguda y rasposa— para cuando terminemos habrás puesto tu vida bajo la custodia de Pepe y le deberás obediencia y lealtad por sobre todas las cosas. ¿Eso sí lo entiendes?". Yo respondí que sí. "¿Das tu consentimiento?". ¿Y qué chingados querían que dijera en una situación como aquella? Pues claro que dije que sí. Yo lo que quería era que ese puto circo se acabara lo antes posible. "Dilo: estoy consciente de lo que hago y otorgo mi consentimiento". Me hizo repetirlo tres veces, mientras me frotaba la frente con los restos del líquido verde que llevaba embarrado en las manos. "Éste es un juramento eterno que nada puede romper". Puta madre; yo estaba desesperado, pero empezó de nuevo con sus letanías que para ese momento ya me tenían hasta los güevos.

Por fin se dio vuelta y fue hasta la mesa, donde hizo sonar una campana. Aparecieron sus dos chalanes por la puerta lateral. No tenían más de veinte años, venían sin camisa y traían a puros jalones a un carnero. Se detuvieron como a dos metros de mí. Lo degollaron con un puto machete y echaron la sangre en una vasija de barro. Por fin el puto animal dejó de chillar y de moverse. La ruca fue por Pepe y ambos se colocaron al lado del carnero muerto y se tomaron de las manos, haciendo una especie de puente encima de la cabeza sangrante. Ella recitaba una oración y él la repetía de alto con los ojos cerrados.

Al terminar, Pepe volvió a su sitio. La ruca dirigió sus letanías a los cuatro puntos cardinales y luego tomó un puño de balas grandes, de R-15 cuando menos, y las echó en la vasija de la sangre. Luego, los dos descamisados cargaron la vasija de barro y la pusieron justo frente a mis pies. La mujer se arrodilló y luego de más y más rezos y letanías pedorras, introdujo las manos en la vasija y empezó a embarrarme todo el cuerpo. Me pasó las manos por la cara, la cabeza, el pecho, el sexo, en fin, por todos lados, hasta que quedé cubierto por una capa de sangre que no tardó en secarse y coagular. Sentí un leve mareo y pensé que me desmayaba, pero logré soportarlo. Con lo que no podía era con el puto asco y apenas pude resistir las ganas de guacarear.

¡Ya dejen de reírse, culeros; porque yo me cagaba de miedo! Cuando estuve totalmente cubierto con la sangre del puto carnero, se detuvo. Se colocó frente a mí y me tomó la mano derecha. Uno se sus ayudantes levantó la vasija, y la sostuvo junto a mi pecho. Me hicieron un corte en la muñeca y dejaron caer gotas de mi sangre sobre la sangre del carnero. Aquello era absolutamente asqueroso, y ya ni siquiera podía pensar. La mujer sacó un pañuelo negro, y de él una varita metálica con la que revolvió la sangre. Volvieron a colocar la vasija en el suelo y la mujer se puso de rodillas y, con un vaso dorado, tomó un poco de aquella mezcla de sangres y lo llevó ante Pepe, ofreciéndoselo con respeto. Él lo tomó con ambas manos y cerró los ojos mientras repetía la letanía que decía la mujer. Luego me miró con ojos fijos y serenos, y se empinó el vaso hasta el fondo.

Con esa última parte me quedé como de piedra. ¿Qué significaba toda esa mamada tan grotesca? Sentí un puto terror que jamás había sentido y que me recorría cada milímetro del cuerpo. Pepe le devolvió el vaso y la ruca lo echó en la vasija. Hizo otra de sus oraciones chaquetas y se puso frente a mí. Me tomó de las manos y se me quedó mirando como si quiera metérseme por los ojos. "Así como Pepe pertenece a alguien, ahora tú perteneces a él. A partir de este instante le debes obediencia y lealtad y si faltas a tu juramento, lo pagarás con tu vida y con mucho sufrimiento". No había que ser un puto brujo y embarrar a la gente con sangre de carnero para saber que si traicionas a alguien como Pepe te lleva la chingada. "¿Estás consciente del paso que acabas de dar?". Yo asentí con más ganas de largarme de ahí que otra cosa, pero la pinche ruca insistía en que yo repitiera cada palabra, tal y como las decía. "Sí, estoy consciente y lo acepto".

Por fin la ruca se fue con todo y sus dos ayudantes, y nos quedamos solos Pepe y yo. "Vístete. Te espero en la camioneta". Para ese momento, yo tenía un pinche dolor de cabeza que apenas me permitía mantener los ojos abiertos. Me sentía un verdadero pendejo, todo embarrado de sangre, vistiéndome en medio de ese jacalón de mierda. Me dolía la herida de la mano, me sentía agotado y con una pesadez indescriptible. Salí caminando como un zombi de esos que persiguen al Santo, para encontrarme con que empezaba a amanecer. El sol apenas comenzaba a asomar por el horizonte y por un momento dudé si estaba despierto o todo había sido una puta pesadilla. Pero ni madres; toda esa mamada no podía habérseme ocurrido a mí, así que tenía que ser real.

A pesar del cansancio, no fui capaz de dormir en la casi hora y media que nos tomó volver a Morelia. Entramos en un hotel de cinco estrellas y subimos a una suite. El Gordo bajó mi maleta, y al entrar en la habitación me señaló el baño. "Date un buen duchazo y vístete para desayunar". Yo sólo quería saber una cosa: "Oye, Gordo, dime la neta. ¿A todos les hacen esta mamada?". Él me miró muy serio, como si le diera envidia. "No, nomás a algunos". Ya no le pregunté, porque su cara era de que a él no. Supuse que eso era bueno, pero no tenía fuerza ni para alegrarme de la distinción.

Mientras me caía el agua caliente sobre el cuerpo y me quitaba las costras de sangre seca, me preguntaba si todos esos rituales mafufos habían cambiado algo en mí. ¿De veras había espíritus malignos que, porque una pinche ruquita lo decía, conspiraban para ayudar a unos y chingarse a otros? No tenía ganas de pensar más y supongo que nunca lo entendí. Mientras me vestía, me miraba al espejo tratando de convencerme de que todo había sido un capricho de Pepe y que si así le daba gusto, había valido la pena. También había la posibilidad de que hubiera sido un montaje para hacerme cagar de miedo y que no hiciera pendejadas. Si fue eso, entonces sí sirvió. De cualquier forma no tenía la menor intención de traicionarlo. Claro que esto último tampoco pensaba hacerlo aún sin tanta sangre y tanto circo.

Cuando salí del baño, me encontré con que Pepe había ordenado todo un bufete a la habitación y habían puesto una mesa sólo con dos lugares. Quedamos frente a frente y yo no sabía qué decirle. Él destapó una botella de champagne y sirvió para los dos. "Ahora sí, de aquí pa'l real. Nomás acuérdate de que estamos amarrados y si te pasas de verga me voy a enterar". Yo sólo asentí y bebí la copa hasta el fondo, pensando cuánto deseaba estar en mi casa y olvidarme de ese viaje tan extraño, que ni siquiera entendía. Pepe jamás volvió a mencionar el tema y yo traté de bloquearlo por completo. De hecho no entiendo cómo se enteraron, para venir a preguntármelo orita. Bueno, vale verga, el caso es que así fue. Aunque ahora que lo pienso, no volví a acordarme de la brujita mafufa hasta varios años después. Pero algo pasa, porque no lo tengo claro; ustedes, con tantas pinches preguntas sólo me confunden. ¿Por qué no se callan un rato y me dejan de estar chingando?

Laura. Bitácora de investigación: día 27

Hoy hice mi día normal y cerca de la una de la tarde salí de la galería, e hice varios trasbordos en taxi para llegar a un nuevo café internet sin que nadie me siguiera. Bueno, eso ni siquiera estoy segura de lograrlo, pero hago todo lo que puedo para que así sea.

Me senté a revisar y, en efecto, ahí estaba el mensaje de Oliguerra. Insistía en que esa reunión era peligrosa y que sólo lo hacía por lealtad con mi papá, a quien aseguraba deberle el estar vivo aún y que su familia estuviera bien. Me pidió que en un portafolio llevara todos los papeles y las claves bancarias que tenía que entregarle. Me recordó lo importante de la discreción y de la puntualidad; y que jamás olvidara que aquello no era un juego. También me exigió, con palabras amenazantes, que no fuera a "olvidar", así, entre comillas, ni un solo papel, porque luego de tanto riesgo y tanto problema, lo tomaría como personal y la situación podría ponerse "fea". No sé qué signifique "fea" en el lenguaje de Oliguerra, pero de cualquier manera no pienso averiguarlo. Yo soy la primera que quiero que todo termine.

Seguramente esto que estoy haciendo es lo más ridículamente absurdo y peligroso que voy a hacer en mi vida. Peligroso, por obvias razones; y absurdo, porque me diga lo que me diga de mi papá o de Esteban o de quien sea, no parece ser precisamente un hombre al que hubiera que darle demasiado crédito. Lo peor de todo es que este episodio lo exigí yo. Espero nunca arrepentirme de haberlo hecho.

La cita será el miércoles, pero por supuestos motivos de seguridad no me dice aún ni el lugar ni la hora. Y, en este caso, las instrucciones que me da son bastante ambiguas: "Haz tu rutina normal y en algún momento recibirás la información". Sin duda que eso haré. ¿Qué otra cosa, si no tengo ningún otro dato? Si no fuera porque sé que necesita que yo le entregue los papeles, pensaría que me está tomando el pelo.

Ya tengo listo el portafolio. Ya revisé decenas de veces para que no falte nada. Ahora no queda más que esperar el momento en que, de alguna manera impredecible para mí, me lleguen los datos de la reunión del miércoles. Ya quiero que llegue el día. Me siento ansiosa pero feliz.

Diario de Elisa, 2 de octubre

Aunque estoy agotada y me caigo de sueño, no quise irme a la cama sin escribir lo que me acaba de suceder. Quizá así logre entender un poco mejor cómo me siento. Luego de lo que viví el viernes con Alejandro, comprendí que tengo que ser menos impulsiva, y tener muy claro lo que debo y lo que no debo hacer, y, sobre todo, con quién. Pasé todo el fin de semana dándole vueltas a la cabeza, y aún hoy por la mañana, al salir de casa, no tenía la menor idea de cuál debía ser el siguiente paso.

Hoy iniciamos la filmación del comercial. Me citaron a las seis de la mañana y no me dejaron ir hasta pasadas las seis de la tarde. Mañana nos aguarda un día similar y espero que al fin terminemos, porque este trabajo me está resultando mucho más difícil de lo que pensé. Ya son las dos de la mañana, así que apenas podré dormir un par de horas. Aunque en este caso no me importa demasiado llegar con la cara hinchada; se puede ser exactamente igual de perra maldita con bolsas en los ojos y ojeras pronunciadas que sin ellas. Con un poco de suerte, esa apariencia marchita sirve para que nadie me reconozca. Estoy segura de que hasta mamá me va a odiar cuando me oiga decirle a la muchacha de servicio, tronándole los dedos: "Órale, mugrosa. Orita mismo te levantas y me planchas la blusa, que me tengo que ir al antro. ¡Ándale india holgazana! Que para eso mis papás te matan el hambre". Hasta yo me caigo gorda cuando lo digo.

En cada receso y durante cada pausa para retocar maquillaje estuve pensando en mi hijo. Sigo convencida de que lo quiero; pero tengo miedo de que pase algo y termine por desanimarme; y entonces toda esta ilusión terminará en nada. Por eso comprendí que tenía que poner manos a la obra lo antes posible. Claro que estoy hablando de un hijo y no de ir al súper por un kilo de cebollas, y esto lo hace más complicado. Claro que si no lo veo un poco de esa manera y me espero a conseguir una pareja que ame y esté de acuerdo, a que en casa sea el momento propicio, a que en el trabajo pase algo —que ni siquiera se me ocurre qué— y lo favorezca, y a que todo lo demás se acomode, entonces no lo tendré nunca. Luego de la comida se me ocurrió una idea que me llegó de pronto, como una inspiración, y decidí no pensarlo dos veces y ponerla en práctica hoy mismo.

Cuando por fin me dejaron ir, eran las seis y cuarto de la tarde. Si me apuraba, aún podía alcanzar a encontrarme con Antonio "de casualidad". Eso hice. Tomé un taxi y me dirigí al edificio donde trabaja. Por suerte, ahí también hay consultorios médicos, porque así, cuando "nos cruzamos" en el lobby, le pude decir que estaba saliendo de mi cita con el dermatólogo. Se sorprendió mucho de verme y no tengo claro si se creyó la historia que le conté. Lo cierto es que me saludó con cariño. Tampoco era para menos, porque no acabamos mal. Está un poco más delgado que antes, pero sigue siendo igual de guapo y de sociable. "Y, ¿qué andas haciendo por aquí?". Había una cierta ironía en el tono, por eso exageré un poco al decirle que por culpa de lo que estaba viviendo me había salido una pequeña alergia en la piel; pero que no era nada grave. Naturalmente me preguntó qué era eso tan grave que estaba viviendo, y no tuve otra alternativa que contarle la historia de papá. Y no, esto no se parece en nada a lo que hizo Esteban. Yo no lo llevé a verlo para impresionarlo. Además, aquí se trata de algo realmente importante, no de ligarse a una chavita para meterla en la cama. Sé que si papá lo supiera me perdonaría. Encima, nadie puede negarme que yo sí he estado ahí, al pendiente de su salud. A diferencia de Esteban, yo no dije una sola mentira. Si acaso exageré un poco mi estado de ánimo, pero nada más. Y si lloré, fue para desahogarme con alguien que me entendiera.

Lo que sí es verdad es que lo conmoví. Al verme en ese estado, propuso que tomáramos un café. Yo le dije que prefería una copa; eso también era totalmente cierto. Aceptó, y ambos fuimos en su coche. Nos dirigimos a un bar al que acostumbrábamos ir cuando aún éramos novios. Hablamos de todo un poco. Yo le conté con detalles lo que sucedió con papá, y él, muy correcto como siempre, me dijo que tenía novia y que planeaban casarse en la primavera del próximo año. Sí, es cierto que me golpearon los celos.

Al menos aproveché el pretexto para abrazarlo, para tomarle la mano y enderezarle la corbata. Aproveché también lo mucho que lo conozco para inducirlo a tomar la cantidad de copas adecuadas; para decirle lo que le debía decir, en el tono correcto, y para tomar las actitudes y coqueterías justas; y tal y como lo imaginé, terminamos en un hotel haciendo el amor. A diferencia de con Alejandro, ahora me sentí segura y feliz; en ningún momento dudé de que era el hombre correcto para ser el padre de mi hijo. Para serlo otra vez; y ahora sí, para tenerlo. Todo fue como en los buenos tiempos. Me gustaría pensar que me extrañaba, pero lo conozco demasiado bien y comprendí que cuando terminamos lo mataba la culpa. Su teléfono sonó dos veces y no contestó. Me pidió perdón sin parar y yo le insistí en que aquél fue sólo un evento aislado y sin consecuencias. Lo de sin consecuencias, no estoy tan segura; pero al menos será sin consecuencias para él.

Se relajó de nuevo y yo propicié las circunstancias necesarias para que lo hiciéramos por segunda vez. Por lo que me dijo mientras me traía a casa, y por la forma en que se despidió, sé que será casi imposible que haya otra oportunidad. Cuando entré en mi cuarto, me ganó el sentimiento y no pude evitar que se me salieran las lágrimas. Por más que trate de negarlo, el verlo de nuevo me movió muchos recuerdos, y la verdad es que aún lo quiero y me encantaría que volviéramos a estar juntos como la gran pareja que fuimos; pero sé que eso ya no sucederá jamás.

Me inquieta pensar que esto sea una traición. Sé que lo usé y que jamás estaría de acuerdo con algo así. Me siento una gran farsante que engaña premeditadamente a quien la quiso bien; pero al final, el resultado será bueno, y eso lo limpiará todo. No quiero vivir una maternidad llena de culpa. Quiero vivirla como un don hermoso y pleno, y sentirme orgullosa; pero hay momentos como éste, en que la combinación de culpa y ansiedad es muy incómoda, justo aquí, en la boca del estómago. Trataré de dormir un rato mientras imagino que en mi vientre se gesta una nueva vida. Ojalá muy pronto pueda estar celebrando que seré madre; quizá así logre olvidar lo demás.

Laura. Bitácora de investigación: día 28

Finalmente recibí los pormenores de la cita. Antes de salir de la casa busqué en el buzón y le pregunté al conserje, pero no encontré nada. Salí a la calle y miré en todas direcciones, pero todo parecía normal. Me fui a la universidad y di mi clase. Estaba muy ansiosa, así que fui poco tolerante con las preguntas tontas de la niña del apellido alemán impronunciable y que siempre se pone esos suéteres chillantes con cuello de tortuga. Al salir, llevaba diez minutos de retraso y no me detuve a hablar con nadie. Me dirigí al coche, preocupada porque difícilmente podría llegar a la galería a las diez, como me había comprometido. Ya en medio del estacionamiento, un supuesto alumno me alcanzó. "¡Maestra!". Yo me detuve, pero por más que traté de reconocerlo, no fui capaz. De hecho, estaba segura de que no lo había visto nunca en mi vida. Ni su apariencia ni su forma de vestir tenían nada que ver con la universidad, y me quedé muda y paralizada del susto. "Tenga". Me dijo extendiéndome un sobre: "Ésta es la tarea del alumno Frank... nomás no lo vaya a reprobar". Se carcajeó de alto y me miró con malicia, con violencia, con desamparo, y luego de voltear para todos lados, se perdió entre los coches.

En cuanto desapareció, comenzaron a temblarme las manos y las piernas. Tomé el sobre y lo guardé en el bolsillo del abrigo. Caminé hacia mi coche sintiéndome más aterrorizada a cada paso. De haberlo querido, ese joven hubiera podido matarme en un instante sin que nadie se diera cuenta, y sin que hubiera podido hacer nada por evitarlo. En ese momento sentí un poco lo que sintió mi papá en sus últimos instantes. ¿Se habrá dado cuenta de que lo esperaban? ¿En qué momento supo que lo iban a matar? ¿O quizá nunca lo supo y simplemente lo acribillaron sin enterarse? Por primera vez desde que empezó este asunto me di cuenta de lo fácil que resulta matar a alguien y de lo difícil que es tomar precauciones.

Caminé lo más rápido que pude, y no me sentí a salvo hasta estar en mi privado de la galería. Ahí, saqué el sobre del bolsillo y revisé la tarea del alumno Frank. Adentro venía una hoja tamaño carta escrita en computadora. Ahí me confirma que la cita será mañana a las once y cuarto del día. Me ordena desarrollar mis actividades con normalidad y, a las once en punto, salir de la galería sin decir nada a nadie y caminar tres calles hasta encontrar el café La Nueva Cuba, tomar una mesa del fondo, poner el portafolio a la vista y esperar.

Me informa que me estarán vigilando y que, cualquier cambio que haga a las instrucciones recibidas, cancela la cita y nos pone en pie de guerra. El tono es en general amenazante y tampoco esperaba menos. No sé si podré dormir, pero sin duda me consuela saber que en unas cuantas horas todo habrá terminado.

Esteban

La noche del martes me fui a la cama sin saber los detalles finales de la ejecución que debía lleva a cabo al día siguiente. La ansiedad me hizo muy difícil conciliar el sueño. De hecho, creo que nunca lo logré del todo. Pasé la noche en una duermevela inquieta, donde confundía permanentemente la realidad de mi cuarto en penumbra, con un sueño en que trataba de mantenerme a flote en un pantano de aguas verdosas. En la orilla Reinaldo tocaba la guitarra recargado en un árbol desde donde me miraba con su sonrisa burlona de siempre. Yo le hacía señas y le gritaba, pero él se divertía ignorándome.

Había puesto el despertador para las cinco de la mañana, y aunque prácticamente no había dormido, la estridencia de la alarma me sacó de aquella angustia y me tranquilizó. Arrastré los pies hasta la puerta, pero aún no había nada. Luego de enjuagarme la cara, me dispuse a prepararlo todo.

Coloqué sobre la cama unos jeans y una camisa azul. Encima me pondría la gabardina negra de la vez anterior y un pasamontañas tal y como me lo indicaban en el último sobre. También tenía lista la gorra y los lentes oscuros para ponerme después y coloqué a un lado la mochila deportiva donde transportaba el cuerno de chivo, la pistola y los cargadores. Revisé una vez más la foto de Frank, y lo recordé cuando todavía era un hombre vivo y se emborrachaba con Pepe en la mejor mesa del Esperanto. Había pasado una hora; revisé la puerta de nuevo, pero todavía nada.

Para lidiar con la ansiedad comencé a hacer ejercicio. Abdominales y lagartijas de todos los tipos imaginables. En aquella época yo era un auténtico toro. Estaba sobre el piso a oscuras y en silencio total, y veía, entre flexión y flexión, cómo las primeras luces de la mañana aparecían atrás de los edificios vecinos. Deseaba que por fin fuera jueves. Para entonces, esa etapa de mi vida, de la que ni siquiera podía recordar bien a bien cómo y cuándo empezó, habría terminado por fin. Esa mañana me sentía especialmente confundido. Parecía que estuviera viviendo un repentino ataque de amnesia. No era capaz de entender cómo me había convertido en un asesino. El crimen del licenciado Villegas me parecía completamente inexplicable. Pensaba que ese Esteban no era en realidad yo, o al contrario, que ése siempre había sido el verdadero, agazapado todos esos años previos en una imagen timorata y pasiva. Recuerdo que me hacía gracia pensar que ni siquiera podría ir a terapia en busca de explicaciones; bonito me vería yo preguntándole al psicólogo: ¿Usted me podría ayudar a entender cómo fue que me convertí en un asesino de muertos?

Finalmente, en medio del silencio, escuché como se deslizaba bajo la puerta el sobre amarillo final. Eran las siete y diez cuando lo recogí y lo llevé a la mesa. Me serví una taza de café bien cargado y me dispuse a revisar el contenido. En general era un resumen de todo lo anterior. Yo debía estar a más tardar a las diez y media, cerca de un café en Polanco que se llamaba La Nueva Cuba. En el fondo del café estaría Frank acompañado de una mujer. Tenía que ejecutarlos a ambos, tomar un portafolio que debía estar encima de la mesa, y salir a entregarlo a una camioneta BMW X5 negra que estaría parada en doble fila, esperándome para recibir el paquete. Luego debía caminar tranquilamente varias calles, tomar un taxi y volver a casa. Contado así, podría sonar hasta sencillo, pero había muchos detalles que cuidar.

Lo que me desconcertaba era que en el sobre sólo venía lo que me correspondía hacer a mí; pero yo no tenía idea de cuántos y quienes más participaban en la operación. Me asaltaban infinidad de preguntas que no venían previstas. ¿Qué pasaría si Frank tenía más compañía, ya fuera adentro o afuera del café? Si era un hombre tan peligroso y tan buscado, era improbable que llegara solo. ¿Y si justo en ese momento pasaba una patrulla de la policía? ¿Y si el café estaba completamente lleno? ¿Y si la mujer que lo acompañaba llevaba con ella un niño? ¿Y si no estaba por ningún lado el famoso portafolio? Dejé de atormentarme y decidí que los que sabían eran ellos. Que yo sólo debía preocuparme por mis instrucciones y que lo demás, en cierta forma, no era problema mío. Yo me veía en la disyuntiva de obedecer ciegamente, de ejecutar al pie de la letra y sin errores y esperar que los demás, si los había, hicieran lo mismo. Debía llevar a cabo un verdadero acto de fe, el más elemental y puro de todos, porque en él estaba puesta mi vida. Al menos me tranquilizaba saber que el famoso portafolio era muy importante para ellos, así que eso podía garantizarme que les interesaba que saliera vivo de ese café; por lo demás, no tenía más remedio que confiar.

Lo que verdaderamente me intranquilizaba era que el café en cuestión estaba muy cerca de la galería de Laura. No sabía que ella acostumbrara visitarlo, pero los hechos ocurrirían alrededor de las once de la mañana y, a esa hora, ella ya estaba por ahí. Así que, tanto a la entrada como a la salida podía ser visto por ella o por alguna de sus asistentes, sin siquiera darme cuenta. Pero tampoco eso estaba en mi control, así que debía calmarme e ignorarlo, porque de lo contrario dejaría de pensar en Frank, que era el verdadero objetivo.

4 de octubre, afuera del café La Nueva Cuba

Esteban camina deprisa hacia la puerta del café. Trata de concentrarse en las manos, porque siente cómo los músculos se le engarrotan y lo desobedecen. Al menos así, abriendo y cerrando las manos, pasa por alto ese temblor de piernas que lo sacude más a cada paso.

El café se llama La Nueva Cuba, aunque nada en el interior remite a la isla caribeña. El salón es amplio y luminoso, el piso de mosaico blanco brilla de limpio como si fuera un hospital. Las mesas de madera rojiza se disponen de forma ordenada y simétrica, y se escucha un fondo de música electrónica a un volumen agradable, sin estridencias, con ese ritmo acompasado y repetitivo que recuerda los latidos del corazón y que complementa una atmósfera apacible y serena.

Como cada día, la mañana fue agitada en el interior del café. Pero para esta hora ya sólo quedan cuatro mesas ocupadas. La mesera, morena y gruesa, toma un respiro en la esquina de la barra, tratando de recuperarse del ajetreo que la tuvo en un constante ir y venir desde poco antes de las siete, hasta pasadas las nueve cuarenta, que cobró las ultimas tres cuentas de gente que tenía prisa por llegar a su oficina, y que la solicitaron de manera simultánea, como siempre sucede.

En la mesa contigua a la barra, está un hombre mayor que no levanta la vista del diario que tiene extendido frente a él, hasta que una serie de detonaciones lo sacarán de golpe de su lectura atenta, para quedarse petrificado en su silla contemplando el espectáculo de sangre y confusión, sin acertar siquiera a ponerse a salvo de alguna bala perdida y caprichosa que pudiera terminar anticipadamente con su existencia cómoda y reposada. Por suerte para él esto no sucedió. Junto a la esquina del ventanal, hay una pareja que charla como si nada más importara; sin imaginarse que apenas en unos instantes terminarán abrazados bajo la mesa sin la certeza de sobrevivir a este estrépito inesperado de balas. Él apenas verá de reojo una figura espigada y oscura que llegará hasta el fondo del salón y comenzará a disparar; y, preso de un acto reflejo, jalará a su novia contra el piso, y la cubrirá en un abrazo, que será a la vez un escudo protector y una muestra indiscutible de amor incondicional.

Por su parte, las tres mujeres que charlan despreocupadamente junto a la entrada se quedarán inmóviles y en silencio ante los estruendos ensordecedores que se sucederán uno tras otro y que parecen no terminar nunca. No entenderán lo que sucede hasta unos instantes después; en que a cada una le escurrirán lágrimas inevitables y comenzarán un desahogo silencioso y privado que las hará sentir solas como náufrago recién conducido por el oleaje violento, hasta la orilla de una isla desierta. Sólo la de en medio, la del mechón canoso en el centro de la cabeza, consentirá con la tentación de voltear ante esa figura que pasa a su lado vestida de negro; y que, tan pronto gana la calle, se libera del pasamontañas que le cubre el rostro, y que deja ver las facciones delicadas y tensas de un hombre joven y bien parecido que camina deprisa hacia la esquina. Luego hundirá el rostro entre las manos, y levantará una plegaria agradecida por haber sobrevivido a un ataque imprevisto y sangriento.

Por fin Esteban sale del café. El pasamontañas que le cubre la cabeza lo asfixia, y por fin se lo arranca, como hierba mala, y lo guarda mecánicamente en el bolsillo de la gabardina negra. Aprieta el paso hacia la esquina, pero no puede evitar darse cuenta del espectáculo grotesco que lo esperaba en plena calle. Al entrar, estaba tan concentrado en lo suyo, que ni siquiera lo notó; pero era lógico que Frank no asistiría solo a esa reunión. Por eso, al encontrarse de frente con dos automóviles balaceados, con al menos tres personas dentro y otros dos o tres más tirados sobre la acera, no se sorprendió en lo absoluto. Ya lo ves, tal y como lo imaginabas, eres una pieza más de un engranaje perfecto. La gente que te envía los sobres amarillos sabe lo que hace y no deja nada al azar; y, aun sin saberlo, todo un equipo estaba a tu alrededor cuidándote las espaldas. Ahí tienes tu respuesta sobre la importancia del portafolio negro que llevas en la mano. Tal y como lo imaginaste, ha sido tu seguro de vida.

Esteban acelera la zancada aún más; casi se podría decir que corre, aunque sabe que no debe hacerlo. Llega hasta la camioneta negra que lo aguarda en doble fila con el motor encendido, e introduce el portafolio por la ventanilla abierta. En cuanto el paquete está entregado, la camioneta arranca, y Esteban comienza a caminar en la dirección que le ordenaban las instrucciones recibidas en los sobres amarillos.

Ahora debes huir. Caminar sin prisas ni sobresaltos sobre esta misma calle, pero en sentido contrario al flujo vehicular. Así, sin prisas, quítate la gabardina negra y colócala dentro de la mochila que traes colgada a la espada. Ahora el cuerno de chivo; pero con calma, la calle está vacía y nadie te ve. Con esa camisa azul y esa gorra, la poca gente con que te cruces no se fijará en ti. Nadie podrá suponer que fuiste tú quien acaba de protagonizar un baño de sangre en el café La Nueva Cuba. Ahora caminas a paso firme. Ya tendrás tiempo para pensar, ya habrá ocasión para que entiendas qué rayos hacía Laura sentada a un lado de Francisco José Oliguerra Reséndiz. ¿Cómo era posible que fuera precisamente ella tu segundo blanco? ¿Cómo entender un mundo dónde suceden cosas como ésta? Ya habrá minutos, horas eternas para meditar las posibles consecuencias sobre lo que habías decidido sobre la marcha.

Esteban se detiene una calle adelante, y en un recoveco de la acera hace un alto para comprobar que no quede ningún cabo suelto. Ha guardado en la mochila el cuerno de chivo, la gabardina y el pasamontañas. Se observa a sí mismo y no parece tener salpicaduras de sangre, ni nada que delate lo que acaba de suceder. Suda frío, pero eso le parece normal. Se coloca los lentes oscuros y echa una ojeada alrededor para comprobar que nadie se ha fijado en él. Reinicia su marcha.

Pasas por alto el plan preestablecido y caminas sin rumbo. Has olvidado en qué calle estás ni cuántas cuadras has avanzado. Tratas de recuperar el control, pero no es fácil, porque no puedes quitarte de la cabeza la imagen de Laura aterrorizada, cubriéndose con el brazo, mientras un sujeto vestido de negro y oculto tras un pasamontañas les dispara sin piedad. Si cierras los ojos, aún puedes verla con claridad. La observas con los labios fruncidos, los ojos café mirando desaforados de la impresión, su cuerpo esbelto encogiéndose sobre sí mismo y que se enrosca sobre su esqueleto, confiada de construir con él un escudo infranqueable. Esteban choca de frente contra el hombro de otro peatón que lo mira molesto por su andar distraído, pero no le dice nada. Al menos ese contacto sirve para que regrese a la realidad.

De nuevo se da cuenta dónde está. Recuerda que debe alejarse lo antes posible, salir de la zona de peligro y volver a casa, para intentar comprender lo que en realidad sucedió. Retoma el plan original y aborda un taxi. Le indica al conductor que lo lleve a la colonia Roma. Tiene la boca seca, pastosa; y, una vez más, se pierde en sus propios pensamientos. Su obsesión consiste repensar una y otra vez las posibles razones para que Laura estuviera ahí, en ese preciso momento, acompañando al hombre que debía ejecutar. ¿De qué conocía a Frank? ¿Qué tiene que ver ella con todo este asunto? ¿Qué relación tiene Laura con la muerte de su propio padre? ¿Eran cómplices padre e hija en los negocios que el licenciado Villegas pudiera tener en contra de los que envían los sobres amarillos? Nada tiene sentido, nada tiene lógica. Quizá eso es lo que hace parecer este momento tan real y a la vez tan imaginario. ¿Qué papel desempeñas en esta tragedia? ¿Será posible que ahora hasta tu propia vida esté también en peligro? Es difícil saberlo. La misma gente de Frank podría pretender vengar su muerte. Quizá te capturen cuando menos lo esperes y comiencen una serie interminable de torturas para que confieses lo que ni siquiera sabes. ¿En qué te metiste a cambio de un poco de dinero? Tampoco eso te queda claro. "¿En qué calle lo dejo?". Esteban vuelve en sí. Ya está en la colonia Roma. Su casa está apenas a dos calles, pero le pide que lo deje bajar de una vez. Prefiere caminar un poco, quizá ir hasta el parque donde hace apenas unos días se deshizo de los rastros que aún conservaba del licenciado Villegas para que Laura no los descubriera.

Esteban está sentado en una banca del parque. Son las doce cuarenta y tres de la tarde, y mira alrededor distrayéndose con las madres que recogen a sus niños de la primaria que está en la esquina. Por lo demás, a esta hora hay poco movimiento. Si acaso, un par de hombres del servicio de limpia, que, con sus uniformes chillantes, barren sin convicción, levantando más polvo del que se llevan. Esteban pasa un buen rato sentado ahí sin moverse. Tiene la maleta a un lado y observa fijamente un punto perdido en la pared de ladrillo rojo que está en la acera de enfrente. La adrenalina que le dio fuerza a lo largo del día parece haberse agotado. Una vez más te viene la imagen de Laura, enroscada como gusano y salpicada de sangre, mientras tú apuntabas con el rifle sin reconocerla de inicio. Ahora recuerdas que tu padre será operado de nuevo en pocas horas, recuerdas también a Elisa exigiéndote tu parte para los gastos, te viene a la cabeza Reinaldo mientras te ofrecía matar a cambio de dinero. Lo regresa al mundo el paso de dos adolescentes con uniforme de secundaria que caminan frente a él contándose chistes y riendo alto. Traen los pantalones a cuadros llenos de tierra y parecen disfrutar su ida de pinta. Los miras con rencor y piensas qué pasaría si en este preciso momento sacaras la pistola que llevas en la cintura y se las vaciaras encima sin decirles ni "agua va". ¿Serías capaz de hacerlo? De matarlos así, sin ninguna razón, sin explicar nada. Quizá ésa sería una manera de vengarte. Pero ¿vengarte de quién? Sin duda te relajaría, sería una forma muy eficiente de quitarte de encima este estrés que te está matando y que te llena el cuello de contracturas musculares que apenas te dejan voltear a un lado y a otro. Eso quisieras ¿verdad? Enloquecer de golpe para ya no tener que pensar, para ya no sentir todo este torrente de emociones que no eres capaz de comprender. Es una pena que no te atrevas, porque sin duda hacer algo así, impredecible, salvaje, sin razón, te haría sentir vivo de nuevo. Te permitiría eso que tanto quieres en este momento: escapar de ti mismo y, de paso, convertirte de verdad en ese asesino desalmado que no se altera por nada, que no lo conmueve la muerte, que no tiene emociones y que no conoce un sufrimiento lo bastante fuerte como para que lo haga estremecer.

Pero no lo haces. No te atreves porque piensas que, aun contra tu voluntad, todavía conservas un vestigio de cordura. ¿Por qué habrías de matarlos? ¿Qué ganarías? Por matar a esos adolescentes anónimos no obtendrías ningún premio, ninguna gratificación, así que no vale la pena. ¿Te das cuenta de todas las estupideces e incoherencias que te vienen a la cabeza con tal de no pensar en lo que de verdad deberías estar pensando? Esteban mira el reloj. Es la una con veintisiete minutos y el sol le cae a plomo sobre la cabeza. Decide volver a casa y esperar los acontecimientos. Sabe que nada podrá quedarse como está; que hoy se ha roto un delgado hilo que mantenía su mundo en un precario equilibrio.

Se levanta con pesadez y se encamina hacia su departamento. No atiende al tráfico ni los claxonazos que suenan por el cambio de luz en el semáforo. Él sólo camina con la mochila al hombro y mirando al piso y se imagina cayendo al vacío, sin la certeza de que el paracaídas que lleva a la espalda llegue a abrirse a tiempo para salvarle la vida. Por fin faltan pocos pasos para llegar a su destino y siente el profundo alivio de volver a casa por fin.

5

Reinaldo

Cómo chingan con eso, de veras. Ya no quiero hablar más de ese viaje a Morelia. Fue una experiencia extraña y desconcertante, que hubiera sido mejor no haber vivido. Sí, la neta sí. Pasé casi una semana sin pegar ojo. Nomás llegaba a mi casa y apagaba la tele, y se me aparecía la cara de la pinche bruja, el chivo muerto y la sangre seca embarrada por todo el cuerpo. Me acordaba también de la cara de éxtasis que tenía Pepe y yo sentía que había alguien ahí conmigo. Estaba cagado de miedo y entonces tenía que volver a prender la tele, saltar de un canal a otro, y darme mis buenos tragos de whisky. Y cuando por fin lograba quedarme dormido, me venían unas pesadillas horribles y despertaba llorando como un puto niño caguengue. Hasta que una noche no pude más y terminé sentado en una esquinita del cuarto, llore y llore, con la pistola en la mano; como si alguien me viniera persiguiendo.

Tuve que ir al doctor, que me recetó unos chochos para dormir, y que yo me empujaba con mis buenos tragos. El pedo era que despertaba muy apendejado y no podía pensar en varias horas; así que al final la solución que se me ocurrió fue buscar una puta de confianza para que durmiera conmigo el primer mes. Luego me fui alivianando poco a poco, hasta que lo olvidé por completo.

Como sea, por culera y truculenta que haya estado esa experiencia, lo que vino después hizo que valiera la pena. Compré un depa pocamadre, una camioneta que he cambiado cada año por otra mejor, y comenzó a llegarme dinero a manos llenas, con sólo seguir las órdenes de Pepe. Claro que no siempre era fácil. Muchas veces los encargos estaban cabrones y había que jugarse el culo; pero güevos era lo que me sobraba y hacía las cosas sin pensarlas demasiado.

El Taj todavía nos duró un buen rato y, cuando valió verga, abrimos otros, hasta llegar al Esperanto, donde, como siempre, nos fue de pocamadre. Las cosas no dejaron de mejorar, hasta que llegó aquel puto día en que Pepe me citó en su casa para decirme que nos habían encargado chingarnos al pinche Frank.

Para mí, el güey ese no significaba nada. Era cierto que tenía fama de ser muy cabrón; pero nosotros tampoco éramos hermanas de la caridad. Para Pepe aquel fue un encargo muy culero porque era su mejor amigo. Era un cuate chaparro y flaco. Yo le puse el Marc Anthony porque se le parecía un chingo; aunque, por más putitas que traía, nunca le vi una vieja con unas nalgas ni remotamente parecidas a las de Jennifer López. Claro que ésa era una broma de la que nunca se enteró, ni él ni Pepe. Era parte del cotorreo entre nosotros; pero a ellos los respetábamos. Era del mismo nivel de Pepe, y además siempre andaban juntos. Era explosivo y, cuando había que serlo, podía convertirse en el más ojete del mundo. Yo siempre la llevé bien con él. Venía a nuestros lugares acompañando a Pepe, y por feo que estuviera, lo tenía que dejar pasar. Conmigo siempre se comportó como la gente.

Luego supe que Pepe y Frank tenían negocios en común y que cuando tuvimos aquel pedote con el Comandante, fue justamente él quien le salvó la vida. Primero lo puso sobre aviso de que iban por él para que se escondiera; luego intercedió ante los jefes, y finalmente ayudó a darle en la madre al Comandante, consiguiendo datos confidenciales de seguridad y prestándole armas y gente para completar el comando con el que terminé acribillándolo mientras dormía de cucharita con su putita de turno. Si ya antes de eso eran amigos, pues luego se volvieron inseparables. Al parecer compartían información, contactos, influencias dentro de la policía y de la política, negocios y hasta putas. Hicieron muchas operaciones juntos, y entre los dos tenían bajo control una buena parte de la ciudad, en todos los niveles de poder. Pero como siempre, las historias felices dejan de serlo algún día, y ésta se jodió cuando a Frank le dio por pelearse con uno de los patrones de hasta arriba.

Nunca se supo bien el porqué. Unos decían que por proteger a uno de sus hermanos. Otros, que por una vieja. Unos más, que porque le ganó la ambición. El caso es que por angas o por mangas, cayó de la gracia de los buenos, y de un día para otro, pasó de ser uno de los más confiables y cabrones a ser el más buscado para darle en la madre.

Para nosotros el pedo se dejó venir por partida doble. A Pepe le calaba muy hondo que su único amigo verdadero estuviera metido en semejantes pedos. Por otro lado, esa misma cercanía con Frank lo puso, de la noche a la mañana, en tela de juicio ante los patrones. Al parecer ellos temían que Pepe y Frank se unieran y formaran su propia organización; tenían el varo, la gente y el poder, al menos para intentarlo. También temían que Pepe aprovechara esos momentos de debilidad de su amigo para hacer como que lo desconocía y jugarle a los dos bandos; para luego pegar un golpe cabrón y darle en la madre a la organización actual. Así que, por lo que supe, lo llamaron a cuentas y se la pusieron facilita: "O te vas con él, o te vuelves su enemigo. O te lo chingas y demuestras que estás con quienes siempre te apoyaron, o prepárate para lo que viene". A mí no me consta, pero dicen que hasta lo dudó. Pepe no es ningún pendejo y al final entendió que irse con Frank significaba, más tarde o más temprano, la muerte segura.

Yo andaba en la fiesta a todo lo que daba y no me di demasiada cuenta de cómo empezó el pedo. Cumplía escrupulosamente con mis encargos y el resto del tiempo lo usaba para pasármela en grande en el Esperanto; cogiéndome una putita cada día y bebiendo y metiéndome todo el perico del universo, como si el mundo se fuera a acabar cada lunes. En medio de mi desmadre comprendía que había pedos grandes, pero no me cayó el veinte hasta que Pepe me llamó un martes en la noche para que fuera a su casa al día siguiente.

Me pasaron a la misma salita de siempre. La que está junto al jardín y justo lado de la puerta de su oficina. Al parecer estaba en una reunión y me pidieron que lo esperara. Yo estaba ahí, mirando a la nada, cuando de pronto se abrió la puerta de uno de los cuartos laterales y apareció Ivonne. Había temporadas en que casi no la veía y otras en que coincidíamos frecuentemente; unas veces en el Esperanto acompañando a Pepe, o en alguna reunión a la que el jefe me invitaba con carácter de agüevo para que conociera a cierta gente. La neta es que me gustaba verla. No sólo estaba realmente buena, sino que era la mujer más cachonda sobre la Tierra; además, desde el primer día sentí que me miraba de manera especial. Claro que yo sabía que era la vieja de Pepe y no iba a hacer una pendejada; pero me gustaba sentirla cerca. Era obvio que ella notaba mi calentura, porque no dejaba de alimentarla. Mientras todos hablaban entre sí, ella me echaba miradas perversas, o si se levantaba al baño, se las ingeniaba para pasar detrás de mí y rozarme la nuca; ya fuera durante el saludo o cuando se acercaba a hablarme, me embarraba el cuerpo, y yo sentía sus tetas contra mi pecho o contra el costado, y luego se inclinaba hacia delante y yo no podía sacar la vista de su escote, siempre a punto de desbordarse. Si la veía en el Esperanto, la cosa era todavía peor. La atmósfera, la falta de luz, el amontonamiento de gente y la música a todo volumen eran pretextos perfectos para toda clase de roces y caricias aparentemente involuntarias. Si me decía algo me hablaba al oído, rozándome con sus labios carnosos, y más de una vez sentí su lengua paseándose por mi oreja. Me emborrachaba su aliento cálido y me bailaba desde lejos, y a veces, cuando me ganaba la calentura, encontraba cualquier pretexto para pasar a su lado y dejarla que me embarrara las nalgas y luego me dedicara una sonrisa cachonda, de esas que hacen perder los estribos hasta a un pinche muerto.

Yo me hacía güey, para que no se me notara que deseaba, como nada en la vida, jalarla a mi privado y ponerle una de esas cogidas que nos acompañan para siempre. La neta, cada vez me costaba más trabajo disimular, resistirme a sus pinches coqueteos, con los que parecía divertirse como niña traviesa, de ésas que todos soñamos tener en nuestras camas. ¿O no, putos?

Ese día apareció con un vestido verde vaporoso, que apenas le cubría la ropa interior. Yo la saludé de mano, pero ella me la tomó con las dos y me acarició el dorso, mientras me miraba a los ojos, con una de esas sonrisas que derriten. Yo sabía que en cualquier momento podía abrirse la puerta del privado de Pepe, así que intentaba soltarme. "Hace tiempo que no te veía". Finalmente cedió a mis jalones sin dejar de rozarme con la yema de los dedos, desde el antebrazo hasta los nudillos. Me sentía como un pobre pendejo que no tenía control sobre sí mismo. Tenía todas las viejas que quería, pero ésa me ponía como tren sin poder evitarlo. Me ofreció una copa y la acepté. La muy cabrona no agarró los vasos que estaban encima de la barra, sino que se agachó a buscar los de abajo. Yo le veía las piernas sin celulitis, y el principio de las nalgas majestuosas y me imaginaba el hilito de la tanga, perdido en medio de esas dos moles descomunales. Y ella, que sabía perfectamente lo que hacía, volteó de pronto para sorprenderme, y me sonrió clavándome aquella mirada felina. "¿Todo bien? Te ves un poco pálido...". Yo no sé en qué chingados estaba pensando, pero se me salió un comentario que jamás debí haber hecho. "Estaba mejor hace un momento". Ella soltó una risita satisfecha. "Es la primera vez que te oigo decirme algo así... a lo mejor ya se te está quitando lo tímido". Me quedé sin aliento. Es cierto que fue sin querer, pero eso no quitaba que le estaba tirando el pedo a la vieja de Pepe. Aquello tenía que parar.

Ella me dio la copa y me acarició la mejilla. Luego se sentó frente a mí con la falda muy arriba y las piernas apenas cruzadas. Y luego, la muy cabrona, mirándome a la entrepierna dijo con su tono de cachondería más intensa. "Parece que tu amiguito ya despertó...". Era cierto, desde que la vi agacharse para buscar los vasos, se me había puesto dura como puta piedra; y ahí fui consciente de verdad de cuánto la deseaba. Para enfriarme, trataba de pensar que sólo lo hacía para entretenerse; para ver hasta dónde podía hacerme llegar; y al final detenerme con una carcajada. "Perdiste, por caliente y por pendejo". Pero en el fondo yo sabía que no era así, que ella de verdad quería jugar con fuego. Yo tenía que escapar de esa situación y traté de aparentar que tenía un cierto control. "Pues sí, se puso dura... pero no es para menos". Ella sonrió de nuevo y dio un sorbo a su copa, paseando luego la lengua lentamente por el labio superior. Yo quería salir de esa incomodidad y para eso pensé en preguntarle cualquier pendejada; y que de paso se acordara de quién era su güey. "¿Y Pepe?". "Orita sale... parece que está en una junta muy importante... ya lleva ahí como tres horas". Yo bebí de un tirón lo que me quedaba en el vaso. Miré el reloj; llevaba quince minutos ahí con Ivonne y no podía pensar en otra cosa que imaginármela de rodillas, chupándomela como la experta que sin duda era, y volteando de reojo hacia arriba para mirarme y sonreír. "Tienes prisa, o es que no te gusta estar conmigo". Yo ya no podía más. "No, no me gusta". Abrió mucho los ojos, sorprendida por mi respuesta. "No te confundas; la sinceridad no siempre es un mérito. ¿Y por qué no te gusta?". "Tú sabes por qué. Estoy seguro de que te lo imaginas". "No quiero imaginar nada... quiero que me lo digas". Yo resoplaba de desesperación y volteaba hacia todos lados para confirmar que nadie nos escuchara. "Porque, ya lo ves... me la pones dura". Ella sonrió de nuevo. "¿Y eso es malo?". "Sí, muy malo... porque ni tú ni yo podemos hacer nada al respecto". Me miró con coquetería y guardó silencio. Me alivió pensar que al fin había entendido que todo ese coqueteo era una pendejada que no podía conducir a ningún sitio. Pasó algún tiempo antes de que volviera a hablar. "¿Qué tiene?". "¿Qué tiene quién?". "Pepe... desde hace unos días está como loco, y desde ayer, que regresó de Morelia, no se le puede ni dirigir la palabra". "Si tú que vives con él no sabes, pues yo menos". "Claro que sabes... por algo estás aquí justo hoy". "Supongo que a eso vine, a enterarme. Además, da lo mismo; sabes perfectamente que aunque lo supiera no te lo podría decir". "Eso es cierto". Volvimos a permanecer en silencio hasta que por fin se abrió la puerta del privado.

Del interior salieron cinco personas, de las cuales, al menos tres me parecieron conocidas de verlas con Pepe en ocasiones anteriores. Al final salió el pinche Gordo, que me hizo la seña para que entrara. Me levanté del sillón, y al pasar junto ella, me envió un beso sensual sin importarle que el Gordo tuviera que hacer como que no se daba cuenta.

Dentro del estudio, el ambiente estaba viciado. Supuse que las ventanas permanecían cerradas para que nadie pudiera escuchar lo que se hablaba. Pero, para ese momento, con esa mezcla de humanidades y humo de distintos cigarros y puros, respirar ahí dentro era un auténtico triunfo. Pepe estaba en su sillón de siempre, serio y cabizbajo. No podía disimular ni la preocupación ni la tristeza. Pasó un buen rato sin levantar la vista de los zapatos, hasta que por fin, sin mucha fuerza ni mucha convicción, me dijo que hacía apenas unas horas le habían ordenado matar a su amigo Frank.

4 de octubre, en el edificio de Esteban

Esteban por fin llega a la puerta de su edificio. Por un instante lo desconoce. Tiene la impresión momentánea de que no es ahí; pero finalmente entra. No quiere esperar el elevador, y ataca el cubo de la escalera, donde comienza su ascenso lento, en medio de una penumbra desesperanzada y triste. Va paso a paso. Siente cada peldaño bajo sus pies como un triunfo. Trata de imaginar que cada escalón que remonta es un día de angustia que deja atrás. Apenas alcanza el primer nivel, y el esfuerzo que ha tenido que hacer lo sofoca y amenaza con desgarrarle todos los músculos.

Continúa su marcha, y cada vez está más cerca del tercer piso. Pero de pronto se detiene. Sale de su letargo y lo golpea en la cabeza una ola incomprensible de ansiedad. Se queda congelado y aguarda en absoluto silencio. Agudiza los sentidos, pero no escucha nada; sin embargo, está completamente seguro de sentir una presencia. ¿Ahora también eres médium, o simplemente enloqueciste convirtiéndote en paranoico? Reemprende su marcha pero con precaución. Llega al último descanso, antes del tercer piso, y hace otro alto total. ¿No será que de veras has perdido la razón? Confirma que escucha una respiración agitada que rebota en las paredes del pasillo y se multiplica al llegar al cubo de la escalera, convirtiéndose en un eco agobiante y perturbador. Un estremecimiento lo recorre de arriba abajo. ¿Quién será? Quizá sea Reinaldo que viene a pedirte cuentas. O, tal vez, sean algunos de los soldados de Frank que vienen a cobrar venganza. También es posible que sea algún enviado de los que te mandan los sobres amarillos para cobrarse el atrevimiento que cometiste al no haber seguido las órdenes de manera precisa.

Quizá sería bueno que te refrescara la memoria. Quizá algún día me lo agradezcas. ¿Al menos te acuerdas de estar parado en el sitio preciso? Sí, ahí, junto al puesto de periódicos donde debías esperar la señal con el paso de la camioneta BMW X5 negra. ¿Eso sí lo recuerdas? Ni siquiera te diste tiempo para titubear; en cuanto pasó frente a ti, iniciaste tu marcha hacia la puerta del café. Ibas tan concentrado en lo tuyo, que no te percataste de que, parte del equipo que te serviría de respaldo, se disponía a acribillar a balazos a los acompañantes de Frank. Justo en la entrada te pusiste el pasamontañas que llevabas listo y apretado en la mano derecha. Llevabas el cuerno de chivo colgado al hombro y oculto bajo la gabardina negra. En el instante mismo en que cruzaste el umbral, tus miedos se diluyeron y las piernas te dejaron de temblar. Qué diferente a la vez anterior, que hasta el momento de jalar el gatillo te morías de pánico y de angustia. Ahora te recorría, milímetro a milímetro, una fuerza inexplicable y avasalladora, que te convertía en un huracán de proporciones cataclísmicas y que azotaba la costa sin piedad, devastando todo lo que encontrara a su paso. ¿Ahora lo recuerdas mejor? Justo en ese momento volviste a ser tú, o a ser el otro, como quieras. Volviste a ser ese Esteban que quieres desconocer, pero que cada vez te representa mejor. En una ojeada rápida localizaste a Oliguerra, que en el fondo del salón charlaba con una mujer. Se le veía tenso, ansioso, pero sin duda era él; no tuviste la menor duda. Mientras avanzabas a paso firme, buscaste el famoso portafolio sobre la mesa. Tampoco había duda, ahí estaba. Aún alcanzaste a preguntarte cómo diablos hacían los que te mandaban los sobres amarillos para preverlo todo con tanta precisión.

Aprovechaste tus últimos pasos para acomodarte el rifle, y así, cuando Frank te vio, ya no había nada que pudiera hacer para salvar su vida. Apretaste el gatillo y una ráfaga apretada de balas se dispersó por su cuerpo delgado y fibroso. Cayó de espaldas con todo y silla, formando casi de inmediato un charco de sangre espesa bajo su espalda. Esto sí lo recuerdas, ¿o no? Acuérdate que al verlo derrumbarse, incluso te diste tiempo para imaginarlo como un muñeco de trapo, sin vida, sin voluntad. Quedó en una posición inverosímil y mirando al techo con los ojos inexpresivos y secos. Tomando en cuenta los riesgos y el grado de peligrosidad, había pasado lo peor; pero la ejecución aún no terminaba. Dejaste que Frank descansara en paz y giraste para liberar la segunda ráfaga que mataría a la acompañante inoportuna y desafortunada. Jalaste el gatillo y apenas tuviste tiempo para levantar el rifle; apenas pudiste lograr la reacción precisa para no acribillar a Laura. Las balas salieron en estampida estruendosa y rebotaron contra el techo, que liberó una especie de nieve blanca y fina que cayó sobre la mesa y sobre sus cabezas. Viste cómo Laura se encogía hacia su costado derecho, enroscándose sobre sí misma como un enorme gusano. Por un momento pensaste que la habías matado, pero no había más sangre que la de Oliguerra. Toda la ropa de Laura estaba salpicada de rojo, pero por más que observaste de arriba abajo su cuerpo encogido, no encontraste rastro de heridas, ni la escuchabas lamentarse. Increíble, pero cierto. Habías balaceado el techo y la pared del fondo, pero sobre ella, ni un solo rasguño. Respiraste aliviado, pero a ver si más tarde no lo lamentas.

Te habían ordenado eliminar a la acompañante de Frank, pero tú no podías matar a Laura. Por más que en ese momento fueras el otro Esteban, carecías del valor, de las entrañas para llenarla de balazos como si fuera una muerta común, como si nunca la hubieras visto en tu vida. Acuérdate. En ese momento retomaste la conciencia de lo que estabas haciendo y observaste para todos lados. Los pocos asistentes del café, o lloraban abrazados bajo la mesa o te miraban pasmados y sin expresión. Sabías que llevabas el pasamontañas y nadie podría reconocerte; ni siquiera ella, ni siquiera Laura, que continuaba enroscada sobre sí misma; como si aún no fuera capaz de dilucidar si estaba viva o muerta. Ahí lo pensaste. Sabías que no podías dejarla viva, pero tampoco tenías la fuerza para matarla. Tomaste el portafolio de la mesa y saliste del café tan aprisa como te fue posible. Desde ese momento lo único que te intriga es saber qué rayos hacía Laura ahí. Y lo más delicado de todo: ¿Te habían ordenado matarla sólo para no dejar cabos sueltos por estar en el lugar equivocado en el momento menos oportuno, o Laura también era una muerta, condenada igual que lo estuvo su padre, igual que hasta hace muy poco lo estuvo Frank? En cualquiera de los casos, habías desobedecido, y en estos asuntos la desobediencia no sale gratis. Por eso te aterra darte cuenta de que alguien te espera en el rellano de tu departamento.

De nuevo jura escuchar algo, y una vez más trata de identificar aquel sonido, aquella presencia que sin duda lo espera en el fondo del pasillo. ¿Será uno o serán varios? Si fuera Reinaldo, al menos tendrías la oportunidad de hablar, de intentar explicarle. Pero ¿y si no lo fuera?, ¿y si quien te espera es un desconocido que tiene la encomienda de eliminarte antes de que siquiera abras la boca? El cuerno de chivo está en la mochila deportiva, pero ya no tiene ni una bala; así que opta por sacar la pistola y quitarle el seguro. Si te aguarda un pistolero profesional no tendrás oportunidad alguna, a menos que le arrebates la mano, que lo tomes por sorpresa, pero ¿y si apareces en el pasillo tirando balazos y resulta no ser un asesino, sino alguien que te busca por otra razón? Esteban no puede con la angustia. Decide colocarse la pistola lista y al cinto y tratar de asomarse con toda la precaución del mundo.

En efecto, hay alguien. Escucha con toda claridad una respiración agitada, un sollozo, que más bien parece un intento fallido por controlar unas lágrimas que se desbordan inevitables. Si vinieran a matarte, ¿por qué habrían de ponerse a llorar? Decide asomarse con cuidado para prever cualquier movimiento y continúa su camino. Los focos están apagados por ser de día, y no alcanza a apreciar con nitidez, pero ahora confirma que hay alguien sentado en el piso y recargado en su puerta. Esa persona lo observa y se incorpora de un salto. Esteban va a echar mano de la pistola, pero contiene el movimiento, porque al fin la reconoce. Por fin la tenue luz que visita con reservas el pasillo del tercer piso le permite descubrir que es Laura, que bañada en lágrimas, corre hacia él para abrazarlo.

Esteban

Sobra explicar el impacto que recibí al encontrarla sentada a un lado de Frank y ser justamente ella la segunda persona a quien yo debía matar en ese café. Naturalmente, no pude, pero tampoco era ningún ingenuo y sabía que esa desobediencia me traería consecuencias. Para ese momento yo ya la quería de verdad. Al verla deshecha en llanto y colgada de mi cuello, quise que me tragara la tierra, que se acabara el mundo en ese preciso instante. Pero eso no ocurrió y yo tenía que pensar en las alternativas y tratar de encontrar una forma de que sobreviviéramos los dos. Trataba de tranquilizarme pensando que, salvo la muerte de Laura, todo se había cumplido cabalmente. Había matado a Frank, que a fin de cuentas era el objetivo primario e identificado, y había entregado el portafolio. Tenía la esperanza de que devolviendo el dinero por el segundo objetivo, ellos quedaran conformes, pero no sucedió así.

Al verla ahí, en el pasillo de mi edificio, sentí alegría, miedo, angustia, todo junto. Tuve ganas de sacudirla por los hombros hasta que me dijera qué carajos hacía ahí, en ese café, sentada con ese individuo; pero no lo hice, porque esa reacción me habría obligado a dar demasiadas explicaciones después. Ella sólo lloraba, repetía incansablemente mi nombre y me pedía que la perdonara, mientras me abrazaba con todas sus fuerzas. Yo no tenía idea de qué decirle; de hecho no sabía qué tan involucrada estaba en el asunto, ni qué papel jugaba en la vida de Frank.

De pronto balbuceaba palabras que yo no podía entender y me abrazaba como si quisiera arrancarme la cabeza. Buscó mi boca y me besó con un aliento acre y amargo de tanto llorar, de tanto miedo, de tanta angustia. Supongo que el mío tampoco era mejor. Yo intentaba decidir lo más pronto posible qué actitud me convenía mostrar.

Podía pretender que no entendía lo que le estaba pasando, y con ternura ayudarla a calmarse y ver cuál era su versión de los hechos que la llevaron a mi departamento, un miércoles en la mañana salpicada de sangre de arriba abajo. O también podía aprovechar su descontrol para arrinconarla y hacer que me dijera todo lo que yo necesitaba saber. Sin duda que esta última opción era más rápida y podía obtener información más veraz; pero aquella actitud también podía llevarme a ser exageradamente incisivo y violento, al grado de hacerla desconfiar de nuevo. Además, yo no podía olvidar que llevaba una pistola al cinto, que si Laura no la había detectado, sólo se debía a que la tenía abrazada de tal manera que únicamente podía tomarme por encima del cuello. Y, por si fuera poco, en la mochila que me colgaba de la espalda, llevaba el cuerno de chivo, la gabardina y el pasamontañas, que habría reconocido de inmediato.

Con todo el cuidado del mundo, me quité la maleta deportiva del hombro y la puse suavemente sobre el piso, para evitar el sonido metálico, natural de la fricción entre rifle y cargadores. Luego tomé a Laura de ambas manos, para tenerla controlada, y la miré a los ojos. "¿Qué tienes? ¿Qué te pasó?". "Perdóname Esteban... perdóname". "¿De qué, Laura, de qué tengo que perdonarte?". Pero no pudo contestar y volvió a deshacerse en llanto. Para ese momento, tanta lágrima ya casi le había limpiado la cara, aunque todavía le quedaban algunas gotas rojas en la frente. El lado derecho del cuello y gran parte de la cabellera continuaban llenos de sangre seca; y, desde luego, ni qué decir de la ropa.

Yo intentaba guardar la calma y meterme en mi papel lógico. Era miércoles a mediodía, regresaba del *gym* y de pronto me encuentro a Laura fuera de mi departamento bañada en sangre. Todo lo que hiciera o dijera, tenía que ser desde esa perspectiva; cualquier otro enfoque me pondría en aprietos más tarde, cuado ella estuviera serena y recordara la situación. De nuevo traté de que se calmara.

La miré a los ojos y comencé con preguntas que serían obvias para cualquiera. "¿Por qué estás llena de sangre?". Ella puso expresión de sorpresa y volteó a verse la blusa, en la que, a pesar de la falta de luz, resaltaban muchísimas gotas rojas de diversos tamaños. Se quedó perpleja, como si se preguntara cómo pudo andar así por la calle y tomar un taxi sin que la llevaran con la policía. Luego me miró a los ojos. "Es que lo mataron... lo mataron frente a mí". "¿A quién, Laura, a quién?". "A Frank". Por fin había un hilo para jalar. "¿Quién es Frank?". Laura empezó a llorar de nuevo y caí un poco en la desesperación y elevé el tono y la presión de las preguntas. "¿Quién es ese tal Frank?". Necesitaba que me dijera cuál era su relación con ese hombre. "¿Quién es Frank, Laura? ¡Dímelo! ¡Dime qué tenía que ver contigo! ¡Dímelo Laura!". Pero fue inútil, porque no pudo, o no quiso hablar más.

Había llegado el momento de dejar que se calmara, y aprovechar mientras tanto para deshacerme de la mochila y la pistola. Abrí la puerta del departamento y la llevé hasta el baño para que se lavara la cara y se quitara la sangre. Yo fui a mi habitación y regresé con una camisa limpia. Mientras ella se refrescaba, bajé corriendo a meter en la cajuela del coche la mochila deportiva, junto con la pistola que me quité del cinto. Cuando volví al departamento, Laura ya estaba sentada en la sala, con la mirada clavada en el piso. Ya estaba más tranquila. Su momento de mayor debilidad había pasado, así que ahora debía ser paciente y esperar su versión de los hechos.

4 de octubre, en el departamento de Esteban

Esteban regresa al departamento, luego de correr al coche a ocultar la mochila deportiva con sus implementos de matar muertos. Respira hondo muchas veces, para tratar de recuperar el ritmo cardiaco que se aceleró durante la carrera de tres pisos de bajada y tres de subida. Observa a Laura, que viste una camisa suya que le queda enorme; pero que al menos ya no está llena de sangre. Está sentada en el sillón de la sala, y él se acerca para acomodarse a su lado. "Cuéntame lo que pasó, Laura". Pero ella guarda silencio y mira fijamente un punto perdido en la pared. "Por favor, dime algo...". Pero ella lo ignora. "Sabes que te amo, sólo quiero saber que estás bien". Por fin Laura desvía un momento la vista para mirarlo a él. "Yo también te amo...". Y de nuevo clava la mirada en la pared. Así permanecen por varios minutos, hasta que Esteban decide intentarlo de nuevo, tomando ciertos riesgos. "Laura, necesito que me digas lo que pasó... llegaste llena de sangre y llorando descontrolada; si no me dices algo, voy a tener que llamar a la policía". Ella por fin reacciona, aunque tímidamente. "No, a la policía no... Es que... me asaltaron... asaltaron el café donde estaba y mataron al señor que estaba en la mesa de al lado...".

Te desilusiona escucharla. Creías haberte ganado su confianza; apenas hace unos minutos parecía dispuesta a decirlo todo, y ahora te sale con esto. Debiste presionarla cuando aún era tiempo, cuando te pedía perdón, cuando no tenía control sobre sus pensamientos y sus actos; quizá entonces hubieras podido averiguar qué rayos hacía ahí, sentada al lado de Francisco José Oliguerra Reséndiz.

Esteban hace un intento más. "Afuera hablaste de un tal Frank, ¿Quién es ese Frank?". Laura se muestra fastidiada, pero parece comprender que debe decir algo antes de sacarlo de sus casillas. "Era... era mi cliente. Me había comprado un cuadro, y me lo encontré ahí, en el café dónde lo mataron". "¿Y tú estabas con él?". "Sí". "¿Y qué hacías ahí, qué hacías en su mesa, por qué estabas con él?". Quizá ahora Laura piensa que es un problema de celos. "No, no estaba en su mesa... estaba en la de al lado... yo estaba sola". ¿De veras tiene algún sentido que continúes con este interrogatorio de ocurrencias? "Y luego fue el asalto... y luego del asalto, ¿qué pasó?". Laura baja de nuevo la cabeza. "Pues que estaba muerto...". "¿Y no llegó la policía?". "¿La policía?". "Claro... asalto, balazos, muertos... sería lo lógico ¿no? Alguien los habrá llamado". Laura parece buscar desesperadamente respuestas que no le llegan. "Pues no sé, supongo que sí, pero yo me fui...". "Simplemente te fuiste...". "Sí... simplemente me fui... tenía miedo... me vine para acá". Esteban comienza a perder la compostura. "Estabas a unas cuadras de la galería y a otras tantas de tu casa y decides tomar un taxi y venirte para acá...". "¿Quieres que me vaya?". "No; quiero que me digas la verdad". Laura comienza a llorar de nuevo y Esteban decide parar con ese interrogatorio que no conduce a ningún lado. La abraza y la siente temblar y estremecerse. Continúa muy asustada y así no podrá obtener ninguna información que le sirva. ¿Sabes qué es lo más curioso? Que en medio de toda esta locura, en el fondo te sientes feliz porque hace apenas unos instantes te dijo por primera vez que te amaba.

Esteban sabe que el tiempo está corriendo. Sabe que el trabajo que le encargaron está inconcluso, y que las cosas difícilmente quedarán así. Sabe que para esas horas el café La Nueva Cuba debe estar lleno de policías y será cuestión de tiempo, si no es que lo saben ya, que era Laura la que estaba sentada junto al asesinado. Necesita tener algo de dónde agarrase para platicar con ella, hacerle ver que las cosas no son tan simples como las imagina; que necesitan tomar medidas; prepararse para lo que sin duda se les viene encima. "Laura, necesito que me cuentes... por favor". "Ahora no... te juro que te cuento después". "Pero Laura...". "Necesito una aspirina... me explota la cabeza". "No tengo". "Por favor...". Esteban se desespera, pero quizá tomar un poco de aire de camino a la farmacia le venga bien. "¿Pero me vas a contar?". "Te juro que en cuanto se me quite este dolor platicamos". Esteban la abraza de nuevo y la besa. Se incorpora y se encamina a la puerta. Sale rumbo a la farmacia esperanzado en que quizá más tarde consiga que Laura le confiese la verdad.

Reinaldo

Nunca había visto a Pepe tan jodido. Ni siquiera durante aquellos días de incertidumbre que pasó escondido en la casa de la tía Rufina lo sentí tan desconcertado y tan abatido como esa tarde. Todo el tiempo que estuve con él permaneció hundido en el sillón mirando al piso. Sólo levantaba la vista ocasionalmente para hablarme; y aún esto lo hacía sin demasiada convicción. Yo me saqué mucho de pedo porque no sabía ni lo que estaba pasando, ni la gravedad, ni mucho menos cuánto pudiera afectarme. Y para acabarla de chingar, por culpa de que no tenía fuerza ni humor, no me dio más explicaciones que las esenciales. "El pendejo de Frank se peleó con Vladimir y encima lo quiso chingar". No había que ser un científico de la NASA para saber que aquélla no era una buena noticia ni para Pepe ni para ninguno de nosotros. "Ahora me dejó colgado de la brocha... todos saben que es como mi hermano, y si no le doy en la madre, van a pensar que estoy con él".

Ahí volvió a bajar la vista, y estuvo así por un rato. Yo sólo intercambiaba miradas con el Gordo, que tampoco podía esconder la cara de preocupación. La situación no sólo involucraba la tristeza de que su carnal del alma hubiera caído de la gracia de los patrones. El problema arrastraba a todos los que estaban en su nivel y a todos los que estábamos por debajo suyo. Si Pepe no hacía algo, y pronto, no tardaría mucho en que varios de sus colaboradores y dependientes intentaran saltarlo para demostrarle a Vladimir su lealtad. Pepe necesitaba urgentemente deslindarse de Frank para que no nos cargara la chingada.

Yo no encontré palabras para explicarle lo que pensaba; claro que tampoco hacía falta, porque con la cara que tenía, se veía de sobra que estaba totalmente consciente de lo que estaba pasando y de lo que teníamos que hacer. Yo sólo atiné a decirle: "Pues tú dirás lo que hacemos...". Me miró un instante y bajó la vista de nuevo. Le dio vueltas en silencio por un rato y por fin me respondió. "Tuve que dar mi palabra de que me encargaría de ellos. El pedo es que tenemos que matarlos con gente de fuera, con güeyes que no sepan ni qué pedo, porque no quiero sabotajes; no quiero cabrones que me pongan en entredicho para luego pasarme por encima, para luego darme la vuelta...". Aquel plural me desconcertó. "¿Matarlos? ¿Pues cuántos son?". Pepe me habló sin levantar la vista del piso. "En principio, dos... Frank, y un pinche abogadete de mierda, que está armando todo el circo para vendernos a los gringos". "¿A los gringos?". "Sí. En diciembre cambia el presidente, el jefe de Gobierno y un chingo de autoridades; así que no se sabe bien qué va a pasar; y el pendejo de Frank quiere estar seguro de salvar el culo, sin importarle a quién se lleva entre las patas". Yo tan pa'arriba no entendía ni madres; pero sí era verdad que en la organización se sentía incertidumbre sobre cómo se acomodarían las cosas con el cambio de gobierno. Yo sólo estuve de acuerdo con su preocupación. "Pues eso está de la chingada, ¿no?". "Por eso hay que moverse rápido".

Pepe me explicó que lo más importante era matar a Frank antes de que lo protegieran los gringos; el pedo es que eso tomaría más tiempo, porque estaba escondido y nadie sabía dónde. "Hasta su pinche familia desapareció. Por lo pronto hay que chingarse al abogado, porque él es su enlace con la Embajada. Eso nos dará un poco de tiempo. Necesito que uses a tus Chacales". La neta me entró un sobresalto, porque este pedo me parecía demasiado grande para mandar a gente tan inexperta. "Pero está muy delicado y la pueden cagar". "Es muy riesgoso que usemos a los otros. Yo no sé cuántos de ellos le van a dar el pitazo a Frank, ni tampoco cuántos van a querer quedar bien con Vladimir a costa mía. Además Frank no es ningún pendejo y a los que no controla debe tenerlos vigilados. Ni pedo, ya que los tenemos, que sirvan para algo; hay que arriesgarse. Además ya puse a trabajar a la gente de investigación y el pinche abogado está fácil... les van a dar todo digerido; con un poco de güevos la arman". Pepe tenía a su cargo al equipo que hacía las investigaciones y armaba los planes de ejecución. Al parecer eran gente de toda su confianza que tomaban fotos, organizaban los horarios, preparaban las armas, en fin, todo lo que se necesitara para que un asesino novato la pudiera librar; yo, para esas alturas, sólo me encargaba del reclutamiento. La cosa era ejecutar lo antes posible al abogado para ganar algunos días, calmar a los patrones y ubicar a Frank.

Me pidió que entregara el nombre del Chacal más adecuado lo antes que se pudiera, porque ellos necesitaban tiempo para ponerlo al tiro. Tenían que prepararle los datos, dejarlo que lo asimilara, vigilarlo, hacerlo que conociera el lugar, en fin, dejarlo listo para que todo saliera bien y sin errores. Yo tenía cuatro opciones, pero escogí a Esteban porque lo conocía mejor y podría tenerlo cerca. En cierta forma yo también me la estaba jugando; y ya que me empapé del asunto, confirmé que en efecto, la ejecución del abogado era relativamente fácil.

Pepe me hizo la seña de que me fuera a la chingada. Salí del privado sintiendo los pasos del Gordo a cierta distancia. Al pasar por el vestíbulo, escuché la voz de Ivonne que me hablaba. "¿No te vas a despedir?". Yo venía bastante perturbado por la reunión con Pepe, pero verla me hizo regresar al mundo. Le extendí la mano y ella la usó de palanca para acercarse y darme un supuesto beso en el cachete, pero que en realidad depositó con suavidad en la comisura de mis labios. Me guiñó el ojo y yo sentí que me había dejado algo en la palma de la mano. El Gordo disimulaba junto a la puerta; yo no dije nada más y salí de la casa. Al llegar a la camioneta comprobé que llevaba en la mano un pinche papelito rosa, que al extenderlo decía: "Llámame el lunes a mediodía. Me urge que nos veamos. Ivonne". Y traía escrito un teléfono celular. Arranqué rumbo a mi casa tratando de decidir cuál de mis Chacales era la mejor opción; pero la sonrisa de Ivonne no me dejaba pensar, y, en vez de enfocarme en lo importante, terminé dándole mil vueltas a si debía o no llamarla el lunes. Por más que sabía que era la mujer de mi jefe, la pinche calentura no me daba buenos consejos.

4 de octubre, en el departamento de Esteban

Esteban sale de la farmacia. Lleva en la mano una bolsa pequeña con una caja de aspirinas para Laura y una botella de antiácido para él. Mientras remonta los pisos bajos, dentro del viejo elevador, Esteban da sorbos abundantes de ese líquido rosa y espeso, que apenas le mitiga el ardor del vientre.

Piensa que debe volver a empezar. Primero, el plan es darle ternura. Que tome la aspirina y se reponga de la jaqueca; luego, volver al principio con el interrogatorio y ver hasta dónde puede llevar las cosas. Por fin mete la llave y abre la puerta. La incipiente serenidad que acaba de conseguir se desvanece por completo cuando ve a Reinaldo —sentado en la sala— que lo mira fijamente con su mueca burlona de siempre.

Laura escucha el chirrido de la puerta y voltea fingiendo una sonrisa. "Tienes visita". Esteban alterna la mirada sobre uno y otro, sin decir nada. "Supongo que uno usó la escalera y otro el elevador, porque llegó en cuanto saliste". Laura trata de ser cordial, de aparentar una sociabilidad que no le nace pero que le ayuda a disimular su estado interno de devastación total. Te preguntas de qué habrán platicado todos estos minutos. Tanto esfuerzo para ocultársela a Reinaldo, para que la conozca así, y precisamente hoy. Claro que no eres tan ingenuo como para pensar que esta vista es casual, o de mera cortesía. Reinaldo está aquí para algo, y justamente es ella la razón por la que vino a verte, a hablar contigo. Te asusta observarlo con su gesto seguro y darte cuenta de que ha tomado el control de la escena.

Esteban avanza hacia el salón con pasos titubeantes. Tiene el rostro desencajado y las piernas se le sacuden con un temblor ligero, que insiste en disimular; mientras, extiende la mano hacia Laura para entregarle la bolsa con el analgésico que solicitó. "Felicidades. No sabía que tenías novia, y mucho menos que fuera tan linda". El tono no te deja duda de que es un reproche. Ahora estás seguro de que Reinaldo sabe quién es Laura. Ella, que no comprende de tonos y mensajes entre líneas, lo interrumpe con candidez. "Bueno... es que aún no lo somos". Reinaldo la escucha divertido. "Ah, ¿aún no? Pues deberían serlo ya; en esta vida hay que aprovechar mientras aún haya tiempo. Claro que tienes que ser paciente, porque Esteban es muy tímido... muy reservado y hasta a sus mejores amigos les guarda secretitos". Laura sonríe y se le hacen sus características hoyuelos en las mejillas. "Sí... ya me di cuenta". Esteban ya no resiste más. "Qué quieres Reinaldo... estamos en medio de una plática importante y quería terminarla". "Claro, me imagino que tendrán mucho de qué hablar... mucho que confesarse... por cierto Esteban, ahora que platicaba aquí con la niña, me emocionó confirmar que en el amor las casualidades sí existen". Laura lo interrumpe para justificarse. "Es que quiso saber cómo nos conocimos". Esteban respira hondo para manejar la acidez estomacal que se le disparó de nuevo. "No sé qué haces aquí... ¿qué necesitas?". Reinaldo se pone de pie "Naturalmente, hablar contigo". "Ahora no se puede, si quieres más tarde te paso a ver". "Es que ya sabes cómo son estas cosas... más tarde, puede ser tarde... es cosa de un minutito. No serás tan naco como para echarme de tu casa". Reinaldo se dirige a Laura. "Preferiría que no te enteraras, pero tu novio es un desobligado y vengo a llamarle la atención porque todo lo deja a medias... ten cuidado que no te haga lo mismo a ti". Reinaldo modifica el tono, haciéndole una clara alusión sexual, que Laura interpreta sonrojándose ligeramente. "Te juro que te veo más tarde... voy a tu casa y...". "¡No!". Reinaldo lo interrumpe en forma tajante y lo mira con rabia y con fastidio. Esteban lo conoce bien y sabe que el estira y afloja terminó. "Tiene que ser ahora". Reinaldo se dirige a Laura y suaviza de nuevo el tono. "Tu novia se ve muy linda y muy comprensiva; así que entenderá que a veces los asuntos de trabajo no pueden esperar. ¿Verdad, preciosa?". Laura asiente, percibiendo la tensión. "Sí, claro... yo no tengo problema.

Los puedo esperar en la habitación, o en el cafecito de abajo...".
Reinaldo le pide con las manos que se vuelva a sentar. "No, no...
de ninguna manera, los que nos vamos al cuarto somos nosotros.
Te prometo que en cinco minutos te devuelvo aquí al señor Milagro". Laura sonríe y Esteban frunce el ceño, sin comprender. "No
nos mires así, aquí el bombón y yo nos entendemos. ¿Es o no es
el señor Milagro?". Laura le responde a Reinaldo con una sonrisa
cordial. "Sí, sí lo es". Reinaldo observa a Esteban. "Ya ves cómo
nos entendemos... ¿dónde podemos hablar?". "Ahí, en el cuarto".
Esteban señala la entrada del dormitorio. Ambos se dirigen hacia
ahí, y al entrar cierran la puerta, dejando a Laura sola en el salón.

Reinaldo

Claro que me acuerdo de ese pinche día. Había estado cogiendo
riquísimo con una putita venezolana que me presentó Valentín.
Aún la recuerdo; tenía unas chichis grandes y duras como melo-
nes. Y sí, estaban ricas, pero eran tan grandes que la piel de alrededor estaba llena de estrías. Nunca entendí por qué me calentaban
tanto las tetas operadas. Supongo que porque son más bonitas que
las naturales; más redondas, más firmes, más perfectas. Me gustaba que, aunque casi siempre se veían desproporcionadas con la
vieja que las traía, pasara lo que pasara siempre se mantenían en
su lugar. Aunque, pensándolo bien, yo creo que lo que de veras
me excitaba era imaginar que se las habían operado para mí. Si
no, ¿para qué otra cosa andarían por la vida cargando tantos kilos
de plástico inútil? Por más pendejadas que se inventen las pinches viejas para justificarse, la verdad es que la única razón para
ponerse chichis y nalgas es para que se las veamos y se las agarre-
mos nosotros; para que nos gusten, para que se nos antojen, para
que no las cambiemos por unas mejores, para que se nos pare la
verga. Las mujeres van al doctor a que les arreglen el cuerpo para
excitarnos y así, podernos sacar lo que quieran; porque no son ni
serán nunca como nosotros y es la única manera que tienen de podernos dominar. Unas buenas tetas son un invaluable instrumento
de poder. Claro que unas veces les sale y otras no. Reconozco que
hay hombres pendejos, que ante un buen par de tetas se les acaba

el mundo; allá ellos. Pero para mí, un par de chichis operadas no son más que eso, y la pinche vieja que se las puso, se le agradece, desde luego; pero no por eso deja de ser una cabeza hueca que no sabe vivir de otra cosa. En mi caso, luego de dos o tres palos, me daban una güeva monumental y, si hubiera sido mago, las habría desaparecido tronando los dedos, en vez de mandarlas a la chingada en un taxi; para luego buscarme unas chichis más duras y más grandes.

Pero estábamos en aquel día... Pues la noche anterior me divertí como loco, y para cuando me fui a la cama, ya empezaba a amanecer. Por fin me quedé dormido, y estaba soñando con no sé qué mamada de cuando era niño; pero un puto timbre estaba chingue y chingue y no me dejaba tirarle el penal a Jonatan, que era un camarada de la secu y que tenía una hermana bien buena, con la que cogí por primera vez. Ahí estaba yo entre finta y finta, para tirarle a la derecha y meterle el gol; pero el pinche ruido jode y jode, hasta que la putita chichona me despertó, porque el teléfono llevaba un rato sonando, no fuera a ser importante, todavía me dice la pendeja; ¡pues claro que era importante!, porque el celular que estaba sonando era el que sólo tenía Pepe. "Bueno". La neta, contesté todavía muy encamorrado. "¡Despierta, pendejo!... Tu Chacal ya nos metió en un pedote". No entendía lo que me estaba diciendo, pero la panza me dio un vuelco al sentirlo tan angustiado. "¿Pero qué pasa?". "Que tu chavo la cagó y dejó el trabajo a medias". "¿Qué chavo? ¿Qué trabajo?". Estaba totalmente crudo y apendejado. Pepe me gritaba tratando de explicarme; pero yo no entendía ni madres, hasta que le pedí que me aguantara un momento y me di un buen jalón de perico que me regresó al mundo de los vivos.

Por fin supe de qué se trataba la llamada y entendí cómo estaban las cosas. Lo que no alcanzaba a comprender era por qué, si la tuvo enfrente, no le disparó. Había matado a Frank, había entregado el portafolio, había entrado y salido del café sin contratiempos; ¿por qué chingados no hizo exactamente lo que se le ordenó? Sólo tenía que mover un poco el cuerno de chivo y listo. El caso es que no lo hizo; viendo los demás logros, aquello no me parecía que fuera para tanto. Total, la pinche vieja esa, ¿qué más daba? Pero Pepe estaba furioso. "No tenemos ni puta idea de qué tanto sabe, ni qué tan involucrada estaba con los asuntos de su papá, ni con los putos gringos. No sabemos qué tanto le dijo Frank, no sabemos si tiene más papeles, y, ultimadamente, como si es autista; nos lo ordenaron y no lo hicimos y Vladimir está que se lo lleva la chingada y ya me mandaron llamar. Necesito darles una solución".

Quedé de ir de inmediato a hablar con el pendejo de Esteban para ver qué había pasado; así que despaché a la chichona a medio vestir y salí rumbo a su casa. Por cualquier pedo, me llevé a tres chalanes y llegué a su edificio. Quería caerle de sorpresa, así que pensaba esperar a que alguien saliera para no tocar el timbre; pero para mi buena suerte, el velador estaba trapeando el zaguán y no tuve pedos para entrar. Subí por la escalera brincando los peldaños de dos en dos para activarme, para ponerme a tono con los pedos que se me venían encima. Toqué y me abrió una chavita muy linda que tenía la cara roja de llorar y traía puesta una camisa de hombre que le quedaba inmensa. Me explicó que Esteban había salido un momento a la farmacia y que le sorprendía que no nos hubiéramos topado. El muy güevón habrá bajado por el elevador. Puse mi cara de gente decente y le hablé con toda la corrección que sabía usar cuando se requería.

Le expliqué que, además de ser su amigo, era su jefe en el bar y que me urgía hablar con él por unos pendientes de trabajo; pero que no le quitaría mucho tiempo. Me dejó pasar y nos sentamos en la sala. La neta, me sorprendió. La miré bien por todos lados y definitivamente no era una chichona despampanante, sino una niña fresa y muy finita, muy linda, pues. Así que puta no parecía; de hecho parecía una chavita de varo, de clase alta, pero tampoco la recordaba del Esperanto ¿De dónde chingados, si no es del bar, Esteban va a conseguir una vieja como ésa? Me sorprendió todavía más que la tuviera y nunca nos la hubiera presumido, nunca la había llevado al antro y jamás la había mencionado; así que aquello olía mal y yo puse todo mi encanto para tratar de averiguar lo más posible sobre ella. Desde luego que no tardé demasiado en darme cuenta de que era la hija de Villegas. Me quedé helado; esa era la pendeja que tendría que estar muerta en el piso del café y no sentada en la sala de la casa de mi Chacal. Me dieron ganas de agarrar a Esteban y meterle la cabeza al escusado y jalarle y jalarle hasta que se ahogara por imbécil. Ésa fue una de las muchas veces en que no podía entender cómo era posible que la gente fuera tan pendeja. ¿En qué chingados estaba pensando cuando empezó a salir con la hija del cabrón que acababa de matar? Porque ni modo que no lo supiera; entonces sería más pendejo aún. Y claro, mujer al fin, ella era todavía más estúpida. O de qué otra manera podía entenderse que de verdad pensara que toda esa mamada de comprarle un cuadro era casualidad. Entiendo que la pendejez es parte de la condición humana, y que nadie escapa de serlo de vez en cuando, pero hay límites; la cosa es no abusar. Le pregunté si era su novia, y luego de ponerse roja como semáforo, me dijo con ternura que "Aún no". Luego fue cuando me platicó cómo se habían conocido y estuve a nada de que me ganara la risa, cuando me sale con que Esteban entró en su galería a "comprar un cuadro muy padre que le encantó". ¡Háganme el puto favor! ¡Esteban comprando un pinche cuadro de dos mil quinientos dólares, cuando no tenía ni pa'pagar las curaciones del papá! Con razón tenía que andar matando cabrones. Sólo porque tenía asuntos importantes que resolver relacionados con ella, no le hice ver lo pendeja que era. Yo volteaba para todos lados y me preguntaba dónde chingados se imaginaba que iba a colgar un pedazo de tela de ese precio. Pero ella estaba fascinada explayándose con el asunto de las casualidades y del destino y todas esas mamadas que le parecían señales de no sé quién. Ahí sí ya no me aguanté, y con toda la mala leche de la que fui capaz, le dije que a veces tanto azar resulta justamente no serlo; pero la grandísima pendeja todavía me responde que sí, que tenía razón, que su encuentro con Esteban no había sido producto del azar, sino un verdadero milagro. Sí, les juro que eso dijo: ¡un milagro!, ¡un puto milagro! Les juro que me daban ganas de cachetearla. Tantas pendejadas eran excesivas hasta para una mujer. ¡Cuál pinche milagro ni qué nada! El ojete había aceptado matar al papá por dinero, pero al verla le gustó y se la quiso coger y se las ingenió para conseguirlo. Si eso es un milagro, ahora entiendo a los que dicen que el mundo está lleno de ellos. Yo veía a la chavita tarada, y pensaba que lo verdaderamente milagroso era que de tan pendeja no se le olvidara cómo se llama, o que supiera salir de su casa todas las mañanas y regresar después. Pero así son las mujeres y ni modo; y a mí no me chinguen, que el ojete misógino que las hizo así fue Dios, no yo.

Pero no estaba ahí para divertirme escuchando las sandeces de la noviecita de Esteban, sino para poner orden y enderezar las cosas lo más pronto posible. Tenía que esperarlo y hablar con él. Las palabras de Pepe antes de colgar fueron terminantes. "Arregla este pedo antes de que vayan a dudar de nosotros. No quiero que por ningún motivo piensen que andamos chuecos". Y justo eso era lo que pensaba hacer, arreglarlo. Arreglarlo bien, de una vez por todas, y lo más pronto posible.

Esteban

Cuando regresé de la farmacia casi me quedo sin aire al enterarme de que Reinaldo estaba en mi casa esperándome para hablar conmigo. Al verlo, confirmé que haber dejado viva a Laura era un problema real y que las cosas difícilmente podrían quedarse como estaban.

Me dio terror escucharlo burlarse, cuando hizo referencia a que dejaba mis trabajos incompletos y que por eso tenía que supervisarme de cerca, o algo así. Le decía a Laura que teníamos varios asuntos pendientes que no podían esperar, y que por eso necesitaba hablar conmigo en privado. "Es que no quiero que veas cómo lo regaño porque te lo voy a tirar del pedestal donde lo tienes; para eso no necesita mi ayuda... ya se te caerá solito, sólo dale un poco de tiempo...". Laura lo escuchaba divertida, pensando que todo aquello era broma. A pesar de su a apariencia ruda, y a veces gansteril, a Laura le cayó muy bien, porque le pareció un tipo simpático y encantador. Qué bueno que no tuvo que entrar conmigo a la habitación, porque sin duda sus opiniones habrían cambiado mucho.

El enojo de Reinaldo fue en incremento conforme avanzaba la conversación. Al parecer, el hecho de que Laura estuviera viva representaba un riesgo para sus patrones.

Yo traté de justificarme, y de convencerlo de que ella no sería un problema para nadie; pero Reinaldo me dejó muy claro que no había ido a hablar conmigo para negociar nada, sino para recordarme mis órdenes. "Sólo a ti se te ocurre, habiendo tantas panochitas en el mundo y tantas nalgonas perdidas por ahí, ir a tirarte a la hija del cabrón que acabas de matar. Perdóname, carnalito, pero esa pendejada no es mi culpa". Lo que no lograba entender que no sólo se trataba de sexo, de "tirármela" como él insistía. Para ese momento yo la quería de verdad y no podía matarla. Le pedí que me ayudara. Le confesé cuanto la amaba y él, naturalmente se burló. Le pedí que, en el nombre de nuestra amistad de años, me ayudara a encontrar una alternativa; pero él no estaba ahí para entender razones. "La chavita se tiene que morir, porque de hecho ya está muerta, y no hay más vueltas que darle. Y no sólo eso, este trabajo se te encomendó a ti, y tú lo tienes que terminar". Nos interrumpió el timbre de su celular. Reinaldo tomó la llamada, y al ver la forma en que se le descomponía la expresión, supe que algo grave estaba sucediendo.

Reinaldo

Cuando apareció el pendejo de Esteban, les juro que se cagó en los calzones en cuánto me vio. Se puso blanco, como puto muerto viviente y con carita de "Ya valió madres"; y sí, tenía razón, ya había valido madres.

Le dije que necesitaba hablar con él en privado y el muy maricón se quería chispar. "Luego te voy a ver tu casa". Sí, cómo no, recabrón, ¿y no quieres pavo? Luego, mis güevos.

Nos encerramos en su cuarto. Yo necesitaba una explicación, así que no me anduve con rodeos. "¿Qué chingados está pasando?". El güey todavía se la trata de sacar, el muy ojete todavía me responde, "Nada, Rei, ¿por qué?". Cómo me encabrona que me quieran ver la cara de pendejo, la sangre me empezó a hervir. "No mames, cómo que nada. Esa estúpida que está allá afuera es la hija de Villegas". "Bueno... pues sí; pero eso no tiene nada de malo". Entendí que todas las pendejadas que me contestaba eran porque no sabía ni qué decir. Me imagino que él solito, por más que lo intentaba razonar, no era capaz de entender cómo pudo ser tan pendejo para no darse cuenta de que la estaba cagando. "¿No tiene nada de malo? Te estás cogiendo a la hija del güevón que acabas de ejecutar... y si eso te parece poco, déjame decirte que también te estás cogiendo a la pinche vieja que tenías que haber ejecutado hoy en la mañana. ¿Eso también te parece que no tiene nada de malo?". El güey tragó saliva, buscando en su cabecita más pendejadas que decir, y hasta eso, las encontró rápido. "Es que ella no tiene nada que ver". ¡Háganme el puto favor! El muy culero todavía me dice que la pobre niña inocente no tiene nada que ver... ahí sí me emputé. "En primera, eso no lo decides tú... pero estaría muy cagado que, si no tiene nada que ver, me expliques qué chingados hacía sentadita en gran plática con Frank". De nuevo me miró con unos ojotes que se querían salir de su lugar. "Eso no lo sé todavía; pero debe haber alguna explicación...". Al pobre cabrón se lo estaba llevando la chingada, así que intenté ser paciente por un momento. "Ni siquiera tú puedes ser tan pendejo... Agüevo está metida. ¿Se te ocurre otra explicación para que alguien como él, que además sabe que todos lo buscan para matarlo, se reúna con ella en un puto café? ¿Se te ocurre otra explicación para que ella le lleve un portafolio lleno de información sobre el asunto? De veras Esteban... no mames". Ahí, por fin se quedó callado y pensé que era un buen momento para concluir mi punto. "Además, en el último de los casos, todo eso vale madres... a ti te mandaron para ejecutar a las dos personas que estaban en la mesa, y eso era justo lo que tenías que hacer. Aquéllos están que se los lleva la chingada. Con tus pendejadas nos estás poniendo a todos en peligro". Ya lo que me contestó después no puedo describirlo con palabras. Era el colmo de lo ridículo y lo pendejo. "Es que la quiero. Estoy completamente enamorado de ella". ¡Puta madre! Me di cuenta de que el pendejo hablaba en serio; porque se le cortó la voz y los ojitos se le pusieron rojos y chiquitos. Era una verdadera pena que la situación fuera tan cabrona; porque de verdad era para cagarse de la risa. "Esteban, no mames... estamos hablando en serio". El pobre cabrón sorbió la nariz. "Te juro que es verdad... la amo". "Ah, bueno... haberlo dicho antes... si la amas, entonces ya no hay pedo. Si quieres me voy y los dejo para que sean felices para siempre". Bajó la vista. Al menos se daba cuenta del nivel de ridiculez que había en toda esa conversación. Yo retomé mi papel. "Eres mi bróder, pero comprende que a mí me vale madres todo lo que me estás diciendo. Ya habrá otros culitos mejores. Nadie te mandó meter la verga donde no debías". "Pero...". "No hay pero... se tiene que morir y punto". Él bajó la cabeza de nuevo. A esas alturas yo pensé que ya se había resignado, pero siguió chingando. "Tiene que haber una solución". "Claro que la hay... que termines lo que dejaste a medias". "Es que no puedo". "Es que es de agüevo. Entiéndelo de un vez... esto no es una vacilada... aquí se nos va la vida a todos". "Es que de verdad la quiero". "Ya deja de decir esas mamadas, porque te voy a madrear. A tu pinche vieja ya se la cargó la chingada. Simplemente te estoy dando la oportunidad de que tú y tu familia la libren". El güey seguía alegue y alegue; si no le di un cachetadón fue porque sonó mi celular. Era uno de mis chalanes que me esperaban afuera. Tuve que contestar para ver qué pasaba, porque era obvio que si me interrumpían no podía ser por nada bueno.

6

4 de octubre, en el departamento de Esteban

"¡Abran, cabrones!". "¡Policía Judicial!". "¡Abran o tiramos la pinche puerta!". Unos golpes brutales cimbran la pared de la entrada del departamento de Esteban y se superponen con los gritos desaforados de distintas voces enfurecidas, que retumban en el pasillo del tercer piso.

Los aullidos continúan todavía por instantes eternos, al igual que los culatazos y las patadas, que amenazan cada vez con más inminencia con vencer por completo la resistencia endeble de la puerta de bastidor de lámina que delimita el departamento. Desde que escuchó el primer grito, Laura se puso de pie sobresaltada. Palideció en un instante, y un hormigueo le recorrió el vientre; mientras abrió los ojos hasta el límite de sus órbitas. Tiene la vista clavada en la puerta y no entiende lo que sucede; así que no es capaz de reaccionar. Las voces se asumen como policías, así que su primer impulso es acercarse a abrir; pero, a decir verdad, no parece del todo necesario, porque, a juzgar por la violencia de los impactos, ya no falta demasiado para que entren de todas maneras y sin el riesgo de que justo al llegar ahí termine por vencerse la lámina y le revienten la puerta en la cara.

Los gritos continúan pero ella decide esperar de pie, mirando de frente, en espera de lo que venga. Por más que se digan policías, ella desconfía de que en realidad sean asesinos profesionales que vengan a terminar lo que no hicieron en la mañana. El marco de la puerta comienza a deshacerse y la cerradura apenas se sostiene. Laura continúa de pie, paralizada por un terror sordo que la recorre entera y viaja por su torrente sanguíneo, y se mete en sus tejidos envenenándola poco a poco y dificultándole la respiración.

Apenas unos instantes atrás, en el interior del dormitorio, Reinaldo interrumpió la discusión que sostenía con Esteban para responder su celular. Esteban había palidecido de desesperanza, y suplicaba clemencia para salvar la vida de la mujer que ama; mientras para sí mismo se reconocía incapaz de cumplir con la orden que acaba de recibir. "Por favor, Reinaldo... déjenme que yo mismo se lo explique a los jefes... te juro que me van a entender". "No digas mamadas". Reinaldo lo hizo callar a señas, al observar en la pantalla del identificador y reconocer el número de su interlocutor. "Qué pedo... no mames... dónde... puta madre, ¿estás seguro?... ¿cuántos?... no chingues, ¿en serio?... Esténse al tiro, pero que no los vean... háblale en chinga al Gordo para que le avise a Pepe". Reinaldo cerró la tapa del teléfono y miró en todas direcciones. "Reinaldo, por favor...". "¡Ya cállate con eso! Ahí vienen los tiras". "¿A dónde?". "Pues aquí, pendejo, a dónde más". Reinaldo se saca del cinto su escuadra calibre cuarenta y cinco y se la entrega a Esteban por la cacha. "Toma... escóndela". "¿Dónde?". "Y yo qué chingados voy a saber... es tu puta casa, no la mía... Por ningún motivo me la pueden encontrar encima...". "¿Y si la tiro por la ventana?... abajo está el estacionamiento". "No, ahí tiene que haber más tiras". "Pero no entiendo ¿dónde están?". "En todos lados. Orita los vamos a ver, no te apures... ¡te digo que la escondas!". Comienzan los golpes en la puerta y los gritos de los presuntos judiciales. "Ya ves... ahí los tienes... órale, en chinga". Esteban se subió al cajón del clóset y colocó el arma hasta el fondo, para de inmediato cubrirla con las cobijas que usa sólo en invierno. "Si la encuentran, es tuya, entiendes... si hay pedo yo me encargo de arreglarlo; pero si nos clavan a los dos, ya valió madre". Esteban asintió aún más pálido que antes y recordó que Laura estaba sola en la sala. "Vamos con Laura". Reinaldo lo detuvo de la camisa. "Ni madres, no te muevas. Pon las manos a la vista y aguanta vara sin decir nada". Esteban asintió, y ambos se quedaron de pie de frente a la puerta, en espera de que sucediera lo inevitable.

Por fin la puerta se revienta y tras el estrépito de lámina, madera y ladrillos, entran en estampida más de una docena de agentes, apuntando en todas las direcciones imaginables con pistolas amartilladas y armas largas, que se reparten por el departamento con la intención de contener y controlar a todos los presentes.

Uno de los agentes destroza de una patada la puerta del dormitorio, mientras otros tres entran y encañonan a Esteban y a Reinaldo, que aguardaban de pie, con los brazos en los costados y las palmas extendidas. "¡Órale cabrones... para fuera!". Los sacan del cuarto a empujones y los llevan hasta la sala, donde tres agentes tienen encañonada a Laura, que llora en silencio, contemplando pasmada este espectáculo desproporcionado y brutal. "¡No se muevan, putos!". Ahora están los tres juntos y levantando las manos. El movimiento generalizado parece calmarse; ahora cinco agentes les apuntan con sus armas, mientras los demás catean el departamento en absoluto desorden.

Por fin entra el que parece estar al mando del operativo. Es un hombre corpulento y malencarado, que mira en todas direcciones mientras recibe el parte de su subordinado. Laura lo reconoce en el acto, porque es el comandante Felipe Ortiz, quien con semblante de piedra camina hasta los encañonados. "Venimos por usted, señorita Villegas". La voz de Laura se escucha trémula y titubeante. "¿Qué hice?". "Pos no sé... usté dígamelo. ¿Se puede saber qué hacía en la cafetería La Nueva Cuba acompañada de Francisco José Oliguerra Reséndiz? Ese mismo que, por cierto, hace apenas unos días usté me aseguró no conocer". Laura baja la vista, mientras dos lágrimas contundentes y redondas se desbarrancan por sus pómulos y se revientan contra el piso de mosaico. "No le digo, güerita... si le encanta meterse en broncas... ¿y éstos quiénes son?". "Él es Esteban, mi novio, y él... no sé, lo acabo de conocer... creo que se llama Raimundo". Ortiz se para frente a Reinaldo y ambos se miran fijamente. "¿Así que Raimundo?". "Reinaldo, me llamo Reinaldo". Ortiz asiente y le dedica una mueca burlona, mientras Reinaldo le sostiene la mirada retador. "Y dime... Rei-nal-do, ¿tú que haces aquí?". "Yo soy el gerente del bar Esperanto y él es mi jefe de puerta. Sólo vine a verlo, para discutir algunas cosas de trabajo. Como bien dice la señorita, nunca la había visto en mi vida... nos acabamos de conocer". Ortiz se pasea frente a los detenidos mientras hace ruiditos inflando y desinflando los cachetes. "Así que tú eres el novio, y tú eres el jefe del novio...". Ahora se detiene frente a Laura. "Y se puede saber la razón para que haya huido del lugar de un homicidio sin esperar a que llegara la policía". Ella hace un gran esfuerzo para poder contestar. "No sé... me dio miedo y salí corriendo... yo no tuve nada que ver". Ortiz asiente. "Eso ya se verá...". Ahora se para de nuevo frente a Reinaldo. "Y cómo fue que "casualmente" vinieron los tres a parar aquí". Reinaldo hace una mueca de fastidio y decide no pronunciar una sola palabra más. Laura comienza a sollozar desconsolada y Esteban está tentado a abrazarla, pero se detiene porque teme complicar las cosas.

Ortiz se da vuelta y se dirige a su segundo. "Aguántamelos tantito, porque necesito checar un detalle". Saca su celular del bolsillo y marca; mientras camina lentamente hasta salir del departamento. Los tres permanecen inmóviles; mientras que los agentes que no los encañonan continúan abriendo y cerrando cajones, revisando los discos, los estantes, incluso uno abre la puerta del refrigerador. Pasan varios minutos hasta que Ortiz regresa al departamento. Nuevamente se coloca frente a los detenidos. "Ta'bueno... nos vamos a llevar a la señorita Villegas para interrogarla... tiene muchas explicaciones que dar. A ustedes dos les vamos a tomar los datos, por si algo se ofrece". Esteban mira a Ortiz y trata de hablarle. "Pero por qué se la van a llevar... ella no hizo nada". Reinaldo lo interrumpe en tono violento. "¡Cállate!... orita vemos". Esteban obedece y Laura lo mira de reojo, desconsolada. Una vez más Ortiz y Reinaldo cruzan miradas intensas, mientras Esteban observa, impotente, cómo dos agentes se llevan a Laura a empujones hasta desaparecer de su vista en el pasillo del tercer piso. Esteban amaga con reaccionar, pero Reinaldo lo detiene. "Aguanta... orita no se puede hacer nada". Ortiz se para frente a Esteban y le habla condescendiente. "Mejor escucha aquí a tu jefe, porque de tanto cagarla vas a acabar metido en un pedo... si es que no lo estás ya". Otro de los agentes llega a la sala con la pistola de Reinaldo y se la entrega a Ortiz; que la revisa por todos lados. "Está chingona... ¿de quién es?". Esteban estaba a punto de responder, pero Reinaldo se le adelanta. "Es mía". Ortiz se la devuelve. "Pues ten cuidado dónde dejas tus juguetes. Con razón no dan una". Ortiz y Reinaldo se observan de nuevo, y por fin el Comandante se dirige a la salida, escoltado por el resto de sus hombres. Justo a la altura de la puerta, se detiene y voltea hacia Esteban, hablándole burlón. "Nomás apúrate a arreglar esta puerta... esta ciudad es muy insegura. No sea que te vaya a pasar algo". Toda su gente se carcajea y por fin salen del departamento. Esteban y Reinaldo se quedan de pie, en el centro de la sala, hasta que están seguros de que el peligro ha pasado.

Reinaldo

Reventaron la puerta, y entraron al departamento como si estuviéramos en Irak. Nosotros los estábamos esperando quietecitos, y con las manos bien a la vista; para que se dieran cuenta de que estábamos desarmados. Como es habitual en este tipo de operaciones, nos jalonearon, nos catearon con violencia y nos gritaron que nos iban a matar. Luego nos llevaron a la sala, donde la hija de Villegas lloraba como Magdalena, mientras a mí me daban una ganas inmensas de darle unas cachetadas por pendeja. Nos formaron a los tres y ahí nos tuvieron como esperando órdenes. Yo me cagaba por ver quién era el jefe del operativo. De eso dependía lo que nos fuera a suceder. Por fin veo entrar a Ortiz, con su puta barriga chelera. Venía con su actitud prepotente y mamona de siempre; sin duda no esperaba encontrarme ahí. Empezó a hacer preguntas, como para ver si así entendía lo que estaba pasando. Era obvio que esperaban encontrar a Esteban porque era su departamento, y a la hija de Villegas, que era a quien a fin de cuentas iban a buscar; pero yo no le encajaba en el cuadro. Así que, antes de cagarla, mejor sacó su teléfono y pidió instrucciones.

Yo sabía que Ortiz estaba de nuestro lado. Apenas unos días antes lo había visto en casa de Pepe; fue uno de los güeyes que salieron de su privado cuando me citó para informarme que teníamos que matar a Frank. El pedo es que él no le reportaba a Pepe, sino más arriba, y si aquéllos pensaban que nosotros les estábamos jugando a dos bandas, la cosa se nos podía complicar. Yo esperaba que para ese momento Pepe ya se hubiera enterado y hubiera movido sus hilos; pero no había manera de estar seguros, hasta que Ortiz volviera con las órdenes que debía ejecutar.

Por fin, a las tantas, regresó el pinche Comandante. Con desgana mandó detener a la hija de Villegas y a nosotros nos dejó libres. Pero antes se puso enfrente de mí, y me miró con cara de "Por ahora te cagaste, pero estás metido en un pedote". No había que ser un puto genio para saber que en ese momento ya sabía que Esteban había ejecutado a Frank y que, sin razón, había dejado viva a la hija de Villegas y que yo era el responsable de que las cosas no se hubieran hecho según el plan original. Me encabronaba darme cuenta de que el pinche Ortiz pensó que yo tenía que ver con que la hija de Villegas siguiera con vida. Era urgente dejar las cosas claras; el pedo ahora consistía en encontrar la ocasión, porque a partir de ese momento, la hija de Villegas estaba bajo custodia de la Judicial. A mi me urgía salir de ahí para hablar con Pepe, analizar la situación, y planear el siguiente paso. Me hervía la sangre sólo de pensar cómo una sola pendeja, y que además ni siquiera cometí yo, podía complicarme tanto la vida.

Ortiz, seguido de su manada de agentes, salió del departamento. El pendejo de Esteban miraba alrededor y hasta me dio ternura verlo tan desconsolado, con su carita de perro sin dueño; hasta que otra vez me salió con una de sus mamadas, que tanto me hacían encabronar. "¿Y tú crees que le harán algo?". Luego del problemón en que estábamos metidos, su única preocupación era si le iban a dar en la madre a su pinche noviecita de mierda. "No sé, y me vale madres. Pero no creo que tengas tanta suerte como para que hagan tu trabajo". Yo me dirigí a la puerta, pero me daba lástima verlo tan jodido, así que le hice un comentario más... para tranquilizarlo. "La neta... ojalá que la mataran de una vez, pero no creo". Se lo dije para darle ánimos, pero también porque esperaba que así fuera. Si ellos se la chingaban, el problema sólo se resolvía en parte; porque, por no hacerlo nosotros, volveríamos a quedar en entredicho. Lo ideal era que la interrogaran, para que estuvieran seguros de que no teníamos relación con ella, salvo la pendejada de Esteban, claro, y luego nos la dejaran para matarla y así quedar limpios. Pero de cualquier forma, en ese momento no quedaba más remedio que esperar y ver cómo se desarrollaban los acontecimientos.

Esteban

Cuando la policía se fue, Reinaldo y yo nos quedamos en el centro de la sala. Yo volteaba alrededor y sólo de ver el desastre que había quedado, me mataba el fastidio de no saber por dónde empezar a poner orden de nuevo. Necesitaba encontrar a alguien que me arreglara la puerta y comenzaba a hacerse tarde. En poco tiempo me resultaría imposible resolverlo y tendría que pasar la noche con el departamento abierto. Me preocupaba Laura y no podía sacármela de la cabeza. Le externé a Reinaldo mi preocupación y se puso como fiera. Se fue hablándome en tono amenazante y culpándome a mí de todo el problema en que estábamos metidos. No quiso decirme a dónde la habían llevado, y me ordenó que por ningún motivo pretendiera buscarla.

Lo que sí podía era poner a su gente cercana al tanto de la detención. Ellos tenían los medios, los abogados y el dinero para buscarla y ponerla a salvo. Llamé a su casa y traté de explicarle a la muchacha de servicio lo que había pasado, pero ante la duda de que me hubiera entendido bien, llamé a la galería y le di la misma explicación a su amiga Jana, que me aseguró que en ese mismo momento le avisaría a su hermana Luisa. Yo no podía hacer más, así que decidí distraer mis nervios abocándome a conseguir que repararan la puerta lo antes posible. Al final, con un carpintero, amigo del velador, y con el cerrajero de a la vuelta, resolví el problema, aunque sólo fuera de manera provisional.

Esperé que dieran las diez de la noche, e intenté llamar al celular de Laura, que sonó hasta desviarme al buzón. Luego llamé a su casa, pero la muchacha de servicio no quiso darme ningún dato; aunque me tranquilizó confirmar que su familia había tomado cartas en el asunto. Laura estaba tan bien como podía estar, y no había nada más que pudiera hacer por ella.

Ya cerca de las once, me llamó Elisa para recordarme que al día siguiente internaban a papá, para operarlo el viernes a primera hora. No tenía ganas de asistir, pero al menos me serviría para pasar el tiempo y no enloquecer en una espera sorda, encerrado entre cuatro paredes. Le prometí que al día siguiente llegaría temprano a la casa para acompañarlas desde el traslado.

Reinaldo

"¡Puta madre!". "¡Puta madre!". Me acuerdo que repetí mil veces mientras bajaba las escaleras del edificio de Esteban. Ahora de lo que se trataba era de tener la cabeza fría.

Ya en la camioneta mis chalanes me explicaron cómo habían llegado todas las patrullas de chingadazo, sin hacer ruido y rodeando el edificio de volada para que no se les fuera su objetivo.

Luego paraban a cada cabrón que pretendía entrar o salir; y no lo liberaban hasta que se había identificado. Al final, bajaron tres agentes jaloneando a una vieja; a la que se llevaron en una patrulla. Tal y como les dije, después de que hablamos se comunicaron con el Gordo para avisarle y éste les devolvió la llamada para decirles que ya no había pedo, y que en cuanto me liberaran, nos fuéramos en chinga para casa de Pepe. Eso hicimos.

Afuera de la casa, la seguridad se había multiplicado por diez. Antes de entrar hasta me catearon y tuve que regresar a la camioneta a dejar mi pistola. Mi gente tuvo que quedarse afuera, y a mí me pasaron a la salita de siempre. Adentro había guarros por todos lados, y se respiraba tensión y adrenalina. Uno de los que conocía de vista de acompañar a Pepe algunas ocasiones me preguntó que qué pasaba. Yo no me iba a poner a darle explicaciones al güey ese. "Ni puta idea". "Dicen que a la mejor vienen por nosotros. ¿Tú qué crees?". "Que has visto demasiadas películas de gánsters. Para matar a tanto cabrón, tendrían que mandar un ejército...". "Pues eso sí, ¿verdad?". El pinche grandote se fue más tranquilo; pero la verdad es que nadie tenía puta idea de lo que podría pasar.

Me senté a esperar a que me llamaran, y como siempre lo hacía, de la nada apareció Ivonne para ofrecerme un trago. Yo no había comido nada desde la noche anterior y sabía que tomármelo en ese momento me iba a marear de más y no estaba el horno como pa'bollos; así que lo rechacé. Ella me miró sorprendida, con esos ojitos que me ponían la carne de gallina. Había pasado poco más de un mes desde aquella reunión en que Pepe me pidió un Chacal para matar a Villegas y a Frank y desde que a la salida de esa reunión me había dado aquel papelito que decía: "Llámame el lunes a mediodía. Me urge que nos veamos. Ivonne".

Me pasé todo aquel fin de semana hecho un verdadero pendejo, viendo el papelito sin saber qué hacer. Ivonne era la vieja de Pepe y era obvio que además estaba enculadísimo, al grado de que se corría el rumor de que pensaba separarse legalmente de su primera vieja para casarse con ella. Pero nada de eso me ayudaba a sacármela de la cabeza. Se me había metido en los huesos, como nadie, desde la puta de Denise.

Pues sí, la neta sí. A lo mejor eso tenía que ver. A lo mejor sólo quería cobrársela al ojete, por habérmela quitado a la mala. Pero al mismo tiempo no dejaba de pensar en ella sin que se me parara, al grado de que llegó el momento de no desear otra cosa en el mundo más que cogérmela, sin importar el costo. Tenía la cabeza hecha un desmadre y no podía pensar con claridad. De veras, lo juro... yo quería sinceramente que se me bajara la calentura y me conseguía una y hasta dos putas por día; pero en cada una veía a la pinche Ivonne. Supongo que no es lo más romántico que se le pueda decir a una mujer: "Te veo en cada puta que me cojo", pero en este caso era verdad. Cuando estaba solo, me imaginaba lo que sería quitarle la ropa y chuparle todo el cuerpo y luego arrancarle la tanguita y meterle la verga bien adentro, hasta que gritara de puto placer, y de paso, demostrarme hasta dónde era capaz de llegar cuando deseaba algo y cuando se trataba de cobrársela a quien se había pasado de reata conmigo.

Salí del Esperanto el domingo en la mañana y me seguí todo el día y toda la noche de pedo; poniéndome como un imbécil para no pensar en ella. Cuando recuperé la conciencia ya era lunes a mediodía. Era el momento de llamarla y yo todavía estaba confundido de tanto alcohol y tanta droga, pero sobre todo estaba mareado de deseo. A mi lado estaban dormidas las dos putitas de ese día, y yo me eché otro trago y me di otro buen jalón de perico y las miré cagado de la risa, porque luego de tantas piches horas juntos, yo no sabía cuál era Sandy y cuál era Maya, y así, carcajeándome de puros nervios, miré el pinche papelito y los pensamientos se me revolvían. Me dieron ganas de guacarear, pero me di otro jalón de coca para alivianarme. Yo sabía que aquello era un error, pero no podía dejarla pasar; así que marqué. "Bueno". Era ella, con su vocecita sexy. "Soy Reinaldo". "Espérame...". Hubo un silencio incómodo que me pareció eterno, hasta que volví a escucharla; pero ahora me hablaba en un murmullo que apenas podía entender. "Orita no puedo hablar, pero nos vemos mañana a las cinco de la tarde...". Me citó en Perisur, dentro de una tienda de ropa de mujer. Yo tenía que llegar puntual, pararme junto a los vestidos de noche y marcarle dos veces, apenas dejándolo sonar, y esperar a que apareciera; y luego de darme las instrucciones, me colgó sin despedirse.

Anoté el nombre de la tienda en el mismo papelito y me tomé el último trago de whisky de esa mañana. Sabía que había dado un paso muy cabrón y muy riesgoso; pero yo tenía el estómago caliente y una excitación intensa que me recorrió la entrepierna. Al poco rato, satisfecho, me venció el cansancio y por fin, luego de varios días de peda y de fiesta, pude dormir de un tirón sin despertarme con la verga parada por estar soñando con ella. En pocas horas la tendría, y para ese momento ya me valían madres las posibles consecuencias. Yo sólo la imaginaba desnuda y abrazada a mí, berreando como un animal en celo y empapada de sudor de la cabeza a los pies. Dormí toda la tarde y toda la noche del lunes, y para cuando desperté, ya era martes y daba el sol. Me sentía ansioso pero satisfecho, porque ahora sí cumpliría mi sueño de tener a Ivonne en mi cama.

Las putas horas pasaron más lentas que nunca. Me sentí como esos cabrones que están en el bote y que ya mero salen pero los pinches días no terminan de pasar. Despaché a mis chalanes y me fui solo rumbo a Perisur. Tampoco soy tan ojete como para meterlos a todos en el pedo; ellos no tenían la culpa de mi calentura; además, entre menos gente lo supiera, menos posibilidades había de que me llevara la chingada. Llegué a la famosa tienda diez minutos antes de la hora y le marqué dos veces, tal y como me pidió. Ahí estuve, paradito, esperando como pendejo. Todas las vendedoras se me quedaban viendo sin entender qué chingados hacía ahí. Fue una mamada que no me citara en la sección de zapatos; ahí, además de sillas, siempre hay algún marido pendejo esperando a que su vieja se termine el crédito de la tarjeta, y así no me hubiera visto tan ridículo.

Por fin, a eso de las cinco y cuarto apareció caminando entre los exhibidores de vestidos, con un contoneo de modelo profesional. Se veía espectacular con esos jeans pegaditos y esa blusa azul, donde sus pechos majestuosos amenazaban con reventar las costuras. Quise recibirla con un beso en la boca, pero me volteó la cara para que se lo diera en la mejilla. "No seas impaciente... todo a su tiempo". No recuerdo haber sentido nunca en mi vida una excitación como aquélla. "La verdad es que no pensé que tuvieras los tamaños para llamar". "Eso hubiera sido lo más inteligente... pero, ya ves, no pude evitarlo". Me sonrió y por fin me besó en la boca. Fue un beso breve y suavecito, pero suficiente para sentir una punzada de placer abajito del cinturón. "Vámonos ya, porque no tenemos mucho tiempo". Me explicó que, por culpa de la situación, Pepe le había asignado a dos escoltas más que apenas conocía y que no se le separaban ni un momento. Sólo la dejaban sola para entrar a las tiendas, pero la esperaban afuera para acompañarla todo el tiempo, y que en la camioneta tenía otros dos. "Pero tenemos casi tres horas... en lo que cierra la tienda". Yo no entendía ni madres; ni modo que nos encerráramos en el probador. "¿Aquí?". "Cómo aquí... no seas burro". Ivonne ya había pensado en la solución. Aquella era una tienda donde compraba muchos miles de pesos cada mes, y gracias a que la gerente se hinchaba de dinero con sus comisiones, la trataban como una reina y le cumplían el mínimo capricho. En este caso, además, la situación ni siquiera era tan complicada, así que no tuvo pedo en aceptar. Ivonne le explicó su problema y la gerente aceptó dejarnos salir, y luego, por supuesto, volver a entrar, por la puerta de los empleados.

Cuando bajábamos la escalera sentí un vacío en el estómago y la jalé a una esquina. "¿Estás segura de que quieres hacerlo?". "Ya te dio miedo... más bien yo te pregunto a ti: ¿estás seguro de que quieres hacerlo? No quiero que te me vayas a orinar en la cama". Ivonne me miraba con su cachondería de siempre, pero ahora sumándole una expresión retadora y desafiante. "Eres la mujer de Pepe... además de mi jefe, es mi amigo". "A estas alturas ya deberías saber que Pepe no tiene amigos... ¿Tú crees que si estuviera en tu situación se lo pensaría?". Con esa frase me mató. No supe si lo dijo porque sabía algo, o simplemente para hacerme olvidar el temor; pero otra vez se me vinieron de golpe los recuerdos de lo que había pasado entre Pepe y la puta de Denise. En ese instante deseé más que nunca arrancarle la ropa y cogérmela como animal; para que lo sepa ella y lo sepa todo el mundo y lo sepa también yo mismo, que tengo los güevos y que soy capaz de hacer cualquier cosa.

Había tratado de enterrarlo por completo, y hasta ese momento no estuve consciente de que aún estaba muy encabronado con Pepe por lo que me hizo con la puta de Denise, y que no lo había olvidado, por más que quise convencerme durante tanto tiempo. Yo deseaba a Ivonne, porque sólo de verla se me paraba la verga, pero también deseaba cogerme a la vieja de Pepe y chingármelo tal y como él me había chingado a mí. "Vámonos a dónde quieras, pero vámonos ya...". Ivonne me tomó de la mano y seguimos bajando las escaleras de servicio, hasta salir por una puerta lateral que daba al estacionamiento. Caminamos hasta mi camioneta volteando para todos lados, y salimos rumbo al hotel más cercano que pude recordar.

¡Agüevo!...Cogimos como locos. Como si no importara nada más en el mundo. Me valió madres que Pepe fuera mi jefe, que fuera mi amigo, que hubiera depositado su confianza en mí. Me valió madres saber que si se enteraba, me mataría como lo había hecho, por mucho menos, con tantos cabrones que él juzgaba que lo habían jodido. A mi sólo me importaba meter la cabeza entre las piernas de Ivonne y oler su sexo, y chupárselo despacito hasta que se sacudiera en un orgasmo feliz, llenándome la boca con el sabor de esa humedad dulce y salada a la vez. No me importó nada más que verla comiéndose mi verga y chupándola de arriba abajo como un caramelo, mientras le acaricio las tetas duras y redondas. Me valió madres todo, excepto ponerla contra la cabecera y metérsela de a perrito hasta venirme con una eyaculación poderosa y espesa, que le escurriera por las nalgas y por las piernas y luego abrazarnos bañados en sudor mientras le paso las manos por las caderas altas y sinuosas como montaña que debía escalar. Sí... hicimos eso y mucho más. La pinche Ivonne era aún más puerca y más atascada que yo, y la realidad fue aún más vívida y más intensa que el más pervertido de mis pensamientos.

Terminamos agotados sobre la cama, mirando al techo sin aliento, y yo me sentí al mismo tiempo poderoso y traidor. Me sentía feliz y extasiado, pero al mismo tiempo me recorría por todo el cuerpo una angustia muy profunda, y era, de pronto, un ser perfecto y completo, y a la vez una basura que no era capaz de respetar los más elementales códigos de lealtad. Pero la besé de nuevo y otra vez lo olvidé todo, porque comprendí que la única razón que yo tenía para estar en el mundo era para estar con ella en esa cama, y que nada más tenía importancia. Supe que todo lo que había vivido hasta ese día, no era otra cosa que una preparación, un preámbulo para el éxtasis total y que con aquel acto, con aquella cogida monumental estaba cumpliendo con el destino para el que fui hecho y comprendí también que en el destino no hay error ni culpa, ni odio; sólo lo inevitable, sólo aquello de lo que no podemos escapar por más que lo intentemos.

Eran las siete cuarenta y quedaban sólo veinte minutos para que cerrara la tienda. Salimos hechos la verga y cuando ya estábamos cerca, llamó a la gerente para que le abriera la puerta de servicio. Nos despedimos con un beso cargado de sexo y de deseo. Antes de bajar me pidió que la llamara al día siguiente por la tarde. Yo le dije que sí, pero ya había decidido no volverla a ver. Traté de poner aparte ese enorme deseo que me carcomía, para pensar con la cabeza fría. Ya me la había cogido, ya me había quitado la cosquilla de saber cómo sería estar con ella, y de paso ya me había vengado de Pepe pagándole con la misma moneda, y además, con ser un poco prudente y cuidadoso, podría librarla sin pagar las consecuencias.

El pedo es que mi decisión quedó sólo en buenas intenciones, porque no fui capaz de cumplir mi propia promesa. Luego de aquella tarde, nos vimos en infinidad de ocasiones. Cada vez teníamos que urdir planes más extraños y elaborados para no ser descubiertos, pero todos aquellos preparativos no hacían otra cosa que excitarnos más. Gozamos de nuestros cuerpos como adolescentes desbocados; así había sido ese último mes y medio, desde aquella reunión en que Pepe me había pedido matar a Frank y a Villegas, e Ivonne me había dado un pinche papelito rosa pidiéndome que la llamara el siguiente lunes. Ahora estaba de nuevo con ella, en esa sala donde la vi por primera vez, mirándonos con deseo; sin importarnos que a nuestro alrededor la gente temblara de tensión y se cagara de miedo ante la incertidumbre de lo que podría venir.

Por fin Pepe salió de su privado. Estaba ahogado de pedo y hasta la madre de perico. Luego supe que llevaba horas bebiendo y drogándose, tratando de olvidar que esa mañana, por orden suya, habían matado a su mejor amigo. Me hizo la señal de que lo siguiera y entré al privado tras él. Se tambaleaba un poco, pero pudo acomodarse en su sillón de piel, desde donde siempre despachaba sus asuntos. Prendió un cigarro y, con expresión furiosa, se quedó viéndolo consumirse por unos instantes, hasta que al fin encontró la frase que me quería decir, y la pronunció arrastrando un poco las palabras. "¿Me quieres explicar cómo chingados se hizo todo este desmadre?". Yo tampoco lo sabía, pero tenía que encontrar rápido una solución que nos sacara del apuro.

Laura. Cuaderno nuevo, 5 de octubre

Son casi las doce de la noche. Hace apenas un rato que llegué a casa luego de pasar mas de veinticuatro horas detenida en una oficina de la Procuraduría.

Cuando por fin me dejaron libre, deseaba darme un baño y revisar en mi cuaderno y uno por uno los acontecimientos que me condujeran hasta el día de hoy, pero han vuelto a catear la casa y hasta la galería; así que no me sorprendió encontrar mi cuarto revuelto y confirmar que mi cuaderno ya no estaba en su cajón de siempre. Al menos ahora saben todo lo que yo conocía del caso y comprenderán que luego de la muerte de Oliguerra y la entrega de los papeles, no soy un peligro para nadie.

Lo último que recuerdo haber escrito es que había concertado la cita para conocer a Oliguerra personalmente y entregarle el portafolio. En realidad estaba entre atemorizada y entusiasmada, porque pensé que con esa reunión terminaba todo el asunto. Pensé que a estas alturas ya sabría más acerca de las motivaciones de mi papá y hasta lo habría perdonado; pensé que ya habría confirmado que Esteban es un buen tipo, que no tiene ninguna relación con Oliguerra, con Vladimir o con las llantas ponchadas, y que con él puedo empezar una relación magnífica y apasionada. Pero ahora todo me parece lejano, sin sentido, perdido en un tiempo remoto, cuando en realidad apenas sucedió ayer.

Llegué a la galería hora y media antes de lo que habitualmente lo hago. Incluso tuve que abrir, porque tampoco había llegado Jana, que era la única que tenía copia de las llaves. Le sorprendió encontrarme en mi privado revisando papeles tan temprano; pero mi ansiedad era demasiada como para inventar explicaciones que después pudieran resultar contradictorias, así que me limité a decirle que estaba ocupada y que necesitaba que me dejara sola.

El tiempo pasó con una lentitud inusitada pero finalmente dieron las once, y tal y como me lo ordenó Oliguerra, tomé el portafolio negro y salí de la galería sin dar explicaciones a nadie.

Caminé en dirección del café, sintiendo un vacío en el estómago que apenas me dejaba respirar. Había poca gente en el interior, y yo tomé la mesa del fondo, como se me había indicado. Aún no terminaba de disolver el sobre de Canderel que le puse al café, cuando vi entrar a un hombre delgado y bajo, de mirada nerviosa y paranoica, que caminó hasta donde yo estaba y se sentó sin siquiera presentarse. "¿Dónde están los papeles?". Puse el portafolio sobre la mesa y él revisó el contenido a golpes de vista, alternando una mirada al interior y otra al entorno. Cuando por fin quedó satisfecho, lo cerró de nuevo y lo cubrió cruzando los brazos.

Llegó la mesera y él le dijo que no quería nada, y le hizo una seña un tanto violenta para que nos dejara solos. Yo había esperado ese momento durante semanas y ahora no sabía qué hacer, no tenía idea de cómo empezar con la plática, no fui capaz de articular ni siquiera la primera pregunta o de escoger qué tema quería tocar primero. En un principio él me miró extrañado, pero después cambió la expresión por una más compasiva. El tiempo apremiaba, así que inició sin mayor preámbulo. "¿Estás segura de que quieres saber cómo era tu papá?". Yo no tuve aliento para responder, así que me limité a mover la cabeza afirmativamente. "Mi'ja... no te voy a mentir. No tiene caso. Yo creo que uno realmente embarra la memoria de los muertos cuando los maquilla, no cuando los recuerda como eran". Oliguerra echó otra ojeada al entorno y volvió a mirarme a los ojos. "La neta, tu jefe era muy cabrón para los negocios... sabía jugar con la ley, mover sus influencias y sacar provecho... pero en corto, en lo íntimo, era leña... era buen amigo... era un cuate de ley". Yo me preguntaba: ¿cómo se puede ser cabrón, jugar con la ley, mover influencias y además ser buen amigo, buena persona, buen padre? No encontré respuesta y justo ahí me di cuenta de que ya no me importaba. Para mí, era mi papá y punto; si tenía un lado oscuro, no era cosa que me incumbiera. En ese momento entendí que todo lo que había hecho para llegar hasta esa cita había sido un error, pero ya estaba hecho. No tenía la fuerza para detener a Oliguerra que, al parecer tenía la intención de cumplir cabalmente con su palabra, y seguía dándome pormenores y explicaciones que yo ya no estaba interesada en conocer. Papá llevaba años trabajándole asuntos al tal Vladimir y por eso conocía bien la organización. Había ganado mucho dinero con esa relación, y en algún momento, gracias a eso, Oliguerra y papá se conocieron. Luego supo de sus problemas con Vladimir y le propuso ayudarlo. "Yo estaba en una situación muy delicada. Hasta mis mejores amigos me habían dado la espalda; ahí fue donde el licenciado se ofreció a ayudarme... claro que no iba a ser de a gratis". Papá le había diseñado el plan completo. Movió a sus amistades para sacarle a la familia del país, le había sugerido dónde y cómo mover el dinero de las cuentas de Vladimir y le ayudó a colocarlo en el extranjero después. Lo había convencido de que su única salvación era entrar al programa de testigos protegidos del gobierno americano y lo ayudó con los contactos y los trámites. Papá ejecutó todo a cambio de su parte del dinero y de que Vladimir nunca se enterara de que había sido él quien operó el asunto. "Pero esos ojetes se enteraron de todo y lo demás ya lo sabes...". Con todo y su aparente dureza, Oliguerra se veía tenso y hasta asustado. "Yo sé lo que te digo... los conozco bien y sé que con esa gente no se juega... tienen contactos en todos lados y tienen el dinero para comprar a quien sea. A mí no me quedaba de otra; me había peleado con Vladimir y lo único era intentar sobrevivir; pero a tu jefe le ganó la ambición, y en este negocio, eso se paga muy caro...".

Nada de lo que me decía me importaba realmente y en cierto momento dejé de prestarle atención, pensando en cómo terminar esa plática inútil y largarme de ahí lo antes posible; pero ya no tuve tiempo. Lo único que recuerdo fue un grito de Oliguerra: "¡No mames!"; y luego un sinnúmero de detonaciones que me taladraron los oídos y que parecía que no terminarían jamás. Cuando levanté la vista, me encontré frente a la mesa a un hombre encapuchado que disparaba contra nosotros. Sentí que me salpicaban un líquido caliente en la cara e instintivamente me cubrí con el brazo; como si eso me hubiera servido de algo si la ráfaga hubiera venido sobre mí. En algún momento las balas se detuvieron. Cuando levanté la cara, el encapuchado de negro caminaba hacia la puerta con el portafolio en la mano. Al voltear hacia el lugar de Oliguerra, lo encontré tirado en el piso, sobre un charco de sangre que se extendía con rapidez sobre el piso del café. Yo me miré el cuerpo y me toqué por todos lados, y aunque estaba llena de salpicaduras rojas, no tenía ninguna herida. Estaba viva y sin un solo rasguño. Me sentía extraña y lo veía todo como en cámara lenta, y lo único que se me ocurrió fue irme, escapar de ahí y ponerme a salvo.

La gente del café estaba en plena confusión. Unos gritaban, otros lloraban, otros estaban petrificados en sus sillas como estatuas desconcertadas e impasibles. Me puse de pie y salí a la calle. Afuera había más muertos y coches balaceados, pero no me detuve. Ahí comenzaron a salirme las lágrimas. Caminé hasta la esquina y detuve al primer taxi que pasó. Lo único que se me ocurrió fue ir a esconderme a casa de Esteban; estaba segura de que ahí nadie podría encontrarme.

No recuerdo qué le dije al taxista, pero me veía insistentemente por el retrovisor. Claro que después me di cuenta de que no era para menos, porque estaba salpicada de sangre de la cabeza a los pies. Al llegar al edificio donde vive Esteban, el portero me dijo que no estaba, pero me dejó pasar a esperarlo. Subí hasta su puerta y la toqué con todas mis fuerzas, pero nadie me abrió. Me senté a esperar y no tengo la menor idea de cuánto tiempo pasó. Por fin apareció al fondo del pasillo y yo corrí a abrazarlo. Colgada de su cuello, me derrumbé por completo. Él me veía llena de sangre, sin saber nada más, y se asustó mucho. Yo lloraba sin control y no era capaz de ordenar mis ideas, así que le dije lo primero que se me ocurrió. Yo no quería que pensara que estaba relacionada con gente como Oliguerra; pero por no decir la verdad, estoy segura de que lo confundí más. Estaba tan fuera de mí que dije cosas a lo loco y para cuando me di cuenta ya me estaba preguntando por un tal Frank. Estaba tan confundida que no sabía qué versión dar para que se sintiera tranquilo, así que opté por callar, calmarme y pensar bien lo que habría de decir. Se desesperó y terminó bombardeándome con más preguntas; pero yo continuaba en silencio, hasta que logré que me dejara un momento sola, y saliera a comprar aspirinas. Al entrar al baño me vi al espejo y me espanté; realmente parecía Jack el Destripador. Me limpié la sangre y me vestí con una camisa de Esteban, que ahora tengo aquí conmigo. Me consuela un poco sentirla en mi piel y percibir en ella aún algo de su olor.

En cuanto Esteban salió rumbo a la farmacia, llegó un tal Raimundo o Rosendo o algo así. Resultó ser el jefe de Esteban en el bar. Menos mal que para ese momento yo ya me había limpiado la cara, y ya no parecía carnicera del rastro, si no hubiera salido corriendo despavorido a llamar a la policía. Claro que no hubiera hecho falta, porque, aun sin saberlo nosotros, aun sin que nadie los llamara, ya venían de camino.

A pesar de su apariencia bronca, resultó ser un tipo agradable y muy simpático, y gracias a sus bromas logré calmarme bastante. Le sorprendió que Esteban no le hubiera hablado de mí y que nunca me hubiera llevado al bar. Ahí confirmé que soy especial para él, y que no quiere involucrarme en un mundo del que él mismo piensa salir muy pronto. Una vez más tuve la sensación de que Esteban me había dicho la verdad, y eso, dentro de mi angustia y desesperación, me dio un poco de alegría.

Cuando Esteban llegó, el tal Ramiro o Raimundo o como sea, le reclamó, entre broma y broma, por no haberle hablado de mí; pero Esteban se veía completamente conmocionado y no atinaba a responderle. Luego le dijo que necesitaba tratar cosas de trabajo, pero el pobre Esteban no estaba de humor. Claro que tampoco podía explicarle la situación, porque ni siquiera la conocía. Él quería hablar conmigo, pero no tuvo más remedio que atenderlo, y se metieron a su cuarto para platicar sin que yo los escuchara. A los pocos minutos llegó la policía. Tiraron la puerta y nos apuntaron a todos con escopetas y pistolas.

El jefe de todos resultó ser el comandante Ortiz, que me mandó detener para interrogarme por lo que había pasado en el café. Me bajaron a empujones y me metieron en una patrulla. Quise llamar a Luisa pero me quitaron el celular y todas mis cosas, y me llevaron directo a un cuarto. Con el pretexto de que estaba ahí sólo como testigo, no me dejaron hacer llamadas ni avisar a nadie, y fue varias horas después en que por fin pude ver al licenciado Esteva. Estoy agotada y por fin siento que los ojos se me cierran, así que voy a aprovechar para dormir un rato. Mañana continúo con lo demás.

Reinaldo

"¿Me puedes explicar cómo chingados se hizo todo éste desmadre?". Aún a pesar de su enojo, a pesar de estar completamente alcoholizado y perico, Pepe no podía disimular su tristeza por la muerte de Frank. Yo no tenía demasiadas respuestas. Traté de ponerlo al corriente de lo que había visto en casa de Esteban y de lo que me había enterado; pero él ya tenía demasiados problemas con sentirse tan jodido como para que ahora, encima, pusieran en tela de juicio su lealtad por el error de otro. Había hecho la parte más difícil, que era matar a su amigo; ahora lo justo era tener un poco de paz para poder masticar su dolor sin sobresaltos. Yo le prometí que arreglaría las cosas, que las volvería al orden lo antes posible.

Pepe dio otro sorbo a su whisky. Yo trataba de calmarlo y de curarme en salud. Le expliqué que mi Chacal cumplió las instrucciones más importantes y que además era alguien que yo tenía cerca; por eso sabía que no se trataba de traiciones o deslealtades. Le hice ver lo sorpresivo que fue para mí enterarme que dejó el trabajo a medias. "¿Y cómo chingados terminó de noviecito de la hija de Villegas?". Pepe seguía bebiendo y dándole jalones a la montaña de perico que tenía dentro de su cajita de plata. "No sé... no tengo la menor idea...". Me sentía un pendejo por no haberme enterado a tiempo de una cosa como ésa. Traté de descargar un poco de culpa diciéndole que había estado hablando con ella y que no parecía que supiera nada. Que estaba demasiado pendeja como para estar usando a Esteban en contra nuestra. "Pues más nos vale... Orita mismo la están interrogando y si ahí aparece algo que nos comprometa, estamos todos muertos". Yo no podía imaginarme cómo la estúpida esa podría saber algo que nos comprometiera, pero sin duda el riesgo era latente. De cualquier forma, si las cosas sucedían de esa manera, no había nada que pudiéramos hacer.

Pepe le daba vueltas a lo mismo que yo. "Bueno, pero dime una cosa... ¿Cómo es posible que habiendo tantas pinches viejas en el mundo, el pendejo ese tuviera que meterse con ella?". Sobre eso estaba completamente desarmado. "Te juro que no lo sé... no tengo la más puta idea de cómo le hizo". Era mi gente, era mi Chacal, le había encargado un asunto de la más alta importancia; por eso, el hecho de que se me hubiera ido ese dato me dolía hasta la madre. Además el pendejo de Esteban, con sus calenturas, se había convertido en un pinche dolorón de cabeza. Yo continuaba tratando de justificarme. "Al menos hizo lo más importante... recuperó los papeles y se chingó a Frank". En cuanto terminé la frase, entendí que no debí decirlo así, porque Pepe bajó la mirada y se le inyectaron los ojos. Apretó la mandíbula y retuvo el aire; no podía disimular el trabajo que le costaba no ponerse a llorar ahí, delante de mí. "Sí... al menos hizo eso... supongo que es la única razón por la que todavía estamos vivos".

Guardamos silencio por unos instantes. Pepe seguía viendo el tapete. Yo comprendí lo delicado de la situación y que si no dábamos muestras definitivas de lealtad, estaríamos en verdadero peligro. "Sé que eso no quita el error y que ahora sospechen de nosotros, pero te aseguro que lo que pasó con la hija de Villegas es una puta casualidad". "En este negocio las casualidades huelen a mierda". Eso era verdad. Yo pensé que la mejor solución era eliminar de una vez a la pinche vieja del conflicto y acabar de una vez con el asunto. "Ya que la gente de Ortiz la tiene detenida, por qué no la suicidan de culpa y arrepentimiento por haber sido la causante de que mataran a su papá... con eso se acabaría el pedo". "Porque yo les pedí que no lo hicieran...". Pepe encendió otro cigarro y me miró con angustia. "Me la jugué toda a que tengas razón y esto sea sólo una pinche casualidad... les dije que la interrogaran todo lo que quisieran, para que estuvieran seguros de que no teníamos nada que ver y luego nos la soltaran para matarla nosotros y así librarnos de toda sospecha... no sé si acabas de entender que estamos en la mera orillita del precipicio...". Claro que lo entendía, y también era consciente de que, entre más tiempo viviera la pendeja esa, más cerca estaríamos de desbarrancarnos. "La van a retener lo más posible para darse tiempo de hablar conmigo... con nosotros... Me acaban de citar a una reunión urgente; así que prepárate, porque nos vamos a Morelia. Más nos vale que de veras todo esto sea una casualidad...". Los dos nos quedamos en silencio. Sabíamos que esto podía ser una emboscada. Pepe le daba vueltas a las posibilidades, que en esencia eran dos: asistir y esperar que todo saliera bien, o negarse y romper con los jefes para convertirse en otro Frank. Yo hice la pregunta por no dejar, por medir la respuesta y ver la cara que ponía. "¿Cuándo regresamos?". "No seas pendejo Rei... ni siquiera hay forma de saber si nos van a dejar llegar". Pepe dio otro sorbo a su vaso y ambos permanecimos en silencio ante la incertidumbre de lo inevitable.

Diario de Elisa, 5 de octubre

Finalmente mañana operan a papá una vez más, y, a diferencia de las veces anteriores, ahora me siento especialmente tranquila y relajada. A las diez de la mañana llegó la ambulancia para trasladarlo al hospital. Incluso Esteban llegó temprano y nos acompañó hasta la hora de la comida.

Para la una de la tarde papá ya estaba instalado en un cuarto, y para las siete ya le habían hecho todas las pruebas necesarias para autorizar la intervención. Mañana entra a quirófano muy temprano; a eso de las siete. Mamá quería que llegáramos a saludarlo y darle apoyo antes de que lo bajaran, pero el médico la convenció de que era una locura. Al final entendió las razones y aceptó que lleguemos sobre las nueve, sólo para aguardar el resultado final.

Estoy un poco triste y decepcionada porque me hice la prueba de embarazo martes y miércoles y salió negativa. Parece que es definitivo: Antonio no será el padre de mi hijo. No puedo evitar sentirme así, porque me había ilusionado mucho con el inicio de mi embarazo. En cierta forma, sé que es lo mejor, porque había un alto riesgo de que me sintiera culpable de ocultárselo, y hubiera sido aún peor decírselo justo unos meses antes de su boda. Incluso imaginaba la posibilidad de que ambas fechas, nacimiento y boda, coincidieran; eso habría sido realmente perturbador.

Ayer en la tarde pasé a la agencia a recoger unos pagos y confirmar que no trabajaría en una semana por causa de la operación de papá. Willy casi nunca está en las tardes; pero ayer, en cuanto supo que había llegado, pidió que me pasaran a su despacho. Supongo que acababa de llegar de alguna comida porque se le notaba que había bebido de más. Para que no hubiera dudas, en la mano paseaba la taza que siempre usa para su café, pero en esta ocasión traía en ella una buena cantidad de tequila, que amenazaba con desbordarse ante cada movimiento descontrolado que hacía con las manos.

Me pidió que me sentara en el sillón, y él se sentó a mi lado con una carpeta roja, donde tenía archivados supuestos proyectos de campañas para el año próximo. Me dijo con mucha cortesía, que se daba cuenta que llevaba un buen número de años trabajando con él y que no había recibido todas las oportunidades que merecía. Eso era cierto, pero la explicación era sencilla y yo la conocía de sobra:

nunca había aceptado acostarme con él. Luego cerró la carpeta y aseguró, muy serio, que era consciente de que me tenía abandonada, pero que también yo tenía la culpa porque no lo había tratado bien. Así me dijo: "Nunca me has tratado bien". Yo no suelo decir groserías, pero ¿qué carajos significaba eso? Me quedé muda, helada y no supe qué responder. Él aprovechó mi silencio para ponerme la mano en la pierna, y con la otra me tomó la cabeza y me besó.

Sabía a cigarro, a alcohol, a horas sin lavarse los dientes. Me recorría un extraño coraje y un profundo resentimiento, pero no lo detuve. Me di cuenta de que nada me impedía dejarme llevar a cambio de buenos contratos. Continuó besándome y luego me acarició los senos con demasiada fuerza. Sentí su lengua de sabor desagradable recorrer mi boca y decidí corresponder. Pensé que quizá ésa era la oportunidad que estaba esperando y que no debía desaprovecharla. Comencé a analizar si ese sillón se prestaría para hacerlo bien, o si era más adecuado pedirle que nos fuéramos a un hotel. Continuó tocándome por todos lados y no tardó en frotar con torpeza mi sexo. Puse la mano sobre su pantalón y sentí su erección haciendo fuerza por salir. Me abrió los jeans y metió la mano en mi ropa interior y sentí sus dedos sobre mi pubis y comenzó a desabrocharse el cinturón, y yo cerré los ojos y no pude más. Sentí un profundo asco de él y de mí misma. Yo no quería ni beneficios económicos ni mucho menos un hijo bajo esas circunstancias, así que lo empujé y salí corriendo de la oficina. "Elisa espera...". Me llamaba a gritos. "Déjame que te explique...". Pero no había nada que explicar.

Bajé hasta la calle y caminé sin rumbo hasta que pude calmarme. Lloré, porque me dio mucho sentimiento darme cuenta de lo que estaba haciendo. Es cierto que necesito juntar dinero para lo que pueda venir, que quiero embarazarme y tener un hijo, pero no así. Regresé a casa y no quise hablar con nadie. Me encerré en mi cuarto y no tuve fuerza ni siquiera para escribir en este diario lo que había sucedido.

Esteban

Tal y como le prometí a Elisa, me levanté temprano y llegué antes de que dieran las nueve, para acompañarlas en el traslado de papá al hospital.

Pobre papá, me mataba verlo así. Nunca se lo dije a nadie, de hecho me costaba reconocerlo ante mí mismo, pero estaba convencido de que lo mejor que podría pasarle era morirse y así detener ese sufrimiento silencioso. De haberme atrevido lo habría matado yo mismo, claro que jamás pude. Varias veces pensé que mi deber como hijo era al menos plantéarselo, preguntarle qué opinaba.

Me imaginaba, en algún momento que nos quedáramos solos, diciéndole lo mucho que me dolía verlo así, y que comprendía que él sufría mucho más; y que, por eso, quería pedirle que, si lo que realmente deseaba era morir, me hiciera una señal con los ojos. Me hubiera gustado tener el valor de decirle que yo estaba dispuesto a encontrar la mejor manera de liberarlo, si eso era lo que de verdad quería. Estaba seguro de que cerraría los ojos, y con ese guiño confirmaría lo que todos sabíamos en nuestro fuero interno, sin atrevernos a confesarlo: que vivir en ese estado no puede llamarse vivir, y que esa parálisis es la variedad más cruel que existe de la verdadera muerte. Ya con su consentimiento pensaría en la forma más adecuada; quizá un medicamento inyectado; quizá cortarle las venas hasta desangrarlo. Él iría poco a poco cerrando los ojos, perdiendo la fuerza, desprendiéndose de este mundo que carecía de sentido y que ya no tenía nada para ofrecerle; y entonces, al fin podría escapar de esa condición de presidiario sin esperanza. Yo sería sólo un instrumento de liberación; pero sabía de sobra que yo jamás podría hacerlo y cada vez que lo veía, me quemaba la culpa de saber que por cobarde, él estaba condenado a vivir muerto durante muchos años.

Mentiría si dijera que esos sentimientos de angustia me atosigaban de forma permanente. Conforme pasaron los meses desde el ataque que le provocó la parálisis, lo tenía paulatinamente menos presente en la cabeza, hasta que iba a la casa y lo veía y entonces volvían las angustias y las culpas. Y, a veces ahí también pasaba. Luego de estar media tarde platicando con mamá o con Elisa, se nos olvidaba que estaba ahí, y de pronto todo era normal, todo era como antes. Hasta que accidentalmente lo veía otra vez y me daba cuenta de que hacía ya un buen rato que lo ignorábamos. Él estaba sin expresión, con los ojos apuntando a la tele, que, por cierto, le resultaba imposible escuchar por culpa de nuestra plática, y encerrado en sus propios pensamientos que jamás podría volver a compartir. Yo veía que a mamá y a Elisa les pasaba lo mismo. Llevaban tanto tiempo viviendo en esa situación que ya la veían como parte de la cotidianidad, y necesariamente tenía que dolerles cada vez menos. Y cuando me daba cuenta de todo eso, lamentaba todavía más no tener los arrestos para liberarlo. El ser humano termina por acostumbrarse a cualquier cosa y a convivir con naturalidad en los ambientes y circunstancias más trágicas y de mayor deterioro. ¿A papá le pasaría lo mismo? ¿Él también terminaría por acostumbrarse a su nueva realidad y con ello dejaría de sufrir? Era imposible saberlo.

Aquel jueves amaneció fresco. Mamá se puso feliz de verme. Poco antes de las diez llegó la ambulancia y no hubo mayores complicaciones para trasladarlo al hospital. Procuré no quedarme solo con Elisa porque yo me había comprometido a poner mi parte del dinero. En realidad no había tenido oportunidad de revisar; quizá ya lo tuviera, quizá tuviera lo que correspondía por la muerte de Frank, o tal vez no me dieran un centavo hasta que se resolviera el asunto de Laura. Lo cierto es que en ese momento no me importaba el tema del dinero. Como era de esperarse, llegó la ocasión en que estuvimos solos y ahí aproveché para pedirle un poco más de tiempo. A diferencia de otras veces, lo tomó con mucha calma. Me dijo que no me preocupara, que ya se lo daría cuando se pudiera, que mamá estaba feliz de verme y lo importante era que la hiciera sentir bien. Me asustó un poco porque aquella no parecía mi hermana exigente y neurótica de siempre, pero me asustó aún más su petición, porque yo no tenía idea de cómo lograr que mamá se sintiera mejor; y mucho menos en el estado de agitación interior en el que yo me encontraba.

Luego de comer los tres juntos, mamá y Elisa permanecieron en el hospital hasta que terminó la hora de visita. Yo tuve que irme porque necesitaba hablar de nuevo con Reinaldo sobre los acontecimientos que vendrían. Fui a su casa pero no estaba. Su celular lo contestó uno de sus ayudantes y me dijo que en ese momento le resultaba imposible hablar conmigo, pero que ya se pondría en contacto cuando lo considerara pertinente. También intenté saber de Laura, pero el resultado fue el mismo de las veces anteriores y me quedé como estaba. Por suerte la muchacha de servicio me cortaba con frases huecas, que me hacían pensar que al menos estaba viva. Como era jueves, yo tenía que presentarme en el Esperanto para mi jornada de trabajo habitual. Yo hubiera querido quedarme en casa, pero no podía levantar sospechas y además elevar el nivel de enojo de Reinaldo, que no asistió en toda la noche. Al menos me mandó un breve mensaje por conducto de Roger, que, ante su ausencia, se quedó como encargado. "Dice que mañana hablan... que aún está viendo el asunto y buscando soluciones". Roger quiso saber qué significaban aquellas palabras tan misteriosas, pero naturalmente no le di ninguna explicación.

Volví a casa tan temprano como pude, y al día siguiente llegué al hospital a eso de las once. La operación había terminado con éxito y sólo faltaba esperar que mi papá saliera del área de recuperación para que lo dieran de alta. Lo trasladaron a casa en otra ambulancia, y los camilleros lo dejaron instalado en su cama de siempre. Ya con todo bajo control, me despedí de mamá y de Elisa, y regresé a mi departamento para darme un baño y a prepararme porque tenía que ir a trabajar de nuevo. A lo largo de todo el día no pude quitarme a Laura de la cabeza. Se la habían llevado el miércoles y habían pasado ya cuarenta y ocho horas sin saber nada de ella.

Al entrar en mi casa, la tarde estaba a punto de caer. En la penumbra, abrí la puerta provisional y di los primeros pasos en el interior. Había algo en el piso, y al encender la luz y comprobar que se trataba de otro sobre amarillo, me quedé sin aliento.

Cerré la puerta y me senté en la sala. Veía frente a mí aquel sobre tirado junto a la puerta y que me daba pánico recoger para enterarme de su contenido. Por fuera era exactamente igual a los anteriores, donde se me daban datos y se me encargaba ejecutar a alguien, pero éste no podía ser el caso porque el trabajo anterior todavía estaba sin resolverse, y además yo había decidido retirarme de esa vida. Intenté llamar a Reinaldo, pero no tuve éxito. El celular de Laura continuaba apagado, y en su casa, la muchacha de servicio continuaba diciendo que no tenía información, pero que, si la veía, le diría que llamé. Yo estaba desesperado y le dije que entendía que no la dejaran dar información por teléfono, pero sólo le suplicaba que me dijera si estaba bien. La mujer se compadeció de mí y me respondió primero con un murmullo apenas entendible "Sí, joven... ya está aquí...", para luego subir el tono y responder como lo había hecho todas las veces anteriores. "Ya le dije que no puedo darle más información, cuando la vea, le digo que la llamó". Y colgó el teléfono. Respiré aliviado porque al fin supe que estaba viva y de regreso en su casa.

Quizá fue el saber eso lo que me dio el valor para recoger el sobre y colocarlo encima de la mesa. Estaba muy ligero, casi vacío. Al abrirlo, comprobé que sólo contenía dos fichas de depósito con fecha del jueves, un día después de la muerte de Frank. ¿Por qué me pagaban dos si yo sólo había matado a uno? Necesitaba hablar con Reinaldo, pero no hubo manera. Era imposible suponer que, luego del lío que se armó, ese segundo pago fuera una gratificación generosa por los servicios prestados. La única posibilidad lógica era que me pagaban por adelantado la muerte de Laura. Pero eso no podía ser, porque esa ejecución nunca se llevaría a cabo. Para estas alturas ellos deberían saberlo; yo no iba a matar a Laura, ni por todo el oro del mundo.

El timbre del teléfono irrumpió en el silencio, como una explosión atómica. Pegué un brinco de muerte y lo dejé sonar varias veces, mientras recuperaba la calma. Al otro lado de la línea apareció por fin la voz de Laura. La habían liberado el jueves en la noche pero no había tenido ganas ni ánimo para hablar con nadie. Me dijo que estaba bien, y yo le pedí que nos viéramos. Se escuchaba triste, desganada, indiferente, como perdida en sus propios pensamientos. "No tengo ganas de ver a nadie, no tengo ganas de hablar... sólo quería que supieras que estoy bien". Le insistí en vernos al día siguiente pero, al parecer tenía que ir a casa de su hermana. "Entonces el domingo". "Está bien... el domingo nos vemos... te lo prometo". Yo le dije que la escuchaba rara, mal; le pregunté si le habían hecho algo, si la habían lastimado. "No, estoy bien... sólo que han sido días difíciles, pero para el domingo todo estará bien". Al menos, dentro de la incertidumbre de escucharla así, la conversación terminó con frases que me llenaron de esperanza. Yo le dije que la amaba y me respondió que ella también y que esas horas de encierro le habían servido para confirmarlo.

Nos despedimos con cierta tristeza, pero saberla bien me dio la fuerza y el valor para ir a trabajar. Una vez más Reinaldo no se presentó, y tuve que esperar hasta el sábado, en que tan pronto como terminé mi trabajo en la puerta me llamó a su privado para que habláramos.

Reinaldo

No tenía ni puta idea de cuánto tiempo estaríamos fuera o si realmente volveríamos, pero no había más remedio que subirse con Pepe a la pinche camioneta y enfrentar lo que viniera. Por más optimismo que uno quisiera tener, no podía descartarse que fuéramos corderitos que iban a toda prisa hacia el matadero, pero tampoco había alternativa. Negarse a asistir a la cita era condenarse de todos modos; así que había que correr el riesgo y aguantar vara.

Pepe no dejó de beber en toda la carretera. Hablaba de Frank como si estuviera vivo. Empezó platicando anécdotas y riéndose a carcajadas con sus recuerdos; para luego, de pronto, quedarse callado y con la mirada perdida en el paisaje del camino, y después, así, sin mas, pronunció frases sin sentido y dio puñetazos en el respaldo del asiento de enfrente, sacudiendo al guarura que viajaba de copiloto, como si fuera un pinche muñeco de trapo.

Agüevo que me llevaba la chingada. Mi vida también estaba en juego y sólo faltaba que enloqueciera justo en ese momento en que necesitaba pensar con mayor claridad, para enfrentar esa puñetera reunión. Con el avance de los kilómetros se fue calmando, y luego de uno de sus largos silencios se dirigió a mí. "Es culero que lo traicionen a uno, ¿no?". "Sí, es culero". ¿Qué otra cosa podía decirle? Tenía razón: cuando a uno lo traicionan se siente bastante culero. Yo lo veía fuera de sí, y no pude evitar acordarme de lo que le estaba haciendo con Ivonne. Eso, aquí y en China, era traicionarlo. Pero luego también me acordé de lo que él me hizo con la puta de Denise ¿Eso no era también una traición o sólo porque yo era su subordinado se llamaba de otra manera? Todos los recuerdos se me encimaron y ya no supe qué pensar. Pepe volvió a guardar silencio y yo sólo quería que llegáramos de una puta vez y se terminara ese camino eterno que no era otra cosa más que un pinche martirio lleno de angustia y de incertidumbre.

Ya era de noche cuando entramos a Morelia. La reunión sería al día siguiente, en la mañana. Nos dirigimos al mismo hotel donde nos habíamos hospedado en el viaje en que me llevó a conocer a su brujita. De nuevo pidió una suite con varias habitaciones, pero yo tuve que quedarme en el sillón de su cuarto porque él no quería estar solo. Supongo que se cagaba de miedo de que lo visitara el fantasma de su amigo para reclamarle su deslealtad. Siguió bebiendo, pero como ya no se metió más perico, por fin, a las tantas, se quedó dormido.

A la mañana siguiente vino el Gordo a despertarnos. Me di un baño y me puse la misma ropa del día anterior porque no había tenido oportunidad de ir a mi casa por la maleta. Mientras me vestía pensé que quizá tampoco hiciera falta; para que le den a uno en la madre no es indispensable traer ropa limpia. Desayunamos en el restaurante del hotel. Pepe se veía devastado por la cruda y la tristeza, pero intentaba compensarlo bebiendo tazas y tazas de café bien cargado.

Nos dirigimos a una zona residencial y la camioneta se detuvo frente a una casa grande y de rejas altas. Afuera había un chingo de camionetas y de cabrones malencarados; adentro había varios más. Entramos sólo Pepe y yo. En el vestíbulo nos registraron a conciencia y nos pasaron a un cuarto todo pelón donde sólo había cuatro sillones, y al fondo una barra llena de botellas y copas. La ventana daba a un jardín, y gracias a que el día estaba soleado entraba por ella un chingo de luz clara y brillante. Se abrió la puerta y entró un cabrón alto y corpulento, con un pinche bigote que apenas le dejaba ver la boca. Vestía jeans y una camisa de cuadros; lo que más resaltaba era una hebilla enorme con el escudo de los Dodgers y una botas casi blancas, de piel de serpiente.

Saludó a Pepe con una gran familiaridad, y ambos se fundieron en un abrazo lleno de palmadas sonoras. A mí me preocupaba que, por más sincero que pareciera ese gesto, las apariencias no siempre corresponden con la realidad. Cuando terminaron su saludo efusivo, Pepe me lo presentó. "Éste es Güicho... buena res... empezamos juntos, pero es tan cabrón que me ganó la carrera... ahora es el dedo chiquito de Vladimir". "No te estarás quejando, ¿o sí? Ya pareces señorita encopetada... aunque aquí entre nos, yo no me acuerdo que nunca fueras señorita". Y los dos se cagaron de risa. Yo no entendí el puto chiste; supuse que era local y que sólo ellos podían carcajearse de una mamada así. Mientras me saludaba, el tal Güicho me hacía mierda los dedos con un apretón brutal y clavaba una mirada de cuchillo, como si tratara de penetrarme, de saber si realmente era de fiar o no.

Nos sentamos en los sillones, y sin darle demasiadas vueltas Güicho entró en materia. "Pus tu dirás, mi Pepe, qué chingaos está pasando... por acá hay mucha gente intranquila que no entiende ni madres". Pepe le dio una explicación general de la película. Se le veía nervioso y tenía la boca seca, pero al final retomó la serenidad y trató de hacerle ver que si bien había sido amigo de Frank, le había demostrado su lealtad a Vladimir y que las complicaciones posteriores eran sólo eso, complicaciones que se podían arreglar sin ningún pedo. Güicho guardó silencio un momento y se tomaba la barbilla y asentía mirando a la pared. "Ta'bueno... pero yo, al chile, lo que quiero es conocer al bato ese... Yo, con las morras, soy tan cabrón como cualquiera, pero cómo chingados le hizo para primero matar a Villegas y luego hacerse novio de su hija... te juro que en cuanto me enteré me volví su fan...". Y se carcajeó a todo pulmón, pero luego se puso serio y se quedó mirando a Pepe en espera de su respuesta. "Yo tampoco sé... no lo entiendo, pero así pasó... Te juro que yo no tuve nada que ver... yo nunca he visto a la vieja esa, ni siquiera sabía que existía hasta que nos enteramos de que tenía los putos papeles y que se los daría a Frank. De hecho, gracias a ella lo pudimos eliminar...". A Pepe se lo llevaba la chingada; tenía los ojos muy abiertos y ya ni siquiera intentaba disimular cuánto lo aterraba que dudaran de él. "Ustedes la tienen... interróguenla, oblíguenla a hablar... sáquenle le neta... pa'que veas que no te miento". Güicho lo miró con una sonrisa. "No te me angusties, mi Pepe... en esas andamos". Se abrió la puerta y apareció un pinche matón descomunal que se dirigió a Güicho. "Ya llegó...". "Pues pásalo de una vez... pa'ver qué nos trae...". Pepe y yo cruzamos miradas de preocupación.

Quien entró fue el comandante Ortiz que venía llegando de la capital para reportar las últimas novedades. Saludó a Güicho con respeto, pero el otro lo abrazó y luego se dirigió a nosotros. "Este culero me ganó un carro en unos arrancones... tiene cara de pendejo, pero el muy ojete maneja como Schumacher". Ambos se carcajearon y nosotros apenas pudimos hacer como que sonreíamos. "Ya en serio... ahí como lo ven, éste es nuestro gallo, para que un día ponga en orden la pinche Judicial... ya ven que está hecha un desmadre... pero este cabrón es un verdadero chingonazo...". Y le palmeó la espalda. "Ya mero... ya mero... Ahí la llevamos". Respondió Ortiz mientas obedecía la señal de Güicho de dirigirse al sillón que quedaba vacío. Nos sentamos los cuatro y luego luego Güicho retomó la conversación. "Pues cuéntanos, ¿qué nos traes? Aquí el buen Pepe piensa que todo es un enredo de chamacos calientes". Ortiz nos echó una mirada de duda. "Pues, pa'qué más que la verdad... eso parece". Pepe y yo nos miramos aliviados. "Nos aventamos todo el día y toda la noche interrogándola y no da color de saber demasiado sobre nada... además cateamos su casa y encontramos esto...". Y le pasa un cuaderno café de pasta dura, que Güicho hojea por encimita, para luego devolvérselo. "No pretenderás que lo lea, no mames... mejor cuéntame qué dice". Ortiz lo recibió de vuelta, y luego de mirarnos de pasada continuó con su explicación. "Es como un diario donde la hija de Villegas anotó todo lo que hizo desde que mataron a su jefe hasta el día anterior a su encuentro con Frank. Al parecer todo es un enredo... una casualidad. El único pedo es que el güey que mandaron a chingárselos a los dos no hizo bien su chamba". Ahí los tres me miraron como si ese pendejo hubiera sido yo. Querían una explicación y yo no sabía qué decirles. "Pues yo estaba justo arreglando eso, cuando nos interrumpió aquí el Comandante". Ortiz me echó una sonrisita de odio y Güicho retomó la conversación. "Pues no se hable más... cada vez estoy más seguro de que este malentendido se va a arreglar. ¿O no, mi Pepe?". "Claro... se hará lo que sea necesario". Güicho se dirigió a Ortiz. "¿Y cuándo piensan soltarla?". "Cuando me digas... Yo recomiendo dejar pasar unos días para que se calmen las aguas, y que luego se la chinguen, para no dejar cabos sueltos". Güicho asintió. "Eso suena bien. ¿O no, mi Pepe?". "Así se hará...". Güicho se puso de pie y nos habló efusivo. "¡Ya ven qué fácil se arreglan los pedos... si ya lo decía mi jefecita: hablando se entiende la gente... Y usté, mi Comandante, regrésese en chinga y no me deje la ciudad sola... ya ve que está llena de canijos... Ahí en la nochecita aflójela, y vaya preparando el expediente que explique cómo la ejecutaron sus cómplices por pasadita de verga". Ortiz se despidió de los tres y salió de la habitación. "Y tú, mi Pepe, ya quita esa pinche cara de susto... de veras me alegra que estés limpio... yo sabía que no nos podías fallar". Pepe por fin relajó el semblante. "Claro que no... dile a Vladimir que...". Güicho lo interrumpió palmeándole el hombro. "Mejor se lo dices tú mismo... porque te quiere ver". El rostro de Pepe se desencajó de nuevo. "Pero no pongas esa pinche cara que, por ahora, no vamos a ningún velorio". Güicho terminó la frase a carcajadas, pero la amenaza sutil estaba hecha con ese "por ahora" que pronunció con más lentitud que el resto de la frase. Pepe fingió una sonrisa y me ordenó que lo esperara en el hotel.

Estuve el resto de día encerrado en el cuarto, viendo películas, encuerando el frigobar y pidiendo comida a la habitación. La mayor parte del tiempo la pasé en un sillón, que aunque quedaba un poco lejos y de lado a la pantalla de la tele, quedaba de frente a la puerta. En estas cosas nunca se sabe y no podía descartarse que en cualquier momento entraran a darme en la madre. Por suerte eso no pasó. En plena madrugada me quedé dormido, hasta que me despertaron unos pinches toquidotes en la puerta. Yo estaba cagado de miedo, y encima no tenía siquiera una pistola para defenderme. Vino otra tanda de toquidos pero al final me calmó escuchar la voz de Pepe. "¡Ándale, pinche Reinaldo, ábreme, soy yo!". Entró a toda prisa a recoger las cosas que había dejado sobre la cama. "Vámonos... pero en chinga". Durante el camino de regreso, Pepe viajó la mayor parte del tiempo callado y pensativo. Ya en la entrada de la ciudad, se dirigió a mí para darme instrucciones. "Vamos a esperar unos días y luego hay que chingársela... de preferencia que lo haga el güey ese, para que se le quite lo pendejo. Ya luego vemos si lo conservas como Chacal o te lo chingas también... ya no quiero más pendejadas...". Yo respondí lo único que podía responder: "Agüevo... Cuenta con ello... así se hará".

Laura. Cuaderno nuevo, 6 de octubre

En cuanto entramos al edificio de la Procuraduría, una agente me revisó de pies a cabeza y me quitó todo: celular, reloj, pulseras y demás pertenencias. Luego me pasó a un cuarto donde no había nada más que un escritorio viejo y tres sillas.

A pesar de mi inexperiencia en estos asuntos supuse que lo normal, al recibir un detenido, era tomarle los datos y explicarle las razones por las que estaba ahí; pero en mi caso eso no sucedió. Estuve en esa habitación durante horas. No había ventanas, así que toda la luz era artificial, lo que, con el paso de las horas, complicaba saber si era de día o de noche. Alternativamente me interrogaron varios agentes. Nunca me permitieron llamar a mi familia ni hubo nunca un abogado en el cuarto, hasta que, muchas horas después, apareció el licenciado Esteva. Fuera el agente que fuera y lo hiciera en tono amistoso o agresivo, siempre me hacían las mismas preguntas; unas veces al derecho y otras al revés; pero en esencia siempre las mismas. Para la tercera tanda comencé a preocuparme de que tanta insistencia en lo mismo se podría deber a que estaba respondiendo mal; de que, a fuerza de enredarme, hubiera caído en contradicciones, así que entre más tiempo pasaba, hacía un esfuerzo mayor por ser cuidadosa y contestar con la mayor precisión posible. Decidí no ocultar nada y decir la verdad, tal y como había ocurrido. Tratar de proteger la memoria de mi papá no habría servido de nada, porque estaba segura de que sobre ese tema ellos sabían mucho más que yo.

Durante los tiempos muertos, entre agente y agente, se me venían muchas dudas a la cabeza, y la más recurrente consistía en tratar de entender cómo supieron tan pronto que después de salir del café me había ido a esconder a casa de Esteban. ¿Me estarían vigilando desde antes? No lo sé, quizá sí. De otra manera no me explico cómo, en apenas un par de horas, habrían sabido que la mujer desconocida, que estaba sentada al lado del ejecutado y que había salido corriendo a los pocos segundos, era yo. Y luego, cómo supieron a dónde había ido, si yo no había hablado de Esteban prácticamente con nadie.

Entre los agentes que se alternaban, Ortiz entró varias veces, pero en general sólo a escuchar los interrogatorios que hacían los otros. Él se limitaba a hablarme en tono condescendiente y a pedirme que cooperara con la investigación, para que terminaran conmigo lo antes posible y pudiera volver a casa a recuperarme del susto. Normalmente Ortiz salía cuando entraba un tal agente Sánchez. Éste era violento y agresivo y me trataba como si yo fuera una delincuente. Inventaba versiones y me relacionaba con gente que yo nunca había escuchado mencionar; y luego de decirlo, soltaba risotadas estridentes y aseguraba tener pruebas de que yo era parte de la organización. En otras visitas, decía que yo era cómplice de mi papá y que había sido amante de Oliguerra y que muy pronto se sabría la verdad y yo terminaría en la cárcel, a menos que en ese momento confesara la verdad. Hubo veces que estuve a punto de derrumbarme y que no podía contener las lágrimas y el terror. Tomé conciencia de que estaba metida en un problema real. Me esforzaba por decir las cosas como fueron, pero el tal Sánchez se carcajeaba de mí y trataba por todos los medios de sacarme una supuesta verdad que yo no conocía. Cuando las cosas llegaban al límite, Ortiz entraba de nuevo con su colonia dulzona que tanto mareo me produce y me acercaba la caja de kleenex y en tono amistoso y paternal volvía a preguntarme qué hacía ahí en ese momento y yo pensé que terminaría loca; pero tomaba aire y volvía a contarle toda la historia desde el principio. Él me hablaba de unos supuestos informantes que le habían dicho que yo era cómplice de Oliguerra, pero que lo traicioné. Me habló de que Luisa y Óscar también estaban involucrados y me preguntó si Esteban me había ordenado citar a Oliguerra en ese lugar y terminó diciendo que si no confesaba tendría que dejar que Sánchez me sacara la verdad por los medios que quisiera.

Ahí comencé a llorar de desesperación. Yo quería confesar lo que fuera para terminar con aquello, pero me decían tantas cosas, y tan contradictorias entre sí, que yo no sabía cuál era esa famosa verdad que querían escuchar. Luego empezaron con el portafolio; querían saber qué contenía. Ya no me importó si mi papá salía embarrado; yo dije todo, tal y como era, pero jamás quedaban satisfechos. Sánchez enredaba a los americanos con la DEA y de ahí pasaba a las cuentas de banco y revolvía nombres conocidos con otros que nunca había oído y yo terminé por no entender nada. Procuraba repetir lo mismo, pero para esas alturas ya no estaba segura ni de lo que había dicho antes. Él me insultaba y seguía cuestionándome, y luego empezó otra vez con Esteban. Quería saber por qué me había ido a ocultar ahí. Lo hizo mi cómplice primero, luego resultó ser mi jefe y por último, mi sicario. Yo le juraba una y otra vez que era mi novio y que no tenía nada que ver en todo esto, pero él insistía e insistía. Comencé a llorar al ver que no llegaba a ningún sitio. Me dejó descansar un rato y al regreso comenzó a preguntarme de qué conocía al tal Reinaldo. Le dije que era la primera vez que lo veía; pero al parecer, para Sánchez, también era mi cómplice. Llegó el punto en que estaba tan harta y tan fastidiada de ese interrogatorio tan sin pies ni cabeza que decidí no pronunciar una sola palabra más. Sánchez insistió un rato y continuó subiendo el tono y la violencia hasta hablarme a gritos casi rozándome la cara y llenarme de saliva y de ese aliento amargo que no voy a olvidar jamás. "¡¿De verdad crees que la vas a librar con puras mentiras...?! ¡Ya lo sabemos todo...! ¡Ya tenemos las pruebas...! ¡Te voy a refundir en la cárcel para que todos los custodios te violen y se te quiten las ganas de andar matando gente!". Yo seguí en silencio. Había perdido el sentido del tiempo y aunque recordaba vagamente a dónde me habían llevado, ya dudaba de estar en una oficina de la Policía Judicial o en los sótanos clandestinos de una banda de secuestradores.

Ya no soy capaz de recordar cómo o en qué momento, pero de pronto apareció a mi lado el licenciado Esteva. Es uno de los abogados de más experiencia del despacho de mi papá, y cuando lo vi, sentí como si hubiera entrado un gigante salvador. Se acercó a preguntarme si estaba bien, y yo lo abracé como si fuera el propio papá quien estuviera ahí para ayudarme. Cuando nos dejaron solos, me dijo que Esteban había llamado para avisar lo sucedido y que además se habían enterado por los múltiples cateos que hicieron, mucho más violentos que los anteriores, en la casa, en la galería, en el despacho y en la casa de Luisa. Me dijo también que llevaba varias horas haciendo gestiones y llamando amigos en todos los niveles para que lo dejaran verme, porque me tenían incomunicada. "Esta situación es muy irregular, sin duda, pero al menos no la tienen con carácter de detenida sino de testigo; así que, si no sucede otra cosa, en algunas horas podremos sacarla de aquí".

El licenciado Esteva trataba de darme una explicación, un panorama, y a la vez intentaba tranquilizarme. Me dijo que lo que me estaban haciendo era ilegal, pero que alguien poderoso estaba ordenándolo, porque tuvo que recurrir a todas las influencias del despacho para poder arreglarlo. "Usted sólo sea un poquito paciente, y ya verá como salimos de ésta", me decía en tono paternal. "Al parecer sólo le toman declaración y nos vamos". "¿Declaración? ¿Otra? Pero si desde que estoy aquí no he hecho otra cosa que declarar...". "Sí, otra. Todo lo que usted ha vivido hasta este momento, oficialmente nunca sucedió... Podemos protestar, iniciar un procedimiento por privación ilegal de la libertad, podemos intentar varias cosas, pero de cualquier forma el tiempo no vuelve atrás y ahora la prioridad es sacarla de aquí". Luego de mi detención y de que catearon su propia casa, le pregunté por Luisa. "Debe estar furiosa conmigo". El licenciado Esteva trató de minimizarlo, pero se le notaba cuánto intentaba fingir. "Digamos que está un poquito preocupada por usted... y por la situación en general... pero para ella lo primero es sacarla de aquí". Luego me explicó que también la habían interrogado y que estaba muy asustada. Sin duda se pondría como energúmena contra mí por haberla involucrado, a ella y a su familia, en mis tonterías detectivescas; y lo peor es que tenía razón.

Nada deseaba más que salir de ese hoyo deprimente y aterrador. Al poco rato vinieron por mí y me llevaron a una oficina llena de gente. A partir de ese momento, el licenciado Esteva me acompañó en todo el procedimiento. Un agente que no había visto nunca comenzó un nuevo interrogatorio y tuve que empezar desde el principio. Para cuando acabamos con las preguntas eran ya las nueve de la mañana del jueves.

El licenciado Esteva pasó de una oficina a otra y por fin volvió conmigo a ponerme al corriente de la situación. Me dijo que estábamos en un punto delicado, pero al fin había podido hablar con sus contactos y le habían pedido un soborno cuantioso por mi liberación, y Luisa ya había accedido a pagarlo; ahora sólo faltaba reunir el dinero. Al parecer sí habían manejado la posibilidad de levantarme cargos como cómplice del homicidio y la cara del licenciado Esteva se endureció cuando me dijo que teníamos alrededor de veinticuatro horas para lograr mi liberación, porque de lo contrario podrían intentar consignarme, y ya dentro del reclusorio todo se volvería más complejo y lento.

Volví a quedarme sola varias horas, hasta que apareció una nueva agente para un interrogatorio más. Éste fue el menos pesado de todos, porque era una especie de ratificación del anterior. Y en cuanto terminamos, por fin me dejaron en libertad. De camino a casa, el licenciado Esteva me explicó que mi expediente quedó abierto y sujeto a investigación y que resultaba indispensable estar al pendiente y cuidar el procedimiento para evitar complicaciones futuras. "Mire, señorita, le voy a hablar con toda franqueza", me dijo el licenciado Esteva de camino a casa. "Alguien adentro está muy preocupado de que usted continúe... digamos que moviendo las aguas. Si detectan que eso sucede la van a detener, y entonces sí, todo se volverá una auténtica pesadilla. Eso sin mencionar la amenaza de congelar las cuentas y los bienes de su señor padre y eso metería a toda la familia, y al propio despacho, en un problema mayor. Le confieso que la señora Luisa está muy preocupada de que esto pudiera suceder". "No se preocupe, le juro que eso no va a pasar". Y lo dije en serio. Ya no me interesa saber nada más. Ya no quiero involucrarme en más problemas, ni correr más riesgos, ni hacer enojar a Luisa ni a nadie. Juro que quiero vivir en paz. De alguna manera, salí bien librada y ya no quiero tentar más a la suerte.

Por fin llegamos a la casa y me recibió Juanita. Me contó la manera en que habían llegado los agentes a hacer el segundo cateo. Me dijo que mi cuarto lo habían volteado de cabeza, y que luego, con un mazo, sacaron la caja fuerte que estaba oculta en el vestidor de mi papá. Se quejó amargamente de todo lo que había tenido que trabajar en las últimas horas para poner la casa más o menos en orden y volverla habitable de nuevo. Me confirmó lo que yo sabía de sobra: que Luisa estaba furiosa conmigo, y que quería que sin excusa ni pretexto fuera a verla a su casa el sábado en la mañana. También me dijo que Esteban había llamado varias veces, pero no quise hablar con él hasta poner un poco de orden dentro de mi cabeza. Tenía que pensar en lo que le diría; decidir si abrirme por completo y decirle la verdad, o en su defecto darle una versión parcial para que no le diera miedo seguir conmigo. También tenía que pensar qué le diría a Luisa, qué diría en la universidad por faltar a mi clase del jueves; aunque luego supe que eso no tenía remedio, porque mi detención salió en todos los periódicos de hoy. Y si a eso se agrega la manera en que mataron a mi papá, es casi seguro que me despedirán por sospechosa; pero para eso tengo que esperar al martes: dar una explicación, y luego ver qué sucede.

Pasé todo el día ordenando mi cuarto, reacomodando las cosas en su sitio para simular que no había sucedido nada. Hablé también unos minutos con Jana, que me puso al corriente de lo que pasó en la galería, donde a pesar del susto las cosas habían vuelto a la normalidad. Traté de calmarla y le prometí que el lunes estaría de regreso.

Hace un rato, por fin hablé con Esteban. Está preocupado y quería que nos viéramos mañana, pero le expliqué que tengo que ir a casa de Luisa. Quedamos de vernos el domingo. Quizá es mejor que se lo cuente todo y, si así lo quiere, empecemos de nuevo desde cero. Sí, es posible que eso sea lo mejor; empezar desde el principio, volver mentalmente al día que mataron a mi papá; llorarlo con todo el sentimiento y toda la tristeza de la que sea capaz, tal y como se llora a un ser profundamente amado, y luego perdonarlo y dejarlo ir. Imaginar que este último mes ha sido sólo una pesadilla que nunca sucedió. Lo malo es que sí sucedió y las secuelas quedan.

7 de octubre, en el Esperanto

Son las tres y media de la mañana y Esteban espera en la esquina de la barra a que Reinaldo lo llame para poder hablar. Lleva tres días tratando de localizarlo y parece que por fin esta noche sucederá. En cuanto llegó al Esperanto, lo buscó para aclarar las cosas de una vez; pero Reinaldo le dijo con esa mueca dura y burlona de siempre que no se preocupara, que al final de la noche tendrían esa conversación que ambos saben indispensable.

Le tocan el hombro. Es un elemento de seguridad que le habla al oído para evitar que el ruido de la música a todo volumen impida que el mensaje que le encomendaron llegue a su destino. "Te habla Rei... dice que vayas a su privado...".

Esteban suelta el vaso y se dirige al fondo del Esperanto. Camina titubeante esquivando a los pocos clientes que aún bailan o se aferran a su copa, tratando de sacarle a la noche el poco jugo que le queda. Con cada paso, Esteban tiene la sensación de que aquella puerta que debe traspasar se aleja en vez de acercarse; que el camino de pocos pasos que aún le falta por recorrer se extiende ante sus ojos hasta perderse en un horizonte lejano e inalcanzable, y que la vibración de las ondas sonoras que golpean contra su pecho son en realidad olas embravecidas que lo embaten y lo detienen.

Por fin entra. Reinaldo lo espera sentado tras el escritorio negro y lo mira fijamente. Esteban tiene la impresión terrorífica de ser recibido por la muerte en persona. Se encuentra de frente con un rostro bañado con la luz cenital de la única lámpara encendida de la habitación y que le hace parecer las cuencas de los ojos vacías y los pómulos prominentes como si carecieran de carne. "Siéntate". La voz de Reinaldo le parece más grave e intimidante que nunca. "¿Un trago?". Esteban niega con la cabeza. "Pues yo sí... y la neta, yo creo que tú también deberías... se me hace que lo vas a necesitar". Es imposible ignorar el tono cínico con que le habla; pero Esteban intenta tomar la iniciativa y exponer eso que vino a decirle. "Ayer me llegó un sobre... al parecer hubo un error y me hicieron un pago de más... y quiero devolverlo". Reinaldo deja el vaso sobre la mesa para no derramar el contenido con los movimientos violentos que le provocan un repentino ataque de risa ante el comentario de Esteban. "No mames... te juro que estás bien cagado...". Y sigue riendo ante la expresión pasmada de Esteban. Por fin Reinaldo recupera la compostura y le habla en tono condescendiente. "Neta, carnal... no te hagas pendejo. Sabes perfectamente que eso no es ningún pago de más... en todo caso es un adelanto. Como ves, tratamos bien a nuestros colaboradores... aunque a veces ellos no cumplan con sus obligaciones". Una vez más el sarcasmo le taladra las sienes y le hace entender que sus esperanzas de librarse del asunto son vanas. "Tú me dijiste que podía dejarlo cuando quisiera y yo no pedí esta ejecución". Reinaldo se reacomoda en la silla para quedar derecho y en posición de autoridad, al tiempo que su gesto se endurece de nuevo. "Una vez más, no te hagas pendejo. Sabes que ese pago corresponde a una ejecución anterior que sí tomaste, pero que dejaste a medias. De hecho, no debía ser necesario recordarte el pedote en el que nos metiste a todos por incompetente y pocos güevos... pero somos amigos, y, como ves, no soy rencoroso". Se miran un instante, pero Esteban coloca los codos sobre el escritorio y baja la mirada para ocultar la cara entre las manos. "Es que no puedo Rei... de verdad". Reinaldo mira el reloj y comienza a impacientarse "Ya déjate de mamadas. Nadie te mandó meterle la verga a la pendeja esa. ¿En qué chingados estabas pensando? ¿Querías consolarla por haberla dejado huérfana? ¿Querías salvarla? ¿Salvarla de quién, de ti? ¿Querías pagarle con amor por haberle jodido la vida?". Reinaldo dice "con amor" en un tono burlón y ofensivo, y Esteban siente una furia repentina en el centro del pecho que reprime porque no se atreve a liberarla. Reinaldo continúa, cada vez más apabullante. "No mames... ésas son pendejadas. Agárrate los güevos y asume lo que hiciste: le diste en la madre a su jefe, porque el muy ojete se lo merecía, se lo ganó a pulso y tú ejecutaste tu trabajo de pocamadre; arreglaste los pedos en tu casa y pudiste demostrarle a tu familia que te importan... todo lo demás, nunca debió suceder, pero sucedió... Ahora hay que arreglarlo". Esteban baja la cabeza previendo la derrota inevitable. Aún logra sacar fuerza de algún sitio y responde sin convicción. "No pensé que pudiera complicarse así... nunca imaginé que pudiera pasar esto...". "Ahí está el pedo... te faltó imaginación. El caso es que si no te hubieras encaprichado en cogerte a la chamaquita, no tendrías ninguna relación con ella y la hubieras matado el miércoles como Dios manda, y ahora estaríamos felices y en paz. Tú tendrías tu varo, la pinche vieja estaría en el puto infierno, feliz de volver a ver a su papá, y yo no tendría a Pepe soplándome la nuca. Orita, tú y yo estaríamos aquí mismo; pero en vez de estar discutiendo pendejadas, estaríamos con unos tragos y unas nalguitas, muy quitados de la pena y echándonos unos palos a toda madre... pero no... tenías que cagarla... y ahora ya lo ves... los errores cuestan".

Una vez más sientes esa ira ardiéndote en el vientre, y nunca como ahora habías considerado tu relación con Laura como un error. "Ella no hizo nada... ella no sabe nada... no tiene por qué morir. Yo me encargo de que deje todo por la paz y nunca vuelva a meter la nariz en nuestros asuntos... te lo juro". Reinaldo ya no es capaz de disimular el fastidio que le provoca esta conversación pero se toma unos instantes para buscar las palabras adecuadas y darle una última explicación por la buena. "Mira... en primera, eso no lo decido yo, y además, te puedo asegurar que ella sabe mucho más de lo que parece y eso la vuelve muy peligrosa, incluso para ti. ¿De veras crees que es imposible que un día se entere de lo que hiciste? ¿De verdad piensas que estaba sentada a lado de Frank por casualidad?" Esteban ha entrado en un bloqueo absoluto y ya no escucha lo que le dicen. "Eso no tiene por qué pasar". Reinaldo pierde la paciencia y pega un manotazo violento sobre la cubierta negra del escritorio. El whisky brinca y una porción del líquido amarillento se derrama pero ninguno de los dos le presta atención al charco de alcohol que se forma bajo el vaso. "¡Bueno, ya estuvo!... No estamos jugando. Deja de hacerte chaquetas mentales y entiende de una vez que esa pinche vieja ya está muerta. A la hija de Villegas se la va a cargar la chingada lo quieras o no. La pendeja metió la nariz donde no debía y los patrones están escamados. No la van a dejar ahí para que el día menos pensado lo complique todo de nuevo; así que deja de pensar mamadas y hazte a la idea de una puta vez". Reinaldo no deja de verte, como si esperara tu claudicación definitiva. Sabes que Laura se metió entre las patas de una manada de caballos salvajes y desbocados, y que es imposible salvarla ya.

Sí, comienzas a resignarte y por eso sientes esta profunda vergüenza de ti mismo y de tu cobardía: "Está bien... entiendo que no puedo salvarla... pero al menos, que la mate otro...". Por fin aceptas lo inevitable. Quizá sea lo mejor, quizá con el tiempo logres convencerte de que no fue tu culpa, de que ella sola marcó su destino al sentarse en aquella mesa, el día equivocado a la hora incorrecta. Reinaldo te expulsa de tus pensamientos y te condena nuevamente a la realidad. "Yo qué más quisiera, pero no se puede... tienes que ser tú". "Es que no puedo... compréndeme". "Yo entiendo todo lo quieras, pero a fin de cuentas es de agüevo. Si no la matas tú, va a parecer que eres su cómplice, y como yo te recomendé, me dejas en entredicho, y yo dejo a Pepe y así sucesivamente hasta que se arme un pedote de la chingada y al rato nuestras fotos van a andar viajando en sobres amarillos y le van a llegar a un ojete que, por dinero, nos va a dar en la madre sin tentarse el corazón... Comprenderás que no puedo correr ese riesgo".

Esteban no comprende las razones de Reinaldo y continúa con su súplica sorda. "Es que no puedo matarla... no puedo... es muy importante para mí". Reinaldo se frota la cara con las dos manos y libera un suspiro profundo, lleno de desánimo y hartazgo, porque sabe que no tiene más remedio que ser lapidario y definitivo.

"Mira, carnal... como están las cosas quizá ésta sea la última vez que hablemos como amigos, así que abre las putas orejas y entiende... Tu pinche noviecita ya está muerta... ya se chingó, ni modo. El pedo es que si no quiero estarlo yo también tengo que hacer lo que sea necesario para que las cosas pasen como tienen que pasar. Si no haces lo que dejaste inconcluso me vas a obligar a que lastime a la gente que quieres... eso sin contar que a ella hay que matarla de todas formas. Escúchame esta última vez como amigo, neta, de carnales, porque no hay más advertencias: agárrate los güevitos y chíngatela, porque de lo contrario vas a conocer al verdadero ojete en que puedo convertirme si se trata de defender mi vida y mi posición". Reinaldo le habló sereno, pero le clavó esa mirada de fiera salvaje a la que alguien amenaza con invadir su territorio. Esteban baja la vista desesperanzado, porque sabe que la sentencia final y definitiva ha sido pronunciada. Reinaldo termina la plática con las últimas instrucciones, pronunciadas en un tono tajante. "Hoy es sábado... tienes una semana, ni un día más. Hazlo donde quieras y como quieras. Sólo comprende que no la puedes atropellar o tirarla por la ventana o hacerla que se resbale en la tina... tiene que quedar claro que es una ejecución... Tú ya sabes cómo hacerlo".

Esteban

Cuando terminé de hablar con Reinaldo me dio miedo levantarme de la silla porque temía confirmar mi sensación de que no encontraría mundo bajo mis pies. Sus palabras fueron brutales e insensibles y sus conclusiones terminantes; y basado en ellas, no tenía otra alternativa que matar a Laura yo mismo.

Salí de esa oficina sin fuerza para pensar. Eran casi las cinco de la mañana y el bar estaba prácticamente vacío. De camino al coche me encontré con Jazmín. Era una clienta frecuente con la que había tenido sexo muchas veces, tanto en los rincones ocultos del Esperanto como en mi casa. Estaba completamente borracha y quería irse conmigo, y yo le dije que sí, sin pensarlo mucho. Quizá eso necesitaba para relajarme y olvidar un poco la lápida que me pesaba en la espalda. Caminaba tambaleándose y hablando de no sé qué cosas, con la alegría y la inconsciencia del borracho feliz. Yo me harté sólo de oírla reír descontrolada, y al llegar al coche, subí en el asiento del conductor, cerré los seguros y arranqué sin siquiera decirle adiós, dejándola boquiabierta junto a la banqueta, mientras me veía alejarme.

Mientras conducía sin rumbo, pensé en la posibilidad de desaparecer. Irnos lejos y no volver nunca. Quizá irnos a Estados Unidos o a Canadá o adonde fuera, con tal de que no volvieran a saber de nosotros, y ahí iniciar una nueva vida sin la amenaza de las balas de Reinaldo cerniéndose sobre nuestras cabezas. Lo descarté enseguida porque esa opción no salvaba a mis padres y a mi hermana de las advertencias que acababa de recibir, y además no logré encontrar ningún argumento que pudiera exponerle a Laura, que la convenciera de dejarlo todo: familia, dinero, vida cómoda, para irse de México a iniciar una nueva vida con alguien que acababa de conocer. Claro que podía decirle la verdad, pero eso lo más que lograría es que me odiara a muerte y escapara ella. Por un momento pensé que valdría la pena su rencor, si con eso la salvaba, pero ante las amenazas de Reinaldo su desaparición repentina nos dejaría a mi familia y a mí frente a un pelotón de fusilamiento con los rifles amartillados.

No recuerdo por qué calles anduve, sólo tengo la imagen de que ya había amanecido cuando entendí de forma definitiva que no había manera de salvar a Laura. Se me empañó la vista y, aunque yo hacía un gran esfuerzo por no derrumbarme, hubo un momento en que me fue imposible contenerme y tuve que bajar del coche y, en una banqueta desconocida, llorar como un niño abandonado.

Ya era domingo y en un rato nos veríamos. Pensé en ir por las armas, esperarla a que saliera y ahí mismo matarla de una vez, para no tener tiempo de darle más vueltas. Sabía que entre más días pasaran, entre más la viera, más complicado sería realizarlo; pero no tuve la fuerza para hacerlo en ese momento. Hoy sé que hubiera sido lo mejor; pero entonces me ganó la cobardía y no me atreví.

Cuando por fin pude controlar el llanto me encontré con una mañana limpia, despejada. Las calles de alrededor no tenían tráfico y todo era apacible y sereno. Subí al coche de nuevo y tardé un rato en saber dónde estaba; pero por fin pude encontrar el camino a casa. Llegué rendido, derrotado y me tiré en el sillón, donde me quedé dormido hasta que el timbre del teléfono me regresó al mundo. Pensé que estaba viviendo una pesadilla macabra cuando escuché la voz de Laura, pero por fin desperté y entendí que llamaba para confirmar que llegaría a mi departamento a las seis de la tarde para que habláramos. Me dijo que me quería y yo le respondí en automático que yo también. Era indispensable encontrar la manera de superar ese domingo; ya en el transcurso de la semana haría los planes necesarios para matarla.

Laura. Cuaderno nuevo, 7 de octubre

Hoy en la mañana estuve en casa de Luisa. Me citó a las once y llegué puntual. Estaba sola porque Óscar se había llevado a los niños para que pudiéramos hablar sin interrupciones. Me abrió Josefina y me dijo que esperara en la sala, que la señora no tardaría en bajar. Yo en esa casa siempre me he conducido como si fuera la mía, pero esta vez tanta formalidad me ponía la piel chinita.

En efecto, a los pocos minutos apareció. Llevaba el vestido azul marino, ese que le llega hasta los talones y que siempre combina con el cinturón café que mi papá le trajo de Nueva York. Se sentó en el sillón que estaba frente a mí, sin siquiera saludarme. Estaba extremadamente seria y me miraba con una cara de rencor que no le conocía. "Ya estarás contenta... En buen lío nos metiste a todos". Yo no supe qué responder. Sabía que tenía razón y pensé que entre más pronto la dejara desahogarse, más pronto volvería a ser la de siempre. Bajé la vista porque me ganó el sentimiento de verla tan enojada, y no pude evitar que se me salieran unas lágrimas. "No lloriquees, porque eso no resuelve nada". Guardó silencio unos instantes, como si no quisiera hablar con una persona fuera de control y yo me recompuse tan pronto como me fue posible. "¿Te das cuenta de que pudimos acabar todos muertos o en la cárcel? ¿No tuviste bastante con lo que le pasó a mi papá? ¿Qué pensabas averiguar? Y más aún, ¿qué pensabas hacer con eso que averiguaras? ¿Vengarlo? ¿Matar a los que lo mataron? Contéstame, Laura". Cada pregunta era un martillazo en la cabeza y cada vez me sentí más y más ridícula por involucrarme en cosas que me superaban. "¡Responde! ¡Di algo!". "No sé...". La voz me salió entrecortada, sin fuerza, apenas perceptible. "Es que necesitaba saber...". "¿Saber qué? Saber que mi papá estaba metido en negocios turbios, que se relacionaba con gente peligrosa... eso lo supimos siempre... eso hasta mi mamá lo sabía. O de dónde pensabas que salió tanto dinero... y en tan poco tiempo. Ya no te acuerdas de que cuando éramos niñas vivíamos al día, que no había coches del año, ni casas en Las Lomas, ni en Cocoyoc, ni viajes a Europa para estudiar Francés. ¿Ya se te olvidó a qué escuela íbamos en la primaria, quiénes eran nuestros amigos y a dónde íbamos los domingos? ¿Ya no te acuerdas de las peleas entre ellos, porque la prioridad de mamá era protegernos a nosotras, justamente para que no pasara lo que está pasando ahora?". Luisa tenía razón. Nunca fuimos pobres, nunca nos faltó nada, pero las tres sabíamos que mi papá había ganado demasiado dinero en muy poco tiempo. Luego entró al gobierno y después comenzó a tener casos famosos y de muchos millones y a ser cuestionado por la prensa.

Luisa siguió con su gesto furioso y su voz era cortante y brusca. "El miércoles, a la hora de la comida, me llamó Juanita para decirme que no sé quién le había avisado que estabas detenida. No sabía ni cómo, ni dónde, ni por qué, y no tenía ni un minuto de haber colgado con el licenciado Esteva para que te buscara, cuando llegaron aquí un montón de agentes y se metieron a la fuerza a revisarlo todo, como si fuéramos delincuentes". Me sentí muy avergonzada y no sabía cómo justificarme. "Los niños no entendían lo que pasaba y, para serte franca, yo tampoco... Quiero que te quede muy claro que no voy a permitir que involucres a mi familia en tus estupideces. No tienes derecho a ponernos a todos en riesgo mientras tú juegas al agente secreto. Entiende... esta gente es peligrosa y no están bromeando". Luisa tenía razón en cada palabra y no sabía dónde meterme. Yo pretendí darle una explicación, pero ni siquiera me dejó. "No me cuentes nada... no me interesa, y como están las cosas, prefiero no saber. Además el comandante Ortiz me enseñó tu estúpido cuadernito... no necesito saber más para darme cuenta de lo imprudente que has sido. ¿Por qué no me dijiste de la caja fuerte y de lo que había en ella? Al menos así hubiéramos podido tomar precauciones". Después de lo que había pasado, mi respuesta sonaba muy tonta pero era la verdad: "Es que no quería involucrarlos...". Luisa desorbitó los ojos y habló con ironía hiriente. "Pues te felicito; has hecho un excelente trabajo". Luego de una pausa muy breve continuó. "Ortiz estuvo aquí, interrogándome como sospechosa... ¿lo puedes creer? Y luego terminó amedrentándome con que si seguíamos así podíamos acabar muertos". Yo la interrumpí para ponerla al tanto de lo que pensaba de ese comandante. "Estoy segura de que Ortiz está involucrado". Pero no hice más que darle a Luisa aún más argumentos para alimentar su furia. "Ése es el punto... Ortiz no me habló como policía que quiere protegernos, sino que vino a amenazarme. Papá no era ningún inocente y sabía de los riesgos... además, ya está muerto; eso no tiene remedio. Te lo dije el día que lo mataron y te lo repito hoy: sólo quiero vivir tranquila y no voy a permitir que nos destruyas la vida".

Yo intenté explicarle que no pensaba hacer nada más, que no se preocupara. Que era cierto que había sido imprudente, pero que había aprendido la lección, y que, al igual que ella, sólo quería seguir adelante con mi vida. Pero para Luisa todos esos buenos propósitos no fueron suficientes. "Quiero que te vayas un tiempo". "¿Que me vaya a dónde?". "A donde sea... a donde te dé la gana, pero siempre y cuando estés lo suficientemente lejos para no meternos en más líos. Quiero que te vayas del país, cuando menos un par de años". Yo no podía creer lo que estaba oyendo, pero veía su expresión, el ceño fruncido, las arrugas de los labios y me daba cuenta de que hablaba en serio, tan en serio como nunca la había oído hablar. "¿A dónde quieres que me vaya...? ¿A hacer qué?". "Lo mismo que haces aquí... Hacer como que trabajas, pasar el tiempo mientras encuentras marido... Puedes ir a aprender... ahora alemán, ¿qué te parece? O poner otra estúpida galería en Londres o en París o en Australia o donde te dé la gana... pero donde no nos pongas en riesgo. Tiene que quedar muy claro, tanto para los delincuentes como para nuestras amistades —que, por cierto, ahora ya no me contestan el teléfono—, que te desligaste, que estás fuera, que nadie de la familia está de acuerdo con las tonterías que haces". Eso era demasiado y mi vergüenza se convirtió en enojo. Luisa quería deshacerse de mí a cualquier precio, y en ese instante estuve segura de que si le hubieran ofrecido meterme a la cárcel a cambio de su tranquilidad, lo hubiera aceptado. "¡Yo no me voy a ningún lado...! Te estoy dando mi palabra de que no voy a hacer nada más que nos ponga en riesgo... pero de eso a que me saques del país, sólo para que puedas volver a tus reuniones de canasta, hay un abismo". Luisa moderó un poco el tono y se volvió parcialmente conciliadora pero al final se impuso la amenaza. "Si haces lo que te digo, yo me encargo de que tengas todo lo que necesites y más... pero si te niegas te voy a cortar completamente el dinero". Me sacó de mis casillas: "¡Tú no puedes quitarme nada! El dinero que dejó mi papá es de las dos... no puedes quitarme lo que es mío". "Sí puedo y lo voy a hacer... Soy albacea del testamento y mientras son peras o manzanas te voy a dejar sin un peso... Por proteger a mi familia estoy dispuesta a hacer eso y más. A partir de este momento no voy a depositarte un solo centavo mientras no te largues de aquí". "Esto fue idea de Óscar, ¿verdad?". "Óscar está igual de preocupado que yo de que nos pase algo. Ya te hemos tenido bastante paciencia, pero llegamos al límite. Piensa dónde quieres ir y házmelo saber cuanto antes. Mientras tanto no quiero volverte a ver, ni quiero que estés cerca de mi familia. Nos parecemos demasiado y es muy fácil que nos confundan... ahora sólo falta que me balaceen a mí, por tu culpa". No podía creer lo que estaba oyendo. Entendía su enojo, tenía razón en todo lo que decía; pero querer desaparecerme de esa forma era demasiado. "Luisa... por favor, no me hagas esto". Me respondió aún con más dureza que antes. "Sí puedo y lo voy a hacer. Si no te parece, busca un abogado o haz lo que mejor te convenga. Ahora quiero que te vayas de mi casa y que no me vuelvas a llamar a menos que sea para decirme a dónde te vas". Por primera vez en la vida percibí odio en los ojos de mi hermana. Es innegable que siente un profundo resentimiento hacia mí y que además está muerta de terror, y aunque quise calmarla, reiniciar la plática, pedirle perdón... ella no quiso escuchar más. Yo me sentí triste e impotente y por eso le grité. "¡Pues no me voy a ningún sitio! ¡Haz lo que quieras, pero te juro que te voy a pelear hasta el último peso!". Salí furiosa y azotando la puerta. Tiene razón en estar enojada, pero tampoco es justo que me sacrifique.

De regreso a casa me encerré en mi cuarto toda la tarde y lloré sin parar hasta que me adormecí de cansancio. Me despertó Juanita con un sándwich y una taza de consomé de pollo. Prácticamente no había comido nada en los últimos dos días y aquello me sentó bien. Ya más tranquila repasé de nuevo todo el panorama y cada palabra que me había dicho Luisa y de pronto me di cuenta de que quizá no era tan mala idea. Si tomaba su propuesta, en primer lugar evitaría pelearme con ella por la herencia de mi papá, y además podría cambiar de aires, dejar atrás las malas experiencias y comenzar una nueva etapa. Quizá hasta podría convencer a Esteban de que se venga conmigo. Aunque de pronto me doy cuenta de que después de lo sucedido en su casa antes y durante mi detención, es posible que no quiera volver a saber de mí. Quizá también él me pida que salga de su vida para no ponerlo en peligro. Mañana lo voy a ver, y aún no tengo idea de lo que voy a decirle. Pero más allá de que le cuente toda la verdad o le maquille una versión a medias para no asustarlo tanto, podría proponerle lo del viaje. Él podría dejar ese trabajo que no lo llena y retomar sus estudios donde yo esté. Yo podría montar otra galería, quizá en Londres, quizá en Madrid, y, aprovechando mis contactos de aquí, especializarme en promover artistas mexicanos y latinoamericanos en Europa. Ya visto así, con calma, el tema de irme ya no me parece tan descabellado; sólo tengo que planear bien cómo venderle a Esteban la idea. Necesito decidir qué quiero hacer con mi vida y éste parece un gran momento para un cambio drástico; así dejaría lo malo atrás y construiría un futuro nuevo y mejor.

7

Reinaldo

No sé qué más quieren saber. Si lo que buscan es que me sienta mal, me la pelan. Ya estoy hasta la madre de escuchar sus putas vocecitas pedorras, taladrándome la cabeza con lo mismo una y otra vez. Si al menos pudiera verlos, saber quiénes son, donde están, les rompería la madre uno por uno, a ver si así me dejan de chingar. Para que les quede bien clarito de una puta vez: en ese momento yo tenía demasiadas presiones y demasiados pedos en la cabeza para estarme preocupando por la mariconada de que si Esteban sufría mucho o no por tener que matar a su pinche noviecita.

Por más que me quieran decir, el ojete sólo se hacía pendejo para ver si la chispaba. Desde que la vio sentada en el café, al lado de Frank, debió saber que la muy culera algo debía y luego, cuando a pesar de las órdenes específicas que tenía, decidió dejarla viva, tuvo que entender que se había metido en un pedo. Cualquiera, por muy güey y por muy novato que sea, comprende que no puede tener un trabajo como ése y luego desobedecer las órdenes que se le dan sin que después pase nada. Tuvo una oportunidad de oro para matarla sin complicaciones y la dejó pasar. Ahora no le quedaba más remedio que chingarse y hacerlo como pudiera.

Sí, en este negocio hay varo, hay viejas y hay desmadre, pero no todo es diversión. Es verdad que se gana mucho y que no hay que estar metido en una oficina de nueve a seis, con una puta corbatita de oferta, y que en los tiempos libres uno puede hacer lo que se le hinchen los güevos, y que se puede comprar ropa buena y coches de lujo y codearse con los mamones como si fuéramos iguales, pero tampoco es una vacilada. A lo largo del tiempo, muchísimas veces tuve que hacer cosas que no me gustaban, que hubiera preferido no hacer, pero nunca me puse con la putería de chillar como nena: "Es que no puedo... es que no puedo...". No veo por qué Esteban iba a ser la excepción.

¿Yo? ¿Un ojete... por obligarlo? ¿Que por ser mi amigo pude mandar a otro para que lo hiciera? No mamen... ¿Por qué lo iba a cubrir? Eran las órdenes que había recibido, y si se sabía que había hecho lo que me salió de los güevos, sólo porque me puso carita triste, el culo que iba a estar en juego iba a ser el mío. Además, que tampoco se la mame... llevaba unos cuantos días de conocerla y nadie se muere de amor en tan poco tiempo. Si lo hice sentir mal, pues mala suerte; si le jodí su domingo, pues que se chingue, porque yo tampoco lo pasé en un lecho de rosas. Yo también tuve que ir a cumplir con esa parte que no me gusta hacer, pero que no me queda más remedio; y no iba por la vida llorando como Magdalena y quejándome de mi mala suerte. Y no, la neta no me detuve a pensar ni un solo momento en cómo la estaba pasando Esteban. Yo tenía mis propias preocupaciones, y ustedes me dirán si quieren que les diga las cosas importantes o prefieren seguir hablando pendejadas.

Cuando volvimos de Morelia, nos dirigimos a casa de Pepe, donde yo había dejado mi camioneta. Ya que me iba, me llamó a su privado, porque quería pedirme un favor. No me lo pidió en el camino, porque no quería que nadie lo supiera. Yo, naturalmente, le prometí silencio absoluto; y comenzó a explicarme lo que debía hacer. Primero pensé que era broma; muy pinche macabra, pero broma al fin. Pero luego me quedé viendo su expresión y estuve seguro de que hablaba en serio. Ni pedo.

La madrugada del domingo, luego de la famosa plática con Esteban con que tanto me han tocado los güevos, tuve que despachar a mis chalanes, y lanzarme solo a la Procuraduría, donde me esperaba Ortiz con una pinche jeta que le llegaba hasta el piso. No me dio ni los buenos días; sólo me hizo una seña para que lo siguiera y empezamos a bajar a los sótanos del edificio; donde, luego de dos niveles, por fin me habló encabronadísimo. "Éstas son mamadas". La neta tenía razón. "¿Y tú crees que yo estoy aquí por gusto?". Llegamos al fondo de un pasillo y entramos en un cuarto cubierto de mosaico blanco con una plancha en el centro, sobre la que estaba un cuerpo metido en una funda de plástico negro. "Ahí lo tienes... llévatelo de una pinche vez, que ya me quiero ir a jetear". La neta, ni siquiera lo abrí para ver que fuera el cuerpo correcto; supuse que no me darían al muertito equivocado.

Tenía que recoger el cadáver de Frank, llevarlo a un horno que Pepe ya tenía apalabrado, esperar a que lo cremaran y llevarle a su casa las cenizas de su amigo. "No mames; échame la mano, no seas cabrón". El pinche Ortiz se encogió de hombros. "¿Y yo por qué?". "Ni modo que lo suba tres pisos sin ayuda". "Pues hubieras traído chalanes". "Pues sí, pero me mandaron venir solo". Ortiz negaba con la cabeza, hasta los güevos de la situación. "Puta madre...". "Ya, no mames...no seas ojete... al cabo, el cabrón estaba reteflaco...". Yo quería hacerme el cagado para que se alivianara, pero sólo logré que se emputara más. "Ni madres... yo no lo voy a cargar". Parecíamos dos pendejos niños discutiendo, para ver cuál se quedaba con la pelota. "Ya, Ortiz... se está haciendo bien pinche tarde... manda a alguien a que me ayude". Se me quedó viendo y se sacó el radio que llevaba colgado en el cinturón. "Es que son chingaderas... de verdad". Llamó a dos agentes que se echaron el cuerpo al hombro y lo subieron en chinga. "No mames... parece que ya se la saben; se ve que no es la primera vez...". Yo insistía en hacerme el cagadito, pero Ortiz estaba pensativo y preocupado. "Si hay cualquier pedo, cómo chingados voy a explicar que me falta un puto muerto". "No te malviajes... nadie lo va a reclamar". "¿Cómo le hizo para convencer de esto a Vladimir?". "Ni puta idea... pero ya ves que mi jefe es un sentimental". "Tu jefe es un pendejo por meterse, y meternos, en estos pedos sin necesidad". "Era su amigo...". "No mames... primero se lo chinga y luego le quiere hacer un altar...". Por fin llegamos al estacionamiento y los agentes aventaron en la cajuela de la camioneta el cuerpo de Frank. "Vete despacio, no se vaya a marear...". Ortiz explotó a carcajadas. "Me da gusto saber que los pinches judiciales también tienen sentido del humor". "Pero también se nos acaba... no te olvides de la hija de Villegas". "En eso estoy; de hecho necesito pedirte un favor". "¿Otro?". Saqué del bolsillo un cargador para cuerno de chivo y se lo di. "¿Y esto qué pedo?". Le expliqué lo que necesitaba y le prometí pagarle con una buena peda en el Esperanto y con unas putas de primer nivel. Aceptó a regañadientes, sólo porque le pareció una encomienda divertida.

Cuando nos despedimos, el sol ardía por todo lo alto. Me puse mis lentes oscuros y salí del estacionamiento de la Procuraduría con el cuerpo de Frank en la parte trasera de la camioneta y la urgencia de encontrar dónde tomarme un pinche café, para evitar que me noqueara el puto sueño.

8 de octubre, en el departamento de Esteban

Esteban, aún con el pelo húmedo luego del regaderazo con el que pretendió despertar por fin, está sentado en sillón de la sala de su departamento. Observa ensimismado la ventana, mientras aguarda con impaciencia que los minutos avancen para que por fin aparezca Laura.

Mira el reloj digital que resalta en la carátula del reproductor de música y comprueba que son las cinco de la tarde con cuarenta y siete minutos; ya no falta demasiado para que den las seis, que fue la hora en la que ella se comprometió a llegar.

Se inclina un poco hacia delante y se frota la cara con ambas manos. Aún tiene muy presente su conversación con Reinaldo, y se siente devastado ante lo que parece venir. ¿De verdad vas a poder hacerlo? ¿Dónde vas a encontrar el valor para presentarte frente a ella, jalar el gatillo y dejarla tendida sobre la acera, dormida para siempre, sobre una cama de su propia sangre? Quizá lo que necesites sea un nuevo enfoque. Qué te parece esta otra pregunta: ¿De dónde vas a sacar el valor de no hacerlo y afrontar las consecuencias que resulten? ¿Estas dispuesto a salvar la vida de Laura sin importar lo que suceda después? Es posible que la cuestión sea más simple de lo que piensas y todo se reduzca a que analices las preguntas desde una nueva perspectiva y optes por las que te cuesten menos trabajo responder que no.

Esteban se pone de pie y camina hasta la ventana. Necesita un poco de aire fresco. Ahora que lo piensas, Reinaldo nunca habló de matarte a ti. Quizá ésa sea una solución; quizá si te tiras... son tres pisos; lo más probable es que mueras. Pero ¿qué se resolvería? Nada, en realidad. Laura está condenada, Laura está muerta en vida; como alguna vez lo estuvo su padre; como en algún momento lo estuvo Oliguerra. Eso no tiene remedio, pero ahora la amenaza de condena se cierne sobre tu familia, sobre tu propia gente, que no hizo nada para alcanzar esa condición. Sabes perfectamente que Reinaldo no la dejará pasar. Si no obedeces, es posible que mate a tu padre. Pero no, a tu padre no. ¿Para qué? En el fondo le haría un favor a él y a ti mismo, y Reinaldo no está para hacer favores. Entonces, quizá sea tu madre, pero tampoco. Lo conoces demasiado bien y sabes que Reinaldo se ensañará con Elisa. Será todo un regalo para él: es joven, bonita y, aparte de disfrutarlo, aprovechará para aclararte con toda precisión que aquel que falle o se niegue a obedecer deberá pagar las consecuencias.

Se frota la cara y trata de volver al presente y recordar en qué punto se interrumpió su historia con Laura. Para ella, Esteban se quedó en la sala de su casa, luego de una violentísima irrupción policiaca en la que se la llevaron detenida, sin que él supiera por qué. Ella sabe que antes de eso, la vio llegar a la puerta de su departamento con la ropa llena de sangre, llorando sin control y sin dar ninguna explicación de lo que sucedía. Lo lógico es que él ahora sepa lo que dicen los periódicos y que la considere como posible cómplice en un homicidio. Desde el miércoles apenas han hablado unos minutos por teléfono, en los que ella no le ha dicho nada todavía, y por eso no podría sorprenderle que Esteban insistiera en saber lo que pasó. ¿Qué importa ya todo eso? ¿Qué importa qué explicación te dé, si sabes que más allá de que te mienta o te diga la verdad, tendrás que matarla? Ojalá pudieras decirle cuánto te importa, y que llevas tres días tratando de salvarle la vida; pero tampoco eso puedes hacerlo. ¿Te das cuenta de que en el fondo comienzas a hacerte a la idea de que no tienes más remedio que matarla?

Esteban intenta calmarse para poder encontrar la actitud correcta que debe asumir a la llegada de Laura. Debe sostener un teatro que, si bien no parece conducir a ningún lado, él sabe que debe continuar hasta el final. Quizá lo que realmente debes hacer es eso que de verdad deseas. Esperar a que entre por esa puerta y, sin decir una sola palabra, llenarla de besos y de caricias, quitarle la ropa y hacerle el amor por última vez y terminar durmiendo abrazados, en espera de que el mundo se derrumbe sobre ustedes y los aplaste. Te imaginas como si fueran dos polizontes que subieron al barco equivocado, y que ahora, por más escondidos que estén del capitán, no podrán evitar morir en el naufragio provocado por esa tormenta inesperada que nadie a bordo puede controlar.

Esteban mira de nuevo el reloj digital. Son las cinco cincuenta y cinco. "Cuántos cincos". Esteban habla alto, un poco para distraerse y otro poco para evadir la realidad e imaginar que en esa repetición casual de números está la clave de la salvación. Pero no lo está, y lo confirma cuando el último cinco se convierte en seis, sin que suceda nada. Por fin suena el timbre, que lo sobresalta como si un relámpago fulminante hubiese partido su casa en dos. Laura llega temprano; es posible que esté ansiosa, o tal vez derrotada por la tristeza, o feliz, porque ingenuamente piensa que todo ha terminado.

Por fin el elevador se abre y aparece. Se ve pálida, demacrada, quizá también triste; pero a Esteban le parece hermosa y perfecta. Se abrazan, se funden el uno en el otro y cierran los ojos para no ver esa realidad que los agobia, a cada uno a su manera.

Ella comienza a llorar en sus brazos, mientras él le acaricia el pelo para tranquilizarla. "Te quiero, perdóname... lo eché todo a perder". Esteban está de acuerdo; piensa que, en efecto, lo echó todo a perder por haber estado en ese café a lado de Frank en la mañana en que debía ejecutarlo. "No digas tonterías. Estamos juntos y eso es lo que importa". Entran al departamento y Laura se acomoda en el sillón; mientras Esteban enciende la luz para no depender de la claridad de la tarde, que comienza a agonizar. "¿Quieres algo de beber?". "No... siéntate aquí conmigo". Una vez más se abrazan y ambos quisieran poder quedarse así para siempre. Esteban sepulta el rostro entre su cabellera y aspira ese olor a coco y sábila que lo desconecta del mundo y lo hace olvidar momentáneamente lo que debe hacer en el transcurso de la próxima semana. Luego baja un poco al cuello, y ahora percibe su olor mezclado con el de su perfume de siempre y con el del jabón de hierbas con que hace apenas un rato se bañó para salir a verlo. Debes preguntarle, debes hacerle ver que te intriga lo que le pasa, que quieres que las cosas se arreglen. "Cuéntame, Laura... qué está pasando, porque no entiendo nada". Es una buena selección de palabras. Una frase perfecta, idónea para el momento, con el balance exacto de compasión, de duda y de paciencia. Acabas de decirle que la amas pero que necesitas que te dé una explicación; le dijiste que te mata el desconcierto porque sabes que se ha involucrado en asuntos que no comprendes, pero que sabe que te tiene de su lado y que quieres brindarle todo tu apoyo y comprensión. Sí, todo eso le dijiste en esa frase aparentemente tan simple; al menos piensas que eso entendió y te sientes complacido y por eso te premias con una nueva aspiración de coco y sábila. Pero a la vez te sientes basura por esa profunda hipocresía con que eres capaz de conducirte ante el sufrimiento de la mujer que se supone amas. "Es que no sé por dónde empezar". "Por el principio... por donde quieras... por donde puedas... da igual".

Laura parece derrumbarse, pero toma fuerza de algún lado y comienza su relato. Te cuenta, desgarrada, lo que sintió el día que mataron a su padre y te das cuenta de todo el daño que puede hacerse sin querer. Tú sólo fuiste a matar al licenciado Joaquín Villegas porque lo merecía y porque ya era un muerto aún antes de que lo acribillaras. Luego te cuenta lo que vivió en los días posteriores; la tristeza, la decepción, el odio, la impotencia, el deseo de entender las razones para tanta atrocidad. Te explica sobre una caja fuerte secreta, sobre papeles, sobre cuentas de banco, sobre sus contactos con un tal Oliguerra, con la única intención de que le hiciera entender por qué su padre estaba muerto. Te cuenta cómo llegó al café, de lo que hablaron, de cómo había salido inexplicablemente con vida de aquella pesadilla de balas y detonaciones. Te confiesa que, luego de la balacera, sintió terror y quiso huir y que pensó que sólo contigo, sólo entre tus brazos, podría dejar atrás el miedo y sentirse a salvo. Esteban la interrumpe para besarla. Se siente de pronto profundamente feliz de confirmar que Laura es inocente; que no tiene nada que ver con delincuentes ni con los negocios de su padre. Se siente feliz, porque a pesar de todas las incongruencias y supuestas casualidades no sospecha de él. Esteban la besa y la acaricia, la mira a los ojos dominado por una emoción que le recorre todo el cuerpo y le dice que la ama. Laura se seca las lágrimas y lo besa también, y se abandona a las caricias convulsas de él, que de pronto se siente preso y dominado por una excitación incontrolable.

Llegan besándose hasta la habitación, y nada más parece importarles que no sea quitarse la ropa mutuamente y entregarse al otro sin reservas. Sus cuerpos se revuelven sobre la cama y se fusionan en uno solo. Esteban está completamente fuera de control y no es capaz de pensar en nada más que en esa erección punzante y descomunal que no recuerda haber tenido jamás. Está feliz y emocionado, siente que lo devora el amor y la pasión, y ya no puede razonar. Arranca la tanga diminuta de Laura y se sumerge en ese sexo húmedo y dulce, y por un momento recuerda que lo más probable es que ésa sea la última vez que puede probarlo, que puede recorrerlo con la lengua y paladear ese sabor y sentir a Laura retorcerse y gemir, y continúa explorando cada pliegue, cada rincón oculto, y se marea de placer y ya no puede más y la penetra y ella grita desgarrada de excitación... Él la besa de nuevo y ya no resiste y se estremece de pies a cabeza con un espasmo potente y avasallador y se vacía en ella y Laura grita de nuevo y ambos continúan jadeando y moviéndose a un ritmo vertiginoso e intempestivo; ella lo besa y él se entrega del todo en esa eyaculación espesa y tibia que baña las cavidades profundas de Laura y que lo siente en su vientre y lo abraza y él se mira a sí mismo sobre Laura y de pronto vuelve al mundo y se siente vacío, hueco, pero a la vez sereno y feliz porque comprende que quizá es la primera vez en su vida que se entregó por completo.

Recuerda de golpe que Laura habrá de morir pero resiste las ganas de llorar y se da cuenta de que no usó condón. Pero que eso ya poco importa; cierra los ojos y hace un esfuerzo brutal por poner la mente en blanco y no continuar atormentándose con lo que aún no sucede. Se concentra para continuar viviendo el mejor momento de su vida, al menos unos instantes más. No quiere recordar nada ni pensar en nada; sólo saberse ahí, sobre Laura, dentro de Laura, abrazado a Laura; dándole besos suaves en el cuello y aprovechando el instante para rescatar, con la punta de la lengua, las últimas gotas de sudor que amenazan con despeñarse sobre las sábanas; para percibir una vez más su olor, su perfume, la esencia de coco y sábila de la melena revuelta.

Ahora el vendaval se serena. Continúan abrazados y se miran a los ojos por un rato. Se reacomodan en un abrazo lateral y Esteban observa el reloj del buró. Son casi las once de la noche y por más que le gustaría saber qué decir, no tiene la menor idea. Quizá un simple "te amo" sería suficiente, pero decide sostener ese silencio perfecto tanto como sea posible. Es completamente de noche y ya no pueden verse, pero permanecen abrazados e inmóviles; hasta que la voz de Laura cabalga en medio de la quietud oscura de la habitación. "¿Me puedo quedar?". "No tenía pensado dejarte ir". Laura dibuja una sonrisa complacida, que

Esteban intuye aún sin poderla ver. Poco a poco el cansancio los vence y ambos terminan profundamente dormidos en medio de esta oscuridad que parece invencible.

Laura. Cuaderno nuevo, 9 de octubre

Ayer amanecí desconcertada. Abrí los ojos a las nueve de la mañana y miré alrededor tratando de entender dónde estaba, y, de paso, descubrir si todo lo que tenía en la cabeza lo había soñado o de verdad sucedió. Cuando comprendí que todo había sido cierto, volví a sentirme agotada y quise permanecer dormida para siempre y así ya no tener que pensar.

Por un lado me sentía dichosa de haber salvado la vida de forma todavía inexplicable para mí; pero por el otro recordaba la plática con Luisa. Una vez más barajé en mi cabeza la posibilidad de irme del país y obedecer a mi hermana furiosa; pero luego cerré los ojos para pensar en Esteban y por un momento dejé de sentir angustia y miedo. No creo ser capaz de dejarlo por culpa de un exilio forzoso, pero tampoco puedo llevármelo a la fuerza. Sé que podría planteárselo; el dinero no sería problema. Pero supongo que tendré que esperar a que se presente la ocasión propicia. Luego de lo de ayer, es muy probable que se presente pronto.

Estaba sola en casa, porque los domingos Juanita sale desde temprano y regresa a las diez de la noche. Tenía hambre y pensé en desayunar fuera, pero sentí mucho miedo de salir del departamento. Al final, sólo tomé café y pan tostado; mientras trataba de hacer memoria para confirmar que nunca, ni siquiera en los tiempos en que mi papá formaba parte del gobierno y recibió aquellas amenazas anónimas, ni cuando hace apenas cosa de dos años recibió presiones y advertencias de todo tipo por ganar aquel caso en que defendió al supuesto dueño de unos terrenos que resultaron ser ejidales —y con los que había defraudado a decenas de campesinos—, ni siquiera luego de que lo asesinaron, había sentido un terror tan profundo a salir de mi casa como lo sentí ayer.

Supongo que tengo miedo a que me maten, a que me llenen de balazos como a él. Me senté en la sala y me imaginé caminando por París. Me veía tranquila y contenta de la mano de Esteban.

Luego, dediqué la mayor parte del día a terminar de acomodar lo que habían revuelto con el cateo. Llamé a Esteban para decirle que lo vería a las seis y pedí pizza, de la que no me cupieron más que dos rebanadas.

Conforme se acercaban las seis y llegaba el momento de salir a verlo, me sentía cada vez más ansiosa, con más ganas de llegar y de abrazarlo; pero a la vez me angustiaba pensar en cómo tomaría mi historia. Decidí contárselo todo, excepto lo que me había dicho Oliguerra sobre las llantas de mi coche. Me hubiera encantado ver su reacción, pero ya para qué. Hay cosas que no sirve de nada saber, sobre todo cuando no se está seguro de lo que debe hacerse con ellas cuando se conozcan. Lo único que quería era verlo, darle una explicación y tratar de sentir si de verdad me ama.

Me encontré con el Esteban cariñoso y tierno de siempre. Se sentó a mi lado y me hizo saber que me quería y entonces me sentí feliz y pude hablar de todo de forma abierta y sincera. No sé bien cómo pasó, pero de pronto estábamos desnudos en su cama besándonos como locos. Hicimos al amor de una forma extraña, única. Jamás en mi vida había sentido lo que sentí ayer. Aquello no fue sexo, fue algo más allá del cuerpo, fue algo que nos superó a los dos. Me refiero a un acto intangible y sublime, que aun sin poder verlo ni tocarlo, fue el acto más verdadero y real de toda mi vida. El sentirlo venirse dentro de mí me excitó como ninguna otra cosa que haya experimentado antes. No sentí la menor angustia por las posibles consecuencias, y por primera vez en mi vida dejé de ser una niña, una chavita cualquiera, para convertirme en una mujer completa, plena, total. Sentí ese líquido caliente dentro de mí y lo abracé muy fuerte y cerré los ojos y no quise pensar en nada; sólo en eso, en tenerlo en mí de verdad, en sentir su peso sobre mi cuerpo y sus besos recorriéndome los labios, el cuello y los lóbulos de los oídos y sentir su sudor mezclado con el mío y de nuevo rozarnos las bocas muy despacito. Fui feliz y no me importó nada más.

El día de hoy me pasé todo el tiempo pensándolo una y otra vez y por eso, cuando venía de regreso a casa, tiré por la ventana del coche el anticonceptivo de emergencia que compré en la mañana. Decidí dejarlo al azar, a la vida, al destino, a Dios, para que decidan por mí y que pase lo que tenga que pasar.

Dormimos juntos y abrazados y no me importó absolutamente nada, hasta que ya bien entrada la mañana me despertó el timbre del celular. Era Jana que llamaba muy asustada porque no había llagado aún a la galería, y Juanita le dijo que no llegué a dormir. Le agradecí la preocupación y le dije que estaba bien, mejor que nunca, y que más tarde la vería para reiniciar el trabajo.

Desayuné con Esteban pero lo noté pensativo. Traté de saber qué había decidido acerca de retomar sus estudios. Me dio respuestas esquivas y no quise seguir cuestionándolo. Tuve la certeza de que, de alguna manera, no era el mismo de la noche anterior. Se lo pregunté y me dijo que era por su papá, a quien acababan de operar el viernes, y que, aunque lo dieron de alta, había sufrido algunas complicaciones. Tampoco quiso hablar del tema, así que dejé de insistir. Nos despedimos con un beso tierno, pero distinto a los de ayer. Quizá sea yo, que comienzo a volverme loca, pero nadie me quita de la cabeza que algo le pasa y que no quiere hablarlo conmigo, porque lo más probable es que el asunto se trate de mí.

Vine a casa a cambiarme de ropa y me fui a la galería. Antes de las cuatro recibí la llamada de la fundación que auspiciaba la exposición para decirme que se cancelaba. La mujer que llamó me expuso una larga lista de pretextos y yo los acepté sin protestar, porque sabía de sobra que ese cambio de planes repentino no podía obedecer a otra cosa que a la acumulación de escándalos relacionados conmigo: primero la muerte de mi papá en las circunstancias en que sucedió, y luego mi detención con todas las sospechas y rumores que se desencadenaron con ella. Le agradecí la confianza y entendí sus motivos sin discutir; le dije que no se preocupara y que mandara por sus piezas cuando quisiera, salvo una, que pensaba comprársela yo.

Esteban

Ese domingo hice el amor con Laura de una manera que ni antes ni después he vuelto a experimentar en toda mi vida. Fue una sensación extraña, durante la que, de alguna manera, por unos instantes dejé de ser yo mismo. Era la conciencia de que llegaba el final, era una despedida silenciosa, era una montaña de culpa aplastando mi razón, eran demasiadas cosas que se encimaron unas sobre otras y no me dejaron pensar. Aquel fue sin duda el momento más sublime de mi existencia, al que de inmediato siguió la certeza más devastadora de que jamás se repetiría.

Cuando terminamos me sentí vacío, débil, derrotado. Entendí cuánto la amaba y lo absurdo de la situación. Estábamos atrapados en un callejón sin salida; donde, aparentemente los dos queríamos amarnos y ser felices juntos, pero que en el fondo ambos sabíamos que nunca sucedería. Entendí que mi misión y mi responsabilidad consistía en que, durante el poco tiempo que le quedara, sufriera lo menos posible. No era mucho, pero era lo mejor que podía hacer por ella.

Estuvimos un buen rato en silencio, en medio de la oscuridad. Me alegró que Laura no dijera nada, porque yo no habría sabido qué responder. Deseaba, como nunca antes, decirle que la amaba y luego ponerme de rodillas y confesarle la verdad; pero al mismo tiempo deseaba encontrar dentro de mí el valor para matarla y terminar con esa maldita agonía que, en cierta forma, vivíamos los dos. En ese silencio y esa oscuridad, Laura me abrazó y descansó sobre mi pecho. Cualquiera pudo interpretar ese momento como uno de paz y de armonía, pero dentro de mi cabeza no había nada de eso, sino un tornado de emociones y de sentimientos encontrados que me parecían como jeroglíficos misteriosos que no era capaz de descifrar.

En algún momento me preguntó si se podía quedar y yo, de corazón le dije que no pensaba dejarla ir, porque era cierto. Quería pasar con ella esa última noche. Sentirla a mi lado, despertar de madrugada y comprobar que su cuerpo cálido estaba junto al mío, como ya no volvería a estarlo. La última de las veces que desperté, empezaba a amanecer y en el cuarto había apenas una penumbra apacible que me permitió contemplarla. Estaba ahí, desnuda y durmiendo plácidamente, como si la vida durara para siempre. La observé un rato, con su respiración tranquila, con sus facciones delicadas, y en silencio me despedí de su presencia. Sentí unas enormes ganas de llorar, pero logré resistir. Me di la vuelta y terminé por adormecerme de nuevo sintiéndola descansar a mis espaldas.

Por la mañana nos despertó su celular. El único pensamiento que me abarcaba por completo era la conciencia absoluta de que, con ese nuevo día, entre Laura y yo todo había terminado. Empezaba el lunes, y con él la macabra cuenta regresiva que le ponía límite definitivo a su vida. Yo no tenía idea de cómo lo haría, ni cuándo, ni siquiera si realmente tendría el valor, pero sabía que así tenía que ser. Lamenté por primera vez no haber aprovechado la ocasión perfecta que se me presentó cuando ejecuté a Frank. Ahí la tuve; sólo tenía que apuntar y jalar el gatillo; pero no lo hice y eso ya no tenía remedio. Ahora tenía que crear una nueva ocasión, planearla, imaginarla, y lo peor de todo, llevarla a la práctica.

Laura me besó y me dio los buenos días. Se veía feliz, optimista, con infinitas ganas de vivir y yo me sentí miserable. Mientras preparó el café pensaba en que, sin dudarlo un segundo, me cambiaría por ella. Quizá lo pensaba porque era fácil hacerlo, puesto que era una opción imposible; pero en cierta medida, esa sensación de valor heroico me sirvió para calmar mi conciencia por unos instantes.

Finalmente tuvo que irse. Por más que lo intenté, esa mañana me resultaba imposible disimular. Ella se dio cuenta de que algo sucedía, que algo había cambiado; pero supongo que trató de pasarlo por alto para no atormentarse más. Me preguntó si nos veíamos al día siguiente para cenar y yo le respondí que sí, porque no encontré una respuesta mejor; pero sabía perfectamente que si de verdad quería encontrar las agallas para matarla, no podía verla otra vez; no podía volver a abrazarla, volver a darle un beso, volver a hacerle el amor. No tenía más remedio que, aunque fuera de manera secreta y unilateral, dar la relación por terminada definitivamente.

Cuando me despedí de ella la abracé muy fuerte y la besé con toda la intensidad que me daban mis fuerzas tan mermadas. Ése era un adiós, una despedida rotunda e irrevocable. Cuando me quedé solo me senté frente a la ventana para tratar de pensar, para decidir cuál sería el siguiente paso que me permitiera terminar de una vez con esa pesadilla que comenzó la mañana en que maté al licenciado Joaquín Villegas y que ha durado hasta el día de hoy; y que, a estas alturas, he perdido la esperanza de que vaya a terminar jamás. Estuve inmóvil en esa silla hasta pasadas las tres de la tarde, en que llamaron violentamente a mi puerta.

Reinaldo

Y ahí iba yo, un domingo en la mañana, con mi pinche café del Oxxo, y el cuerpo de Frank en la parte de atrás de la camioneta, rumbo al crematorio donde Pepe se había apalabrado para que incineraran a su amigo.

Cuando llegué, el problema era otra vez bajar el bulto, que por flaco que estuviera pesaba de a madre como para que lo cargara yo solo. Toqué a la puerta de atrás, y salió un güey gordo y chaparro que se llamaba Ulises. Era la primera vez que aceptaba una chamba como ésa, y estaba cagado de miedo de que alguien descubriera cómo usaba las instalaciones cuando no había nadie. Lo bajamos entre los dos. Es increíble cuánto pesa un puto cadáver. Total que lo llevamos hasta la puerta del horno y ahí Ulises me dijo que tenía que esperar, porque el proceso llevaba varias horas.

Con todo y café, me quedé dormido en una esquina de la sala hasta que Ulises llegó a despertarme. Me dolía el cuello y la espalda por quedar en mala postura, pero se me olvidó en chinga cuando el pendejo del crematorio me entregó una puta bolsa con tres botes de Nescafé. "¿Qué chingados es esto?". "Pues el muertito...". "No mames... ¿Cómo chingados quieres que lo entregue en unos botes de Nescafé?". "Es que alguien agarró la urna que yo había escondido en la bodega y no tengo dónde echarlo". "Puta madre... Ta'bueno, pues... a ver si no se lo toman". El pendejo de Ulises se rio de mi chiste por compromiso y eso me cagó la madre. Supongo que trabajando en un crematorio no se desarrolla demasiado el sentido del humor. Agarré la bolsa con Frank y regresé a la camioneta.

Ya casi daban las seis cuando llegué a casa de Pepe. Me pasaron a su privado en chinga, y ya me estaba esperando, sentado en su sillón y con la mirada perdida viendo hacia el jardín. Al fondo, un grupo de albañiles trabajaba a marchas forzadas construyendo una especie de mausoleo con un madrero de nichos; al menos tenía unos diez, así que supongo que Pepe pensaba enterrar ahí a toda su familia. "No creo que lo terminen hoy". Me dijo sin mirarme siquiera. Yo puse la bolsa encima de la mesa, él le echó una ojeada y como era de esperarse, se encabronó un chingo. "No mames, Rei... ¿Cómo me lo traes así? ¡Qué pinche falta de respeto!". Lo manda matar y luego le parece una falta de respeto que se lo pongan en unos botes de café... Las pinches cosas que hay que oír. Claro que yo no le dije nada, al contrario, me justifiqué por la situación. "Así me lo dieron... de dónde querías que sacara una urna orita". "Tú no... el pendejo ese del crematorio. Con lo que me cobró, me lo pudo poner en una de plata...". Asentí, porque en este caso Pepe estaba en lo correcto... son chingaderas. "Bueno... no hay pedo". Se levantó y fue hasta la puerta del librero, de donde sacó una urna grande y dorada. Por el cuidado con que la cargaba, supongo que al menos tenía baño de oro. Pepe empezó a vaciar en ella los botes con muchísimo cuidado, para que Frank no se le regara por el escritorio. "Aquí sí vas a estar bien". Le decía a las pinches cenizas y yo pensé que ya había enloquecido por completo. La neta, hacía un gran esfuerzo por no derrumbarse frente a mí y quién sabe qué pinche cara me vio que luego luego empezó a justificarse. "La chamba es una cosa y la amistad es otra". Yo asentí porque no supe qué decirle a eso; supongo que tiene razón. "¿Quieres quedarte a cenar?". "No, la neta no he dormido nada". "Ta'bueno... nomás no te olvides de la hija de Villegas". "No, en esas ando". Me despedí de Pepe y salí de su privado.

Por fin había terminado con su pinche encargo chaquetero y podría regresar a casa y echarme a dormir. De camino a la puerta me interceptó Ivonne, que me jaló de la camisa y se metió conmigo al baño de la entrada. "¿Te ibas sin despedirte?". "Pensé que no estabas". La muy cabrona me tenía contra el lavamanos y me abrazaba poniéndome las chichis contra el pecho. "Le dije que te merecías quedarte a cenar... ¿No te invitó?". "Sí... pero estoy todo madreado". Ella me pasó la lengua por el cuello y la subió hasta meterla en mi oreja. "De veras... ¿Qué tanto?". Yo conocía esa voz, ese tono cachondo y provocador que hizo que se me parara en un segundo. "Mucho... de veras me muero de cansancio". Metió la mano entre su cuerpo y el mío y me agarró la verga, que, por supuesto, ya estaba más dura que el cemento con que estaban haciendo la próxima tumba de Frank. "Pues tú estarás muy cansado... pero parece que alguien no lo está tanto". Me besó, y como siempre me valió madres todo. Ya no importaba estar en al baño de la casa de Pepe. Yo también la abracé y comencé a besarla en el cuello. Luego me soltó y me miró a los ojos. "Lo que necesitas es relajarte un poco... estás demasiado tenso". Me sonrió con esa sonrisa tan suya y se puso de rodillas. "No chingues, Ivonne... aquí no". "No seas coyón... además orita está llorando como Magdalena. Te juro que orita te la podría chupar allá junto a él y ni en cuenta". Me miró con esos ojos perversos que siempre ponía cuando estaba caliente. "¿O es que no se te antoja?". Claro que se me antojaba. ¡Cómo chingados no! Me desabrochó el pantalón y me pegó la mamada de la historia. Viéndola recorrer mi verga de lado a lado, y succionarla como si en eso se le fuera la vida, se me olvidó por completo dónde estaba, ni los riesgos que estábamos corriendo. Era una verdadera experta. Subía y bajaba la cabeza con ritmo; se la metía a la boca completita, hasta la mera base; apretaba los labios en el momento justo, y otras veces paseaba la lengua por el tronco llenándolo de saliva caliente; y de nuevo regresaba a succionar la cabeza con suavidad, pero con la firmeza precisa. Desde luego que no tardé demasiado en venirme en su boca. Ella siguió chupando hasta dejarme completamente seco, y no paró hasta que un espasmo de dolor delicioso me estremeció de la cabeza a los pies. Se levantó y me miró con su cachondería de siempre, abrió la puerta, miró a un lado y al otro, y salió de prisa, perdiéndose tras una de las puertas que daban al pasillo. Me quedé en éxtasis por unos instantes, hasta que volví a la realidad y me di cuenta de que estaba en el baño de la casa de Pepe, con la puerta entreabierta y los pantalones en los tobillos.

Pues sí, claro que sí... tampoco soy ningún pendejo. Claro que sabía que me estaba pasando de la raya; que estaba jugando con puñales de doble filo y los ojos vendados; pero en esos casos no se puede pensar. Ya quisiera verlos a ustedes, a ver qué hubieran hecho. A ver si como roncan, duermen; a ver si de veras tienen una fuerza de voluntad tan cabrona como para decirle que no a una mujer como Ivonne.

Me acomodé la ropa y salí del baño sin hacer ruido. Caminé hacia la puerta de salida, y en el primer recoveco del pasillo me encontré al pinche Gordo que veía con rencor y negaba con la cabeza. Yo más bien creo que le daba envidia. Total que no me dijo nada, ni yo a él. Salí de la casa lo más pronto que pude y de camino a la mía no pude dejar de pensar que de veras le estaba jalando los bigotes al tigre. Cuando llegué a mi departamento ya era noche completa. Apagué todos los teléfonos que podía apagar y cerré las cortinas para, al día siguiente, no darme cuenta a qué hora salió el sol.

9 de octubre, en el departamento de Esteban

Esteban está sentado frente a la ventana de la sala mirando a la calle. Su rostro luce inexpresivo, serio, quizá, si me apuran, hasta con un matiz de fastidio. Aún viste los mismos pants que se puso en la mañana para desayunar con Laura. También está en la misma silla, y, salvo algún movimiento sutil, está también en la misma posición desde que ella se fue.

No parece inmutarse tampoco por el paso del tiempo o por el avance natural del rayo del sol, que cada vez está más cerca de comenzar a escalar sus espinillas. Al principio, cuando decidió quedarse ahí, lo hizo con la intención de pensar en su próximo paso respecto a la inminente ejecución de Laura. Pero al observar a dos niños jugando en la azotea del edificio de enfrente, se olvidó por completo de sus angustias y preocupaciones para trasladarse en el recuerdo hasta aquellos tiempos remotos en que también subía a la azotea de su edificio, donde vivía con sus padres en la colonia Del Valle, y pasaba las tardes enteras jugando con su vecino Rogelio.

En las épocas de infancia jugaban con la pelota que le habían regalado por su cumpleaños número ocho. Aunque también recuerda que en ocasiones se trenzaban en demandantes competencias de salto o utilizaban los revólveres de plástico para perderse entre los tinacos. Esteban sonríe recordando entre brumas aquellos tiempos nostálgicos en que ambos niños discutían por interpretar al policía heroico que terminaría por capturar al ladrón habitual. Es cierto, haces bien en sonreír burlón, porque es indudable que eso pertenece al pasado; seguramente hoy ambos pelearían por convertirse en el jefe de la banda y el policía heroico ni siquiera aparecería en el juego de tan irreal que resulta su concepto.

Con el paso del tiempo los juegos cambiaron por la incineración compulsiva de cigarrillos que ninguno de los dos sabía fumar o, eventualmente, espiar a las muchachas de servicio que se bañaban por la tarde o meterse a sus cuartos a revisarles los cajones de la ropa interior, cuando por descuido dejaban sus puertas emparejadas, mientras sus patronas las llamaban para algún mandado imprevisto.

Al mirar a estos niños, Esteban se miró a sí mismo. Hace un poco de memoria y se recuerda como ese jovencito granoso e inquieto, y, sin embargo, en el fondo no es capaz de reconocerse. Te preguntas de qué artimañas se ayuda la vida para conducir a las personas por los caminos más intrincados e inverosímiles, para luego hacerles creer que cada uno ha decidido por su cuenta.

Unos golpes violentos sobre la puerta sacan a Esteban de sus pensamientos. Sin embargo, aún dudoso de haberlos escuchado realmente, espera a confirmar su sospecha con la segunda tanda de manazos firmes sobre la madera aún sin pintar. Se levanta y camina con desconfianza, mientras se coloca una gorra deportiva para contener la maraña en que se ha convertido su cabellera alborotada, tras la última noche de sexo desbocado. Como todavía no tiene mirilla, necesariamente debe abrir para saber quién es. Frente a él aparecen dos hombres corpulentos que intenta reconocer en la penumbra del pasillo del tercer piso. "Buenas tardes. Tú eres... Esteban Cisneros". Dice el más alto, revisando sus apuntes. "Sí... soy yo". Esteban sabe que conoce a uno de ellos, pero lo tomaron demasiado por sorpresa como para recordar de dónde. "Soy el comandante Ortiz, de la Judicial... supongo que me recuerdas".

Ahora lo recuerdas con claridad; era el hombre que dirigía el operativo que destruyó tu puerta y se llevó detenida a Laura. "¿Puedo pasar?". Quisieras decirle: "No recuerdo que necesitaran permiso". Pero sabes que eso sería una imprudencia y no estás en posición de cometer más. Esteban no responde y sólo da algunos pasos hacia atrás, dejando el camino libre a sus visitantes. Ortiz se dirige al agente que lo acompaña. "Espérame en la patrulla... necesito platicar aquí con el güero". El comandante entra y cierra la puerta tras de sí. "Veo que todavía no la terminas de arreglar...". Ortiz voltea para todos lados como si estuviera supervisando que no hubiera cambios mayores de como lo vio el miércoles. "¿Ya viste a tu noviecita desde que la soltamos?". Esteban no responde y sólo lo observa con resentimiento y coraje. "Mira, güero, no te me pongas mamón y mejor contesta lo que se te pregunta, porque me vas a hacer encabronar". Cruzan miradas por un instante y finalmente responde con desgana. "Sí... ya la vi". "Así me gusta... que seas educado. ¿Y qué te cuenta?". Esteban piensa antes de dar una respuesta. "Está asustada". Ortiz sonríe: "No, si pendeja no es... de hecho hace bien... le sobran razones para estar cagada de miedo, ¿no crees?... Claro que hubiera sido mejor que pensara las cosas, antes de ponerse a hacer transas con Frank". Esteban siente que su ritmo cardiaco sube pero hace grandes esfuerzos por conservar la calma. "No se quién sea ese tal Frank". Ortiz se carcajea. "No mames... Seguramente ha de ser el mago que salía en Chabelo con su pinche conejito blanco... ¿De veras crees que no sé quién eres?". A Esteban le tiemblan las piernas y repentinamente se le seca la boca. No es capaz de responder nada, mientras mira cómo Ortiz se abre la chamarra de cuero y busca en el bolsillo interior, del que saca un cargador para AK-47 y lo coloca sobre la mesa de centro. "¡Entrega inmediata...! Sólo acuérdate que si no terminas lo que empezaste, te va a cargar la chingada". La voz de Ortiz es amenazante. Esteban, aterrado, observa el cargador, mientas el otro se encamina hacia la puerta. "Ha sido todo un placer platicar contigo... sólo espero que no me hagas volver, porque en la siguiente visita no voy a ser tan amable... y ya te dije que arregles esta pinche puerta... vivimos en una ciudad muy insegura y te puede pasar algo". Ortiz le dedica otra mirada profunda e intimidante y sale del departamento. Esteban se queda inmóvil, con la vista clavada en el cargador que el Comandante acaba de dejarle sobre la mesa.

No le des más vueltas. Sabes que no existen más posibilidades, así que mejor olvida las dudas y los sentimentalismos y siéntate a planear lo que, a fin de cuentas, irremediablemente debes hacer.

Esteban

Laura me llamó el martes a media mañana para confirmar nuestra cena de la noche, pero yo no podía verla más. Para ese momento yo ya había entendido que no tenía otra alternativa que matarla y si pasábamos otra noche juntos, perdería por completo el valor.

Yo la amaba profundamente, pero no tuve más remedio que pasar encima de ese sentimiento buscando justificaciones racionales que me dieran la fuerza. Eso hice a lo largo del lunes; muy en especial luego de la visita del comandante Ortiz, que me dejó muy en claro que no tenía escapatoria. En cuanto se fue, me quedé un buen rato sentado en la sala observando el cargador para mi Kaláshnikov. Con esas balas tenía que ejecutarla. Las revisé una por una y las imaginé dentro de la carne de Laura. Eran imágenes aterradoras, pero me servían para endurecerme y trivializarlo a fuerza de tanto pensar en lo mismo. Sólo me quedaba por definir cómo y cuándo.

Decidí que lo haría el jueves en la mañana, cuando saliera temprano de su casa para dirigirse a la universidad. Sería una ejecución casi calcada a la de su padre. Además de darle el sello que me pedía Reinaldo, me resultaba fácil porque ya me sabía los movimientos de memoria. Conocía las calles, los horarios, hasta las costumbres de los vecinos. Pensé que si me mentalizaba lo suficiente podría considerarlo como una simple repetición del anterior; quizá hasta podría convencerme de que era de nuevo él y así ni siquiera sentiría nada. Si era lo suficientemente hábil, quizá ella tampoco sintiera nada. Al menos le debía eso, una muerte rápida, compasiva, sin dolor, sin miedo, sin agonías previas o posteriores, una muerte limpia y diáfana que la condujera sin sobresaltos a esa otra vida que nunca había deseado tanto que de verdad existiera.

Pero para ese momento aún faltaban dos días y definitivamente no podía verla más. Necesitaba borrarla de mi cabeza; tenía que dejar de pensar en su rostro, en su olor, en su shampoo de coco y sábila, en su cuerpo esbelto enredado entre mis sábanas y en sus hoyitos de las mejillas cuando me sonreía. Faltaban dos días de pretextos y lo único que importaba era que fueran lo suficientemente creíbles para que no sospechara que algo andaba mal.

Desde luego que tras lo que había pasado los últimos tiempos, cualquier razón que impidiera vernos le resultaría sospechosa. Cuando me llamó para la cena, lo único que se me ocurrió decirle era que el comandante Ortiz me había citado en la Procuraduría para declarar. "¿Para declarar qué?". "No sé... declarar... así me dijo". "Pero tú no tienes nada que ver". "Pues no... pero ya sabes cómo son... supongo que será por haber estado presente en tu detención". Quizá ese comentario era demasiado agresivo, pero yo no había preparado lo que iba a decirle, y es normal que la improvisación provoque ese tipo de errores. Enseguida su tono cambió a uno más doloroso, más culpable. "¿Pero eso qué tiene que ver?". "Pues no lo sé... no me dieron explicaciones... no sé qué más decirte". Laura guardó silencio unos instantes. "Quizá quieren encontrar algo que me incrimine... le voy a pedir al licenciado Esteva que te acompañe". No supe cómo aquel simple pretexto empezaba a complicarse así. "No hagamos esto más grande... me presento, respondo las preguntas que me hagan y dejamos esto atrás para siempre... no tenemos nada que esconder". Sé que era una crueldad de mi parte, pero pensé que si me estaba ocultado algo, tendría que decírmelo de una vez, antes de que la metiera en más problemas. Ella guardó silencio de nuevo hasta que me dejó escuchar su voz desesperanzada. "Siquiera déjame mandarte al abogado para que no vayas solo". "No te preocupes, ya hablé con Reinaldo y me va a mandar al abogado del bar... al parecer es muy bueno para este tipo de asuntos". Laura no lo tomó bien. De hecho, la dejé pensativa y desconcertada. "Prefieres al abogado del bar en vez del abogado que estuvo conmigo y conoce el caso a fondo". Esa plática estaba entrando en terrenos muy pantanosos. "¿No será que prefieres que no te relacionen conmigo? ¿No será que quieres deslindarte de mí?". La había lastimado sin querer, pero ante la perspectiva general, ése era un mal menor. "No es eso... ni siquiera lo había pensado. Tuve una junta con Reinaldo al poco rato de que me llegó el citatorio y se ofreció a ayudarme... eso es todo". Laura estaba devastada de tristeza. "Haz lo que tengas que hacer... ¿quieres que nos veamos después o no?". Su tono era de enojo, de desilusión, de dolor; a mí también me dolía escucharla así; pero al menos había logrado el objetivo de alejarla. "Es que no sé a qué hora voy a salir... ya sabes cómo son estas cosas". Sé que ese último comentario parecía un acto de sadismo y debí ahorrármelo, pero me salió sin pensar. "Sí... claro que lo sé". Quedamos que si salía a una hora razonable le llamaría. Eso no iba a ocurrir.

Luego de colgar sentí miedo de que me mandara al famoso abogado o, peor aún, viniera a esperarme a la puerta, así que apagué mi celular y salí de casa. Entré al cine y vi dos películas. Luego me metí a un café a hojear revistas y a matar el tiempo.

Regresé a las dos de la mañana y antes de entrar al estacionamiento, di varias vueltas por las calles aledañas para confirmar que no estuviera por ahí el Audi azul. Desperté al velador para preguntarle si nadie me había buscado y me confirmó que no. Ya más tranquilo, subí a mi casa y encontré tres mensajes de Laura en el contestador. Uno lo dejó a las nueve de la noche, otro a las once y otro casi a las dos. Quería saber si todo había salido bien y también quería recordarme que me amaba. Conforme los escuché los fui borrando, porque no quería tener su voz grabada y caer en la tentación de escucharla de nuevo cuando estuviera muerta. Escucharla diciendo que me amaba después de haberla matado sería demasiado fuerte para poderlo resistir.

Había un cuarto mensaje. Era de Reinaldo, que estaba decidido a no darme cuartel: "Hola carnalito, espero que estés atendiendo el encargo que se te hizo... saludos". Si bien el tono parecía casual, no podía pasarse por alto un dejo de amenaza que se filtraba entre una palabra y otra. Cuando menos aquella voz gruesa y gutural me sirvió un poco para olvidarme momentáneamente de la voz tierna y amorosa de Laura.

Laura. Cuaderno nuevo, 10 de octubre

Anoche soñé que aparecía caminando en medio de una isla desierta. Era un lugar lleno de vegetación y de pronto tomaba conciencia de que estaba sola y me invadía una angustia repentina y asfixiante, así que empecé a correr de un lado a otro. Buscando a quien fuera. Primero no sabía bien la razón por la que corría, pero luego supe que en realidad estaba buscando a Esteban; pero llegué al otro extremo de la isla sin dar con él. Se hizo de noche, y las plantas que apenas un momento antes se veían verdes y vivas se volvieron oscuras y siniestras y de pronto me parecieron las paredes de un laberinto del que no supe salir.

Dormía tan profundamente que no escuché la alarma del despertador, y tuvo que llegar Juanita para sacarme de mi pesadilla. No tuve tiempo ni siquiera de desayunar y apenas pude llegar a mi clase. Al terminar, me mandó llamar el director de carrera para avisarme que éste es el último semestre en que estaría considerada dentro de la plantilla de maestros. No puedo decir que me sorprendió, pero tampoco pude evitar esa profunda tristeza que me hizo llorar en silencio en cuanto estuve sola en el coche. Mientras me daba la noticia, el doctor Urrutia se veía desencajado, pero a fin de cuentas debía seguir las instrucciones que le llegaron desde rectoría. Yo escuché todo su discurso sin interrumpirlo porque no había razón para ello. Podría haber intentado una larga explicación exculpatoria, pero sabía que nada que pudiera decirle alteraría aquella decisión tomada. Le di las gracias y salí de su despacho con tanta dignidad como me fue posible. Siempre supe que con la muerte de mi papá mi plaza corría peligro, pero luego del escándalo de mi detención y todo lo que implicaba, sólo era cuestión de tiempo.

De camino al estacionamiento traté de ver el lado positivo. Había sido una gran experiencia y, en cierta forma, era el último regalo verdaderamente valioso que me había dado mi papá antes de morir. Además, trataba de animarme pensando que aún me quedaba mes y medio por delante.

Ya en la galería, no teníamos nada que hacer más que volver a empacar las piezas que debíamos devolver el viernes. Jana y Daniela cuchicheaban entre sí llenas de misterio, pero yo no estaba de humor para especulaciones. Si había algo de lo que debía enterarme, sin duda lo sabría a su tiempo. Yo simplemente envolvía cuadros en papel burbuja, mientras mentalmente veía cómo mi vida se derrumbaba luego de ser sacudida por un terremoto violento e inesperado.

Llamé a Esteban porque necesitaba verlo. En ese momento mataba por un abrazo suyo y moría por ir a su casa por la noche, pedir una pizza, rentar una película y no hablar de nada, sólo recostarme contra su pecho y sentir que no todo está perdido. Pero en vez de eso, lo que me dijo me dejó sin aliento: Ortiz lo había citado para declarar en el caso del asesinato de Oliguerra. ¿Qué pretende Ortiz? Es evidente que Esteban no tiene nada que ver. ¿Querrá intimidarlo para que me deje, para que me delate, para que contradiga mis versiones? Todo puede ser, y si lo que quiere es asustarlo, pues lo está logrando. Además de sentirlo frío y distante, se negó a que lo acompañara el licenciado Esteva. No entiendo nada, no comprendo cuál es la razón de este interrogatorio, qué pretende Ortiz obtener de Esteban. Quizá piense que en la intimidad le confesé cosas que no dije cuando me tuvieron detenida; si es eso no hay problema, pero si lo que quiere es inventarse unos cargos falsos para meterme a la cárcel, quizá logre algún tipo de declaración, que sacada de contexto le sirva para ese propósito. Más allá de si obtendrá o no algo de todo esto, lo que es seguro es que lo está llenando de dudas sobre mí y no me sorprendería que también él me mandara al diablo.

Lo llamé ya varias veces. Su celular está apagado y en su casa no contesta, así que entiendo que no ha regresado. No tengo sueño, pero estoy agotada, fastidiada y harta de todo lo que me está pasando. Otra vez me duele la cabeza. Con la racha que llevo no me sorprendería que sea un tumor o algo todavía peor. Espero que mañana sí pueda verlo. Quiero dejarle muy claro que, más allá de lo que le diga Ortiz, no soy una delincuente.

Todo lo que está pasando me parece irreal. En apenas unos cuantos días he presenciado una ejecución y salvado la vida de milagro, estuve detenida durante horas, mi relación con Esteban está en punto muerto, perdí mi clase en la universidad y la exposición de la galería, y para rematar, Luisa no me quiere ver ni en pintura. Mi vida se volteó de golpe como un calcetín sucio. Espero que se me quite este maldito dolor de cabeza y poder dormir al menos un rato. Mañana será otro día... sólo que, en mi caso, ya no sé si eso debe esperanzarme o llenarme de terror.

Diario de Elisa, 10 de octubre

Estoy embarazada. Por fin voy a ser mamá. Cierro los ojos y me imagino esa partícula, todavía minúscula, creciendo dentro de mí y me siento muy emocionada.

Hace apenas un rato que la prueba de embarazo me salió positiva. Sé que eso no es aún definitivo pero de cualquier manera caí de rodillas y lloré de alegría y de agradecimiento. Luego tuve mis reservas y me dio miedo hacérmela por segunda vez. Sentí temor de que todo hubiera sido un error, una ilusión, una confusión de colores que me condujeran a empezar desde cero nuevamente. Pero por fin lo hice, y luego de esos minutos de espera, que parecieron eternos, me encontré de nuevo con el resultado positivo. Ahora esperaré a mañana para hacerme una tercera de otra marca, y si sale positiva de nuevo, iré a confirmarlo en un laboratorio con un análisis de sangre.

Por suerte también puedo confirmar que papá salió bien de su cirugía, y, salvo el incidente con Willy, puedo afirmar que ésta ha sido la mejor semana de mi vida. Papá está en su cuarto, como siempre; y, por lo que me dijo mamá, pasó el fin de semana tranquilo y sin sobresaltos. La única ventaja de su condición es que no lo oímos quejarse. Los médicos dicen que en realidad no le duele y a mí me gusta pensar que es verdad. Finalmente le sustituyeron las mangueras de la comida y el excremento, que tantos trabajos y problemas nos dieron desde el principio. Era en gran parte por culpa de ellas que no podíamos prescindir de los turnos de enfermeras. Las mangueras anteriores eran extremadamente delicadas y se tapaban con frecuencia, y por eso luego había que llevarlo al hospital.

Aunque quiero concentrarme en papá, la verdad es que me gana la alegría y la emoción. Naturalmente no se lo he dicho a nadie y no lo haré hasta que esté completamente confirmado. ¿A quién se lo diré primero? ¿A mamá? Quizá al principio pondrá el grito en el cielo pero en cuanto se haga a la idea, se pondrá feliz. ¿A Esteban? Estoy segura de que por más que se lo jure y perjure, pensará que fue un accidente, un descuido. ¿A Lola? Así podría agradecerle por haberme inspirado, aunque posiblemente la haría sentir mal, sentirse culpable por su aborto. ¿A Rosana? Ella tampoco lo va a entender de inicio, pero terminará por alegrarse por mí. ¿Al padre? Quizá sería lo correcto, pero es justamente él quien no se enterará nunca.

El viernes por la tarde dieron de alta a papá. Todo salió perfecto y para mediodía ya había salido de recuperación y los médicos no encontraron razones para que permaneciera una noche más en el hospital; así que a las cuatro lo dieron de alta y apenas pasadas las seis ya estábamos en casa. En cuanto estuvo instalado Esteban se fue y mamá y yo nos sentamos a comer pollo rostizado que traje del súper. A media comida recibí la llamada de Rodrigo. Tenía programado pasar el fin de semana en un seminario en Querétaro, sobre control de riesgos o algo parecido, que tenía que ver con su empresa; pero se lo cancelaron de última hora, y como su familia no lo esperaba hasta el lunes me propuso que nos fuéramos juntos a Cuernavaca.

En parte me apenaba dejar a mamá sola, pero era una oportunidad de oro que no podía desatender. Yo no tenía trabajo hasta el miércoles y Rodrigo era el hombre ideal para ser el padre de mi hijo. Le dije que sí y me comporté sensual y cariñosa. Luego le expliqué a mamá que unos amigos me invitaron de fin de semana; un poco a regañadientes, pero estuvo de acuerdo.

Pasó por mí a eso de las siete y media, y a pesar del tráfico llegamos a tiempo para cenar en un restaurante muy romántico. Luego tomamos una suite enorme y maravillosa que tenía una pequeña alberca privada, una tina de hidromasaje y una sala de estar con vista a los jardines, y de la que prácticamente no salimos para nada hasta el lunes. Supongo que de eso se trata. Me sentí rara, porque me quedó claro que un lugar como ése puede ser el más romántico del mundo, pero a la vez fue diseñado para que hombres de dinero lleven ahí a sus amantes y estar a salvo de encuentros desafortunados que pudieran poner en peligro sus matrimonios tan sólidos y felices. En cierta forma es muy contradictorio. Por un lado, una se sabe consentida pero a la vez, resulta ofensivo enterarse, eso sí, de forma muy elegante y sutil, del lugar que ocupa en la vida del acompañante. "Te lo mereces todo excepto que nos vean juntos, que se sepa que existes".

Estuvimos ahí la noche del viernes, todo el sábado y todo el domingo; regresamos el lunes después del desayuno y, por supuesto, de un último encuentro de despedida, para que pudiera llegar a su oficina antes de las dos y mantenerse acorde con su itinerario original. Como siempre, Rodrigo fue atento y caballeroso. Pasamos momentos increíbles y me siento feliz de que el padre de mi hijo sea alguien como él. Además, también me siento satisfecha de que mi hijo sea producto de un fin de semana lleno de ternura y de pasión, y no del mugroso sillón de Willy o de una noche de fiesta fría y artificial.

A diferencia de lo que sentí cuando estuve con Antonio, ahora no me siento culpable de nada. Rodrigo obtuvo lo que quería de mí, y yo de él. Sé que tiene una familia y lo respeto, y nada de esto lo hice para tenderle una trampa y obligarlo a que la deje o para chantajearlo de alguna manera. Todo lo contrario, no pienso decírselo nunca. Mi hijo es sólo producto de mi deseo y de una relación linda y tierna que no voy a manchar con reproches ni con exigencias fuera de lugar. Rodrigo es un hombre tranquilo y familiar, que si me busca es sólo porque está harto de la rutina y aunque sigue queriendo a su mujer y a sus hijos, desea continuar sintiéndose vivo y joven y ocasionalmente despertar al lado de alguien que realmente desea y con quien no lo ata ni el compromiso ni la responsabilidad. Mientras no se me note, trataré de verlo tantas veces como sea posible sin incomodarlo. Quiero pasar momentos bellos, tomarnos fotos y acumular recuerdos para que un día pueda hablarle de él a mi hijo. Sabrá que su padre era un gran ser humano, y que si todo se dio así fue porque a veces la vida nos pone en caminos extraños y nos fortalece con pruebas que nos vuelven mejores; pero no porque sea producto de un error o de una borrachera. Él sabrá cuánto deseo que llegue a mi vida.

Reinaldo

Aunque ese domingo los puso a chingarle como verdaderos esclavos, los albañiles que tenía Pepe trabajando en el fondo del jardín no pudieron terminar el mausoleo donde descansarían las cenizas de Frank. Para acabarla de joder, ese pinche lunes llovió todo el santo día, así que fue hasta el martes, en la tardecita, cuando por fin estuvo listo.

Por lo que supe, Pepe andaba como loco correteándolos a todos para que no pararan de trabajar. Era como si terminar ese día fuera cuestión de vida o muerte. Y dicen también que cuando por fin pudo parase enfrente de aquella chingadera, con columnas y floreros con siluetas de mujer, recubierta de mármol blanco, con el nicho de en medio abierto y listo, con la lápida de Frank llena de letritas doradas y no se cuánta mamada más, lo vieron llorar de alegría. Luego mandó comprar un chingo de flores y coronas, y preparó el altar con velas de todos colores para una de esas pinches ceremonias macabras que tanto le gustan y que tenía programada para esa misma noche.

Ivonne me dijo que luego de mediodía comenzó a llegar gente extraña. Desde luego no podía faltar una señora bajita, de pelo canoso atado en una larga cola de caballo acompañada de varios jóvenes y otros que, por más que me los describió, no pude reconocer. Pero, luego de aquella madrugada a las afueras de Morelia, podía hacerme una idea muy cercana de lo que pasaría en ese jardín. Lo cierto es que Pepe mandó desalojar la casa, y todos —sirvientas, guarros y demás— debían irse a la chingada antes del anochecer y no volver hasta pasadas las seis de la tarde del día siguiente.

Para mí esa expulsión masiva estuvo a toda madre, porque incluyó a Ivonne. Supuestamente pasaría la noche en casa de una amiga, pero gracias a que pudo evadir sin mayores problemas a la guardia que la esperaba afuera, pasó la noche conmigo, en mi departamento. Yo también despaché a mi gente para que no la vieran llegar, y a eso de las seis de la tarde tocó el timbre y apareció sonriente, con una enorme caja envuelta en papel plateado y con un moñote rojo encima, que me entregó mientras me daba uno de sus besos cachondos, de esos que quitan el aire y lo hacen a uno morir feliz. "Toma, para que pasemos una noche increíble". Puse la caja sobre la mesa y la besé de nuevo. Ella me acariciaba la nuca y me acomodaba el pelo y yo le pasé las manos por la espalda y la cintura diminuta, sin una gota de grasa, y por las nalgas prominentes y duras.

Es verdad que me encantaba cogérmela y desaparecer, pero en el fondo yo había esperado ese momento desde que estuve con ella por primera vez. Ahora por fin podríamos pasar toda la noche juntos, sin prisas. Nos imaginé poniéndole como locos y haciendo de todo y por todos lados. Nos imaginé retozando como animales salvajes y, a la mera hora, resultó todavía mejor de lo que esperaba porque en la mentada caja había velas aromáticas, aceites para masaje, mascadas de seda, pitos de hule, lubricantes y no se cuánta chingadera más, que resultó el condimento perfecto para la que fue una de las mejores noches de mi vida.

El problema es que, como siempre, sin saber cómo, las cosas terminan por complicarse. En cuanto llegó entramos en materia. Nos llevamos toda la juguetería al cuarto y cogimos como locos. El pedo vino después, cuando luego de la cena que había encargado a un restaurante de lujo y de las copas de champagne, por primera vez hicimos el amor.

Estábamos en la mesa platicando de no sé qué, cuando de pronto nos quedamos en silencio y mirándonos a los ojos. Yo la tomé de la mano y la llevé de nuevo al cuarto, pero esta vez nos besamos y nos llenamos de caricias que al menos se sentían como si fueran de verdad. Lo hicimos despacio, con suavidad, y al terminar, nos quedamos abrazados y en silencio por un buen rato, llenos de sudor aceitoso y aromático.

Para ese momento ya nos habíamos visto muchas veces, pero nada se parecía a esa noche. La neta, mientras estábamos ahí, en mi cama, abrazados y en silencio sentí que me cagaba de miedo. Pero no era cualquier miedo, era uno cabrón, profundo, que me caló hasta lo más hondo y que me hizo estremecer de pies a cabeza. "¿Tienes frío?", me preguntó Ivonne, y yo le dije que sí, que el sudor y la desnudez me habían provocado escalofríos. Pero yo estaba aterrado porque, sin saber cómo ni por qué, yo estaba empezando a sentir cosas que no había previsto y que además no quería sentir. Una cosa es cogerse a la vieja del jefe y otra muy distinta enamorarse de ella. Yo acepté sus coqueteos por caliente, porque estaba buenísima y se me paraba la verga sólo ver su cuerpo y su cachondez de fiera, porque me excitaba el riesgo, y sí, también porque en el fondo no había podido olvidar lo que me hizo Pepe con la puta de Denise. Pero ahora, de la nada, el olor de esa pinche vieja se me había metido hasta dentro y me carcomía como un puto cáncer. Ahí, abrazados, me daba cuenta de que ese sentimiento no tenía futuro, y no sólo eso, sino que me encabronaba pensar que mi supuesta venganza hubiera salido todavía peor que la ofensa original. Esta vez Pepe se quedaría definitivamente con la mujer de la que me había enamorado. Con la puta de Denise, al menos tenía que disimular, que esconderse, pero esta vez sería yo quien tendría que morderse un güevo cada vez que los viera juntos. Sabía perfectamente que encapricharme con Ivonne no podía traerme nada bueno, pero de forma repentina se convirtió en algo que ya no pude controlar. Al día siguiente tanto ella como yo teníamos que volver, cada uno en su rol, en su papel específico, a nuestra vida en relación con Pepe. Ella como su vieja para cogérselo y chupársela cada vez que se lo pidiera y yo como su chalán, encargado de hacer todo aquello con lo que él no quisiera mancharse las manos. No había absolutamente nada que ninguno de los dos pudiéramos hacer para librarnos de ese pinche destino burlón y ojete.

Ahí, abrazado a ella, comencé a sentir un coraje incontrolable que me hizo palpitar las sienes e imaginar mi cabeza como un pinche cerillo prendido. Cada minuto que pasaba me encabroné más y más, porque me daba cuenta de que por fin, luego de años de rifármela cada día, luego de años de poner mi vida a disposición de otros y de hacer montones de cosas que no me gustaban, empezaba a llegar todo lo que había soñado, empezaba a tener un cierto poder, a ser importante dentro de la organización, a tener autoridad, dinero, una casa que nunca imaginé poder pagar, subordinados, coches, respeto, la confianza de gente fuerte y cabrona, pero al mismo tiempo no tenía nada porque no era capaz de conseguir a la mujer que me gustaba, porque siempre, por una razón o por otra, las cosas en ese aspecto se jodían y yo terminaba lastimado y hecho una mierda.

Sí, mierda, ésa es la palabra correcta. ¡Y no se rían, putos, porque así es! El amor es el sentimiento más mierda que existe y si hubiera una pastilla que me lo matara de raíz, la hubiera tomado sin pensármelo dos veces. Si existiera un tratamiento o una cirugía que lo extirpara de mí, para no volverlo a sentir nunca y por nadie, me sometería a eso sin importarme los riegos o el dolor. Hubiera hecho lo que fuera con tal de erradicar de mi vida esa emoción tan inútil y nociva, y seguramente así hubiera podido ser feliz. El amor apendeja, nos impide ser uno mismo para convertirnos en una versión chaqueta y maquillada que le agrade al otro y entonces vivimos a expensas de él, y como rémoras nos alimentamos de las sobras que nos deja. El amor nos hace débiles, vulnerables, nos impide pensar y actuar como seres racionales, y hasta nos hace creer que la vida es pocamadre y que todos los problemas te la pelan si estás al lado de la mujer que amas. ¡Puras mamadas! Enamorados, hasta creemos que la gente es leal y que nunca nos va a fallar; pero en el momento que menos se espera, se carcajea de uno y nos escupe en la cara, y entonces desaparecen en un instante los putos sueños de opio y todo vale madres de nuevo y volvemos a ver las cosas como en realidad son y como nunca dejaron de ser por más que en nuestro apendejamiento las viéramos diferentes.

Yo sabía todo eso y me quedó aún más claro desde que se atravesó en mi vida la puta de Denise; por eso me encabronaba, como pocas cosas en la vida, sentirme así, de la nada y para nada. Yo no tenía necesidad de meterme en ese pedo. Ya me había dado el gusto, ya me había cogido a la mujer más sabrosa y más cachonda del mundo, ya me había desquitado por lo que me habían hecho, ya había logrado vivir y sobrevivir a la adrenalina del riesgo, pero nada de eso me bastó y ahora estaba hecho un pendejo por una pinche vieja que nunca podría tener. Yo sabía que lo único sensato era mandarla a chingar a su madre en ese momento, no volver saber de ella nunca más; pero la deseaba demasiado, necesitaba tenerla cerca, sentir su cuerpo, su sudor, cruzar miradas mientras me la chupaba, tenerla acostada y desnuda a mi lado como esa noche, con sus caderas monumentales brillando de aceite y de sudor, con su vientre plano y atlético, con sus tetas como cocos de playa virgen, con su sexo rasurado y húmedo, lleno de ese olor penetrante y poderoso que se me metía hasta el cerebro y me mareaba haciéndome perder la conciencia, al grado de no importarme nada más que estar a su lado el resto de mi vida, que, desde luego, ante los riesgos que estábamos corriendo, difícilmente podría ser demasiado larga. Una vez más fui consciente de lo enloquecido que estaba por Ivonne, y de nuevo quise que alguien me la amputara de la mente; pero eso jamás pasó, así que tuve que seguir lidiando con su presencia.

Estaba enmarañado con mis pensamientos, cuando el puto timbre de la puerta me hizo pegar un brinco de muerte. "¿Quién es?". Preguntó Ivonne con expresión de pánico. "Ni puta idea". "¿Pero quién puede ser?". Estaba realmente aterrada y no era para menos. Siquiera esos timbrazos me sirvieron para confirmar lo evidente: ella también tenía muy claro el pedo en el que estábamos metidos, y entendía, igual que yo, que cualquier descuido podía costarnos demasiado caro. "No sé... voy a ver. Quédate aquí y no hagas ruido". Ella asintió mirándome desde una esquina de la cama, como una niña paralizada por los fantasmas que viven en el clóset.

Esteban

Aún no eran las nueve de la mañana cuando los timbrazos del teléfono me arrancaron del sueño profundo, como a quien sacan de golpe de su tumba bajo la tierra con una pala mecánica. Me incorporé sobresaltado y empapado de sudor, sin entender en primera instancia de dónde salía ese ruido estridente que me taladraba la cabeza.

Estaba teniendo una pesadilla que ya no era capaz de recordar, y de ella ya sólo me quedaba la boca seca y la mente llena de confusión y sobresalto. "Esteban, ¿estás bien?". Era una voz de mujer que yo conocía de sobra, pero que en ese instante no fui capaz de identificar. "¿Quién habla?". "Pues Laura... ¿quién esperabas que fuera?". "Perdón... estaba dormido". Era una obviedad pero no atiné a decir otra cosa. "Estaba preocupada. Te marqué hasta tarde y aún no habías llagado. ¿Cómo te fue con Ortiz?". La voz de Laura se sentía desesperada y llena de ansiedad, pero, aunque en realidad era obvia, yo no había previsto aquella llamada y no sabía qué responderle. "Me fue bien... me tuvieron ahí hasta muy tarde, pero el interrogatorio como tal duró muy poco... ya te contaré cuando nos veamos". Era una manera de evadir una explicación que no existía y de inventar una historia llena de incoherencias que terminara por intranquilizarla más. De cualquier forma yo había decidido no volverla a ver, así que no habría necesidad de decirle nada. "Está bien, pero nos vemos en la noche". "Sí... nos vemos en la noche". Yo sólo quería quitármela de encima; ya más tarde pensaría en un buen argumento para cancelar la cita. La voz angustiada y tensa de Laura me quemaba el oído, pero me daba miedo preguntar, escarbar en sus emociones y darme cuenta de que mi decisión de evadirla no hacía otra cosa que hacerla sentir peor.

Ya no pude dormir más, y aunque estaba agotado y débil, me fui al gimnasio para sacar al menos una parte de la adrenalina que me tenía temblando como si me hubiera bebido cincuenta expresos de un solo trago.

Tenía que inventar un pretexto convincente para no verla y además prepararlo todo para el día siguiente, en que debía ejecutarla. Hice espalda y abdomen de manera convulsa, desbocada. Me imaginé vestido con mi gabardina negra y mi pasamontañas, disparándole sin compasión. La voz asustada del instructor de pesas me sacó de mis obsesiones. "No... así no... te vas a reventar el músculo".

Volví a casa y me di un baño caliente. Mientras me vestía, pensaba en llamarla de una vez, pero se me adelantó. La escuché más triste que nunca y estuve a punto de ceder. Quería llegar desde las seis para que viéramos una película y cenáramos una pizza tumbados en la cama. Me dijo que moría de ganas de verme y que necesitaba mucho mi cariño y mi comprensión, y no sé cuánta cosa más, que yo decidí dejar de escuchar. Cada palabra era un aguijón que se me clavaba en el pecho y ya no quería seguirla oyendo, así que en algún punto la interrumpí. "Es que me acaba de llamar mamá...". Le dije que no podía verla porque papá había tenido complicaciones y debíamos llevarlo al hospital. Repentinamente me sentí culpable también por eso. Desde la cirugía del viernes yo ni siquiera había llamado a casa para ver cómo estaba, sentí que esa complicación imaginaria podía extrañamente convertirse en una real. También recordé que debía darle a Elisa la parte del dinero que me tocaba y que justo estaba por ganármelo al día siguiente. La salud de papá era un pretexto falso para esquivar a Laura, sin embargo, en ese momento sentí un deseo verdadero de visitarlo, de volver a casa, de refugiarme es ese círculo íntimo, donde me sentía protegido y a salvo.

Cuando por fin Laura entendió que no la vería esa noche, no pudo ocultar su desilusión y desconcierto. "¿Por qué no quieres verme?". "No es eso... papá se puso mal". Supongo que ni mi tono de voz ni lo que decía era realmente creíble. "¿Qué pasa, Esteban? Si lo que quieres es que no te llame, dímelo de una vez". No tenía idea de cómo calmarla, de cómo hacerla sentir un poco mejor... al fin y al cabo, sólo faltaban unas cuántas horas para que todo terminara. "No es eso... te juro que no pasa nada. Estoy preocupado por papá... es todo". Le conté sobre la cirugía de la semana anterior exagerándole la complejidad y los riesgos. "Está bien... déjame acompañarte". Eso no podía suceder. "Laura, descansa... tú tampoco lo has pasado bien... ya verás que en unos días todo se resuelve". Al menos esa frase tenía algo de verdad. "Desde el lunes en la mañana estás muy extraño. ¿De veras piensas que estoy involucrada con esa gente? ¿Qué te dijo Ortiz de mí? ¿Te amenazó con inculparte a ti también si no me dejas?". La cabeza de Laura estaba llena de telarañas. "Ya deja de atormentarte... de veras, no pasa nada". "Lo que sea que te hayan dicho, te juro que es mentira... tienes que creerme". Aquél era el peor de los tormentos. "No digas tonterías... no pienso nada malo de ti... sólo ten un poco de paciencia". No me pareció convencerla de nada, pero al menos después la escuché resignada. "Está bien...". "Te juro que mañana sí nos vemos". "No me mientas más". "No es mentira... mañana nos vemos". Y no lo era. "¿Todavía me quieres?". "Más que nunca". Eso tampoco era mentira. De hecho, me hubiera gustado agregar que justamente por eso no podía verla; porque, de estar a su lado de nuevo, perdería del todo la convicción y la fuerza y me resultaría imposible matarla. "Es que comienzo a dudarlo, y si es así... pues ni modo... pero me gustaría saberlo de una vez". Volví a decirle que la quería y por fin aceptó colgar.

Una vez más estaba solo en mi departamento pensando en Laura y en lo que tenía que hacer, y al mismo tiempo pensaba en papá y en lo mucho que me había olvidado de él y del resto de la familia. Di vueltas de un lado a otro sin encontrar paz ni calma. Cuando volví a tomar conciencia del tiempo, me di cuenta de que eran las cinco de la tarde y que necesitaba salir, tomar un poco de aire. Pensé que era el momento ideal para visitar la casa, para ver a papá y a mamá, para volver a ese origen que cada vez me parecía más remoto e imaginario.

Me abrió mamá y súbitamente se le iluminó la cara. Me miró de arriba abajo como si fuera una aparición. Me abrazó con cariño, con efusividad. "Mira nada más... estás en los huesos, un día vas a desaparecer". Yo no quería soltarla y me sentí ridículo de estar abrazado a mi mamá, como un niño miedoso, luego de todo lo que había hecho en los últimos tiempos. Pero ahí, entre sus brazos me sentí seguro y sabía que nada malo me podía suceder. "Ya pensé que te habías olvidado de nosotros". "Claro que no... es que siempre se atraviesan cosas". Mamá me sonrió. "Sí... faldas. Anda, pasa a saludar a tú papá... le va a dar mucho gusto verte. Más tardecito, que llegue Elisa, cenamos todos juntos". Papá tenía la vista clavada en la tele, pero me dio la impresión de que exactamente de la misma manera podía estar viendo la ventana, la pared o la nada. Estaba seguro de que podría haberla apagado sin que él ni siquiera lo notara.

Lo saludé tan efusivo como pude, pero él apenas me dirigió la mirada por un instante. Me sentí triste y desilusionado al contemplar esa indiferencia tan profunda, y, en realidad, tan justificada. La enfermera trataba de hacerme plática diciéndome lo bien que lo veía después de la operación y lo fácil que era ahora alimentarlo y mantenerlo limpio. Yo asentía sin decirle nada, porque no encontré en la cabeza ninguna frase razonable que correspondiera con aquellas palabras vacías y carentes de importancia. Papá me miró de nuevo, otra vez sólo por un instante pero en esta ocasión sentí que me decía muchas cosas. Me dijo que nada de eso le importaba, que los tubos nuevos o los viejos le daban igual y que si se los habían cambiado fue sólo para que los que lo rodeaban estuvieran más cómodos y que así el trato cotidiano con el bulto de la familia fuera más amable. Me dijo que estaba harto de estar preso, que estaba harto de la tele y de que le hablaran como si fuera una planta. Me dijo que nos odiaba a todos por compadecerlo, me dijo que odiaba el canal de deportes y que le gustaría salir volando por la ventana como un pájaro, como el personaje que interpreta Javier Bardem en *Mar adentro*, que le gustaría volver al pasado y hacer su vida de otra manera. Todo eso me dijo en un solo instante, con esos ojos cansados y llenos de resentimiento y de fastidio, mientras la enfermera continuaba con su plática intrascendente.

Me disculpé educadamente y le dije que tenía que ir al baño, aunque en realidad yo únicamente necesitaba estar solo por un momento. Me miré al espejo y me recordé en ese mismo lugar muchos años atrás. Mi rostro era distinto, más joven, más infantil, más inocente. Me vi a mí mismo rasurándome por primera vez, o examinándome un grano inoportuno que había aparecido de la nada en el centro de la frente. Miré alrededor y me di cuenta de lo poco que habían cambiado las cosas ahí desde los tiempos de mi adolescencia. Volví a verme poniéndome spray en el pelo para asistir a una fiesta de la secundaria o masturbándome en la regadera mientras en mi cabeza le hacía el amor apasionadamente a Sharon Stone o a Demi Moore. Me veía escuchando los toquidos furiosos de Elisa para que le dejara el baño libre, porque apenas tenía el tiempo justo para arreglarse antes de que pasaran por ella su pila de novios insulsos y descerebrados que disfrutaban paseándola como trofeo en sus respectivas fiestas de preparatoria.

Los recuerdos se me agolpaban en la cabeza como pedradas, como alfileres ardientes que se me clavaban en el pecho y en el vientre. Me enjuagué la cara y me miré de nuevo en ese espejo, que con los años parecía haber encogido, y traté de reconocerme, y en cierta manera era el mismo de siempre; pero también, en el fondo, era otro que ni yo mismo era capaz de identificar. "Esteban, ¿estás bien?". "Sí, mamá, ya salgo". Sonreí conmigo mismo al comprobar que algunas cosas nunca cambian, y al menos por un segundo fui de nuevo feliz.

Volví a mi cuarto, que ahora era el de papá, y me encontré a la enfermera y a mamá batallando para acomodarlo y que así quedara listo para pasar la noche. Yo traté de ayudarlas, pero mamá me hizo a un lado. "Tú quítate, porque no sabes". La obedecí porque me di cuenta de que aquel esfuerzo desmesurado para sus dimensiones, ese afán de ayudar a voltearlo, a pasarle la esponja del baño, a cambiarle los empaques del alimento y dejarlo listo para que pudiera dormir eran, en gran medida, su razón para levantarse cada mañana. Sin papá, mamá estaría perdida, andando sin rumbo, existiendo sin propósito.

Alrededor de las ocho apareció Elisa. Me sorprendió verla de tan buen humor. Nos saludamos con afecto pero de alguna manera notó que mi estado de ánimo no era el ideal. Me preguntó qué tenía y yo le mentí diciéndole que estaba bien. "Pues parece que te condenaron a la silla eléctrica". Como siempre, usé el argumento de que seguía impresionándome mucho ver a papá en ese estado. "Quizá si lo vieras más seguido...". Elisa sonreía y supe que no se trataba de un reproche, sino de una broma. "A mí se me hace que tu noviecita esa... la que está tan interesada en conocer a señores paralizados, te mandó al demonio... ¿Qué le hiciste?". Pensé en Laura y el sarcasmo lo dije para lastimarme a mí mismo: "Todavía nada...". Elisa estaba desatada de felicidad. "Pues dile que no se desespere, que muy pronto encontrarás la manera de arruinarle la vida". Me hubiera gustado seguir con ese tono de plática, pero yo no estaba de humor; aunque ella lo interpretó como si me hubiera ofendido. "Oye, es broma... de verdad. Pero ya, hablando en serio, ¿terminaron o por qué traes esa cara?". Yo no le di mayores explicaciones, simplemente le dije que habíamos tenido una discusión, pero que lo más probable es que nos arregláramos.

Le pedí que me acompañara al otro cuarto y le entregué un cheque. "Es mi parte de lo de papá". "Pero me estás dando de más". Era cierto. Le estaba dando el importe completo de la cirugía y si no le di todo lo que tenía en la cuenta fue sólo por no hacerla sospechar aún más de que estaba metido en cosas turbias. "Es lo que me toca y un guardado... para los gastos que vengan... aprovecha ahora que tengo, porque después...". Elisa se quedó mirando el cheque por unos instantes y luego clavó los ojos en los míos. Yo me anticipé a cualquier comentario. "No me preguntes nada... guárdalo". Ella dobló el cheque y lo metió en el bolsillo del pantalón y salió del cuarto sin decir palabra.

Mamá nos llamó a la mesa. Ella y yo cenamos chocolate con pan dulce, y Elisa un tazón de cereal con leche descremada y un par de huevos revueltos con jamón. Mamá y yo la mirábamos incrédulos. "Sí, tengo hambre... ¿y qué?". Otra vez me sentí de regreso en la adolescencia, que me parecía parte de la prehistoria. Me distrajo la vibración de mi teléfono al recibir un mensaje de texto. "Espero que no te olvides de que el sábado está cada vez más cerca. Supongo que la tienes al lado, así que salúdame a tu hermanita... quizá la visite pronto". El remitente era un número desconocido, pero no tenía que ser un genio para saber quién lo envió. "Algún mensaje de amor". Elisa había hablado con la boca llena y me sonreía satisfecha. "Algo parecido...". Yo intenté continuar con la plática como si nada, e ignorar el nudo que se me hizo en el estómago. En cuanto pude, me despedí de todos y volví a casa. Nunca voy a olvidar esa noche, porque cuando entré al cuarto a despedirme de papá comprendí de pronto el significado y la sensación que provoca la verdadera orfandad. Ahí comprendí de manera categórica, que en algún momento entre ese día y el miércoles catorce de junio, en que había sufrido aquel ataque fulminante, yo había perdido a mi padre sin ni siquiera ser consciente de ello y sin haber tenido ocasión de llorar su pérdida.

11 de octubre, en el edificio de Esteban

Son cerca de las once de la noche cuando Esteban baja de su coche con pesadez. Se le ve en la expresión un cansancio denso y pantanoso que hace que le pesen los miembros del cuerpo de manera desmesurada. Imaginas que ése debe ser el cansancio propio de un campesino que ha labrado la tierra todo el día. Pero tú no eres un campesino, ni has labrado nada, ni vuelves agotado pero satisfecho luego de una larga jornada productiva y útil. Tu cansancio no es así; el tuyo más bien se parece al de un despistado que ha caído en las aguas agrestes de una ciénaga y que debe hacer esfuerzos sobrehumanos sólo para mantener la cabeza a flote.

Esteban camina hacia el elevador con los brazos desmayados y colgándole del cuerpo y la mirada perdida en el fondo del vestíbulo. Intenta ordenar sus pensamientos revueltos, donde se superponen la ternura de la madre, la sonrisa inusitada de Elisa y la mirada de odio que su padre le dedicó desde lo más hondo de su prisión definitiva. Oprime el botón del elevador y observa el panel donde se alternan los números en orden descendente; primero el seis y luego el cinco. Le urge llegar; quitarse los zapatos y tenderse sobre la cama a mirar el techo. Debe preparar el AK-47, el cargador, la gabardina, el pasamontañas y demás implementos indispensables para sus actividades de mañana. El mecanismo del elevador trabaja con lentitud; ahora pasa del cuatro al tres, y luego de un suspiro profundo aparece el dos; pero lo distrae el retumbar en las paredes del pasillo de una voz que repite su nombre una y otra vez. "Esteban... joven Esteban...". Es el velador que camina a toda prisa a su encuentro. "Espérese... es que le dejaron un paquete". "¿Un paquete?".

Sí, Esteban, un paquete. No puede ser un sobre amarillo, eso ya sería demasiado; además, sabes que ese tipo de correspondencia jamás la dejarían con el velador. Pero entonces, ¿qué es...? y lo más importante: ¿de quién? Quizá sea otra amenaza de Reinaldo; quizá sea una cabeza de caballo, como la de *El Padrino*; sería un recordatorio muy a su estilo; pero tampoco es probable que un mensaje como ése te lo hubiera dejado con el velador.

Por fin el pobre de don Germán llega a un lado de Esteban. Está sofocado y le extiende un sobre blanco. "Tenga..." Esteban no le da tregua. "¿Éste es el paquete?". "No, ésta es una carta... el paquete ya lo subimos entre la señorita y yo". Laura, ¿qué otra? Aún así Esteban pregunta para estar del todo seguro. "¿Qué señorita?". "Pus la que viene siempre... bueno, últimamente... El paquete lo pusimos frente a su puerta, y como es una cajota grande, pus ahí ha de seguir". Esteban le agradece y don Germán le sonríe y se da media vuelta para volver a su garita, donde lo espera su tele blanco y negro, y su torta de pierna con quesillo, que se baja con traguitos de café con ron.

Esteban entra al elevador y oprime el número tres. Mientras sube lentamente, observa el sobre por afuera. Ha decidido no abrirlo hasta estar en su departamento. En el fondo te gustaría que fuera un rompimiento. Te gustaría leer, en la propia caligrafía estilizada de Laura, que está cansada de tus actitudes absurdas y muy defraudada porque le diste la espalda cuando más te necesitaba. Pero aún sin abrirla sabes que no será así, que esa carta podrá decir lo que sea menos eso. Tienes muy claro que mañana, cuando te presentes fuera de su casa para matarla, tu vínculo con ella permanecerá indemne y ningún consuelo mental te servirá para quitarle importancia y peso a la acción que habrás de llevar a cabo.

Por fin llega al tercer piso y las puertas cansadas se abren. Esteban está ansioso por entrar en su departamento y revisar esa carta que sabe que no contiene un adiós. En todo caso será un reproche por su actitud de los últimos días; aunque lo más probable es que sea un mensaje de amor que termine por conmoverlo, y eso, de ninguna manera es compatible con el itinerario previsto para mañana. Quizá debías quemarla antes de conocer su contenido; pero es inútil, pues de cualquier manera la curiosidad por saber qué te dice Laura es superior a tus fuerzas. "Pinche vieja", dice Esteban en voz alta mientras sale del elevador, para encontrarse de frente en el pasillo una gran caja de cartón recargada en la entrada de su departamento.

Se acerca con pasos rápidos y nerviosos, sin quitarle los ojos al paquete, que cada vez tiene más cerca. "Pinche vieja". Lo dices de nuevo, ahora con más coraje y resentimiento que la primera vez, porque sabes que, con estos gestos, Laura no te facilita el trabajo. Tómalo como si fuera una prueba, un entrenamiento intensivo que te hará más fuerte. Si no eres capaz de controlar tus emociones en este momento, que estás solo y sin apuro, cómo podrás hacerlo mañana, cuando tengas que acribillarla sin reparos ni dudas.

Abre la puerta del departamento y la deja así, de par en par; mientras se sienta en el sillón de la sala, desde donde observa ese bulto recargado en la pared del pasillo. Está ahí, absorto, pensando, cuando el timbre del teléfono lo sobresalta. No piensa responder, porque le queda claro que o bien es Laura o en su defecto Reinaldo, y no tiene las mínimas ganas de hablar con ninguno de los dos. Así que opta por permitir que sea la grabadora la que tome el recado por él. Luego de la grabación con su voz, invitando a dejar mensaje, escucha la voz cansada y a la vez ansiosa de Laura. "Hola Esteban... soy yo. Porfa, háblame cuándo llegues... no importa la hora". Esteban hunde la cara entre las manos. "Pinche vieja". Todo lo que te sucede te lo buscaste tú mismo, así que no vale la pena que te enojes.

Otra vez al departamento lo invade un silencio total; uno denso y poderoso que se cuelga de las paredes y deslava la pintura, ya de por sí pálida de tantos años. Esteban se decide por fin y como si arrancara de golpe la gasa de una herida, rasga el sobre y extiende el único papel que contiene. Es una hoja tamaño esquela doblada a la mitad. "Pinche vieja". Ésta te la concedo: el haberla perfumado es un golpe bajo. Ahora, hasta en la sala de tu casa hay un dejo de su aroma; ahora, hasta las yemas de tus dedos huelen a ella.

Pasea lo ojos por esas pocas palabras, escritas en tinta azul, con la caligrafía fina y estilizada de Laura. *"No sé exactamente lo que piensas sobre nosotros, pero no quiero que te sientas presionado. Usa estos días para pensar si quieres estar conmigo o no. Estoy segura de que estás lleno de dudas sobre mí, pero sólo quiero decirte que, más allá de lo que hayas escuchado, no soy cómplice de nadie, ni he hecho nada de lo que deba avergonzarme. Si quieres que sigamos juntos, espero tu llamada el domingo; si nunca llega, comprenderé que todo se acabó. Más allá de lo que decidas, quiero que conserves tu cuadro, nuestro cuadro. Es un regalo para que siempre que lo veas, te acuerdes de cuánto te amo. Laura"*. "Pinche vieja".

Termina de leer y el brazo que sostiene el papel se queda sin fuerza y se derrumba sobre el sillón. Por más que trata de resistir, le resulta imposible contener ese par de lágrimas que se le desbordan por los pómulos y terminan por desaparecer, absorbidas sin remedio por el algodón gris de la camisa.

Laura. Cuaderno nuevo, 11 de octubre

Ayer tampoco pude ver a Esteban. Ahora el argumento fue una recaída de su papá. Sentí que me estaba mintiendo y me ofrecí a acompañarlo. Tal y como supuse, se negó. Tampoco quiso que nos viéramos más tarde; no es que piense que el hecho de que visite a su familia sea algo malo, sino que me deja esa sensación de que son sólo pretextos para evadirme, y ante eso no sé qué hacer.

Por como me trata, pareciera que ya no me quiere o que le hice algo que lo ofendió. Pero yo más bien pienso que fue lo que le dijo Ortiz durante ese extraño interrogatorio que todavía no me termino de explicar. Si al menos me dejara verlo y pudiéramos hablar, sabría a qué atenerme.

Mañana es jueves y va a alegar que trabaja por la noche, y si le propongo visitarlo en el bar me dirá que estará ocupado y que no podrá acompañarme, y que, de cualquier forma, con el ruido y la gente no podríamos hablar. Me duele mucho y siento una enorme tristeza, pero creo que lo mejor es que le dé un poco de espacio para que piense las cosas y no sienta que lo estoy presionando.

Como si no tuviera suficiente con este vacío que me deja la ausencia de Esteban, en la galería los problemas se multiplican de forma exponencial. Aparte de retirarnos las obras que ya teníamos listas para exponer a fin de mes, los otros tres proyectos que teníamos para cerrar el año se tambalean cada vez más. Con un poco de suerte quizá logre rescatar el último, y eso sólo porque falta más de mes y medio, y quizá para entonces las aguas estén más tranquilas y la gente haya olvidado un poco todo el circo reciente por el que ha pasado mi imagen. El mundo social al que estamos dirigidos es demasiado pequeño para que el caso pase desapercibido, y ningún artista con cierta trayectoria permitirá que su obra esté vinculada a mi nombre.

No queda más que esperar, pero mientras tanto será muy complicado sobrevivir económicamente; así que, si no quiero atrasarme con la renta y los demás gastos, tendré que usar el dinero que me queda en el banco y esperar a que también Luisa se ablande.

Hoy en la tarde estaba en mi privado ordenando unas facturas cuándo entró Daniela para platicar conmigo. Sólo de verle la cara supe que no serían buenas noticias y no me equivoqué. Vino a decirme que le habían ofrecido un nuevo trabajo en otra galería, que era su gran oportunidad y que es la última semana que trabaja conmigo. Entiendo que todos tenemos derecho a progresar, pero en este caso me sentí muy decepcionada. Nos conocemos desde la prepa, y además le di todo mi apoyo mientras estudiaba la maestría en restauración, ajustando los horarios, pagándole por días que ni siquiera asistía, conectándola con curadores y hasta invitándole aquel viaje a San Francisco para que asistiera a esas famosas conferencias que tanto la ilusionaban. Además de todo, le brindé mi amistad, le abrí las puertas de mi casa y ahora que las cosas se ponen feas decide largarse sin importarle el futuro de nuestra galería, ni, desde luego, el mío personal.

La verdad es que me enojé mucho y no supe cómo ni pretendí disimularlo. Trabada de coraje le hice un cheque de mi cuenta, incluyendo lo que le tocaba por trabajar conmigo tres años y hasta su sueldo de la semana completa. Intentó lloriquear. "No te enojes conmigo, Laura... entiende... es lo mejor para todos". Pero estaba tan enojada que ni siquiera supe qué contestarle y sólo usé un poco de sarcasmo. "Sí... tienes razón... muchas gracias por ser tan considerada". No quise escuchar más y le pedí que se largara. Me quedé en el escritorio mirando la pared y ni siquiera fui capaz de llorar para desahogarme. Al poco rato entró Jana para ver cómo me sentía, pero yo la miré con rencor, porque pensé que me diría lo mismo. Le pregunté de forma violenta y grosera si ella también pensaba irse y me juró que no, que ella seguiría conmigo "hasta el final". Me enfurecí de nuevo: "¿Hasta el final? ¿Qué quieres decir con eso de "hasta el final"?". Naturalmente la metí en un apuro y no supo qué responder más allá de que era sólo un decir. Sin pensarlo me había dicho "hasta el final" como si la quiebra de la galería fuera inevitable. Yo seguí atosigándola hasta que se le enrojecieron los ojos y comprendí que me había pasado de la raya. Me levanté para abrazarla. "Perdóname, Jana... es que Daniela me sacó de mis casillas... ya verás que estaremos bien...". Ella sonrió desesperanzada. "Claro que sí... ya lo verás". Pero no había ni un solo miligramo de convicción en su voz llena de titubeos. Yo misma sé que eso no es verdad; que no estamos bien y que, a menos de que suceda un milagro, difícilmente podremos seguir abiertos en enero. Pero en el fondo, quería pensar que las cosas se resolverían solas, y para terminar con el mal rato le pedí a Jana que saliera por café y pastel para las dos.

Mientras Jana volvía, pensé que también en lo relacionado con Esteban debía dejar que las cosas se resolvieran solas. Decidí darle unos días para que pensara y le escribí una nota explicándoselo. El resto de la tarde, Jana y yo lo dedicamos a empacar el cuadro que Esteban había escogido el día que nos conocimos y, al salir de la galería, pasé a dejárselo a su casa.

Me muero de ganas de verlo y de decirle cuánto lo quiero y lo difícil que resulta para mí sentir que lo perdí. Sé que es un absurdo escribirle una nota diciéndole que no me llame hasta el domingo para que tenga tiempo de pensar y apenas hace un rato le dejé un recado diciéndole que necesito que me llame, pero no pude evitarlo.

Lo que aún no sé es qué actitud debo asumir si tampoco me llama el domingo. Pero por ahora ya tengo bastantes motivos de angustia, y prefiero dejar eso para cuando suceda. Por hoy necesito calmarme, e intentar dormir, porque mañana tengo que dar clase, y aunque son mis últimos días no quisiera dejar la imagen de maestra irresponsable. Nunca se sabe, quizá algún día se abra de nuevo la posibilidad de volver.

Me gustaría ver la cara de Esteban cuando reciba el cuadro. Sin duda eso me daría un panorama bastante claro de lo que puedo esperar. Quizá así podría saber si aún me quiere y podría predecir lo que nos espera juntos. Pero eso no sucederá, y para saber si todavía me ama tendré que esperar hasta el domingo.

Diario de Elisa, 11 de octubre

Hoy me levanté tempranito y con ganas de comerme al mundo.

Luego de varios días de descanso debía volver al trabajo y mi cita era a las once de la mañana en la Exposición Nacional de Turismo, para integrarme al grupo de promotores que representan la imagen de Puerto Vallarta.

Salí de casa mucho más temprano de lo necesario, porque quise pasar de una vez al laboratorio clínico para hacerme las pruebas que confirmen de manera definitiva mi embarazo. Sé que es muy difícil que tres pruebas de las que venden en la farmacia fallen, pero mientras no tenga la garantía total de que esto que me sucede es verdadero, continuaré sin creérmelo aún. Quedaron de entregarme los resultados el viernes en la tarde. Menos mal que no soy supersticiosa, porque estaría agobiada de angustia por recibir una noticia tan importante en viernes trece.

El día pasó un poco como siempre. El uniforme era bastante feo y además me apretaba horrores; así que, gracias a eso y a la tela blanca brillosa, se me veían unas pompas inmensas. Al menos me queda el consuelo de que atraje todas las miradas imaginables. A pesar de todo, me sentí bonita y sensual. Hasta el funcionario que envió el gobierno de Vallarta no dejó de decirme piropos y de insistir que tomáramos una copa al final del evento. Yo, naturalmente, lo rechacé con toda la educación del mundo.

Cuando terminó el día y entré al baño a cambiarme de ropa, me miré al espejo y me acordé otra vez de que, al menos por un tiempo, voy a perder la figura. No voy a negar que me dio miedo, mucho miedo. Llevo demasiados años viviendo de ella y siempre hay el riesgo de que, al perderla, me dé cuenta de que no queda nada, que soy sólo eso, un cuerpo y una cara bonita. Luego me convencí de que, más tarde o más temprano, voy a perderla de cualquier manera, y qué mejor que sea ahora y por causa de mi hijo, que será mi bendición para toda la vida.

Mientras me miraba al espejo con todo y mi uniforme horroroso, reparé en que estuve todo el día repartiendo folletos, sonriendo, siendo amable con la gente y repitiendo una y otra vez el rollo promocional que nos enseñaron en la mañana, y por largos ratos me sentí como la de siempre y me olvidé por completo de mi nueva condición. Es extraño e increíble que algo tan grande pueda estar pasando dentro de una y que, al mismo tiempo, nos pase desapercibido. Ahora que lo pienso, lo mismo pasa con las enfermedades. Una se da cuenta de que tiene colesterol cuando nos da un infarto, y, mientras llega ese día, una hace su vida normal, va al súper, se hace faciales, vamos al trabajo, a la tintorería, nos probamos faldas y blusas, nos hacemos las uñas, sin darnos cuenta de que nuestras propias células se vuelven nuestras enemigas... ¿pero por qué estoy hablando de esto? Quizá a papá le sucedió algo similar. No supo lo que estaba pasando en su cuerpo hasta que le dio el ataque y quedó como está. Pero mi hijo no es una enfermedad y debo acostumbrarme a que poco a poco se desarrolle dentro de mí, sin sentirme culpable porque existan largas horas del día en que no me dé cuenta.

Seguramente, luego del viernes, que quede completamente confirmado, pasarán varias semanas antes de experimentar cambios evidentes en mi cuerpo. Claro que no hay reglas absolutas. Hay mujeres que la pasan mal desde el principio y otras que llegan casi hasta el día del parto y apenas lo notan. Yo prefiero no sufrir, pero estoy dispuesta a lo que sea necesario con tal de que nazca bien.

La ventaja de no tener malestares y cambios bruscos sería la de poder trabajar más tiempo. Ahora la cuestión del dinero se volverá importante y tendré que ahorrar lo más posible mientras aún pueda, para compensar los meses que tenga que parar.

Al salir de la exposición, pasé por la oficina por los últimos pagos que estaban pendientes. Contrario a lo normal, el cheque estaba listo y bien calculado. Lilia me dijo que Willy lo firmó desde el lunes, y que le pidió que cuando pasara por él, entrara a verlo a su oficina. Luego de la escena de la semana anterior yo no tenía ánimo para verlo; así que, en cuanto tuve mi pago en las manos, me escapé sin despedirme de nadie.

Al llegar a casa, me encontré con que Esteban había ido a visitar a mis papás. Intenté averiguar la verdadera razón de su visita pero al parecer ahora sí fue simplemente para verlos y no puedo negar que me sorprendió. Lo noté raro.

También me sorprendió porque me dio un cheque por mucho más de lo que le tocaba por los gastos médicos de papá. No pude hablarlo con él porque no me dejó, pero pareciera que está haciendo cosas inconfesables para conseguir dinero. Sólo espero que no se meta en problemas. En días como hoy, mi propio hermano me parece un completo extraño y me gustaría que estuviéramos un poco más cerca el uno del otro. Pero en este momento, no sé cómo vencer esas barreras invisibles que en algún momento se formaron entre nosotros y que nos tienen como habitantes de dos hemisferios distintos del planeta, aún estando en la misma habitación. Quizá mi hijo también sirva para eso, para recuperar a mi hermano.

Pero hoy nada puede ponerme triste. El día terminó con la llamada de Rodrigo. Iba camino a su casa, pero se acordó de mí y quiso desearme buenas noches. Sentí bonito, pero tampoco soy tan ingenua; sé que esos detalles no son tanto porque me extrañe, sino para mantener la relación y poder seguir viéndome para tener noches como las que pasamos en Cuernavaca. Antes de despedirse me dijo que me agradecía mucho por el fin de semana, porque había pasado unos días maravillosos. Yo de corazón le respondí que al contrario, que yo se lo agradecía a él, porque esos tres días me habían cambiado la vida. En cuanto terminé de decirlo supe que me había excedido y que podría desconcertarlo. Si así fue, lo disimuló bien, y lo más que pude interpretar en su voz fue una sensación de halago, pensando que me refería al sexo. Eso sin duda también estuvo bien pero yo me refería a otras cosas que nunca le podré decir.

Mañana será otro día y espero con ansias que por fin sea viernes trece, que, contrario a lo que muchos pensarían, para mi será el mejor día de mi vida.

Reinaldo

La vida no sólo es una mierda, sino que además es exageradamente injusta y culera, y si lo dudan, sólo acuérdense de cuántas veces y con qué facilidad hechos inesperados y fuera de nuestra mano le han dado en la madre a un día excelente. Esa misma chingadera que nos manda la vida para burlarse de nosotros, podría haber pasado un día antes o un día después, pero ni madres, pasa justo en el momento en que somos felices, sólo para que no se nos olvide que somos seres minúsculos y miserables.

Esto viene a cuento porque yo estaba en uno de esos días de pocamadre, cuando incluso se llega a pensar por un momento que vivir vale la pena, hasta que algo sucede y lo caga todo. Evidentemente ni Ivonne no yo éramos unos ingenuos y sabíamos lo que estábamos haciendo, por eso el sonido del puto timbre nos puso la piel de gallina. Le dije que no hiciera ruido y que por ningún motivo saliera del cuarto. Yo me puse la ropa que estaba hecha bola a los pies de la cama y saqué del cajón la cuarenta y cinco, que me puse entre el cinto y la espalda y que cubrí con la camisa desfajada.

Aún no era demasiado tarde; serían, a lo mucho, las diez de la noche, pero yo no esperaba a nadie y esa visita no era habitual. El timbre seguía sonando y entré en chinga al estudio para revisar el monitor de la cámara de la entrada. Me encontré al pendejo de

Osvaldo parado delante de la puerta y mirando al piso como si preparara el cuello para que el verdugo le cortara la cabeza de un solo tajo limpiecito. Me volvió el alma al cuerpo y en un instante pude convertir el miedo que me había provocado el sobresalto en ira por tener enfrente a alguien que hubiera preferido no ver nunca más.

Le abrí y me miró con los ojos rojos y llorosos. "¿Qué chingados haces aquí?". Él sorbió la nariz para poder hablar. "La jefa... está enferma". Otra vez bajó la vista para clavarla en los zapatos envejecidos y sin bolear, y me acordé de cuánto me encabronaba esa sumisión ante las mamadas que nos hace la vida, esa humildad falsa que sólo servía para causar lástima hasta en uno mismo. "Sé que tengo toda la facha, pero yo no soy doctor... llévala con uno que puedas pagar; así seguro se muere la muy culera". Él ignoró mi sarcasmo para no distraerse del verdadero objetivo que lo había llevado a tocar en mi puerta. "Está muy delicada... necesitamos que nos hagas la valona". Sentí que me hervía la sangre y tuve ganas de romperle la madre. "¿Ahora sí le sirve mi dinero, o ni siquiera sabe que estás aquí de pedinche?". De nuevo bajó la cabeza. "Mírame a la cara, cabrón". Osvaldo levantó la vista lleno de timidez. "De veras está muy enferma... yo creo que no la libra. Deberías ir a verla". Sí, agüevo, eso era justo lo que faltaba. "Para qué... para que me mande sacar del puto cuarto... para que me diga otra vez que ya dejé de ser su hijo... Ni madres... qué bueno que tiene al hijo bueno, a su hijita Irma y al prángana de su yerno para que la ayuden". Otra vez agachó la cara y a mí ya me dio güeva seguirle diciendo que mirara a los ojos y lo di como caso perdido. "Por más que juntamos, no nos alcanza. Nos gastamos todo en la ambulancia y en el depósito para poderla internar. Orita la estabilizaron, pero tienen que operarla lo antes posible". Hay que tener unos güevos como sandías para llevar a alguien a un hospital privado cuando no tienes un puto peso. "Mira que son pendejos... porque no la llevaron al Seguro". "Porque yo me quedé sin chamba y Federico e Irma trabajan por su cuenta, así que no nos la recibieron". "Y entonces tuviste que recurrir a la última opción. Te apuesto que ella no sabe que estás aquí... no lo hubiera permitido... primero muerta que aceptar el dinero de ése... ¿Por qué no le damos gusto?". Osvaldo me miró con su cara de mártir. "De veras está bien mala... si la visitas, estoy seguro de que te perdonaría". Ahí sí que ya no pude más; lo agarré del cuello y lo sacudí como muñeco de trapo hasta azotarlo contra la pared. "¿Me perdonaría? ¿Me perdonaría de qué...? ¿Qué chingados le hice?". Se sobaba el madrazo que se había dado en la cabeza contra la pared. Al menos eso sirvió para que se desapendejara y me dijera un poco de lo que de verdad pensaba. "No es algo que hayas hecho, sino en quién te convertiste". En cuanto terminó de decirlo se dio cuenta de que la había cagado, porque si quería obtener algo de mí, con esa frase lo había mandado todo a la chingada. "¿Y en qué me convertí, según ustedes?". Los muy ojetes me odian porque yo sí tuve los güevos de dejar de ser un pinche mugroso, un puto muerto de hambre como todos ellos. Yo sí hice lo necesario para dejar de compadecerme por mi mala suerte de ser un jodido y sacar la cabeza de en medio de la mierda. El muy puto la quiso componer para ver si al final lograba ablandarme. "Entiendo que estés enojado...". "No... tú, igual que todos los demás, eres un pobre pendejo que no entiende ni madres...". No esperé a que me dijera nada más. Entré al estudio y abrí el cajón del escritorio. Me temblaban las manos y las piernas del puto coraje. Saqué tres o cuatro pacas de billetes de quinientos y regresé a la puerta para aventárselos a la cabeza. Esquivó los primeros, pero el último tuvo que desviarlo con el antebrazo para que no le reventara en el hocico. Los billetes se salieron de la liga y se esparcieron por el piso del vestíbulo. Mientras se puso de rodillas para recogerlos, yo le hablé cegado por el odio y el resentimiento. "Sólo espero que la pinche ruca se muera pronto, pero que antes se retuerza de dolor como puto gusano, y justo ahí, cuando más le esté doliendo, le dices que todo lo está pagando el culero de su hijo mayor". Osvaldo continuaba de rodillas, juntando los billetes con desesperación, como puto limosnero. Y cuando al fin pudo ponerse de pie, me habló con ese tono de lástima y de condescendencia que tanto odio, y que tanto he odiado toda mi vida. "Reinaldo, la jefa se va a morir sin que la veas...". "¡Me vale madres! Y como ya no quiero escuchar más pendejadas, mejor llégale a la verga y no vuelvas más". Lo empujé fuera del departamento y le cerré la puerta en la jeta. Fui hasta la barra y me serví un buen putazo de whisky, que me tomé de un solo trago. Quería calmarme lo antes posible, porque tenía a Ivonne en la cama y no estaba dispuesto a desperdiciar lo que me quedaba de noche.

Volví a la habitación y me esperaba ya vestida y sentada en la orilla de la cama. Yo me puse de rodillas frente a ella y comencé a besarla y a quitarle la ropa de nuevo. "¿Quién era?". Yo sonreí y le respondí con la verdad, mientras continué desabrochándole la blusa. "Nadie... un pinche muerto de hambre que vino a pedir una caridad".

12 de octubre, afuera del departamento de Laura

Esteban está listo desde las seis de la mañana. Sabe que Laura debe salir alrededor de las seis y media para llegar a tiempo a su clase, pero siempre es víctima de algunos minutos de retraso, que compensa luego con rebases temerarios e imprudentes. De cualquier manera ha decidido ponerse alerta con anticipación, para evitar la improbable pero posible contrariedad de una salida a tiempo, o aún peor, anticipada, con lo que perdería una de las poquísimas oportunidades que tendrá de matar a Laura en condiciones favorables.

Ahora mismo lo vemos ahí, detrás del poste donde esperó la salida del Mercedes blanco del licenciado Joaquín Villegas. Trae puesta la gabardina negra que usa para matar, y debajo de ella lleva a la espalda la mochila deportiva de siempre, y al hombro, el AK-47 con el seguro liberado y listo para acribillar a su objetivo. Tiene la mano izquierda dentro del bolsillo de la gabardina, y con ella estruja nervioso el pasamontañas negro que usó para matar a Oliguerra y que pretende colocarse a toda prisa, en cuanto escuche el chirriar de la puerta eléctrica para que Laura nunca sepa que fue él quien la mató.

Ya quieres que todo pase, que termine esta pesadilla, que se concrete por fin esa imagen que has tenido en la cabeza, desde que Reinaldo te dejó claro que no tenías otra alternativa que matarla. Ya quieres llegar a casa para lidiar con tu dolor, pero sabes de sobra que todavía falta lo más difícil; falta realizarlo, falta llevarlo a cabo de una vez. Te tranquiliza saber que éste es un plan probado, que todo está dispuesto.

Por más que trata de olvidarlo, tiene demasiado presente la noche anterior. Ante sus ojos estaba aquella caja descomunal recargada junto a la puerta y el mensaje de Laura entre las manos, donde le decía que le regalaba el cuadro gracias al cual se conocieron. Le costó mucho trabajo maniobrar con semejante bulto en la entrada del departamento. No pesaba demasiado, pero la forma y la extensión hicieron complicado que diera vuelta entre el pasillo, la entrada y los muebles. Por fin logró acomodarla, recargada en la cajonera de la sala y se sentó frente a ella sin atreverse a abrirla. Para qué habría de batallar con los cartones y la cinta canela con la que la sellan, si conocía perfectamente el contenido. Recordabas claramente la cara de la mujer en tipografía de cómic, los tonos y los colores, el mar, el malecón y la bandera. Todo lo tenías grabado en la memoria como si lo tuvieras ya enfrente, como si volvieras a vivir el momento en que lo viste colgado en la galería de Laura la primera vez que hablaste con ella. Desde una óptica, aquello no era más que tela y óleo, pero desde la tuya ese cuadro representa mucho más. En cierta forma es la propia Laura convertida en un objeto que puedes colgar de la pared, es el símbolo de la muerte, porque de no haberte empeñado en comprarlo seguramente no habrías tomado la ejecución de Frank y quizá ella estaría muerta igual, pero tú no estarías ahora en esta situación.

Dobló la nota y la metió en el fondo de uno de los cajones que nunca abre y apagó la luz de la sala, tratando de borrar, con esa oscuridad temporal, la presencia de esa caja enorme estorbando en medio del salón. Prefirió ignorarlo, intentar olvidarse de él sumergiéndose en los preparativos para el día siguiente. Sacó la ropa y la colocó sobre la cama, luego acomodó a un lado la mochila deportiva, el cuerno de chivo y el cargador que amablemente le fue a entregar Ortiz. Cuando terminó, sólo quedó desocupada una breve franja del colchón, sobre el cual se tendió mirando al techo en la penumbra de la noche, sin conseguir conciliar un sueño medianamente reparador antes de que el despertador sonara a las cinco para marcarle el inicio de la jornada sangrienta.

Ahora está ahí, recargado atrás del poste, ansioso y angustiado. Son las seis treinta y siete de la mañana y Laura debe bajar en cualquier momento. Le tiemblan las piernas y le sudan las manos. Trata de jalar el aire que le falta, mientras observa de nuevo el reloj y sigue con desesperación la parsimonia del segundero.

Quieres que avancen más aprisa, que por fin llegue el momento de la liberación total. Ya no te obsesiona saber cómo te sentirás; lo único que importa es hacerlo, que pase el trago de hiel aunque raspe, aunque lastime, aunque te queme las entrañas.

Esteban escucha un ruido y se concentra en él. Es el taconeo de unos zapatos femeninos, que golpean contra el cemento del piso y se magnifican hasta ensordecerlo, al retumbar contra las paredes de azulejo gris. Apenas asomado a través de las rejas, observa la silueta esbelta que se mueve con rapidez y con apuro. Gracias a la chamarra de piel color aceituna sabe que es ella, y lo confirma luego de verla sacar del bolso el oso de peluche que le sirve de llavero del Audi azul y de abrir las puertas y la cajuela con el dispositivo de control remoto de la llave.

Saca el pasamontañas negro del bolsillo de la gabardina, mientras ella termina de acomodar su bolso y sus mochilas en la cajuela del coche. Se lo ajusta a toda prisa en la cabeza y queda listo cuando escucha la puerta del Audi cerrarse con un golpe seco y ahogado. Tiene la boca pedregosa y seca, y de haber tenido que hablar, le habría resultado imposible. Da un vistazo final a ambos lados de la calle y comprueba que el panorama está despejado y libre de peatones y de riesgos. Por fin se activa el mecanismo de la puerta y comienza el lento y ya conocido desplazamiento que se detendrá cuando esté abierta por completo. El motor del Audi azul se revoluciona con potencia y luego escucha las suaves transiciones de la caja de cambios mientras pasa de "P" a la "R" y finalmente a la "D", y comienza a desplazarse con lentitud hacia la calle. Esteban está en posición y se abre ligeramente el impermeable negro y apoya el cuerno de chivo en el hombro derecho y se alista para apretar el gatillo en el momento justo en que el habitáculo del conductor del Audi azul pase por el lugar preciso, y por fin culminar la misión. El momento ha llegado por fin y ahora Esteban sólo desea que pase pronto... muy pronto.

8

Reinaldo

Ivonne y yo pasamos la noche juntos. Cogimos hasta la madrugada y nos quedamos dormidos y abrazados como dos pendejos colegiales. Al despertar lo hicimos de nuevo. El cuarto, las sábanas, todo olía sexo, y no salimos de la cama hasta pasado mediodía. Y eso fue sólo para meternos a la regadera y tomar una ducha larga que aprovechamos para tallarnos mutuamente todo el cuerpo, y a pesar de todos los esfuerzos anteriores, al verla así y tocarla como lo hice, aún se me alcanzó a parar una última vez.

Lo más cabrón fue la despedida. Ninguno de los dos nos atrevimos a mirarnos a los ojos y nos quedamos petrificados en un pinche silencio incómodo, porque ambos sabíamos de sobra que lo nuestro no daba para más y que estábamos desahuciados por el diagnóstico incurable de la falta de futuro.

Me hubiera gustado llevarla a comer a un sitio pedero y mamón, pero no podíamos arriesgarnos a que nos vieran; así que pedí comida en la casa. Nos sentamos en el comedor y masticamos un bocado tras otro, intentando ignorar lo evidente: no quedaba más que separarnos dignamente o desbarrancarnos en la picada inevitable. Los dos sabíamos que no había manera posible de sostenerlo, pero ahí, en la mesa, ambos disimulábamos, sonriéndonos como adolescentes tarados y hablando pendejadas sin ton ni son.

Antes del postre abrí la segunda botella de vino. Les juro que yo quería quedarme callado, no preguntar nada y hacer como que todo seguía igual; pero ya con el estómago caliente, no pude resistir la duda y la miré a los ojos y le solté un "¿Y ahora, qué?"; como si de veras existieran los putos milagros. A ella se le borró la sonrisa. "Ahora nada... ahora a regresar a la realidad". Sus palabras me dolían como la chingada, pero a final de cuentas tenía razón. "¿Y ahora, qué?". Qué chingados pensé que podía responderme. "Ahora hablo con Pepe, lo mando a la chingada y nos vamos a vivir juntos y felices para siempre". Sí, agüevo... como si esa posibilidad existiera... Ella tenía que volver a su vida y yo a la mía. Y la neta, para lo que nos pudo suceder, aquello era la verdadera gloria.

Acordamos terminar. Dijimos salud por última vez y de nuevo ese pinche silencio incómodo que llega a los que se quedan con la puta mente en blanco y sin saber qué chingados decir. El famoso silencio incómodo lo rompió el timbre del único celular que no puedo apagar nunca. Miré a Ivonne de tal manera que no necesitó que le dijera quién llamaba. Ambos palidecimos, mientras ella revisaba su teléfono para comprobar que no tuviera llamadas perdidas. "¿Qué pasó, mi Pepe?". Yo traté de hablarle como siempre, y me tranquilizó un poco escuchar al otro lado su voz relajada y amena. "¿Qué ondita? ¿Qué haces?". "Comiendo". Guardó dos o tres segundos de silencio y luego lo sentí repentinamente preocupado. "Es que... necesito verte". "Pasó algo o qué". "Ya sabes que por teléfono no se puede... necesitamos hablar". Sentía que me cagaba de terror pero no podía decir que no. "Agüevo... tú me dices cuándo y dónde". Otra vez un silencio que me dejaba sin aliento. "Orita ando en chinga... pero el viernes a mediodía, pásate por la casa". No dijo nada más, no me preguntó por ningún otro asunto, y eso no era normal. De cualquier forma no tenía alternativas. "Ta'bueno... el viernes, pues". Colgamos y apenas podía hablar del puto nudo que se me hizo en la garganta. Ivonne me miraba aterrada y no era para menos. "¿Qué quería?". "No sé... quiere hablar conmigo". "Sí, pero de qué". "Y yo cómo chingados voy a saber". Ella se quedó pensativa y yo le daba vueltas y más vueltas sopesando las posibilidades.

Ivonne juntó sus cosas y salió de mi departamento extremando precauciones. Debía volver a casa de su amiga y entrar sin ser vista por los escoltas que la estaban cuidando en la calle, antes de que Pepe la mandara llamar. Yo me quedé sentado en el escritorio del estudio tratando de imaginar cuál podía ser la razón de esa pinche cita tan misteriosa. Posibilidades había montones, pero sería una puta mentira no entender que una de ellas fuera las cogidas que me había echado con Ivonne.

Las siguientes fueron cuarenta y ocho horas de angustia, de revolver mis pensamientos en un sentido y en otro, para tratar de anticiparme a lo que Pepe me diría. Sabía por experiencia que cuando un asunto le molestaba podía ser impulsivo y reventar madres a diestra siniestra; pero también sabía que podía ser sádico y maquiavélico, jugar con la situación, tender trampas, torturar física y mentalmente para, al final, disfrutar todavía más la pinche venganza. Me esperaban dos de los días más largos y jodidos de toda mi vida y traté de sobrellevarlos con la mejor cara posible. No podía perder la calma y balconearme solito. Las cosas eran como eran; yo, con mi calentura, ya había jalado la liga hasta el límite; ahora sólo había que esperar que no se hubiera roto.

Diario de Elisa, 12 de octubre

Hoy ha sido un día desconcertante. Por la mañana llegué de nuevo a la exposición turística y me encuentro con que en mi lugar habían puesto a otra niña. Además, y no lo digo por ardida, lo juro, pero el uniforme le quedaba horrible y se le salía una lonja de cada lado. El pantalón le apretaba y el top casi se le caía de lo plana que estaba. Le reclamé al coordinador, porque si van a sustituirme, al menos que escojan a alguien del mismo nivel. Él me dijo que no había sido cosa suya, sino órdenes directas de Willy, que les había prohibido dejarme trabajar hasta que no hablara con él.

Me di cuenta de que el haberlo esquivado ayer le había molestado mucho. En vez de entender que no quiero nada con él, ahora parece que se encaprichó con acosarme.

Me fui rumbo a la oficina para verlo de una vez, pero Lilia me dijo que no estaba y que no tenía planeado volver el resto del día. "Ya ves; te dije que hablaras con él ayer... en cuanto supo que te habías escabullido, se puso como energúmeno". Me hubiera gustado explicarle por qué lo hice; ella es mujer y me habría entendido; pero no se trataba de ventilar esos asuntos con cualquiera. Al parecer ya tenía instrucciones para el caso de que yo me apareciera, así que lo llamó a su celular y me lo pasó. "Por qué carajo te fuiste ayer... te dejé dicho que necesitaba hablar contigo". No sé por qué toleré que me hablara de esa forma, pero yo todavía le di explicaciones. Le dije que me habían hablado de mi casa porque mi papá se había puesto mal y que salí corriendo sin tener cabeza para avisarle a nadie. Le dije que me diera una cita para cuando estuviera en la oficina, pero él tenía muy claros sus planes.

"Mañana... Nos vemos para comer... Se quedaron algunas cosas pendientes... Además, tengo grandes planes para ti".

Lo conozco demasiado bien como para no saber cuáles son sus "grandes planes"; estuve a punto de mandarlo al demonio ahí mismo, pero mis circunstancias cambiaron. Con el tema del embarazo me quedan pocos meses para poder trabajar al mismo ritmo y necesito ahorrar tanto dinero como sea posible. Al menos una comida implicaba vernos en un lugar público y así podría controlar un poco los riesgos. Acepté, y quedamos de vernos mañana para la famosa comida. Ayer me burlaba del viernes trece, pero ya empieza a darme miedo.

No quise regresar a casa tan temprano y me fui a Santa Fe a caminar por el centro comercial. Entré en todas las tiendas de bebés y revisé cada estante y cada gancho donde pudiera haber ropa para embarazada. No sólo encontré poco sino que no vi absolutamente nada que me gustara. Tal parece que viviré un auténtico purgatorio cuando mis jeans y mis blusas ya no me queden. Mientras caminaba de un lado a otro comencé a pensar en los posibles nombres que le pondría, pero ya en esa disyuntiva comencé a especular si sería hombre o mujer. Luego me perdí pensando en qué escuela habría de meterlo a estudiar la primaria; pero por más que intentaba mantener la cabeza entretenida, siempre volví a mi cita de mañana con Willy. Entre más lo pienso, comprendo mejor que no aceptará un no como respuesta.

Me queda claro que insistirá en seducirme, y si me niego, de todas formas me va a congelar, dejándome de cualquier manera sin trabajo. Llevo mucho tiempo en su agencia y siempre lo había mantenido a raya; en mala hora dejé que me besara, porque ahora no quitará el dedo del renglón. No puedo creer que escriba esto, pero también tengo que ser realista y práctica, y, a fin de cuentas, un rato de sexo pasa rápido y quizá así pueda obtener mejores condiciones económicas y mejores trabajos.

Cuando llegué a casa me encontré a mamá con los ojos hinchados. Le pregunté qué tenía, pero no me quiso decir. Entré al cuarto de papá y lo vi mirando al techo, como si nada le importara, mientras doña Graciela interrumpía la lectura en voz alta del periódico para ponerle la bolsa del alimento. Cuando terminó, la llamé al otro cuarto y confirmó que mamá había estado llorando toda la tarde pero que no quiso preguntarle nada porque a veces hace bien desahogarse sin dar explicaciones. En la casa se siente una tensa calma, que parece haberse convertido en el ambiente natural y cotidiano. No se me ocurre cómo esto puede sostenerse para siempre, porque no está resultando sano para nadie. Pero tampoco tengo la menor idea de cómo podríamos cambiarlo. Quiero pensar que ese nuevo oxígeno llegará a la familia cuando les anuncie mi embarazo. Todos saldremos del letargo en que nos hemos metido sin querer y la casa tendrá vida nuevamente.

Una vez más me doy cuenta de que mi hijo fue la mejor decisión que pude tomar. Estoy feliz de que esto suceda justo ahora, que tanta falta hace para que todos recuperemos el gusto por la vida. En este preciso momento coloco la mano sobre mi vientre y siento, con una certeza absoluta, como nunca había sentido antes, que mi hijo será hombre y se llamará Sebastián.

Aunque aún no tengo la confirmación oficial de que existes, yo sé que sí. Sé que estás ahí y que creces cada día en mi vientre. Aún no te siento revolviéndote, aún no puedo verte, pero sé que estás ahí y puedes estar seguro, Sebastián, de que ya te amo y deseo tenerte como nunca he deseado nada en mi vida.

Laura. Cuaderno nuevo, 12 de octubre

Ahora, por si me faltara algo, parece que también comienzo a volverme loca. Aunque conforme fue pasando el día, me sentí cada vez más avergonzada de lo que creí ver, no he podido dejar de pensar que hoy en la mañana, aquí afuera de mi edificio, tuve la impresión de que aguardaba para matarme el mismo hombre que asesinó a Oliguerra.

Bueno, en realidad, a estas alturas no puedo afirmar que se tratara del mismo hombre, ni siquiera puedo estar segura de que en realidad estaba ahí. Simplemente me pareció verlo acechándome en la calle como un espectro maligno. Al salir del estacionamiento para irme a la universidad, tuve la certeza de su presencia. Estoy convencida que de reojo observé esa figura negra y siniestra que se me venía encima, pero que al mismo tiempo desapareció en un instante, sin dejarse ver del todo, sin confirmar su intención asesina como presagio de una nueva tragedia.

Por más que trato de hacer memoria, de revivir el instante, de recomponer cada imagen almacenada en mi cabeza, no puedo estar segura de haber visto de verdad lo que creí ver. De hecho me tranquiliza darme cuenta de que es imposible que hubiera sucedido así, porque ya no estaría viva. Sé perfectamente que si el hombre de negro hubiera estado esperándome esta mañana afuera de mi casa yo estaría muerta, y no lo estoy. ¿O sí? ¿Cómo será estar muerta? Sobre todo me lo pregunto en un caso así, cuando no la esperamos, cuando llega de golpe, cuando se tiene la ilusión de que la vida sigue pero es interrumpida de forma súbita, sin que quien la padece tenga manera de preverlo o siquiera de enterarse. En un caso así, ¿la persona se dará cuenta enseguida de que ha muerto o su espíritu vagará como si nada por el mundo cotidiano y por los mismos lugares de siempre hasta que sucede algo fuera de lo común que le hace darse cuenta de que hace mucho ha dejado de existir?

Estuve en la universidad como siempre. Mis alumnos, aún adormilados y distraídos, me respondían a lo que les preguntaba, felicité a Rosalina Bañuelos por su trabajo, la secretaria de dirección celebró su cumpleaños y hasta me comí una rebanada de pastel horroroso, cubierto hasta lo intolerable de crema pastelera que ya comenzaba a agriarse, pero que yo agradecí como si supiera bien. Después estuve en la galería. Hablé con Jana y me disculpé con ella de nuevo por haber sido grosera luego de la renuncia de Daniela, y pareció escucharme normalmente. Recordamos todo lo que hemos hecho juntas y lloramos como si estuviéramos en un velorio y terminamos abrazadas y soñando con un futuro mejor. ¿Se puede estar muerta después de sentir todo esto? Luego llegué a casa y hablé con Juanita sobre los pendientes del súper y la tintorería, luego cené viendo un episodio de *Lost*. En fin, hice mi vida normal, hice vida de viva, no de muerta. ¿Cómo será la vida de un muerto?

No, no pudo haber pasado. Debí imaginarlo porque no es posible que esa figura tan perturbadora para mí haya venido sólo de visita. Además, confirmé que estoy viva, porque hace sólo un rato bajé al estacionamiento y comprobé que mi coche está bien, que no tiene ni un solo agujero, ni una sola señal de que el espectro negro me hubiera llenado de balazos. De cualquier manera, siempre queda la duda. Nunca lo había pensado, pero, ¿cómo se puede comprobar, así, con absoluta certeza, que de veras está uno vivo? No puedo dejar de pensar en papá. Le pasó lo mismo. Salía en su coche y de pronto alguien lo acribilla a tiros sin decirle ni agua va. ¿Se habrá dado cuenta de que lo estaban matando o todavía anda por ahí creyendo que la vida sigue como si nada? ¿Estará en su cuarto preguntándose si estoy enojada con él y por eso no le dirijo la palabra? ¿Cuánto tiempo habrá pasado desde que lo mataron hasta que se dio cuenta de que ya no pertenecía a este mundo? ¿Habrá realmente otro mundo al que se pueda pertenecer cuando se deja éste? ¿Llegarán así como se fueron? ¿Habrá llegado papá lleno de agujeros y de sangre seca o se cambiarán de ropa y se les curarán las heridas por el camino? Ya no quiero atormentarme más, porque, de cualquier forma, no conozco las respuestas ni a nadie que las pueda resolver. Lo único que tengo claro es que, entre más vueltas le doy, más me convenzo de que en efecto sigo viva porque me puedo tocar, me puedo mirar al espejo, porque puedo pensar en los vivos como mis iguales y en los muertos como los ausentes, los que se fueron para no volver jamás. Estoy viva porque extraño a Esteban; extraño a Luisa; porque sigo extrañando a papá; porque extraño mi vida como era antes. ¿Cómo podría extrañar mi vida si estuviera muerta?

Quizá sí estoy muerta y mis propias preguntas lo demuestran; porque, pensándolo bien, quizá la pregunta correcta sería al revés. ¿Cómo puedo extrañar mi vida si sigo viva? Por qué nunca somos capaces de aceptar que las cosas cambian y que nunca volverán a ser como eran, pero que estamos vivos y justamente eso hacen los vivos: adaptarse a las circunstancias para sobrevivir, que es el paso que hace posible la evolución, en vez de seguir lamentándose de lo que ya no está.

Estoy viva y me alegro de estarlo y me alegro de haber visto, aunque sólo haya sido en mi imaginación, al espectro negro de la muerte, porque gracias a él me doy cuenta de lo feliz que me hace saber que estoy viva.

12 de octubre, en la cadena del Esperanto

Esteban mira a su alrededor y hace una revisión general de las personas que se amontonan frente a la cadena del Esperanto, para decidir quiénes son los siguientes que debe dejar entrar. A la derecha hay un grupo de cuatro jovencitas solas. Al primer golpe de vista le parecen bien, pero al observarlas con detenimiento nota que una de ellas va excesivamente maquillada, lo que bien podría ser un artilugio para ocultar su condición de menor de edad, o quizá sea simple mal gusto. Tampoco se descarta que sean ambas, lo que sería una lástima porque la chica en efecto le parece muy linda. De cualquier manera las descarta, porque otra de las amigas, a la que ocultan en medio de las otras tres, tiene las facciones demasiado enjutas y toscas para los parámetros de apariencia que está obligado seguir para escoger a sus clientes.

Éste no es su mejor día. Hace grandes esfuerzos pero no es capaz de concentrarse. Sabe que hasta el momento ha cometido al menos dos errores flagrantes al dejar entrar, primero, a la morena de los jeans arriba del ombligo, y luego al rapado de tenis sucios que se le coló en medio de un grupo excelente, y que no tuvo la energía para mandarlo sacar del vestíbulo, cuando comprendió que se había equivocado. Por fortuna para el desempeño de Esteban, Reinaldo no está a su espalda supervisando sus decisiones sino que está, desde el principio de la noche, encerrado en la oficina sin hablar con nadie.

Ahora Esteban pasa a un grupo de cuatro; una pareja y dos chicas muy lindas que asisten frecuentemente y que lo saludan con familiaridad y coquetería. Él corresponde con una gran sonrisa, pero no pone demasiada atención en lo que le dicen porque en su cabeza sólo hay espacio para recordar lo que sucedió esa mañana afuera del edificio de Laura. Espera que a fuerza de revivirlo una y otra vez en la memoria, logre por fin entender lo que le pasó.

Recuerda con toda claridad que la puerta del estacionamiento comenzó a abrirse exactamente igual que la ocasión anterior, cuando no tuvo problema alguno para ejecutar al licenciado Joaquín Villegas. Él estaba en el mismo lugar, en el ángulo correcto, con el cuerno de chivo listo y el pasamontañas que ocultaba su identidad ya colocado, y sólo esperando el momento adecuado en que el Audi azul alcanzara la posición precisa para jalar el gatillo. El automóvil salió con lentitud y conforme observó girar las llantas, fue invadido por una serie convulsa y violenta de espasmos y temblores que le hicieron perder el control sobre su propio cuerpo. Para cuando el Audi azul estuvo en la posición correcta, su temblor era tal que el cañón de la Kaláshnikov se movía en todas direcciones, y ante la perspectiva casi inevitable de liberar una ráfaga de balas descontroladas y caprichosas, decidió refugiarse de nuevo tras el poste de luz.

El corazón se le salía del pecho, pegando saltos desaforados, mientras que una repentina descarga de sudor frío empapó el pasamontañas negro en un instante. El Audi azul continuó su marcha hasta perderse en la bocacalle, mientras que él escuchaba el ruido metálico de la puerta del estacionamiento, que volvía a cerrarse; y que, al conseguirlo del todo, le generó un cierto alivio que duró muy poco. Se arrancó de tajo el pasamontañas humedecido de sudor y lo guardó de nuevo en el bolsillo derecho de la gabardina negra. Tenía la cara enrojecida, la melena en absoluto desorden y la respiración agitada hasta lo máximo. Le temblaba la mandíbula haciéndole castañear los dientes y una desesperación incontrolable lo sacudió de arriba a abajo. Había fallado nuevamente. Lo hicieron doblarse unas poderosas arcadas, que si no derivaron en vómito fue por la sencilla razón de que no había ingerido alimento alguno desde hacía demasiadas horas; así que sólo pudo liberar un hilillo de agua y bilis que le dejó un gusto amargo que lo ha acompañado el día entero, a pesar de las varias veces que se talló los dientes y de los enjuagues y gárgaras que hizo con Listerine de menta.

De vuelta a casa, aún con la gabardina negra y el cuerno de chivo colgado al hombro, se tiró sobre la cama, sintiéndose devastado y se perdió en un sueño profundo que duró varias horas. Despertó sobresaltado y cubierto de sudor, tratando de reubicarse de nuevo en la realidad e identificar lo verdadero de lo imaginario y comprender así qué era lo que de verdad había sucedido. Traer aún colgado el cuerno de chivo con la carga de balas íntegra, lo ayudó a entender.

Se incorporó, se quitó la gabardina, la ametralladora y la mochila deportiva que le colgaba de la espalda y por fin entendió que, en efecto, no había sido capaz de asesinar a Laura Villegas. Mientras se enjuagaba la cara sintió un cierto alivio de saber que seguía viva. Pero esa sensación fue sólo momentánea porque enseguida supo que el problema original continuaba intacto; ahora con la desventaja de que le quedaban apenas cuarenta y ocho horas para que se venciera el plazo que le habían impuesto para cumplir su obligación.

Esteban no tenía más alternativas que intentar otra vez hablar con Reinaldo. Explicarle lo sucedido, tratar de convencerlo de que le perdonara la vida o, en su defecto, al menos liberarlo a él de la responsabilidad. Debía exponerle toda esa impotencia, ese terror, esa cobardía que no lo dejó concretar lo que se había propuesto; debía hacerle ver que lo intentó, pero que está imposibilitado para hacerle daño, para cumplir con esas órdenes precisas y devastadoras. Pero, a pesar de todo, no eres tan ingenuo como para pensar realmente que lo harás cambiar de opinión. Sabe que la suerte de Laura está echada, y lo que de verdad está en juego es evitar que se tomen venganzas y represalias contra él y su familia, que ni la debe ni la teme.

Desde que llegó al Esperanto y supo que Reinaldo estaba en su privado, le pidió al jefe de seguridad que le avisara que necesitaba hablar con él. Al parecer te gusta pelear guerras perdidas; allá tú. Por fin le avisan que ha accedido a recibirlo. Se encamina hacia aquella puerta entreabierta que amenaza con devorarlo como las fauces de un animal salvaje y hambriento.

Esteban

Simplemente no pude matarla.

En primera instancia me sentí feliz de que ella aún estuviera viva, pero no tardé demasiado en sentirme miserable y angustiado de nuevo. Seguía atrapado exactamente igual que antes; me enfureció ser consciente de que luego de tanto esfuerzo, de tanto desgaste, de tanta desesperación y ansiedad, la situación no se había modificado un ápice.

Ya sin la gabardina ni el rifle, me senté en la sala a pensar en lo que seguía. Ahí frente a mí, estaba la caja enorme que contenía el cuadro. Retiré el empaque y por fin lo tuve frente a mí. Lo miré por un rato tratando de saber lo que debía hacer con él. Podía colgarlo sobre la cabecera de mi cama, como era el plan original, pero si por fin lograba matarla no podría tenerlo a la vista cada día para recordar ese episodio que sin duda querría enterrar donde nadie volviera a saber de él. Tampoco podía devolverlo, ni regalarlo para que terminara en una pared cualquiera, como si no representara nada. Me faltó también la fuerza para rociarlo con gasolina y prenderle fuego hasta reducirlo a cenizas y hacerlo desaparecer, como si nunca hubiera existido.

Estaba desesperado y cuando uno está así se agarra de lo que sea. Así que decidí volver a intentar convencer a Reinaldo de que, si no podía evitar que muriera, al menos me liberara de la obligación de tener que hacerlo yo. Estaba dispuesto a hacer lo que me pidiera a cambio de esa concesión.

13 de octubre, en el privado de Reinaldo

Esteban entra. Reinaldo lo espera sentado en el sillón de piel tras el escritorio. Lo observa con la mano en la barbilla y una mirada de fastidio que Esteban interpreta de inmediato, y por eso no pierde un instante para entrar en materia. "Hoy lo intenté... hoy estuve a punto de matarla... te lo juro... sólo que no pude". Reinaldo niega suavemente con la cabeza sin decir nada, y se inclina sobre un ejemplar de la revista *Caras*, en el que tiene dispuestas y listas varias líneas de cocaína blanca y esponjada. Esnifa la primera y se limpia cuidadosamente el orificio nasal para no dejar rastros. Ahora vuelve a su posición original y lo mira con el rostro endurecido. "Menos mal que todavía te queda día y medio". Esteban baja la cabeza y se sienta en el sillón frente al escritorio, se inclina sobre él y habla con vehemencia mirando a su interlocutor a los ojos. "Tienes que ayudarme... ella no merece morir". Reinaldo lo interrumpe con hartazgo. "Otra vez la puta burra al trigo... eres más molesto que un grano en el culo...". Esteban intenta retomar sus argumentos. "Está bien... entiendo que no puedo salvarla... pero que la mate otro... yo no puedo". Reinaldo suspira de cansancio y se reacomoda en la silla reclinándose ligeramente. "Hace más el que quiere que el que puede... es una pinche vieja que acabas de conocer... Ya, no mames". Esteban sabe que faltan muy pocos segundos para que Reinaldo le ordene salir del privado y dejarlo en paz; así que debe intentarlo por última vez. "Hago lo que me pidas... mato a quien quieras, pero no a ella... por favor...". Reinaldo ni siquiera se inmuta y ahora le responde con dureza. "¡Qué pinche güeva me das!... en serio... Pareces disco rayado y, a estas alturas, yo también. Ya te dije que esto no es al contentillo y que lo tienes que hacer tú. Tienes hasta el sábado antes de entrar a trabajar, así que déjate de lloriqueos y mariconadas y haz lo que tienes que hacer. Si para el sábado a las diez de la noche tu pinche noviecita no está muerta, entenderé que no cumpliste con las órdenes que se te dieron. ¿Está claro?". "Pero Reinaldo...". "¡¿Está claro?!". Esteban calla de nuevo y su mirada vuelve a despeñarse hasta quedar clavada en la mesa como símbolo inequívoco de derrota. Reinaldo vuelve a retomar la palabra, pero esta vez suena aún más amenazante. "¡¿Está claro?!" Esteban, con un hilo de voz apenas audible, responde por no dejar. "Sí... está claro". Levanta la cara y se topa con la de Reinaldo que lo mira con rencor y le señala la puerta. "Pues órale... a chingar a su madre...". Esteban se incorpora en silencio, con pesadez y desesperanza, sale de la oficina y llega hasta la barra donde bebe de un sorbo de la copa que pidió.

Reinaldo

Desde que recibí la pinche llamada de Pepe, viví ahogado en la angustia total. Llamé a Ivonne el jueves en la noche para que me dijera qué pedo, cómo veía las cosas por allá. Me dijo que todo parecía normal. Me contó que habían metido los restos de Frank en uno de los nichos del mausoleo chaqueto y que todos los que habían asistido a la ceremonia ya se habían ido; y que con ella, Pepe se estaba comportando como siempre, incluso más amable y cariñoso de lo habitual. Se me prendieron los pinches focos rojos. "¿Cómo que más amable y cariñoso de lo habitual? ¿Qué chingados significa eso?". En estas cosas el mínimo cambio puede ser una señal inmensa que, si se pretende sobrevivir, no puede pasarse por alto. Ivonne no me supo explicar bien su comentario, pero yo le di vueltas por mi lado.

Aquello podía significar que había pedo, que algo pasaba y la estaba midiendo, o podía significar que luego de sus pinches ceremonias pedorras se sentía aliviado y en paz con el hecho de haber tenido que darle en la madre a su mejor amigo. También era posible que fuera una combinación de todo. El pedo es que yo no tenía manera de confirmarlo y tendría que llegar a la reunión del viernes a ciegas, con la posibilidad de que me costara la vida.

La noche del miércoles la pasé del carajo y estuve todo el jueves atendiendo asuntos que tenía atrasados. Al menos así las horas se iban en chinga. Ya para la noche me sentía cansado y ansioso. Pensé en irme del Esperanto temprano, para llegar fresco, pero la neta me daba culo llegar a mi casa solo. Yo sabía mejor que nadie cómo se opera una venganza y sabía que podían estarme esperando para darme en la madre, supuestamente confiado de que al día siguiente vería al patrón. Además, estaba hasta el culo de perico y me ganaba la paranoia del ojete que no tiene la conciencia tranquila.

Me encerré en mi oficina a beber y a periquearme. Desde que llegué, el jefe de seguridad me dijo que Esteban quería hablar conmigo. Yo ya había recibido desde la mañana el reporte de que el muy maricón había estado a punto de chingarse a la hija de Villegas pero a la mera hora se había cagado en los calzones y había salido corriendo. Ya sólo faltaba un empujoncito más y lo recibí para dárselo.

Lo mandé llamar y desde que entró me dieron ganas de cagarme de la risa. El pobre cabrón se veía pálido y demacrado y, como era de esperarse, no hizo otra cosa que lloriquear pidiendo clemencia. Lo cagado es que luego de un intento tímido, casi como por no dejar, no pedía la clemencia para su pinche vieja, sino para él. Por fin había entendido que ella ya estaba muerta y ahora el cabrón sólo pedía que la matara otro. Me dio un chingo de lástima y por nada cedo. Para ese momento ya daba un poco lo mismo quién le diera en la madre, pero yo había prometido que lo iba a hacer él. Además la situación con Pepe era incierta y lo mejor era no mover las aguas a lo pendejo y cumplir con lo que había ofrecido. Así que lo mandé a la chingada tratando de darle el último piquete en el culo para obligarlo a que diera el paso.

Cuando salió de la oficina me alivianó ver a un cabrón más angustiado que yo, y además, con muchos menos motivos. Esteban me había salido buen Chacal y podía sacarle mucho provecho; todo era cosa de hacerle entender las reglas —o cumples o cumples— y ése era el momento y el caso ideal para seguir con su educación. Pero para poder disfrutar de ese pedo, tenía que resolver la famosa junta con Pepe. Lo bueno es que ya no faltaban demasiadas horas.

Diario de Elisa, 13 de octubre

No soy supersticiosa, pero a este paso me voy a volver. Hoy es viernes trece y ha sido, al mismo tiempo, el día más feliz y el más desdichado de toda mi vida. Me siento de manera simultánea en ambos lados del espectro emocional. Por un lado me sé pura y perfecta, porque confirmé oficialmente lo que sabía de sobra: estoy embarazada y Sebastián crece y se desarrolla dentro de mí. Y, al mismo tiempo, me siento sucia y avergonzada y siento asco de mí y de mi cuerpo porque por primera vez en mi vida lo usé como moneda de cambio para conservar mi trabajo.

Me levanté temprano y llegué al laboratorio cuando apenas abrían. El resultado del análisis fue positivo y por fin puedo afirmar que estoy embarazada y saber eso con certeza me ayudó a sobrellevar el resto del día.

Celebré desayunando sola en uno de los restaurantes más lindos de San Ángel. Mientras me comía un omelet con setas y queso de cabra, me propuse no permitir que Willy me pasara por encima como si fuera una tonta o una novata. Ahora me sobraba el deseo y las razones para luchar y no podía aceptar, ni por mí ni por mi hijo, una humillación semejante.

Desde ayer en la noche preparé varios sobres con fotos y me dediqué toda la mañana a repartirlos en las distintas agencias que conozco. Necesitaba tener alternativas, opciones distintas, por si Willy no terminaba por entender razones. Estuve en seis diferentes agencias y en tres me pasaron directamente con el director, que de forma más o menos velada me dejó claro que si quería los trabajos bien pagados tarde o temprano me tendría que acostar con ellos. El más cínico fue el tercero, que de plano me dijo que sí, pero que necesitaba conocerme mejor y para eso debíamos ir a cenar esta misma noche. Los otros dos fueron más sutiles, pero la intención era la misma: "Teniendo buena actitud puedes lograr lo que quieras en esta empresa". "Necesito que trabajemos muy de cerca... ya debes tener bastante experiencia en cómo funciona este negocio, así que no debes tener mayores problemas". "En esta agencia puedes crecer tanto como quieras... pero depende de ti".

Terminé asqueada luego de esas entrevistas. En las tres restantes no me pidieron ir a la cama pero me pintaron un panorama bastante duro; cuestionaron mi edad, los motivos de mi cambio de agencia, pagos reducidos y comisiones altas, etc. Con un cúmulo de argumentos, unos válidos y otros no tanto, me hicieron entender que si quería entrar con ellos tendría que picar piedra y yo no tengo tiempo para eso. Terminé con el alma en los pies y así tuve que dirigirme al restaurante donde me había citado Willy.

Él ya había llegado. Me esperaba en una mesa del fondo y ya se había anticipado pidiéndome un tequila que me esperaba enfrente del plato. En el saludo quiso besarme en la boca, pero le puse la mejilla. "Ahora qué te pasa... luego de la última vez supuse que ya éramos amigos". Le respondí con risas nerviosas y evasivas. En cuanto nos sentamos quiso brindar y levantó su vaso para que yo levantara el mío. "Salud". Yo no quería tomarme esa copa porque el hecho de que ya estuviera servida me daba desconfianza. Desde luego Willy no es ningún inexperto y lo notó enseguida. "¿Piensas que te voy a drogar?... ¡Como si hiciera falta!". Y estalló en carcajadas estridentes. "Yo pienso que te viene bien, para que te relajes un poco... ahora que si no lo quieres...". Tomó la copa y la bebió de golpe.

No encontré razones para alargar la plática de manera innecesaria. "¿Qué quieres de mí?... ¿Para qué me citaste aquí en vez de en la oficina? ¿Por qué me quitaste mis turnos de la semana?". Willy me miró con una sonrisa cínica. "Cuántas preguntas de un jalón... ¿de veras lo quieres saber... y así, en seco?". El resultado sería el mismo antes o después, así que asentí. Él no se anduvo por las ramas. "Quiero que terminemos lo que empezamos el otro día". Traté de darle razones, pero él no estaba para eso. Incluso le dije que no podía porque estaba saliendo con alguien. "Espérate... no te estoy pidiendo matrimonio". Y volvió a reírse. Le dije que yo no acostumbraba ser infiel, me ofendí, le hice ver que en todos los años que llevábamos trabajando yo siempre había cumplido, llegué hasta a agradecerle su interés por mí; en una palabra, le dije todo lo que se me ocurrió con tal de convencerlo de que me dejara en paz, pero cuando se aburrió de escucharme, me interrumpió usando un tono lapidario. "Mira, Elisa, sabes que sobran chicas igual de bonitas y mucho más jóvenes que tú, que harían lo que fuera por tener tu lugar, por trabajar con nosotros, así que déjate de tonterías y entiende de una vez: si quieres continuar en la agencia, tienes que ceder...". Luego volvió al tono cordial, bromista, como si su comentario anterior no hubiera existido. "¡Ándale!... ¿Qué te cuesta...? Te juro que lo hacemos rico. Vamos a hacer un trato... si le pones tantitas ganas, te juro que te dejo de molestar un buen tiempo. Unas horitas de pasión a cambio de una buena temporada de prosperidad... ¿no está mal, o sí?". Quería gritar, quería abofetearlo, escupirle en la cara, salir corriendo y no volver a verlo nunca más; pero tenía que ser fuerte y guardar la compostura.

Fui al baño porque continuaba furiosa y no quería hacer una tontería impulsivamente. Di vueltas de un lado a otro y sentía cómo me temblaba la barbilla y sentía la mirada asustada de la señora que limpia y da el papel para las manos. En otra época lo habría mandado al diablo sin pensarlo dos veces y hubiera buscado la manera de abrirme camino por otro lado; pero ahora no tengo tiempo. Si me negaba, las puertas de la agencia dónde había trabajado los últimos años se me cerrarían de golpe. Podía seguir llevando fotos a otras agencias, podía incluso volver a donde trabajé antes y empezar de nuevo. Eventualmente llegaría a acomodarme otra vez pero el problema era cuánto tiempo me tomaría recuperar mi nivel actual de ingresos. Si me cuido, quizá podría trabajar con normalidad hasta el quinto mes, quizá un poco más. Tengo dinero ahorrado pero también debo considerar que mamá no tiene ingresos, que papá puede tener alguna complicación, que con Esteban nunca se sabe hasta dónde se puede contar y que, además de todo, a partir del sexto mes, si todo sale bien y recupero la figura pronto, vendrán al menos cinco o seis meses sin poder trabajar. Tampoco puedo pasar por alto los gastos propios de mi embarazo, del parto, ropa y accesorios tanto para Sebastián como para mí, y eso sin contar con que suceda algo inesperado o alguna complicación antes, durante o después del parto. Todo eso debía preverlo.

Estaba en un callejón con una sola salida. Si aceptaba podría garantizar los meses necesarios de buen trabajo, y por más asco que me diera, aceptar era la opción más inteligente. Comencé a buscar en mi cabeza argumentos que me hicieran entender que aquello no era tan malo. Sería sólo un rato a cambio de mucho beneficio.

Al regresar del baño, Willy me siguió con la mirada llena de deseo, de lujuria. "¿Qué decidiste?". Me miraba fijamente, mientras tomé el tequila que tenía frente a su plato y lo bebí hasta el fondo. Sentí aquel líquido rasposo serruchándome la garganta y cayendo en mi estómago como agua hirviente que me daba valor. Lo miré a los ojos antes de responderle. "¿Qué me das a cambio?". Willy dibujó una sonrisa de triunfo. Estaba ganando una batalla dispareja y a mí sólo me quedaba tratar de obtener algún beneficio concreto y claudicar con tanta dignidad como fuera posible; rendirme, pero con condiciones. Guardó silencio unos instantes y a mí me avergonzó imaginar que ese silencio no era para pensar en su oferta sino para disfrutar esa erección instantánea que seguramente se le despertó al figurarme desnuda y dispuesta a someterme.

Por fin volvió en sí y me prometió todo el trabajo habido y por haber, y yo le pedí que además se comprometiera a dejarme en paz. Naturalmente, en ese momento habría aceptado lo que fuera, así que me lo prometió.

Ni siquiera esperamos la comida; pidió la cuenta y nos fuimos en su coche. De camino al hotel no paró de hablar ni un instante. No tengo idea de qué tanto dijo, porque no le presté atención. Trataba de pensar que aquello valía la pena porque era por el bien de Sebastián. Trataba de pensar en cualquier cosa que me hiciera sentir menos mal de lo que me sentía.

Me regresó al mundo real la mano de Willy acomodándose sobre mi sexo. Traté de quitársela, pero se negó. "Si vas a ponerte en ese plan, mejor lo dejamos". Me enfurecía que ahora pareciera que yo se lo había pedido. Me tragué mi enojo y lo dejé; a fin de cuentas, a esas alturas ya daba lo mismo. En el primer alto me besó. Sentí su lengua dura y violenta frotándose contra mis dientes y mi paladar; sabía a alcohol y a cigarro. Yo traté de no sentir nada, de bloquearme, de desconectar mi cerebro e irme a otro lugar, de pensar en Rodrigo, en Antonio, en quien fuera con tal de superar ese momento sin desmoronarme.

Entramos a un motel y en cuanto estuvimos en el cuarto se me vino encima como un animal en celo. Hice malabares para que no me rompiera la ropa y supongo que lo interpretó como mi aceptación total, mi entrega definitiva; eso lo excitó aún más. Supuse que estaba bien, porque entre más excitado estuviera más pronto terminaría aquel infierno. Decidí cooperar para hacer que se viniera lo más pronto posible.

Comencé a vestirme, pero él me jaló del brazo y me metió de nuevo en la cama. "¿A dónde vas?... Hoy es mi día... no creas que te vas a librar tan fácil". Pidió comida y una botella de tequila a la habitación. Me tomé varias copas y así pude sobrellevarlo mejor. En cuanto estuvo recuperado lo hicimos de nuevo. Ésta vez fue más difícil, más tardado. Quiso disfrutarme por todos lados y me acomodó de mil maneras y yo accedí sin protestar.

A las diez de la noche salimos del motel y me llevó de regreso al restaurante donde había dejado mi coche. Se despidió de mí con otro de sus besos asquerosos y ordenándome que mañana me presente de nuevo en la feria de turismo.

Al llegar a casa cené un sándwich de atún y poco a poco se me ha ido bajando la borrachera. Ahora ya sólo me queda un dolor de cabeza agudo que hasta me hace ver borroso. Lo hecho hecho está. Sólo me interesa ver hacia el futuro. Tuve dos llamadas de Rodrigo que no pude contestar porque estaba en la cama con Willy y ahora tendré que esperar al lunes para llamarle, a menos que él insista mañana.

Me voy a la cama porque debo madrugar para reincorporarme al trabajo. Intentaré dormir pensando en cosas bonitas, porque afortunadamente este maldito y bendito viernes trece ya terminó.

Laura. Cuaderno nuevo, 14 de octubre

Hace una semana que vi a Luisa por última vez; por eso decidí llamarla. No había dado ninguna señal, ni me había mandado ningún recado con Juanita, con la que habla regularmente por asuntos de la casa; pero yo, en mi interior, tenía la esperanza de que con el paso de los días se hubiera ablandado un poco. Me hubiera gustado visitarla para platicar. Que al menos hubiera aceptado que nos viéramos para poder hablarle de lo que quiero y de lo que siento, pedirle de nuevo que me perdone y no vivir distanciadas como estamos ahora; pero no fue posible.

Al menos me tomó la llamada; que, para su grado de enojo, ya es algo. Pero cuando le dije que sólo quería verla, que la extrañaba, que quería pasar la tarde con ella para platicar, de plano se negó. Con una voz como de hielo, volvió a decirme que no quiere que nadie nos vea juntas, que no quiere que nadie piense que sus asuntos y los míos están relacionados de alguna manera.

Fue hiriente y sin duda lo hizo a propósito. Habló de que podían confundirnos como si hablara de una enfermedad, de un estigma, y todo lo contrario, si pueden confundirnos, es porque somos hermanas, porque nos parecemos, porque somos casi idénticas y ese parecido nos había mantenido unidas en el pasado. Me sentí triste, ofendida, desesperanzada, porque me quería hacer pasar como una delincuente, como si realmente trajera a mis espaldas a un ejército de asesinos y, bajo mi mando, a toda una organización criminal. Colgamos, pero, por asustada que esté, no puedo justificar este afán por humillarme, por hacerme sentir culpable por que pueda pasarle algo que ni siquiera le ha sucedido; sólo para forzarme a obedecerla y largarme del país, en lo que sus amistades se convencen de que ella es una santa y vuelven a dirigirle la palabra y a sus hijos los dejan de molestar en la escuela con la cantaleta de su tía la gánster.

Estoy segura de que gran parte de esto es culpa del imbécil de Óscar, que debe estar llenándole la cabeza de telarañas. Claro que saber eso tampoco resuelve nada. Al menos yo intenté ser sincera y abierta. Apenas me dio oportunidad pero le dije que la extrañaba y que me sentía sola tan lejos de mi familia, de mis sobrinos. Ella me respondió: "Lo hubieras pensado antes". Yo reconocí que había cometido un error pero que lo hice por amor a mi papá, porque quería saber, porque quería perdonarlo, pero que tampoco había matado a nadie. Hubo algún punto en que parecía que se le quebraba la voz, pero al final no cedió ni un milímetro. Me dijo que había hablado con todos nuestros tíos y tías, con nuestros primos y demás familia para explicarles que ella no había tenido nada que ver y que si yo había jugado a la detective de película gringa era cosa mía. Comprendí cuánto le dolió y cuánto la asustó lo que hice, y ni modo; quizá con el tiempo se curen estas heridas, no lo sé.

En cierta forma la entiendo y hasta la justifico. Sin ir más lejos, hace dos días yo no sabía si estaba viva o muerta y sigo sintiendo miedo de salir a la calle. Esto parece una pesadilla y no se cómo despertar. Parece que, al menos por ahora, he perdido a mi familia y repentinamente estoy sola en el mundo. Parece que todo me orilla a considerar como única alternativa la propuesta de Luisa y que lo único razonable que puedo hacer es irme lejos. Al menos en el extranjero sabré que estaré sola pero no me sentiré mal por eso. Podré hacer nuevos amigos sin que me vean mal de antemano.

Como los problemas nunca vienen solos, hoy confirmé que en efecto estoy viva y muy viva. Y tanto lo estoy que sé que debió bajarme el miércoles, y ya estamos a sábado y aún no sucede. Yo siempre he sido muy regular en mis periodos y cuatro días es una señal alarmante.

Es posible que si consigo calmarme me baje en cualquier momento y todo vuelva a la "normalidad", así, entre comillas. Pero la pregunta es: ¿cómo le hago para simplemente tranquilizarme, si mi vida entera está de cabeza? Cómo se consigue decirse a una misma que, a partir de este instante estoy serena y recupero la paz interior y la estabilidad emocional, para que así, como por arte de magia, mi cuerpo también la recupere. No tengo la menor idea de cómo se hace eso.

¿Se puede embarazar alguien con una sola una vez? ¿No es eso demasiada mala suerte? Estoy consciente de que un embarazo no se consigue con la acumulación de eyaculaciones, pero, ¿a la primera...?. Entiendo que la primera no es distinta de la cuarta o de la novena, pero es injusto que, como dice Juanita: "Al perro más flaco se le suban todas la pulgas". Yo entiendo que un embarazo se concreta en un solo acto, y que tan puede ser el primero como el vigésimo, pero no lo puedo aceptar... Claro que convertida en el imán de problemas que soy ahora, sería casi imposible que fuera de otra manera. ¿Por qué rayos tiré esa pastilla por la ventana? ¿Qué quería demostrarme? ¿Será que yo sola quise meterme en este lío o simplemente no pensé nada y me pareció romántico que la vida decidiera por mí?

Quisiera poder apagar el cerebro y dejar de pensar. Quizá deba sentarme a ver un rato de televisión; supongo que justo para eso la inventaron.

Esteban

Simplemente me di por vencido y asumí que era cuestión de tiempo enterarme de las consecuencias de mi decisión. No es que lo haya hecho conscientemente pero, en resumidas cuentas, ya sea por acción o por omisión, así fue. Entre indecisiones y angustias, dejé que el plazo se venciera y que aquello que tenía que pasar pues que sucediera y punto.

Sin demasiada convicción decidí que ese último sábado me levantaría tan temprano como fuera posible y haría un último intento por matar a Laura. Era evidente que, si cuando estaba totalmente decidido, no pude hacerlo, en esa ocasión mucho menos; pero no podía tirarme en la cama viendo cómo el reloj avanzaba sin remedio hacia esa frontera incierta en la que no podía prever lo que me depararía.

Eran alrededor de las cuatro de la mañana y decidí dormir un rato para estar medianamente fresco. Supuse que Laura no saldría temprano, así que la esperaría fuera de su casa desde las nueve. Tuve un sueño lleno de sobresaltos y desperté aún más cansado de lo que me acosté. A las nueve catorce estaba frente al edificio de Laura. Llevaba en la cajuela todos mis implementos para matar pero nunca tuve la intención real de prepararme. Estaba ahí simplemente por estar. Para evitar que la conciencia me atosigara con reproches y lavándome el cerebro con la idea de que al menos yo estaba a la expectativa y lo seguía intentado.

Ahí, al volante de mi coche, como otra prueba de que no tenía la menor intención de hacer nada, trataba de pensar en el futuro; pero sólo era capaz de ver cómo la fatalidad, a la manera de un ferrocarril desbocado, iba en mi dirección para pasarme por encima.

Esperé hasta las cuatro de la tarde pero no hubo movimiento alguno. El coche de Laura seguía en su lugar y ella jamás entró o salió. Yo sabía que podía llamarla desde un teléfono público y pedirle que bajara porque necesitaba hablar con ella, y entonces hacerlo; pero no tenía fuerza ni deseos reales de intentar nada. Me habían vencido la desidia, el miedo y la pasividad. Me había convertido en un espectador de las circunstancias, en espera de que inevitablemente me aplastaran.

Empecé a fantasear con que todas las amenazas de Reinaldo no eran más que un blofeo macabro con la única intención de averiguar hasta dónde era capaz de llevarme; pero que al final me felicitaría por no haberme dejado manipular al grado de quitarle la vida a la mujer que amaba. En mis fantasías lo vi celebrando mi fuerza de voluntad y levantar su copa para que brindáramos por mi victoria. La desesperación hace que uno piense cosas tontas, absurdas, pero lo cierto es que yo sabía de sobra que Reinaldo jamás amenazaba por amenazar.

En algún momento vi el reloj y confirmé que eran las seis de la tarde y sólo faltaban cuatro horas para que terminara el plazo. ¿Qué sucedería a las diez de la noche con un minuto? Mamá y papá estarían en casa, pero de Elisa no sabía nada. Podría haber salido con algunos amigos y quizá en ese momento la estuvieran esperando para acribillarla y hacerme ver que no bromeaban. Pensé en llamarla para pedirle que esa noche no saliera pero, ¿con qué pretexto? Además, estaba también el día siguiente y el otro y el otro. ¿Cómo podría protegerla así?

Las opciones eran cada vez menos y el tiempo cada vez más estrecho. Aquella espera frente a la casa de Laura era completamente estúpida, porque aun en el remoto caso de que saliera de pronto, no tenía ni las armas a la mano, ni el valor y la convicción para intentar nada. Me enfurecí conmigo mismo por pensar que así lograba engañarme y volví a casa a las siete y media. El celular de Reinaldo estuvo apagado todo el tiempo y hacia las nueve lo único que se me ocurrió fue llamar a casa. Contestó mamá, apurada porque estaba haciendo un pay o algo por estilo. Yo no podía decirle que necesitaba escucharla porque quizá fuera la última vez que habláramos. Al menos me tranquilizó saber que Elisa ya había llegado y que no pensaba salir. Fue un alivio vano, momentáneo. Lamenté una vez más no haber podido matar a Laura el jueves, cuando la tuve a tiro, o cuando la encontré sentada al lado de Frank; pero, por más vueltas que le diera, nadie es capaz de regresar el tiempo.

Me presenté en el Esperanto y trabajé lo mejor que pude. Una vez más Reinaldo no estaba y no llegó en toda la noche. Intenté llamarlo varias veces, pero su número continuaba apagado. Nadie supo decirme dónde estaba o cómo localizarlo. Me sentí como personaje de esas películas idiotas y, normalmente, de altísimo presupuesto y efectos especiales sobrecogedores, donde todos se sientan a esperar la muerte porque saben que viene un meteorito que destruirá la tierra, pero nadie puede hacer nada para evitarlo. Mi última esperanza era que Reinaldo no haría nada hasta que nos viéramos y con todo e insultos y reproches me daría un nuevo plazo para matar a Laura. Pero eso no sucedió.

Regresé a casa como un muerto en vida. Me tendí sobre la cama a esperar que amaneciera. Terminé por adormecerme hasta que me despertaron aquellos golpes secos y violentos que sacudieron la puerta de entrada y que amenazaban con romperla de nuevo.

Diario de Elisa, 14 de octubre

Hoy me reincorporé al trabajo. Fue el último día de la expo de turismo y al terminar se organizó una fiesta a la que asistieron todos los involucrados: organizadores, expositores, gente de promoción, etcétera. Pero yo me vine a la casa porque, la verdad, no estaba de humor para fiestas.

Supongo que pude haberme quedado un rato para distraerme, pero me dolían las piernas y me moría de agotamiento; además me sentía atosigada por el tipo ese, que representaba al gobierno de Vallarta, y que no dejó de molestarme en todo el día con que le diera mi celular, y no paró de insistir con que a la salida nos fuéramos a tomar una copa.

Naturalmente no puedo sacarme de la cabeza lo que pasó ayer. Trato de darle la vuelta a la página y pensar en el futuro, pero no puedo olvidar a Willy tocándome, dándome besos con ese aliento alcohólico y amargo y llenándome de saliva los pechos y el vientre y sigo sintiendo asco de mí misma. No me arrepiento porque pienso que hice lo correcto. Quizá "correcto" no sea la palabra más adecuada; más bien puedo decir que hice lo necesario. Supongo que conforme pase el tiempo y las imágenes en mi memoria dejen de ser tan vívidas, se me irá olvidando y terminará por quedar atrás.

Ayer no pude responder a las llamadas de Rodrigo. Hoy, aunque está prohibido, tuve el teléfono escondido entre la ropa todo el día, pero no llamó. Yo sabía que estaba con su familia y no debía interrumpirlo pero sólo pude resistir hasta las siete las ganas de hablar con él. La primera llamada no la contestó y dejé pasar media hora. En la segunda no dejó de hablarme de usted y decirme "licenciado Brown". "Estás con tu familia, ¿verdad?". Era una obviedad, pero sentí que me hervía la sangre y no lo pude evitar. "Así es licenciado... el contrato está listo. Le llamo el lunes para programar la firma". Cada vez la furia me dominaba más. "La tienes ahí al lado, ¿verdad? Seguro que la estabas besando, diciéndole que la adoras, ¿verdad?". Yo estaba fuera de mí y no era capaz de comprender que todos mis reproches estaban por completo fuera de lugar. "No, licenciado, ¿cómo cree? Todo es como de costumbre". "Sólo me buscas cuando quieres coger... pero no soy una muñeca inflable ni un pedazo de carne". Colgué sin decir nada más.

Estaba furiosa con el mundo y me pregunté una y otra vez: ¿por qué todos me tratan así? Cuando logré calmarme, me sentí tonta y arrepentida. Desde el primer momento Rodrigo me explicó su situación y yo la acepté, y no sólo eso, sino que además lo había escogido como el padre de mi hijo sin siquiera consultárselo. Es cierto que estaba enojada con Willy, con el estúpido que me atosigó en la exposición de turismo, con los directores de las agencias que había visitado ayer y con todos los que me miraban de arriba abajo con morbo cuando me acercaba a saludarlos para explicarles las bondades de Puerto Vallarta; pero la situación con Rodrigo no tenía nada que ver. No debí llamarlo, y mucho menos ponerme en ese plan, porque ahora yo misma lo estaba orillando a no buscarme nunca más. Pensé enviarle un mensaje de texto diciéndole sólo: "Perdón", pero no lo hice porque luego de esa llamada extraña, era muy fácil que la esposa aprovechara cualquier distracción para revisarle el teléfono y entonces sí lo metería en un problemón que nunca iba a perdonar.

Ya en casa, me di un baño caliente y me puse ropa cómoda. Me senté a ver una película mientras me comía una bolsa de palomitas con mantequilla, pero al segundo puño me detuve. Ahora tengo que ser mucho más cuidadosa que nunca con lo que como. Sé que Sebastián se alimenta de mí y debo mantenerlo sano, pero sobre todo tengo que tener control absoluto sobre mi peso y conservar la figura el mayor tiempo posible.

Dejé las palomitas y me fui un rato al cuarto de papá. Doña Graciela lo dejó listo para pasar el domingo y se despidió. Mamá se fue a la cocina porque estaba obsesionada con acomodar la alacena y aún le faltaba la mitad. Papá miraba la tele como siempre, sin la menor atención, sin importarle en lo absoluto lo que sucedía en ella o en el mundo que lo rodeaba, y una vez más sentí una profunda lástima por él. Sé que la lástima es un sentimiento desagradable y triste, pero eso sentí. Lo recordé cuando aún estaba activo y fuerte y me dieron ganas de llorar de verlo así, vencido, derrotado, muerto en vida y sin esperanza.

Me dio tristeza adicional darme cuenta de que hacía varias semanas que no lo imaginaba así, que no era realmente consciente de lo mucho que sufría. No pude recordar en qué momento verlo postrado en esa cama empezó a parecerme normal; una especie de aceptación tácita, una especie de "así es papá ahora, y punto". La fuerza de la cotidianidad es muy grande y una se acostumbra a la tragedia hasta integrarla a la vida como si fuera parte de ella, hasta que un buen día deja de doler. ¿Él sentirá lo mismo? ¿También le habrá dejado de doler? Si le dieran la oportunidad de pronunciar una sola frase, ¿qué diría?: "Estoy bien, ya me acostumbré a mi nueva condición, así que dejen de preocuparse por mí". Dudo que dijera algo así. Más bien pienso que nos llenaría de reproches por la insensibilidad de verlo inconscientemente como si fuera un mueble. Sentí un gran alivio de que nunca nos podría hacer ese reclamo; es mejor para todos no saber lo que de verdad siente. Pueden pasar cinco, diez, quizá veinte años en esa condición. Seguramente un día morirá de viejo sin que ninguno de nosotros sea capaz de imaginar lo que ha pasado por su cabeza en todo este tiempo.

"Papá... estoy embarazada". Ahora sé que está vivo y muy vivo, porque enseguida retiró la vista inexpresiva de la tele, para clavarme una mirada de desconcierto. "No fue un error ni un accidente. Yo lo quise así, aunque todavía no sé bien por qué. No sé explicarlo, sentí que era el momento y lo hice". Abrió mucho los ojos y yo supuse que, de haber podido, hubiera explotado en regaños y gritos por irresponsable. "No te enojes conmigo. Lo deseo mucho y estoy feliz... no me preguntes cómo, pero sé que será hombrecito... y se llamará Sebastián, como el abuelo".

Así como hace unos días lo sorprendí riendo, ahora sé que papá lloró. La cara permanecía inexpresiva, como siempre, pero sus ojos me vieron de la forma más tierna con que se puede ver a alguien, y le salieron unos cuantos lagrimones que le escurrieron por las sienes y se perdieron en la almohada blanca. Me siento feliz de habérselo dicho. Me sentí feliz porque sus ojos estaban felices. Me sentí orgullosa de mí y de Sebastián, porque luego de tantos meses habíamos conseguido regalarle un instante de verdadera alegría, de auténtica felicidad. Le sequé las lágrimas y lo besé en ambas mejillas y en la frente; le arreglé un poco el pelo y él no dejaba de mirarme. Se me hizo un nudo en la garganta pero yo tenía que decirle la verdad. "Lo más probable es que nazca sin papá... él no sabe que me embaracé a propósito y quizá jamás se lo diga... al menos quiero que sepas que es un buen hombre". Me gustaría pensar que con mi confesión le di una pequeña razón para que no aborrezca el hecho de estar vivo. "No se lo he dicho a nadie todavía... voy a esperar el momento adecuado, así que espero que sepas guardar un secreto". Otra vez lo vi reír. No pude resistirlo y comencé a carcajearme hasta que me dolió el estómago y me encantó ver que sus ojos se carcajeaban también. Papá está vivo ahí adentro. Papá sigue estando con nosotros y sigue siendo el de siempre aunque a veces no lo sepamos encontrar en esa mirada triste y esquiva.

La verdad es que ahora ya no me siento tan mal como a lo largo del día. El haber hablado con papá me llenó de paz y me permitió darme cuenta de muchas cosas que casi siempre paso por alto. Ahora trataré de dormir y pasar un domingo tranquilo; para empezar el lunes con toda la energía y toda la ilusión, y que un día Sebastián se sienta orgulloso de mí.

Estoy un poco mareada; quizá es por haberme saltado la cena, o tal vez se deba a que han comenzado los síntomas del embarazo. Tengo que hacer una cita con el doctor lo antes posible.

Reinaldo

Agüevo que me estaba llevando la chingada, pero por fin llegó ese puto viernes. Aparecí en casa de Pepe a mediodía. Prácticamente no había dormido ni un minuto, así que me atasqué de perico para estar alerta, para estar al tiro ante cualquier contrariedad.

El pedo fue que se me pasó la mano y para cuando entré a verlo todavía estaba hasta la madre. Tenía la boca seca, las manos sudorosas, el corazón me latía como tambor africano hasta parecer una olla exprés y me torturaba una pinche paranoia que me hacía desconfiar hasta de mis propios pedos.

Me pasaron a la salita del fondo, como siempre; y desde ahí pude ver terminado el pinche mausoleo charro que Pepe se había mandado hacer para conservar a sus muertos. Junto a las columnas de mármol con figuras de mujer había montones de arreglos de flores blancas, y así, desde lejos, parecía que estaba uno ante la tumba de un prócer de la patria.

Por fin vino por mí el pinche Gordo y me hizo la seña de que pasara. Me levanté del sillón y de camino a la puerta me tomó del brazo y me habló en voz baja. "No la chingues... te estás cagando fuera de la bacinica... y de paso, por protegerte, nos estás empinando a todos". Me miraba con una mezcla de rencor y de preocupación, y no había que ser un genio para entender que se refería a mis quevedres con Ivonne. "¿Ya fuiste de puto?". Me soltó del brazo y ahora me miró con odio. "Todavía estás vivo, ¿no? Pero a como vas... él solito los va a cachar". Nos miramos un momento y ya no le respondí. Me hubiera gustado mentarle la madre, pero por verga que me sintiera sabía que tenía razón. Si Pepe lo había mandado para hacerme cagar de miedo, el objetivo estaba cumplido; pero hasta para que se lo lleve a uno la chingada hay que tener un poco de dignidad. ¿O no, culeros?

Cuando empezó la plática me llevé la sorpresa de mi vida. Yo entré convencido de que todo era una emboscada y que el único objetivo era burlarse de mí. Necesitaba escuchar a Pepe, oír cada palabra, analizar cada gesto, leer entre líneas cada frase para interpretarlas correctamente y saber a qué atenerme. Sin embargo en esta ocasión, como en ninguna otra, Pepe fue un verdadero libro abierto que no pretendía engañar ni manipular. Fue la única vez en todo el tiempo que trabajé con él que me dijo lo que de verdad pensaba y lo que estaba sintiendo.

Estaba en el escritorio firmando unos papeles y me habló sin levantar la vista de ellos. "Sirve dos whiskys y aguántame en el sillón... ya casi termino aquí". Yo seguía hasta la madre de coca y de pánico y apenas podía controlar el temblor de las manos para servir los tragos. Por fin Pepe vino hacia donde yo estaba y se desparramó en su sillón de siempre. Luego inició la plática sin mayor preámbulo. "Me están traicionado... alguien cercano me está queriendo ver la cara de pendejo... de darme la vuelta". Le di un sorbo a mi vaso y me quedé como de piedra. "Me imagino que te acuerdas de la señora Rafaela". Yo no tenía puta idea de quién me hablaba pero a lo más que llegué fue a decirle que no con la cabeza. "Acuérdate... es la señora que...nuestra guía espiritual". Agüevo que me acordaba de la pinche brujita de Morelia, sólo que nunca se me hubiera ocurrido llamarla "mi guía espiritual". "Vino a los funerales de Frank y en cuanto me vio, me dijo que alguien de dentro me estaba traicionando... que no podía distinguir quién pero que era alguien muy cercano". Yo lo escuchaba sin tener la menor idea de cómo interpretar tantas mamadas. No cabía duda de que era cierto, pero salirme con brujas, visiones y pendejadas por el estilo me dejaba sin palabras. "Me dijo que no me desespere, que al final me voy a acabar enterando, pero yo quiero saberlo de una vez... Lo he estado pensando... y yo, la neta, creo que es Ivonne... ¿Tú cómo la ves?". No podía ser una prueba porque lo conocía bien y esa mirada era de curiosidad verdadera; pero tampoco supe que responderle. "Pues no sé... es tu mujer... yo casi no la he tratado". Asintió muy serio. "Lo entiendo... pero es que la pinche vieja me desconcierta. Por momentos se comporta a toda madre, pero luego la veo rara, como misteriosa... tú me entiendes... Luego me hace un chingo de preguntas, como si quisiera saber demasiadas cosas...". Estaba preocupado, realmente temía que fuera ella quien lo estaba traicionando. Ahí entendí que de verdad la quería. "Es normal... es tu vieja. Seguramente te quiere y necesita saber que estás bien, que no estás en peligro". En cuanto terminé de decirlo supe que nunca debí usar el "seguramente te quiere", sino afirmarlo como una obviedad, pero no pareció darse cuenta de mi tropezón. "Sí, pero tú sabes que hay cosas que no puedo decirle... su lugar es otro y me desespera que no lo quiera entender, que quiera ser más de lo que le toca". Nada me costaba ser condescendiente y darle el avión, pero me valió madres y guiado por mi propia ansiedad y mi deseo de saber lo que de verdad sentía, hice una apuesta fuerte a una sola carta. "Pues si tienes dudas, mándala a la chingada y búscate otra mejor". Toda la frase era una bomba. Le abría la puerta a que sus dudas estuvieran justificadas, le decía que la mandara al carajo y además le hacía ver que podía tener viejas mejores. Pero contrario a lo que pensé, lejos de encabronarse se quedó pensativo por un rato hasta que por fin siguió con esas confesiones amorosas que yo tanto necesitaba oír. "Pues la neta sería lo ideal... en todos los sentidos... pero el pedo es que esta pinche vieja me tiene agarrado de los güevos... y además lo sabe". Le dio un sorbo a su trago y siguió hablando con la mirada baja. "No sé cómo chingados pasó, pero la neta estoy bien clavado. A lo mejor no debía hablarte de esto, pero es una pinche fiera. Todavía anoche cogimos como condenados... y ya sabes... al terminar me llena de cariños y me dice que me quiere, que nadie se la había cogido como yo y todas esas cosas que nos prenden tan cabrón... con decirte que al final estaba encabronado conmigo mismo por dudar de ella". Me hirvió la puta sangre y la cabeza estuvo a punto de explotarme como globo de feria... confirmé de nuevo que todas las pinches viejas son igual de putas y de mentirosas. Yo estaba demasiado ardido, demasiado encabronado como para pensar en lo que decía. "Ya sabes cómo son las pinches viejas... no son de fiar... siempre nos dicen lo que queremos oír". Pepe frunció el ceño y se puso extremadamente serio. "¿Por qué me dices eso?... ¿qué sabes?". Yo solito me había metido en un pedote. "Nada... lo digo en general, así son todas... sólo sirven para lo que sirven... No hablo de la tuya en especial... ni siquiera la conozco lo suficiente". Pepe me miraba como tratando de penetrar mis pensamientos. "Necesito que me digas la neta... si sabes algo de ella, dímelo de una vez". Yo sólo quería que esa pinche conversación tan enredada terminara. Me urgía salir de ahí y dejar el tema de Ivonne por la paz y así poder dejar de decir pendejadas que me metieran en más pedos de a gratis. "No, Pepe, de veras.... No sé nada. Yo sólo hablo de cómo me fue en la feria... te lo juro". Al menos con eso tampoco le decía mentiras. Él guardó silencio de nuevo y bebió de su copa hasta hacer tintinear los hielos. "Es que necesito saber si es ella... y eres de las pocas personas en que puedo confiar para un pedo como éste".

En cualquier otro momento, en cualquier otra circunstancia, ese comentario me hubiera hecho sentir feliz, pero al tratarse ella, me sentí un pedazo de mierda flotando en el escusado un momento antes de que jalen la cadena y el remolino de agua me mande a la chingada. "La próxima semana voy a salir de viaje y la voy a dejar más libre. Le voy a soltar un poco la cuerda, pa'que me entiendas. Y necesito que personalmente la vigiles de cerca y me mantengas informado". Aquella orden me pareció tan irracional que por un momento estuve seguro de que se trataba de una trampa. "Pero he visto que está muy bien custodiada". "Sí, en apariencia... pero son unos pendejos. El pedo es que si se los cambio orita, la voy a hacer sospechar. Necesito que se sienta libre, que veas a quién ve, con quién habla, si sale y regresa con la misma ropa... lo que sea... necesito saber". Pepe estaba igual o si me descuido, todavía más obsesionado con Ivonne de lo que lo estaba yo. Quise saber hasta dónde llegaba esa necesidad. "¿De veras es así de importante?". Se tomó unos momentos para responder y lo hizo mirándome con los ojos más desnudos que le conocí nunca: "Mi viaje es para arreglar el divorcio de mi otra vieja... Ivonne está chingue y chingue con que nos casemos; y, de cabrones, yo también quiero. Todavía ayer, luego del megapalo que nos aventamos, me hizo un puto panchote que porque no le doy su lugar y todas esas pendejadas de mujeres. Hasta quiere que tengamos un par de chavitos, pa'que le hagan compañía a los otros. Ahí tú me dirás si es importante o no". Hija de su putísima madre. Yo no podía dejar de pensar en ella ni un momento, mientras la muy culera le puteaba a todo tren y arreglaba su futuro. Me dolía el estómago de tantos pinches celos, y si la hubiera tenido delante, me le hubiera ido encima para madrearla por burlarse de mí. Pero tuve que aguantar vara y poner mi carita de pendejo y decirle que sí, que estaba a sus órdenes y haría exactamente lo que me pidiera.

Luego me di cuenta de que se me presentaba la ocasión de oro para resolver el asunto definitivamente. Ya no volvería a coger con Ivonne, pero eso de todas formas ya lo habíamos acordado. Ahora podría convencerlo de que ella es una puta santa y que jamás ha hecho nada malo. Así salvaría el culo de los dos; ella podría obtener el lugar que quería y yo mantener la confianza de Pepe.

Laura. Cuaderno nuevo, 15 de octubre

Estoy en shock. Revisé la prueba una y otra vez y es cierto: estoy embarazada.

Parece que mi retraso no se debe a la tensión ni a los nervios sino simple y llanamente a que estoy embarazada. Repito y repito la palabra hasta el cansancio para ver si la asimilo. Yo tenía la esperanza de que fuera como cuando murió mamá, que me retrasé diez días; pero no, esta vez no es eso.

Es verdad que apenas llevo cinco días de retraso, pero hoy se supone que veré a Esteban y quería saber lo que me estaba pasando. Fui a la farmacia y compré una prueba. En la caja dice que son un 98.4% precisas y claro que esto se traduce en un 1.6% de posibilidad de error, pero luego de hacerlo con otra, de distinta marca y con el mismo diagnóstico, supongo que ese porcentaje se reduce aún más.

Los minutos de espera parecen eternos y cuando vi en la ventana de resultados las dos bandas de color rosa que indican positivo, me tuve que sentar un momento sobre la cama para recuperar el aliento y luego vine aquí para escribir esto y así tratar de entender.

En los últimos días, no lo voy a negar, tenía el tema en la cabeza; pero trataba de pensar en él lo menos posible. Si bien sabía que era una posibilidad, la veía como algo irreal. Estaba segura de que en cualquier momento me bajaría; aunque también creo que si hubiera sucedido así, muy en el fondo me habría desilusionado.

Es cierto, una parte de mí sentía una profunda angustia ante esa posibilidad y la otra abrigaba un secreto deseo de que así fuera. ¿Cómo puedo comprenderme a mí misma? Ahora que todo indica que es verdad, ni siquiera sé cómo me siento. Es cierto que no estoy en condiciones adecuadas para tener un hijo. No sé si cuento con Esteban; mi familia me rechaza; en lo económico, la situación es incierta, y quizá lo más prudente es que no lo tenga. Pero por otro lado, más allá de lo que termine decidiendo, no puedo pasar por alto que fue producto la noche más hermosa y especial de mi vida, donde me sentí deseada y querida como nunca antes.

Ahora menos que nunca puedo sacarme a Esteban de la cabeza. Es posible que ni siquiera llame y, si lo hace, no hay ninguna garantía de que esté de acuerdo en que lo tengamos. Si trato de imponer mi deseo de tenerlo, es muy probable que desaparezca de mi vida y no vuelva a verlo nunca más. ¿Por qué acabo de escribir sobre mi deseo de tenerlo si no sé si realmente deseo tenerlo? ¿Por qué todo es tan complicado?

¿Qué voy a hacer si en efecto me llama pero sólo para decirme que quiere terminar? ¿Debería de decírselo o guardarlo para mí y decidir lo que más me convenga? Si se lo digo, puede pensar que lo hice a propósito para retenerlo, cuando fue él quién olvidó ponerse el condón. Es cierto que a mí tampoco me importó, pero no lo hice imaginando que pasaría esto. ¿Qué sucede si, al revés, me llama para decirme que me ama y que quiere volverlo a intentar? Es posible que si le digo que estoy embarazada se asuste y cambie de opinión. En este caso, quizá la manera más segura de conservar a Esteban sería no tenerlo y no decirle nada.

En un caso o en otro, me queda claro que no puedo decírselo así nada más; pero tampoco me parece justo que yo sola decida por algo que es de los dos.

También existe la posibilidad de que no llame y no vuelva a saber de él. En ese caso, ¿debería presentarme en su casa para informarle, cuando ni siquiera tuvo el valor de dar la cara y decirme que ya no me quiere?

Nunca imaginé que en el momento en que recibiera una noticia como ésta, me sentiría tan fría, tan apática, tan desconcertada y tan confundida. Ya que no sé cómo me siento, quizá pueda empezar por averiguar cómo "no" me siento. No estoy feliz, tampoco triste, no estoy enojada ni contenta, no siento esperanza, ni siquiera tengo miedo. Entonces, ¿cómo me siento? Me queda la impresión de que, si me hubieran dicho que tengo una muela picada que me tienen que extraer, tendría una reacción más vívida, más intensa.

A fin de cuentas en este momento no puedo hacer nada. Aún es temprano y tengo que esperar a saber la decisión de Esteban. Sólo después tendré elementos para pensar en mis propios deseos. Tengo la impresión de que en este momento soy la futura mamá más desolada y desamparada del mundo.

9

15 de octubre, en el departamento de Esteban

Antes de acostarse Esteban olvidó cerrar las cortinas y ahora el sol entra con violencia y decisión. Hace apenas un rato que cayó en este sueño profundo que tanta falta le hacía para recomponer sus nervios, tan vapuleados por la angustia y la incertidumbre. Todavía viste la ropa de anoche, con la que fue a trabajar sin ganas a la puerta del Esperanto, luego de que dejó escapar los últimos minutos del plazo que le dio Reinaldo para matar a Laura Villegas.

Las cobijas apenas están revueltas. Esteban se tendió sobre la cama mirando al techo y ni siquiera se ha movido de esa posición casi mortuoria. Pasan de las dos de la tarde y su frente está saturada de gotitas diminutas de sudor salado y denso, por culpa de este sol avasallante e impropio del mes de octubre.

Comienzan los toquidos violentos. Las promesas de tragedia son puntuales. Son golpes secos y contundentes que vienen desde la puerta de entrada y que llegan hasta la habitación como campanadas de mal agüero. Parece que se detienen, pero es sólo una ilusión momentánea, porque de inmediato regresan en una nueva tanda aún más intensa, que termina por cumplir su cometido y sacarlo de ese sueño reparador donde habitaba.

Abre los ojos y se sobresalta. Hay un silencio breve, pero de inmediato comprende que no era una pesadilla y se incorpora tratando despertar por completo. Te parecen una ráfaga de cuetes en honor del santo patrono de algún poblado perdido entre montes agrestes; pero tomas conciencia del momento en que vives y comprendes de un solo golpe que estos tronidos no llaman a fiesta sino a difunto. Se seca el sudor y salta de la cama, atenazado por un ardor intenso en la boca del estómago.

Camina hacia la entrada; los golpes no cesan. Es demasiada la ansiedad así que sus pies descalzos ni siquiera perciben el frío del mosaico. Abre sin pensarlo dos veces y se topa de frente con una silueta apenas dibujada en la penumbra del pasillo, pero que identifica de inmediato al darse cuenta que los ojos de Reinaldo se clavan en los suyos como cuchillos ardientes. "¿No piensas arreglar nunca tu pinche timbre? Mira cómo me quedaron los nudillos... parece que acabo de madrear a un cabrón". Reinaldo le muestra la cara posterior de la mano, donde, en efecto, se le observan los nudillos enrojecidos. Esteban camina hacia atrás sin decir palabra, con una mueca de terror, y dominado por la sonrisa burlona del visitante. "Mírate nada más... estás convertido en un mamarracho. Te pusiste pedo anoche, ¿verdad? No se te puede dejar solo...". Reinaldo entra al departamento y se mueve con naturalidad alrededor de la sala. Esteban lo mira fijamente, niega las acusaciones con la cabeza y se mueve a una esquina para no interponerse en su camino. "Al menos échate agua en la cara para que te desapendejes... te espera un día largo como la chingada". Tratas de interpretar esas palabras cargadas de burla y cinismo. ¿Un día largo? ¿Largo por qué? ¿Qué pudo haber hecho como para que ahora tengas un día largo? Claro que dijo "largo", pero sabes que ese no es cualquier "largo", sino uno con sarcasmo. Por fin Esteban es capaz de articular una frase. "Llevo dos días tratando de hablar contigo...". "Me imagino... y yo llevo dos días tratando de no hablar con nadie... pero ya lo ves, la responsabilidad ante todo, así que aquí me tienes... cumpliendo con mis obligaciones". Intentas encontrar las palabras precisas, pero la cara de Reinaldo te invita a pensar que quizá ya sea tarde para remediar nada. "Te juro que lo intenté, pero necesito más tiempo". Reinaldo sonríe divertido. "Justo eso venía a decirte. Digamos que te tengo una mala y una buena... y la buena es eso, que tienes cuatro días más, hasta el jueves a la hora en que entres al Esperanto, para matar a tu pinche noviecita pedorra, que la mera verdad ya me tiene hasta la madre. Te juro que si las cosas no tuvieran que ser de cierta manera, lo hacía yo mismo, y de mil amores. Lo que sí, espero que comprendas que éste es tu último plazo. Por otro lado, la mala es... puta, me caga dar malas noticias, neta; por eso espero que ahora sí cumplas con tu obligación y ya no me hagas trabajar los domingos...".

El tono fue aún más ácido que antes, y la sonrisa burlona sobresalta a Esteban, que lo mira aterrado. "¿Qué hiciste?". Reinaldo revisa la carpeta de discos que está sobre el mueble de la sala. "No mames... ¿cómo oyes esto?". "¿Qué hiciste, Rei?... dime, dímelo de una vez". Reinaldo levanta la vista de los discos para mirar el reloj. "No comas ansias... las malas noticias vuelan... y para serte honesto, no deben tardar". Esteban se queda pasmado. Los pensamientos se le revuelven y siente la angustia como de mil alfileres que se le clavan en el vientre. "¿Lastimaste a Elisa? ¿Lastimaste a mi hermana?". Reinaldo mira a Esteban con ojos de deseo. "¿A esa reina?... ni lo permita Dios... al menos no por ahora... ya dependerá de ti". "Entonces a mamá... lastimaste a mi mamá". Reinaldo termina de revisar la carpeta de discos y la deja sobre el mueble. Se apoya frente a él cruzando los brazos y observa a Esteban con expresión neutra. "Puede ser... pero no seas desesperado... créeme que lo vas a saber, pero todo a su tiempo". Esteban apenas puede controlar el temblor de la boca para poder hablar. "Dime qué hiciste, a quién lastimaste...". Reinaldo borra la sonrisa y ahora le responde en tono amenazante. "No te pongas melodramático porque sabes que yo no amenazo a lo pendejo y que esto iba a pasar". "Pero ¿qué hiciste...? ¿Qué fue lo que pasó?". Reinaldo sube de tono, hasta llegar a las fronteras difusas de la ira. "No lo hice yo, lo hiciste tú... bueno, sí lo hice yo, pero por tu culpa... por puto... por haberte pasado las órdenes por los güevos y creer que no iba a pasar nada".

Los ojos de Esteban enrojecen de forma instantánea, pero no es capaz de responder. Ambos guardan un silencio que es interrumpido de manera abrupta por el timbre del teléfono. Esteban pega un brinco del susto y el corazón le da un vuelco. Ambos clavan la vista en el aparato, que continúa sonando y sus ecos retumban por toda la casa como salvas de artillería. Reinaldo vuelve a mostrar su sonrisa burlona. "No mames... ¿quién será?". "Ya dime a quién lastimaste". "Déjate de pendejadas y contesta de una puta vez". Esteban se acerca al aparato y estira la mano con inseguridad, como si fuera a meterla en una canasta repleta de serpientes. Reinaldo le habla con brusquedad y lo sobresalta nuevamente. "Dile que no vayan a llamar a nadie... que vas para allá". Esteban no comprende. "Qué voy a dónde". "Haz lo que te digo... es por tu bien. Dile que no tardas en llegar, que no hagan nada hasta que estés ahí". Por primera vez en toda la conversación Esteban se siente fortalecido por la furia. "Y por qué tengo que hacerte caso". "Porque con todo y lo pendejo que eres, sabes, ahí dentro de tu puta cabezota dura, que esto lo tuve que hacer porque no me dejaste más remedio; pero que en el fondo sigues siendo mi amigo y te quiero ayudar".

De no estar viviendo esta situación, Esteban incluso habría pensado que las palabras de Reinaldo eran sinceras. El teléfono continúa retumbando en su cabeza sin dejarlo comprender cómo alguien que acaba de dañar a su familia puede decirle que es su amigo. "Ya contesta, no mames... puede ser algo urgente". Esteban aprieta los dientes del coraje y por fin toma el auricular. "Bueno". "Hola Esteban...". Esa voz titubeante y ahogada es indudablemente de Elisa. Por un instante respira aliviado; pero de inmediato le viene a la cabeza la imagen de su madre. "¿Qué pasa Elisa?". "Se nos murió Esteban... se nos murió". Elisa solloza al otro lado de la línea hasta terminar en un balbuceo inentendible. "¿Quién...? ¿Quién se nos murió?". Esteban grita desesperado en espera de esa respuesta que lo libre por fin de esa duda que le atenaza las sienes. "Papá... se nos murió papá". Primero cierras los ojos y respiras aliviado; ahora te mata la culpa por haber sentido agradecimiento de que fuera él a quien Reinaldo había escogido para castigar tus desobediencias; por haber pensado que en las circunstancias actuales, la muerte de tu padre era el mal menor. "Qué fue lo que pasó". "No sé... en la mañana estaba bien. Mamá y yo salimos a desayunar como todos los domingos y cuando regresamos ya estaba muerto". Reinaldo se revisa las uñas y observa el reloj, mientras Esteban intenta comprender cómo debe reaccionar y por eso habla un poco por hablar. "¿Estás segura?". "Claro que estoy segura... no te iba a llamar para decirte esto sin estarlo... no responde, no se mueve, no respira... tiene los ojos muy abiertos y la boca todavía más... como si hubiera querido liberar un grito". Construyes la imagen mental de tu padre con lo que te acaba de decir Elisa, mientras das tiempo a que ella recupere la voz. "¿Qué se hace en estos casos...? ¿A quién hay que llamar...? ¿A la policía? ¿A la ambulancia? ¿A quién?". Diriges la vista hacia Reinaldo, que comienza a lucir impaciente. Lo odias y quisieras matarlo pero en el fondo lo necesitas, porque de alguna manera sabes que lo tiene todo previsto, todo preparado para sacarte del problema. Sabes que cualquier actitud distinta a la que te propone sólo complicaría las cosas. "No, no llames a nadie todavía... Espérenme, voy para allá". Reinaldo lo mira sonriente y le levanta el pulgar derecho como signo de aprobación. "No me crees, ¿verdad? No me crees que está muerto... piensas que soy tan estúpida que ni eso puedo saber...". Esteban no sabe qué explicación darle a su hermana, que, además de triste, ahora está furiosa. "No es eso... es que quiero verlo, quiero estar con él un momento, antes de que la casa se llene de gente extraña...". Reinaldo hace la seña de aplaudirle, mientras en el teléfono se imponen unos instantes de silencio. "Está bien... pero no te tardes. Mamá está como loca y quiere llamar a todo mundo para ver si aún lo pueden ayudar".

Luego de colgar se derrumba en el sillón. "¡Excelente!". Grita Reinaldo mientras habla en su celular. "Ya estuvo... arránquense para allá". Esteban lo mira sin mover un solo músculo y Reinaldo trata de activarlo hablándole desde el otro extremo del salón. "¡Ándale! Levántate de ahí... Yo digo que te des un bañito en chinga para que nos vayamos... y no te preocupes, ya está todo arreglado". Esteban escucha las palabras pero no comprende el significado. "¿Arreglado? ¿Qué es lo que según tú está arreglado?". "Pues todo... está por llegar a tu casa un abogado muy chingón que se encargará del papeleo, del m.p., de la autopsia... tú sabes, todo el pedo legal, que en este caso si no somos cuidadosos puede traer cola". "¿Cola? ¿Cuál cola?". "Pues cola, como por ejemplo, la policía va a querer saber cómo le hizo para morir asfixiado. Te aseguro que nadie va a sospechar de mí. ¿Quieres que tu madrecita santa y tu hermanita, tan sabrosa ella, terminen en el bote por homicidio? No, ¿verdad? Claro que a lo mejor decides confesarlo todo...". Reinaldo explota en carcajadas estridentes. "Como ves, no tienes más remedio que hacer exactamente lo que te diga. La neta deberías valorar que con todo y los malos momentos, aún tienes amigos que están ahí cuando los necesitas". Te das cuenta de que nunca, hasta este momento, habías odiado verdaderamente a alguien. "Mataste a mi papá...". Reinaldo sonríe de nuevo. "Sí, ya lo sé... y, por cierto... de nada. No me mires así; sabes perfectamente que el ruco era un mueble y sólo les daba dolores de cabeza a todos. Acuérdate que si estás metido en estos pedos fue originalmente por su culpa. Muerto el perro, se acabó la rabia. Tanto a él como a ti les hice un favor, así que... de nada". Ahora Reinaldo cambia la expresión cínica por otra llena de ira y de fastidio. "Pero la próxima vez va en serio... la próxima vez no voy a ser tan considerado. Acuérdate que yo no amenazo a lo pendejo. Esto todavía no termina. Ya te lo dije... Tienes hasta el jueves a las diez de la noche, ni un minuto más".

Reinaldo

Pues sí... de la chingada. De qué otra manera me iba a sentir. En parte confundido, pero sobre todo no me soportaba ni a mí mismo.

Salí de casa de Pepe tratando de no encontrarme con ella. Estaba cansado, todavía alterado de tanto perico; pero sobre todo estaba furioso. Me ardía la sangre de los putos celos y no tenía cabeza para ver a nadie o atender ningún asunto. Tenía que sacármela de dentro para dejar de sentirme así.

Yo había quedado de llamarle para mantenerla al corriente de lo que me dijera Pepe; pero no tenía ganas de escucharla decir mentiras. Me fui a mi casa y apagué todos los teléfonos que podía apagar y me seguí con el perico y el whisky. Más tarde, conseguí a dos putas que al final ni siquiera me pude coger, de tan hasta la madre que estaba.

Para cuando supe de mí otra vez ya era sábado en la noche. Hablé con mi gente para ponerme al corriente de las cosas y supe que Esteban no había matado a su pinche noviecita. Y, pues sí, decidí quedarme a descansar porque por culpa de ese pendejo el domingo tendría bastante que hacer.

Cuando uno tiene pedos muy fuertes y se siente atrapado en ellos, no hay como relajarse y sacar el estrés en los problemas de otro. Así uno se da cuenta de que no es para tanto, que casi siempre nos ahogamos en putos vasos de agua. Esteban necesitaba un nuevo empujón, esta vez, uno definitivo. Además yo le había advertido lo que le iba a pasar si no obedecía, y la manera más eficiente de ganarse el respeto de los otros es no amenazar a lo pendejo.

No somos unos putos improvisados, así que desde hacía varios días mantenía vigilancia sobre su familia, y orita me dirán misa pero me porté decente... pude haberme pasado de verga y comportarme como un auténtico culero, pero no lo hice. A veces hay que hacer cosas fuertes, porque así es la chamba; pero más allá de todo, sentía un aprecio verdadero por el pendejo de Esteban y chingarse al papá era la forma de joderlo menos.

Me pasaron el reporte completo. Los domingos no iba la enfermera y, por ahí de mediodía, la mamá y el bizcocho de la hermanita salían a desayunar y dejaban al tótem solo. Dejé a un par de chalanes afuera para que estuvieran al tiro y me metí al departamento. Yo tenía la esperanza de que estuviera más enfermo de lo que en realidad estaba. Empecé por asustarlo lo más cabrón que pude, para ver si le daba un pinche infarto y se moría solito. Nunca había hecho algo así y hubiera estado chingón: matar de muerte natural es como la joya de la corona de los asesinatos, ¿o no? El caso es que no se pudo, ni pedo.

Entré en varios cuartos hasta que por fin lo encontré. Pelaba los ojotes, como diciendo y este puto quién es, de dónde salió. Y yo, que cuando quiero puedo ser un encanto, empecé a platicarle para ponerlo al corriente. "Hola", le dije, "usted no me conoce y ésta es una historia muy larga que no me va a dar tiempo de contarle; pero fíjese que su familia ya está hasta la madre de usted y me encargaron que viniera a matarlo, ¿cómo ve?". El ruco escultura se me quedó viendo con terror. Ahí todavía tenía esperanzas de que se muriera solo, así que seguí diciéndole mamadas para asustarlo. "Sí, de verdad, vengo a matarlo. Sus hijos y su mujer ya están aburridos de cambiar pañales... pero si lo vemos por el lado bueno, usted debe estar pasándola de la chingada y yo lo vengo a liberar, ¿o no? Y no me mire así, no sea usted egoísta, tiene que pensar en ellos, que tanto lo quieren. ¿Le parece justo que tengan que pasarse la vida cuidando un mueble? No, ¿verdad? Si lo único que puede hacer es estar ahí echadote, esperando la muerte, pues para qué seguir dándole largas, ¿no cree? Y sirve que así deja de ser una carga para todos". Yo le hablaba y le hablaba y le decía cuanta chingadera perturbadora se me ocurría, pero nada que le daba el ataque. Mientras tanto yo aprovechaba para caminar de un lado a otro de la habitación buscando una almohada y el ruco nomás me seguía con ojos de pánico. Por fin encontré una dentro del clóset. A mí me hubiera gustado seguir otro rato torturándolo, para ver si de verdad lo podía matar con palabras; pero se me venía el tiempo encima y tenía otras cosas que hacer, así que tuve que subirme a la cama y ponerme encima de él para ahogarlo. Todavía en el último momento me porté decente y le pregunté si tenía algo que decir, pero el pinche ruco siguió callado y sólo me miraba con el miedo más profundo con que se puede mirar y se le salieron un par de lágrimas que obviamente terminaron secándose en la almohada. Yo pensaba que en el fondo el puto maniquí viviente me lo iba a agradecer, pero nomás de verle la expresión, cualquiera pensaría que no se quería morir. ¿Para qué querría seguir viviendo así? No había tiempo para tantas preguntas y le tapé la cara con todas mis fuerzas.

Se sacudió con movimientos de reflejo. Cuando dejó de retorcerse le destapé la cara y supe que por fin estaba muerto. Había quedado con los ojotes y la boca bien abiertos; y sí, la neta tenía una expresión de terror que podía sacarle un pedo al más pintado.

Era mi obligación, así que ya no me chinguen más... sí, está bien, está bien, es posible que, en parte lo haya disfrutado; pero eso no cambia las cosas. Tenía demasiados pedos y aquello me liberó un poco, me sirvió de relax. Yo estaba muy encabronado con el mundo y matar al ruco me alivianó un poco.

La parte legal ya la tenía cubierta. Ya sólo faltaba manejarlo bien, y todo se resolvería en pocas horas. Ya en la calle, dejé uno de mis chalanes a que vigilara el regreso del bizcocho y la mamá y yo me fui a casa de Esteban para ver la puta cara que ponía cuando se enterara de la noticia; bueno, y también para mantener el asunto bajo control y evitar complicaciones innecesarias.

Cuando me avisaron que las dos mujeres estaban de vuelta, yo ya había llegado al edificio de Esteban. Di quince minutos para que las viejas hicieran el descubrimiento y el drama correspondiente, y toqué a la puerta para acompañarlo en estos momentos de dolor. Ni modo, uno no se mete en este negocio sólo para divertirse, y como era mi amigo, tenía que estar ahí, en las buenas y en las malas. Sí, me gana la puta risa... y qué.

Le fijé un nuevo plazo para que se chingara a la noviecita. La cosa se había convertido en personal y no podía permitir que se desentendiera de un asunto que él mismo provocó con sus pendejadas. Ahora le di hasta el jueves y le dejé claro que seguía la hermanita bizcocho. Al parecer entendió el mensaje con toda claridad.

Esteban

Me despertaron lo toquidos de Reinaldo y en cuanto vi su cara supe que había cumplido con su amenaza de matar a alguien de mi familia. Cuando me enteré que había sido papá, sentí alivio. Yo no quería que muriera, que lo mataran así, y mucho menos por mi culpa; pero me hubiera sentido mucho peor si hubiera sido Elisa o mamá.

Mientras mi hermana me decía lo que había pasado, yo tenía enfrente a Reinaldo, que se burlaba sin pudor alguno. Fueron horas interminables. Tuve que lidiar con la muerte de papá; con la culpa de saberme el responsable indirecto; tuve que presenciar el sufrimiento de mamá y de mi hermana y además conservar la entereza de mirarlas a los ojos sin derrumbarme.

Reinaldo vino conmigo a la casa y con todo lo que lo odiaba, tuve que obedecer sus instrucciones, porque ya tenía listo y arreglado el problema legal. Me sentía una auténtica basura por permitirle intervenir y estar cerca del dolor de mi familia por causa de un crimen que él había cometido; pero no tenía otra salida, porque si llegaba a iniciarse una investigación por las vías convencionales, lo más probable era que tanto mamá como Elisa fueran las principales sospechosas, con el riesgo real de terminar en la cárcel.

Al final, encima de todo, terminé debiéndole a Reinaldo un gran favor. La vida, que casi siempre funciona de manera extraña, unos días más tarde me puso en la ocasión ideal para pagárselo.

Laura. Cuaderno nuevo, 15 de octubre

El domingo fue avanzando hora tras hora. Permanecí presa del reloj y del teléfono y la llamada de Esteban no llegaba. Pasé de la incertidumbre al enojo, porque me pareció muy injusto que dieran las seis de la tarde y no hubiera tenido la delicadeza de hablarme, ya fuera para decir adiós o para pedir más tiempo o para lo que le diera la gana; pero dar alguna señal de que su relación conmigo le había merecido algún respeto.

Para ese momento yo ya consideraba como un hecho que lo había perdido. Ni hablar, me dolía, pero era una de las posibilidades.

Lo que me resultaba frustrante era que sucediera así, simplemente desapareciendo como si no hubiera pasado nada entre nosotros.

Cada minuto me enojaba más porque no podía creer que el hombre del que me había enamorado, con el que estaba dispuesta a irme del país y de quien estoy embarazada, fuera un cobarde tal que ni siquiera tiene el valor para terminar una relación de frente. Eso no eliminaría el sufrimiento, pero al menos terminaría por darme un poco de certeza y de paz.

Lo único bueno de todo esto, fue que esta espera me sacaba de la tristeza y la depresión para convertirme en una mujer despechada y furiosa. Es verdad que han sucedido cosas que podrían haberlo confundido, pero yo tampoco lo he pasado bien y ya es hora de que alguien me de un poco de respaldo y de cariño, en vez de rechazo, reclamos y frialdad.

No resistí más las dudas y a las siete le llamé. Primero lo busqué en su casa y entró la grabadora. Me parecía desidioso dejar un recado; qué podría decirle: "¿Llámame?". Eso lo sabía de sobra y no lo hizo. Luego marqué a su celular convencida de que estaría apagado o, peor aún, que lo dejaría sonar sin responder. Decidí que si eso sucedía me iría de inmediato a esperarlo a la puerta de su departamento para exigirle una explicación. Era un manojo de nervios y de furia y ya no era capaz de contenerme. Necesitaba oírlo, escuchar de su propia boca que todo había terminado, ver su expresión, confrontarlo y asumir lo que tenía que decirme por desagradable que fuera.

Contra todos mis pronósticos, de pronto escuché su voz y estallé a gritos. "No pensabas llamarme nunca más, ¿verdad?". "No, no es eso...". Su voz se escuchaba sin fuerza, sin decisión, y eso me enervó aún más. "¿Entonces qué es? Si no quieres saber de mí, al menos ten un poco de valor y da la cara...". Yo estaba dispuesta a continuar con mi explosión de reproches, pero me interrumpió con una frase seca y definitiva. "Es que se murió mi papá". Me quedé muda. Primero pensé que era un pretexto, pero de inmediato recapacité; cómo puede inventarse una cosa así. Yo no sabía qué decirle, porque me esperé cualquier cosa menos eso. "Laura... ¿estás ahí?". Comencé a llorar de tristeza, de impotencia, de coraje, pero ahora por mi estupidez y mi insensibilidad. "¿Dónde estás?". Naturalmente luego de mi reacción, no tenía ganas de verme. "No te preocupes... nos vemos mañana o pasado". Tenía que acompañarlo, estar con él en un momento como éste. Yo pasé por eso hace muy poco y sé lo que se siente. "No tiene caso que vengas... mejor descansa. Aquí no haces nada". No quería saber de mí y ni siquiera podía culparlo. Me sentí totalmente estúpida; todo lo que había construido en mi cabeza a lo largo del día, y que me había hecho casi consumir en vida, ahora carecía por completo de sentido. "Esteban... no es justo que me hagas sentir así... yo no sabía nada... llevo todo el día esperando que me llames... por favor, compréndeme... no me obligues a que te busque en todos los velatorios de la ciudad". Accedió a decirme dónde estaba y colgamos.

Estoy lista para salir pero es evidente que tengo que calmarme, porque no es el momento de reclamar nada. Sólo quiero acompañarlo, estar con él, aliviarle en lo posible estas horas que, cuando uno las vive, parece que no terminan nunca.

No puedo evitar que en fondo me enfurezca que el señor haya decidido morirse justamente hoy y sólo espero tener la calma suficiente para no cometer la imprudencia de comenzar con los reproches, y decir cosas de las que, por el momento y el lugar, termine por arrepentirme.

Diario de Elisa, 15 de octubre

Escribo esto para tratar de asumir lo que está pasando. Papá acaba de morir y ni mamá ni yo comprendemos cómo o por qué. En la mañana estaba perfectamente y, como todos los domingos, salimos a desayunar.

Cuando volvimos a casa yo entré a lavarme los dientes y aún no terminaba cuando comencé a escuchar los gritos desaforados de mamá. "¡¡Está muerto!! ¡Elisa, tu papá está muerto!". Me enjuagué la boca y corrí a su cuarto. "¡Está muerto... tu papá se murió!". Estaba enloquecida y de pronto se tapaba la cara con las manos y luego lo volteaba a ver, y yo no comprendía hasta que lo miré con detenimiento y, en efecto, ahí estaba, muy blanco, casi azul... con la boca y los ojos muy abiertos... con una estremecedora mirada de terror. Era verdad, papá estaba muerto. Me acerqué a él y ya no parpadeaba, no parecía respirar, estaba frío. Las dos nos miramos y mamá seguía gritando y yo cada vez estaba más y más confundida, y lo único que se me ocurrió fue ir corriendo a buscar al dermatólogo que vive en el primer piso. El hombre estaba tranquilamente viendo la tele, mientras su esposa se pintaba el pelo. Yo lo traje a jalones, casi sin explicarle nada. "¿Qué le pasa...? Dígame qué le pasa". Lo revisó con cuidado, le tomó el pulso, le escuchó el corazón y lo tocó por un lado y por el otro. "Mire, señorita, me da mucha pena, pero el señor está muerto". "¿Y no se puede hacer nada...? Quizá una ambulancia...". "No, lo siento. Una ambulancia ni siquiera se lo va a llevar... ellos sólo recogen a los vivos. Supongo que tendrá que llamar a la Cruz Verde... o a algún médico que lo haya tratado antes, para que certifique la muerte".

Mamá lloraba enloquecida y yo no sabía qué hacer o qué decir y el doctor nos miraba a ambas y era evidente que le urgía irse de ahí para no verse involucrado en un caso que ni conocía ni le importaba en lo absoluto. "Me apena mucho pero yo no puedo ayudarlas más...". Lo acompañé a la puerta y lo dejé ir. Mamá se sentó en la silla que usa doña Graciela y observaba a papá, llorando desconsolada. Yo también veía a papá y me sentí presa de una enorme culpa. Había imaginado muchas veces que podría suceder, pero yo no quería que muriera, lo juro.

Era como si hubiera tenido una premonición, porque lo había imaginado exactamente así; al volver de nuestro desayuno lo encontraríamos como dormidito, pero en realidad estaría muerto y por fin habría dejado de sufrir. Lo que nunca imaginé fue una mueca de terror como la que tiene. Me angustia confundir una premonición con un deseo. Yo pensé que si moría descansaría él y también nosotras, pero me doy cuenta de que esto es mucho peor porque mientras estaba vivo había esperanza; ahora lo perdimos para siempre. Apenas ayer, cuando le dije lo de mi embarazo, me miró con amor, con alegría... yo sentí que le había inyectado ganas de vivir, y ahora que lo veo con esa expresión tan llena de miedo, pienso que vio venir la muerte y que a pesar de todo no se quería ir. Nunca pudimos entrar en su cabeza y entender lo que pensaba; nunca pudimos imaginar que aún en su situación se aferraba a la vida, por eso menos aún puedo entender cómo fue que le pasó esto.

Estoy esperando a Esteban. Me pidió que no llamara a nadie hasta que llegara, y así poder pasar unos momentos con papá, sin estar rodeado de extraños haciendo preguntas. Supongo que está bien, que ya da lo mismo unos minutos antes que unos después; nadie va a resucitarlo de todos modos. No sé de dónde vamos a sacar la fuerza para lidiar con esto. Espero que Esteban la tenga, porque yo estoy a punto de dejarme caer; y mamá, ni se diga.

Intenté platicar con ella para hacerla entrar en razón. Para que comprenda que aún estando nosotras en casa, no habríamos podido evitarlo. Le expliqué que esa misma rutina la habíamos hecho durante semanas y jamás había pasado algo que pudiera alarmarnos; pero nada de lo que le dije pudo reconfortarla.

Ahora vendrá el velorio y luego el entierro; por más que llevaba meses enfermo, no estábamos listas para pasar por esto. Voy a volver para hacerle compañía a mamá mientras llega Esteban. En donde quiera que estés, me gustaría decirte, papá, que te quiero y que jamás quise nada malo para ti. Que si pensé en tu muerte, lo hice sólo deseando liberarte para que llegaras a una vida mejor. Por favor perdóname... perdónanos a todos y descansa en paz.

15 de octubre, en casa de los padres de Esteban

Por fin Esteban y Reinaldo llegan ante la puerta del departamento donde aquel hombre enfermo ha sido asesinado hace apenas un par de horas. No encontraron tráfico, así que el trayecto no les quitó tiempo; lo que les llevó un poco más fue esperar a que Esteban se cambiara de ropa.

En cuanto colgó con Elisa, tomó las llaves del coche y se encaminó a la puerta; pero Reinaldo, recargado en el mueble de la sala, lo detuvo. "¿Y vas a salir así?... No la chingues y ten un poco de respeto... es el velorio de tu padre". Esteban no alcanzó a entender si aquel comentario era una burla o una observación justa. Lo cierto es que se dio cuenta de que aún vestía la ropa con que asistió al Esperanto la noche anterior. "Un baño rápido y un trajecito negro es lo más apropiado para la ocasión". Esteban se miró en el espejo del baño y, aún sin saber si aquellas palabras de Reinaldo eran producto del sarcasmo o no, terminó por obedecerlas.

Han llegado a la colonia Del Valle. Un Esteban serio y silencioso llama al timbre. Reinaldo está junto a él y amablemente le quita una pelusa del hombro. Sólo los ilumina el foco que cuelga sobre la puerta del departamento. Se miran por un momento. Esteban aprieta los dientes y la mejilla se le tensa, formando una honda concavidad bajo los pómulos prominentes que resalta su delgadez acentuada por varios días de poca comida y mucha angustia. Reinaldo, al contrario, lo mira relajado pero con autoridad.

Elisa y Esteban se funden en un abrazo apretado. Ambos pretenden hablar pero ninguno es capaz de decir nada. Por fin Elisa puede llorar con libertad. La presencia de su hermano parece reconfortarla, quitándole de encima el peso terrible de mil cadenas que sentía cargar sobre la espalda. Por fin Esteban es capaz de articular una frase. "¿Cómo está mamá?". Elisa se separa del hombro de su hermano y se seca el último par de lágrimas que le escurren por las mejillas. "Deshecha". Esteban también está llorando y se limpia el rostro antes de entrar en el departamento. "Voy a verla". Elisa asiente y lo deja pasar. Ahora se queda en el umbral, frente al acompañante de su hermano, a quien jamás había visto en su vida. "Hola, soy Reinaldo... amigo de Esteban, trabajamos juntos en el bar". Ella asiente sin poder reaccionar antes de que la estreche en un abrazo. "No sabes cuánto lo siento... ya me contó sobre lo inesperado del fallecimiento". Ella libera un sollozo sobre el hombro de Reinaldo. "Pero no te preocupes, ya llamé al abogado de la empresa... está por llegar, y ya verás cómo se encarga de arreglarlo todo... ustedes ya tienen bastante con su dolor". Elisa quiere decir: "Muchas gracias", pero apenas libera un balbuceo apenas comprensible. "No, no, ¿de qué?... para eso estamos los amigos".

Elisa sigue sin poder hablar y sólo le hace la seña para que entre. Al fondo del pasillo, Esteban permanece abrazado a su madre, que le habla alto y fuera de sí. "Se nos fue, Esteban... se nos fue... Te juro que sólo lo dejamos un ratito... te juro que no fue culpa de nadie". Esteban trata de calmarla, mientras mira con rencor a Reinaldo, que está de pie, al fondo, contemplando la escena. "Claro que no fue culpa de nadie... estaba enfermo... algo le falló... nadie tuvo la culpa". Se te rasgan las entrañas con cada palabra, pero no tienes más remedio que mentir. "Ya, tranquila... nadie tuvo la culpa...". Eso es, repítelo tantas veces como sea necesario para que logres creerlo. Tu madre te limpia las lágrimas que no puedes controlar. "Anda... despídete de él".

Ahí lo tienes, puedes verlo cara a cara. Te desgarra aún más imaginar esa expresión de terror que te describió Elisa por teléfono. Tu padre merecía morir en paz y no lleno de pánico y desesperación como en realidad sucedió. Pero tienes suerte de que al menos tu madre le haya cerrado los párpados antes de que llegaras porque lo más probable es que no hubieras podido lidiar con sus ojos muertos y aterrados. No te acercas; lo miras apenas desde el umbral, pero tu madre te toma de la mano y te lleva junto a la cama. "Me lastimas, Esteban". Claro que la lastimas, pues le estrujas la mano hasta cortarle la circulación. La sueltas; ella sale del cuarto, dejándote unos instantes frente a él para que le digas adiós. "Perdóname, papá... yo no quería esto". Sólo te atreves a tocarle tímidamente la mano helada. "Perdóname... de veras".

Cierras los ojos y lo recuerdas como era antes. Lo observas en tu mente cuando todavía era él; cuando te llevó al parque para que aprendieras a andar en esa bicicleta que alternabas con Elisa. Ahora recuerdas con nostalgia aquel odio infantil que sentiste hacia él por dejarte a ti esa bicicleta rallada de tantas caídas durante el aprendizaje, mientras que la nueva, la recién comprada, se la dio a Elisa, que siempre fue su princesa del cuento. Recuerdas también cuando te acompañaba a tus competencias de natación; cuando, entre eliminatoria y eliminatoria, te llenaba de consejos técnicos para que mejoraras tu brazada, aun sin tener la menor idea de lo que estaba diciendo. O qué tal aquella vez en que lo acompañaste a recoger su primer coche de agencia, justo unas semanas antes de que se cambiaran a este departamento. Eras apenas un niño y, sin embargo, sentado en su regazo te dejó sostener el volante unas cuantas calles. ¿Lo recuerdas, verdad? Eso y miles de cosas más que ahora se agolpan en tu mente como recuerdos inútiles; porque, a fin de cuentas, ya no se puede volver atrás y los hechos acontecidos ya no tienen solución. Lo miras y te preguntas ¿qué queda de aquel hombre recio, que te llenaba de consejos que nunca seguiste? Nada, apenas este cadáver boquiabierto y pálido que está postrado frente a ti. Insistes en recordarlo cuando estaba sano, para convencerte de que en las actuales circunstancias, fue lo mejor que le pudo pasar. Pero no consigues engañarte; por más que intentes pensar en eso, lo cierto es que lo quisieras vivo; inmóvil e inexpresivo mirando al techo sin poder moverse, pero con vida; no sabes cómo quitarte del pecho esta culpa que apenas te deja jalar aire.

Suena el timbre, que consigue distraerlo del marasmo de emociones que lo atosigan. Se escuchan voces y comprendes que en pocos instantes estarán aquí, en este cuarto, aportando consejos y decisiones sobre lo que debe hacerse con el cadáver. Tomas la mano de tu padre para despedirte de él una vez más. "Perdóname, papá... yo no quería esto... te lo juro".

Reinaldo le toca la espalda y le habla en voz baja. "Mira... el licenciado Monterroso se hará cargo de todo". Esteban le da la mano. "No se preocupe de nada... todo está bajo control". Lo acompañan dos hombres; el primero, el que viste la bata blanca, es el médico legista que acompaña al Ministerio Público, que viene a tomar en sus manos el asunto del recién fallecido. Reinaldo toma a Esteban del brazo y lo aparta de ahí. "Ven... déjalos que platiquen". Sale del cuarto observando a aquellos hombres con desconfianza.

Los tres visitantes contemplan al difunto y luego se miran entre sí. A primera vista les resulta evidente que la muerte se debió a la asfixia, y muy probablemente provocada. El M.P. y el médico intercambian miradas. El médico resopla y el M.P. se dirige en voz muy baja al abogado, que mantiene una expresión serena y relajada. "No mame, lic... esto le va a salir carísimo". Monterroso le responde tranquilo y amable. "Ustedes sólo cumplan con su deber". El M.P. arquea las cejas y observa al médico, que por fin interviene en la conversación. "Al menos consígame la historia clínica... para cuadrarle algo creíble". "Ya ve... ahora sí nos estamos entendiendo". Monterroso busca a Elisa, que le entrega un paquete de carpetas y papeles, con los que regresa para seguir conversando con los otros dos.

Luego de un rato, el médico y el M.P. salen del departamento, y Monterroso se dirige a Esteban y Elisa que están sentados en la sala, en espera de que les den información sobre lo que sigue. "Listo... Todo está en orden. Los señores tienen que llevarse el cuerpo para hacerle la autopsia; eso es inevitable, y, en cierta forma es lo mejor, porque así el caso queda completamente cerrado y se evitan sobresaltos posteriores". Elisa frunce el ceño, sin entender a qué "sobresaltos posteriores" podría estarse refiriendo el abogado, mientras Esteban lo escucha sin expresión. "A partir de ahora yo me encargo de hacer todos los trámites. En unas cuantas horas nos entregan el cuerpo para que dispongan de él como prefieran". Elisa continúa sin entender. "Pero nosotros, ¿qué tenemos que hacer?". Monterroso responde sonriente y satisfecho de su eficacia. "Nada... ustedes sólo esperen aquí; yo me comunico más tarde. En la nochecita nos vemos directo en el velatorio que me indiquen". También Reinaldo sonríe complacido, aunque disimula la mueca cuando se acerca para despedirse. "Lo más prudente es que yo también los deje... para que se queden en familia. Sólo quería asegurarme de que las cosas se resolvieran bien... de cualquier forma, si tienen algún problema, Esteban tiene mi número". La madre se levanta del sillón y le da un fuerte abrazo. "Muchas gracias por todo... es usted un angelito que nos mandaron del cielo". Reinaldo le toma la mano y le responde con una solemnidad afectada. "Señora... para eso estamos los amigos". Elisa lo abraza también y llora de nuevo en su hombro. "Mil gracias, de veras... nosotros no habríamos sabido qué hacer". Esteban lo mira con odio y lo jala del brazo para acompañarlo a la puerta. "Lo estás disfrutando, ¿verdad?". Reinaldo lo mira a los ojos y sonríe con sorna. "Mejor sé un poco considerado y ocúpate de no hacerme pasar por esto otra vez... nos vemos el jueves, y espero que ahora, con buenas noticias... Ah, y desde luego, mi más sentido pésame. Perdón que no sea más expresivo pero nunca he sabido qué decir en estos casos". Reinaldo sonríe de nuevo y se dirige al elevador. Esteban lo observa alejarse haciendo un enorme esfuerzo por mantenerse de pie.

Esteban

El abogado que mandó Reinaldo nos llamó poco antes de las seis de la tarde para informarnos que todo estaba listo. Aparentemente le hicieron un reporte de autopsia falso donde determinaron que un infarto fulminante había sido la causa natural de la muerte.

Elisa fue la que contestó el teléfono y la que recibió la información de boca del abogado. No puedo expresar la serenidad que sentí al ver su cara relajarse conforme recibía la noticia oficial y definitiva de que papá había muerto de manera instantánea, y que realmente no había sido culpa de nadie.

Al colgar, Elisa repitió con detalle lo que acaban de decirle y apenas podía hablar de la emoción. Al final, terminó fundida en un abrazo con mamá y ambas lloraron lágrimas formadas por una extraña mezcla de tristeza y felicidad y al menos por unos momentos se reconciliaron de nuevo con la vida.

El abogado también le dijo que tenía en la mano el acta de defunción y que el cuerpo estaba listo para ser enviado al velatorio que le indicaran. Cuando por fin se serenaron, mamá volteó a verme muy reconfortada. "Hay que agradecerle mucho a tu amigo todo lo que hizo por nosotros". Elisa complementó la idea. "La verdad, sí, no sé cómo hubiéramos librado todo esto sin él... ojalá lo valores, porque amigos así no se encuentran en cualquier lado". Yo asentí porque, por más que lo detestara, tenían razón; sin la ayuda de Reinaldo, estaríamos instalados en el centro del infierno.

Salimos los tres en mi coche hacia la funeraria que escogió Elisa. Al llegar pasamos a la oficina de contratación, donde nos vendieron el servicio completo. Preparación del cuerpo, ataúd estándar, capilla para velarlo, traslado, inhumación y un nicho vertical al lado de una iglesia que estaba relativamente cerca de casa para que mamá lo visitara cuando quisiera. Yo insistí en que de una vez compráramos un segundo nicho contiguo para cuando fuera el tiempo de mamá. Elisa pensó que era demasiado cruel, pero yo le dije que era un asunto realista y práctico y que además mamá no tenía por qué saberlo. Estuvo de acuerdo y nos hicieron la cuenta. Ella insistía en poner su mitad pero no la dejé. A fin de cuentas, ese dinero no me serviría de nada; era un dinero maldito que para lo único que podría usarse era para atenuar los males que él mismo había creado.

Cuando salimos, mamá me entregó una bolsa con ropa de papá. "Toma... para que lo vistan". Yo volví a la oficia y entregué la bolsa. ¿Cuál será el sentido de vestir a un muerto en pleno siglo XXI; de ponerle su mejor traje, una camisa casi nueva y una corbata de seda? Y luego, lo más inútil de todo: encima de la ropa iba un par de zapatos. Hacía cuatro meses que papá no se levantaba de la cama, lo más probable era que ni siquiera se los pudieran poner. ¿Maquillarlo...? ¿Para ir a dónde? Supongo que de lo que se trata es de que quien lo vea a través de la ventana del ataúd se lleve un buen recuerdo del difunto. ¿Para qué otra cosa? De cualquier forma nadie lo vería, porque mamá se puso completamente intransigente y nos prohibió avisarle a nadie; ni siquiera pudimos llamar a nuestras tías, o a los amigos de papá y muchísimo menos a sus compañeros de trabajo. Pasaríamos la noche solos, tal y como habíamos estado los últimos cuatro meses.

Elisa volvió a insistir con avisarle a la gente cercana, a sus amigos de siempre, a la familia, a los vecinos del edificio con los que se llevaba, a sus compañeros de trabajo, pero mamá volvió a oponerse; esta vez aun más terminante que la anterior. Quizá era un poco de egoísmo, pero yo tampoco quería que el "licenciado Sotelo" apareciera por ahí; así que apoyé a mamá dejando a Elisa con la boca abierta. "Si no quiere que venga nadie, pues que no venga nadie". "Pero es absurdo... papá merece que sus amigos lo despidan". Pero mamá, ya furiosa, le puso fin a la discusión. "Tú papá está muerto y no los va a ver... y yo no estoy de humor para hablar con nadie". Elisa terminó por aceptar a regañadientes y mamá me miró agradecida con aquellos ojos llorosos y demacrados cargados de bolsas.

Cerca de las ocho llegó el abogado de Reinaldo. El cuerpo ya estaba en la funeraria y lo estaban preparando. Le entregó a mamá el acta de defunción y se despidió con un sentidísimo pésame que, al parecer, sólo yo identifiqué como fingido. Al final me lanzó una mirada que me hizo sentir una profunda vergüenza. Tanto él como yo sabíamos que el infarto fue inventado; lo que él no sabía era qué tanto tenía que ver yo en la muerte de mi propio padre. Le di la mano y acepté su pésame falso.

Una vez más nos quedamos los tres solos, sumergidos en un profundo silencio y mirando a la nada, en espera de que por fin trajeran el ataúd con los restos de papá.

15 de octubre, en un velatorio de la colonia Del Valle

En esta capilla serán velados los restos mortales del padre de Esteban. Llegó, junto con su madre y su hermana, hace poco más de tres horas y han transcurrido pocos minutos desde que se marchó el licenciado Monterroso, luego de entregar la documentación oficial de defunción y llenarlos a todos de pésames sentidísimos y exagerados para tratarse de alguien a quien jamás conoció.

Por fin aparecen dos empleados de la funeraria empujando el ataúd, que descansa sobre una base con ruedas. Llegan hasta el centro de la pequeña plataforma diseñada para que el muerto ocupe, como debe ser, el lugar de privilegio en su propia ceremonia; y maniobran hacia delante y hacia atrás hasta que consiguen colocarlo justo en el medio.

La madre pide que abran la tapa para verlo por última vez. Se deshace en llanto, hasta que por fin retoma el control y voltea hacia sus hijos. "¿No quieren verlo? Está un poquito deforme... pero es su padre". A Elisa la ataca un mareo súbito que la hace caer sobre la silla. Esteban se acerca para asistirla pero sin saber bien a bien qué puede hacer para ayudarla. "¿Estás bien?". Ella vuelve en sí casi en el acto. "Sí, sólo me faltó un poco el aire". Ninguno de los dos quiere acercarse, ninguno quiere verlo así, y ambos prefieren quedarse con la imagen que tienen de él de cuando estaba vivo.

Ha pasado una hora y las dos mujeres están sentadas juntas, en el centro de la hilera de sillones cercana al féretro. Esteban está apartado. Tomó el sillón de la esquina más lejana y a varios metros de los cuchicheos incomprensibles de su madre y su hermana.

Lo saca de sus pensamientos un taconeo que retumba en el pasillo y que antecede a la figura femenina que se ha detenido en el umbral. Los tres la observan, pero sólo Esteban comprende desde el primer instante que se trata de Laura.

A pesar de la poca luz, Laura identifica a Esteban y camina hacia él, quien a su vez se levanta desganado para encontrarla a medio camino. Se funden en un abrazo que Esteban preferiría no estar recibiendo, pero que a la vez lo reconforta al sentir el calor de esa mujer que lo ama sinceramente. "¿Estás bien?". Él asiente sin decir nada. "Déjame darle el pésame a tu mamá y a tu hermana". Asientes de nuevo, pero ahora, mientras te toma de la mano y caminan hacia ese lado del salón, tratas de dilucidar cuál debe ser ahora tu actitud. ¿Cómo debes presentarla? ¿Como tu amiga, como tu novia? Sabes que va a morir en los próximos días y no quieres que para entonces resulte un gran escándalo para tu familia; pero tampoco quieres hacerla sentir mal. Al final el tiempo se agota y terminas por decir lo primero que se te ocurre. "Mira, mamá, ella es Laura... me acompañó una vez a visitar a papá. ¿Te acuerdas?". "Ah, sí, claro". Elisa la mira de arriba abajo, mientras Laura se inclina para abrazar a la madre. "No sabe cuánto lo siento, señora". Cuando se sueltan, Esteban le señala a Elisa. "Ella es mi hermana Elisa... y ella es la famosa Laura... de la que te he hablado tanto". Elisa contiene apenas una carcajada nerviosa y la abraza también. Parece que libraste el momento. Por más que intentas penetrar el rostro de Laura, no parece haberla molestado el tono y la forma de la presentación.

Terminadas las formalidades, ambos caminan de nuevo hacia la esquina de la capilla. Se sientan y Laura toma la mano de Esteban entre las suyas. "¿Y cómo fue?". Él le cuenta la versión oficial, sin entrar en demasiados detalles. "Debió de ser horrible para tu mamá...". Él asiente y luego permanecen en silencio. Laura mira al piso con un gesto reflexivo y habla sin siquiera levantar la mirada. "A mí me hubiera gustado que mi papá muriera así...". ¿Por qué tiene que restregártelo en la cara? ¿Por qué tiene que venir ahora con ese reproche, que en realidad no lo es, pero tú lo recibes como si lo fuera? Aquella ejecución no fue un acto de odio contra ella, ni siquiera contra su padre. Tú asesinaste al licenciado Joaquín Villegas —ése de la foto sonriente que venía dentro del sobre amarillo— por haber traicionado a quien no debía.

Esteban siente un enojo intenso que apenas puede disimular. Mira a Laura y asiente ante su último comentario. Lo bueno de todo esto es que la situación comienza a fastidiarte. Así será más fácil encontrar el valor para matarla antes del jueves.

Nuevamente se quedan en silencio. Han pasado varias horas. El tiempo ha ido escapándose suavemente, mientras ambos miran a la nada. Laura voltea a cada tanto hacia la puerta de la capilla, pero no se atreve a preguntar por qué no llega nadie. Están tomados de la mano pero a la vez están separados por una distancia inconmensurable. "¿Quieres algo de la cafetería?". Esteban niega con la cabeza. "Yo necesito un café... voy a preguntarles si quieren algo". Él asiente y ella se dirige hacia las dos mujeres, que también permanecen en silencio. Laura les murmura algo y unos instantes después sale de la capilla acompañada de Elisa.

Imaginas que Laura aprovechará estos minutos con tu hermana para decirle que son novios y que, a pesar de que han tenido momentos difíciles, se aman profundamente. Pero ya no te importa; que le diga lo que quiera; a fin de cuentas, nada de lo que le pueda decir habrá de cambiar las cosas. Esteban no es capaz de especular más porque un cansancio denso y pantanoso lo aturde y le recorre el cuerpo llenándolo de pesadez. Se desplaza hacia adelante en el sillón y estira las piernas tanto como puede. Son las tres cuarenta de la madrugada y ya no tiene fuerza ni para lamentarse. Sin darse cuenta, Esteban se queda atrapado en un sueño profundo del que saldrá aún más agotado de lo que entró.

Esteban

Soñé que caminaba a través de un campo verde y abierto. Repentinamente el cielo se oscureció y las nubes negras lo cubrieron todo. El paisaje quedó ahogado en una penumbra triste que anunciaba una tormenta poderosa.

Yo seguí caminando sin saber por qué o hacia dónde. Sólo andaba en línea recta hasta que frente a mí apareció una lápida enterrada en el piso. Yo quería huir, correr en sentido contrario, pero mis pies andaban por su cuenta y no fui capaz de cambiar de dirección. Tenía mucho frío, y el viento helado me revolvía los cabellos y me cortaba la cara, hasta que por fin la lápida quedó bajo mis pies y pude leer mi propio nombre; sólo eso, y una cruz muy negra. Yo me tocaba y me veía las piernas y el tronco y me daba cuenta de que estaba vivo pero, al mismo tiempo, también estaba muerto y sentía una angustia terrible que me recorría el cuerpo como un cubetazo helado.

Al levantar la cara me encontré de frente con papá, que me miraba con ternura. Era el de antes, porque estaba de pie, caminaba, movía las manos; sin embargo, al observarlo con cuidado me di cuenta de que tenía una cicatriz descomunal que le rodeaba la frente como si se tratara de un Frankenstein familiar y querido. Me sonrió y se acercó mirando mi lápida; luego levantó la vista y me puso una mano en el hombro. "Ya lo ves... a veces uno se va muriendo poco a poco... sin darse cuenta". Y me sonrió de nuevo.

Yo desperté aterrorizado. Por las ventanas del velatorio ya entraba la luz del día y a mi lado estaba Laura mirándome en silencio. "Parece que descansaste un buen rato". "Pues me siento como si me hubieran agarrado a palos...". Tuve conciencia de todo el tiempo que había pasado dormido y me sentí apenado por ella. "Perdón... te dejé sola un montón de horas". Laura sonrió. "No te preocupes. Pasé buena parte de la madrugada platicando con tu hermana... es muy linda". No sentí la mínima curiosidad por saber de qué pudieron hablar tanto tiempo; la verdad es que me daba lo mismo. Yo sólo quería que acabara todo ese protocolo inútil para irme a mi casa y descansar de verdad.

Por fin llegó el momento de partir rumbo al cementerio. A la hora de la salida surgió un nuevo problema. Originalmente, en mi coche iban mamá y Elisa, pero ahora también estaba Laura con el suyo, y venía sola. Elisa me propuso manejar para que yo me fuera con Laura, pero yo no quería pasar por ese trayecto a solas con ella, porque sabía que inevitablemente surgirían temas que yo no quería discutir. Casi podía escucharla: "¿Y sí pensabas llamarme? ¿Y qué me ibas a decir? ¿Todavía me quieres?". Le pedí a Elisa que mejor ella se fuera con Laura, porque yo prefería llevar a mamá ya que casi no la veía.

Me sentí extraño al ver deslizarse el ataúd en aquella especie de caja de cemento; porque yo siempre había relacionado la muerte con la tierra y con los gusanos y no tenía la menor idea de lo que le pasaría al cuerpo de papá al meterlo en esa tumba de cemento. Desde luego no era el único. Había decenas de cuerpos en la misma situación y a nadie parecía incomodarle.

Por fin regresamos a los coches. Laura quería acompañarme a mi casa, pero desde luego que no lo iba a permitir. Le dije que le había prometido a mamá ir a casa con ellas y pasar el resto del día en familia. Al menos ésta fue una mentira verosímil, porque Laura la aceptó sin discutir. Llevé a Elisa y a mamá a la casa y yo me fui a la mía.

Diario de Elisa, 16 de octubre

Hace apenas un rato llegamos del entierro de papá. Esteban no quiso quedarse a comer con nosotras. Al final ni mamá ni yo tuvimos hambre y cada una se encerró en su cuarto a lidiar en soledad con lo que acaba de ocurrirnos.

Yo, la verdad, estoy tan cansada que ni siquiera sé cómo me siento. Lo único bueno de estos rituales tan largos y agotadores es que cuando terminan, una siente por un rato que ha cumplido con el difundo y se ha ganado el derecho de volver a la normalidad y a descansar sin culpa por unas horas. Espero dormirme pronto, porque mañana tengo que estar recuperada y presentable.

En la mañana llamé a la agencia para avisar que no iría. En cuanto supo el motivo, Lilia se comportó muy compasiva y me dijo que no me preocupara, que ella le avisaría a Willy y que si necesitaba más días, sin duda no habría problema; pero yo le agradecí y le dije que sin falta el martes me presentaba, porque no tenía la menor intención de quedarme en casa a deprimirme más. Luego de colgar, me di cuenta de que no había pensado en mamá. Ella sí se quedaría en casa, asumiendo sin ayuda su nuevo estado de viudez en la más absoluta soledad. En cierta forma ella ya era un poco viuda desde antes, desde que el ataque la había privado de la posibilidad de comunicarse con él. De cualquier forma ahora será diferente; más violento, mucho más definitivo. Tengo la impresión de que de un día para el otro su vida se vació. Ahora más que nunca me alegro de que exista Sebastián. Aún no decido cuándo se lo diré. Supongo que dejaré pasar unos días para que se recupere del impacto inicial.

Durante el velorio estuvimos solos porque mamá se empeñó en que no le avisáramos a nadie. Fue una actitud completamente absurda e irracional. Yo no sé cómo van a reaccionar mis tías y mis primos cuando se enteren. Entiendo que mamá estuviera enojada con ellas porque no le dieron demasiado apoyo luego del ataque, pero como sea eran sus hermanas. Lo más sorprendente de todo fue que Esteban, en vez de ayudarme a convencerla, le dio la razón. Estoy segura de que lo prefirió así para ahorrase decenas de pésames y explicaciones que hay que dar en un caso como éste.

Cuando llevaron la caja, mamá quería que Esteban y yo nos acercáramos a verlo, pero ninguno de los dos quiso. Yo prefiero recordarlo como era cuando estaba vivo; de hecho, ya tengo bastante para olvidar, luego de haberlo encontrado muerto con aquella expresión de terror, con la boca abierta y los ojos desmesurados y llenos de pánico. No, yo prefiero quedarme con sus ojos del sábado; cuando le dije que estaba embarazada y me miró con esperanza y hasta con alegría.

Lo que no logro entender, y en el fondo me da miedo sólo de pensarlo, es de dónde rayos sacó Esteban tanto dinero de la noche a la mañana. Me da miedo averiguar más y sólo espero que no termine en la cárcel. Eso para mamá sería un golpe mortal.

De la que creo que sí podría hacerme amiga es de Laura, la novia de Esteban. Bueno, aún no sé si son novios o no, porque, de hecho, ni ella misma lo sabe; pero me pareció una niña muy linda y muy amable. Antes de conocerla me caía mal sólo de pensar en el episodio aquel en que Esteban la llevó a visitar a papá. Lo cierto es que no fue culpa suya, y luego de platicar un buen rato con ella me simpatizó de verdad.

En cuanto se enteró, llegó al velatorio para hacerle compañía y a pesar de que ni caso le hizo, ella estuvo a su lado toda la noche. Me hubiera encantado tener ahí junto a mí a Rodrigo, o a cualquier otro que me amara de verdad y me tomara de la mano y me hiciera sentir que todo saldría bien.

Fuimos por un café y en vez de volver a la capilla con vasos desechables, decidimos sentarnos sin prisas y a platicar un rato. Me dijo que comprendía por lo que estaba pasando, porque hace muy poco que habían matado a su papá; aunque no quiso entrar en detalles, y yo no quise preguntarle más porque me di cuenta de que era un tema muy fuerte y doloroso para ella. También me contó cómo conoció a Esteban y la verdad es que por más que lo intento no me lo puedo imaginar entrando en una galería de arte para comprar un cuadro. Además, por las fechas que me dijo, era la época en que no tenía un centavo y yo tenía que andar atosigándolo para que pusiera su parte de los gastos de papá. Es muy posible que lo que sea que está haciendo para tener tanta solvencia repentina haya empezado a hacerlo justo por ese tiempo y quiso darse un gusto. Pero, ¿un cuadro? En fin, cada cabeza es un mundo.

El caso es que se enamoraron y, por algunas razones en las que no quiso ahondar, ahora están distanciados y no está segura sobre si van a continuar como pareja. En lo que sí ahondó, y sin necesidad de que le preguntara demasiado, fue en que está embarazada. "¿Y es de Esteban?". Se que fue una pregunta un poco violenta, pero la verdad se me salió. "¡Claro!... ¿De quién más?". Me respondió un poco ofendida, pero enseguida lo olvidó. "Perdón... es que no me puedo imaginar a mi hermano con un hijo". Le pregunté qué pensaba hacer y me dijo que aún no sabía. Yo pensé enseguida en lo lindo que sería que Sebastián tuviera un primito exactamente de la misma edad, pero aquel no era asunto mío.

No sé qué fue lo que me pasó pero la vi tan triste, tan vulnerable, y me sentí tan ilusionada de que pudiera conservar a su hijo, que no pude reprimir el deseo repentino de confesarle que yo también estoy embarazada. Todavía no tengo claro por qué lo hice, pero no me arrepiento. "Se va a llamar Sebastián", le dije con absoluta certeza. Ella me miró el vientre totalmente plano. "Pero tienes muy poquito... ¿y si es mujer?". "No es mujer... es Sebastián". Me sonrió divertida y al menos eso sirvió para relajar un poco la tensión. "¿Y por qué quieres que sea hombre?". "No es que quiera o deje de querer, simplemente así es... así lo siento". Ella frunció un poco el ceño de desilusión. "Yo no siento nada". Quise reconfortarla. "Quizá más adelante". Brindamos con café y volvimos a la capilla donde Esteban continuaba en una esquina profundamente dormido y mamá seguía dándole vueltas y más vueltas a su rosario.

El resto de la noche lo pasé sentada junto a mamá y quizá logré cabecear algunas veces, pero no fui capaz de dormir. Cada que volteaba, me moría de coraje al ver a Esteban roncando como si estuviera en su cama.

Laura. Cuaderno nuevo, 16 de octubre

No dormí en toda la noche por acompañar a Esteban durante el velorio de su papá. Más allá del cansancio, me desespera no ser capaz de entender lo que pasa por su cabeza. Sé que hoy las circunstancias no fueron las propicias, pero pasan y pasan los días y por una razón o por la otra nunca hablamos de nosotros. Aunque tampoco soy ciega y me doy cuenta, en especial por la manera de comportarse conmigo, que ya no quiere seguir con la relación.

Fue el velorio más extraño al que he asistido en mi vida porque no llegó nadie. Sólo estaba la esposa y los dos hijos. Sé que tienen más familia y supongo que el señor tendría amigos, conocidos, qué se yo. Únicamente miraba la puerta para ver a qué hora aparecía un visitante o al menos un arreglo de flores, pero jamás sucedió. Le pregunté a Esteban y no me dio mayores explicaciones; simplemente me dijo que fue decisión de su mamá, que no quería ver a nadie. La verdad a mí me hubiera encantado que el velorio de papá fuera así. Me habría librado de decenas de pésames hipócritas y de otros tantos sin significado alguno.

Anoche por fin conocí a su hermana Elisa. Es una mujer muy guapa y en cierto sentido imponente. Al principio parece inaccesible, dura, lejana; de hecho me recordó mucho al Esteban actual, con el que no encuentro la forma de cruzar dos palabras. Pero luego de platicar con ella un rato me pareció agradable, al grado de sentirme con la confianza suficiente como para hablarle con franqueza.

En un principio no tenía la intención de hacerlo, pero en cuanto se dio la oportunidad le dije, sin rodeos, que estaba embarazada de su hermano. La verdad lo tomó con bastante calma. Le dije que estábamos distanciados, que no entendía por qué de pronto era así conmigo y que no quería decirle lo del embarazo hasta no saber lo que piensa sobre nosotros. Ella me dijo que su hermano siempre le ha parecido un enigma y que tampoco lo sabe interpretar. Hizo mucho énfasis en que seguir o no con el embarazo debía ser una decisión mía. "A Esteban no me lo imagino con un hijo... como es de comodino estoy segura que te va a pedir que no lo tengas. Mejor imagínate que estás sola y decide si quieres tenerlo o no... pero tiene que ser una decisión tuya; si no, te vas a arrepentir toda la vida... créeme". Luego me tomó la mano y me dijo que le encantaría tener un sobrino.

Supongo que ella también se sintió en confianza conmigo porque luego de un rato de platicar, me confesó que ella también está embarazada y que no se lo ha dicho a nadie todavía. Según ella, es un embarazo planeado, pero yo estoy segura de que le pasó como a mí, y en una de ésas hasta peor porque se me hace que no sabe ni quién es el papá.

Yo le dije lo confundida que estoy, y que, aun en el caso de que Esteban se quede conmigo, no sé si quiero o no tener ese hijo, y una vez más fue tajante: "Es mi hermano pero, en este caso, olvídate de Esteban... Piensa lo que quieres tú y luego hazlo; ya que hayas decidido, que él piense si bajo esas condiciones quiere estar contigo o no". Me asustó un poco tanta dureza. "¿Y no tiene derecho a saber?". "¿Derecho? ¿Derecho de qué...? Ni siquiera ha sido para decirte si te quiere o no; ni siquiera está aquí a tu lado... ¿Cuál derecho?". Le confesé que me sentía sola y que estaba aterrada. Ella me sonrió y me tomó la mano de nuevo, mientras me decía que hasta hace muy poco ella se sintió igual. No sé si estoy de acuerdo con ella pero me gustó que me hablara así porque parecía que la hermana era yo y no Esteban. Pensé en Luisa y estuve segura de que ella me diría exactamente lo contrario: habla con él, oblígalo que se haga responsable, convéncelo a cómo dé lugar para que se case contigo y si luego no funciona, pues se separan, pero al menos tu hijo tendrá un apellido, un padre... ¿Cuál será la que tenga razón? ¿O será que no hay una razón, sino una verdad para cada quien?

Volvimos a la capilla y por suerte Esteban se había quedado dormido. No quise despertarlo y hasta agradecí que así fuera porque pude seguir pensando y dándole vueltas a la conversación que acababa de tener.

Por fin se hizo de día y bajaron el cuerpo. Salimos rumbo al panteón en una singular caravana de sólo dos coches. Elisa se vino conmigo. Nos fuimos platicando todo el camino como si nos conociéramos de siempre. Me habló de su papá, de cómo se enfermó y de cómo todos en la familia se devastaban de verlo así.

Al terminar la ceremonia, se fueron los tres a comer en familia y yo pasé un rato por la galería. Jana estaba feliz y no era para menos. Había vendido uno de los poquísimos cuadros que nos quedaban; y, aunque no era de los más caros, al menos sirvió para sacudirnos un poco de la mala suerte. Le encargué que cerrara y volví a casa. Estoy muerta de cansancio. Le voy a pedir a Juanita que me prepare algo de comer y trataré de dormirme temprano, porque mañana es martes y tengo que madrugar para mi clase.

Diario de Elisa, 17 de octubre

Hoy fue el primer día sin papá. Cuando me levanté, mamá ponía en orden el antiguo cuarto de Esteban. Yo tenía el tiempo justo, pero me ofrecí a ayudarla. No me dejó. Supongo que quería estar sola, lidiar con su nueva realidad por sí misma. Yo lo entendí como una especie de ritual que iba de la despedida al exorcismo de malos recuerdos. Tenía una buena cantidad de bolsas de basura en las que puso todo: medicinas, gasas, las bolsas de alimento que sobraron, sondas, cómodo, pato, la tina que usaban para bañarlo con esponja, la almohada ortopédica, las normales, el colchón de aire para prevenir las llagas, en fin, todo. Era cierto que dolía imaginar el destino que le esperaba a todo aquello, sólo de pensar en lo que había costado; pero a fin de cuentas ya no serviría para nada y sólo traería malos recuerdos. Papá ya no estaba y lo mejor era volver a como estábamos antes del ataque y echar de menos la ausencia del hombre sano, completo.

Desde muy temprano me llamó Lilia para decirme que Willy quería darme tres días de descanso para que me recuperara, pero yo me negué y lo hice aún con más vehemencia cuando me dijo que esos días serían pagados. Ni quería deberle un favor a Willy ni quería quedarme en casa a respirar angustia y tristeza.

Trabajé toda la mañana en la promoción de una nueva tienda de ropa en Antara y, la verdad, el tiempo se me pasó volando; pero cuando salimos a comer, no pude dejar de pensar en Rodrigo. Ya estábamos a martes y seguía sin dar señales de vida. No sabía si llamarle o continuar esperando, y en el caso de esperar: ¿hasta cuándo? Por suerte recibí su llamada antes de las seis. Cuando revisé mi teléfono y vi que era de su número, me aparecieron de golpe todas las mariposas del mundo dentro del estómago por la emoción de escuchar su voz. Pero en cuanto respondí, todas esas ilusiones se me fueron al piso, porque antes de decirle nada comenzó a gritarme y a llenarme de reproches por haberle llamado el sábado, cuando yo sabía de sobra que estaba con su familia.

Me dijo que no podía creer que yo le hiciera una cosa como ésa; que él pensaba que lo entendía; que siempre me había hablado con la verdad, como para tener una reacción como la que tuve. No puedo negar que tenía razón, pero saberlo no servía para que me doliera menos. Yo lo escuchaba paralizada de terror, porque me daba cuenta de que lo había perdido. Tenía que hacer algo para remediar la situación o al menos para que dejara de gritar; para intentar bajarle el enojo y que accediera a vernos siquiera una vez más. Tenía muchas ganas de llorar y al principio me contuve, pero al no encontrar palabras, pensé que quizá algunas lágrimas servirían para ablandarlo. Me dejé llevar por la tristeza y en pocos segundos me convertí en un mar de llanto. "No me sirve de nada que llores... lo que necesito es que te comportes como una mujer adulta". El tono cambió. Seguía enojado, no hay duda, pero los gritos bajaron de intensidad, convirtiéndose en regaño. Comprendí que ése era el camino: mostrarme abatida y débil para darle la oportunidad de ser magnánimo, de perdonar. "Perdón... es que estaba desesperada y no sabía qué hacer... no sabía a quién recurrir". "¿Pero qué te pasó?". Con una sola frase había recuperado el control. No lo había planeado así, pero no tuve más remedio. Al final pensé que era algo bueno para Sebastián y que ya no le hacía daño a nadie. Sorbí la nariz y liberé otro sollozo. "Eli, cuéntame que pasó... me estás asustando". Otra vez sollocé bien fuerte. "Es que se murió mi papá". Al menos traté de moderar el tono para no parecer una mala actriz de telenovela. Tal y como esperaba, se quedó petrificado sin poder responder. De ahí en adelante todo fue cuesta abajo. "Pero, ¿cuándo?... ¿cómo?". Papá murió al día siguiente de la llamada, pero tampoco tenía por qué darle los detalles exactos; de lo que se trataba era de arreglar las cosas por el bien de Sebastián. Además, no podía considerarse una mentira, porque papá efectivamente había muerto. "Bueno... morir, morir, murió el domingo... pero el sábado en la mañana se puso muy grave". Otro silencio; mi frase había resultado devastadora. Cerré los ojos y le pedía a papá que me perdonara. Estoy segura de que me entendió, porque sabe que esto es lo mejor para su nieto. "Perdóname, flaquita, no tenía idea...". La victoria era total. Lo había desarmado por completo, y ahora tenía la ventaja de mi lado. "No tenías cómo saberlo... sé que no debí llamarte... perdóname... es que me sentí muy sola". Es increíble lo que puede hacerse con las personas cuando se dicen las palabras correctas. "No, perdóname tú por la forma en que te contesté... no eres así y debí saber que se trataba de algo importante". Respiré con tranquilidad, porque ya estaba todo arreglado. "Sé el lugar que ocupo... y te juro que no quiero interferir en tu vida, ni mucho menos dañar a tu familia...". A fin de cuentas, las mentiras piadosas existen, y éstas eran sólo por Sebastián. "Ya sé que es un poco tarde para decirlo... pero si necesitas algo, lo que sea, dímelo". Sí necesitaba algo, necesitaba cerrar esa conversación con broche de oro, sólo que eso no me lo podía dar él, sino que tenía que lograrlo yo, con mis propias palabras, por eso le hablé con toda la ternura que me fue posible. "No, Ro... gracias. No fue fácil, pero entre toda la familia logramos arreglar las cosas... aunque, bueno... quizá sí necesite algo... quizá un abrazo...un abrazo lindo cuando te vea... claro, si después de lo que te hice quieres volverme a ver...". Otro silencio largo. Por un instante creí que se me había pasado la mano, pero en realidad, todo lo contrario: lo maté. Se le cortó la voz cuando me dijo que me quería, que de verdad lo perdonara por insensible.

Quedamos de vernos el jueves desde la hora de la comida, y me aseguró que cancelaría todas sus citas de la tarde para ya no tener que regresar a la oficina y pasar juntos todo el tiempo posible. De veras... perdón papá... una vez más perdón, pero era necesario.

Cuando volví a casa no cabía en mí de la alegría; pero se me borró enseguida al ver a mamá mirando la televisión como hipnotizada. Cenamos juntas y casi no comió; tampoco decía una palabra que no fuera indispensable. Quizá debería decirle lo de Sebastián para que se ilusione; pero también hay el riesgo de que se deprima más, así que mejor me espero unos cuantos días.

Me llama la atención su mirada. No soy psicóloga, ni médium, pero juraría que más que tristeza, la mata la culpa. Es posible que igual que yo lo haya imaginado muerto, y ahora se sienta responsable. Trato de platicar con ella de cualquier cosa, pero sólo logro sacarle monosílabos; me desespero y termino dejándola por la paz. Hay que darle un poco de tiempo para ver si se repone. Ojalá muy pronto vuelva a ser la de antes, porque aquella es la abuela que necesita Sebastián.

Reinaldo

Como me indicó, llegué a casa de Pepe a mediodía. Tenía que aparentar calma, pero por dentro me llevaba la chingada. De camino, para quitarme un poco de estrés, le hice una llamadita a Esteban, para que no creyera que me había olvidado de él. Pobre cabrón, pensé mientras lo escuchaba balbucear que sí, que ya la iba a matar y que ya no lo estuviera chingando. Me divertía pensar que, una de dos; o lo iba a volver el Chacal más cabrón del mundo, o terminaría internado en el manicomio. Pero como todo lo bueno se acaba, terminamos por colgar y yo llegué por fin a casa de Pepe.

Ese martes salía de viaje para arreglar lo de la separación de su primera esposa, que vive en Michoacán con sus dos chamacos, para luego poder casarse con la reputísima de Ivonne. Mientras tanto, me dejaba encargado de vigilarla para saber si era ella la que lo estaba traicionando.

Claro que era de no creerse. Yo estoy de acuerdo en que el plan de Pepe era una verdadera mamada, y que no sé cómo se le pudo ocurrir; pero ya lo ven, en la vida hasta los más vergas tienen sus ratos de pendejez. Lo cierto, y no es ningún secreto, es que cuando uno está enculado con una vieja, puede hacer las pendejadas más increíbles y creer que es lo normal. Y no, tampoco me hago pendejo; yo me moría de ganas de estar cerca de la güila esa. Se me había metido muy adentro y así, igualito que Pepe, yo tampoco podía pensar con la cabeza de arriba.

No tenía la más puta idea de cómo iba a cumplir con esa encomienda chaquetera y mucho menos sabía qué chingados le iba a decir a su regreso. Yo estaba totalmente confundido, encabronado, lleno de celos, y lo único que de verdad quería era romperle la madre a la pinche vieja y luego sacármela de la cabeza para siempre. Pero hay cosas que, por más que uno las quiera, nomás no pasan.

Me recibió en su despacho antes de sentarnos a desayunar. "Ya está todo arreglado. Voy a dejar al pinche Gordo encargado de la casa y de todo el pedo doméstico; pero ya le dije que tienes varios pendientes aquí para que te instales estos tres días y así puedas entrar y salir con toda libertad y estés muy a las vergas con ella. El Mulato te va a entregar la grabación de sus llamadas y el chofer la bitácora del día, pa'que no haya pierde". Agüevo que me cagué... si tenía su teléfono intervenido, ¿cómo chingados no me había cachado? Ya luego supe que la muy perra tenía otro número que le había conseguido una amiga y desde ése hablaba conmigo. Puta a lo mejor sí, pero pendeja definitivamente no era. Pepe, mientras tanto, seguía con sus instrucciones. "De lo que se trata es de que te enteres de lo más posible. Habla con ella, síguela, ve con quién habla, a dónde va. Ponla peda, dale mota si quieres, pero sácale la sopa... tú ya sabes qué pedo".

Yo no decía nada porque no sabía qué decir. Nomás ponía mi carita de pendejo y decía que sí con la cabeza, como los pinches monitos que ponen en los parabrisas de los micros. "Le dejé al mismo chofer y a uno de los guarros, pero le quité a los otros dos pa'que se sienta más libre; así que ponte a las vergas, no vaya a salir peor el caldo que las albóndigas". Ahora sólo faltaba que si andaba de puta fuera mi culpa. Yo, de todos modos le dije que sí a cuanta mamada sugería. Mandó llamar al Gordo y volvió a decirle delante de mí que yo me quedaría en la casa y que tenía vía libre para hacer lo que quisiera, y para supervisar los movimientos de Ivonne durante su ausencia. El pinche Gordo también le decía que sí a todo, pero me veía con ojos de pistola y nomás meneaba la cabeza cuando Pepe no lo estaba viendo, y yo le respondía poniéndole cara de "Ni modo, güevón... órdenes son órdenes y te chingas". Luego, ya de despedida, me invitó a que desayunara con él; y en cuanto nos sentamos apareció ella.

Por la cara que puso no esperaba verme ahí y le costó mucho trabajo disimular su nerviosismo. Entendí que el pinche Pepe no le había dicho nada. Ella se sentó y veía a Pepe y luego me veía a mí y no entendía ni madres. Mientras desayunábamos, Pepe le comunicó que yo andaría por la casa, porque me había dejado encargado de varios asuntos, pero que no interferiría con sus cosas. Ella como que empezó a entender y luego luego me miró con malicia, con esa cachondería habitual que se le salía por los poros tan pronto se acordaba de que era una mujer. Yo le correspondí con sonrisas pero por adentro sentía asco de ella y de mí, por ojetes, pero tampoco lo podía evitar, porque esa atracción, esa necesidad de ella, de su cuerpo, de su olor, era más fuerte que yo. Veía a Pepe dándole sus explicaciones pedorras y me daban ganas de agarrarlo a zapes por pendejo, pero al mismo tiempo me recorría el cuerpo una excitación tan grande que apenas tenía fuerza para contenerme y encuerarla ahí mismo, delante de él.

Por si faltara algo, remató su discurso diciendo que yo era de toda su confianza y que si tenía cualquier problema recurriera a mí. Por supuesto que ella no perdió la ocasión para ponerme los güevos todavía más duros. "Te prometo que eso voy a hacer". Y se me quedó viendo, con una de esas miradas puercas que le salían tan naturales, mientras el otro cabrón le ponía mermelada a una concha sin darse cuenta de nada.

Al final, cuando ya se iba, la abraza de la cintura y todavía me dice: "Cuídamela mucho", y luego, con una sonrisa de oreja a oreja: "Es lo más valioso que tengo". Después se miran como pinches tórtolos y él la besa y ella le corresponde y la puta sangre se me sube a la cabeza y al mismo tiempo se me paró la verga hasta lo máximo y yo quería gritar de puro coraje y frustración. Naturalmente me mordí un güevo y aguanté vara y puse mi carita de "Ahhh... qué lindos" y luego de besarlo a lo cerdo, me miró con su sonrisa de perra en celo y yo ya no aguantaba más; pero el pinche Pepe no terminaba de irse. Entendí que podía estar más enculado que ningún otro cabrón en el mundo pero a ella lo que yo sintiera le valía madres. Era evidente que a la muy perra le gustaba jugar; estaba decidida a amarrarlo, pero sin renunciar a mí o a cualquier otro que en su momento la hiciera sentir esa emoción y la excitara lo suficiente. ¿Cómo podría pasar tres días ahí sin terminar de cagarla por completo? No tenía la más puta idea.

Me seguía dando instrucciones, así que debí acompañarlos hasta la puerta, donde tuve que presenciar una despedida más. Otra vez la llenó de besos y le magulló las nalgas como si estuviera exprimiendo toronjas maduras. Por fin salió de la casa, mientras de nuevo me quemaban los celos y la furia, y no sé de dónde saqué la fuerza para no mandar todo a la chingada. La deseaba más que nunca y necesitaba sus pinches caricias como al aire; a la vez quería serle leal a Pepe, que siempre había sido leña conmigo, y gracia a él estaba donde estaba; y de paso bajarle de güevos para no seguir poniendo mi vida en peligro, como de hecho ya lo estaba desde que empecé a coger con Ivonne. Odiaba estar ahí, odiaba tener que pasar tres días bajo el mismo techo que ella, y a la vez estaba feliz porque en el fondo sabía que esos serían los tres mejores días de mi vida. Además, las mismas circunstancias conspiraban para que me aventara de cabeza en el infierno. Ya desde el estribo de la camioneta le da una última nalgadita de despedida y todavía le dice: "Enséñale aquí a Rei el cuarto donde se va a quedar... quiero que se sienta como en casa". Y la muy puta: "Claro mi amor... te prometo que orita mismo lo hago". Y yo en medio de los dos, sonriendo como un pendejo y sin dar crédito a una situación tan irreal. Pepe subió a la camioneta y comenzó a abrirse la puerta eléctrica e Ivonne me miraba con esa sonrisa perversa. Y yo quería que me tragara la puta tierra y al mismo tiempo que me desesperaba que la pinche camioneta tardara tanto en largarse de una puta vez y dejarnos solos.

Cuando por fin Pepe salió rumbo a Morelia, Ivonne me tomó de la mano y me llevó a sentar a la salita del jardín. "¿Ya me vas a decir?". "¿Decir qué?". "Para qué te citó el viernes... para qué estás aquí... Supongo que no serás mi regalo de bodas... Pepe nunca ha sido tan tacaño". Y me regaló una sonrisa espectacular mientras se sentó a mi lado y trató de besarme, pero yo le volteé la cara. "Porque sospecha que te lo estás chingando... a lo mejor no es tan pendejo como crees". "¿Y te dejó para cuidarme...? Al contrario... parece que es mucho más pendejo de lo que creía". Y sonrió con su malicia de siempre antes de meterme una buena puya. "A menos de que también sospeche de ti y los pendejos seamos nosotros". Se me hizo un pinche hoyo en la panza del tamaño de mi miedo. Ni siquiera lo había pensado, pero era cierto; aquello podía ser una puta trampa. Empecé a voltear hacia todos lados buscando cámaras y no sé qué cara puse que Ivonne se cagó de la risa. "Oye, no seas güey... lo dije de broma. Estoy segura de que en ti sí confía". Yo no le dije nada pero sabía que nadie llega al nivel donde estaba Pepe gracias a andar confiando en la gente. Quiso besarme de nuevo y la rechacé. "Eres una grandísima puta". Ella soltó una carcajada. "Seguramente te molesta...". Yo traté de disimular las ganas que tenía de desnudarla ahí mismo. "No, a mí en realidad me vale madres lo que hagas con tus nalgas... pero me preocupa que lastimes a Pepe... él siempre ha sido ley conmigo". De nuevo se cagó de la risa. "No mames, Rei... si así le vas a mentir a él, nos van a matar a los dos". Cambió a su tono perverso que tanto me gustaba. "Quiero ver cuánto te preocupa que lo lastime...". Y bajó la mano hasta acariciarme la entrepierna y en menos de dos segundos tenía una erección de campeonato mundial. "Pepe me ordenó que te enseñara tu cuarto... ni modo que lo desobedezca". Me hubiera gustado tener la fuerza de voluntad para mandarla a la chingada, apartarle la mano y reventarle los dientes con un bofetón por jugar así conmigo, pero me era imposible controlar tanto deseo.

No pude decir nada más. Me tomó de la mano, y me condujo hasta el fondo del pasillo de la planta baja. Yo estaba hipnotizado con el contoneo de sus nalguitas duras rebotando dentro de esos pantalones ajustados, y así me hubiera conducido al cráter ardiente de un puto volcán yo me hubiera tirado de mil amores sin darme cuenta siquiera. Entramos en una habitación pequeña, que tenía sólo una cama matrimonial, una tele y un baño. Tan pronto cerró la puerta nos arrancamos la ropa y cogimos como fieras y me valió madres la vida. Nunca estuve tan fuera de mí, tan fuera de control que no tuviera conciencia de lo que hacía, y al mismo tiempo, nunca había sido tan yo, nunca me había parecido tanto a quien en realidad era, como durante esos tres días refugiado entre las piernas de Ivonne. Nunca había estado tan vivo, tan pleno, al grado de que no me importara más que el momento que vivía; ese presente efímero, que cuando se va duele como si le arrancaran a uno con saña la costra de una herida profunda. Por primera vez en mi vida disfruté de cada segundo sin preocuparme de nada, sin que me girara la piedra pensando en las consecuencias, sin escatimar los peligros y los riesgos, porque en esos momentos yo sólo tenía cabeza para ella, para Ivonne.

¿¡Quién chingados dijo eso!? Nomás que sepa quién eres puto... verás como te carga la verga. No, no me arrepiento de ni madres. Si volviera el tiempo atrás lo volvería a hacer igualito. De toda mi vida, ésos son los únicos momentos que de verdad valieron la pena. Los antros, los viajes, el perico, los coches, el resto de las cosas valieron pura madre en comparación con esos tres días. Fueron puro relleno, pura pacotilla... Esos días en casa de Pepe sentí el terror sordo que paraliza y supe también lo que era entregarse de veras a una mujer. Durante esos días entendí que lo perfecto, lo supremo, lo indescriptible, sí existe; el pedo es que somos humanos y somos tan pendejos que queremos que dure para siempre, pero eso no puede durar, porque dejaría de ser perfecto para volverse cotidiano. Y sí, se acabo... ni pedo.

Luego del revolcón Ivonne se me durmió sobre el pecho, y yo la veía muy fijamente para que se me grabara, para recordarla por siempre así, para que nunca se me fuera a olvidar ese momento, porque sabía que muy pronto se acabaría. Le acariciaba el pelo, todavía húmedo de sudor, y me daba cuenta de que aquello era demasiado chingón y demasiado peligroso para que no tuviera consecuencias, pero a fin de cuentas, esa cabrona lo valía.

Esteban

Para cuando me despertó el timbre del teléfono, me sentía lleno de dolores musculares y había perdido la noción del tiempo. Las cortinas estaban cerradas y en primera instancia yo no tenía idea si era de día o de noche. Levanté el auricular para encontrarme con la voz burlona e inconfundible de Reinaldo. "¿Todavía dormidito? Por eso se te va el tiempo y luego te ganan las prisas". Por lo menos esa llamada sirvió para que mi angustia se convirtiera en una mezcla de coraje y fastidio. "Y ahora qué quieres". "Que no te vayas a olvidar de que todavía tienes cosas por hacer... Recordarte que de veras soy tu amigo y no quiero que me obligues a joderte más". Aquella letanía ya me tenía cansado, pero al menos servía para recordarme que no pensaba quitar el dedo del renglón y que, en efecto, no se tentaría el corazón para destruirme por completo si lo consideraba necesario. "Sí, ya sé, ya sé...". "¡Qué bueno! Porque ya es martes y sólo te quedan cuarenta y ocho horas... Por cierto que tu hermanita es todo un mujerón... ¿cómo no me la presentaste antes?... En una de ésas, hoy serías mi cuñado...". Ya no le respondí nada. Ya ni siquiera sentí enojo, ni miedo, ni angustia, ni nada. Estaba tirado en la cama, mirando al techo, y el cuerpo me pesaba una tonelada, y escuchaba a Reinaldo pero sin escucharlo ya. "¿Estás ahí? ¡Reacciona, chingao...! Lo único que quiero es que cumplas para dejarte en paz, pero si la cagas de nuevo...". El fastidio ya era insoportable. "¿Y si en vez de Elisa me matas a mí?". "Ah, no... eso es de agüevo, nomás que eso será hasta el último... o sea, si no haces tu parte, no va a ser en vez de, sino además de... ¿me captas?". Abrí el cajón del buró y saqué la pistola, la observé con detenimiento por todos lados y luego probé que ajustara a la perfección en mi sien derecha. "¿Y si orita mismo me pego un tiro? Todo se acaba... ¿no?". Por primera vez lo dejé mudo por un instante. ¿Sería posible que por fin Reinaldo no supiera qué responder? Pero no, de inmediato retomó el control. "Te faltan güevos...". Y sí... me faltaban. "Pinches teléfonos, son una mierda, ya ni siquiera se escucha un buen balazo... Mira, bróder, déjate de pendejadas... Sabes perfecto que eso no cambiaría las cosas... yo tengo cuentas que entregar y la hija de Villegas se va a morir de todos modos... y si te matas, te juro que lo de tu hermanita lo voy a hacer de a gratis... claro, tampoco soy ningún ojete inhumano y no la voy a matar sin ponerle primero el cogidón que se merece...". De pronto nada tenía sentido y me di cuenta de que en realidad ya no me importaba mayormente. A Laura la veía cada vez más como un ser lejano, perdido en el pasado, y me quedó la impresión que desde la última noche que pasamos juntos no habían transcurrido apenas unos días, sino una eternidad completa. "Está bien... voy a matarla antes del jueves, pero ya no me estés chingando... por favor". "¡Ése es mi muchacho...! Nos vemos el jueves en el Esperanto para echar unos alcoholes y brindar por los viejos tiempos... En una de ésas todavía podemos salvar lo nuestro...". Lo último lo dijo como si recordara la letra de un bolero, pero, por supuesto, con ese tono burlón y cínico que sabía usar como nadie.

Por fin colgó, y yo me levanté como pude y apenas tuve fuerza para llegar a la cocina y prepararme un café. Me senté a tomarlo frente a la ventana, y conforme la cafeína me hacía reaccionar, comprendí que hiciera lo que hiciera ya nada podría volver a ser como antes; que hay límites, fronteras, que una vez que se cruzan ya no se pueden desandar y que el Esteban que salió aquella mañana para ejecutar al licenciado Joaquín Villegas ya no regresó nunca y ahora tenía que entenderme con el desconocido que tomó su lugar.

Arrastrando los pies, fui hasta el baño y me paré frente al espejo por un rato largo. La figura que se reflejaba en él era en cierta forma la misma, pero en el fondo, no. Traté de reconocerme en aquellas mejillas hundidas, en esos pómulos prominentes, en esa melena desordenada, en esas facciones tan familiares, pero ahora sin expresión. Me vi como un ser en plena metamorfosis. Me acordé de una serie de televisión que veía en la adolescencia, donde los extraterrestres tenían facciones humanas pero al arrancarse la cara eran en realidad lagartos. Así era ese nuevo Esteban, una fachada que parecía la de siempre, pero dentro había un lagarto o un chacal, como nos llamaba Reinaldo, o simplemente una fiera indescriptible, con enormes poderes destructivos. No, no tenía idea de qué podría aparecer debajo de mi cara de antes, pero me quedaba claro que sentía un profundo terror de averiguarlo. Me veía las manos y ya no pude reconocerlas; eran los mismos ojos pero ya no veían igual; ahora todo parecía más gris, más oscuro y quise preguntarme en qué me estaba convirtiendo; pero me daba miedo conocer la respuesta.

Pensé de nuevo en papá, y ya ni siquiera me dolía. Era como un extraño y de pronto me convencí de que morir fue lo mejor que pudo pasarle; de hecho, hasta lo envidié. De no haber sucedido, en ese preciso momento estaría postrado en su cama mirando al techo sin poder decir o hacer nada, y viendo cómo las manecillas del reloj lo conducían lentamente hacia la nada y sin la menor esperanza. ¿En serio aquello era vivir? ¿No será que de veras en el fondo Reinaldo le hizo un favor? Me arrepentí de no haber tenido el valor de pararme frente a él y preguntarle si quería seguir viviendo; pero de cualquier manera ya me había liberado de esa responsabilidad, porque alguien lo había hecho por mí. Por más que pretendiéramos negarlo, en el fondo sabíamos que aquella muerte había sido un descanso para todos. Para él, sin duda; pero también para mamá y para Elisa, y sí, por qué no, también para mí. Era un problema menos por el cual preocuparse, y ahí, frente al espejo, decidí que había que darle la vuelta a la página y simplemente recordarlo como era cuando estaba sano, y pensar que fue la enfermedad, ese ataque que nos lo robó hace cuatro meses, el que realmente lo mató y no mi cobardía por no haberme atrevido a matar a Laura cuando debí hacerlo. Pero ahora el problema era muy distinto porque Rei tenía la mira puesta en Elisa y eso no lo podía permitir. De una forma o de otra, tanto Laura como yo nos habíamos involucrado con la gente equivocada y ahora teníamos que pagar las consecuencias, eso no tenía vuelta de hoja, pero tenía que evitar que Elisa también participara de una situación en la que no tenía nada que ver.

Salí del baño fortalecido, sereno. Era la primera vez en muchos días que sabía lo que tenía que hacer: matar a Laura Villegas. Aunque aún tenía pensamientos y emociones que contradecían esa certeza, sentí que por fin había encontrado la fuerza y el coraje necesarios. Decidí llevar a cabo un acto simbólico que, por un lado, no tuviera vuelta atrás y por el otro reflejara mi nueva condición de convencido.

Fui a la cocina y tomé el cuchillo más grande que encontré y luego volví a la sala y me puse de rodillas frente al cuadro. Lo recordé por última vez, colgado en la pared de la galería de Laura y luego empecé a apuñalarlo y a desgarrar la tela de arriba abajo. Lo hice una y otra vez, hasta dejar apenas jirones de tela salpicados de color que ya nunca podrían volverse a unir. Con cada cuchillada, con cada desgarre vertical, hasta que el cuchillo topaba con el bastidor de madera, yo sentí que rompía, una por una, las miles de cuerdas que me tenían atado a esa mujer tan espléndida. Cuando por fin terminé de destruirlo, me sentí liberado. Estaba convencido de que Laura ya no me dolía y que tampoco me dolía no reconocerme a mí mismo. Era quien era y lo demás importaba muy poco. Ahora, el nuevo objetivo del nuevo Esteban era sobrevivir a toda costa y por encima de cualquier contrariedad. Volví a sentirme poderoso y sin la menor culpa, tal y como me sentí luego de ejecutar al licenciado Joaquín Villegas.

Laura. Cuaderno nuevo, 17 de octubre

Hace mucho que no podía decirlo y realmente dudé de que en algún momento pudiera repetirlo, pero lo grito con todas mis fuerzas: estoy feliz.

Hoy en la tarde, cuando ya ni siquiera lo esperaba, me llamó Esteban. Parece que por fin logré recuperarlo. Apenas ayer lo di por perdido luego del funeral. Pero hoy, de pronto, su tono de voz fue el de siempre, el de antes, el que me conquistó e hizo que me enamorara a pesar de todas las dudas y contrariedades.

Me levanté muy cansada y di mi clase sin la concentración habitual. Cuando llegué a la galería, me tardé unos minutos en comprender la felicidad de Jana, que me recibió a gritos porque los que habían comprado el cuadro el día anterior llamaron en la mañana para agregar al pedido una segunda pieza. Realmente Jana no cabía de gusto y para ese momento ya traía en la mano una copia del estado de cuenta del banco para enseñarme el depósito que habían hecho. "Mira, Lau... ya nos pagaron los dos... Mañana se los entrego y con eso empezamos una nueva etapa. Ya verás lo bien que nos va a ir...". Me contagió su alegría y por eso me alegro de tenerla cerca. Espero que sea cierto y que con esta venta deje atrás la maldición que me persigue. Espero que podamos contactar a nuevos autores que confíen en nosotras, nuevas piezas, nuevas exposiciones, nuevas esculturas, nuevas lecturas de poesía con música de cámara y muchos invitados ricos y *snob*, que vean la compra de arte como la actividad de moda. Con el tiempo la gente olvida, sólo es cuestión de que tengamos un poco de paciencia y otro poco de fortuna.

La verdad es que aunque me contagió buena parte de su alegría, para ese momento aún no lograba disfrutarlo como ella. Me ilusionaba, sí; pero aún tenía constantemente en la cabeza la imagen de Esteban absorbiendo mi atención. Pero todas esas preocupaciones terminaron luego de la comida, cuando recibí su llamada.

Por fin, luego de muchos días, fue cálido y amoroso. Quiso saber cómo estaba, cómo me sentía. Se disculpó por haber sido tan hosco durante el velorio de su papá e insistió en saber que había sucedido en mi vida desde la última vez que estuvimos juntos. "A poco todavía te acuerdas", le pregunté con sarcasmo. Volvió a disculparse por su insensibilidad y me dijo que estaba confundido pero que la muerte de su padre lo había hecho pensar y valorar muchas cosas de manera diferente. Luego me dijo que yo era lo mejor que le había pasado en la vida y que por fin entendía lo mucho que me amaba y la falta que le hacía. Me conmovió, para qué más que la verdad; incluso ahora debo hacer la letra más chica de lo habitual para que el temblor de manos por tanta emoción no haga esto ilegible.

Platicamos un buen rato. Le conté de mis problemas con Luisa, mi despido de la universidad y que Daniela me había renunciado en la galería luego de que nos cancelaran las exposiciones que teníamos planeadas para antes de fin de año. Le dije un poco de todo, menos lo del embarazo; para esa noticia no era el tiempo ni el medio.

Traté de mostrar fuerza y entereza. Le dije que sí, que estaba un poco triste, pero a fin de cuentas no era nada que no tuviera solución. Le confesé lo mucho que lo había extrañado y lo sola que me sentí por no tenerlo cerca. Volvió a pedirme perdón y me aseguró, con mucha ternura, que nunca permitiría que me volviera a sentir así. Quise que nos viéramos hoy mismo, pero me prometió que mañana sin falta cenaríamos juntos porque hoy ya se había comprometido a visitar a su madre.

Naturalmente, no me importó esperar un día más. Luego de esta plática, unas cuantas horas pasan pronto. Por fin, mañana a esta hora estaremos juntos, de nuevo haremos el amor y otra vez seremos la pareja feliz que fuimos hasta hace muy poco.

Lo importante es que hoy considero completamente abolido el pasado, porque de nuevo aparece ante mí la promesa del futuro. Mañana comienza una nueva etapa. Mañana vamos a entregar esos cuadros y a romper el maleficio de la galería. Mañana voy a ver a Esteban y estaremos de nuevo juntos y felices. Mañana intentaré por todos los medios encontrar el momento propicio para decirle que estoy embarazada y que quiero que lo tengamos. También quiero plantearle que deje su trabajo en el bar y se venga conmigo, para empezar una nueva vida tranquilos y sin sobresaltos, y que no se preocupe porque dinero no nos va a faltar. Le pediré que vivamos juntos y nos preparemos para tener a nuestro hijo, que es producto del amor más apasionado y más puro. Le confesaré cuánto lo amo y que es lo único que me importa en la vida. Todo esto le diré mañana.

Luego de hacer el amor me abrazará y yo me quedaré dormida sobre su pecho, convencida de que todo lo malo quedó atrás. Con todo este amor, con este hijo que viene en camino, con mi deseo y voluntad de no provocar más problemas y, por qué no, darle gusto e irme un tiempo de México, Luisa no puede seguir enojada. Estoy segura de que también con ella se arreglará todo.

No puedo creer que apenas ayer, apenas en la mañana viera la vida sin esperanza. Ahora me siento feliz y agradezco todo lo que me ha pasado, porque me ha permitido llegar hasta este momento. Hoy me doy cuenta de que la vida es magnífica y que, aunque estoy demasiado excitada para poder dormir, lo voy a intentar con todas mis fuerzas para que la noche pase pronto y por fin llegue mañana, que, estoy segura, será el mejor día de mi vida. No cabe duda que el amor y la esperanza son el gran motor de la existencia, y la mía avanza a todo tren rumbo a la felicidad.

Reinaldo

Ya lo dije muchas veces, culeros... pero lo repito hasta que se lo aprendan: aquellos fueron los tres mejores días de mi vida. Tendría que ser un absoluto pendejo para arrepentirme de haberlos vivido... Además, tuve tanta pinche suerte que ni me pasó nada, que los libré de a gratis, que estuve tres días cogiéndome a su pinche vieja, en su propia casa, en su propia cama, y ni cuenta se dio.

Yo le llamaba a Pepe al menos dos veces al día y primero le daba el itinerario que había acordado con Ivonne durante el desayuno. Ella tenía que salir, hacer su vida normal, porque yo no sabía si también recibía informes del pinche Gordo o del chofer, y, en ese caso tenían que coincidir. Hasta incluimos deliberadamente acciones que pudieran parecer sospechosas, y así llegaba yo y se las aclaraba en la siguiente llamada, haciéndole creer que había hecho un trabajo de cinco James Bond. Estoy seguro de que Pepe pasó sus buenas horas llevándoselo la chingada por las dudas que le metía a propósito, para luego despejárselas y dejarlo tranquilo por un rato.

Ivonne no dejó de ir al *gym*, de tomar sus masajes, sus maniquiures y tratamientos habituales; no dejó de salir de compras, comer en restaurantes elegantes con sus amigas y perderse de la seguridad por un rato, para luego dejar saber, como quien no quiere la cosa, las razones de su desaparición temporal. Todo estuvo preparado, y desde luego salió perfecto. Pero por las noches, luego de todas esas actividades inventadas, nos despedíamos delante del Gordo y demás personal y yo me iba a mi cuarto a deshacer la cama, para luego, a escondidas, colarme al suyo y coger como conejos desbocados. Toda esa pinche faramalla previa no servía más que para calentarnos más.

Estuve tres días durmiendo en la cama de Pepe, poniéndome su bata, sus pantuflas, y si no usé su cepillo de dientes fue porque me daba un chingo de asco; pero al chile, no crean, se me antojaba, nomás pa'dejar bien claro que traía los güevos en su lugar. Jugaba a que aquélla era mi casa y que yo era el jefe de toda la bola de culeros, y que tenía a la mejor vieja del mundo comiendo de mi mano y chupándome las pelotas con sólo tronarle los dedos. Fueron tres noches de coger sin parar. Lo hicimos de todas las formas imaginables y si no les cuento más es sólo para que no se les pare y me dejen aquí, con la palabra en la boca, mientras van a su rincón favorito a jalársela hasta que les quede rozada.

El pedo es que cada vez que amanecía, cada vez que sonaba el pinche despertador a las seis de la mañana, para poder bajarme a mi cuarto antes de que se levantara la puta sirvienta a trapear el vestíbulo de la planta baja, cada día que iba pasando, sabía que me quedaba uno menos; y que aquella especie de paraíso tan nuestro se aproximaba a su final para darle paso de nuevo a la más pinche y aburrida normalidad. Pepe regresaba el viernes, así que la última noche le propuse que saliéramos a tomar una copa.

En la llamada previa, le dije a Pepe que el tiempo se agotaba y que no había descubierto nada extraño así que pensaba llevarla al antro para meterle unos alcoholes y ver que pasaba. No sólo estuvo de acuerdo sino que me felicitó y hasta me encargó que la pusiera bien peda para ver si perdía el estilo. Ivonne se cagaba de la risa cuando le conté todas las mamadas que me dijo. Para no levantar sospechas invitó a dos de sus amigas, y primero las llevé a cenar a un restaurante recién abierto por el rumbo de San Jerónimo. Las tres estaban bien buenas y a mí, por los antros, me conocía mucha gente, así que fuimos la mesa sensación. Nos chingamos tres o cuatro botellas de champagne, y conforme nos entraba la peda, Ivonne y yo nos empezamos a poner tristes. Por suerte las amigas estaban en gran chorcha, cotorreando con unos camaradas de la mesa de al lado, así que casi no se notó que Ivonne y yo nos mirábamos sin decir nada. Los dos sabíamos que al día siguiente todo se habría acabado. Claro que si tomábamos en cuenta que lo nuestro supuestamente ya se había acabado días atrás, luego de aquella noche que pasamos en mi departamento, estos tres días fueron un verdadero regalo del cielo.

Esa noche lucía espectacular y por más que trataba de negármelo a mí mismo, la verdad era que la quería. Otra vez me había enamorado como un pendejo adolescente y una vez más de la mujer equivocada. Ahora sabía que me costaría sudor y lágrimas no írmele encima a Pepe cuando lo viera agarrándole las nalgas o queriéndola besar. En una ida al baño de las dos amigas, nos quedamos solos y le dije que se viniera conmigo, que nos escapáramos esa misma noche. Si lo planeábamos bien, tendríamos unas cuantas horas antes de que alguien lo notara. Nunca pensé que podía ocurrírseme una cosa como ésa, pero realmente estaba dispuesto a hacerlo; un hombre enamorado es capaz de hacer la más absurda y temeraria de las pendejadas, sin detenerse un instante a meditar si es siquiera posible. Ella me miró en silencio por un momento, como si estuviera evaluando si le hablaba en serio, para luego responder sin un solo resquicio de duda en su voz: "No, Rei... me gustas mucho, me la paso increíble, cogemos rico, pero no. Estoy a punto de lograr lo que siempre he soñado y no lo voy a dejar ir por un enamoramiento, por una calentura... Yo voy a ser la esposa de Pepe y no voy a renunciar a eso, ni por ti ni por nadie...". Yo traté de decirle cuánto la necesitaba, pero ella no quiso escuchar razones. "Pero Ivonne...". "No, Reinaldo. No. Entiéndelo de una vez y para siempre... Esto ha sido muy lindo, muy cachondo, pero se acabó. Mañana regresa Pepe, y si todo sale como espero, mi futuro estará resuelto". "¿Y no te importa pasar la vida con alguien que no quieres?". "En cierta forma, lo quiero... Además es muy lindo conmigo...me consiente, me lo da todo, me trata con cariño, con respeto... Tú no sabes por lo que he pasado... créeme, estoy en la gloria...". Yo no sabía qué argumentos usar para convencerla ahora que por fin me había armado de güevos para lo que viniera. "Podemos pasar el resto de nuestra vida como estos últimos tres días... ¿no vale eso cualquier renuncia?". "No puedo creer que seas tú quien me diga una cosa como ésa... ¿De veras crees que sería tan fácil? ¿De veras crees que Pepe la dejaría así? Tú lo conoces mejor que nadie y sabes que nos buscaría debajo de la cola de los perros hasta dar con nosotros... y luego, ¿qué crees que nos esperaría? No, gracias...". Ni hablar, la muy culera tenía razón. Las amigas regresaron y seguimos bebiendo como si nada.

Yo me resigné a darla por perdida; supongo que para ella fue todavía más fácil. Ya más al rato, en un momento en que estuvimos solos y pudimos hablar, la muy cabrona se me quedó viendo con esos ojos de malicia con que sólo ella podía mirar, y me dijo pegadita a mi oído: "¿Y qué hubieras hecho si te digo que sí?". Yo se lo había dicho por impulso, porque no lo pude evitar, pero en realidad no tenía nada planeado. "Pues, la neta, no tengo puta idea... Supongo que cagarme de miedo". "Ya ves, yo tenía razón... Hubiera sido una pendejada. ¿Qué te parece si mejor nos cagamos de risa y aprovechamos nuestra última noche?". Era cierto, hubiera sido una locura sin futuro. Pasamos un tiempo magnífico juntos, pero no había para más. Los dos habíamos elegido esa vida y había que pagar el precio.

Luego de la cena nos fuimos al Esperanto. En la puerta, Esteban tenía cara de muerto viviente y no era para menos pero no era el momento de ocuparme de él. Me fui con las tres a mi lugar de siempre y empezamos a beber y a echar desmadre como colegiales. Después me separé de la mesa para dejarlas solas y no levantar sospechas, y por un rato estuve desde lejos viéndola bailar y moverse como la diosa que era. La llamé a su celular y le dije que la esperaba en el privado. Mandé al de seguridad que siempre tenía en al puerta a revisar no sé qué pendejada con tal de que no la viera entrar y la esperé recargado en el escritorio, hasta que apareció radiante y con esa sonrisa que me desarmaba.

La música retumbaba en las paredes mientras le quité la ropa. La subí al escritorio y la besé por todos lados, hasta acomodarme en mi sillón y sumergirme en su sexo empapado. Su olor se me subió hasta la cabeza y ahí se clavó como una puta estaca. Me la bebí toda y cuando me acerqué a su boca para besarla, empezó a chuparme la cara. "Sabes a mí...", me susurró al oído mientras yo entraba en ella y escuchaba la fricción de nuestros vientres empapados de sudor. No pude aguantar demasiado, pero por suerte ella tampoco y nos venimos casi al mismo tiempo.

Estuvimos unos instantes así, abrazados, ella sobre el escritorio y yo sobre ella. Cuando al fin nos serenamos, ella volvió a susurrar en mi oído: "Te voy a extrañar". Y se incorporó, saliendo del privado para volver a la mesa, aún acomodándose la ropa. Dejé pasar unos minutos y salí yo también y estuve lejos de ella el resto de la noche. Volvimos a la casa y lo hicimos en el cuarto de Pepe por última vez. Era nuestra despedida definitiva y no paramos de retozar hasta que salió el sol. La venció el sueño, y yo apenas logré despistar a la gata para llegar a mi habitación sin que nadie me viera.

Ya con mi equipaje hecho, nos vimos en la mesa del jardín. Llegamos cada uno por su lado y guardamos mucha más distancia que los días anteriores, porque Pepe podía llegar en cualquier momento. En efecto llegó cuando estábamos a medio desayuno. La saludó efusivo y ella le correspondió como si nada. Se llenaron de arrumacos, se dijeron que se extrañaban y yo me sentí un completo imbécil. Él la veía extasiado y ella actuaba como si yo no estuviera ahí, como si no nos conociéramos; ya ni siquiera me dedicaba miradas cachondas o cualquier otro gesto que me dejara pensar: "Estoy con él porque no tengo más remedio, pero al que quiero es a ti". Me llevaba la chingada. Primero pensé que estaba encabronado con ella, con Pepe, con el puto mundo por ser tan injusto conmigo; pero luego me di cuenta de que no era propiamente coraje. No podía dejar de sentir y de darme cuenta que verla así, entregada por completo a él y tan distante de mí, más que encabronarme me provocaba un vacío muy cabrón, una sensación de desamparo y de soledad que nunca había experimentado.

Cuando terminamos de desayunar, Pepe la mandó a que lo esperara en el cuarto. "Pa'que ya no me extrañes más", le dijo estrujándole una nalga. Ivonne se despidió de mí como de un conocido cualquiera y desapareció tras la puerta del pasillo. Al chile, yo de lo que tenía ganas era de ponerme a llorar; pero claro que no podía, porque aún tenía que dar el reporte final. Volví a darle un panorama de los tres días, le hablé de sus horarios y de sus actividades y la exculpé de cualquier duda. "¿Entonces no es ella?". "Pues no... al menos no parece". Pepe respiró aliviado y puso cara de felicidad. "Pues a toda madre... Me quitas un peso de encima... de veras... Te la debo". No, yo sabía que no me debía ni madres. Sentí celos, sentí vergüenza, sentí que nada tenía importancia si no puedo tener a la pinche vieja que quiero, si no puedo sentir que alguien me quiere de verdad. Me emputaba conmigo mismo por volver a sentirme tan débil, tan vulnerable y tan jodido. Necesitaba largarme de ahí. Quería volver a mi casa, a mi vida de antes, a mi vida de siempre, donde estoy a cargo y controlo lo que pienso y lo que siento. Tenía que encontrar una puta manera de dejar de pensar en ella, de olvidarla para siempre. Es cierto: había pasado los tres mejores días de mi vida pero ahora la pinche resaca era demasiado grande, la puta cruda de pasión y de deseo que me embotaba la cabeza era del tamaño del pinche Everest como para hacer que podía disimularla. Como sea, a los ojos de Pepe yo había cumplido con mi misión, así que supuse que no se ofendería si me iba a la chingada de una vez. Me despedí y él siguió agradeciéndome todo lo que había hecho por él y me despidió con un gran abrazo que me puso la piel chinita.

Cuando ya me encaminaba a la puerta me llamó de nuevo. "Por cierto, felicidades también por lo de la hija de Villegas... muy artístico... muy lucidor...Me da gusto que también esa historia se haya acabado por fin. Un pedo menos y además aquellos ya se quedaron tranquilos...". Yo agradecí la felicitación. "Te dije que en esas estaba y te cumplí... Yo, en la chamba, no te fallo". Me encabroné conmigo mismo por ser tan pendejo. "¿En la chamba no te fallo?". Menos mal que el cabrón estaba tan enamorado que no reparó en mi frase estúpida. "¿En la chamba, no?... ¿Y en qué sí me fallas, pedazo de ojete?". Pero de nuevo se le pasó de largo y yo escapé de aquella casa tan pronto como pude.

Caminé hacia la puerta y luego subí a mi camioneta y me fui a la verga de ahí; pero no podía dejar de atormentarme pensando que en ese preciso momento ella lo esperaba en la cama para cogérselo a todo lo que daba, luego de tres días de extrañarse mutuamente. En ese instante hubiera dado todo lo que tenía por dejar de sentir, por dejar de existir en ese puto mundo donde algunos tenemos un chingo, excepto lo que de verdad queremos.

10

Esteban

¿Por qué le dije a Laura todo lo que le dije, y justo antes de matarla? Lo hice por muchas razones; pero no por crueldad... En todo caso lo hice por amor.

En principio me nació hacerlo. Ella iba a morir irremediablemente y necesitaba pedirle perdón; tanto por la forma en que la había lastimado los últimos días como por lo que habría de hacerle después. Tenía que despedirme de ella de alguna manera y entendí que nada me costaba hacerla sentir bien, hacerla sentir feliz, aunque sólo fuera para que pasara contenta sus últimas horas.

Aquella plática la llenó de esperanza. Aunque a mí me ardían las entrañas por mentirle descaradamente, lo hice pensando que era el último y definitivo acto de amor que podía regalarle. Nada me hubiera costado hacer lo que hice sin siquiera llamarla. Era más cómodo para mí no verla, no escuchar su voz, no sentir cómo se ilusionaba con cada palabra como si fueran verdaderas. Era mucho más fácil trazar mi plan de manera fría y esquemática; cazarla como a un animal y acribillarla a balazos, sin el menor contacto previo. Pero en el fondo, se lo debía.

Quizá las razones por las que le pedía perdón no fueran las verdaderas; pero en todo caso pude pedírselo, pude expresárselo con sinceridad y con todas sus letras: "Laura, perdóname". Con las palabras le decía que me perdonara por haberla hecho sufrir, por haberla tratado con frialdad, por haber desconfiado de ella; pero dentro de mí cabeza le decía: perdóname por lo que te voy a hacer, perdóname porque tengo que matarte, perdóname porque no tengo más remedio. Fueron palabras mentirosas, es cierto, pero sirvieron tanto para que ella se sintiera feliz durante sus últimas horas como para que yo recibiera al menos un poco de consuelo. ¿Cómo podía aquello ser tan malo... tan cruel?

En ese momento mi idea era esperar al jueves en la mañana a que saliera rumbo a la universidad. Ya había probado que era un plan viable y sólo necesitaba no dejarme vencer por el miedo como la última vez. Pensé en decirle que pediría permiso para faltar el jueves al Esperanto y llevarla a cenar al lugar más romántico de México, y luego terminaríamos en mi casa, con una botella de champagne y haciendo el amor con suavidad hasta que nos alcanzara la mañana. Esa propuesta ayudaría a justificar la espera de dos días sin vernos. No fue necesaria esa nueva mentira porque durante la conversación me enteré que la chica que trabaja con ella había vendido unos cuadros que debía entregar el miércoles en la tarde. Gracias a eso, ella estaría un buen rato sola en la galería.

Eso implicaba un nuevo escenario y un nuevo plan; pero me permitía ahorrar un día y tomarla por sorpresa. Para nosotros era un sitio especial. Ahí habíamos hablado por primera vez, ahí conocí sus ojos casi miel y descubrí su mirada verdadera, ahí había logrado entablar el vínculo que luego derivaría en todo lo demás. Era el lugar correcto para verla por última vez. Para algunos podrá parecer un final de opereta, pero para mí sería una especie de acto místico: brutal y cruel, pero en cierta forma también romántico y definitivo.

Me enteré con detalle de los horarios previstos para la entrega de los cuadros y confirmé que se me abría una oportunidad de oro para hacerlo. Adentro de la galería podía estar alejado de miradas, con una cierta atmósfera de intimidad, sin demasiados riesgos de que entrara y saliera gente. Ella moriría en sus propios terrenos, en su propio lugar, y no tirada en una banqueta sucia donde los perros la olisquearan para luego seguir de largo, mientras llegaba la policía para levantarla. Suena un poco estúpido, lo sé. Ya muerta, da lo mismo si está tirada en la calle o sobre un tapete persa; pero a mí me parecía una muestra final de respeto.

Ella insistía en que cenáramos ese mismo martes, pero le argumenté que había quedado de cenar con mamá y con Elisa. Le dije que mamá estaba deshecha y desconsolada luego del velorio y que necesitaba a sus hijos cerca. Esto seguramente era verdad, pero yo no estaba de humor para de veras hacerlo. Era sólo un día más, así que Laura terminó por resignarse y aceptar. Ella estaba tan feliz que rechazó lo del restaurante romántico para que cenáramos en mi casa. Ella misma prepararía la comida y juraba que seríamos de nuevo los de antes. Conforme me explicaba sus planes para la cena, más y más grande se me hacía el hueco que sentía en el estómago. Me sentí perverso y cruel por dejar que sus esperanzas e ilusiones volaran de aquella forma, pero al final era lo justo: que ella se sintiera alegre y feliz y yo vacío y mezquino.

Cuando colgamos supe que había cruzado el punto de no retorno y que había echado a andar la maquinaria de la muerte. Ahora lo único que quería hacer era acelerarla lo más posible para que el momento desolador pasara pronto. En cuanto recuperé la calma, traté de concentrarme en los preparativos para el día siguiente. El tiempo transcurrió con una lentitud inusitada. La madrugada me pareció eterna, pero cuando por fin amaneció, tomé plena conciencia de que, ahora sí, a Laura le quedaban muy pocas horas de vida.

18 de octubre, afuera de la galería de Laura

También pueden verlo. Ahí está: angustiado y mareado de ansiedad. Observa cómo los minutos parecieran no terminar de irse. Sin embargo, por fin ha llegado el momento preciso en que debe entrar a la galería para asesinar a Laura Villegas.

Esteban no ha podido dormir en toda la noche. ¿Cómo podrías hacerlo? A fin de cuentas tampoco eres un monstruo sin sentimientos, sin entrañas. Por fortuna la adrenalina que le corre en cada mililitro de sangre lo mantiene alerta, mientras espera en la acera de enfrente a la puerta de la galería, apenas protegido de miradas inoportunas, tras una cabina telefónica inutilizada por algún vándalo que, simplemente porque sí, arrancó el auricular. Lleva ya un rato aguardando con impaciencia a que Jana salga a entregar los cuadros que vendió en días pasados y deje por fin sola a Laura para poder ejecutarla y terminar con esta pesadilla de una buena vez.

Antes de salir de casa entró al baño para mirarse al espejo de nuevo y confirmar que no habían sido figuraciones suyas lo que le pareció percibir la tarde anterior. Tenías los ojos enrojecidos y la cara hinchada por la falta de descanso, pero aún así comprobaste que eras tú, el Esteban de siempre, y a la vez eras otro. Un Esteban misterioso, críptico aún, como para que seas capaz de penetrarlo por completo. Aquel reflejo correspondía milímetro a milímetro con tu fisonomía. Sin embargo, algo en el gesto, en el rabillo del ojo, en la comisura de los labios resecos, o quizá todo junto, hicieron que te observaras como un extraño. Se lavó la cara y se miró otra vez. ¿Por qué estás tan obsesionado con mirarte al espejo? ¿Es verdad que no puedes reconocer por completo ese reflejo que está frente a ti y que te mira al mismo tiempo con terror y con odio? ¿Quién es él? ¿Quién eres, Esteban? ¿En quién te has convertido? ¿De veras eres tú o en realidad eres ese otro tú que salió de quién sabe dónde y que se abre paso vertiginosamente para eliminarte del todo y tomar tu lugar? ¿Dónde estaba escondido? ¿Cuál de los dos será el que por fin mate a Laura Villegas? Quizá él sí tiene el valor y por eso ahora te pasa por encima y te deja relegado a una caricatura grotesca de ti mismo.

Sabes que venciendo esta prueba no hay absolutamente nada que no serías capaz de hacer. De pronto, la muerte de Laura se ha convertido para ti en un umbral, en una frontera hacia una dimensión nueva, la entrada a una realidad desconocida que en la misma proporción te aterra y te seduce. Presentarte frente a ella y por fin encontrar el valor para jalar el gatillo es a la vez un final y un principio. Hoy Esteban está ante la inminencia de volver a nacer; sólo que en este caso desconoce el posible resultado de ese alumbramiento involuntario pero inevitable.

Eran casi las tres de las tarde. Era tiempo de salir rumbo a la galería. Por lo que se enteró ayer durante la llamada con Laura, Jana saldría a entregar los cuadros alrededor de las cinco. Él debía estar ahí con tiempo de sobra para prevenir cualquier eventualidad. Volvió a su cuarto y una vez más se vistió para matar. Se colgó al hombro el cuerno de chivo con el cargador lleno, se colocó a la espalda la mochila deportiva y al cinto la pistola calibre cuarenta y cinco; encima la gabardina negra que tenía lista con el pasamontañas en el bolsillo derecho, que impediría que Laura lo reconociera. Sabía que la tarde estaba soleada y se vería extraño que alguien caminara por la calle vestido así, pero aquél era un sistema probado y no estaban las circunstancias para inventar nuevos métodos sobre la marcha.

No llevaría su coche. Encontrar un lugar adecuado para estacionarse en Polanco a esta hora de la tarde sería una auténtica lotería.

Además, sabe que la mejor manera de eliminar los rastros es llegar a pie. Salió de su edifico y abordó el primer taxi que pasó por la avenida. Al sentarse, el cuerno de chivo se acomodó mal, así que hacía mucho más bulto del que debería. Tuvo que ser cuidadoso, para que el chofer, que constantemente lo miraba por el retrovisor, no lo descubriera. El calor de la tarde lo hacía sudar y le pidió al conductor que abriera las ventanillas. Por un lado fue una buena idea, porque le permitió recibir una buena dosis de aire fresco en el rostro, pero por el otro fue un craso error porque abrió la puerta a que aquel individuo enjuto iniciara una conversación que Esteban no quería sostener. Esteban no estaba para hablar de bloqueos sobre Reforma, ni sobre fraudes cibernéticos, ni sobre conteos rápidos ni lentos; no estaba para hablar de movimientos de resistencia para salvar el orgullo de la patria, ni de instituciones corruptas gobernadas por la oligarquía voraz que sólo velaba por sus propios intereses. El taxista defendía con vehemencia y furia sus más arraigadas convicciones, aun cuando nadie en ese auto las atacara. Esteban no estaba para eso. A él no le importa quién ganó, él no quiere saber de algoritmos misteriosos que no comprende, no quiere saber de boletas faltantes ni sobrantes, ni de cómputos irregulares, ni de la integridad de los magistrados y ministros. A él no le importan las versiones internacionales que avalan o niegan el fraude; él no quiere saber de revoluciones, ni pacíficas, ni violentas. Él sólo quería un poco de silencio para sobrellevar el tráfico de las tres de la tarde; llegar a su destino sin sobresaltos adicionales; esperar la hora precisa y entrar en la galería a matar por fin a Laura Villegas.

Esteban se entretuvo un momento pensando en los inmensos deseos que sentía de sacar la pistola que llevaba al cinto, y dispararle en el cráneo a ese hablador infatigable, que cada vez se expresaba con más rabia y desesperación contra las injusticias que aquejaban a la patria. Se imaginó centrando el cañón en la nuca del hombre y luego jalando el gatillo una, quizá dos veces seguidas, y observar cómo el parabrisas y el tablero se salpicaban instantáneamente de sangre y pedazos de cerebro, y por fin aquel hombre se callaba de una buena vez y para siempre, y caía de frente sobre el volante; entonces Esteban podría continuar su viaje en silencio, recibiendo esa brisa reconfortante en el rostro, mientras tararea alguna canción de U2.

Por fin terminó aquel martirio y Esteban, ya de pie sobre la acera, pudo respirar con alivio. Estaba a tres calles de la galería. Había planeado rodearla y acercarse poco a poco; empaparse del entorno y prever posibles contrariedades. Quería observar a los peatones, ubicar patrullas, observar si los negocios alrededor tenían guardias privados que pudieran complicarle la vida en el momento menos oportuno, creyéndose súper héroes anónimos. Pero no detectó mayores riesgos que los inherentes a la situación.

Eran las tres cuarenta y siete de la tarde cuando pasó por primera vez frente a la fachada y la puerta, abierta de par en par. Confirmó que el aparador tenía tres focos encendidos, sin tener cuadros que iluminar. Aquello era una buena noticia, porque esa luz mal dirigida no hacía otra cosa que deslumbrar a quien pretendiera ver desde afuera. A las tres cincuenta y dos observó a Jana volver del lado opuesto de la acera con dos bolsas de estraza en la mano, donde podía presumirse que llevaba comida para ambas.

Esteban se dejó llevar pensando en que aquella sería, sin duda, la última comida que haría Laura antes de morir. Le restó importancia, convencido de que el asunto de la última comida ha sido artificialmente sobrevalorado por las películas de ejecuciones. Para fines prácticos, ¿qué más da comer una cosa que otra si en pocos minutos se habrá de morir? ¿Quién pude tener apetito verdadero sabiendo que será ejecutado irremediablemente? Por el otro lado, ¿como podría disfrutarse de forma especial de una última comida, si no se sabe que lo es? Se enfocara como se enfocara, aquello carecía de sentido. Haces bien, Esteban; piensa en tonterías, mantente distraído; quizá así te resulte más fácil. Esteban las imaginó a ambas, cada una de un lado del escritorio, comiendo sus sándwiches dietéticos y charlando alegremente acerca de un futuro que jamás sucederá.

La última, la que acaba de cumplirse, ha sido la hora más larga de la vida de Esteban. Ya lo sabías desde antes, pero lo has confirmado hoy: es falso que todas las horas duren lo mismo. Es mentira que los sesenta minutos que las componen sean todos iguales, que los segundos ocupen el mismo volumen en la dimensión relativa del tiempo. Hay horas que duran apenas un instante y segundos que nunca terminan de pasar. Ésta ha sido una de esas horas que no terminan de pasar.

Son las cinco con tres minutos y por fin el reloj de la muerte empieza a caminar. Frente a la puerta de la galería se detiene un taxi de sitio. El chofer se estaciona en doble fila y se baja, hasta llegar a la puerta y anunciarse. Gira sobre su eje y regresa al auto, pero, a medio camino, alguien parece llamarlo desde el interior y se pierde tras el umbral de la galería por unos instantes. Reaparece cargando un paquete rectangular, embalado en papel burbuja y cinta canela, cuyo contenido Esteban identifica con facilidad. El taxista abre la puerta trasera y coloca el primer cuadro inclinado contra el asiento. Ahora aparece Jana con un segundo bulto idéntico y de la misma forma. Lo colocan en el asiento de atrás, recargado en el compañero gemelo. El chofer aborda al volante, mientras Jana regresa a la puerta para despedirse de Laura, que observa la escena con los brazos cruzados desde el descanso de la entrada. Jana llega hasta ella y se funden en un abrazo feliz. Esteban las mira como sacudido por un rayo que lo quema por dentro al observar aquella despedida que ninguna sabe que lo es. Jana sube al taxi, que arranca de inmediato. Laura aguarda unos instantes para verlo desaparecer al dar la vuelta en la bocacalle. Esteban se oculta aún más tras la cabina telefónica y apenas la observa suspirar con alivio para girar sobre sí misma y perderse de sus ojos, devorada por la penumbra que, en contraste con la luz de la tarde, parece gobernar el ambiente interior.

Todo se reduce a los próximos minutos. A tener el valor para jalar el gatillo o rendirte de nuevo y morir de angustia en espera de lo que habrá de suceder. Esteban observa el flujo de coches y cuando encuentra una oportunidad propicia, cruza la calle. Lo hace con pasos rápidos y titubeantes. Ya frente a la puerta, voltea para todos lados: no parece haber riesgos o imponderables. Revisa que el seguro del rifle esté liberado y jala una última bocanada de aire templado de la tarde. Saca el pasamontañas negro y se lo coloca de prisa, mientras se encamina por fin a la puerta de la galería.

Un golpe de aire fresco le entra por los orificios de los ojos. Recuerdas perfectamente este olor y rebuscas en tus recuerdos la tarde que lo percibiste por primera vez. Parece un día perdido en el tiempo, en un pasado remoto que bien puede estar en el futuro o no haber ocurrido nunca. Parece que fue hace un siglo, pero han pasado apenas unas semanas desde que en este mismo vestíbulo

Laura se acercaba a ti para preguntarte si buscabas alguna pieza en especial. Ahora tú la buscas a ella con la mirada. Por fin la encuentras. Ahí está; al fondo. Laura está de espaldas acomodando acuciosamente un cuadro en tonos verdosos sobre la pared blanca y bien iluminada. Lo nivela con delicadeza perfecta, le da distancia para comprobar que ha quedado alineado y confirmar que cada haz de luz que lo baña tiene el ángulo ideal para que la pieza luzca en su justa dimensión. Ahora da un paso atrás y observa el cuadro fijamente. Esteban lo mira también y se da cuenta de que en una primera ojeada apreció mal. El cuadro no está pintado en tonos verdosos, sino amarillos y ocres, e incluso, si se mira con atención, se perciben brillos violetas que salpican con gracia y poder la esquina superior izquierda. Laura sonríe satisfecha al convencerse de que por fin quedó alineado y tú la observas deseando que este momento se alargue para siempre, pero sabes que eso no sucederá.

Te preparas para hacerlo ahora que está de espaldas y no te ve. Así será más fácil para ambos. Ella no sabrá que la están matando. Tú no tendrás que enfrentarte con la expresión de desamparo y terror de quien toma conciencia de que habrá de morir. Te acercas lo necesario. Das un paso tras otro, procurando no hacer ruido; intentando moverte sin desplazar una sola molécula de aire que delate tu presencia. Pero ella te percibe y voltea repentinamente. Clava sus ojos cafés claro, casi miel, en los tuyos. En un solo instante pasa de la incredulidad al terror y el corazón te da un vuelco; pero es demasiado tarde para arrepentimientos.

Te anima darte cuenta que no te reconoce; que no hay manera posible de que imagine que eres tú quien levanta el cañón del cuerno de chivo y le apunta, preparado por fin para liberar la ráfaga asesina. Su expresión de terror se hace más honda, más profunda, porque de pronto toma conciencia de que está a punto de morir. Laura te mira y apenas tiene aliento para lanzarte una frase. "A mí no, por favor... yo no hice nada". Su voz te taladra las sienes. Un momento antes de jalar el gatillo, observas cómo se cubre el vientre con ambas manos, como si eso pudiera servirle de algo para detener los proyectiles ardientes que habrán de atravesarla, destruyéndolo todo a su paso. "A mí no, por favor... yo no hice nada". Vuelve a retumbar en tu cabeza y no estás seguro si lo dijo de nuevo o es sólo el eco que se produce cuando la voz de Laura rebota de un lado a otro en el interior de tu cerebro. No puedes responderle porque reconocería tu voz; además tampoco sabrías qué decirle, o cómo explicar cabalmente lo que está a punto de suceder. Por fin llegó la hora, el minuto, el segundo, el instante cero y no hay nada más que esperar. Jalas el gatillo y las detonaciones se suceden con estruendo una tras otra. El cuerpo delicado de Laura se sacude con violencia, presa de convulsiones mortales y se desplaza hacia atrás, al tiempo que la pared, antes blanca, se llena de manchas irregulares y salpicaduras rojas que escurren de arriba a abajo atraídas por la gravedad. Laura se estrella de espaldas contra la pared, que antes decoraba con toda dedicación y cuidado. De un manotazo tira el cuadro que tanto trabajo le tomó alinear, y las balas la penetran una tras otra en el pecho, en el vientre cubierto ridículamente con las manos extendidas, en los brazos, en las piernas dobladas ya sin fuerza, en el cuello del que brotan borbotones de sangre espesa. Esteban es cuidadoso de no dispararle en la cabeza, de no deformarle el rostro. Pero quizá ese fue un grave error, porque sin duda sería mejor para ti tener en la cabeza la imagen de un amasijo de sangre y vísceras que esta expresión de terror y vacío con la que termina, luego de resbalar por la pared ensangrentada, derretirse sobre el piso de mosaico blanco y dormir para siempre con los ojos abiertos sobre una cama de su propia sangre.

Con cada detonación, con cada bala que taladra el cuerpo indefenso de Laura, no sólo muere ella, sino también mueres tú. Deja de existir Esteban para que tome su lugar el nuevo Esteban; ese que ya se dejaba ver desde hacía horas en el espejo del baño, y que ahora se apoltrona en la realidad de manera definitiva. Con cada sacudida convulsa de Laura, dejas de ser el que eras para ser otro, para ser uno nuevo. Y te aterra pensar en quién será este nuevo Esteban que aún no conoces. Y las balas siguen destrozando el cuerpo de Laura mientras tú continúas asumiendo esta nueva condición, que implicará averiguar quién eres desde ahora y qué eres capaz de hacer, luego de este bautizo de desolación, sangre y amor marchito.

Por fin el cargador se vacía y termina el carnaval de estruendos. Laura está tendida sobre el piso. Quedó de lado, parcialmente recargada en la pared tapizada de sangre fresca; mientras el resto del cuerpo descansa sobre un charco de sangre que se expande lentamente de mosaico en mosaico hasta perder impulso y detenerse por completo, formando un continente yermo y caprichoso sobre el suelo de la galería.

Ahí la tienes por fin; muerta, con los párpados abiertos en dirección a la nada, y con los ojos huecos y vacíos de la luz de siempre. Te tomas un instante para observarla. Te gustaría tener el valor de acercarte y al menos cerrarle los ojos para que duerma para siempre, para que no se vea a sí misma así, en esa posición incómoda y desagradable, llena de agujeros sanguinolentos y repetitivos. Detienes un momento la vista sobre sus manos que permanecen, aún desfiguradas por los huesos rotos, aferradas al vientre, como si quisieran salvarlo de aquella barbarie de sangre y de odio que para ella nunca tuvo razón de ser. Esteban, quizá el viejo, quizá el nuevo, acaso los dos, vuelve en sí y toma conciencia de que por fin ha cumplido con su misión. Laura está muerta y con ello ha retirado de sobre la cabeza de Elisa, de la de su madre y de la suya propia, aquella sentencia mortal que pendía amenazante.

Está sofocado y apenas puede respirar. El salón está lleno de humo y el olor a pólvora se le mete hasta los huesos, y necesita con urgencia un poco de aire fresco de la tarde. Debe mantener el control e irse de ahí lo más pronto posible. Se quita el pasamontañas, la gabardina y el rifle, y todo lo guarda en la maleta deportiva que le cuelga de la espalda. Está listo para salir; pero antes de encaminarse a la puerta, echa una última ojeada al cuerpo desvencijado de Laura Villegas. Contiene el llanto que lo amenazaba y ahora el nuevo Esteban toma el control. Con frialdad se acomoda la mochila a la espalda y se coloca los lentes oscuros, se desfaja la camisa para ocultar la pistola y se dirige hacia la calle, dando pasos largos y decididos.

Diario de Elisa, 18 de octubre

Por la mañana me fui directa a la agencia porque tenía que recibir la información para el evento de la noche. Hoy nuestra agencia se encargó de la presentación para Latinoamérica de una línea de relojes. Incluso vino, desde Italia, como imagen de la campaña mundial, un piloto de Fórmula Uno del que por más que me repitieron el apellido no fui capaz de grabármelo.

Fue una fiesta increíble. Tuvimos más de mil quinientos invitados del más alto perfil socioeconómico. Hubo mucha prensa, canapés, champagne; se representaron dos distintos *performance* con iluminación y pirotecnia; se regalaron cuatro relojes, con un sorteo que se resolvió con una tómbola de cristal con los nombres de todos los asistentes y que bajó del techo con una grúa en el momento culminante de la noche, y un montón de cosas más.

En pocas palabras, fue un evento enorme, elegante y complejo que, la verdad, nos salió muy bien, y yo tuve uno de los mejores puestos, porque me tocó coordinar la recepción y el acomodo de los invitados más importantes. Justamente por eso tuve que pasar a la agencia a recoger la lista de invitados, la distribución de los lugares, el programa general de la noche, el uniforme, y demás detalles indispensables para poder cumplir con mi parte de la responsabilidad.

Desde luego que no era la única con asignaciones delicadas, y por eso la oficina estaba llena de gente corriendo con papeles de un lado para otro. Cuando llegué me topé de frente con dos compañeras de las que no me sé ni el nombre pero que me dieron el pésame por lo de papá y comprendí que a esas alturas ya todo el mundo lo sabía. Por eso, al principio no me preocupó el trato frío y distante que me dio Lilia. Lo atribuí a que no sabía qué decirme o cómo tratarme por lo que me había pasado. Pero conforme avanzó la mañana, me di cuenta de que no era eso, sino una franca y directa hostilidad hacia mí, porque se había enterado de lo que pasó entre Willy y yo la semana anterior.

Me habló todo el tiempo golpeado y muy grosera. Me hacía constantes comentarios hirientes, del tipo: "Los organizadores pedían a fulanita para este puesto, pero Willy te impuso... ¿qué curioso, no? ¿De dónde le habrá salido de pronto tanto cariño por ti?". Me entregó la lista de invitados y la demás información en desorden e incompleta, y todo apuntaba a que aquello terminaría en un abierto sabotaje que me haría quedar en evidencia ante el cliente y organizadores.

La pobre mujer estaba furiosa, llena de celos y yo no daba crédito de que estuviera tan enojada conmigo. Era verdad que apenas llevaba cuatro meses en la agencia pero no era posible que aún no conociera a su jefe. Y lo que me parecía más increíble era que Willy, con todo el poder para involucrarse con mujeres espectaculares, terminara metiéndose también con una secretaria como Lilia. No es que fuera del todo fea, pero era... eso, una secretaria. Al menos a Willy se le podía acusar de muchas cosas pero no de elitista; realmente agarra parejo y su capacidad de abuso la ejerce, ahora que está tan de moda la palabrita, de la manera más democrática que se puede imaginar.

Yo traté de conservar la calma. Tomé los papeles que me dio y, luego de darle las gracias con toda la hipocresía que me fue posible, decidí esperar a que llegara Romina para hablar con ella. Romina es la chica encargada de contrataciones y es la que lleva la relación con los clientes grandes. Ella era la indicada para que me completara la información, o al menos para que obligara a Lilia a que me la diera. Llegó hasta mediodía y ya pasaba de la una cuando por fin me recibió en su oficina. Le expliqué lo que estaba pasando, aunque me hice tonta y le dije que no entendía los motivos para que me tratara así. Ella parecía estar muy bien enterada de todo y me respondió en tono muy condescendiente. "No es por ti... fue por lo de Willy... La pobre tiene poco tiempo en la agencia y todavía cree en los Santos Reyes... Imagínate que piensa que es la única... además de ti, desde luego". Me quedé helada y se me cayó la cara de vergüenza. No sólo por el hecho en sí mismo, que es ya bastante vergonzoso, sino porque Romina me lo dijo con absoluta naturalidad, sin dejar de revisar papeles; como si estuviera hablando de un tema del dominio público. Todavía, en el colmo de la ingenuidad me atreví a a preguntarle. "¿La única que qué?". Supongo que lo hice más por no otorgar callando que porque tuviera muchos deseos de aclarar nada. Ahora sí Romina dejó lo que estaba haciendo y levantó la vista del fólder para hablarme con serenidad. "Por favor, Elisa... La semana pasada, sin explicación alguna te saca de la exposición de turismo, y luego de salir a comer, milagrosamente te reinstala, y ahora te asigna en uno de los mejores puestos... Todos en la agencia, menos Lilia, claro, sabemos cómo funciona la cabeza... bueno, las dos cabezas de Willy". No sabía dónde meterme y me entraron unas enormes ganas de llorar. Estuve a punto de derrumbarme ahí mismo, frente a esa mujer que otra vez me hablaba con condescendencia. Yo quería gritarle que sí, que lo había hecho, que me había acostado con él, pero que fue porque no tuve más remedio. Me hubiera gustado tener la fuerza para explicarle una por una mis razones, mis motivos íntimos para haber cedido como lo hice, y aunque en ese momento me sentía humillada de que, al parecer, todos lo supieran, no podía ni quería arrepentirme porque lo había hecho por una razón mayor. Pero me contuve, porque luego de lo que hice, no lo echaría a perder por un escándalo en plena oficina. Al contrario, ese gran sacrificio que me representó irme a la cama con Willy, y el profundo asco que experimenté no podían convertirse en acciones inútiles, sólo para intentar justificarme.

Debía resistir, pasar el mal trago con toda la dignidad posible, y nada más. En aquella oficina yo no era ni la única ni sería la última que pasaría por eso. No sé qué cara puse, que Romina me puso la mano en el antebrazo y me habló ahora, en tono compasivo y amable. "Pero no te pongas así... aquí nadie se espanta. Lilia todavía está chavita y no comprende... pero a veces una tiene que hacer cosas...". Me recuperé un poco y traté de saber más de esa mujer con la que apenas había hablado dos o tres veces en todo el tiempo que ambas llevábamos ahí. "¿Tú también?". Me miró con una sonrisa dulce. "No, ¡guácala!... Yo no. Pero tampoco creas que soy un dechado de virtud. Es que yo entré aquí por Martha, la esposa de Willy...". Miró alrededor, como para comprobar que nadie nos escuchaba. "Ella es la del dinero, así que, como soy su amiga y ella me impuso, conmigo no se puede meter". Yo supuse que al tenerla ahí, al lado de su marido, lo había hecho para que la mantuviera informada. "¿Y no le dices nada?". Romina cambió la expresión por una de sorpresa. "¿Decirle? ¿Decirle qué? ¿Que Willy es un descarado que la engaña con todas las mujeres imaginables? No tiene caso: no hay peor ciego que el que no quiere ver. Ella le puso este negocio para quitárselo de encima a sus hermanos, que son los que manejan las empresas de la familia y a mí sólo me pide que le informe sobre la situación financiera... Tú sabes, para evitar que se pase de la raya. Supongo que piensa que si le limita el dinero lo tendrá más o menos controlado... en lo demás no me meto". Yo no podía creer que la esposa se preocupara tanto de temas financieros y no le importaran las infidelidades constantes. "¿Y no te pregunta?". "No, no lo hace... Tengo la impresión de que está totalmente encaprichada con él y le da miedo enterarse de lo que es obvio. Sabe que de confirmarlo le quedan dos alternativas, o aceptarlo abiertamente así como es o mandarlo al demonio... y como no parece querer ni lo uno ni lo otro, mejor hace como que no ve y evita buscarle tres pies al gato. Así que no, de ese tema jamás platicamos".

La mirada cómplice de Romina me hizo recuperar un poco la confianza y continuamos hablando de la organización para el evento de la noche. Me completó los datos, y acordé con ella horarios y demás detalles. Gracias a esta plática, todo salió perfecto y el cliente quedó satisfecho con mi trabajo.

Cuando salí del privado de Romina me di cuenta de que Lilia estaba más enojada que antes. Comprendí que por ningún motivo me convenía que me tuviera tan mala voluntad, porque al ser ella quien coordinaba horarios, citas, direcciones y pagos, mi vida en la agencia podía convertirse en un infierno. Tenía que hablar con ella. Decirle algo que la calmara y le hiciera bajar todo ese resentimiento que yo ni siquiera había provocado. Esperé a que estuviéramos solas y me acerqué a su escritorio. Levantó la cabeza de la libreta donde agendaba infinidad de citas y me miró con rencor. "¿Y ahora qué quieres?". Yo intenté hablarle con toda la suavidad posible y hacerle ver que entendía por lo que estaba pasando. "No me quedó más remedio... necesito trabajar. Por favor, no te enojes conmigo... el cabrón es él". Lilia bajó la vista y se le escurrieron montones de lágrimas que terminaron convirtiéndose en manchones azules sobre el cuaderno de recados. Respiré aliviada porque me di cuenta de que la había suavizado un poco. "No pienso volver a meterme con él jamás... te lo juro". Tardó un buen rato en reponerse, al grado que debí responder yo misma dos llamadas porque ella era incapaz de hablar. Cuando me fui, me agradeció mi sinceridad y hasta me dio el pésame por lo de papá. Yo le di las gracias y salí de ahí tan pronto como pude.

Vine a casa a comer y a cambiarme, y ya en la fiesta estuve como loca de un lado para el otro toda la noche. Por fortuna todo salió increíble y recibí muchas felicitaciones por mi desempeño. Lo único malo llegó al final, cuando estaba con Rosana y Lola comentando la noche y salió a tema el vestido naranja de una de las invitadas. Era una mujer mayor y el vestido, además de ser chillante, le quedaba horroroso; realmente parecía una piñata navideña, o más bien un carro alegórico en pleno desfile del día del niño, porque además la pobre mujer traía colgada toda la ferretería, y yo, luego de criticarla burlonamente, dije que un vestido así, por caro que fuera, no me lo pondría nunca. Entonces las dos intercambiaron miraditas maliciosas y Rosana me respondió llena de sarcasmo. "Pues tú eres la menos indicada para decir de esta agua no beberé". Y ambas se miraron otra vez y se carcajean. El chisme de Willy ya lo sabía toda la agencia, y una vez más me sentí avergonzada. "¿Por qué me dices eso?". Traté de atajarla pero sin demasiado éxito, porque Lola me respondió. "Porque hasta hace muy poco te dabas tus buenos baños de pureza, diciendo que tú jamás puteabas, ya ves...". No tenía sentido negarlo, ni justificarme. Yo sabía mis razones y no estaba para andar explicándoselas a todo el mundo. Simplemente así había sucedido y sabía que si guardaba silencio y le restaba importancia, muy pronto llegaría un chisme nuevo y se olvidarían de mí. Lo único realmente importante es Sebastián y lo demás me da lo mismo. Así que decidí asumir una postura cínica para terminar con el asunto. "Ustedes saben cómo son las cosas, porque lo tuvieron que vivir mucho antes que yo... así que no hay más que explicar". Las dos se miraron y rompieron a carcajadas. "Ya manita, es broma... no te enojes". Dijo Rosana. "Sí, ni modo... a veces hay que aguantar vara... en todos sentidos", complementó Lola. Y las tres nos reímos como si de veras no nos importara haber pasado por aquello, y de inmediato cambiamos de tema. Volvimos a la fiesta, a los vestidos, a los peinados, a comernos vivos a todo mundo.

Como llegué tarde ya no pude ver a mamá; espero que se haya sentido un poco mejor. Trataré de no trabajar el fin de semana para estar con ella lo más posible. Aquí termino porque ya son las cuatro y veinte de la mañana y espero ahora sí quedarme dormida y tener un sueño reparador. Detesto despertar con los ojos hinchados.

Esteban

Cuando salí de la galería, luego de matar a Laura, sentí un extraño alivio que aún hoy, luego de tanto tiempo, no soy capaz de explicar.

Al llegar a la calle me encontré con una tarde clara y templada y el aire fresco me llenó los pulmones; por fin pude respirar de nuevo. Primero caminé a toda prisa. Volteaba a un lado y a otro para ver si nadie me seguía, si nadie me observaba, si nadie reparaba en mí. Casi al llegar a la esquina me detuve, porque me di cuenta de que en realidad huía de ella, de mí, del pasado tal vez. Ahí, parado en la calle, con la mochila en la espalda que contenía mis implementos para matar, fui consciente de cómo la sangre circulaba por mis venas y me sentí extrañamente vivo.

Seguí caminando para alejarme definitivamente y repasé toda la jornada. No parecía haber cometido ningún error, ni haber dejado algún cabo suelto que me pusiera en riesgo. Luego pensé en su familia. Era posible que nadie supiera de mi existencia, pero más allá de eso, yo había quedado de verla esa noche y era muy fácil que alguien lo supiera. Ahora debía ser cuidadoso para no equivocarme con mis reacciones y ponerme yo sólo en una posición que generara sospechas. Naturalmente ella no llegaría a la cita, ni llamaría para cancelarla, así que era lógico que yo tuviera alguna reacción.

Lo primero que hice, aún antes de abordar el taxi hacia mi casa, fue llamarle al celular. Mientras daba los primeros timbrazos me imaginé lo que sucedería si, a manera de película de terror, de pronto escuchara su voz. Claro que no tuve demasiado tiempo de fantasear con eso porque no tardó en entrar el buzón y aproveché para dejar un recado. "Hola, amor; sólo para avisarte que ya compré el vino, así que despreocúpate de eso. Te veo al rato. Un beso". Sé que esto puede parecer hasta maquiavélico, pero yo no lo hice con mala intención. Me encontraba en un estado alterado en el que no era todavía consciente de lo que había hecho. Me comporté como el Esteban Chacal que ni siquiera conocía a la víctima, y no como el Esteban que había sido obligado a ejecutar a la mujer que amaba.

Caminé por las calles de Polanco, viendo aparadores y gente que circulaba tranquilamente de un lado a otro. Aún no daban las seis, así que el tráfico todavía era manejable. Decidí irme a casa y abordé un taxi. Por suerte esta vez di con un chofer silencioso que no me atosigó con sus opiniones ridículas, que además me tenían sin cuidado. Yo también viajaba en silencio y mirando por la ventanilla. Hice un ejercicio de memoria tratando de recordar cómo me sentía en comparación con las muertes del licenciado Villegas y de Frank. Esa tarde era muy distinta de las ocasiones anteriores. Ahora tenía una sensación mucho más íntima, más personal, más mía. Por un lado, por más que trataba de ignorarlo, sentía un dolor sordo y profundo pero al mismo tiempo de nuevo me recorría ese alivio profundo de saber que la pesadilla había terminado. Claro que las preguntas no tardaron en atosigarme: ¿y ahora qué sigue? Me inquietaba darme cuenta de que en el transcurso de mes y medio había matado a tres personas, y a dos de ellas lo había hecho sin el menor remordimiento, a cambio de dinero.

Al volver a casa, me derrumbé en el sillón de la sala. Tenía frente a mí aquel bastidor cubierto por la tela hecha jirones y me pregunté si ese cuadro no era un reflejo de mí mismo. Me acordé de la historia de Dorian Grey, donde el tiempo pasaba y el que envejecía y el que se llenaba de cicatrices por las malas acciones no era el personaje sino el cuadro. ¿No sería aquel bastidor un reflejo de mi propia alma? No me sonó descabellado. Lo que más me aterraba era estar sentado frente a ese cuadro apenas unos minutos después del asesinato de Laura y no sentir absolutamente nada.

Ahí, inmóvil, esperé que dieran las diez de la noche y continué con mi representación. En la tercera llamada sin responder dejé otro mensaje. "¿Qué pasa amor? ¿Estás bien? Ya son las diez y te sigo esperando... márcame". Luego llamé a su casa y nadie contestó tampoco. Supuse que la sirvienta estaba con la hermana, o tan impactada de la noticia que ni siquiera atinaba a contestar. Entró la grabadora, aún con la voz varonil de quien me imaginé que era el licenciado Villegas y también dejé un recado similar.

Le dejé otros dos recados, entre enojado y agobiado de preocupación y alrededor de las doce me tendí sobre la cama hasta quedarme dormido. Comencé el día siguiente con una nueva tanda de llamadas, al celular, a la casa y a la galería, que nadie respondió.

Salí a comprar los periódicos. Como cada día, desde las elecciones de julio, los dimes y diretes de la situación política abarcaban los principales espacios y titulares. Sin embargo, la nota sobre la muerte de Laura aparecía en casi todas las primeras planas, aunque fuera sólo en un recuadro, con la referencia de la página interior donde se ampliaban los datos. En todos los diarios se describía su asesinato como una venganza y aparecía como sospechosa y sujeta a investigación por complicidad en el homicidio de Frank y relacionada con negocios turbios de su padre con bandas del crimen organizado. Me di cuenta de lo rápidos y eficientes que son los subordinados de Ortiz, que ya le tenían los antecedentes armados para justificar su ejecución. Lo más probable era que en pocas horas se diera carpetazo definitivo al asunto, y así, como tantas otras veces, se perdiera en el olvido. Una vez más, los responsables quedaríamos impunes. Como he confirmado a lo largo de los años, en este país, en tanto no se caiga de la gracia de las personas correctas, uno puede vivir en absoluta tranquilidad sin importar lo que haya hecho.

Por la tarde me llamó Elisa. Se enteró de la muerte de Laura por las noticias y quiso saber cómo me sentía. Yo también hubiera querido saberlo, pero no le dije eso. Le dije que estaba abatido y que no lo podía creer, que desde que me enteré la noche pasada no había pegado ojo, y un sinfín de mentiras más, que seguramente me hicieron pasar por un ser humano con entrañas. Luego me puso a mamá al teléfono y se soltó llorando sin control. "¡Nos persigue la desgracia!... ¡Nos persigue la muerte!". Gritaba en medio de alaridos descarnados, hasta que por fin Elisa tomó el teléfono otra vez, para decirme que vendría de visita para hacerme compañía en este momento de dolor. Yo le dije que no lo hiciera porque necesitaba estar solo. En parte era verdad, pero tampoco quería que me viera comportarme como un tipo muerto en vida, que no es capaz de sentir nada en un caso como éste. No sé si entendió mis razones o no, pero a esas alturas ya poco importaba. Antes de colgar, se despidió de mí con una frase extraña: "Ten cuidado... tú sabes por qué te lo digo. Mira las cosas que pueden suceder cuando uno se junta con quien no debe". Le dije que sí, que estaba bien, y hasta más tarde comprendí que estaba preocupada, al relacionar lo que le pasó a Laura con mi repentina abundancia económica. No pude evitar explotar a carcajadas de sólo imaginar que Elisa pensaba que Laura había sido la culpable de involucrarme en negocios turbios. Mejor que supusiera eso. Así, cuando volviera a presentarse la ocasión, le diría que sí, que así fue, pero que ya lo había dejado.

Regresé a la soledad y al silencio de la sala hasta que llegó la hora de prepararme para salir rumbo al Esperanto. ¿Realmente tendría los riñones y el hígado para volver ahí y encontrarme con Reinaldo como si nada hubiera pasado? Claro; por qué no. De hecho necesitaba verlo. Quizá ese encuentro pudiera ayudarme a revivir mis emociones cauterizadas. Cuando estuve listo llamé al velatorio donde estuvo el papá de Laura y confirmé que ella continuaba ahí. Al parecer la tuvieron en la Procuraduría el resto del miércoles y la mitad del jueves. Sería velada esa noche, y al día siguiente, a la una de la tarde, la sepultarían en el mausoleo familiar del Panteón Francés. Yo no sabía si tendría el valor de asistir; mucho menos si ya ahí me presentaría con su familia. El tema policiaco dejó de importarme cuando vi los periódicos esa mañana; así que, si me presentaba, sería sólo por convicción.

Tenía la cabeza revuelta y decidí no pensar más en eso; asistir o no a esa ceremonia era tema del día siguiente. En ese momento lo único que me importaba era tener la serenidad necesaria para presentarme a trabajar como cualquier noche, sin levantar mayores sospechas por culpa de comportamientos erráticos.

Trabajé con relativa calma, hasta que vi aparecer a Reinaldo con la novia de Pepe y otras dos mujeres que no conocía. A mí se me secó la boca de repente; pero él me saludó como si nada y entró al bar como si fuera una noche cualquiera. Poco a poco me fue invadiendo la ansiedad, pero no pude hablar con él hasta mucho más tarde, hasta que terminé mi trabajo y, con ello, la parte pesada de la noche.

Diario de Elisa, 19 de octubre

Hoy en la mañana me levanté demasiado tarde, porque ayer me costó muchísimo trabajo quedarme dormida. Tenía que estar antes de las once en el corporativo de lo relojes del evento de ayer porque la agencia amplió el convenio de campaña y tuve que recibir una capacitación sobre la marca y sus productos. En los próximos días tendremos presentaciones en joyerías y dos alfombras rojas de películas patrocinadas por ellos; así que tuve que salir de casa a toda velocidad, y de nuevo me fui sin ver a mamá.

Sobrellevé la mañana a base de café hasta que por fin nos dieron un rato libre para comer. Tanto Sebastián como yo moríamos de hambre. Mientras almorzábamos, recibí una llamada de Rodrigo. Originalmente nos veíamos desde la hora de la comida, pero no contaba con que mi día se iba a complicar y quedamos para vernos en la noche. Desde luego, me puse feliz; y en cuanto pude salir de la capacitación, volví a casa para arreglarme con calma.

Mamá me recibió con una noticia que me dejó como de piedra: habían matado a Laura, la novia de Esteban. Mamá me enseñó los dos periódicos que compró y la verdad no lo podía creer. Y lo más increíble de todo era la forma y las razones por las que había sucedido. La habían ejecutado en su propia galería de arte. No fue un asalto; simplemente entraron y la llenaron de balazos. Al parecer la policía ya la investigaba como sospechosa de un asesinato y por tener vínculos con bandas de narcos o algo parecido. Me heló la sangre saber que era la novia de mi hermano y que pudo haber estado con él cuando la mataron. Ahora me explicaba cómo era posible que de la noche a la mañana Esteban tuviera tanto dinero. No podía creer que una mujer tan linda como ella, y con la que había estado platicando tan a gusto hace apenas unos días, resultara ser toda una mafiosa; y encima, que estuviera metiendo a mi hermano en esa clase de asuntos. Yo no le dije nada a mamá para no preocuparla, pero sí era un tema como para tomarse en serio.

Mamá me extendió los periódicos y me señaló las fotos. "¿Será ella?". Preguntaba incrédula. "Claro que es... mírala; la mismita que estuvo con nosotros el domingo". Y sí, claro que mamá tenía razón, sí era. Leí las notas y revisé su foto un ciento de veces pero por más que busqué un detalle que confirmara la confusión, no fui capaz de encontrarlo.

En uno de los diarios había dos fotos. En una aparecía ella, encerrada en un círculo amarillo para distinguirla, acompañada de no sé quién, en una reunión. En la otra sólo se veía un bulto sanguinolento parcialmente cubierto con una sábana blanca. Claro, el bulto podía ser cualquier muertita, pero la otra sin duda era ella. Yo observaba la foto y la recordaba mientras charlábamos en la cafetería del velatorio y seguía sin poderlo creer.

"¿Y ya le llamaste a Esteban?". Le pregunté a mamá sin apartar los ojos del periódico. "No, aún no... preferí esperarte... para estar segura". En ese momento le marcamos. Estaba en su casa. Lo escuché sereno; mucho más de lo que imaginé. No quise preguntarle nada, porque supuse que no había alcanzado a enterarse de que ella estaba embarazada. Tampoco venía al caso preguntarle si de veras era una mafiosa asesina. ¿Qué se hace en un caso como éste? Pensaba en mi sobrino, y en que mi hermano tenía derecho a saber; pero a estas alturas, ¿para qué? ¿Qué se gana con enterarlo de algo que ya no tiene remedio y que además puede convertirse en una auténtica condena? Ella está muerta y nada va a cambiar eso. ¿Para qué me lo habrá dicho? Hubiera sido preferible que yo tampoco supiera nada. Le dije que lo sentía y le pasé a mamá; pero ella casi no pudo hablar porque le dio un ataque de llanto histérico. Volví a quitarle el teléfono porque no se trataba de hacerlo sentir peor de lo que ya se sentía.

Me había impactado mucho y estaba dispuesta a cancelarle a Rodrigo para visitar un rato a mi hermano y hacerle sentir un poco de consuelo; para mi buena suerte me dijo que prefería estar solo. Quise reconfortarlo pero no me hizo demasiado caso. Supongo que aún estaba en una especie de shock, de bloqueo; como si aún no acabara de entender lo que había sucedido. Me imagino que en el momento menos pensado le van a caer todos los veintes correspondientes y se le va a amontonar todo el dolor de golpe.

Termino por ahora, porque aún me falta arreglarme y ya tengo el tiempo encima. La vida sigue y Rodrigo ya no tarda en llegar por mí. Es una pena que por las circunstancias ni siquiera pueda desahogarme platicándoselo a él; así que tengo que poner buena cara, como si nada pasara, y disfrutar el momento lo más que se pueda.

19 de octubre, en el Esperanto

Esteban está recargado en la barra del Esperanto tomando su enésimo vodka de la noche. Hace ya un rato que terminó su trabajo en la puerta y ahora está silencioso y cabizbajo, perdido en sus propios pensamientos.

Desde que llegó para acomodarse en este rincón, varios de los clientes habituales se han acercado a saludarlo y hacerle plática; pero él simplemente les sonríe y les responde lo primero que se le viene a la cabeza, con tal de quitárselos de encima. También se han acercado mujeres que ya conoce; incluso con dos de ellas ha tenido encuentros sexuales en el pasado cercano. Pero él casi ni les presta atención. Sin embargo, hace apenas un rato, mientras una de ellas le hablaba de su pasado fin de semana en Cuernavaca, él trataba de entender sus emociones y recuperar el sentido de toda esta realidad que lo agobia y de pronto ha dejado de entender. Sin decir nada, la tomó de la mano y la condujo al fondo del salón, donde comenzó a besarla y a tocarla, pero a los pocos instantes se separó de ella con cierta violencia. Ella se quedó sorprendida, sin entender su reacción. "¿Ya no te gusto?". "No, Katy, no es eso... es que hoy... de plano no puedo". Ella le sonrió con coquetería. "Ya ves... tanta tacha no deja nada bueno". Él no estaba para dar explicaciones y aceptó la de ella; luego volvió a la barra y pidió un vodka más.

A nadie en el Esperanto le parece rara la actitud esquiva y silenciosa de Esteban durante esta noche. De hecho, luego de enterarse de la muerte de su padre apenas el domingo, nadie pensó que asistiría a trabajar. Él alegó que necesitaba distraerse y que en casa estaba a punto de volverse loco y todos le creyeron. Por eso han respetado su silencio y le han dado ese espacio de privacidad que parece necesitar tanto esta madrugada.

Esteban está demasiado ensimismado para darse cuenta de que desde la otra esquina de la barra Reinaldo lleva varios minutos observándolo. Al parecer decide acercársele y comienza a caminar en su dirección. Reinaldo había llegado tarde y pasó la noche entera al pendiente de la mesa donde Ivonne, la novia de Pepe, departía feliz de la vida con otras dos amigas. Ese exceso de atención no sorprendió a nadie. Aquella era la mujer del patrón y había que hacer lo necesario para que se la pasara bien.

Por fin llega a las espaldas de Esteban, pero éste aún no lo nota. Reinaldo lo mira y hasta parece que comprende las razones por las que su empleado y amigo está en ese estado tan lamentable. La música a todo volumen rebotando en las paredes complica cualquier posible conversación relajada; así que debe gritarle al oído si pretende que lo escuche. "Te felicito... Ya lo ves, esto es como en el fut... si uno motiva lo suficiente a sus jugadores, terminan por ganar el pinche partido. Me da gusto ver que tuviste los güevitos bien puestos". Por fin lo tienes al lado y escuchas su voz retumbando dentro de tu cabeza como un grito de terror dentro de una catedral gótica.

Lo miras fijamente. Quieres entender lo que piensas, lo que sientes; pero todo en tu interior es como un charco de agua turbia al que no se le ve el fondo. ¿Te habrás convertido para siempre en un lisiado que ha dejado de sentir? Reinaldo te sonríe con su gesto entre burlón y cínico. Al menos puedes determinar que lo odias con todas tus fuerzas, y eso ya es algo. Pero por más que lo piensas no alcanzas a distinguir por qué. Quizá lo odias por no haberte prestado, como amigos que eran, aquel dinero que le pedías para solventar tu parte de los gastos de tu padre en vez de involucrarte en el negocio de matar. Es posible que, en vez de eso, lo odies por haberte dado la oportunidad de seguir matando para conseguir más dinero fácil. Quizá lo odias por haberte puesto en el camino de matar a Frank, que fue el causante indirecto de la condena de Laura. Es posible que lo detestes por haber matado a tu padre sin ningún resquemor, sin ninguna duda, sin la mínima emoción, sólo por joderte. Es probable que lo odies por una suma de todas estas razones, o quizá realmente lo odias por ser el culpable de que hayas dejado de sentir. Quizá todo este odio, podrido y calcinante contra Reinaldo hace erupción en tu pecho porque lo consideras responsable de tu confusión, de tu cambio, de tu metamorfosis. Es posible que por su causa te quedes para siempre en el limbo de la indiferencia y la insensibilidad.

Reinaldo lo mira divertido, porque lo percibe furioso, trabado de coraje y de rencor. "Ya, no mames... no te pongas así. Al cabo ya pasó lo peor. Haz de cuenta que volviste a nacer... Ahora, al menos, disfruta tu nueva vida". ¿Cuál es esa nueva vida que te espera? No lo sabes, ¿verdad? ¿Te lo habrá dicho simplemente por decir o él pasó por un proceso semejante para volverse el hijo de puta en que se ha convertido? "Salud...", le dice Reinaldo chocando su vaso con el suyo. "Por la amistad... por que muy pronto volvamos a estar como antes". ¿En qué cabeza cabe que pueden volver a ser amigos como lo eran antes? Esteban deja su vaso y sin decir una palabra camina tambaleándose entre la gente en dirección a la puerta, y sale sin despedirse de nadie. Los guardias de seguridad lo miran con lástima y lo acompañan a cierta distancia supervisando los pasos inseguros con que se dirige al coche.

La cabeza le da vueltas, las luces de los otros automóviles lo deslumbran pero, a pesar de su condición errática, logra llegar hasta su casa. Al entrar al estacionamiento roza la puerta trasera contra la columna del edificio, pero ni siquiera repara en ello. Apenas es capaz de llegar al baño, caer de rodillas frente al escusado y meter la cabeza para vaciarse en un vómito acre que le quema la garganta y el paladar. En cierta forma, este malestar insoportable lo redime por un rato. Termina tirado y semidesnudo sobre el piso de azulejo helado, y por fin se pierde en un sueño profundo, como no había sido capaz de lograr en demasiados días.

Esteban

Desperté tirado y tiritando de frío en el piso del baño. La resaca apenas me permitía abrir los ojos y la cabeza me estallaba ante el mínimo movimiento. Terminé de quitarme la ropa sucia de vómito amargo y me arrastré hasta la cama, donde dormí un rato más. Me levanté con el estómago revuelto y me forcé a beber algunos sorbos de café.

Desde la muerte de Laura y hasta esa tarde de viernes, viví preso en una especie de burbuja llena de bruma que me aturdía y me impedía ver con claridad. La noche anterior trabajé como de costumbre. El miércoles me llamó Roger para decirme que se había enterado de lo mi papá y que podía tomarme la semana libre. Pero yo no quería quedarme encerrado en mi casa, yo necesitaba salir, respirar el aire fresco de la noche, ver gente, qué sé yo. Además necesitaba ver a Reinaldo y confrontar mis propias emociones. Le di las gracias por el detalle, pero le dije que me presentaría como normalmente.

Recuerdo que antes de emborracharme atendí la puerta como todos los días. Hacia las doce llegó Reinaldo acompañado de la novia de Pepe y otras dos mujeres. En cuanto lo vi bajarse de la camioneta, comenzaron a temblarme las piernas. No era miedo, era una especie de mezcla entre ansiedad, odio, angustia y mil emociones más que no supe interpretar. Me saludó como si nada, como si aquella fuera una noche cualquiera. Lo que más sorprendió fue que yo hice exactamente lo mismo.

Más tarde, cuando terminé con la cadena, fui a colocarme en la esquina de la barra y comencé a beber. Nadie me cuestionó nada y el jefe de barra ordenó que me sirvieran todos los tragos que quisiera. Lo único bueno de ser visto con lástima es que la gente quiere complacernos, como si eso sirviera de algo.

Tengo imágenes aisladas de gente queriendo hablar conmigo; luego me acuerdo de haberme ido a una esquina a besuquearme con una niña de las de siempre, pero que ahora, con el paso de los años, ya no recuerdo ni su nombre. Por alguna causa nos detuvimos, porque mi siguiente recuerdo corresponde a un rato después, en que yo caminaba con dirección del baño. Al pasar frente al privado de Reinaldo vi salir a Ivonne, la mujer de Pepe, acomodándose la blusa. En ese momento estaba demasiado borracho para entender lo que verdaderamente significaba aquello y no volví a recordarlo hasta varios días después.

Luego regresé a la barra y seguí bebiendo, y en algún momento Reinaldo estaba a mi lado y me decía algo sobre volver a ser amigos. Yo no pude decirle nada porque estaba completamente bloqueado. Después, viene una densa cortina negra y no recuerdo nada más hasta aparecer en el piso del baño. Cuando regresé al mundo ese viernes, ya pasaban de las tres de la tarde; pero aún transcurrió algo de tiempo antes de que tomara conciencia del día que era.

Cuando por fin entendí que el entierro de Laura había sido varias horas antes, me enfurecí muchísimo conmigo mismo. En el fondo, tenía el deseo y la intención de asistir. No pensaba presentarme ante la familia como el novio adolorido y lastimado por la pérdida, sino pasar desapercibido entre la gente, como hice en el del licenciado Villegas, y acompañarla en los momentos previos a que su cuerpo fuera depositado en su nicho definitivo. Me serví un segundo café y, al regresar de la cocina, pasé frente al bastidor hecho jirones y sentí el deseo de visitarla por última vez.

Me vestí con lo primero que encontré y salí rumbo al cementerio. Ya ahí, caminé hasta el mausoleo donde habían depositado los restos del licenciado Villegas. Me asomé por la ventana, y en efecto, del lado derecho había un nicho con la cubierta de cemento fresco y sin lápida. La tarde comenzaba a caer. Yo miraba a través de la ventana, lamentando la lejanía y no poder siquiera poner la mano sobre los ladrillos recién colocados para sentirla un poco más cerca.

Por fin, luego de tantas horas de vacío y de confusión, fui capaz de llorar. Me derrumbé frente a la puerta del mausoleo y lloré descontroladamente. Lloré como un niño que de pronto es consciente de que se perdió, que ha sido abandonado; lloré como un loco, como un poseído y le perdí perdón desde la ventana. Le grité: "Perdóname..." una y otra vez a aquel nicho lejano e intocable y sentí cómo me desgarraba por dentro, igual que sucedió antes con la tela del bastidor. Caí de rodillas y seguí llorando y pidiendo perdón, y sentí cómo crecía en mi interior un odio poderoso, incontrolable, abrumador. Quería echarme a correr y no parar hasta que las piernas me flaquearan, quería estrangular con mis propias manos al primero que pasara frente a mí, quería darme de topes contra la pared más agreste hasta romperme la cabeza, hasta perder el sentido y la conciencia. Di un traspié y caí de bruces contra el piso y enterré los puños en un bulto de tierra suelta y lo lancé contra la nada, contra esos gigantes invisibles que amenazaban con aplastarme de un solo pisotón, pero no acertaban a hacerlo de una vez, para librarme de aquella angustia que ya no podía resistir.

Estaba fuera de control, me carcomían la furia, el enojo y el deseo de vengarme y así liberar al menos un poco de todo ese resentimiento que no me dejaba respirar. Estuve ahí tirado hasta que me quedé sin fuerza y el velador del cementerio me tocó en el hombro para anunciarme que iban a cerrar.

Volví a casa y me di un buen baño con agua caliente. Pensé en no regresar al Esperanto nunca más. Pero tenía que volver a encontrarme con Reinaldo, gritarle de frente cuánto lo odiaba y quizá, si encontraba el valor suficiente, clavarle un cuchillo o romperle una silla en la cabeza y molerlo a golpes, hasta dejarlo desfigurado e inconsciente sobre la pista de baile, para luego estrangularlo hasta que dejara de respirar. En la cabeza se me encimaban, una sobre otra, las imágenes de violencia y sangre, mientras el chorro de agua, casi hirviendo, me escurría por la espalda quemándome la piel.

De pronto me puse feliz, porque había vuelto a sentir. Me di cuenta de que estaba vivo, y eso tenía que ser bueno. Ahora el odio y el deseo de venganza me bullían en el cuerpo y no sabía si sería capaz de controlarlos. Ni siquiera tenía demasiado claro si de verdad quería controlarlos.

Diario de Elisa, 20 de octubre

Es trágico y descorazonador que la gente sea amable con los demás únicamente por culpa. Claro que es mejor eso que nada.

Ayer en la noche salí con Rodrigo. Estaba apenadísimo por haberme gritado como lo hizo, luego de mi llamada del sábado, en la que supuestamente quise hablar con él porque estaba deshecha por la muerte de papá. Sí, yo también sentí un poco de culpa porque no fue exactamente así, pero ahora ésa es la verdad y estoy dispuesta a defenderla y repetirla tanto como sea necesario; quizá así, hasta yo termine por grabármela, por creerla definitivamente y entonces ya no podría decirse que le estoy mintiendo.

Yo ya no recordaba bien lo que le había dicho. Acabo de revisar mi cuaderno y veo que primero le dije que el sábado se había puesto muy grave y había muerto el domingo; pero hoy, durante la cena, ya no estaba segura de mi propia versión y le conté las cosas tal y como fueron, pero adelantándolas al sábado. Luego, no me quedó más remedio que echarle la culpa a un Ministerio Público imaginario, que retrasó todos los trámites hasta lo inimaginable para entregarnos el cuerpo luego de treinta y seis horas y así justificar que el entierro hubiera sido hasta el lunes. Yo estaba tan alterada mientras lo contaba, que Rodrigo dio por buena mi versión sin cuestionar nada. Menos mal, porque no habría sabido cómo arreglarlo.

Pasó por mí muy puntual, y yo, naturalmente, estaba devastada y triste. Me llevó a un sitio muy elegante y al llegar al postre puso frente a mí una cajita de terciopelo, con un moñito rojo muy mono. Era un collar de plata y caucho, de edición limitada, diseñado por un escultor famoso que, si bien no había escuchado mencionar nunca, sin duda debió costarle un ojo de la cara. Nos dimos cantidad de arrumacos y cariños y al final nos fuimos a un departamento que le prestó uno de sus amigos y que había mandado decorar para mí con flores y cojines de seda. Yo no me quedé atrás y estrené un conjunto de lencería muy sensual y atrevido que había comprado el día anterior, y que en muy poco tiempo ya no podré usar.

Hicimos el amor despacio, con muy poca luz y bebiendo champagne. Me tocó con ternura, con delicadeza y yo me esforcé por complacerlo haciéndole todo lo que sé que le gusta. Al final, terminamos abrazados y llenándonos de besos. Mientras Rodrigo me recorría con caricias delicadas y suaves, yo le daba gracias a la vida de que Sebastián fuera producto de un amor tan lindo como ése.

Pasó a dejarme sobre las tres y como quien no quiere la cosa me dijo que pasaría el fin de semana en Valle de Bravo, donde asistiría a la boda de un pariente de su mujer. "No te preocupes... no te voy a llamar". Y le sonreí como si nada pasara, aunque el estómago me ardía por dentro. "No... no lo digo por eso... Te lo juro". "No, claro... me imagino". Y me bajé del coche azotando la puerta. Pero enseguida recapacité y me di la vuelta hasta llegar a la ventanilla del conductor y le di un beso largo y apasionado que le hiciera sentir que lo comprendía y que no tenía de qué preocuparse.

Es cierto que, por más que trate de negármelo a mí misma, esta situación comienza a incomodarme, pero será sólo por unas semanas más. Ahí tendré que decidir si termino definitivamente con él para no verlo nunca más o le digo la verdad, aunque sólo sea para ver qué cara pone. Por ahora lo que importa es que durante el tiempo que pasemos juntos seamos tan felices como sea posible, y luego Dios dirá... Con tal de que en el futuro pueda hablarle mucho a Sebastián sobre su padre, bien vale la pena este vacío, esta sensación de carencia que se me hunde en el pecho, estos celos que me pican en la piel cada vez que Rodrigo se despide de mí para volver a la cama con su esposa.

A quien tampoco pude quitarme de la cabeza en toda la noche fue a Laura. No sé cómo no me di cuenta antes de que a las únicas dos personas a quienes les he confesado mi embarazo han terminado muertas a las pocas horas. No quiero ni pensar que esto tenga algo que ver.

Hoy trabajé en un simposio sobre desarrollo humano, en el que dieron una serie de pláticas sobre la toma de conciencia, la culpa y el libre albedrío y todo lo que escuché no sirvió más que para provocarme más confusión. En la tarde llamé a Lilia para que a las pláticas de mañana mande a otra chica porque yo no me sentía bien de seguir escuchando todo aquel rollo. Lo que no quise decirle es que tampoco me sentía bien físicamente. He estado todo el día un poco mareada y además tengo tanto cansancio que me duermo de pie en cualquier sitio. También me vendría bien pasar el sábado y el domingo en casa, haciéndole compañía a mamá. Tal vez la lleve al cine o a dar una vuelta a algún centro comercial; quién sabe, quizá hasta logre que se compre algo... no sé, un vestido, unos zapatos, lo que sea que le dé un poco de ilusión estrenar y que la convenza de que está bien que la vida siga.

2 de octubre, en el Esperanto

Igual que ayer, Esteban está de pie en la esquina de la barra. Acaba de terminar su turno en la puerta del Esperanto y bebe la primera copa de la noche. Aunque aún tiene vestigios de resaca, estos primeros tragos le calientan el estómago y lo hacen sentir mejor.

Mira al fondo del salón y observa a Reinaldo. Lo ve tranquilo, despreocupado, charlando con la gente como si nada hubiera sucedido. No te enfurezcas por eso, tú sabes perfectamente que a ti también te pasó, que tanto con la muerte del licenciado Villegas como cuando ejecutaste a Frank, continuaste con tu vida con absoluta normalidad. Claro que no estás ahora como para justificarlo; todo lo contrario, el verlo así no hace más que enervarte más y hacerte confirmar en tu fuero interno que la decisión que tomaste hace apenas unos minutos es la correcta.

Sí, así es. Esteban ha tomado la decisión irrevocable de matar a Reinaldo, sin importarle en lo absoluto si la consumación de esa venganza le implique perder la vida.

Por un momento siente que el momento ha llegado. Se dirige al barman y le pide la botella de vodka de la que está bebiendo. Alega que quiere ver no sé qué dato de la etiqueta. La toma, la sopesa. Está casi llena y si se la revienta en la cabeza lo dejará cuando menos inconsciente, y eso le dará unos instantes para completar su obra, clavándole en plena yugular el cuello de mil aristas de la propia botella, antes de que la gente de seguridad lo contenga y termine por someterlo.

Lleva la botella pegada al muslo y camina en dirección a Reinaldo, que ríe entretenido sin siquiera imaginar lo que podría estar a punto de sucederle. Te recorre una emoción extraña y una adrenalina poderosa te hace sentir invencible, pero de pronto te detienes.

Esteban da la vuelta y regresa la botella al barman. Se seca la palma de la mano sudorosa, contra la tela del pantalón y da un gran sorbo de su vaso para volver a quedar pensativo y silencioso, acodado sobre la barra. Sí, hiciste bien. Sabes que vas a aniquilarlo, pero si algo has aprendido acerca del oficio de matar, es que debe esperarse la ocasión propicia. Sabes, porque lo has vivido en carne propia, que la mayor virtud el asesino es la paciencia, la oportunidad, la acción precisa en el momento justo. Vas a matarlo, eso ya no tiene vuelta; pero será en el instante, en el lugar y de la manera correctos, para que no haya error, para que no exista la posibilidad de fallar. Sabes que de hacerlo ahora sólo te pondrás en una posición vulnerable. Eres consciente de que por la oscuridad y el juego de luces puedes fallar el golpe y hacerle un daño mínimo. Comprendes que puede quedar vivo y que, al contrario, el muerto podrías ser tú, a manos de la gente que lo cuida y que le es leal. Eso sería demasiado frustrante y no estás dispuesto a correr ese riesgo. Has aprendido que el buen asesino no lo es por seguir sus impulsos sino por su frialdad, y que sólo teniendo éxito podrás disfrutar plenamente de esa venganza que tanto deseas y tanto necesitas para seguir viviendo.

Ahora por fin experimentas la sensación de tremendo poder de aquellos que te hacen llegar los sobres amarillos. Igual que lo hacen ellos, has determinado que Reinaldo es un muerto que aún no sabe que lo es.

Sí, matarás a Reinaldo pero lo harás con calma. Prepararás el escenario como su propia gente te enseñó, le tenderás una trampa mortal de la que no podrá escapar, lo harás sufrir tanto como sea posible y además será con tus propias manos, con todo lo que has aprendido de los sobres amarillos que recibiste en tu casa. Vas a cazarlo como a un animal, a acorralarlo hasta la desesperación, para luego asestarle esos golpes mortales, mirándolo a los ojos y consumar tu venganza, y tal y como ha sucedido hasta ahora, salir impune de ella.

La mitad de tu venganza consiste en disfrutarlo, tal y como estás seguro de que él disfrutó mientras mataba a tu padre. Te gustaría cortarlo, lacerarlo, hacerlo llorar hasta que te pida perdón. Y justo antes de vencer su resistencia, de que su cuerpo libere el último aliento porque no puede más, jalar el gatillo y reventarle la nuca con el tiro de gracia; y por fin volver a tu cama y ahora sí, dormir con la conciencia tranquila, como lo habías hecho siempre hasta hace apenas unas cuantas semanas. Debes ser implacable, impredecible; que no te espere, que no te imagine, que no anticipe tu aparición, pero que de inmediato sepa que lo merece.

Por más que te duela, sabes que debes ganarte su confianza de nuevo; hacerle sentir que le temes, hacerle creer que has dejado atrás todo resentimiento; aunque en algunos instantes le muestres cierto recelo, para que no desconfíe de tu cambio repentino. Que sepa que estás enojado, pero dispuesto a olvidar. Que piense que no tienes más alternativa que ceder y aceptarlo de nuevo como tu amigo, haciendo de cuenta que el pasado se diluyó en la nada y que es como si no hubiera existido nunca. Debes hacérsela bien, para que cuando lo estés matando, sepa de lo que eres capaz y se dé cuenta en quién te has convertido, en quién te convirtió él mismo con sus exigencias y sus presiones. Con la muerte de Reinaldo vas a vengar a Laura, vas a vengar a tu padre, pero sobre todo vas a vengar al viejo Esteban; a ese que murió por completo con cada bala que se clavó en el cuerpo de la mujer que amaba y que dejó en su lugar a este ser, aún desconocido que está dispuesto a lo que sea con tal de limpiar el pasado.

Esteban observa a Reinaldo desde lejos y le hierve la sangre verlo reír, verlo tambalearse de borracho y disfrutar de la noche como si no debiera nada; como si sobre su cabeza no se cerniera el fantasma de la muerte y la venganza. Empiezas a disfrutar con la imagen de Reinaldo muerto. Bebe el último sorbo de vodka y se retira. Quiere levantarse fresco para empezar a planear, para poder ejecutarlo lo antes posible. Debe prepararlo todo, ser acucioso, paciente, pero a la vez implacable con aquel que hasta hace muy poco consideraba su amigo.

Esteban

Fue una especie de epifanía. No sabría describirla de otra manera. Fue una idea, una convicción, una necesidad absoluta e irracional que se me impuso de pronto devastando toda lógica, por encima de mi propia voluntad.

En cuanto se me vino a la cabeza supe que tenía que hacerlo y no pude cuestionarme más. Supe que más allá de cualquier obstáculo e impedimento, Reinaldo era un muerto en vida y tenía que encontrar la manera correcta de confirmarlo. Sentía que la única forma a mi alcance de recuperar un poco de calma y un poco de paz, era ejecutarlo de la manera más brutal que fuera posible. En mi cabeza había una extraña relación entre muerte, sufrimiento y paz; una relación de proporcionalidad donde un sufrimiento más intenso implicaría también un consuelo mayor.

Mi primer impulso fue matarlo ahí mismo. Tomar una botella y reventársela en la cabeza, para luego clavarle en la yugular los vidrios que me quedaran en la mano; y si aún tuviera algo de tiempo antes de que me sujetara la gente de seguridad, molerlo a patadas en el piso y liberarme por fin de tanto odio y resentimiento. Por suerte alcancé a recapacitar porque sin duda ese plan tenía enormes posibilidades de fracaso. No tardé demasiado en comprender que mi deseo de venganza iba más allá y que la idea de verlo sufrir me significaba una buena dosis de placer.

Decidí hacerlo bien, con calma, con paciencia, con una planeación exhaustiva; tomarme el tiempo para preparar cada detalle. Utilicé toda la tarde del sábado en el diseño mi estrategia. Tuve lista la libreta, una grabadora de mano y cámara de fotos. Luego salí para acordar la renta de un coche a partir del lunes y que cambiaría por uno distinto por cada jornada que lo requiriera. Así podría seguirlo los días necesarios, reduciendo el riesgo de ser descubierto. No tenía balas para el cuerno de chivo ni la menor idea de dónde conseguirlas sin que llegara a los oídos de él; así que sólo tenía mi pistola cuarenta y cinco con dos cargadores completos. También decidí que pasaría todo el domingo con mamá y con Elisa. Sería como un breve retiro antes de lanzarme de lleno a mi misión más importante. Era también una especie de despedida, porque sabía que no lidiaba con un novato y que si cometía el mínimo error era muy fácil que no sobreviviera.

En mi fuero interno deseaba que mi vigilancia me permitiera idear un plan donde no necesitara balas; donde se impusieran los métodos manuales que me permitieran infringirle sufrimiento. Pensaba, por ejemplo, en quemarlo, tal vez enterrarlo vivo o quizá desollarlo. Nunca había hecho nada semejante, pero estaba convencido de que en esta ocasión me resultaría posible llevarlo a la realidad. Para ello necesitaba un plan sólido, bien estructurado, sin fallas ni precipitaciones. Conforme lo pensaba me fui sintiendo cada vez más seguro y más fuerte, más poderoso y más excitado; así que esa noche me fui a trabajar con una disposición distinta, con un ánimo nuevo y fortalecido.

La primera parte de mi plan consistía en dejar salir por completo a ese nuevo Esteban, que se abría paso en mi cabeza y resultaba ahora más competente, más frío y más eficaz que el anterior. Este nuevo individuo no titubearía presa del miedo o de la angustia, y sin duda sería capaz de llegar hasta el final sin que le temblara la mano.

Al terminar mi trabajo en la puerta, entré al salón y comencé a comportarme como ese Esteban seguro y atractivo anterior a Laura. Me detuve a saludar y a platicar con todos mis conocidos mientras me mantenía al pendiente de Reinaldo, que estaba en su mesa de siempre, acompañado de las dos prostitutas con las que llegó. Bailaba con ambas y las besaba alternativamente sin soltarlas de la cintura o de bajar la mano con suavidad para acariciarles las nalgas. Yo lo imaginé atado a una cama mientras yo le clavaba una navaja por todo el cuerpo, haciéndole heridas pequeñas, arrancándole jirones de piel y obligándolo a retorcerse de dolor y a desgarrarse la garganta con berridos aterradores y de nuevo me sentí excitado y poderoso. Continué hablando con todo mundo, y en la primera oportunidad tomé de la mano a una de mis amigas de siempre y la llevé a la bodega del fondo. Sin decir una sola palabra, le bajé los jeans y la puse contra el refrigerador de la cerveza y la penetré con violencia una y otra vez sin importarme sus quejidos, hasta que me sacudió un orgasmo feliz y poderoso. Me quité el condón y la tomé de los pelos para obligarla a que me chupara los restos de semen y mientras la veía hacerlo, me sentí verdaderamente fuerte y por primera vez en mucho tiempo tuve la sensación de haber recuperado el control sobre mi vida.

Esa sensación duró poco. Cuando terminamos, la niña me miraba un poco asustada, pero tampoco parecía que le hubiera desagradado del todo. Se vistió aprisa y al darnos la vuelta para volver al salón nos encontramos de frente con Reinaldo, que nos veía complacido desde atrás de las cajas de refresco. "Muy bien bróder... me da gusto verte recuperado". Estuvo a punto de vencerme el coraje pero me contuve. "Tenías razón... Volví a nacer y empiezo a disfrutar de mi nueva vida". Sonrió, con esa mirada de maldad que siempre tenía a flor de piel. "Supongo que no tardarás en ser de nuevo uno de mis Chacales...". Pasé frente a él con la niña de la mano. "Nunca se sabe...". Y regresamos a la barra, donde le invité un trago para el susto y nos besamos de nuevo. Al final se vino conmigo a mi casa. Necesitaba poner un recuerdo encima del de Laura lo más pronto posible. Luego de bastante tiempo volví a usar cocaína y muchísimo alcohol. Nos revolcamos sin pensar en nada hasta que se hizo de día. Al final nos quedamos dormidos... cada uno en su lado de la cama.

Reinaldo

¿Alguna vez han sentido que flotan? ¿Qué están en medio de la nada, como putos astronautas, como un puto pulpo en medio del mar moviendo los tentáculos como loquito para todos lados sin encontrar de qué agarrarse?... La neta se siente raro... Pero ya, por favor... Dejen de estarme chingando, ya estoy hasta la madre de estar aquí, de tantas pinches preguntas.

Hay muchas cosas que no recuerdo... No entiendo qué lugar es éste, por qué me trajeron aquí... Y estas pinches voces que me taladran la cabeza y me sacan de quicio... Ya, no mamen... Que venga alguien y me diga qué pedo...

Está bien, está bien... yo le sigo... Al cabo ya falta poco... Ese sábado en la mañana me despertó el puto teléfono. Era el pendejo de Osvaldo para decirme que no sé qué pinches complicaciones había tenido la ruca y se la estaba llevando la chingada.

Yo, la neta, me encabroné, pero no porque estuviera enferma; eso me daba un chingo de gusto. Me encabroné porque me había desvelado muchísimo y me despertó con sus pendejadas antes de mediodía. Además, no sé qué chingados quería que hiciera. "Y a mí qué... yo no soy cura para darle los Santos Óleos... espero que al menos la muy culera esté sufriendo todo lo que se merece". El pendejo se quedó callado, como si con ese pinche silencio cobarde me fuera a alivianar. Y cuando por fin habló, fue pa'decirme su mamada: "Si te apuras, aún alcanzas a verla... los médicos no creen que pase de mañana". Me imagino que el güey pensó que iba a salir corriendo a verla, a tomarla de la mano como si nada hubiera pasado, como si no me acordara que fue ella la que me dijo que me fuera a la chingada y no regresara más a seguir manchando el nombre de la familia. ¡Háganme el puto favor! ¿Manchar el nombre de la familia? Pues ni que fuéramos quiénes. Nuestra pinche familia de mierda no tiene un nombre que manchar. Si acaso apenas nos alcanza para un apellido pitero y sin importancia que sólo sirve para que el pendejo del cartero no nos confunda con los que viven al lado. ¿Cuál pinche nombre iba yo a manchar? ¿El nombre de "jodidos"? ¿El de "muertos de hambre"? ¿El de "lame cazuelas"? ¿O cuál puto nombre? Al contrario, lo que yo quería era salir de la mierda, darle a ella y a los pinches inútiles de mis hermanos un pinche apellido que fuera digno de respeto, aunque fuera por miedo; darles una puta vida mejor. Pero no, ella era una santa y no podía mancillarse teniendo un hijo como yo, que la ensuciara con sus actos detestables. ¡Mis güevos! Y ahora que estaba a punto de que se la cargara la chingada esperaban que fuera yo a poner mi carita de pendejo y a decirle que la quería y que me perdonara porque había tenido razón al hacerme sentir un pinche rechazado. ¡Pues ni madres! Yo no iba a ir para que con sus últimos restos de energía se me quedara viendo con furia y me mandara sacar del cuarto. "Ya les dije que éste no es mi hijo", como repitió tantas veces. Y mucho menos le iba a dar la oportunidad de que se diera cuenta de lo culera que fue siempre conmigo y me pidiera perdón en el último momento. ¡Ni madres! Que se muera con su pinche culpa, como hemos de morir los demás.

"Pues qué mal pedo que se les muera... Aunque, al chile, para mí, mejor. Entre más pronto se enfríe, son menos días en el hospital y me sale más barato ser huérfano. ¿Ya le dijiste que todo lo está pagando su hijo el ojete o entre Irma y tú decidieron colgarse la medallita?". Otro pinche silencio eterno. "De veras, Rei... vente a despedir". Yo no me iba a ir a despedir de nadie. El día que me mandó a la chingada fue bastante despedida. Esa pinche ruca ya no era nada mío, y en todo caso era alguien que sólo con existir me hacía la vida un poco más insoportable de lo que ya era de por sí. "Mejor avísame cuando se muera para hacer una pinche fiesta". Y le colgué el puto teléfono y me revolví en la cama y me sentí más solo y más angustiado que nunca en mi pinche vida. ¿Por qué se tiene que cargar con la familia toda la puñetera vida? No pude más y le marqué a Ivonne, que no contestó. La muy puta debía estar echándose el mañanero con Pepe, diciéndole que lo quería, jurándole que nadie la había hecho venirse como él y haciendo planes para cuando fuera su esposa, asegurándole que tenía la verga más grande y más rica que había probado jamás, mientras le esculcaba la cartera; diciéndole que sólo él era un hombre de verdad, al mismo tiempo que le metía bien adentro el dedo más grande por el culo para que por fin acabara de venirse; y entonces el otro pendejo estaría feliz, sintiéndose afortunado por tener con él a una vieja como ella y convencido que su pendeja decisión de hacerla su esposa era lo más sabio que había hecho en su reputa vida.

Yo, mientras tanto, me daba de topes contra la pared. Estaba tan angustiado, que hasta me fumé un churro de mota para calmarme pero sólo logré que me diera una puta hambre de la chingada y, pa'acabarla de joder, no había ni madres de comida en toda la casa.

En la noche, les hablé a unas putas y me las llevé al Esperanto. Bebimos y nos metimos perico como locos y acabamos en mi casa sin saber ni qué pedo y cogimos todos contra todos y apenas pude adormecerme cuando el sol ya calentaba con toda su intensidad.

Serían las seis de la tarde cuando volvió a sonar el teléfono. Era Osvaldo otra vez, pero ahora para darme la buena nueva: por fin la puta ruca se había muerto. "Pues ya era hora". El muy maricón chillaba como niña. "Preguntó por ti...". Apenas pudo decirlo, pero a mí me hirvió la puta sangre. "¿Ah, sí? ¿Y que le dijiste?... Le hubieras dicho la verdad... le hubieras dicho que mientras ustedes estaban ahí, como pendejos, viéndola morir, yo estaba haciendo mis chingaderas de siempre para poder pagarle el velorio... ¿No se lo dijiste?... Pues qué pendejo y qué puto porque era la verdad...". Osvaldo no podía decir nada y sólo tenía fuerza para sorberse los mocos. Yo me paré de la cama fuera de mí y una de las putas, de las que ya ni siquiera me acordaba, se me quedó viendo asustada. "¿No tienen para el entierro?... No te preocupes, porque a la gente buena siempre la asiste la providencia, así que seguramente no tarda en caerles el puto ataúd del cielo... ten cuidado, no te vaya a caer en la cabeza". Daba vueltas por el cuarto, como pinche chacal en la perrera. "O por qué no hacen lo que de verdad se merece y la tiran a un pinche barranco para que se envenenen los putos zopilotes".

Yo seguía pegando de gritos sin el menor control, hasta que por fin el pinche Osvaldo dejó de lloriquear y me interrumpió. "Ya, Rei... de veras... Preguntó por ti muchas veces. Cuando le dijimos que no estabas, hasta se le salieron las lágrimas". Ah, no, agüevo... pues ya con eso. Años de pinches majaderías y rechazos se resuelven con unas putas lagrimitas. Seguro que el pendejo de Osvaldo pensó que con eso me iba a enternecer, pero al contrario, me encabronó más. "¿Unas putas lágrimas? ¡Eso es todo! ¿Y a mí de qué chingados me sirven unas putas lágrimas?... Que le vaya a llorar al pendejo de San Pedro, a ver si le abre la puerta, o con todo y lagrimitas la manda al puto infierno, que es donde debe estar. Pero a mí que no me salga con esas mamadas". Tenía que colgar el pinche teléfono porque si no me iba a dar algo. "Mañana te mando a alguien con el dinero... quiero que la entierren con una caja que yo haya pagado, y que la pinche lápida diga que la que yace ahí está ardiendo en los putos infiernos por culera y que además la tumba, el velorio y todo lo demás se pagó con el dinero sucio de su hijo el ojete repudiado". Y le colgué el teléfono. Luego me encerré en el baño, para que las putas no me vieran llorar de coraje y de impotencia, como pinche nena desvalida.

No sé cuánto tiempo estuve ahí, sentado sobre el mosaico frío, hasta que una de las putitas me fue a tocar para decirme que tenían que irse y yo le grité que se fueran a la chingada y seguí encerrado llorando, hasta que me quedé seco y ya no tuve qué más echar por los ojos.

Salí del baño y les di su varo para que se largaran. Cuando estuve solo volví a marcarle a Ivonne. Ahora sí me contestó. Le dije que estaba muy jodido y que necesitaba verla. Se quedó callada un momento y luego me dijo que al día siguiente Pepe tenía una comida con no sé quién y que podía escapárseles un rato a los escoltas; un par de horas a lo mucho, pero algo es algo. Evidentemente le dije que estaba bien, que lo que fuera me servía. Quedé de recogerla ese lunes, a eso de las dos de la tarde, en la puerta trasera del spa donde se hace sus masajes y demás tratamientos. "De veras que estamos jugando con fuego... cada vez lo noto más desconfiado". Yo no le dije nada porque tenía razón, pero a mí ya no me importaba una chingada quemarme o no. Yo necesitaba verla, estar con ella; sentir, al menos por dos horas, que tiene algún caso existir.

Diario de Elisa, 22 de octubre

Ayer fue un día terrible; aunque al final mejoró un poco. A pesar de que le viernes me acosté temprano, en la mañana me moría de sueño y no pude levantarme hasta pasadas las once. Sentía una pesadez física y mental que no recuerdo haber experimentado antes.

Cuando salí del cuarto busqué a mamá por toda la casa y terminé por encontrarla en la azotea, donde lavaba a mano las sábanas que fueron de papá y lloraba a moco tendido. Las tallaba con todas sus fuerzas contra la piedra del lavadero, y cuando la lógica indicaba que estaban listas, les ponía más jabón y más agua y seguía tallando sin parar. Yo traté de convencerla de que dejara de hacer aquello, pero no me hizo caso; de hecho, cuando se cansó de mi insistencia, me ordenó a gritos que la dejara en paz. Me dijo que ya estaba grande y sabía lo que hacía, y que si me iba a pasar el día atosigándola así mejor hubiera hecho en irme a trabajar. La dejé como caso perdido; aquella no era mamá sino una mujer que sufría e intentaba lidiar con su duelo lo mejor que podía.

Bajé de la azotea y no tuve ganas de hacer nada, así que me senté frente a la tele hasta que me llamó para comer. Ya en la mesa, no me hablaba, no lloraba, no gritaba, no nada; ni siquiera tenía una expresión concreta. Daba bocados espaciados y sin ánimo, con cara de piedra y en silencio absoluto.

Me harté por fin y le dije a quemarropa: "Papá está muerto y no es nuestra culpa". Ella levantó la vista del plato y me miró sin responder. Estiré la mano y la puse sobre la suya. "La verdad es que yo también lo imaginé muerto muchas veces... pensé que eso era lo mejor para él... y sí, también de paso para nosotras. Pero un pensamiento no mata a nadie...". Ella tenía la vista clavada en la comida de su plato y continuaba sin expresión. Yo continué confesándome, porque sentí que así me liberaba. "El día que lo encontramos muerto me sentí muy mal por haber pensado todas esas cosas, pero nosotras no le hicimos nada malo... él se murió solito". Mamá se desahogó en un llanto desconsolado y así entendí que había abierto la puerta correcta. "En realidad papá murió el día que le dio el ataque... todo lo demás fue una agonía terrible que también padecimos nosotras. El tiempo que pasó aquí en cama en realidad no fue vivir... A mí me gusta pensar que Dios nos lo dejó un tiempo para que nos fuéramos haciendo a la idea...". Terminamos abrazadas, llorando.

Como quiera, de algo sirvió, porque al menos estuvo de acuerdo que en la tarde saliéramos a dar la vuelta. No quiso comprar nada, pero dimos un buen paseo. Vimos aparadores, entramos a las tiendas, nos comimos un helado y regresamos a casa, despejadas y mucho más contentas de lo que salimos.

Para la cena pedimos una pizza (no puedo seguir comiendo así porque a este paso mi ropa no me va a quedar en menos de una semana) y vimos un rato de televisión; luego nos fuimos a dormir temprano.

Hoy en la mañana mamá fue a misa y volvió bastante repuesta. Después las dos nos quedamos en silencio, como esperando a que la otra dijera algo sobre nuestra costumbre dominical de salir a desayunar barbacoa. Desde luego que a ambas nos traía pésimos recuerdos, además de que a mí, de la nada, me entró un asco enorme sólo de pensar en el olor del puesto. No sé qué me pasa; siempre me encantó ir a ese lugar pero hoy en la mañana no hubiese sido capaz de resistirlo. Se me ocurrió cambiar de planes, de tal manera que no renunciáramos a nuestra salida del domingo, pero sin revivir lo que sucedió la semana pasada. Así las dos ganábamos. "Supongo que ni tú ni yo queremos regresar a la barbacoa en un buen rato... ¿Qué te parece si hoy empezamos con churros y chocolate?". Mamá respiró aliviada y estuvo de acuerdo. El único inconveniente es que hay que salir en coche, pero, en lo que cabe, es un mal menor.

Cuando regresamos del desayuno, nos sorprendió encontrarnos a Esteban esperándonos. Estaba sentado en el piso, a un lado de la puerta del departamento, porque según nos dijo había decidido pasar el día con nosotras, como si fuéramos una familia normal. Mamá y yo nos miramos incrédulas, pero nos dio gusto; desde luego a ella más que a mí, porque lo sigue viendo como su niño consentido de siempre.

En realidad tengo que reconocerle a Esteban que fue una gran idea porque mamá se puso feliz y se pasó el día entero entretenida desviviéndose en atenciones para su bebé de treinta y dos años. La verdad es que me dio un poco de coraje porque yo siempre estoy ahí con ella y ni siquiera me pela, pero al menos me alegró verla así; por un rato volvió a ser la mamá de siempre.

Hablamos muy poco sobre Laura. Naturalmente, respeté su decisión. Yo sabía que las cosas no estaban del todo bien entre ellos pero eso no quiere decir que una cosa como ésa no le importe a uno; y eso que no sabe lo otro... lo del embarazo, que si no... En la tarde salí a rentar un par de películas, y vimos una los tres juntos. Aunque yo me dormí casi todo el tiempo; ya estoy harta de este sueño y de este apetito insaciable.

De nuevo me siento agotada. Apenas pasan de las diez y ya me caigo de sueño. Dejé mi celular en el cuarto toda la tarde y apenas ahora que lo revisé me topo con un mensaje de Rodrigo. "Ya quiero verte de nuevo". Sabía que no podía responderle, pero el saber que pensaba en mí me hizo sentir la mujer más feliz del mundo. Pero luego no pude evitar analizar sus palabras y el ánimo que sentí en un principio decayó un poco. "Ya quiero verte de nuevo". No dice que me extraña, no dice que piensa en mí, mucho menos dice que me quiere o que me necesita a su lado; sólo dice: "Ya quiero verte de nuevo". Es pura ambigüedad y lo único que puede inferirse con certeza de él es que le gusta tener sexo conmigo. Tampoco es que eso sea malo, pero sin duda hubiera preferido algo como: "Te amo y no puedo vivir sin ti". Me da coraje imaginar que lo hizo a propósito, y que pensó cada palabra para decirme: "Me acuerdo de ti porque hacemos el amor muy rico y te deseo de nuevo porque, como mi mujer ya está vieja y flácida, contigo me la paso mejor, pero no lo malinterpretes, no te imagines ocupando un lugar que no te toca". Yo sentí que me dijo todo eso; pero como lo hizo sin decirlo en realidad, no tengo nada que reclamarle.

Me voy a la cama con la certeza de que, al menos por un momento, y aun rodeado de su familia, Rodrigo pensó en mí. Eso ya es algo, ¿no?

23 de octubre, afuera del departamento de Reinaldo

Esteban aguarda paciente, escuchando la radio, agazapado dentro del automóvil que rentó esta mañana para iniciar la vigilancia estrecha sobre Reinaldo y encontrar así el momento idóneo para matarlo.

Lleva ya dos horas de espera infructuosa, pero no desespera, porque sabe que Reinaldo no es hombre de levantarse temprano.

Llegó con tiempo porque comprende que en el negocio de la vigilancia hay que cubrirse ante eventualidades, conductas atípicas y cambios de última hora.

Permanece estacionado casi frente al edificio. Ha tomado ya varias fotografías de la camioneta negra de Reinaldo, así como de las tres personas que esperan con tranquilidad a que el jefe aparezca con intención de marcharse. De momento charlan relajados y beben café. Se sabe que no es tarea para cualquier individuo el hecho de permanecer alerta de tiempo completo; sin duda ellos no están calificados para una encomienda tan azarosa.

Esteban los conoce bien. Aunque muy pocas veces ha cruzado palabra con ellos, los ha visto innumerables veces acompañando o asistiendo a Reinaldo, tanto en el Esperanto como fuera de él. El delgado alto es el que siempre maneja; el de las patillas y el del pelo envaselinado son los que lo cuidan y le hacen toda suerte de encargos y mandados. Sabe que es altamente probable que los tres estén armados, así que debe ser cuidadoso.

Toma nota es su libreta de todo cuanto le viene a la cabeza y que puede llegar a servirle. Es una manera de completar su investigación y a la vez permitir que el tiempo transcurra sin que le pese. Lamenta no haber desayunado lo suficiente, porque ahora, en plena espera, siente un enorme antojo de café con una dona, como las que disfrutan sin empacho los asistentes de Reinaldo. Pero sabe que no puede bajarse por un desayuno similar porque el riesgo de ser descubierto es alto y la posibilidad de explicar satisfactoriamente su presencia ahí un lunes por la mañana, con la pistola al cinto, son nulas.

Esteban continúa con sus notas. Sabe, por referencias, que los lunes Reinaldo asiste al Esperanto a recibir las cuentas del fin de semana y que, para el momento que llega por ellas, el contador de las empresas de Pepe se las tiene listas y ordenadas. También sabe que es ahí mismo, en el Esperanto, donde suele recibir citas, encargos y demás pendientes de la gente de Pepe, y de ahí en adelante las actividades del día transcurren caprichosas, sujetas a las necesidades del momento, imprevisibles con margen insuficiente como para que Esteban pueda usarlas para sus propósitos asesinos.

Hasta donde se sabe, Reinaldo no tiene una agenda fija; eso sin duda complica cualquier plan para diseñar una emboscada. Por eso, desde que tomó la decisión de matarlo, Esteban está consciente de que, llegado el momento, puede requerir ejecutarlo de improviso; y esa variable sin duda lo pone nervioso; pero no lo amilana, al contrario, lo ha tomado como un reto para doctorarse en el negocio del crimen.

Por fin aparece. Esteban toma nota de la hora; son las diez de la mañana con cuarenta y dos minutos. Le sorprende la reacción de sus subordinados, que al parecer no lo esperaban todavía. Se ve demacrado; pareciera que lleva más de una noche sin dormir; o quizá así se ve por las mañanas. Ahora que lo piensa, Esteban se da cuenta de que casi nunca ha visto a Reinaldo antes de mediodía. Viste una camisa negra, abierta casi hasta el ombligo, y unos jeans deslavados. Esteban prepara la cámara y dispara varias veces.

Habla con sus asistentes. No parece estar de buen humor. Manotea, grita, parece expresarse en términos coloquiales y violentos. Le entrega a uno de ellos un sobre y les da instrucciones a gritos, que sin duda no esperaban. Los tres se miran entre sí mientras Reinaldo aborda sólo la camioneta negra.

Esteban comprende que todo lo que viene será parte de una improvisación, y de continuar indefinidamente así será muy complicado encontrar un momento propicio y predecible para matarlo. Al menos tiene la suerte de que su objetivo viaja solo; así podrá seguirlo con mayor confianza.

La camioneta negra arranca y el auto rentado lo hace detrás. Da vuelta en la primera esquina, y continúa girando y cambiando de calles y avenidas hasta tomar el eje vial Lázaro Cárdenas. Esteban sabe que por esta ruta jamás llegarán al Esperanto, y lo sigue a distancia prudente, carcomido por la triste desilusión de entender que desde la primera mañana de vigilancia, Reinaldo ha roto su ya de por sí raquítica rutina y ahora avanzan hacia lo imprevisible.

Toma la grabadora de mano y deja un apunte para registrar más tarde en la bitácora general. "No tengo idea hacia dónde vamos, pero dejamos la Guadalupe Inn y nos dirigimos rumbo al centro". Es verdad; ambos vehículos avanzan por esta largísima calle, llena de semáforos y bocacalles, pero no alcanzan a llegar a Bellas Artes porque la camioneta negra gira a la izquierda unas cuadras antes. Dan varias vueltas antes de que Esteban se ubique. "No sé bien dónde estoy pero es casi seguro que por aquí está el taller donde debía entregar el coche que me asignaron para la ejecución del licenciado Villegas... Si es así, estamos en la colonia Doctores". Una vez más Esteban tiene razón.

Ahora topan de frente con avenida Chapultepec y giran a la derecha. Esteban debe meterse de forma temeraria entre un taxi y un camión de volteo pero es la única forma de no perder el rastro de la camioneta negra que unas cuantas calles adelante gira a la izquierda para perderse en una madeja de callejas interiores que Esteban no conoce. Justo antes de llegar a la desembocadura de una avenida principal, Reinaldo encuentra un lugar y se estaciona. El auto rentado se detiene al principio de la calle, porque no hay espacio para acomodarse, así que debe permanecer en doble fila. Ahí donde quedó es factible que Reinaldo lo vea, o que pase una patrulla y lo obligue a moverse. Pero no todo es malo, porque, aunque sea parcialmente, parece que la suerte lo acompaña ya que está por salir un automóvil azul marino que le dejará disponible un lugar con una perspectiva favorable para estar al pendiente de la camioneta negra.

Continúa la vigilancia, que en los últimos minutos no ha ofrecido mayores contratiempos. Reinaldo permanece en el interior de la camioneta con los vidrios cerrados. Lo más probable es que espere a alguien. El tiempo transcurre con lentitud y no sucede nada. La temperatura poco a poco se eleva y el sol, en su viaje perpetuo, remonta las azoteas para caer a plomo sobre los techos ardientes de los coches. Esteban se seca el sudor y se lamenta de no haber previsto esta contingencia; así, aunque hubiera pagado un poco más, hubiera rentado un auto con aire acondicionado y ahora no sentiría que le falta oxígeno fresco. Intenta distraerse tomando notas en su libreta: "Son las once treinta y seis de la mañana. Está detenido frente una refaccionaria de fachada verde pero permanece solo dentro de la camioneta. Seguro está esperando a alguien; ojalá llegue pronto porque me estoy asando".

Presa del aburrimiento, Esteban fantasea con que puede hacerlo ahora mismo. Puede bajar del coche, preparar la pistola y acercarse de forma sigilosa por el lado ciego del conductor y vaciarle la carga completa mientras aguarda desprevenido sentado al volante de su camioneta. No es lo que había imaginado, pero sin duda es una manera. De cualquier forma se contiene, porque sabe que si Reinaldo espera a alguien, lo más probable es que esté al pendiente de su llegada; eso sin contar que el individuo esperado puede aparecer en cualquier momento sin que Esteban lo identifique y ahora su problema ya no sería contra uno sino contra dos. No, hacer algo así sería una imprudencia; tienes que ser paciente, y lo sabes.

Por fin Reinaldo baja de la camioneta. Esteban lo fotografía una y otra vez y le sorprende ese semblante enjuto y contenido que jamás había percibido en él. Camina con la cabeza baja y se detiene frente a una puerta morada. "Once cincuenta y dos de la mañana. Baja de la camioneta y se detiene frente a la puerta de Funerales Lozano". Deja la grabadora y le toma una fotografía más.

Se detiene en el umbral y de nuevo se da la vuelta y camina por la acera de un lado a otro y se pasea los dedos por la melena alborotada. Ahora se recarga en una cabina telefónica y esconde el rostro entre las manos. "Once cincuenta y cuatro. No entra en la funeraria y camina como loco. Parece que llora, pero no podría afirmarlo con certeza". Camina de nuevo. Da pasos largos, firmes, rápidos; avanza quince metros y gira ciento ochenta grados, cruza frente a la puerta del velatorio nuevamente, y tras otros quince metros gira en redondo otra vez para repetir la misma operación alguna veces más.

Esteban frunce el ceño; no comprende nada. A lo único que acierta es a complementar su de por sí magro expediente con una fotografía más y algún comentario que tira a bocajarro al micrófono de la grabadora. "Parece fiera enjaulada. Juraría que se lo está llevando el carajo". Las sospechas de Esteban no tardan en confirmarse pues Reinaldo, fuera de sí, pega una patada violenta, seca, sólida, sobre la puerta de uno de los automóviles estacionados al paño de la acera. Comienza el estrépito de la alarma a rebotar en las fachadas grises, mientras él, furioso, continúa su marcha de un lado a otro de la calle, como si no escuchara este pitido regular y estridente y como si además no hubiera sido él mismo el causante directo de dispararlo. "La única explicación que se me ocurre es que ése a quien esperaba lo dejó plantado. Y se ve que era algo muy importante".

Lo que Esteban no alcanzaba a comprender era el papel que jugaba la funeraria en el estado cercano a la locura en que estaba sumergido Reinaldo. Había amagado varias veces con entrar y ahora lo hace de nuevo. En esta ocasión traspasa el umbral, pero un instante después sale a toda prisa. "Lo que no entiendo es qué pitos toca en todo esto la funeraria de mala muerte a donde no quiere entrar". ¿"Funeraria de mala muerte"? Esteban apaga la grabadora y sonríe para sí mismo luego de percibir la ironía intrínseca que existe en la frase que acaba de pronunciar. ¿Habrá "funerarias de buena muerte"? Recuerda el velorio de su padre, y aunque reconoce que el lugar donde esperó el momento del entierro en compañía de su madre, de Laura y de su hermana Elisa, es infinitamente más agradable y acogedor que éste, eso de ninguna manera lo convierte en "funeraria de buena muerte".

Interrumpe sus pensamientos inútiles al darse cuenta de que Reinaldo se dirige decidido hacia su camioneta. De camino aprovecha para patear dos coches más, y ahora el concierto de pitidos y sirenas resulta completamente insoportable. Reinaldo sube a su camioneta, cierra la puerta de un azotón y arranca rechinando las llantas. "Son las doce con veintiún minutos. Arranca a toda prisa luego de patear tres coches, sin que llegue nadie a buscarlo y sin decidirse a entrar en la "funeraria de mala muerte"".

Esteban deja sobre el asiento la grabadora de mano y se concentra en el volante. La camioneta negra avanza, revolviéndose entre los demás automóviles, presa de una conducción temeraria. A Esteban le sudan las manos gracias a la adrenalina de tener que seguirla, pero con la distancia adecuada para no ser detectado.

Reinaldo nuevamente parece dirigirse al sur de la ciudad. Primero avenida Cuauhtémoc, luego Universidad, ahora Miguel Ángel de Quevedo, Insurgentes, y así remonta una calle tras otra hasta llegar a los rumbos del Pedregal. Son las doce de la mañana con cincuenta y cuatro minutos cuando la camioneta negra se detiene al lado de la puerta trasera de un edificio de tres pisos. Es evidente que la puerta principal está en la calle paralela, porque desde aquí sólo se aprecia una entrada para automóviles, con su icono característico que ordena no estacionarse frente a ella, y, al lado, un portón de acero, con una pequeña ventana para corroborar quién aguarda afuera. Pero no hay anuncios, ni letreros, ni señales que indiquen qué es o a qué se dedican los usuarios de ese edificio.

Esteban está confundido con las actitudes de Reinaldo. Hasta ahora, aún no ha sido capaz de entender ninguna y a este paso el plan para asesinarlo será imposible de elaborar. "Son las doce cincuenta y cinco y ahora se detiene frente a la puerta trasera de un edifico misterioso. Aguarda adentro de la camioneta". Deja la graba-

dora a un lado y se revuelve con fastidio en el asiento del auto rentado. Esta persecución no parece tener pies ni cabeza, y menos ahora
que observa cómo avanza el reloj y se escapan largos minutos de
absoluta calma y sin que se suceda movimiento alguno; el vigilado
permanece en el interior de su camioneta, prácticamente inmóvil.

¿Cómo puede ser tan largo un minuto y, al mismo tiempo los
días, las semanas y los meses se van sin apenas darnos cuenta?
Esteban intenta entretenerse pensando en cualquier cosa. Ahora,
por ejemplo, recuerda que ayer estuvo toda la tarde en casa de
su madre. Gran parte del tiempo se sintió como un extraño. No
comprende en qué momento dejó de pertenecer a su propia familia. Aquellas noches remotas de adolescencia en que los cuatro
se sentaban frente al televisor después de la cena hoy le parecen
episodios irreales, extraídos de una película vieja, con actores de
segunda y decorados de cartón que lo ponían todo a salvo de la
realidad. Anoche Esteban observaba a Elisa y a su madre comportarse con absoluta comodidad, atrapadas en un entorno en el que
él vivió años pero que ayer le resultó imposible de reconocer. ¿A
dónde perteneces ahora, Esteban? Es curioso que hables de pertenecer si aún no terminas por reconocerte. Piensas en tu familia y
en el pasado, y en el lugar que ya no ocupas, mientras estás aquí,
vigilando a un individuo a quien pretendes matar. En esta nueva
realidad que te construyes día a día ¿cuál puede ser ese sitio donde te sientas cómodo y seguro? ¿Cuál es ahora tu hábitat natural?
Quizá ya no perteneces a ningún sitio, quizá ya sólo te perteneces
a ti mismo. Claro, ahora, ante tanta soledad y tanto desamparo,
te duele pensar en ello; por eso, aún sin tener nada que apuntar,
vuelves a asumir tu papel ridículo de detective asesino y tomas la
grabadora para decir cualquier cosa.

"Es la una de la tarde con treinta y cuatro minutos y la situación sigue igual". Esteban habla al micrófono con un dejo de furia
y ansiedad. Parece que prefiere interrumpir los pensamientos que
lo incomodan para concentrarse en lo que vino a hacer.

Reinaldo continúa sentado al volante de su camioneta y piensa
que quizá se haya quedado dormido porque lleva ya un rato sin
detectar movimiento alguno de esa sombra que apenas se aprecia
tras los vidrios casi negros. Pero no, dormido no está, porque se observa la cabeza rígida, firme, mirando al frente. Esteban suspira.

Ojalá nunca lamentes esta nueva oportunidad desperdiciada de acercarte con sigilo y matarlo de una vez. Es la una con cuarenta y tres minutos, y es muy probable que lo que sea que esté esperando no suceda hasta las dos. Esto te da unos valiosísimos diecisiete minutos para tomar valor, andar a gatas entre los coches estacionados en la acera de enfrente y llegar de manera repentina y sorpresiva para vaciarle el cargador de la pistola y dejarlo bien muerto detrás del volante. Claro, ahora te sorprendes por tu frialdad para recrear en tu cabeza escenas de muerte y te preguntas dónde quedaron aquellos tiempos, no tan lejanos aún, cuando tu cerebro no se mantenía en actividad planeando emboscadas.

Ahora la sombra de Reinaldo se revuelve en el asiento. Parece que revisa su celular. Sí, en efecto, así es. Pero habla apenas unos instantes y de inmediato baja de la camioneta. Esteban se había distraído por unos minutos en pensamientos inútiles, pero retoma su papel y observa el reloj. Son las dos de la tarde con dos minutos, y tal y como había anticipado, lo que fuera que Reinaldo estuviera esperando había llegado el momento de que sucediera.

La puerta trasera del edificio se abre y un vigilante uniformado saca la cabeza y mira hacia ambos lados de la calle. Esteban se agacha ligeramente para no ser detectado y prepara la cámara para continuar robusteciendo su expediente. El vigilante vuelve a meterse y ahora aparece una mujer exuberante y llamativa que Esteban fotografía de manera maquinal y que tarda unos instantes en reconocer, pero por fin lo hace. Es Ivonne, la novia de Pepe. Es verdad que nunca ha hablado con ella, más allá de lo indispensable para recibirla en el Esperanto con amabilidad y cortesía, pero no cabe duda de que es la misma que apenas el jueves los visitó, acompañada de Reinaldo y de dos amigas más. Desde luego que es ella, pero qué hace fundiéndose con Reinaldo, sin el menor pudor, en un abrazo y un beso como ése. Esteban continúa disparando fotos al por mayor; ya pensará luego en posibles versiones que le den respuestas a todas las preguntas que se le agolpan en cascada dentro de la cabeza. Aunque, entre más los observa acariciarse y besarse, menos explicaciones necesita. Ahora lo recuerdas bien, apenas este jueves la viste salir del privado de Reinaldo acomodándose la blusa. No reparaste en ello; supusiste que sólo se trataba de un viaje inocente al depósito de cocaína que Reinaldo tiene en su cajón, pero ya ves que no es así, que es mucho más que eso. Si aún lo dudas, mira cómo Reinaldo le acaricia el pelo y cómo ahora desplaza la mano por su espalda hasta estrujarle las nalgas.

No sabe si habrán de servirle de algo, pero Esteban no deja la cámara ni un instante. Quizá sea por ansiedad, por no saber qué hacer, o porque está impresionado de los riesgos que Reinaldo es capaz de tomar a cambio de un rato de sexo desenfrenado. Ahora caminan hacia la camioneta y él, caballeroso, le abre la puerta del copiloto y aguarda a que la mujer aborde, para cerrarla con suavidad. La camioneta arranca y Esteban, naturalmente, los sigue tan de cerca como es posible. Tampoco hay que ser vidente para predecir que el destino final de este viaje será el estacionamiento de un hotel.

Reinaldo avanza elusivo y con prisa. Deben de tener el tiempo medido. El problema está en que Esteban tiene que hacer malabares viales para no perderlos. Y por fin el destino anticipado se concreta y se enfilan a la entrada de un motel, mientras Esteban conduce y fotografía al mismo tiempo.

Ya están dentro, y se detiene a media calle para ordenar sus ideas y plantearse cuál debe ser su siguiente tirada en este extraño juego que aún no termina de comprender.

Ahora se presenta una nueva oportunidad. Por la manera en que tuvo que esperarla y por el hecho de haber salido por la puerta de atrás es evidente que ella tendrá que volver ahí mismo en un tiempo limitado para no ser descubierta. Esto abre una nueva gama de opciones. Puede esperarlos en la puerta del motel, donde Reinaldo necesariamente deberá hacer alto casi total para observar el tráfico de la calle a la que tendrá que incorporarse, y ahí vaciarle la pistola y dejarlo bien muerto. Pero, ¿y ella? Si la mata también, se provocará un enorme problema con Pepe cuya trascendencia e implicaciones no puede evaluar en este momento; pero si la deja viva, sin duda lo reconocerá, porque no trae consigo el pasamontañas negro. Por otro lado, sin duda, Reinaldo deberá volver al mismo sitio donde se encontraron. Puede esperar a que la deje, a que ella entre por la misma puerta que salió y, ya cuando esté solo de nuevo, ejecutarlo por sorpresa. Esa opción parece mejor. El problema es que necesita decidir rápido, porque no estarán en ese cuarto para siempre.

Esteban baja del coche y se asoma con cuidado al estacionamiento del motel. Lleva la cámara en la mano y observa que al fondo está la camioneta negra dentro de la cochera de una habitación pero que para su buena suerte, por su tamaño no permite que la puerta corrediza cierre; así que puede, sin ningún problema, completar su secuencia fotográfica. Son las dos veinticuatro de la tarde y sabe que, por rápido que consumen esta aventura sexual, tiene al menos treinta minutos; así que, para salir de dudas y poder elaborar mejor su plan, decide volver para confirmar del todo qué clase de lugar es ése donde Reinaldo la recogió.

Circula lo más rápido que puede, y toma la calle paralela para pasar frente a la fachada principal. Ahí identifica en doble fila una de las camionetas de Pepe y reconoce al chofer y los dos escoltas, que platican con toda calma recargados a la sombra, en la entrada del edificio. "Qué bueno que la están cuidando súper bien...". Dice Esteban en alto sin poder contener una carcajada. Está emocionado, lleno de adrenalina, porque por fin su plan de vigilancia parece tener resultados. Clínica de Belleza. Spa, Masajes y Lipoescultura Láser, logra leer en el anuncio exterior que cuelga del edificio.

Ahora está en una disyuntiva; estacionarse en la calle de atrás y tomar un sitio adecuado que le dé ventaja para ejecutar a Reinaldo sin que se lo espere, cuando regrese a dejarla, o volver al motel y esperarlos junto a la puerta, para sorprenderlo ahí. Ante la duda, decide volver, porque no puede permitir que pase más tiempo sin mantener la vigilancia. Le sudan las manos y le arde el vientre de emoción y ansiedad.

Son las dos de la tarde con cincuenta y seis minutos y está de nuevo afuera del motel. Baja y confirma que la camioneta continúa en el mismo lugar y posición de cuando la dejó. Ahora tiene algunos minutos más para tomar decisiones. Se limpia el sudor con el dorso de la mano y tamborilea en el volante; revisa las fotografías que ha tomado y le da vueltas en la cabeza a todas las posibles alternativas que se le ocurren. Sabe que la ocasión que esperaba para su venganza se ha presentado ahí, frente a él; ahora, en el poco tiempo que le queda, debe decidir cuál es el más eficiente y el mejor camino para ejecutarla. Por fin ahora tienes la vida de Reinaldo en las manos; ahora, por fin, vas a poder liberarte de todo ese odio que te pudre por dentro. Quién sabe, quizá esto te redima en parte y te permita otra vez volver a ser por un rato ese Esteban que ya no existe pero que te gustaría resucitar.

11

Diario de Elisa, 23 de octubre

Hoy me dieron ganas de abofetear a Willy. El muy estúpido me hizo pasar a su oficina y me dio el pésame por lo de papá como si de veras le importara. ¿En qué sentido la hipocresía abierta y descarada puede halagar a alguien?

En la mañana tuve una sesión de fotos para una línea de vestidos de una compañía que está apenas preparando su catálogo para la campaña de fin de año. Éramos cinco modelos y trabajamos a un ritmo enloquecido, porque ya tienen el tiempo encima. Necesitan tener el catálogo listo y armado en diez días y por eso nos sometieron a una jornada de muerte, que empezó a las siete de la mañana.

Yo tuve nueve cambios completos, y otros tres o cuatro por vestido, agregando y modificando accesorios. Además, las fotos las tomaron en un parque de la Condesa, y hasta antes de las once hacía un frío terrible. Llevaron un cámper para que nos arregláramos pero hubo momentos en que las cinco estábamos intentando vestirnos o retocando el maquillaje y el peinado al mismo tiempo. Así que varias veces tuve que cambiarme en pleno parque, protegida solamente por el recoveco de alguna fachada, y por el asistente del fotógrafo, que me cubría el frente con alguna de las pantallas plateadas que usan para dirigir la luz e iluminar las fotos.

En la tarde fui a la agencia para arreglar lo de unos pagos que tenía pendientes y otra vez Lilia me recibió enojada. "Pero ahora qué hice... ni siquiera lo he visto". Lilia levantó la cara de la computadora y me respondió cortante. "Por eso... porque te compró flores y me dijo que en cuanto llegaras te pasara a su oficina... además, toma... me ordenó que tuviera listos todos tus pagos atrasados...". Y me puso el cheque sobre el mostrador. Le firmé de recibido pero no supe qué más decirle. Entré en el despacho y, en efecto, tenía sobre el escritorio un enorme ramo de tulipanes blancos; además, se desvivió en palabras de consuelo que se oían completamente huecas. "No sabes cuánto lo siento... yo todavía tengo a mi papá, pero me imagino lo que sentiría de perderlo". Y me dio un gran abrazo, y me acariciaba la espalda y yo no veía el momento de soltarme. Luego me pidió que me sentara, y él se acomodó a mi lado, supuestamente para que lo sintiera cerca mientras me daba ánimos cada vez más fingidos.

Me tomaba la mano o me acariciaba la pierna y sólo lo toleré por llevar la fiesta en paz. "Pero no te pongas así... no todo son malas noticias". Yo no me había puesto de ninguna manera, y si tenía mala cara era porque ya no lo soporto y me dan arcadas sólo de tenerlo al lado. Después me dijo que tenía una gran propuesta para mí. Me explicó que acaban de contratar a la agencia para una gran campaña. Era el lanzamiento de un nuevo enjuague bucal que quería entrar con todo a pelearle el mercado a Astringosol y Listerine. Me dijo que esa campaña incluía un conjunto de comerciales seriados para la tele, cortos de cine, revistas, espectaculares y toda clase de medios de impacto nacional. "Y desde luego, con esos labios y esa sonrisa, pensé en ti...". Y dale a acariciarme la pierna.

Al parecer el plan es hacer una historia donde una pareja se conoce, se flecha, se enamora y se casa; todo gracias al famoso enjuague bucal. Está dirigido a adultos jóvenes y la imagen será moderna y elegante. Para esta primera etapa, se trata de inventar una especie de telenovela en seis o siete capítulos de veinte segundos cada uno. En ellos se desarrolla la historia, que abarca, desde mediados de noviembre, cuando se conocen, se alarga toda la temporada de navidad y fin de año y culmina con el amor feliz que se concreta el catorce de febrero.

La idea no me sonó mal. Además de los comerciales y la imagen en medios impresos, se tienen planeados infinidad de eventos y presentaciones donde la pareja se presenta en vivo y se comporta acorde con la etapa de campaña en que se esté. Quizá sea una enorme cursilería, pero para mí representa una oportunidad tanto económica como laboral fantástica. Son cuatro meses de campaña, que es el tiempo más o menos justo que puedo estar presentable (claro, siempre y cuando deje de comer como lo estoy haciendo).

Willy me miraba excitado. Sin duda esperaba que cayera a sus pies rendida de agradecimiento, y la verdad estuve a punto de hacerlo. En el instante clave razoné bien y pude conservar la ecuanimidad, sin dejar de mostrarme emocionada y feliz. Naturalmente quiso besarme y yo me sentí de nuevo entre la espada y la pared. No podía rechazarlo, ni tampoco quería aceptarlo así, sin más. Acepté el beso y las primeras caricias; pero cuando sus manos llegaron a mis pechos, empecé a lloriquear. Le hablé entre sollozos de lo agradecida que estaba y le decía que sin duda aquello me lo había mandado papá desde el cielo y cuanta tontería se me ocurrió. Lloré en su hombro y le dije que mamá estaba en cama de la depresión y que ahora yo debía sostener a mi familia. Le dije también que la vida se me había venido encima de un momento a otro y sin esperarlo pero que gracias a él, ahora, por fin podía ver un poco de luz al final del túnel. Con la voz entrecortada le daba gracias a Dios por habérmelo puesto a él en el camino, y un montón de exageraciones más. No paré de gimotear hasta estar completamente segura de haberle bajado la excitación.

Tengo que sobrellevarlo hasta que se concrete lo del enjuague bucal. Debo ser muy cuidadosa en qué y cómo le digo las cosas, para no cerrarle las puertas; pero a la vez no ceder a lo que a él le dé la gana. Quedamos de vernos el miércoles para presentarme en la agencia que opera la campaña. Willy está seguro de que, si me aprueban en esa reunión, lo del *casting* será mero trámite. Por lo que entendí, para esta campaña yo firmaría el contrato con la otra agencia, así que al menos por este proyecto dejaría de depender de Willy.

Salí feliz y agradecida con el mundo por ponerme enfrente esta oportunidad. Yo sabía que con Sebastián tenían que pasarme cosas buenas.

Reinaldo

¡Eso les vale madres!

Yo no sé quién les dijo semejante mamada pero es una puta mentira más grande que el odio que sentía hacia ella. Además, no se me hinchan los güevos hablar de eso... En todo caso, la pinche ruca se murió y a nadie tiene por qué importarle lo que yo haya pensado o sentido por eso. No veo por qué me tenía que doler, hacía mucho que ni siquiera la veía, y nunca nos llevamos bien.

Sí, llegó el momento en que me mandó a la chingada; pero mejor para mí. Yo hice mi vida por mi lado y me ahorré un chingo de regalos de diez de mayo. Y eso de que andaba por la calle pateando coches, como si fuera un niño berrinchudo, son puras mamadas. Sí, yo pagué el hospital, la caja, el entierro y todo lo que se ofreció; pero fue más por quitarme de encima a mis hermanos que porque en el fondo me importara un carajo.

Bueno, sí, y qué... algo me ardía por dentro, pero me aguanté. Siempre me cagó los güevos que ella pensara que mis hermanos, a pesar de ser unos pendejos fracasados y muertos de hambre, eran mejores que yo; pero allá ella. Para mí, esa pinche ruca dejó de ser mi mamá cuando me cerró las puertas de la casa. Por eso, lo que le haya pasado o dejado de pasar me valió madres... Para mí, lo verdaderamente importante de ese día fue que vi a Ivonne, ahora sí, por última vez. Eso sí fue algo muy cabrón, no la muerte de una pinche vieja que ya no era nada mío.

Hablé con Ivonne el domingo y quedamos de vernos el lunes. Mandé desde la mañana a un chalán con el dinero para que se lo diera el pendejo de Osvaldo, y yo ni siquiera me presenté... Pregúntenle a quien quieran... Yo nunca estuve en el velorio, ni en el entierro, ni en ni madres... Ora que si no me creen, pues vayan y chinguen a su madre... y tan amigos.

Y sí, es cierto que salí desde temprano, pero eso fue para dar una vuelta, para relajarme... Como sea, por culera y mala entraña que haya sido, pues en algún tiempo también fue mi jefa... y a la mejor pues sí, de casualidad pasé por ahí cerca, pero nada más. En todo caso, yo sólo estuve haciendo tiempo para ver a Ivonne, para llevármela al hotel y metérsela toda.

Pasé por ella a la hora que quedamos, y justo eso hicimos. Teníamos el tiempo medido y no podía llevarla a mi casa; así que fuimos a un motel que estaba cerca de donde la recogí.

Sí, así fue... no sé de dónde sacan todas esas mamadas, pero eso sí es verdad; ya ni me acordaba de ese detalle, pero así pasó. El pinche motel era viejo pero estaba recién remodelado. Por dentro, los cuartos quedaron a toda madre pero la camioneta era demasiado alta para las pinches cocheras, y la puta puerta se quedó abierta. No sé qué pinche importancia pueda tener eso... el caso es que entramos al cuarto y en menos de lo que les cuento ya estábamos en bolas y poniéndole con fe.

Ella llevaba un vestidito de flores de lo más cachondo. En cuanto la vi salir del spa donde la recogí, se me paró la verga. Luego, ya en el cuarto... no mamen; la neta son unos pinches morbosos. ¿Para qué quieren saber cómo fue? ¿Qué, ustedes nunca han cogido como Dios manda o qué chingados? A estas alturas hasta güeva me da platicarles los detalles... Un poco como siempre... a todo lo que daba y por todos lados... A la mejor un poco más puerco que de costumbre, pero tampoco inventamos nada que no se hubiera hecho antes... Claro que si ustedes son tan pinches reprimidos como los imagino, pues todo les parecerá demasiado.

No me pregunten por qué, pero, aunque cada vez que nos veíamos decíamos que era la última y siempre acabábamos cogiendo de nuevo, ese día, de pronto, de la nada, tuve la certeza de que no nos veríamos más. Por eso mientras me la chupaba yo la veía como extasiado, como queriendo grabármela para que no se me olvidara nunca cómo se la tragaba toda. Y cuando de pronto levantaba la cabecita y me veía a los ojos con esa pinche carita perversa, yo tenía que hacer esfuerzos sobrehumanos para no venírmele en la boca tan pronto. Luego seguimos con todo lo demás... Ya lo saben, y si no, imagínense lo que quieran... Pero dejen de preguntarme, si no quieren oír detalles muy asquerosos... pero muy ricos... para qué más que la verdad.

Cuando terminamos fue ella la que empezó la plática. Me dijo lo obvio... Que cada vez está más cabrón vernos así. Que cuando la llamé la primera vez estaba con Pepe y fue un pedo librarla, porque agüevo quería saber quién la había llamado. Me contó que por fin le propuso matrimonio y que estaba feliz por la oportunidad que se le presentaba y que no pensaba desperdiciar. Yo la escuché hablar y con cada palabra se me venían las paredes encima. Nunca fui tan putamente ingenuo como para no saber que lo que me decía era lo lógico, y que tenía razón en mandarme a la chingada, porque de cualquier manera era imposible que lo nuestro se realizara; pero la neta se me había metido muy adentro y cada vez era más consciente de lo clavado que estaba.

Sin mucha convicción, casi por no dejar, volví a decirle que desapareciéramos juntos. Que tenía una lanita junta y que nos alcanzaba para librar los primeros tiempos; que luego ya veríamos. Le dije que en este pinche país sobraban los Pepes; que ya me había hecho de un nombre y más de uno me recibiría con gusto. Tendría que empezar desde abajo otra vez pero con el tiempo me acomodaría de nuevo. "¿Y de veras piensas que nos va dejar así nada más? ¿En serio crees que no le va a importar que todos sepan que un subordinado le robó a la mujer? Se va a encaprichar y sabes perfectamente que estemos con quien estemos, nos va a buscar para cobrársela. Si a Frank, que era su mejor amigo, lo buscó hasta debajo de las piedras y le hizo lo que le hizo... ¿Qué crees que nos espera a nosotros?". Ni pedo, era cierto; por eso no insistí más.

Por enésima vez acordamos no vernos más. "Toma, quédatelo de recuerdo...Para evitar más tentaciones...". Y me entregó el celular a donde le llamaba y, desde luego, se negó a darme el que le puso Pepe. Todavía desnudos nos abrazamos una vez más. Me cagaba la madre sentirme débil, vulnerable; y me cagaba aún más que ese abrazo no fuera puerco y cachondo como siempre sino que fuera tierno y cálido. Sentí su piel sobre la mía, sus chichis duras contra mi pecho y le acaricié las nalgas magníficas y en vez de que se me parara la verga, me dieron ganas de llorar de desesperanza y soledad. Luego le acaricié el pelo y recorrí cada centímetro de su espalda y la llené de besitos tiernos, esperando que ese momento no se acabara nunca; pero en estos casos siempre es demasiado pronto. "Nos tenemos que ir...". Me dijo revisando el reloj; yo la solté para que empezara a vestirse.

Volví a dejarla en el mismo sitio que la recogí. Antes de que se perdiera para siempre tras esa puta puerta de lámina, volteó por última vez y me miró con amor, con ternura. Me mandó un beso con la mano y me hizo la señal de adiós, y el vigilante de la clínica cerró la pinche puerta y la perdí para siempre. Aquello fue mucho para mí. Moría de ganas de estar solo y oculto para poder llorar. Me fui a mi casa y ahí me retaqué de pastillas para dormir y no supe de mí hasta el martes en la tarde. Aquel adiós había sido demasiado culero, y mientras me metía el puño de pastillas intentaba hacerme el *coco wash* que se hace todo buen *looser*; ya saben, la mierda esa de "mañana será otro día" y "luego de la oscuridad viene la luz" y todas esas mamadas con las que uno piensa que puede dejar atrás el pasado, pero el muy ojete no se va nunca. El hijo de la chingada se queda para atormentarnos, para que todos los días nos acordemos de cada una de las pendejadas que hemos hecho, y que terminan por ser los cimientos de las pendejadas que cometeremos en el futuro. Así, poco a poco, vamos construyendo esa filita interminable de pendejadas que terminan por ser nuestra biografía. El gran pedo es que a veces, aun sabiendo que son pendejadas, las extrañamos muy cabrón y sin ellas no encontramos sentido a continuar viviendo.

Esteban

Afuera del motel, y sentado al volante de mi coche rentado, me debatía en decenas de planes y variaciones, para por fin decidir lo que tenía que hacer. Me quedaba muy claro que Reinaldo tenía que morir y se me presentaba la oportunidad de oro, tanto a la salida del motel como fuera de la clínica donde debía volver para dejar a Ivonne. Sin embargo, yo no quería sólo matarlo, quería hacer que pagara un poco de lo mucho que me había hecho sufrir, de lo mucho que me había lastimado, de todo ese daño irreversible que me causó. Por eso no me convencía la idea de emboscarlo y simplemente llenarlo de balazos hasta dejarlo muerto sobre el pavimento o sentado en el asiento de su camioneta.

Necesitaba pensar en otra alternativa, ¿pero cuál? Agobiado por el calor y la conciencia de que cada vez tenía menos tiempo para decidir, imaginaba infinidad de posibles soluciones, en busca de alguna que me dejara satisfecho, hasta que por fin lo tuve claro. Me apareció en la cabeza la venganza perfecta. Era, como toda buena venganza, fría, pensada, cruel. Quizá con ella perdería el privilegio de ejecutarlo yo mismo; pero sin duda lo haría pasar por el calvario que se merecía.

Revisé mi cámara con cuidado y confirmé que en ella había una secuencia completa de fotos donde Reinaldo aparecía besando y acariciando a la mujer de Pepe. Sin demasiados trabajos podía documentar el día completo. Desde la mañana afuera de su casa, la recogida en la parte trasera de la clínica, la entrada y salida del motel, el regreso, e incluso fotografiarla después a ella cuando saliera de la clínica para abordar su camioneta rodeada de escoltas y volviera a su casa. ¿Qué les haría Pepe a ambos si las viera? Sin duda ella sería una pérdida colateral, pero ni modo, quién le mandaba andar de piruja. ¿Qué medidas tomaría cuando se diera cuenta de que uno de sus empleados seducía descaradamente a su mujer? No me cupo duda, ésa era la mejor opción. Pepe se pondría como loco, lo torturaría, lo haría pasar por una muerte brutal, le haría ver lo que significa la traición. ¿Qué tanto podría ensañarse Pepe con un traidor? ¿No era justo eso lo que se merecía Reinaldo?

Me dolía un poco renunciar a la posibilidad de hacerlo yo mismo, pero valdría la pena. En vez de verlo morir, de verlo suplicar, tendría que conformarme con que una noche cualquiera dejara de aparecer por el Esperanto, para luego enterarnos de su trágica muerte. Quizá aparecería descuartizado, o sin cabeza, o vivo pero enceguecido por un hierro ardiente. Ni hablar, pensé en que no puede tenerse todo, pero ya que él me había jodido la vida era justo que yo le jodiera la muerte. Entre más lo pensaba, más dimensión tomaba aquello en mi cabeza, al grado de pasar de una simple venganza al más sublime acto de justicia que pudiera concebirse.

Tenía que culminar la obra, así que sacrifiqué las fotos de la salida del motel y la dejada en la parte trasera para tener tiempo de colocarme frente a la puerta principal de la clínica con una buena perspectiva.

Esperé pacientemente y, tal y como mandaba la lógica, a las cuatro treinta y dos de la tarde salió Ivonne contoneándose, con su mismo vestidito de flores. Con toda la calma del mundo abordó la camioneta donde la esperaban los tres escoltas que le puso Pepe para que se la cuidaran. Me daba un poco de pena por ellos, porque seguramente tampoco la pasarían bien; pero ni hablar, así son estas cosas.

Seguí a la camioneta y documenté también su entrada en un restaurante y en un centro comercial, del que salió llena de paquetes. Luego continué tras ellos hasta que llegaron a una casa enorme, con fachada de piedra volcánica y rejas muy altas, donde se abrió el portal eléctrico de la cochera para cerrarse luego de que entraran. Afuera había dos coches con escoltas y varias cámaras sobre la fachada. Tuve que ser cuidadoso al momento de tomar nota del número exterior para poder enviar mi paquete a la dirección correcta.

Ya pasaban de las ocho y media de la noche cuando terminé mi jornada de vigilancia. Ya no me daba tiempo de imprimir las fotos, así que decidí dejarlo para el día siguiente. Quería tomarme mi tiempo y planear bien la última parte del plan. A pesar del tráfico y de todo el tiempo que me tomó volver a casa, me sentía feliz porque sabía que mi venganza era inminente y mucho más violenta y brutal de lo que me hubiera atrevido a concebir.

Diario de Elisa, 24 de octubre

Hoy fue uno de los días más tristes de mi vida. Quizá lo peor es que ya no tengo oportunidad de tomarme el tiempo para vivirlo como tal, y tirarme en cama a llorar un día completo como me gustaría; mañana es mi cita para lo del enjuague bucal y tengo que verme increíble.

Durante las primeras horas las cosas marcharon sin contratiempos. Aunque estuvimos a punto de que se nos acabara la luz de nuevo, por fin pudimos terminar con las fotos del catálogo de ropa. A la hora de la comida recibí una llamada de Rodrigo para que nos viéramos y eso me puso muy feliz al principio; pero luego me dio mala espina tanta insistencia en vernos casi de inmediato y no dejarme ir a casa para cambiarme de ropa y arreglarme como Dios manda.

Me recogió en el parque donde estaba trabajando y me llevó al mismo departamento de la otra vez. Desde que llegó a buscarme lo sentí serio y pensativo, y en cuanto estuvimos solos, en vez de empezar con los besos y las caricias de costumbre nos sentamos en la sala y empezó a hablarme en un tono impersonal y lejano que no podía significar nada bueno.

Comenzó con un largo rollo de lo mucho que le gustaba y lo bien que lo pasaba conmigo, pero... Sí, lamentablemente, siempre hay un "pero...". Al parecer su esposa comienza a sospechar que sale con alguien y está haciéndole la vida de cuadritos, incluyendo la amenaza de separarse y quitarle a los niños. "Es que ella sabe que con lo de los niños me mata". Yo intenté guardar la calma y le respondí muy solemne: "Sí, entiendo que los hijos es lo más importante". Él asintió y me miró con desesperanza. "Estoy seguro de que un día, cuando tengas los tuyos, me vas a entender". Si hubiera intentado responderle cualquier cosa, sin duda me hubiera soltado a llorar; así que no dije nada y sólo lo miré en espera de lo que evidentemente seguía. "Tenemos que dejar de vernos... al menos por un tiempo". Ya no pude resistir más y se me salieron las lágrimas. Estaba perdiendo prematuramente al padre de Sebastián y no sabía qué hacer o qué decir para retenerlo un poco más, unos meses, unas semanas... siquiera unos cuantos días. Pensé en seducirlo, en hacerle el amor en ese momento para que supiera lo que estaba perdiendo, pero no tuve fuerza ni siquiera para intentarlo. Lo cierto es que tampoco lo hubiera permitido porque al primer intento de besarlo, me cortó de tajo. "Perdón, pero hoy no puedo... tengo que llegar a mi casa antes de las nueve".

Fue un golpe demasiado fuerte, demasiado inesperado, demasiado inoportuno, y me quedé paralizada. Estaba dejando ir al hombre que en muy poco tiempo, y sin imaginárselo, se había convertido en el más importante de mi vida. No fui capaz de oponer la mínima resistencia. Pensé en recurrir al chantaje, en decirle la verdad, en ceder en lo que fuera, en espaciar las citas, vernos en los lugares y los horarios que le resultaran más convenientes sin que me importara lo que tuviera que sacrificar para lograrlo; estaba dispuesta a hacer lo que fuera para no perderlo, pero al mismo tiempo no tuve capacidad de reacción. En cierta forma se veía venir; pero aún así, me cayó tan de golpe que me sentí sin margen de maniobra y sólo acerté a decirle que estaba bien, que lo entendía y que no era mi intención destruir su vida ni su familia. Él me abrazó feliz y agradecido por mi reacción. Con ese abrazo me quedó claro que ni en sus sueños más guajiros se imaginó que sería tan fácil deshacerse de mí. Con ese abrazo entendí que había anticipado resistencia, drama, llantos, reproches y quizá, hasta amenazas; pero yo no pensaba en él ni en mí, sino en Sebastián. Me di cuenta que en ese preciso instante mi hijo se quedó definitivamente sin padre. ¿Qué pensará Sebastián de mí cuando crezca y le cuente la forma y las circunstancias en las que vi a su padre por última vez? ¿Qué voy a decirle?: "Perdón, tu papá no quiso saber más de mí y yo no pude retenerlo porque no se me ocurrió nada... no me atreví a decirle que existías... no supe cómo pelear por ti". Aunque quizá sería menos melodramático y más honesto que le diga: "Perdón... no volvimos a saber de tu papá, porque no supe cómo hacer para que dejara de verme sólo como un acostón".

¿Cómo voy a hacer ahora para poder dormir? Ya lo era antes, pero ahora, sin Rodrigo, mi cita de mañana es muy importante y necesito verme bien, estar despierta, atenta... pero por más que lo intento, no puedo dejar de pensar que le fallé a Sebastián. Claro que si no consigo mi contrato, le habré fallado por partida doble.

¿Debí decirle la verdad a Rodrigo? ¿Cómo hubiera reaccionado? Lo más probable es que se hubiera puesto furioso, para luego salir corriendo y no volver a saber de él de todas formas. Pero al menos le hubiera revuelto la cabeza y lo hubiera obligado a verme de otra manera. Es cierto que tiene mujer e hijos; pero Sebastián también es su hijo. En cierta forma, es el que más lo necesita en este momento. Seguro que hubiera pensado que lo hice a propósito para presionarlo y retenerlo conmigo. Y sí, lo hice a propósito, pero no para eso. Ahora soy yo la que tiene la cabeza revuelta.

Yo no me embaracé para retener a Rodrigo; de hecho, ni siquiera tenía pensado decírselo. Entonces, ¿para qué tanto drama? ¿Por qué me siento así? ¿Por qué siento toda esta soledad, este desamparo? De cualquier forma no le dije nada, así que se sostiene el plan original. Lo dejé ir sin pelear porque no hay nada que pelear. Yo decidí tener a Sebastián para mí, y así será. Cuando mi hijo lo sepa y lo comprenda, me va a perdonar. Ahora debo concentrarme en el trabajo. Son cuatro o cinco meses muy intensos, y si lo analizo seriamente todo está saliendo tal y como lo imaginé, tal y como lo deseaba. ¿No es una absoluta contradicción que a pesar de eso me sienta tan mal?

Tengo que parar porque ya no quiero llorar más. Ahora mismo voy a la cocina por un poco de hielo para ponérmelo en los ojos. Espero que mamá ya se haya dormido; no sabría qué inventarle y ya no quiero decir más mentiras que involucren a papá. Al menos no a ella, porque mañana tendré que decir montones de mentiras y del tipo que sea. Mañana tendré que mentir respecto a mi embarazo, tendré que mentirle a Willy para que crea que estoy dispuesta a lo que sea con tal de que me ayude a cerrar el contrato, tendré que decir que sí a todo con tal de que se convenzan que soy la mejor alternativa posible para ser la imagen de ese enjuague bucal; tendré que decir las mentiras que sean necesarias, y ni modo.

Esteban

Ese martes me levanté temprano. Estaba lleno de entusiasmo y de energía, así que empecé a hacer ejercicio desde antes del amanecer. Mientras lo hacía, me sentí Max Cady, ese personaje extraño y enloquecido que interpreta Robert De Niro en *Cabo de Miedo* y que se ejercita de forma compulsiva en su celda mientras planea su venganza contra la familia del abogado que lo envió a la cárcel por defenderlo de manera sesgada. Me imaginaba como mi propia versión de Cady, que tenía la encomienda irrenunciable de vengarse de aquél que había matado a su padre y lo había obligado a matar a la mujer que amaba.

En medio de mis fantasías encontraba tiempo para pensar en los pasos que tenía que dar para completar mi plan. Ese día, en la práctica, no maté a nadie y sin embargo es muy posible que haya sido la jornada en que más asesino, más cruel y más perverso me sentí en lo que llevo de vida.

Salí en el coche rentado y fui al primer Office Depot que me encontré de camino. Compré una impresora láser que fuera compatible con mi computadora, papel para fotografía, hojas blancas, un paquete de sobres manila, y volví a casa. Preparé las impresiones y las ordené hasta formar la secuencia que partía desde el edificio de Reinaldo, la recogida en la parte posterior de la clínica —con todo y los besos en plena banqueta—, la entrada al hotel, la salida de la clínica y la vuelta a casa. Luego redacté una especie de bitácora donde explicaba las fotos, poniéndole claramente hora, lugar y fecha. Metí todo en un sobre como los que me llegan a mí, y rematé el paquete poniendo hasta delante, una hoja blanca en la que escribí con letra Arial del número veinticuatro: "Pepe: como puede ver, mientras usted trabaja, otro se la 'entretiene'". Pensé que las comillas sobre la palabra "entretiene" podrían resultar excesivas y redundantes pero a fin de cuentas uno no debe sobreestimar la mente y el entendimiento obtuso de un delincuente poco acostumbrado a las sutilezas. Pretendí ser evidente, hasta burlón, si quiere verse así. No debía quedar duda de que tanto su mujercita como su subordinado lo traicionaban descaradamente. Si encima le ofendía el tono y las comillas, tanto mejor.

Ya con el sobre cerrado me di cuenta de la paradoja. Por fin experimenté lo que sienten aquellos que me los envían. Por fin sentí en carne propia ese tremendo poder que da el decidir respecto a la vida y la muerte de otros. Igual que lo hacen ellos, yo había determinado que, a partir de aquel momento, Reinaldo y seguramente también Ivonne eran muertos que no sabían que lo eran; aun sin que el asesino de muertos que les tocara en turno lo supiera tampoco, aun antes que Pepe y que toda su gente. Aquél era un poder extraño, perverso, excitante.

Empaqué la impresora, cámara, sobres, papel sobrante y cualquier otra cosa que pudiera involucrarme con el asunto y atravesé la ciudad en busca de una agencia de mensajería lo suficientemente lejos de mi casa como para que nadie me relacionara con aquella entrega. Envié el sobre a la dirección de casa de Pepe y dejé junto a un contenedor de desperdicios la impresora y demás objetos complementarios. Finalmente, en un acto ritual que me llenó de satisfacción me deshice de mi único vínculo físico que aún me unía con mi venganza y prendí fuego a la "guía de envío" que me dieron en la mensajería, puesto que no supuse que existiera riesgo alguno de que no llegara a su destino.

Me sentía tranquilo y feliz porque ni siquiera Reinaldo podía tener tanta suerte. Luego fui a la agencia donde renté el coche y lo devolví. Aunque estaba bastante lejos, decidí que una larga caminata me vendría muy bien.

Eran las tres y media de la tarde. El clima era cálido y el cielo estaba totalmente despejado. Comencé a caminar con calma y a pensar un poco en lo que me esperaba. Era un hecho que Reinaldo desaparecería del Esperanto en los próximos días; incluso era muy probable que muriera antes del jueves y que ya no lo volviera a ver. El paquete llegaría a más tardar después de las dos el miércoles y no me imaginaba a Pepe regalándole a Reinaldo un último fin de semana de diversión. Pero y yo, ¿qué debía hacer ahora? ¿Qué actitud debía de tomar ante la desaparición de Reinaldo? ¿Cuál era mi futuro próximo? ¿Debía continuar trabajando en el Esperanto como si nada hubiera sucedido? En mi cuenta de banco aún había una buena cantidad de dinero, el problema era que yo lo consideraba maldito porque había llegado a mí a cambio de la vida de dos de las personas más importantes de mi vida. ¿Qué podía hacer con él? No pensé que ponerlo en una cubeta y prenderle fuego, o regalárselo al primer menesteroso que pasara, podría ser una solución. De hecho, me parecían dos actos, no sólo extremadamente cursis y melodramáticos, sino además estúpidos. Si en vez de eso se lo regalaba a mamá o a Elisa, tendría que dar demasiadas explicaciones. ¿Qué hacer entonces con ese dinero?

Por otro lado, también me agobiaba el no saber qué hacer con mi vida. Podría seguir trabajando un tiempo más en el bar; aunque ante las circunstancias, tampoco era imposible que el mismo Pepe lo mandara cerrar, como hizo años atrás con el Caprice. De no ser así, yo debía continuar varias semanas más presentándome con normalidad para no despertar sospechas. Pero, ¿realmente quería seguir trabajando en la noche? La verdad es que tampoco sabía hacer demasiadas cosas y ya estaba muy acostumbrado a la vida cómoda del bar como para de la nada dejarlo a cambio de un trabajo común donde me exigieran el triple y pagaran la mitad. Lo que le había dicho a Laura no era del todo mentira. Tenía ganas de retomar la escuela y de continuar estudiando, y si seguía en el bar podría hacerlo sin muchos apuros porque con ese trabajo me sobraba el tiempo y el dinero necesario.

Conforme remontaba calle tras calle, me di cuenta de que tenía muchas dudas e inquietudes y muy pocas respuestas. Ya habría tiempo para pensar. Me detuve en un Oxxo y compré una cerveza. Me bebí al menos la mitad de golpe, porque estaba acalorado y los pies comenzaban a punzarme de tanto andar. Me senté en la banqueta a observar a la gente que pasaba por la calle. Comprendí que tanto a lo largo de la caminata como en ese momento específico en que disfrutaba de los sorbos amargos de la cerveza, sin prisas ni preocupaciones, con el sol de la tarde pegándome de lado en su camino inexorable hacia el horizonte, me sentía realmente feliz, como sin duda hacía mucho tiempo que no me sentía. Era quizá sólo un instante, pero uno de esos que valen una vida. Por primera vez en meses me percibí ligero, satisfecho, incluso alegre.

Pensé en Reinaldo, y tal vez eso era lo único que me impedía ser completamente feliz. Me hubiera gustado matarlo yo mismo, o al menos verlo morir; estar seguro de que ya no existe, de que su maldad ya no puede tocarme, que ha sido erradicada y que por eso este mundo es un poquito mejor.

Al terminar mi cerveza continué la marcha. Llegué alrededor de las seis y comenzaba a caer la tarde. Hacía mucho tiempo que no me sentía tan en casa como esa tarde, y lo único que me incomodaba era pasar frente al bastidor que sostenía jirones de tela colorida. Pero no supe qué hacer con él. Quise tirarlo, pero no me atreví. Pensé que podría hacerlo cuando estuviera seguro de la muerte de Reinaldo. Con ella confirmaría que toda la pesadilla había terminado por fin. Mientras eso pasaba, pensé que podría acostumbrarme a tenerlo ahí para que, gracias a la fuerza de la cotidianidad, eventualmente dejara de verlo. Fui ingenuo, y no supe darme cuenta de que ese cuadro era en realidad una premonición de lo que sucedería después. Una anticipación tangible de cómo tendría que cargar por el resto de mi vida con el fantasma de Laura persiguiéndome sin cesar para recordarme por siempre lo que le había hecho.

Diario de Elisa, 25 de octubre

Hoy fue un día agotador pero a fin de cuentas productivo. Agradezco que así haya sido, porque de esa manera no tuve demasiado tiempo de pensar en Rodrigo.

Llegué a las diez en punto a la oficina de Lomas Virreyes, donde me citó Willy. Al principio tuve que hacer un poco de antesala, pero después las cosas fluyeron bastante bien. Me hicieron cuatro entrevistas. La primera con la asistente de dirección, que tomó todos mis datos, revisó mi *book*, mis trabajos anteriores y me hizo toda clase de preguntas para evaluar mi experiencia. Luego, con su remate de plática no supe si reír o llorar: "Ya estás un poco mayor, pero no te ves mal... supongo que en cuatro meses no te llenarás de líneas de expresión". Aún sin saber si esa conclusión era buena o mala, yo de todas formas le di las gracias. "¿No tienes problemas con el peso?". Naturalmente le dije que no y volví a enseñarle mis fotos de distintas etapas. No mentía, en el sentido de que jamás lo tuve en el pasado, pero no hay nada que garantice que no lo tenga ahora. Desde luego que todo esto no se lo expliqué.

La segunda entrevista me la hizo un dentista. Eso era entendible puesto que iba a anunciar enjuague bucal y gran parte de la atención estaría en la boca, la forma de los dientes y la sonrisa. Esa etapa también la pasé sin problemas. Luego de aquellos dos años de infierno en la secundaria, donde traje frenos y bráquets y cuanta cosa podía cargarse en la boca, mis dientes quedaron perfectos y jamás he tenido queja de ellos.

Después debí entrevistarme con el director de marca de la empresa del enjuague bucal. Él trabajaba para el fabricante y sólo tenía la encomienda de conocer a los aspirantes a convertirse en la imagen del producto. Fue una entrevista fácil porque era un hombre tímido que apenas era capaz de mirarme a los ojos sin sonrojarse. La verdad me cayó bien y hasta me dio un poquito de ternura. Me divertí mucho incomodándolo con coqueteos, pero creo que al final le simpaticé porque al despedirse me dio la mano y me dirigió una sonrisa amable.

La última fue la entrevista con el director de la agencia que lleva la cuenta y que se encargará de dirigir la campaña. Es el licenciado Aliseda. Me miró por todos lados, tomó notas y hacía constantes chistes y comentarios simpáticos, con los que nunca me quedó claro si me estaba coqueteando o simplemente quería ver mi sonrisa de manera espontánea. Por si acaso, yo sonreí todo el tiempo y a la menor provocación. Creo que no le desagradé.

Más tarde me pasaron a maquillaje y me hicieron un estudio fotográfico exhaustivo, donde me tomaron de todos los ángulos imaginables, dando énfasis, desde luego, a la cara y la sonrisa. Me dieron cuarenta y cinco minutos para comer, y luego me hicieron otro estudio fotográfico, ahora alternando fotos con dos modelos, que entiendo son candidatos al puesto masculino de la campaña. La verdad es que los dos son muy guapos y tienen una sonrisa espectacular, sólo que uno de ellos, el más alto, es demasiado velludo, y por irónico que parezca tiene un aliento de perros. Quizá sólo era un mal día pero de cualquier manera, si se queda, espero que para las escenas cercanas y los eventuales besos lo obliguen a usar el producto que anuncia. La verdad es que ése de cualquier forma no me cayó bien, porque es demasiado perro, demasiado encimoso, demasiado acostumbrado a que ninguna se le resista, pero el trabajo es el trabajo y ya he tenido que lidiar con peores.

Para competir conmigo había dos modelos pasando por el mismo proceso que yo. A una de ellas ya la conocía de trabajos anteriores. A la otra nunca la había visto pero me alegró darme cuenta de que, si bien es muy bonita, y tiene unos ojos azules que quitan el aliento, es demasiado alta, y si habrá presentaciones en vivo no van a encontrar modelo masculino que le dé la talla. En cualquier caso las dos son muy lindas y son siete u ocho años menores que yo. La grandota se llama Natasha y apenas habla español; la otra se llama Selene. Coincidimos en maquillaje y platicamos bien. Somos de tipos distintos pero creo que de belleza similar. Ellas me ganan en edad y en altura pero no importa porque creo que yo les llevo cierta ventaja. Por un lado soy dos tallas de brasier más que cualquiera de las dos, y eso en tomas de medio cuerpo es muy importante, y por el otro, soy la única carta que tiene Willy en este negocio y, si pretende ganarse un buen dinero e intentar llevarme a la cama otra vez, tendrá que pelear por mí.

Willy llegó a las cuatro de la tarde, y por la familiaridad con que saludó al director de la campaña tengo la impresión de que ya tienen un arreglo entre ellos. Eso sería magnífico porque así tendría casi asegurado mi lugar; lo malo será lo que Willy me pedirá a cambio.

Cuando por fin terminamos, Willy vino conmigo a decirme, con esa cara falsa de siempre, que las cosas se estaban poniendo difíciles. "Lo estás haciendo bien, pero el fotógrafo prefiere a la sueca y la asistente a la otra... ya sabes, dice que es más joven y más fresca, pero tú no te preocupes... Ya veremos qué se puede hacer... Espero que valores todo lo que estoy haciendo por ti". Y me guiñó el ojo y me acarició la mano. Yo traté de analizar sus gestos y sus palabras, para saber si me decía la verdad o sólo me estaba preparando para el intercambio final. Como sea, su "Ya veremos qué se puede hacer" me tranquilizó mucho porque me dejó claro que no hay nada perdido y que es muy probable que, en efecto, tenga un arreglo previo con el licenciado Aliseda.

Bajamos juntos en el elevador y quiso invitarme a cenar. Yo me negué alegando que mamá estaba enferma y tenía que volver lo antes posible. Me dejó ir a regañadientes. No se cuánto más podré sobrellevarlo sin tener que acceder o de plano mandarlo al demonio. Escuché que el viernes tiene una junta con el licenciado Aliseda y seguramente ahí lo resolverán porque octubre se termina y ya queda poco tiempo para empezar la campaña.

Por lo pronto, ya tengo trabajo para mañana, para el vienes y para el sábado. En el hipódromo inauguran una serie de degustaciones en un restaurante nuevo y yo voy como imagen de un tequila supuestamente muy fino, pero que aún no sé cómo se llama. De cualquier forma da lo mismo, la cosa es mantenerme entretenida y a la vez trabajando.

Reinaldo

No quise saber de nada ni de nadie entre martes y miércoles. Estuve encerrado en mi casa todo el tiempo y no hice otra cosa productiva que hablar dos veces al día con mi gente para mantener los asuntos pendientes más o menos en orden.

Por suerte, durante esos días no hubo ningún pedo mayor y pude sobrellevar las cosas con calma mientras me reponía de la puta de Ivonne y así llegar presentable al fin de semana. Me la pasé, como siempre hice en momentos de depresión, metiéndole al whisky y a las pastillas para dormir.

El martes en la tarde me llamó el pendejo de Osvaldo para decirme, háganme el puto favor, que Irma quería que nos viéramos para "arreglar lo del testamento". "No mames Osvaldo... cuál testamento, cuál herencia...". El güey todavía me contesta con orgullo. "Cómo que cuál, pues la casa, el terreno de Tizayuca, sus cosas...". "No me interesa tener nada que haya sido de esa pinche vieja así que repártanse las limosnas como puedan y dejen de estarme chingando". Es de no creerse pero les juro que el muy imbécil no esperaba mi respuesta y cuchicheaba, supongo que con Irma, que seguramente la tenía ahí al lado. "¿Entonces no quieres nada?". "¿Además de pendejo, también eres sordo?". Se hizo otro silencio lleno de murmullos y luego continuó. "Entonces no te importaría venir a firmar los papeles donde cedes...". Lo callé de nuevo al muy ojete. "Mira, Osvaldo, si voy allá le voy a prender fuego a la puta casa, así que mejor mándame lo que quieras que te firme y déjenme en paz de una putísima vez. ¿Te late?". Evidentemente estuvo de acuerdo y quedó de mandarme los papeles la semana siguiente. Yo estaba encantado de entregarles toda esa mierda que a ellos les hacía más falta que a mí.

Luego de colgar se me vinieron encima los recuerdos de cuando los tres éramos niños y yo aún tenía familia. Me acordé del inútil de papá, y de la ruca, y de los vecinos de la cuadra y otra vez volví a sentir ese vacío en el estómago que no tuve más remedio que llenar con whisky. Yo no quería tener más recuerdos. No quería saber nada de toda esa etapa llena de privaciones y de miseria, pero que al mismo tiempo fue una época de divertirme sin preocupaciones, de tener amigos por todos lados, de los primeros fajes... Pero ni pedo, luego uno crece y se acaba todo eso, y la vida se vuelve una mierda y ni modo. Con la firma de esos pinches papeles estaría oficialmente solo en el mundo. Pero no sentí que eso me pesara, al contrario. Era deshacerme de un lastre; así que no era eso lo que me tenía jodido, tirado en la cama o en el sillón cambiándole a la tele. Lo que me tenía hecho una piltrafa era el recuerdo de Ivonne y el saber que por más que la pensara, por más que intentara lo que intentara, jamás volvería a tenerla.

Nunca pude entender a qué puta hora se me metió tan adentro; el pedo era que tampoco sabía cómo sacármela. El sentirla perdida, el entender su ausencia, el saber que nunca más tendría un beso, una caricia, me hacía sentir el ojete más miserable del mundo. Hasta antes de esos días, en que viví en el infierno como nunca antes, no había nada que me pareciera más patético e imbécil que ver a un hombre lloriquear por haber perdido a una mujer. Ahora yo estaba así, justo por esa razón y no sólo me sentía mal de haberla perdido sino que me sentía un pinche mamarracho que le hubiera venido mejor que lo partiera un puto rayo. Habría sido un final más digno.

Me puse a mí mismo el jueves como límite para salir de ese pantano. El pedo es que para ese día me sentí igual de jodido y no quería levantarme de la cama. Me pasé horas mentalizándome de que si iba al Esperanto y tomaba unos tragos, mientras cotorreaba con la gente que me encontrara, me sentiría mejor. En una de ésas hasta me podía agarrar a una nalguita y así empezar a salir del hoyo en que estaba enterrado. Me metí toneladas de perico para encontrar la fuerza suficiente para darme un baño. Cuando ya estaba vestido, recibí una llamada de Pepe que me obligó a ponerme a las vergas y a salir de mi letargo. "Necesito que vengas en chinga... tengo un pedote y sólo puedo confiar en ti". No dijo más y de todas formas no podía hacerle más preguntas por teléfono. Por supuesto salí de volada rumbo a su casa.

Al llegar, su chofer me abrió la puerta del estacionamiento. Aquello ya no era normal porque yo siempre había dejado mi camioneta afuera. Se me acercó por el lado del conductor. "Me dijo Pepe que metieras la troca...". Como no era una pregunta, sino una orden, no me molesté en dudar y lo hice. Me bajé deseando no encontrarme con Ivonne. No quería verla, no quería que se me revolvieran las entrañas, no quería sentir más vacío; además necesitaba concentrarme en lo que me diría Pepe. Era evidente que sería algo muy cabrón y eso implicaba poner todos los sentidos en el asunto y no se trataba de que en vez de posibles soluciones tuviera en la cabeza su sonrisa.

Toda la casa estaba en penumbras, y no había el movimiento normal de guaruras yendo de un lado a otro, o de gente de servicio trayendo o llevando platos y vasos. En cada uno de los cuartos por los que fui pasando reinaba un silencio absoluto y sobrecogedor que ponía la puta piel de gallina y que de ninguna manera podía ser una buena señal.

El Gordo me indicó con un movimiento de cabeza que fuera hasta el privado de Pepe. Yo caminé por ese pasillo, teniendo como única referencia para no romperme la madre de un tropezón el destello de veladoras que brillaban al fondo del jardín alumbrando el mausoleo ridículo de Frank. La puerta de la oficina estaba cerrada y toqué con suavidad. "Entra". Era la voz de Pepe, a quien me encontré sentado en su sillón de siempre, en medio de la oscuridad. En cuanto entré encendió la lámpara que estaba sobre la mesa lateral y pude ver la botella de whisky y su cajita de plata abierta y llena de perico. "Pasa... siéntate". Ya tenía listo un segundo vaso y lo llenó hasta la mitad. Lo puso sobre la mesa y lo empujó hacia donde yo estaba con la punta de los dedos. Al estirar la mano me di cuenta de que tenía los nudillos pelados y sangrantes. Era evidente que acaba de madrearse con alguien, pero a juzgar por que no tenía un solo golpe en el rostro, parecía que el rival no le había opuesto demasiada resistencia. Fue la primera vez desde que lo conocía que sentí verdadero terror.

Me tomé el trago que me había servido y me convencí de que los acontecimientos, los que fueran, ya estaban en marcha, nada de lo que pudiera pensar o hacer iba a cambiarlos y entre más pronto supiera qué pedo, pues mejor. Me armé de güevos y rompí el silencio. "¿Qué te pasó en las manos?". Pepe se miró los nudillos y me miró fijamente. "Pues resulta que siempre sí... Que la muy puta me estaba engañando". Era completamente innecesaria pero hice la pregunta sólo por hacerla. "¿Quién?". Me miró con expresión de odio y fastidio al mismo tiempo. "¿Pues quién va a ser?... La reputísima de Ivonne...". Las piernas empezaron a temblarme y perdí por completo la esperanza de salir vivo de esa oficina. "¿Cómo que te engaña? ¿Con quién? ¿Cómo supiste?". Pepe dio otro sorbo al whisky sin quitarme la vista de encima. "Todo eso es exactamente lo que tenías que haberme informado tú... Por eso te dejé vigilándola". No tenía la más puta idea de cómo iba a salir de ésa. Para mí, ya todo era hablar por hablar, darle tiempo al tiempo hasta saber qué me tenía preparado. "Es que durante esos días no lo hizo... te juro que se comportó bien". Pepe dibujó una puta sonrisa de sarcasmo. "Sí... agüevo que se comportó bien... eso no lo dudo... Mira, no importa tanto ni cómo ni dónde, ni siquiera con quién... con un güey cualquiera... con una verga que no era la mía... qué más da... aquí el pedo es la traición... es lo que me da en la madre... Y a mí nadie me traiciona, ¿lo entiendes?". Lo más extraño de todo es que aún no me cayeran los primeros chingadazos. Por más que trataba de analizar sus gestos, sus palabras, su tono de voz, no era capaz de interpretar si aquello era el desahogo de un amigo, el reclamo de un jefe por no haber cumplido con la misión encomendada o la sentencia de muerte que pesaba sobre la cabeza de un verdadero traidor. "¿Lo entiendes?". Me repitió aún con mayor brusquedad. Yo no supe qué decir y sólo moví la cabeza diciendo que sí, que lo entendía. "¿Por qué la gente será así? Los sacas de la mierda, les das lo que nunca tuvieron, les regalas una vida y te recompensan cagándote encima". Clavó la vista en la alfombra y siguió su monólogo. "Por ejemplo, ella... cuando la conocí era una putita de segunda, que vivía de darle las nalgas al que fuera a cambio de unos centavos. Yo le di todo... hasta un lugar en mi propia vida, mandé a la chingada a mi esposa para casarme con ella y mira... ¿Por qué lo hizo? ¿Tú, que piensas?". No pude más y bajé la mirada. Sabía que esos ojos clavados en el piso eran una pinche confesión silenciosa, pero no podía mantenerlos fijos en los suyos. "¿Tú por qué crees que la gente sea así? Por qué hay tantos que van por la vida traicionando a los que les son leales. ¿Por qué será?". Esperaba una respuesta y yo apreté los dientes y levanté la cara. "No sé... no tengo puta idea de por qué la gente es así". Y era verdad, no la tenía. En ese momento todo me pareció absurdo, estúpido. No sabía por qué lo había hecho. Yo lo había traicionado y supuse que la respuesta correcta hubiera sido: por caliente. Claro que tampoco se me olvidaba la puta de Denise. Si a esas íbamos, él también me lo había hecho a mí y si de traiciones se trataba supongo que valen lo mismo las que son de arriba para abajo que las que van de abajo para arriba. ¿O no? Claro que en ese momento, esa clase de argumentos no habrían logrado otra cosa que encabronarlo más. La había cagado, era consciente de los riesgos y me valió madres; ahora, no había más que asumir las consecuencias.

Por eso guardé silencio y no le dije lo que de verdad pensaba: que la gente traiciona porque puede hacerlo. El que tiene el poder sobre otro lo traiciona con la mano en los güevos porque cree que le puede pasar por encima sin pagar por ello. Y el que traiciona teniendo menos poder lo hace porque se cree muy verga, porque piensa que así puede cobrarse una parte de las humillaciones recibidas y no pagar por ello. Él me traicionó con Denise porque pudo hacerlo, porque estaba seguro de que con un par de putas podía resolverlo y yo no podría hacer nada para desquitarme. Ivonne lo traicionó porque le valía madres, porque pensó que era más chingona que él y podía tenerlo todo, pensó que podía tener el varo y la posición que le daba uno y las cogidas que le metía el otro sin pagar el precio. Y yo lo traicioné por pendejo, porque en el fondo quería humillarlo, hacerle ver que yo era tan cabrón como cualquiera y que podía hacerlo pasar por lo mismo que viví yo, y para eso, la única manera de lograrlo era que más tarde o más temprano terminara por enterarse. Se la metí a su vieja porque no soy puto y no podía metérsela a él para que así sintiera la verdadera humillación. No se la hice con cualquier culito que se estuviera comiendo, me cogí a la única vieja que le ha dolido desde que lo conozco, y al menos eso me dejaba una cierta satisfacción. Pero luego de tantas traiciones por todos lados, me acordé de la pinche canción: "¿Y todo para qué?". Todo para nada. Si el puto mundo fuera cuando menos un poquito justo, en ese momento hubiéramos quedado a mano; pero en este pinche planeta el más fuerte se impone y decide lo que es justo y lo que no y todos los demás se chingan. Ahora las condiciones estaban dadas para que me cargara la verga, sin que, una vez más, pudiera hacer nada para evitarlo.

Luego de unos minutos de silencio, Pepe dio un sorbo más y volvió a mirarme fijamente. "Necesito que me hagas un favor... En este momento eres el único al que se lo puedo confiar". Me lo dijo con mucha gravedad. ¿Estaba hablando en serio o sólo estaba jugando conmigo para que me confiara y no viera venir el chingadazo? Se puso de pie y se dirigió a la puerta. "Ven... acompáñame". Caminamos por el pasillo y subimos esas escaleras que yo conocí tan bien. Me escurrían unas gotas de sudor frío por la nuca, cuando vi que nos dirigíamos a su habitación; ese cuarto donde había pasado las mejores horas de mi vida. Me sentí como un condenado a muerte en el camino hacia el cadalso.

Supuse que mis minutos estaban contados, pero de cualquier manera no había escapatoria posible y no tenía más alternativa que seguirlo.

La habitación estaba a oscuras y en cuanto entramos Pepe encendió la luz. El cuarto estaba totalmente hecho un desmadre. Parecía que aquel había sido el campo de batalla de la guerra más violenta y desquiciada de que se tenga memoria. Los muebles estaban fuera de su sitio; las lámparas del buró, tiradas y rotas; había ropa y zapatos por toda la alfombra; los cuadros chuecos o en el piso; las sábanas, arrancadas desde sus raíces, estaban en el suelo también. Yo miraba de un lado a otro aquel territorio de devastación, hasta que llegamos a una esquina donde me encontré de frente con el cuerpo ensangrentado de Ivonne. No era fácil de empatar el recuerdo de aquella mujer espléndida con ese bulto sanguinolento y a medio vestir que estaba estrellado contra la pared. "Le tuve que romper la madre... se lo merecía". No pude responder nada, estaba apendejado de la impresión. Ivonne había quedado con los ojos abiertos y mirando al techo. ¿Qué habrá sido lo último que pensó? ¿La habrá bloqueado el terror de saberse próxima a la muerte o habrá tenido un último pensamiento sobre mí? Imposible saberlo. Pepe la miraba con rencor. "Lo malo es que murió antes de tiempo... se reventó la cabeza contra la orilla del buró y no alcancé a sacarle con quién me la hizo... ni pedo... ya habrá tiempo de averiguarlo". ¿Era posible que eso fuera verdad? Sonaba demasiado chaqueto pero al menos explicaba que yo siguiera con vida. Respiré aliviado, pero sólo por un instante, porque en cuanto volví a ver el cuerpo de Ivonne, me sentí una verdadera mierda por alegrarme de estar vivo. Ella muerta por la putiza que le arrimaron por coger conmigo y yo feliz de que la casualidad de un mal golpe me hubiera permitido salvar la vida.

"Necesito que la lleves donde siempre, y luego de que la incineren me la traigas de regreso". Se dio la vuelta y me señaló una urna dorada, igual a la que usó para colocar a Frank. "Te llevas ésa... no quiero más botes de nescafé". Llamó al Gordo y entre los dos la envolvimos en una cobija y la metimos en mi camioneta. El pinche Gordo no me quitaba la vista de encima, y cuando por fin estuvimos lejos de los oídos de Pepe me habló con resentimiento. "Ya ves lo que provocas... Ahora lo vamos a tener encabronado por un buen rato... Claro, tú no lo ves diario y te vale madres". Le valía verga Ivonne, sólo le preocupaba que Pepe le hablara más golpeado de lo habitual. Me dieron ganas de romperle la madre.

Cuando estuve listo para irme, Pepe me entregó varias pacas de billetes. "Toma... te está esperando el güey del crematorio". Desde ese momento hasta que regresé a devolverla me invadió un extraño sopor que no me dejaba pensar, ni tener recuerdos, ni sentirme encabronado ni triste. Todo lo hice de forma automática, por costumbre, porque mi cuerpo ya sabía los pasos que debía dar, aun sin recibir las instrucciones precisas.

La llevé al crematorio de siempre y me recibió Ulises con una puta sonrisa que me hubiera gustado borrarle a plomazos. Me senté a esperar las horas necesarias sin que recuerde en qué chingados estuve pensado tanto tiempo. Por fin apareció otra vez para entregarme la urna dorada con las cenizas de Ivonne. De regreso a casa de Pepe le di vueltas y más vueltas pero no era capaz de entender cómo me sentía por seguir vivo. Claro que tampoco era ningún pendejo y sabía que esa condición podía cambiar en cualquier momento. Pero, por lo pronto, estaba demasiado impactado por la muerte de Ivonne, por la reacción de Pepe y por la incertidumbre de no saber cómo chingados se había enterado. ¿Sería posible que la puta de Ivonne nos estuviera engañando a ambos con un tercero? Con lo puta que era, tampoco resultaba imposible.

Por suerte, al regreso no tuve que ver a Pepe. Me abrieron la puerta y dejé la urna donde me indicaron. Salí tan pronto como pude. Volví a mi casa como un zombi y me acomodé en el sillón mirando a las cortinas. Ya comenzaba a amanecer cuando por fin pude quedarme dormido.

Esteban

Poco a poco, con lentitud inusitada, fueron pasando los días y yo esperaba recibir en cualquier momento la llamada de algún conocido que me confirmara lo que a mí me parecía inminente: que Reinaldo había sido asesinado de la manera más brutal.

El problema es que eso no sucedió. El miércoles por la tarde era el tiempo límite para que llegara mi paquete. Durante todo el día me lo imaginé, primero en un anaquel de la oficina donde lo contraté, luego en la caja de algún camión viajando en medio de otros, donde podían fácilmente confundirse las buenas y las malas noticias. Recordé la película *Náufrago*, en la que el personaje que interpreta Tom Hanks se queda varado en una isla desierta con docenas de paquetes que jamás llegan a su destino, a excepción de uno que conserva como símbolo de que aún existe el futuro. A mí me alegró que mi paquete no tuviera que cruzar el mar. Nada más lejos de eso; mi sobre apenas tendría que viajar unas cuantas decenas de calles; así, las posibilidades de extravío o contrariedades mayores que salvaran la vida de Reinaldo se reducían casi a cero.

Pasé todo el día analizando los escenarios desde distintas perspectivas. Me imaginé la cara de Pepe al recibirlo. Lo imaginé crispando los puños al pasar de una foto a otra, ideando el plan de venganza más brutal y más sangriento. Imaginé a Reinaldo bebiéndose una copa, quitado de la pena, y haciendo planes que jamás se concretarían. Imaginé a Ivonne escogiendo el siguiente modelo de lencería con que habría de engañar a su marido. Y me di cuenta de que, de forma circunstancial, me vengaba también de la organización completa. Yo no sabía qué tan involucrado estaba Pepe en el asunto de los sobres amarillos, pero intuía que mucho; así que debió de enterarse y estar de acuerdo con lo que tuve que hacerle a Laura. Ahora yo personalmente me encargaba, también de forma circunstancial y por conducto de un sobre amarillo, de que tuviera una experiencia semejante a la que viví yo y estuviera obligado a hacerle daño a la mujer que amaba. Entendí que mi venganza era completa y perfecta.

La llamada que esperaba nunca llegó y para cuando me di cuenta ya era jueves. Di como límite las cinco de la tarde y llamé a la oficina de mensajería. No fue fácil localizarlo porque me había deshecho de la guía; pero por fin, una señorita muy amable me confirmó que el paquete había sido entregado hacía más de veinticuatro horas en la dirección señalada. Incluso me dio el nombre de la persona que lo recibió, pero yo no tenía idea de quién se trataba. ¿Qué posibilidades habría de que la propia Ivonne lo hubiera interceptado por casualidad? Si ése era el caso, sin duda las cosas se pondrían feas, porque Reinaldo no pararía hasta dar con quien envió las fotos. Era muy probable que ante los últimos acontecimientos mi nombre apareciera bastante arriba en la lista de sospechosos.

Como cada jueves, llegué al Esperanto en mi horario habitual. La seguridad y la fuerza de los días anteriores se habían convertido en temor y ansiedad. Nadie parecía saber nada nuevo. Lo cierto es que Reinaldo no estaba y eso por sí solo no significaba nada. Podría estar muerto y no enterarnos hasta varios días después. También podía estar vivo y llegar en plena madrugada como tantas otras veces. Todos se comportaban de manera normal y yo hacía lo mismo.

Conforme avanzó la noche, me pregunté si todo aquel asunto era real o lo había soñado. ¿De veras envié aquellas fotos, o todo estaba únicamente dentro de mi cabeza? Reinaldo nunca llegó. Terminé mi trabajo en la puerta y entré al salón. Me acerqué a Roger para platicar pero no fui capaz de que la ausencia de Reinaldo saliera a tema de forma casual. Él estaba muy entusiasmado porque los Cardenales de San Luis estaban a un solo juego de ganar la Serie Mundial de béisbol, y luego de eso no paró de explicarme los beneficios de unos complementos proteínicos que acaban de venderle en el gimnasio. Tuve que asumir que me quedaría con la duda, aunque por la forma de hablar de Roger, él tampoco parecía saber nada.

Al terminar la noche estaba completamente aterrado. Pensé que incluso podía estarme esperando para cobrarse mi atrevimiento de haber intentado ponerlo en evidencia. De regreso a casa apenas podía manejar por culpa de la ansiedad y el miedo. Di dos vueltas a mi calle antes de entrar al estacionamiento, sólo para confirmar que su camioneta no estuviera en una de las esquinas aledañas. No parecía haber peligro, pero cualquier precaución era poca; por eso revisé cada rincón de mi departamento antes de relajarme del todo.

Dormí con un sueño ligero, que se rompía con cada ruido, por mínimo que fuera. Me daba miedo abrir los ojos y encontrarme a Reinaldo frente a mí, observándome con odio. Con esa incómoda duermevela me dieron las tres de la tarde del viernes.

El teléfono seguía sin sonar, y las noticias tan esperadas no llegaron en todo el día. De nuevo me refugié en el ejercicio; ahora en el gimnasio. A fuerza de abdominales y pesas logré relajarme un poco. Volví a casa apenas con el tiempo suficiente para arreglarme y cenar, antes de salir de nuevo rumbo al Esperanto.

Ya ahí, noté que reinaba la calma cotidiana. La noche continuó sin contratiempos hasta que, cerca de la una de la mañana, apareció frente a la puerta del bar la camioneta negra que todos conocíamos bien. Bajó Reinaldo y se dirigió hacia la puerta con una mujer de cada lado. Al llegar a la cadena no desperdició al público que lo miraba, mientras sus escoltas le abrían paso, y besó alternativamente a ambas acompañantes. Ya en la entrada, los tres se hacían caricias de mal gusto mientras se tambaleaban por los excesos de droga y de alcohol que llevaban encima. Ninguna de las dos mujeres pretendía siquiera ocultar su condición de prostitutas, al contrario, ambas parecían disfrutar de aquella exhibición impúdica de sus enormes pechos descomunales, apenas cubiertos por blusas diminutas que vivían en riesgo permanente de rasgarse ante la aguda prominencia de los pezones erectos.

Antes de entrar, Reinaldo se soltó un momento de sus acompañantes, para saludar de mano a los cuatro elementos de seguridad que custodiaban la cadena, y a todos les hizo algún comentario chusco o burlón sin importarle lo mucho que se notaba su borrachera colosal. Al llegar conmigo, la actitud fue la misma. Estrechó mi mano con efusividad y luego me dio un abrazo para terminar murmurando en mi oído: "¿Cómo está mi mejor Chacal?". Sentí una punzada de coraje, pero me contuve. "Muy bien... y tú tampoco te ves mal". Soltó una serie de carcajadas salvajes. "Sí... hay que disfrutar de la vida mientras dure, porque nunca se sabe... Son una amiguitas del catecismo... ¿cómo las ves?... Si quieres, al rato nos acompañas... hoy nos toca repasar el Padrenuestro...". Se persignó con la mano izquierda, me sacudió con unos manazos desmesurados en la espalda y entró al bar retomando la cintura de sus acompañantes.

¿Qué rayos había pasado con el paquete? ¿Por qué seguía vivo y feliz de la vida? ¿Sería posible que supiera la verdad y sólo estuviera burlándose de mí en espera de que me confiara, con la única intención de hacerme pasar una agonía larga y lenta? Las preguntas me aparecían en cascada pero no me llegaba una sola respuesta. De cualquier forma, más allá de lo que realmente estuviera pasando yo no tenía más alternativa que seguir adelante con el juego. Comportarme como siempre y hacerle creer que de mi parte no había rencores ni resentimientos. Nunca se sabe, si lograba fingir con la suficiente convicción quizá yo también tuviera un poco de suerte.

Cuando terminé con la puerta, me instalé en la esquina de la barra, desde donde lo veía en su mesa, cachondeando con sus acompañantes y bebiendo sin mesura. Cada cierto tiempo, iban los tres a su privado y luego de unos instantes salían de nuevo aceptablemente frescos y recuperados, para seguir con la fiesta. En una de ésas nuestras miradas se cruzaron y murmuró algo al oído de uno de los elementos de seguridad, que enseguida vino conmigo. "Te habla Rei... que vayas de volada". Me faltó un poco el aire pero no podía negarme; así que, con todo y temblor de piernas, abrí la puerta de su privado y aún lo sorprendí dando las últimas esnifadas a las rayas de cocaína que tenía listas sobre la tapa de un disco compacto de Pink Floyd. Le pidió al escolta que llevara a las mujeres a la mesa y nos quedamos solos, mientras se limpiaba los últimos rastros de polvo blancuzco de las fosas nasales.

Estaba en absoluto estado de hiperactividad y no dejaba de moverse en la silla. Yo le pregunté, sólo por preguntar: "¿Estás bien?". Volvió a sorber la nariz. "No mames... mejor que nunca... Y a ti, ¿ya se te bajó el encabronamiento?... ¿No quieres que te regale a una de las perritas que traigo?... por los viejos tiempos". Hablaba a toda velocidad y encabalgaba una palabra sobre otra. "No, hoy no me late... pero gracias". "Pues allá tú... Hacen muy buenas chambas... La más prieta dice que estudió danza... yo digo que ha de ser cierto, porque no mames hasta dónde levanta la pierna... Deberías probar, parece de goma... Te aseguro que luego de la frígida de tu noviecita, éste sería tu mejor palo en mucho tiempo". Sobra decir que se me retorció la tripa, pero lo ignoré. "No, Rei, gracias... hoy no". Detuvo un momento su locuacidad y me miró seriamente por un instante. "Ya, pinche Esteban, no mames... sé que lo que pasó estuvo muy cabrón pero no me dejaste más remedio... Ahí muere, ¿no?... Te juro que te aprecio, que me caes bien... Hasta hace poco éramos amigos...". Ni siquiera podía imaginarme cómo me hubiera tratado si fuera su enemigo, pero tampoco quería probar. Dentro de mí sentí un odio renovado. Desapareció por completo el miedo y me recorrió otra vez un resentimiento profundo y volví a maldecir que siguiera vivo, pero sin abandonar mi papel. "Mira, Rei, la neta sí, lo que pasó me jodió muy cañón... pero en cierta forma yo me ensarté solito por aceptar aquella lana... Ahí muere... no más rencores... pero no me pidas que haga como si nada hubiera pasado... Eso sí que no voy a poder". Tenía que decirle algo creíble y al parecer funcionó bien, porque se revolvió en la silla y me habló con mesura. "Ta'bueno, te entiendo... Al menos, ya que aprendiste cómo, puedes tomar otros trabajos... Quién lo hubiera dicho... Y mira que yo no tenía ni así de fe, y al final me saliste el mejor Chacal". "No, eso ya no... Más muertos ya no...". Volvió parcialmente al estado anterior y se deshizo en carcajadas. "No mames... Ya sabes cómo funciona: uno más y ya... Como siempre... Hasta que acabemos con los malos". "No, yo no soy un asesino". Lo dije porque lo pensaba, porque así lo sentí en ese momento, porque estaba convencido de que todo había sucedido de forma circunstancial, pero que no era un asesino. Reinaldo de nuevo liberó sus carcajadas sonoras. "Puta madre... menos mal... ¿Qué tal que lo fueras?". Y siguió desternillándose de risa, hasta que me hizo entender lo absurdo de mi comentario. Claro que había sido un asesino, claro que en ese preciso momento deseaba más que ninguna otra cosa en el mundo matarlo a él sin la mínima compasión. Pero yo quería terminar con la plática y volver a casa a pensar lo que debía hacer. "No, Rei... más asesinatos ya no... Por lo demás, ahí muere". Y le estiré la mano para hacerlo convincente.

Él me correspondió mirándome a los ojos y yo sentí su mano en la mía y estuve seguro otra vez de que era perfectamente capaz de hacerlo, de fingir su amistad, de mentirle sin el menor titubeo, de matarlo yo mismo en la primera oportunidad. Sentí una extraña paz interior que se rompió en cuanto tuve conciencia de que cada vez me parecía más a él. Pero no, yo no era Rei, yo era diferente, o al menos eso quería pensar. Sin embargo, mientras nos fundíamos en ese apretón de manos que aparentaba significar la paz, para mí representaba un sello de muerte. ¿De veras éramos tan distintos? Quizá sí; éramos distintos pero equivalentes. ¿En qué mala hora nos habíamos convertido en las dos caras de la misma moneda?

Por fin nos soltamos y salí de esa oficina para volver a la barra y tomarme una copa más. Continué observando a Reinaldo meterle mano a aquellas mujeres como si nada importara, como si la muerte no estuviera acechándolo a cada instante, carcomiéndolo por dentro, como lo hacía conmigo. Bebí mi copa hasta el fondo, podrido de coraje, porque, de alguna manera que no alcanzaba a entender, mi venganza se había malogrado.

Salí del Esperanto y regresé a casa. Necesitaba huir de tanto ruido, de tanto humo, de tanta gente impertinente queriendo hacerme plática, de las facciones embotadas de Reinaldo disfrutando de la vida, de los recuerdos e imágenes que cada vez me dejaban menos en paz. De camino, me miraba en el retrovisor tratando de reconocerme, pero las malditas lágrimas terminan siempre por empañarlo todo.

Diario de Elisa, 27 de octubre

Willy me llamó en la mañana para el asunto de mi contrato para la campaña del enjuague bucal.

Me había acostado tarde, así que para cuando sonó el teléfono yo estaba profundamente dormida. Me dijo que acababa de salir de la reunión y que necesitaba que nos viéramos. Su insistencia me ayudó a despertar. "¿Pero me quedé o no?". No quiso responderme, sólo repetía que necesitábamos vernos para hablar. Me pidió que lo alcanzara lo antes posible en un restaurante de Polanco. Me apuré tanto como pude y para cuando llegué a la mesa apenas pasaban de las doce.

Comenzó por decirme que le habían enseñado mis fotos y que me veía hermosa. Siguió con los piropos, y todo para decirme que le encantaba verme sonreír y que cada vez le gustaba más, y su discurso lo decoraba con cualquier cantidad de cursilerías gastadas. Mientras, a mí me ganaba la ansiedad por saber lo que había sucedido; así que terminé por interrumpirlo. "Pero, ¿qué pasó?... ¿Qué dijeron? ¿Me quedo o no?". Él hizo una pausa, desencajó el rostro y cambió el tono por uno de mayor gravedad. "No voy a andar con rodeos... La verdad es que la gente de la marca quiere a la morenita más joven... No es que seas vieja, eres hermosa, a mí me encantas... pero ya sabes cómo son estas cosas de superficiales y absurdas; entre más niña, más flaca y más operada, mejor". El estómago me dio un vuelco y sentí un vacío espantoso. Ahora tendría que seguir acumulando trabajos irregulares y tan seguidos como se pudiera. Además me sería muy difícil quitarme de encima a Willy, que sin importarle la noticia que acababa de darme seguía viéndome con lujuria y deseo. Volví a pensar en Rodrigo, en Sebastián, en mamá, y no pude evitar que se me salieran las lágrimas. Quise levantarme de la mesa y largarme a casa para estar sola. Tomé mi bolso y me puse de pie, pero Willy me tomó del brazo y me obligó a sentarme de nuevo. "Pero no te pongas así... es posible que no todo esté perdido".

El muy imbécil estaba jugando conmigo. Desapareció la tristeza y tomó su lugar el coraje. Lo miré a los ojos y supe que ahora su objetivo era hacerme creer que me darían el trabajo gracias a su intervención milagrosa. Controlé el enojo porque, a fin de cuentas, el contrato estaba en la bolsa; sólo tenía que manejarme con habilidad para concretarlo. Él simplemente quería llevarme a la cama de nuevo y yo tenía que encontrar una manera de evitarlo. Me senté en silencio, exagerando mi gesto de desilusión y desamparo.

Él dio un sorbo a su jugo y me miró con cara de preocupación. "Estuve hablando con el licenciado Aliseda, ya sabes... el director de la campaña... Dice que está dispuesto a imponer su criterio sobre el director de marca, pero quiere dinero por fuera". Si se trataba de dinero, de mi parte el arreglo se daría, sin duda. "¿Cuánto?". Willy jugueteó con el tenedor y me clavó la mirada como para medirme. "La cosa está así... firmarías el contrato directamente con ellos, y por fuera, me darías a mí la comisión habitual y otro tanto para el licenciado Aliseda". Yo contuve mi felicidad porque a pesar de ser un pago alto, los beneficios eran enormes. De cualquier forma yo continué hablándole con seriedad y hasta con enojo. "¿Y no te parece que pagar doble comisión es demasiado?... Además, al ser por fuera... voy a perder otro dineral en impuestos". Willy decidió soltarme de golpe la última parte de la negociación. "Y no sólo eso... las comisiones tendrás que pagarlas a la firma del contrato". "¿Por adelantado?". "Sí... Aliseda tiene miedo de que después ya no nos pagues y no pueda hacer nada". "Pero me conoces... sabes que si quedo en algo...". "Corazón... es así, o no es. Yo soy la primera opción de Aliseda, pero puede llegar exactamente al mismo arreglo con cualquiera de las otras dos... bueno, quizá con la sueca no, pero con la mexicana, sin duda... Tú decides". ¿Qué remedio me quedaba? Ahora sólo tenía que hacer cuentas mentales, para saber si completaba con mis ahorros lo que tenía que pagarles a ambos antes de recibir el primer peso. A fin de cuentas, era una inversión y así tenía que verlo; ahora ponía dos y en el transcurso de los próximos cuatro meses recibiría ocho. Me quedé unos instantes pensativa, analizando las ventajas y desventajas del trato, pero Willy sólo estaba pendiente de mi escote. Me tomó la mano y me dijo con voz que intentaba ser provocativa y sensual. "Veo que eres perra con los asuntos de dinero...". "No sólo para el dinero, así que ten cuidado". Y me sacudí su mano con un solo movimiento firme. Su actitud me sacaba de mis casillas, estábamos tratando de hacer un negocio y el sólo pensaba en sexo.

A fin de cuentas, comprendí qué había poco que pensar. Más allá de los costos, me convenía de todas formas. Aseguraba trabajo y buenos ingresos para los próximos meses, y después de esto, podría continuar con mi embarazo e incluso, gracias a una campaña nacional como ésa, revalorarme como modelo cuando quisiera volver. Naturalmente que aceptaría, pero al ver la cara de Willy comprendí que la negociación aún no terminaba.

"Está bien... dile al licenciado que acepto las condiciones". "Excelente decisión". Y tal y como esperaba, alegó que quería felicitarme por mi nueva campaña y me abrazó. Y mientras lo hacía, me habló al oído con mucha suavidad. "Te conseguí un contrato magnífico... Creo que me merezco un premio, ¿no crees?". Él intentó besarme, mientras bajaba las manos y me acariciaba el trasero. Yo me solté de inmediato y empecé a perder la calma. "El premio ya lo tuviste... y por adelantado". Volvió a tomarme la mano. "Eso fue sólo una probadita... el premio, premio, es ahora... ¿Qué tal si nos vamos a la playita... los dos solos? En lo que llega el lunes y firmamos el contrato... no sea que algo se complique...". Realmente tuve que hacer grandes esfuerzos para no cachetearlo. "Habíamos quedado en algo y yo cumplí". Cambió la expresión seductora por una cínica. "Pero las reglas cambian bombón... y ahora quiero más... de hecho, merezco más". Nunca como en ese instante me sentí tan al borde de perder el control. Quería agarrar el cuchillo que tenía enfrente y clavárselo en el pecho; reventarle el plato en la cara, escupirle, gritarle, ahí, delante de toda la gente, los insultos que se merecía por abusivo, por basura, por cerdo, y por sentirse orgulloso de ser todo eso. Pero me llegó un rayo de lucidez, de inspiración, y logré guardar la calma. Necesitaba resolver el asunto de una vez. Ya existía un arreglo económico y ahora sólo faltaba quitarme a Willy de encima.

"Sabes qué... tienes razón. Las reglas cambian: estoy embarazada". Me soltó la mano y echó el cuerpo atrás, hasta recargarlo por completo en el respaldo de la silla. "Sí... claro". "Es cierto... lo estoy". Me miraba incrédulo y asustado. "No sé de qué me hablas". Fruncía el ceño y yo me sentí poderosa porque lo había metido a mi juego. "De eso, de que estoy embarazada. Ya lo verás por ti mismo en unos meses". Se mordió con ansiedad el labio inferior sin quitarme la vista de encima. "Cogimos con condón". "Me encantará ver la cara de

Martha cuando se lo expliques... supongo que se sentirá aliviada".
Estaba totalmente desconcertado. "No es mío... no puede ser mío".
Era la oportunidad perfecta para dejarle en claro cuánta repugnancia sentía por él. "Por supuesto que no... Primero perra que tener un
hijo tuyo... La pregunta no es ésa, la pregunta es a quién le creerá
tu esposa, a ti negándolo o a mí asegurándoselo". Willy volteaba en
todas direcciones, como si quisiera comprobar que no había ningún
conocido que pudiera estarnos oyendo. "Es absurdo... hay maneras
de comprobar que, aún en el caso de que exista, no es mío". "Por supuesto que las hay, tampoco soy estúpida. Pero lo que quiero que a
Martha le quede muy claro es que le fuiste infiel y no sólo conmigo
sino con cuanta falda se te atraviesa... Qué tal, por ejemplo... Lilia.
Me voy a encargar de que sepa cómo nos chantajeas a todas para llevarnos a la cama. Sé perfectamente que ella es la dueña del dinero,
de la agencia... ¿Qué crees que vaya a pasar? A lo mejor es de mente
muy abierta y te perdona; en una de ésas hasta se le hace normal;
quizá hasta va a decir que ya lo sabía y que así te quiere; pero, ¿y
si no? ¿Estás dispuesto a correr el riego de quedarte sin nada?". Se
quedó mudo, pero yo no. "Llevan un buen rato casados. ¿Cuántos
años tendrá? ¡Treinta y cinco, cuarenta...? Y, por lo que entiendo, no
se ha podido embarazar. De entrada, en lo que se comprueba o no,
saber que su marido va a tener un hijo con otra no creo que vaya a
hacerle mucha gracia... O tú, que la conoces mejor, ¿qué piensas?".
Le hablaba con absoluto cinismo, mirándolo a los ojos y dedicándo-
le montones de sonrisas perversas.

Lo estaba disfrutando como nunca y no pensaba detenerme.
"Pero no te pongas así... es posible que no todo esté perdido". No
pude evitar la carcajada ante la ironía de poder repetirle exactamente lo mismo que él me había dicho a mí. "¿A poco no es
muy divertido que lo traten a uno así?". Clavó la vista en la taza
de café, para unos momentos después levantarla hacia mí. "¿Qué
quieres?". Sonreí victoriosa. "Quiero firmar mi contrato, que me
dejes en paz y sólo pagar la comisión del licenciado Aliseda... y
quiero que nadie, absolutamente nadie se entere de que estoy embarazada. Si alguna de esas condiciones no se cumple, te juro que
no voy a escatimar ningún esfuerzo para convertir tu vida en un
infierno". "Si firmas ese contrato sabiendo que estás embarazada
te puedes meter en un problemón legal". "Eso es cosa mía... De

cualquier manera, tú no sabes nada, así que estarás libre de toda culpa". Willy no podía creer que yo le hablara así. "Eres una auténtica hija de puta...". Yo sonreí complacida... De alguna manera me llenaba de satisfacción que justamente él me dijera eso. "Parece que sí... ¿Quién lo hubiera pensado?".

Willy dio un sorbo al café y permaneció en silencio, como si de verdad estuviera evaluando su respuesta, cuando ambos sabíamos que no tenía opción. "Está bien... el trabajo es tuyo, aunque eso de que me dejes sin comisión... en fin, ni modo... te la rifaste bien... Tenemos que presentarnos el lunes para firmar el contrato. Sólo te recomiendo que hagas como que no sabes leer cuando llegues al párrafo donde manifiestas no tener cáncer terminal ni estar embarazada...". "Ya te dije que eso es cosa mía". Willy se revolvía en la silla y continuaba mirándome incrédulo. "Mira, el trato de cualquier forma ya está hecho con Aliseda, pero, ¿de veras estás embarazada?". Yo no le contesté con palabras; sólo lo miré de tal forma que le quedó claro. "¿Y de quién es?". Le respondí lo único que me apetecía responderle. "Te vale madres... Pero te juro que tuyo, no". Respiró hondo y se acomodó la corbata con alivio. "Sé que contigo ya me la pelé, pero ahora me gustas mucho más que antes... por cabrona". Ya no tenía por qué callarme nada así que rematé con aquello que terminaría de liberarme. "Pues tú siempre me has dado mucho asco... pero ahora más que nunca... por cobarde, por abusivo, pero sobre todo, por mantenido...". Me levanté de la mesa feliz y llena de fuerza porque había conseguido lo que quería. Y, porque además de mi contrato, me había quitado a Willy de encima para siempre. Cuando subí al coche, coloqué las manos sobre el vientre y le di las gracias a Sebastián por haberme dado el valor de pelear por él.

Acabo de llegar del restaurante del hipódromo y pasan de las tres de la mañana. Hacía mucho que no me divertía tanto mientras trabajaba y supongo que en gran parte es porque me sentía feliz desde antes de llegar.

Una nunca termina de conocerse. A veces no queremos reconocer que con la motivación adecuada somos capaces de hacer casi lo que sea. La verdad es que da un poco de miedo aceptar que por un rato me sentí feliz de ser una bruja maldita, pero me queda la justificación de que Willy se lo merecía y que además sirvió para proteger el futuro de Sebastián.

27 de octubre, en el departamento de Esteban

Esteban batalla un poco para introducir la llave en el orificio pero por fin lo consigue y la gira. Al abrir la puerta de su departamento lo recibe la penumbra total, apenas es interrumpida tímidamente por unas sutiles claridades que entran del exterior, convirtiendo la sala en un bosque de sombras irregulares y serenas.

A tientas extiende la mano en busca del apagador de la entrada y al dar el paso inevitable siente un bulto esbelto bajo los pies. Como si le quemara, levanta el zapato, e imitando la posición de un contorsionista de circo, consigue encender la lámpara de la sala. Queda enceguecido por unos instantes, pero en cuanto recupera parcialmente la visión mira al piso y confirma su sospecha repentina.

Lo recorre una extraña combinación de sorpresa y estremecimiento angustioso. Por un momento se confunde sin poder resolver para sí mismo de forma definitiva si este hormigueo que lo impacienta es producto del miedo o de la emoción. Sus pupilas se han adaptado por completo a esa claridad eléctrica y artificial que baña el salón y ahora está seguro de que ahí, ante sus ojos, al acecho encima del mosaico, lo espera un nuevo sobre amarillo que no pidió.

Lo rodea sin levantarlo aún, sin siquiera tocarlo con los pies y por fin cierra la puerta. El mundo exterior no tiene por qué saberlo. La cabeza, abotagada de incertidumbre y de incredulidad, comienza a hacer su trabajo maquinal de intentar razonar lo que sucede, y las ideas y posibilidades se montan unas sobre otras.

Hace apenas unos minutos había estado con Reinado y a pesar de que intentó convencerlo había sido muy claro al afirmarle que no quería más sobres amarillos. Pero entonces, ¿qué significa esto? Sabes que lo más probable es que haya decidido por su cuenta continuar involucrándote en sus ejecuciones. Que llegó con la gente de los sobres amarillos y les dijo: "Sí, mándenselo, yo lo veo más tarde y lo convenzo". Pero no te había podido convencer, porque tú no quieres más muertes, más asesinatos, más cadáveres pesándote sobre la espalda como un chaleco de plomo. Hace apenas un rato Reinaldo parecía convencido de que ésta era tu verdadera vocación, y quizá no esté tan perdido; pero claro que si tú ya no quieres, no hay remedio. El mundo del crimen habrá perdido, entonces, a una de sus nuevas promesas. Casi puedes verlo justificando su anticipación con la gente de los sobres amarillos. "No se preocupen, es mi muchacho más destacado y estoy seguro de que, por más que se niegue, en cuanto lo tenga entre las manos no va a poder contener su deseo de hacerlo". ¿Le falta razón para pensar así? ¿Es posible que interna, calladamente, lo desearas con ansia?

¿Será cierto que más allá de tus buenas intenciones, no podrás evitarlo y lo recogerás del piso para abrirlo y conocer su contenido? Revisarás hoja por hoja y foto por foto para conocer a aquel que, aún sin saberlo, sólo está esperando a su asesino de muertos particular? ¿No te importará seguir las instrucciones y ejecutarlo como si se tratara de una actividad rutinaria y sin trascendencia? ¿Y si de veras, en lo más hondo, piensas que hacerlo, que matar a uno más que de cualquier forma ya está condenado, no tiene en realidad ninguna importancia? A fin de cuentas ya lo hiciste en el pasado.

Sin saber cómo, ya lo tienes en la mano y lo colocas sobre la mesa del comedor. Es cierto que te tiemblan los brazos. ¿De qué? ¿de miedo? ¿de coraje? ¿de emoción? Pero no, aparentemente ya lo decidiste y no lo harás. Y según tú, mañana llevarás el sobre al Esperanto así como está, sin abrirlo siquiera, y se lo tirarás a Reinaldo a la cara y le dirás que no quieres hacerlo. Luego lo confrontarás con decisión: "¿Por qué me haces esto? ¿Por qué quieres convertirme en tu doble, en tu calca, en tu caricatura? ".

Esteban tiene el ceño fruncido y observa el sobre encima de la mesa. Se dirige al baño y libera un buen chorro de orina casi transparente de tanto beber. Se lava las manos y se enjuaga la cara. Te miras fijamente al espejo. ¿A quién quieres engañar? Dices que no quieres hacerlo pero entonces cómo piensas liberar todo ese odio que te comprime el pecho. Aún queda un leve rastro del que fuiste y que dice que no quieres hacerlo; pero también está el otro, el que eres ahora y que no resiste la ansiedad y la duda por conocer a la nueva víctima.

Viéndolos como lo que son, como muertos que aún respiran pero, que más tarde o más temprano, con tu ayuda o sin ella, dejarán de hacerlo, sabes perfectamente que puedes continuar matando hasta el fin de los tiempos.

Regresa a la sala y desde la esquina opuesta del salón observa el sobre amarillo que descansa sobre la mesa. Es un impulso demasiado fuerte como para darle batalla, y se deja vencer. No puede evitarlo y se sienta frente al sobre y hunde la cara entre las manos sudorosas. ¿Qué es lo que realmente te molesta? No tener la fuerza para contener tus impulsos o que al final Reinaldo tenga razón y no seas más que un Chacal, un asesino de muertos impasible y eficaz que lo hace a cambio de dinero. ¿Qué puede pasar con que lo abras? Puedes devolverlo de todas formas, ¿o no? Al fin y al cabo tú no lo pediste. Abierto o cerrado, puedes llegar mañana con Reinaldo y decirle que no lo aceptas ni lo aceptarás nunca. Confirmarle que lo has dejado, que sí, que la paga te viene bien, pero que ya no quieres más dinero sucio, ensangrentado. Ya quieres que sea mañana para confrontarlo, para hacerle ver que ni él ni nadie pueden manipularte así.

Con las manos temblorosas rasga la pestaña y lo abre. Comienza a sacar los papeles y a ordenarlos sobre la mesa para analizarlos con detenimiento. Por fin encuentra la fotografía, le da la vuelta, la contempla con los ojos desorbitados y queda perplejo por unos instantes. Conforme se convence de que su percepción es la correcta, su expresión comienza a ablandarse hasta convertirse en esta sonrisa perversa y emocionada. Trata de serenarse, de asimilar que, en este caso, esta sensación placentera está totalmente justificada. Te juras que ahora sí será la última y te convences de que con esta ejecución final alcanzarás la paz absoluta y podrás cerrar el círculo de muerte y quizá, aunque sólo sea parcialmente, recuperarte a ti mismo.

Esteban revisa con cuidado el contenido del sobre y cada segundo comprende con mayor convicción que debe hacerlo; que por más que luche contra sí mismo, sabe que lo desea, que lo necesita, que lleva soñándolo durante días y que por fin la vida le devuelve un poco de esa justicia que le había arrebatado sin avisar.

Está mareado de emoción. Deja de luchar porque sabe que hacer esto lo absolverá en alguna medida. Hay una larga lista de pormenores que aún no revisa, pero se sujetará a ellos sin cuestionarlos. Sonríe de nuevo, con esa expresión de odio que apenas le conocemos, mientras coloca frente a sus ojos la imagen del condenado y sonríe otra vez al mirar fijamente la cara de Reinaldo, un muerto que aún no sabe que lo está, pero que lo sabrá muy pronto. "Uno más y ya...". Dice en voz baja en la soledad de su departamento. "Uno más y la pesadilla termina...".

Esteban

Pasé lo que restaba de noche revisando el contenido. Empapándome de los pormenores y tomando nota de las instrucciones precisas que debía seguir. A diferencia de los sobres anteriores, ahora no había cargadores para cuerno de chivo ni granadas; ahora los detalles eran distintos, y conforme me enteraba de ellos me preguntaba si de verdad tendría el valor para llevarlos a la práctica. En esta ocasión, supongo que debido a estos pormenores, el pago era doble, pero estoy seguro de que feliz de la vida lo habría hecho gratis.

A pesar de las complicaciones intrínsecas que implicaba esta ejecución, la premura de los tiempos no me permitiría darle demasiadas vueltas. Yo no sabía si me habían enviado este sobre como premio por haberles informado de lo que hacía Reinaldo o simplemente había sido seleccionado al azar para realizarlo. En cualquier caso, mi papel no consistía en juzgar, razonar o cuestionar lo que otros habían decidido, sino llevarlo a la práctica con la mayor eficacia posible.

Ya por la mañana me sentía muy cansado. Necesitaba reponerme porque me esperaban horas intensas y difíciles. Me tendí sobre la cama y tuve un sueño por ratos intranquilo.

Me despertó el teléfono. Era Elisa para decirme no sé qué de mamá. Creo que se había sentido mal o algo parecido; pero entre que me encontró aún dormido y que no tenía cabeza para nada más que lo que se vendría en la noche, no le puse demasiada atención. Ni siquiera recuerdo bien qué le respondí. Lo que tengo muy claro es que en cuanto colgué ese asunto se me borró por completo de la cabeza. Para mí, mientras me duchaba, mientras me vestía para salir rumbo al Esperanto, mientras cenaba los restos del pollo rostizado que había comprado el día anterior, no había absolutamente nada más que la ejecución de Reinaldo.

Por momentos me angustiaban un poco lo pormenores. Al mismo tiempo me pasaba algo muy curioso: tenía la convicción absoluta de que tenía una deuda con Reinaldo y no quería quedarle a deber. Claro que agradecerle que mi mamá y mi hermana no hubieran terminado en la cárcel a causa de la muerte de papá no implicaba modificaciones en el plan preestablecido; simplemente era una deuda de caballeros que le pagaría en el momento preciso, y para eso llamé a Efraín, un *dealer* conocido del Esperanto, al que le pedí un buen guato de la mejor marihuana que me pudiera conseguir.

Salí rumbo al Esperanto en el horario habitual. Hice mi trabajo en la puerta, como de costumbre y una vez más Reinaldo llegó tarde y totalmente perdido de borracho. Por suerte en esta ocasión llegó solo; eso facilitaría las cosas. Luego de un rato se dio cuenta de lo mal que estaba y tambaleándose se encerró en su privado donde mandó pedir una botella de whisky.

Cuando terminé con la puerta entré al salón. Para ese momento ya me sentía muy ansioso. Contacté a Efraín, que me entregó mi paquete, y que guardé en el bolsillo del pantalón para prepararlo cuando hubiera oportunidad.

Tal y como decía en el sobre amarillo, a las cinco de la mañana en punto llegó el Gordo. Así le decían al guarura de todas las confianzas de Pepe; yo nunca supe cómo se llamaba en realidad, y tampoco me preocupó demasiado enterarme. Yo sólo sabía que esa noche él estaría cerca de mí; un poco para ayudarme con lo que no podía hacer sólo y otro poco para verificar que todo se hiciera según las instrucciones recibidas.

El Gordo me entregó los somníferos que debía ponerle a Rei en el vaso. Me dio también un par de esposas plásticas para inmovilizarlo ya que estuviera inconsciente. Observó su reloj y me hizo la seña de que lo acompañara, porque había llegado el momento de echar a andar el plan. Fuimos hasta la puerta del privado de Reinaldo y habló al oído del guardia que la custodiaba. Éste lo escuchó con atención y luego me miró. Asintió con movimientos amplios de la cabeza y abrió sin siquiera tocar para que yo pasara. Respiré hondo porque al fin el momento había llegado. Ahora todo dependía de mi valor y me preparé mentalmente para lo que vendría. Ansioso pero decidido traspasé la puerta y entré al privado de Reinaldo. Sabía que con ese acto había saltado al vacío y ya no había marcha atrás.

Diario de Elisa, 28 de octubre

Lo que me faltaba. Esto es verdaderamente el colmo. Cuando parece que todo marcha bien sucede algo no sólo impredecible sino completamente inverosímil que pone la situación patas arriba. Pero empiezo primero con mamá.

Anoche me desvelé en el trabajo y hoy me levanté tarde. Al ir a la cocina para desayunar me encontré a mamá como ida. No hablaba, no respondía, no hacía nada. Estaba sentada en la sala con la tele encendida, pero ni siquiera le estaba prestando atención. Yo la veo cada vez más débil y es normal porque casi no come nada. Dentro de las pocas palabras que pude sacarle me dijo que estaba bien, que se sentía como siempre y que no tenía nada; pero para cualquiera que la conozca es evidente que eso no es verdad. Intenté por todos los medios que me dejara llamar al médico, pero es necia como una mula y no quiso. Ya estoy harta de estar al pendiente de ella como si fuera una niña chiquita, y ya no sé qué más hacer.

Para colmo, traté de hablar con Esteban y de plano me ignoró. Me dio la impresión de que está igual que mamá, perdido en su propia onda, en su mundo privado que nadie más entiende y que nadie más puede visitar.

Me fui a mi cuarto para arreglarme y salir otra vez al trabajo. Ya en la noche vino lo peor de todo. Por ahí de la una de la mañana una de las niñas que está conmigo recibió una llamada en la que le dijeron que Willy había tenido un accidente de coche y ni siquiera estaban seguros si se había salvado.

Yo traté de averiguar todo lo que pude, pero no había demasiada información todavía. Esto era lo único que me faltaba, que se muera un día antes de firmar mi contrato para la campaña del enjuague bucal. Sé que puedo parecer insensible pero de verdad que no me importa si vive o muere. En cierta forma, se merece lo que le está pasando, pero yo seguro que no.

Estoy completamente fuera de mí. Me siento impotente y furiosa. Son las cuatro de la mañana y no puedo dormir, no se cómo calmarme y quisiera darme de topes contra la pared. ¿Ahora qué hago? ¿Cómo voy a lograr que me firmen ese contrato si el convenio lo hizo Aliseda con Willy? Es perfectamente posible que si ese convenio existe, porque tampoco puedo descartar que lo haya inventado, es probable que al no estar él presente, Aliseda lo desconozca y negocie con otra chica. Menos mal que mañana es domingo y aún tengo unas horas de margen para llegar el lunes a mediodía y salvar la situación. No sé qué tenga que hacer, pero este trabajo lo conservo cueste lo que cueste.

Reinaldo

¿Cómo se había enterado Pepe? Ni puta idea. ¿Qué tanto sabía realmente? Ni puta idea. Siendo, como era, un pinche experto en sacar confesiones, ¿cómo pudo morírsele sin decir la verdad? Ni puta idea. Tampoco era imposible que hubiera perdido el control por el coraje y se le hubiera pasado la mano; pero por más que quería comprar esa historia, había algo que no me acababa de caer; no sé, una puta sensación... algo que no se puede explicar... No, no estoy loco, ¿ustedes nunca lo han sentido?

Por primera vez en varios años me acordé de la pinche brujita que me llenó de sangre de chivo y que aquella madrugada me dijo que si lo traicionaba, de alguna manera lo iba a saber. ¿Habrán sido sus putos hechizos los que hicieron que Pepe se enterara? ¿Le habría hecho lo mismo a Ivonne? ¿La habrá llevado también a ese puto corral de mierda para bañarla en sangre y poseerla del todo? Ni puta idea. Lo cierto es que los dos nos repasamos de vergas y lo milagroso hubiera sido que jamás se enterara de lo que estábamos haciéndole. Todavía no puedo entender cómo fuimos tan inconscientes... Cuántas pendejadas podemos llegar a hacer sólo por calientes.

Me venían todos los miedos de golpe y llegaban decenas de preguntas que no me sabía responder. ¿Por qué no estaba muerto? Ni puta idea. Pensé que tenía la oportunidad de oro para huir. Si de veras no lo sabía, mi desaparición le abriría los ojos, pero al menos salvaría el puto pellejo. Sin embargo, no lo hice; ni siquiera lo intenté. ¿De qué me hubiera servido la mariconada de salir corriendo si después no hubiera sido capaz de vivir conmigo mismo? Que venga lo que tenga que venir, pensé agarrándome los güevitos. Con un poco de suerte, aquello sólo era una prueba y hasta salía fortalecido ante él. Claro que esos pensamientos eran puras pendejadas; pero cuando la cosa se pone cabrona, nos agarramos de lo que sea para sentir que podemos librarla.

Me bebí mi primer vaso de whisky. Eran las cuatro de la tarde del viernes, y de ahí ya no paré. Cuando me sentía muy pedo, me alivianaba con perico, cuando me sentía muy sobrio y me paniqueaba de pura paranoia, me metía mis buenos tragos; me había subido a una montaña rusa de la que ya no pensaba bajarme.

Perdí la noción del tiempo, y ya ni siquiera me acuerdo a qué hora les hablé a aquellas pinches putas. Se me olvidó un rato la angustia, y ya en la noche me las llevé al Esperanto. De ahí, ya no me acuerdo de nada, hasta que desperté al día siguiente solo en mi casa. Estaba todo meado; luego me ganó la nausea y no alcancé a llegar a la taza. Vomité en el piso del baño y ahí volví a quedarme dormido otra vez.

Al despertar me vi hecho un puto guiñapo. Ya era sábado y me di un regaderazo para quitarme de encima ese olor tan culero a vómito y a meados. Mientras me escurría el agua caliente por la espalda, volví a preguntarme si de veras Pepe no sabía nada o aquella especie de muerte en vida era parte del tormento que tenía preparado para mí. ¿Por qué seguía vivo? Ni puta idea.

Al salir del baño me acomodé en el sillón de la sala mirando a la puerta. Juraba que en cualquier momento aparecería un ejército de culeros para romperme la madre. En mi casa tenía dos cuernos de chivo, un R-15 y cuatro pistolas de distintos calibres. Pero no agarré ninguna de las armas y sólo me senté a esperar. Si tenía que ser así, pues ni pedo. Pero eso tampoco pasó.

Estaba muy crudo y el alcohol me daba asco, pero fui hasta la barra y me forcé a beber hasta el fondo un vaso de whisky. A los pocos minutos ya estaba pedo otra vez; mareado con ese calorcito agradable en el medio de la panza, y bien montado de nuevo en mi montaña rusa particular. Ésa era la única forma que encontré para sobrevivir aquellas horas de puta agonía.

En algún momento salí rumbo al Esperanto. No sé ni cómo pude manejar, pero ya no aguantaba el miedo de estar solo. Tampoco quise atascarme de chochos para dormir, porque me daban pánico las pesadillas. La mejor opción era ésa, rodearme de gente y de ruido y esperar a que el tiempo transcurriera hasta que pasara lo que tuviera que pasar.

A partir de aquí todo se vuelve nebuloso. Me acuerdo de que estaba rodeado de cabrones que intentaban hacerme plática, pero yo no estaba para eso y me encerré en mi privado a seguir bebiendo solo. Luego... luego ya no sé bien... Sé que entró Esteban y estuvimos platicando, ¿o no?... Sí, agüevo que era él. Me acuerdo que me hablaba... me decía... no, ni madres, me gritaba el muy ojete... ¿Pero qué me gritaba?... Puta madre, no me acuerdo. Creo que trataba de insultarme, pero cuando se llega a semejante grado de peda, uno ya no entiende lo que le dicen y así no nos damos por aludidos. Sí, yo me acuerdo que nomás lo miraba. De pronto le decía lo primero que me venía a la cabeza y me cagaba de la risa de ver cómo se encabronaba más y más. Luego se paró de la silla y agarró mi botella de whisky... yo estaba demasiado pedo como para reaccionar. Sí... lo veo cómo hizo el movimiento como para reventármela en la cabeza, pero no me acuerdo de más... No lo habrá hecho el muy ojete... ¿o sí?... No creo que tuviera tantos güevos... Ya quisiera verlo orita aquí, a ver si es cierto... ¿Pero lo de la casa aquella fue antes o fue después?... ¡Puta madre, no me acuerdo!... Estábamos sentados en una mesa... estaba el pinche Gordo... ¿Qué hacía ahí el pinche Gordo? ¿Será otra pesadilla? No sé... Sólo me acuerdo que el puto de Esteban me miraba con cara de muy cabrón y yo no hacía nada... ¿Por qué no hacía nada?... Pinches pedas... No, ni madres, no era un sueño... ¿Por qué no me puedo acordar?... Sí, agüevo, ahora lo veo, ahora me acuerdo... ¡Puta madre, ya me acordé!... ¡Putísma madre...!

12

Diario de Elisa, 29 de octubre

Éste ha sido un día de locos. De Esteban ni sus luces. Por más que lo he buscado, no aparece por ningún sitio; sólo falta que ahora también a él le haya pasado algo.

Me siento rara por escribir esto desde un hospital. Pero sabía que tendría que pasar un buen rato en esta sala de espera y qué mejor que aprovecharlo para poner en orden mis ideas y mis recuerdos.

Anoche, casi por casualidad, me enteré del accidente de Willy. Hoy dejé que pasara medio día y llamé a la niña que me dio la noticia para ver si tenía más información. Al parecer, la desperté, y al haber estado dormida, sabía lo mismo que anoche. Le inventé una historia bastante boba y le pedí como favor especial que averiguara lo más posible, y luego de una hora la volví a llamar.

Resulta que, para no perder la costumbre, Willy salió anoche con otra de las chicas que trabajan en la agencia. Iban los dos borrachos, se pasaron un alto y otro coche se impactó directamente contra la puerta del conductor. Ella sólo tuvo raspones y un esguince en el cuello, pero él tuvo múltiples lesiones y apenas estaba vivo cuando lo recogió la ambulancia. Por último me contó en qué hospital está, y justo cuando iba a agradecerle por la información para poder colgar, me sale con lo mismo que todos: "Tú también saliste con él, ¿no?". Malditos chismes, corren como hilo de media y se meten en los recovecos más inimaginables. De cualquier forma, negarlo me hubiera tomado demasiado tiempo y seguramente de todos modos no me hubiera creído; le dije que sí, que había salido con él, pero sólo por necesidad. Al menos le dio risa mi respuesta y por fin nos despedimos.

Lo primero que hice fue salir rumbo al hospital que me dijo. Llegué al piso donde lo tienen y anduve con todo el cuidado del mundo para no encontrarme con su esposa. Yo la había visto un par de veces y era probable que ella no me reconociera a mí; pero con tantos chismes, lo mejor era no correr riesgos de una escena en plena terapia intensiva. Busqué al médico de guardia y lo encontré en un cubículo pequeño llenando expedientes sobre una mesa desvencijada y le pregunté por la salud de Willy. Él me miró de arriba a abajo antes de decirme que acababa de darle el reporte completo a su esposa. "¿Usted es familiar del paciente?". No me quedó más remedio que decirle "toda la verdad". Le confesé que Willy era mi amante desde hace dos años y que incluso teníamos un hijo pequeño, y que por razones obvias no podía presentarme delante de la familia pero que necesitaba saber. Tuve que dramatizar un poco, pero al final funcionó. El doctor me agradeció mi sinceridad y hasta se puso de pie para consolarme por lo que estaba viviendo. Buscó el expediente y le dio una revisión general para recordar los detalles y comenzó su explicación. Willy está en terapia intensiva. Se rompió el fémur y un buen número de costillas. Tiene problemas en el cuello y las cervicales, pero al parecer lo verdaderamente grave es el sinnúmero de golpes y hemorragias internas que lo tienen al borde la muerte. Su caso es de extrema gravedad y no puede hacerse un pronóstico preciso hasta que pasen las primeras setenta y dos horas. Setenta y dos horas son tres días, es decir, hasta el miércoles; mientras tanto, ¿yo qué hago?

Volví a llorar en su hombro y le pedí su celular para poder solicitarle informes ya que no podía presentarme abiertamente en el hospital ni dejar a mi hijo solo por mucho tiempo. Sin duda lo conmoví no sólo porque me dio el número de inmediato, dejando muy en claro que podía llamarlo tantas veces como quisiera, sino porque cuando ya me iba me llamó de nuevo para darme un dato que me había ocultado. "Oiga... a mí no me gusta meterme en lo que no me importa... pero al momento del accidente su... el paciente iba acompañado por una mujer... a ella casi no le pasó nada y la dimos de alta desde hace rato, pero los dos iban tomados y... bueno, yo sólo quería decírselo". Lo abracé de nuevo para que no me viera reír de la ternura que me dio, y en cuanto pude volver a mi cara de Marga López, le tendí la mano y volví a darle las gracias.

Pues así están las cosas... Willy se debate entre la vida y la muerte mientras mi contrato está en el aire. Tengo que encontrar la manera de que las condiciones se sostengan y podamos firmar aun sin que él esté; pero por involucrar un soborno, no estoy segura de que resulte tan simple. El licenciado Aliseda no me conoce y es fácil que tenga desconfianza de hablar conmigo abiertamente. En fin... para el lunes ya faltan pocas horas y debo estar lista para lo que se presente. Parece que mañana será un día muy intenso, y para colmo, con esto de mamá... pero no pierdas el orden.

Total, regreso a casa con la intención de comer algo y descansar un rato, pero no encuentro a mamá por ningún lado. Comienzo a buscarla por todos los cuartos hasta que la veo tirada en piso del baño sin conocimiento y con una gran cortada en la cabeza que ya había causado un buen charco de sangre. No se movía, no despertaba, así que corrí a llamar una ambulancia. En lo que llegaban, traté de llamar a Esteban pero en su casa no contestó y su celular estaba apagado. Por fin llegó la ambulancia y la trajimos aquí.

Me la recibieron en urgencias y apenas hace un rato salió una doctora muy atenta a decirme que se encuentra estable; pero siguen haciéndoles estudios y manteniéndola en observación. Ahora no tengo más que esperar. El problema es que comienza a hacerse tarde y mañana me espera un día complicado. Acabo de volver a intentar pero Esteban no aparece. ¿Por qué siempre tengo que ser yo la que se haga cargo de las cosas importantes? No dudo ni tantito que el infeliz esté en Acapulco cotorreando con sus amigos, mientras yo estoy aquí sin saber qué será de mi vida. En fin... ya no quiero hacer más coraje. Lo importante es que parece que mamá estará bien.

Reinaldo

¿Dónde chingados estoy? ¿Ya díganme de quién son esas pinches voces que no me dejan en paz y me tienen tan apendejado? ¿Quién está ahí? Respondan, no sean putos... ¿Dónde chingados estoy? Ya me había acordado... Sí, yo estaba en... Sí, ahora me acuerdo de nuevo... Yo estaba ahí, en ese cuarto, con Esteban... con el pinche Gordo. Pero, ¿y luego?... Ya, ya me acuerdo... agüevo que me acuerdo... ¡Puta madre! Ahora lo recuerdo todo... ¡Estoy muerto!... Puta madre... ¡Que alguien me ayude!... Puta madre... ¡Estoy muerto!

Esteban

Entré al privado de Reinaldo. Estaba sentado en el sillón de su escritorio mirando a la nada y completamente ahogado de borracho. Al verme, sacó la cocaína del cajón y quiso esnifar una raya pero no lo dejé. Lo necesitaba así, en ese estado de confusión y mareo en el que ni siquiera pudo evitar que le quitara su cajita de madera cuando en cualquier otra circunstancia me hubiera resultado imposible tan siquiera tocarla.

Estaba apenas despierto, con la boca seca, sin reflejos, sin esa posición permanente de alerta que nos intimidaba a todos los que tratábamos con él. "Dame eso, cabrón... necesito tantita... aunque sea sólo para despertar". Arrastraba las letras, los sonidos, las palabras completas. En cierta forma me daba tristeza que justo ese día estuviera tan indefenso; pero tampoco podía correr riesgos innecesarios con una persona como Reinaldo cuando estaba en pleno control. "No, Rei... perico ya no... Mejor vamos a echarnos un trago". Y le serví una copa.

Reinaldo no era capaz ni siquiera de mantener la cabeza firme y se le movía en un bamboleo sutil; mientras, intentaba clavar la mirada en mí, con esos ojos vidriosos que apenas lograba mantener abiertos. "¿Te digo un secreto?... Lo más probable es que en cualquier momento me cargue la chingada... Pero ni pedo... me lo gané... y así, hasta le sabe a uno". Podrá parecer abusivo pero me sentía satisfecho y tranquilo de verlo así, derrotado, vencido; como si estuviera consciente de que había estirado de más la liga y que se había roto. Para ese momento apenas podía sostenerse en pie, en la orilla de la cornisa de una ventana alta, esperando a que una ráfaga de viento lo empujara al vacío.

No fue complicado encontrar un instante de distracción para poner el somnífero en su copa. Tenía que dejarlo inconsciente para poder sacarlo de ahí sin mayor aspaviento y continuar con el plan que venía detallado en el sobre amarillo. "No mames... la neta estoy muy cansado... ojalá que muy pronto pase lo que tiene que pasar, para que se acabe todo de una puta vez". Yo no entendía cuál era el sentido preciso de sus palabras, pero circunstancialmente estaban muy apegadas a la realidad. Yo también quería que se precipitaran los hechos de una vez, por eso me desesperaba ver cómo Reinaldo paseaba el vaso de un lado a otro sin darle ni siquiera un sorbo. "Al final... ya lo ves... casi no me arrepiento de nada... a lo mejor algunas veces me pasé un poco de verga, pero en general siempre hice lo que me dio la gana... de eso se trata la vida, ¿no?". Y volvió a poner el vaso sobre el escritorio sin tocarlo. A este paso no íbamos a terminar nunca. "¿Sabes de lo que sí me arrepiento?... De haberte convertido en un asesino". Me serví una copa para mí y le di un sorbo. "No soy un asesino". Reinaldo se carcajeó. "No mames... entonces, ¿qué eres?... No creas, eso sí me da pena. Yo siempre fui un culero, no me quedó de otra; pero tú no, tú eras gente buena... güevón y desobligado como la chingada, pero gente buena... No que ahora... ahora ya ni mi amigo eres". Yo lo veía balancearse suavemente sin poderse controlar y me daba lástima; pero también escuchaba sus palabras y me bullía el estómago de coraje porque me daba cuenta de que realmente creía que me había convertido en alguien como él. Quizá me enojaba más reconocer que podía ser cierto.

Reinaldo volvió a tomar el vaso y a pasearlo mientras hablaba. "Dime una cosa... ¿Qué sentiste mientras matabas a tu noviecita?... La neta, siempre te consideré buena res, aunque también un "guanabí" fresita pitero, como todos los que trabajamos en un lugar como éste. Pero mis respetos, te la rifaste como los grandes... ¿Quieres que te confiese algo?... Al chile, yo nunca he matado a nadie que me importe... eso sí debe estar muy cabrón... para matar a un pendejo cualquiera no hace falta nada más que un poco de hambre y, si acaso, tres alcoholes; pero para matar a alguien que quieres hay que tener unos güevotes como sandías... y quién lo iba a decir... resultó que tú los tienes... Ya lo ves, el asesino verdadero, el de vocación, el que de verdad sabe de qué se trata matar, eres tú, no yo".

Me daba cuenta de que en medio de su mareo y su desconcierto, en el fondo tenía razón. Que había sido muy distinto matar al licenciado Villegas o a Frank, en comparación con Laura. Apenas en ese momento, gracias a la borrachera de Reinaldo que le permitía decir cosas que sobrio nunca me hubiera dicho, tomé verdadera conciencia de lo que hice.

"Qué carita puso cuando supo que eras tú quien le iba a dar en la madre". Yo recordé la expresión de Laura justo antes de derrumbarse acribillada de balazos. "No lo supo". "Pus qué puto... en eso me desilusionas un poco... El haber tenido los güevos de pararte frente a ella cara a cara y llenarla de tiros hubiera sido la cereza del pastel... pero bueno... se entiende... nadie es perfecto". Las palabras arrastradas que Reinaldo apenas podía pronunciar me apabullaban, me hacían estremecer en la silla, me desgarraban por dentro, como esas puyas que entran fácil pero que al sacarlas arrancan jirones de carne. Reinaldo bajó un momento la mirada. "La neta, yo creo que más que tu pinche noviecita pedorra, lo que más te pudo fue lo de tu jefe... Ahora, que si lo piensas bien, fue lo mejor que pudo pasarle... Y no sólo a él, sino también a ustedes... ten los güevos de reconocerlo". Yo no quería hablar del tema y mucho menos con él. "Rei, ya deja eso... tómate tu copa y vámonos". Reinaldo enderezó la cabeza y se me quedó viendo con ira. "Tú nunca me vas a dar órdenes... que te quede muy claro". Se derrumbaba a pedazos y ya no podía más consigo mismo. "De veras, Rei... acábate la copa y vámonos... se está haciendo tarde". Bajó la vista y guardó silencio un instante. "Tarde para qué... no tengo ya nada más que hacer... ni a dónde ir... Además la muerte me anda buscando, y como de todas formas me va a encontrar, no tiene caso que me ande moviendo ni mucho menos que me le esconda... Ahí tienes el caso de tu papá... es el mejor ejemplo del mundo... el pobre cabrón no fue a ningún lado, y la muerte lo fue a buscar hasta su propia cama". Apreté los puños para poderme contener. "Ya, Rei, deja ese tema, por favor". Pero se dio cuenta de que había dado con una herida que aún supuraba y no iba a perder la oportunidad de profundizar en ella con perversidad. "Estuvo cagado, porque al principio me veía con un chingo de pánico... sobre todo cuando le dije que ustedes me habían mandado para que lo matara, porque ya no lo aguantaban más... pero al final yo digo que estaba feliz de que por fin pudo descansar". Me puse de pie; apenas podía resistir el impulso de saltar sobre él. "No te emputes... es la neta... el ruco se quería morir y yo nomás le di gusto". Me sentía furioso, dolido, huérfano... muy, muy culpable. "Ya, Rei...vámonos". "Ya te dije que tú no me das órdenes... ojalá no estuviera tan pedo para romperte la madre... Te aprovechas porque no tengo mi coca... Si de veras tienes muchos güevos, deja que me de dos jalones y a ver de a cómo toca". Yo seguía de pie mirándolo con lástima, por lo patético que se veía, ahí, sin poder siquiera pararse de la silla; pero al mismo tiempo lo detestaba más que nunca. "La neta, me hubiera gustado que no mataras a tu noviecita... así los dos seríamos felices... Tú la tendrías a ella y yo estaría orita poniéndole a tu hermanita la cogida de su vida, y después...". Ya no pude más. Con más instinto que razón, tomé la botella de whisky que estaba sobre el escritorio y se la reventé en la cabeza.

Reinaldo cayó desmayado y al oír el ruido, el Gordo entró a toda prisa en la oficina. Lo vio tirado y se acercó a él, poniéndose en cuclillas. "No mames, a ver si no lo mataste... teníamos que llevárnoslo entero". Yo recuperé la calma en un instante. "Es que no quiso tomarse el trago que le di... además sólo tiene un golpe, al rato despierta". "Más nos vale...". El Gordo me miraba a mí y luego a Reinaldo y sólo negaba con la cabeza. "Ta'bueno, pues... Ya vámonos; se hace tarde".

Le inmovilizamos las manos y los pies. En el Esperanto ya no había nadie porque el Gordo se había encargado de despacharlos a todos. Entre los dos lo cargamos hasta la camioneta del Gordo y yo lo seguí de cerca. Nos dirigimos a una casa de seguridad, donde nos habían ordenado llevar a Reinaldo vivo y entero.

De camino reproduje en mi cabeza todo lo que Reinaldo me había dicho. Un poco porque sus palabras me habían producido un profundo impacto y otro poco porque necesitaba exacerbar mis resentimientos hacia él para que no me faltara el valor a la hora buena y pudiera llegar hasta el final de mi encomienda. Mi venganza inminente me provocaba al mismo tiempo emoción y pánico pero, a fin de cuentas, ya no había marcha atrás.

29 de octubre, en un cuarto de la casa de seguridad

Sentado en un extremo de la mesa de madera, Esteban realiza los últimos terminados al enorme cigarro de marihuana que acaba de forjar; en tanto aguarda a que Reinaldo despierte por fin de la borrachera y el botellazo que recibió hace unas horas.

Mientras esperaba, Esteban decidió aprovechar el tiempo. Colocó la hierba que le vendió Efraín sobre la mesa y sin prisas, le retiró ramas y semillas hasta dejarla limpia y picada para luego pasarla a las cuatro sábanas de papel arroz adheridas entre sí, con acuciosidad de relojero. Después vino el paso más difícil para todo inexperto, que consiste en compactar la hierba sin apelmazarla y darle la forma más parecida posible a un cigarrillo común. Desde luego que Esteban, al observar su obra casi terminada, es autocrítico y sabe que de ninguna manera sería para presumirse ante un fumador habitual, pero sabe también que sin duda cumplirá el propósito para el que fue pensada. Ahora aplica un poco de saliva a lo largo del borde y termina de cerrarlo enrollando el papel sobre sí mismo, para darle el aspecto de un enorme caramelo casero e irregular.

Ha terminado con el cigarro y ahora revisa las instrucciones del sobre amarillo por enésima vez, y no se da cuenta de que por fin Reinaldo ha abierto los ojos. Está todavía atontado por el golpe y padece los malestares inevitables del exceso de alcohol. Observa alrededor e intenta moverse pero le resulta imposible porque está atado de pies y manos a una silla de madera. Delante de él está la mesa y al otro extremo observa a un Esteban distraído revisando papeles. Resulta casi obvio suponer que ambos se encuentran frente a frente por última vez.

Estamos en una casa de seguridad que la célula criminal encabezada por Pepe utiliza para trabajos que deben permanecer a resguardo de ojos y oídos extraños. Éste es un cuarto de la planta alta. Las paredes están cubiertas con cartón de huevo y hule espuma; las ventanas están tapiadas con madera y recubiertas igual que las paredes. Del techo cuelgan cuatro focos de cien watts que compensan la ausencia de iluminación natural. Al fondo, muy cerca de la pared, está la estructura de un viejo columpio infantil perfectamente fijo al piso para evitar movimientos indeseables cuando las víctimas, colgadas del travesaño, se contorsionan de dolor. Es sabido que este objeto fue diseñado para usos más felices, pero ahora es la estructura ideal para colgar a un hombre, atarlo de pies y manos y someterlo a las torturas más macabras que pueda idear la mente humana. En el suelo hay varias cubetas vacías y, cubriendo por completo la superficie que abarca el viejo columpio, una especie de tapete negro, formado con bolsas de basura y que impedirán salpicaduras de sangre inoportunas que manchen de forma permanente el piso de mosaico blanco.

Reinaldo ha terminado de observar su entorno y a pesar de su aturdimiento parece entender con claridad que ese escenario ha sido acondicionado expresamente para él. Regresa la vista con Esteban, que continúa revisando el expediente de ejecución y que tiene a su lado el enorme cigarillo que acaba de terminar. "No mames... ¿ahora ya fumas mota?". Esteban alterna la vista entre Reinaldo y el bulto blanco. "No es para mí". "Puta... además está bien choncho... luego de que te lo fumes vas a dormir como pinche angelito...". "Ya te dije que no es para mí". "Pues no veo a nadie más en el cuarto... No esperarás que me lo fume yo... no acostumbro fumar esa mierda... Ni que le fuera a los Pumas...". "Nunca digas nunca".

Esteban se reacomoda en la silla y deja por un momento los papeles. Observa a Reinaldo que se pasea la lengua por el paladar y los labios. "No mames... estoy bien crudo". Esteban pone sobre la mesa un vaso y una botella de ron que estaban en el piso y sirve un chorro generoso. Lo empuja hasta quedar frente a Reinado y le coloca un popote para que éste pueda beber de él. "No la cagues... ¿Me vas a dar eso?". Esteban sonríe. "Por aquí y en domingo en la mañana... fue lo único que pude conseguirte. Además, a estas alturas, ni modo que te pongas exigente". Reinaldo sorbe con decisión y tras pasarse el líquido, hace gestos de desagrado. "Puta madre... Me hubieras roto la cabeza con esta botella y traído la otra". Reinaldo da otro sorbo abundante y al final cierra los ojos. Más allá del sabor, parece que por fin está logrando experimentar ese calorcito en el estómago que lo hará sentir mejor. "¿Tienes una puta idea de las crudas que da este ron?". Esteban sonríe y trata de responder con sarcasmo. "No creo que alcances a tener cruda". Reinaldo echa otra ojeada alrededor. "No, me imagino que no me va a dar tiempo... Pero no me quejo por eso; más bien es el pinche desprestigio... Espero que nadie se entere de que mi último trago fue de Ron Potosí...". Esteban le sirve otra buena porción en el vaso ya prácticamente vacío. "No pienso decirle a nadie... Además, si no lo quieres, puedes dejarlo". Reinaldo comienza ya a sentir ese nuevo ánimo que le inyecta el alcohol. "¿Dejarlo? No mames... Es sólo que me caga que mi última peda sea con esta chingadera... ¿Nunca oíste hablar del último deseo?... Pues eso, que el mío hubiera sido unos traguitos de buen whisky". Esteban se encoge de hombros sin decir palabra. Reinaldo baja la mirada y observa su camisa llena de sangre. "Además me duele la cabeza del pinche botellazo que me diste".

Reinaldo clava la vista en los papeles que están frente a él, donde puede ver el sobre amarillo que recibió Esteban. "Ahí te llegó mi foto, ¿verdad?". Esteban asiente, observándolo con expresión de piedra. "Quién lo iba a decir... Parece que los Chacales ya no necesitan a su padre... ahora tienen vida propia". Esteban no responde, sólo acerca la botella para volver a llenarle el vaso del que Reinaldo da sorbos entre cada comentario. "Pensé que lo habías dejado...Me imagino que cuando encontraste mi foto dentro te ha de haber dado un chingo de coraje". El sarcasmo del comentario no requiere respuestas, sin embargo Esteban no quiere que Reinaldo se vaya con dudas. "No... la verdad es que me dio gusto". Reinaldo se queda pensativo por un instante. "Sí... La neta a mí también... Mejor que seas tú que un pinche ojete cualquiera... Sólo espero que siempre que te levantes de la cama, cada vez que te mires al espejo, siempre que te estés tirando a una putita te acuerdes de que fue sólo gracias a mí y todo lo que según tú te hice y te obligué a hacer que estás vivo. Si no fuera por mí, el ojete que estaría aquí, sentadito en esta silla de mierda y bebiendo Ron Potosí, serías tú... nunca lo olvides". No le respondes porque sabes que en el fondo podría tener razón. Reinaldo lo mira ya totalmente repuesto y con esa mueca burlona y cínica de siempre.

Se abre la puerta del cuarto y aparece el Gordo, que los mira a ambos. "No mamen... perecen dos enamorados". Luego observa el reloj y sacude la cabeza observando a Esteban. "Así que fuiste tú, pinche Gordo". Reinaldo le habló con odio, con rencor. "¿Yo? ¿Yo qué?". "No te hagas pendejo... el que me puso... el que fue de maricón a rajarle a Pepe". El Gordo se quita la corbata y la dobla con cuidado, para luego colocarla en el bolsillo del saco, que se quita y acomoda en el respaldo de la silla donde está Esteban. "Por ganas no quedó... pero no, no fui yo". Ahora se arremanga la camisa blanca ya arrugada y percudida por traerla puesta desde hace más de treinta y seis horas. "No seas puto y reconócelo... Si no fuiste tú, ¿quién?". "Pues pa'que veas que enemigos no te faltan... En vez de darte en la madre directo, se tomaron el trabajo de mandar las fotos y toda la cosa". "¿Qué fotos?". "Pos cuáles... Pos la tuyas con la Ivonne... acá, poniéndole". Reinaldo baja la cabeza y guarda silencio por un instante, mientras termina de atar cabos. "Desde que me mandó a incinerarla, ya sabía que era yo, ¿verdad?". El Gordo asiente y lo mira con un dejo de compasión. "Pues buena me la hizo el buen Pepe". "No más que tú a él".

Los tres permanecen en silencio por un momento hasta que Reinaldo vuelve a dirigirse a Esteban: "¿Y ahora qué?". Esteban revuelve los papeles del sobre amarillo. Toma una de las hojas, le da vuelta y la empuja hasta que queda a la distancia en que Reinaldo puede leerla. Él la observa y la repasa de arriba abajo. "No mames... ¿De verdad me vas a cortar los güevos?". Esteban lo mira a los ojos con seriedad y asiente. "¡Puta madre!".

Ahora recuerdas que justamente ésas, "Puta madre", fueron las últimas palabras del licenciado Villegas; recuerdas también el "¡No mames!" que pronunció Frank, y desde luego, no has podido sacarte de la cabeza el momento en que Laura dijo su "A mí no, por favor... yo no hice nada", mirándote llena de terror, justo antes de que la acribillaras a balazos en plena galería. ¿Cuáles serán las últimas palabras de Reinaldo? ¿Cuáles serán las tuyas?

La voz titubeante de Reinaldo lo saca de sus pensamientos. "No sean culeros... Primero denme un balazo y luego ya hacen lo que quieran... Por los viejos tiempos". El Gordo niega con la cabeza pero no dice nada. Pero Esteban lo mira a los ojos y le responde. "Sabes que no se puede... Te esforzaste mucho para enseñarme que uno tiene que obedecer las órdenes al pie de la letra". "Chinga tu puta madre... Ahora me vas a resultar como el Comanche... muy celoso de tu deber... Chinga tu madre". Reinaldo da otro sorbo y se queda pensativo, tratando de asumir lo inevitable. "Ta'bueno, ni pedo... así tiene que ser". Esteban lo mira intrigado, sorprendido. "¿De veras estás tan tranquilo como parece? La neta no te creo, tienes que estar cagado de miedo como lo estaría cualquiera". Reinaldo le sonríe con cinismo. "¿Y qué quieres que haga? ¿Qué me ponga a chillar como una nenita, que suplique, que me derrumbe aquí, enfrente de ti y de este pinche gordo de mierda? ¡Ni madres! Además, todas esas mariconadas tampoco servirían, ¿o sí? Ustedes están aquí para hacer algo y lo van a hacer de cualquier manera... Ultimadamente la cagué y ahora me chingo y ni pedo...". Reinaldo hace una pausa y clava los ojos en la mesa para luego levantarlos y mirar a Esteban fijamente. "Espero al menos servirte de ejemplo y ahora que eres todo un Chacal aprendas a nunca cagarte fuera de la bacinica, porque si no un día te vas a acabar cagando en los calzones mientras algún ojete te corta los huevos por diversión...". Esteban reacciona con enojo. "Yo no soy ningún Chacal...". Reinaldo se burla: "Sí, agüevo, ésta es la última, ya sé... Eso mismo dijiste antes... eso dicen todos... Pero aquí estás, ¿no? Al menos ten los putos güevos de decir que lo disfrutas, que ya te enganchaste y nunca vas a poder parar...".

Sí, Esteban, ¿por qué no lo reconoces de una vez? ¿Por qué de nuevo lo niegas, como si Reinado te lo fuera a creer? "No, Rei... tú eres el último, te lo juro". Reinaldo se carcajea. "Agüevo... Nos vemos en el puto infierno para que me platiques si de verdad cumpliste tu palabra".

El Gordo mira el reloj otra vez. Se da cuenta de que están atorados, pero no sabe cómo lograr que Esteban empiece por fin con lo que sigue. Ya le urge regresar a su casa y dormir al menos doce horas de un tirón. Reinaldo sale del ensimismamiento en que se sumergió hace un instante y se dirige a Esteban, mirándolo fijamente: "Agüevo... Fuiste tú... Tú mandaste esas piches fotos porque te faltaron los tamaños para matarme de frente... Agüevo... ¿De dónde las sacaste? ¿Alguien te las dio o tú solito me anduviste siguiendo?". Ambos se miran a los ojos hasta que Esteban le responde. "No, yo no fui". "No seas puto... reconócelo... de todas formas, ya no te puedo hacer nada, ya no me puedo defender... Tuviste que ser tú... ¿Quién más se iba a tomar tantas pinches molestias para darme en la madre? No puede ser casualidad que justo a ti, y sin pedirlo, te hayan mandado este sobre. Agüevo fuiste tú...". "Hace rato había sido el Gordo, ahora yo... No, no fui yo". ¿Por qué lo niegas? ¿Por qué no eres capaz de decirle a la cara que sí, que tú lo hiciste, que tú lo seguiste porque te morías de ganas de matarlo y que, efectivamente, por miedo a fallar, preferiste que fuera Pepe quien lo hiciera? ¿Por qué no le cuentas la felicidad que te estremeció cuando abriste el sobre amarillo para confirmar que te habían encargado a ti esa ejecución? ¿Por qué no se lo cuentas? ¿Por qué no lo reconoces? ¿Qué te puede hacer ya, si lo tienes a tu merced? Reinaldo continúa mirándolo a los ojos y Esteban ya no sabe qué hacer para romper con la situación. "Sí... agüevo que fuiste tú...".

Esteban ya no dice nada, y mejor se agacha para sacar un paquete de la bolsa que tiene en el piso y colocarlo sobre la mesa. Es un estuche de tela que al extenderlo deja ver tres bisturís de distinto tamaño y tres cuchillos de distintos filos, guantes quirúrgicos y demás implementos necesarios para terminar con la encomienda. Y ahora comienza a acomodarlos amenazadoramente frente a los ojos de Reinaldo, que hace grandes esfuerzos para mirarlos sin expresión. "¿Ya te diste cuenta de que con todo y tus pinches guantecitos pedorros me vas a tener que agarrar los güevos?". Esteban libera un poco de la tensión con una sonrisa. "Sí, ya lo había pensado... ni modo, son gajes del oficio". Reinaldo estalla en una carcajada estruendosa. "¡Agüevo! Así me gusta, que reconozcas que éste es tu oficio". Esteban continúa acomodando los bisturís con una mueca de molestia. "Es un decir". "Que no hubieras dicho hace una semana... Aunque sigas con tus puterías de no aceptarlo, yo sé que lo disfrutas... me voy a la chingada del mundo, pero te dejo a ti en mi lugar". "Deja de decir pendejadas". "Claro, puras pendejadas, pero mira como acómodas tus cuchillitos... Estás tan emocionado que parece que vas a una pinche fiesta... Aquí entre nos, al cabo ya me vas a matar... dime la neta... ¿de veras no se te paró mientras le disparabas a tu noviecita?... Casi puedo apostar a que te viniste mientras la veías caer bañada en sangre". Esteban se levanta con violencia y le pega un puñetazo seco en pleno rostro que le abre una herida sobre el pómulo izquierdo y de la que se despeña un hilo esbelto de sangre. "Parece que tener la sartén por el mango te da mucho valor... Si no estoy ahogado de pedo o amarrado a una puta silla, no te atreves a hacerlo, ¿o sí?". Esteban ha terminado su labor ordenadora pero no responde. "¿Alguna vez te imaginaste que ibas a terminar cortándole los güevos a un amigo?". Esteban responde sin convicción. "Desde hace varios días tú ya no eres mi amigo". El Gordo revisa el reloj por enésima vez y ahora sí los interrumpe, dirigiéndose a Esteban. "Oye ya estuvo, ¿no? Te juro que si no estuviera tan madreado, de mil amores les contrataba un trío para que sigan echando novio, pero ya son horas de acabar...".

Reinaldo y Esteban se miran a los ojos una vez más. Esteban toma el cigarro de marihuana y lo pone frente al condenado. "¿Y esto?". "No quiero que te mueras debiéndote un favor... luego de lo de papá, alivianaste las cosas para no involucrar a mi mamá y a mi hermana... yo no hubiera sabido qué hacer...". Reinaldo le sonríe. "No te digo... si no nos hubiéramos empeñado en despedorrarnos la vida, hubiéramos muerto de viejitos siendo los mejores amigos...". "Tú no eres mi amigo... por eso no quiero deberte nada". El Gordo los interrumpe molesto de que nadie lo tome en cuenta. "Oye... todo está muy bonito, pero sabes que no le puedes dar eso...". "Es para que se aliviane... para que le duela menos". "Pues por eso... Tú no mandas a que le corten los güevos a alguien para que no le duela sino al revés, para que le duela lo más posible... si se llega a saber nos vamos a meter en un pedote". Reinaldo los interrumpe con su cinismo de siempre. "Les juro que yo no voy a rajar". Esteban se dirige al Gordo para intentar convencerlo. "Entre menos grite y menos se retuerza, es más fácil...". El Gordo se acaricia la barbilla y lo medita por unos instantes; luego mira a Reinaldo y libera un suspiro profundo. "Puta madre... Ta'bueno... Yo voy a salir por cigarros pa'que quede como cosa tuya... si se sabe, es tu pedo... tienes cinco minutos, ni uno más porque me urge irme a la verga de aquí". El Gordo se levanta y sale de la habitación. Esteban lo enciende y cuando está seguro de que prendió del todo, lo coloca en los labios de Reinaldo, que luego de dos fumadas, lo sostiene con la comisura para poder hablar. "Estuvo chido el detalle... gracias".

Reinaldo sigue dando fumadas y reteniendo el humo lo más posible, mientras Esteban lo observa deseando que no diga nada más, para que ésas sean las últimas palabras de aquel que algún tiempo fuera su amigo y que ahora odia con todas sus fuerzas. Puede parecer una tontería, pero para ti no lo es. Te gustaría que ésa, una frase de agradecimiento, fuera la última que Reinaldo pronunciara. En cierta forma sería una buena forma de que ambos se congraciaran con el mundo; lamentablemente no será así. Ambos permanecen en silencio, observándose mutuamente. Reinaldo da tantas caladas como es posible y Esteban respira hondo para que los restos de humo que inundan la habitación se metan también a sus pulmones y terminen por calmarlo, para que pueda terminar con esta encomienda sin que le falte el valor en el momento final.

Esteban observa cómo el cigarro poco a poco se consume y toma conciencia de que cada instante está más cerca de ejecutar a Reinaldo y que esta vez, con todo y guantes, nada podrá impedir que se le manchen las manos de sangre.

Reinaldo

Puta madre... ¡Estoy muerto!

Ahora me acuerdo de todo. Puta madre... cuánto dolor, cuánta sangre, cuánta saña... a lo mejor me lo merecía, pero puta madre... Pero, si estoy muerto, ¿por qué me tienen aquí? ¿Qué lugar es éste? ¿Por qué está tan oscuro? ¿Quiénes son ustedes? ¿De quién son esas voces que no me dejan en paz? ¿Por qué tantas pinches preguntas? ¿Qué chingados les importa mi vida, lo que hice, lo que sentí? ¿Por qué llevan tanto pinche tiempo burlándose de mí...? ¿Por qué nadie me dijo que estaba muerto...?

Sí, todos ustedes... sí, ustedes. Aunque orita se callen, sé que ahí siguen... ya sé que me están oyendo... Todos ustedes son unos hijos de la chingada por no decirme... por haber jugado conmigo como si fuera un pinche escuincle caguengue, y no... no lloro por puto, lloro de coraje por no haberme acordado antes... pero les juro que si los veo, si me los topo por aquí, si logro encontrar el pinche lugar ése donde se esconden, les juro que los madreo uno por uno... les rompo toda la madre hasta dejarlos inconscientes y luego les saco las pinches tripas con mis propias manos, y les juro que eso les va a doler hasta la madre, hasta que ya no puedan más. Se los digo porque lo sé, porque lo he vivido. Y luego les voy a arrancar las vísceras hasta que me supliquen de rodillas, como lo hice yo y me digan de una puta vez qué chingados está pasando. Aquí me han tenido todo este tiempo, nada más queriendo saber, nada más pregunte y pregunte, y aquí su pendejo contestándoles todo, como si de veras importara, como si de todos modos no valiera madres el pasado.

Pero salgan, no sean putos. Ustedes, sí, todos ustedes que me escuchan sin dar la cara, vayan y chinguen a su madre. Pero no se rían, ojetes, no se rían así... como si ustedes estuvieran a salvo... nadie está a salvo de nada, y quién sabe... a lo mejor ustedes están más muertos que yo y ni siquiera se han enterado; y eso estaría muy culero, y se los digo yo que me acabo de dar cuenta. A lo mejor ustedes han estado muertos durante todas sus putas e inútiles vidas, y eso estaría de la chingada, porque entonces, aunque los encuentre, ya no los voy a poder matar... Sí, a lo mejor también están muertos pero, por si acaso, vayan y chinguen a su madre. Sí, ustedes... todos ustedes... vayan y chinguen a su reputa madre...

Esteban

La ejecución de Reinaldo ha sido la experiencia más brutal y sobrecogedora de toda mi vida.

Una cosa es contarlo ahora, así, en frío, luego de que ha pasado el tiempo y los recuerdos pierden brillo diluyéndose con otras imágenes y otra cosa muy distinta es estar ahí, en el momento, en el más desolador de los presentes; cuando, con toda premeditación y sangre fría, mutilé por primera vez el cuerpo de una persona viva y con la que además me unía todo tipo de vínculos emocionales.

Luego de que se fumó aquel enorme cigarro de marihuana, el aire del cuarto quedó lo suficientemente viciado como para que tanto al Gordo como a mí nos afectara. Para mí aquello era una bendición, y respiraba hondo, sabiendo que aquel humo me ayudaría a serenarme y a perder un poco la conciencia plena de lo que estaba por hacer.

Mientras hacía aquellos cortes y la sangre de Reinaldo me escurría por las manos, daba también sorbos al ron para adormecer mi miedo. Recuerdo el cuerpo de Reinaldo, retorciéndose como gusano mientras liberaba gritos sordos que se ahogaban en la mordaza que le llenaba la boca. Me acuerdo de que luego de las primera fumadas al churro me dijo algo así como: "Tá'chido, güey... Gracias". Y pensé que aquéllas iban a ser sus últimas palabras, y me hubiera gustado que así fuera. Que terminara su vida con un gesto humano; una frase de agradecimiento, libre de odio y de rencor; una referencia, quizá vaga y sutil, pero que al menos dejara la idea de que su vida no había sido tan vacía y desagradable como lo hacía pensar su manera de morir.

Pero no fue así porque mientras fumaba continuó hablando, diciendo frases sueltas por aquí y por allá, cada vez más inconexas. Conforme se emborrachó y se puso cada vez más mariguano, la lengua comenzaba a resbalársele, hasta llegar el punto en que era complicado entender lo que decía.

Pasó un rato hasta que entró el Gordo de nuevo y agitó los brazos como buen zopilote, con la intención inútil de disipar el humo. "No mames... nosotros también nos vamos a poner bien pachecos". Para ese momento yo ya iba muy avanzado en el camino que le daba la razón al Gordo, pero me daba gusto de que así fuera... para no sentir... al menos no tanto. Reinaldo empezó a burlarse de la gordura del Gordo, de toda esa enorme masa de carne que le colgaba por todos lados y yo empecé a reírme sin control. Esas carcajadas me ayudaron para librarme un poco del terror que me acompañó desde que abrí el sobre amarillo y conocí los detalles de mi encomienda. Yo no sabía si ese terror era por el hecho en sí o porque en el fondo me daba cuenta de que era algo que quería hacer.

Entre el Gordo y yo lo desatamos de la silla y lo atamos de nuevo al travesaño y la base del viejo columpio que habían montado ahí para ese propósito, formando una gran cruz con los brazos y las piernas de Rei bien abiertas. Le metí un trapo en la boca y le hice una mordaza alrededor de la nuca con cinta canela. Antes de ponerle el trapo, pidió un instante para decir algo más. De cualquier forma ya había destruido mi ilusión de su última frase ideal, así que dejé que hablara mientras yo arrastraba la mesa para tener las herramientas de tortura más cerca. "La neta, yo no recuerdo haber tenido amigos de verdad. Lo más cercano a eso fueron Pepe y tú, y ya ves, justo por culpa de ustedes estoy aquí ahora... Toda la demás gente siempre se me acercó para pedirme algo, para obtener algo de mí, así que háganme un favor... díganles a todos los que me conocieron que vayan y chinguen a su madre por ojetes...". El Gordo me hizo la seña para que siguiera adelante y yo le metí el trapo a la fuerza en la boca, mientras me carcajeaba por culpa de lo drogado que ya estaba. Ése era el verdadero Reinaldo, no el de: "Ta'chido güey, gracias". El Gordo también lo tomó por el lado amable y le puso la mano en el hombro: "Por lo que a mí toca, acuso de recibido mi mentada, pero parece que tú estás a punto de chingar a la tuya...". Yo seguía preso de las carcajadas y luego de darle varias vueltas con la cinta, ni siquiera la pude cortar, así que tuve que dejarle el rollo colgado en la nuca durante toda la ejecución.

Los primeros cortes se los hice aún gobernado por las carcajadas. No me podía controlar. Me temblaban las manos y me resultaba imposible parar de reír. Por fin lo logré, y en ese momento fui capaz de entender lo enfermizo de aquel acto. Debíamos lograr que toda la sangre posible cayera en una cubeta, que al final se llevó el Gordo para entregársela a Pepe en propia mano, igual que los testículos de Reinaldo, que debí poner en un frasco que ya estaba dispuesto sobre la mesa para ello. Para cuando estuvo muerto y dejó de escurrir, lo colocamos sobre las bolsas negras de basura que estaban en el suelo, lo atamos bien y lo subimos a la camioneta del Gordo.

Él se llevó mi coche porque tenía que presentarse lo antes posible en casa de Pepe con el frasco y la cubeta. Yo me llevé el cuerpo de Reinaldo, porque aún me faltaba cumplir la última instrucción detallada en el sobre amarillo.

Encerrado en ese cuarto con luz artificial, con el teléfono apagado y el humo de la marihuana, había perdido la noción del tiempo. La ciudad estaba en penumbra y yo no sabía ni qué día era, ni si estaba anocheciendo o haciéndose de día. Encendí la radio y ahí supe, gracias a los programas deportivos que hacían un resumen de la jornada, que era domingo en la noche. No soy capaz de explicar por qué sentí tanto gusto de saber que el Monterrey le había ganado al Atlante. Quizá me alegró porque mis abuelos eran de allá, pero yo me inclino a creer que lo que me hizo sentirme feliz fue tomar conciencia de que a pesar de todo aún estaba vivo.

La dirección señalada en el sobre amarillo resultó ser la de la puerta trasera de un crematorio. Tal y como se me indicaba, toqué el timbre y salió a recibirme un hombre regordete y chaparro que me ayudó a bajar a Reinaldo y a llevarlo hasta la puerta del horno. Cuando le quitamos las bolsas y se dio cuenta de quién se trataba, hizo un extraño gesto de desesperanza que me dejó muy claro que no era la primera vez que lo veía. "¿Me imagino que ahora va a estar viniendo usted?". ¿Qué clase de pregunta era aquella? ¿Estar viniendo...? "No, es nada más hoy". Le expliqué con detalle, quizá más para escucharlo yo mismo que para que entendiera ese hombre, que aquella sería la primera y la última vez que me vería por ahí. Él se secaba el sudor y dibujó una mueca resignada. "Pues qué pena... es que usted me cayó bien... acá su compañero era medio déspota... por eso no me sorprende...". Luego me preguntó que dónde estaba la urna. "¿Cuál urna?" "Pues la urna... o si no, después, ¿dónde pongo al muertito?". A mí nadie me había hablado de ninguna urna. Fui a la camioneta y busqué por todos lados, pero no había nada. Volví con el hombre y le dije que yo tenía entendido que aquél era un servicio completo. "Nomás le complican la vida a uno... ora déjeme ver dónde se lo pongo". Y se fue a encender el horno.

Yo me instalé en unas sillas que estaban en el vestíbulo con toda la intención de descansar un rato. Necesitaba dormir luego de tantas horas de vigilia, pero me fue imposible porque no pude dejar de preguntarme las razones por las que le había negado a Reinaldo que en efecto había sido yo el que le había mandado a Pepe las fotos que lo condenaron. Era la culminación de mi venganza, y sin embargo no me atreví.

Ya era de madrugada cuando apareció aquel hombre y me entregó tres urnas blancas y diminutas. "¿Y esto?". "Son de niño... fue lo único que encontré... eran éstas o un bote de Choco Milk". "Yo no sabía que existían especiales para niño". "Existe cualquier cosa que la gente esté dispuesta a pagar". En eso tenía razón; además yo no tenía ánimo para más discusiones, así que las tomé y volví a la camioneta.

Me dirigí a casa de Pepe, donde debía entregarlas y con ello terminar mi vida de asesino de muertos. Me abrió la puerta un escolta alto y adormilado. Me pasó a una salita cerca de la entrada y me señaló uno de los sillones largos. "Aguanta tantito... ya mero se hace de día y al rato baja Pepe". Yo quería irme a casa y meterme en mi cama. "¿Y no se las puedo dejar?". "No. No se puede... la orden es que lo esperes y se las entregues personalmente".

Me acomodé en el sillón más largo y me recosté de lado, y no pasó mucho para que por fin me quedara dormido. Cuando desperté Pepe me miraba desde el sillón de enfrente. En la ventana se veía de nuevo esa penumbra indefinida. Yo me incorporé y me tallé los ojos para poder ver con claridad. "Ya está anocheciendo, ¿verdad?". Pepe soltó unas carcajadas descomunales. "No mames... ya mero es de día otra vez.... Se ve que traías el sueño atrasado". Hacía ya muchas horas que vivía en un mundo extraño, que carecía de sentido y de orden. "Hace un buen rato que valió madres el lunes". Yo tenía el cerebro lento y torpe, y a pesar de haber dormido tantas horas, seguía sintiéndome agotado y sin fuerza. Yo le señalé las urnas que estaban sobre la mesa entre los dos. "Ahí está... perdón que lo traiga así, pero no tuvieron una de adulto para meterlo... yo con esto termino". Pepe abrió exageradamente los ojos. "¿Cómo que terminas?... Dirás que con esto comienzas". ¿Por qué todos estaba empeñados en convertirme en lo que no era? "No, perdón, pero esto no es lo mío". "Puta madre... si lo llega a ser...". Me dijo observando a pocos centímetros de los ojos el frasco con los testículos de Reinaldo. Yo sentí mucho asco de recordar las cosas que había hecho. "Voy a dejarlo todo... empezando por mi trabajo en el Esperanto". Dejó el frasco sobre la mesa y me habló en tono mesurado y amable. "Y luego, ¿qué vas a hacer? ¿Repartidor de pan Bimbo o vendedor de enciclopedias?". Naturalmente se estaba burlando de mí, pero yo sólo quería acabar con esa plática e irme a mi casa. "Aún no lo sé... ya se me ocurrirá algo". Pepe me miró con una sonrisa que se debatía entre la diversión y el fastidio. "No seas pendejo... hay cosas que no se pueden dejar atrás así como así... Aquí el dinero y el trabajo no te van a faltar... siempre hace falta gente confiable, y ya ves que se acaban de abrir vacantes". Hizo una pausa para evaluar mi reacción. Yo traté de mantenerme ecuánime, aunque en el fondo sentí que no le faltaba razón y que no tenía la menor idea de lo que podría hacer si de un día para otro me quedaba fuera del Esperanto. "Mira, vamos a hacer una cosa. Tómate unos días para que lo pienses y si al final decides que te vas, prometo que no insisto". Yo quería irme de ahí, volver a mi casa y reponer energía para poder pensar; así que le dije que sí, que tomaría unos días para resolver y salí de ahí tan pronto como pude.

En efecto, cuando llegué al departamento ya pasaban de las dos y era la madrugada del martes. No tenía sueño, pero sí un cansancio profundo y viscoso. Al mismo tiempo moría de hambre y de ganas de meterme a la ducha y sentir esa cascada de agua caliente y reparadora cayéndome sobre la espalda para que me quitara ese olor a marihuana que aún tenía incrustado en las fosas nasales, que diluyera ese dejo de ron saliéndome por los poros, que borrara de tajo esas manchas indelebles de sangre seca de las manos, y que en mi cabeza febril había visto traspasando los guantes quirúrgicos y metiéndose entre las uñas y los pliegues de la piel y que quizá, por más baños que me diera, nunca se me quitaría del todo.

Sin embargo, tuve que hacer una pausa en todos aquellos planes, porque la luz de la contestadora telefónica parpadeaba con insistencia. Llevaba más de dos días desconectado del mundo y no era de extrañar que me hubieran llamado. Claro que encontrarme con nueve mensajes no parecía significar nada halagüeño.

Reinaldo

¿Así que esto es la muerte? Pues qué ojetes por no avisarme, por tenerme aquí, en este lugar tan negro, habla que habla como puñetero merolico... pinches culeros... espero que al menos los haya entretenido con mis pendejadas.

Pero no hay pedo... ya me alivié, ya no me importa... al fin y al cabo, todos ustedes valen madre... ¿Por qué tengo tanto frío si estoy muerto? Se supone que no debía sentir nada, pero entonces, ¿por qué estoy tan cagado de miedo? ¿Por qué ahora? Si ni siquiera cuando estaba vivo sentí un pinche terror como éste, ni siquiera lo sentí cuando el ojete de Esteban me jaló de los güevos para cortármelos... Entonces, ¿por qué ahora?

Al menos ya no me duele nada. Al menos ya no siento la sangre caliente escurriéndome por las piernas, cuando ese par de culeros me dejaron colgado de ese pinche tubo hasta que me quedé seco, hasta que se me fue la fuerza y la vida y terminó por llevarme la chingada. Pero antes, con todo y ron y con todo y gallo, ese puto dolor me llegaba al cerebro como si también me clavaran navajas ahí. Y ni siquiera podía gritar ni mentarles la madre porque los muy hijos de puta me metieron un trapo apestoso en el hocico. De pronto aparezco aquí, en medio de esta oscuridad helada, en medio de este pinche frío negro del que ya no sé si podré salir.

Agüevo tuvo que ser el pinche Esteban... ¿quién más? Pero no tuvo la grandeza para decir: "Sí, yo te chingué, yo te di en la madre porque tú me chingaste primero". ¿Por qué no me habrá matado por su cuenta, por su propio resentimiento? Sin atenerse a que lo mandaran y que así la orden fuera pedo de otro. Así, tal cual, llegar conmigo y decirme con tamaños: "Te vengo a matar, por ojete, porque me cagas la madre, porque yo quiero, porque quiero que sientas un poco de lo que yo sufrí". ¿Por qué no lo habrá hecho así?... Me hubiera gustado... lo hubiera respetado más.

Pinches ojetes... ¿Por qué no me dijeron?... ¿Por qué dejaron que me acordara sólo?... Les juro que se siente bien culero darse cuenta de que se está muerto. Es un puto vacío que se hace de pronto, como un precipicio muy, muy alto, que parece que no tiene fondo, porque me parece que sigo cayendo y cayendo sin reventarme nunca contra el piso. ¿Seguiré cayendo para siempre?

Por lo pronto, enterarse así, sin esperarlo, es morirse dos veces, y nadie, por ojete que haya sido, merece morir dos veces.

¿Por qué ya no los oigo como antes? ¿Por qué me tienen aquí hablando solo?... ¿Por qué hace tanto puto frío?

Al menos ya estoy a mano con todos... bueno, a lo mejor no con todos, todos; pero sí con todos los que me importan... con los que logré que me odiaran de veras... Porque uno no puede odiar a quien no conoce, a quien no le importa; uno no odia al que le vale madres. A mí me chingaron los que me odiaban, y esa parte está bien. Me da gusto que hubiera sido así y no que me llegara por la espalda un pinche matón cualquiera. Qué bueno que la orden la dio Pepe y el que me cortó los güevos fue Esteban... así me quedo tranquilo.

Ojalá que en algún momento también se me quite el miedo; este puto pánico que apenas me deja recordar y que me tiene aquí hable y hable como loquito, porque el silencio negro me da más miedo aún.

No los veo ni los oigo, pero sé que todavía están ahí. Sé que aún me escuchan, escondidos en la oscuridad, en el silencio. Sí, sepan que no me dan la vuelta, sepan que lo sé... ya no los veo pero los siento y sé que están ahí, escondidos, escuchándome, y a lo mejor hasta se burlan de lo que me pasa. Se burlan de que me cagué de frío y de miedo.

A lo mejor sólo están esperando el momento en que deje de ser yo; en que, ahora sí, olvide por completo, al grado de ya no ser, de volverme nada. Sí, eso están esperando, lo sé, todavía los siento... ahí están, pinches ojetes... no sean putos y digan algo.

Cada vez hace más frío, cada vez está más oscuro y en vez de decirme algo para que me aliviane, se callan sin darme ni siquiera una puta palabra de despedida. ¿Es mucho pedir? Todos ustedes vayan y chinguen a su madre, por burlarse de mí... Porque seguro han de pensar que son mejores que yo, que me pueden cuestionar, que tienen derecho a juzgarme, a condenarme al silencio.

Chinguen a su madre porque me están faltando al respeto, por cobardes, por ojetes. Vayan y chinguen a su putísima madre... ya casi no me sale la voz; ya casi no me veo, ni en los recuerdos; ya casi me pierdo del todo; ya casi me voy para siempre... Pero a ustedes todavía los recuerdo, ustedes aún me recuerdan a mí, y mientras me recuerden no me voy a ir por completo... Sí, ustedes me van a recordar por siempre para que yo no me vaya, para que no me pierda... ustedes me van a recordar por siempre porque no me quiero ir... Vayan y chinguen a su madre, y chínguenla una y otra vez, por los siglos de los siglos... ¿Por qué tengo tanto frío? ¿Por qué está tan oscuro? ¿Por qué no me acuerdo de cómo llegué? ¿Por qué no me acuerdo de mi nombre? ¿Por qué nadie me contesta? ¿¡Hay alguien ahí!? Por favor, que alguien me responda qué estoy haciendo aquí, por qué tengo tanto miedo... ¿Por qué me dejaron tan solo? ¿Hay alguien ahí?...

Diario de Elisa, 30 de octubre

Estoy completamente rendida de cansancio. Al menos pude cenar algo, pero comprobé una vez más que ser ama de casa no es cosa fácil. Es desesperante que en mi propia cocina no sepa dónde está nada.

Mamá sigue internada. Tiene anemia, desequilibrio electrolítico y un poco de vértigo por culpa del golpazo que se dio en la cabeza. Está muy débil y ahora, por el asunto del golpe y los electrolitos, debe permanecer en observación por tres o cuatro días. Sirve que también aprovechan para tratarla de la anemia.

Esteban sigue sin aparecer y la verdad ya me preocupó. Si para mañana a esta hora no da señales de vida, tendré que empezar a buscarlo a él también. Estoy segura de que cuando rentó el departamento donde vive le dejó a mamá un juego de llaves; pero no tengo idea de dónde están y no quiero preocuparla diciéndole que no he podido localizarlo en dos días.

Anoche volví del hospital pasadas las tres de la mañana. Hoy me levanté temprano para atender el asunto de mi contrato. Pasé primero a visitar a mamá para confirmar que todo estuviera bien. Ya la tenían en un cuarto, y luego de saludarla le dije que tenía que trabajar y la dejé sola.

Después me fui a la agencia. Ahí me encontré a Lilia en un mar de lágrimas porque se enteró que Willy no viajaba sólo al momento del accidente. Tal y como imaginé, sobre mi asunto no tenía la menor idea. No tuve más remedio que esperar a Romina.

Llegó a las diez y media y por suerte me recibió de inmediato. Le expliqué abiertamente la situación y ella también puso cara de sorpresa. Eso significaba que era un asunto totalmente oculto, en el que Willy pretendía ganarse un dinero sin que nadie lo supiera.

Al ver cómo mi contrato pendía de un hilo, no pude contener las lágrimas. Romina me miró con compasión, me acercó la caja de kleenex y me habló como si de veras le importara. "No debería decirte esto, pero me caes bien y no quiero que te llegue de sorpresa... Si me apuras, quizá hasta es una suerte que las cosas estén así, porque de lo contrario estarías frita. Martha ya sabe que Willy no iba solo en el coche y está furiosa. Está empezando a escarbar y evidentemente está apareciendo mucha porquería... De hecho, la orden que me dio fue parar todo proyecto que no esté firmado. Primero hay que ver si se salva; pero como la veo, es casi seguro que de todas formas cierre la agencia". Para ese momento ya había dejado de llorar y la escuchaba con el alma en los pies. "¿Van a cerrar la agencia?". "Todavía no es seguro, pero si me dejas serte franca, se cierre o no, Martha no va a tardar demasiado en oír de ti, y me queda claro que tu futuro en la empresa no es el más prometedor. Si me aceptas un consejo, es mejor que te coloques ahora que aún tienes trabajo aquí, que luego, cuando te despida por meterte con su marido". Estaba completamente avergonzada. Ella no me lo decía como reproche pero yo de todas maneras sentí asco de mí misma. "Te juro que fue sólo una vez... que no tuve más remedio...". "Lo entiendo, pero Martha no lo verá así... tardará un buen tiempo para entender la clase de hombre con que se casó; mientras tanto intentará convencerse de que eran ustedes las que se le ofrecían. Tú sabes cómo es este medio... tampoco es un disparate pensar eso". Todo lo que me decía Romina era lógico y posible pero no era información que me llenara de ánimos. "Trata de cerrar ese contrato por tu cuenta, porque yo no te puedo ayudar. Lo más que puedo hacer es seguir dándote trabajo y liberando tus pagos mientras Martha no me ordene otra cosa; pero eso puede suceder en cualquier momento". No había mucho más que agregar. Se lo agradecí profundamente y salí de la agencia rumbo a la oficina del licenciado Aliseda.

Llevaba el tiempo justo pero el tráfico me trató bien y llegué con algunos minutos de anticipación. Me sirvieron para darme una buena manita de gato para llegar presentable a esa reunión decisiva. Me puse gotas en los ojos rojos, me repinté el rímel que se me escurrió con las lágrimas de antes, me retoqué el maquillaje, me pinté los labios de nuevo y me abrí un botón más de la blusa. Y todo lo hice en tiempo justo para llegar a la recepción en la hora en punto.

Me anuncié y aguardé en la sala de espera. Pasaron varios minutos y la ansiedad me obligó a acercarme de nuevo. "Me dice el licenciado Aliseda que en cuanto llegue el licenciado Guillermo Arévalo, los pasamos a ambos". Excelente, pensé, ahora ni siquiera puedo hablar con él para explicarle la situación. "Es que me urge hablar un momento con el licenciado Aliseda... el licenciado Arévalo tuvo un accidente y no va a llegar, pero dígale que me regale cinco minutos... el licenciado Arévalo me explicó todas las condiciones y no hay ningún inconveniente...". Me hubiera gustado poder suplicarle a aquella mujer para que me ayudara pero sólo la hubiera alterado. Hizo la llamada y luego de un rato por fin me pasaron a una sala de juntas, donde apareció el licenciado Aliseda acompañado de la misma asistente que me entrevistó el día del *casting*. Yo no sabía con qué tanta claridad podía hablarle delante de ella. Le expliqué lo del accidente y le expliqué también que el viernes en la mañana había tenido una reunión con él y que me había puesto al corriente de las condiciones pactadas, y que sólo faltaba que firmáramos el contrato para empezar a trabajar en la campaña lo antes posible.

Ellos intercambiaron miradas y casi de inmediato la mujer esa de quien no pude grabarme ni el nombre me dijo que la selección aún no estaba definida pero que no me preocupara porque en los próximos días me llamarían para darme los resultados. No me dieron opción de nada, y yo no pude hablar en privado con el licenciado Aliseda para decirle con pelos y señales que sabía del arreglo y estaba dispuesta a respetarlo. Se levantaron de la mesa y me invitaron a salir.

Llegué a la calle y no pude parar de llorar de pura furia, de impotencia, hasta que tomé la decisión de no rendirme y pelear hasta el último.

Me quedé en el coche, atenta a la salida del estacionamiento del edificio durante más de dos horas. Por fin salió el licenciado Aliseda, acompañado de la misma mujer de siempre. Lo seguí hasta que se detuvieron en un restaurante italiano de Polanco. Ellos tomaron una mesa en la terraza, y yo pedí una del fondo, en la esquina menos visible. Necesitaba cazarlo y así lo hice en su primera visita al baño.

Lo esperé en el pasillo. Mientras salía, verifiqué a dónde conducían las otras tres puertas. La única que no estaba cerrada con llave, conducía a un saloncito para comidas privadas que para mi buena suerte estaba vacío. Cuando salió del baño, lo jalé del saco, lo metí en aquel salón y cerré la puerta con pasador. El hombre estaba asustadísimo, así que de inmediato le recordé quién era y le pedí cinco minutos. Desde luego, empecé por una disculpa por ese minisecuestro, pero no había tenido oportunidad de hablar con él a solas. Le conté mi reunión con Willy y las condiciones que aparentemente tenía ya pactadas con él. "No sé de qué me hablas". Se hizo el ofendido y trató de salir, pero lo detuve. Lo tomé del brazo y lo miré con intensidad, con una enorme carga de sensualidad que lo hizo detenerse. No lo pensé, simplemente lo hice y supongo que esa reacción instintiva de coqueteo me salía natural ante la urgencia de salvar mi contrato. Comencé a tutearlo sin más y a tener todo el contacto físico posible, tomarlo del antebrazo, ponerle la mano sobre el hombro, en fin, lo que fuera necesario para que sintiera mi cercanía. "Willy me habló del arreglo contigo y aunque por ahora no pueda estar presente, ese arreglo se sostiene...". Él me echó una mirada de arriba abajo y eso me aceleró el ritmo cardiaco. Estaba ahí, sin querer huir y además parecía que lo estaba pensando, que me estaba midiendo, y eso era una ganancia enorme. "Es que de veras, no sé de qué arreglo me hablas...". Aun a riesgo de que Willy me hubiera dado los datos mal para tener beneficios extras, a mí no me quedaba más alternativa y le hablé de pesos y centavos. Le dije cuánto le tocaba, le dije lo que me había pedido Willy, le dije todo lo que se me ocurrió para convencerlo de que aquello no era una trampa y así se abriera a platicar. "Quedé con Willy que tu comisión debo pagarla por adelantado a la firma del contrato... Es el importe por los cuatro meses, sin importar que luego se cancele alguna etapa o suceda algún imponderable... de ahí en adelante todo es mi riesgo". Volví a tocarle el brazo con la suavidad de una caricia. "Por favor, es que necesito este trabajo y no pienso dejarlo ir... no importa lo que tenga que hacer".

No sé por qué dije eso, él ni siquiera me intentaba acosar. El caso es que lo dije, y además mirándolo a los ojos. No tengo idea de lo que pasó, pero para ese momento yo estaba totalmente excitada y me le estaba ofreciendo sin el mínimo pudor. Había logrado que él me mirara con deseo; tragaba saliva y miraba el reloj. "Te juro que no te voy a fallar". Le acaricié la mejilla y seguí mirándolo a los ojos.

En ese instante no podía bajar la vista, pero no tenía que ser adivina para saber que ya se le marcaba una poderosa erección. Yo estaba fuera de control y repentinamente estaba decidida a llevarlo hasta donde fuera necesario con tal de lograr mi objetivo. Y, para qué más que la verdad, aunque el licenciado Aliseda no es precisamente mi tipo ideal de hombre, ya estaba perdida de deseo. Estoy segura de que ante la mínima solicitud me habría desvestido ahí mismo. De pronto, sin saber cómo ni por qué, deseaba ese encuentro tanto o más de lo que pudiera desearlo él. "Es un buen dinero y, a fin de cuentas, ya lo tenían decidido... no tienes nada que perder". Le acomodé la corbata y volvimos a cruzar miradas. Para cuando me di cuenta, ya lo tenía contra la pared y lo estaba besando. "Está bien... preséntate mañana para que firmemos". "Te juro que no te vas a arrepentir". Y lo besé de nuevo. "Ojalá que no, porque se ve que eres una cabrona". Yo le sonreí y me pareció toda una casualidad que, luego de tantos años, me hubieran puesto el mismo adjetivo dos veces en menos de una semana. "Te veo mañana...". Ahora fue él quien me besó y yo lo dejé hacer. Me pasó las manos por el trasero y por los pechos y yo sólo lo rocé con la pierna para confirmar la erección que ya había imaginado antes. Él salió primero y volvió a su mesa. Yo pedí la cuenta y me fui del restaurante antes de que me viera su acompañante.

Cuando logré calmarme me fui al hospital. Pasé la tarde con mamá y la verdad ya tiene un mejor semblante.

Esteban

Prácticamente todos los mensajes almacenados en mi contestadora telefónica fueron dejados por Elisa. En los primeros no me explicaba nada en concreto, sólo me pedía que me reportara con ella lo antes posible. Pero a partir del cuarto ya me decía que mamá estaba en el hospital por haberse golpeado la cabeza.

En cuanto escuché los mensajes, el lunes en la noche, me reporté con Elisa. Ya era de madrugada y tardó en contestar. Pensé que estaba en el hospital, pero resultó que estaba dormida y respondió con voz somnolienta. Fue en realidad una fortuna haberla encontrado así porque el cansancio venció al enojo y en vez de recibir mi llamada con gritos y reproches, me explicó lo de mamá, de forma muy parca, es cierto, pero con serenidad y mesura.

Me dijo que ella tenía varias cosas importantes que hacer en la mañana y yo me ofrecí a llegar al hospital desde temprano. Me dio las gracias y colgó sin mayores reclamos. Luego de colgar, me reí conmigo mismo y pensé que lo más sabio era no volver a llamarla en horas hábiles sino en plena madrugada.

Al día siguiente, de camino al hospital, lo primero que hice fue buscar un sitio rico y agradable para regalarme ese desayuno que me debía. Al sentarme a la mesa, recordé aquel extraño episodio de los fetos de pollo, luego de ejecutar al licenciado Villegas. Me pareció lejano pero divertido. Recordé la cara de la mesera mientras me tomaba la orden, y también que me sentía poderoso, eufórico, lleno de adrenalina y mareado de tanta irrealidad donde yo era una especie de personaje de ficción, un alter ego de mí mismo.

Sin embargo, esa mañana me sentía distinto. Me pareció ser ese viajero que vuelve luego de un largo recorrido por tierras agrestes y remotas, quizá de una guerra violenta y cruel, donde todos sus conocidos quedaron muertos sobre el campo de batalla. Era un recién llegado que se daba cuenta de que en el tránsito de ese viaje, en algún lugar que no sabía identificar con precisión, había perdido por completo la inocencia y ahora ya nada sería igual.

Mientras mojaba un pedazo de pan tostado en la yema pálida de mis huevos fritos, volteaba alrededor para confirmar que el mundo se había desnudado un poco de sus colores vivos y brillantes. Ahora todo parecía opaco, gris, sepia, quizá un poco a la manera de las fotos antiguas. Todo, de pronto, parecía saltar ante mis ojos como era y ya no como me gustaba verlo. ¿No consiste en eso la tragedia de dejar de ser inocente?

Luego del desayuno pasé al banco para verificar mi saldo. Ya me habían depositado lo correspondiente a la ejecución de Reinaldo y tenía una buena cantidad de dinero. Jamás había tenido tanto, pero lejos de sentirme contento con ello, estaba incómodo y molesto. Traté de imaginar la manera más decente de deshacerme de él y empezar otra vez desde cero. En pocos días me quedaría sin dinero y sin trabajo y esa situación me obligaría a reinventarme a mí mismo, y por eso debía quemar las naves y deshacerme de esa seguridad engañosa que representaba tener ese respaldo que yo consideraba maldito.

Llegué al hospital y mamá parecía estar mejor. Insistía con volver a casa lo antes posible, pero le pedí paciencia, puesto que los médicos sabían mejor que nosotros qué le convenía en ese momento. Entre más la veía hablar y quedarse viendo al vacío, más entendí que la atosigaba la culpa. No supe qué decirle sobre eso, pero me pareció otra ironía, mucho más cruel que la de antes, el hecho de que a estas alturas ella sintiera más remordimientos que yo.

Por fin a la una apareció Elisa. Pensé que en cuanto me viera me llenaría de reproches, pero lejos de eso llegó feliz porque al parecer acababa de conseguir un excelente contrato de trabajo.

Salimos para hablar con los médicos y nos informaron que todo estaba bien y que para jueves o viernes podríamos llevárnosla a casa. Nos recomendaron meterla a terapia para que termine de superar la pérdida de papá, y pasar con ella la mayor cantidad de tiempo posible. Elisa asentía y me dedicaba miradas de: "Sí, claro... seguro así será. Mi hermanito se va a desvivir por acompañar a su madre". Pero a pesar de su sonrisita burlona, no le dije nada y sólo pretendía escuchar con atención los consejos del médico de turno.

Le di a Elisa un cheque por el importe de lo que había puesto hasta ese momento, y luego me dirigí a la caja a ampliar el depósito. Aquella era una buena manera de empezar a gastarse el dinero maldito, que al mismo tiempo provocaba la muerte de unos y la curación de otros. A Elisa le di una sarta de explicaciones tontas que sin duda no creyó pero que al menos sirvieron para que entendiera que no tenía demasiado caso que siguiera preguntando.

Hacia las tres de la tarde Elisa moría de hambre y yo le dije que fuera a comer, que yo podía quedarme con mamá mientras tanto, pero fue la propia mamá quien propuso que fuéramos los dos: "¿Hace cuánto que no pasan un rato juntos, como hermanos que son?". No podía recordarlo. Elisa y yo nos miramos un poco apenados de reconocer que si mamá hubiera insistido con su pregunta, ninguno de los dos habría sabido responderle. Yo no tenía la menor idea de lo que pasaba en su vida, y desde luego ella mucho menos en la mía. Pensé que un rato de convivencia con mi hermana detonaría mis recuerdos y así podría sentirme un poco como era antes y quizá poder entender cómo fue que había llegado hasta ahí.

Ambos aceptamos y salimos del hospital en busca del mejor restaurante que hubiera por la zona. Nos recomendaron un italiano que estaba a tres calles. Disfruté mucho de esa caminata. Me sentí en otro tiempo, en otra dimensión, en un planeta lejano que hacía demasiados años no visitaba.

Por una horas, hasta pensé que de verdad podía recuperar mi vida y hasta recuperarme a mí mismo. Por unas horas me sentí feliz porque volví a tener algo que ni siquiera me había dado cuenta de que había perdido: luego de muchos días de angustia y desesperación, esa tarde volvía a tener esperanza.

Diario de Elisa, 31 de octubre en la mañana

Gracias a que por fin apareció Esteban, puedo sentarme tranquilamente, un martes a media mañana en esta cafetería a disfrutar de este pastel de chocolate con fresa acompañado de un capuchino de canela.

Según yo, odio el olor y el sabor de la canela, por eso no puedo entender que se me haya antojado, y que encima me guste; pero así son las cosas. ¿Cuántas sorpresas más habré de llevarme en los próximos meses? Tuve una compañera en la agencia que platicaba que durante su embarazo le ponía mermelada de ciruela a las milanesas y que luego de tener al bebé no pudo volver a probar ni lo uno ni lo otro; en ese caso, no era para menos. Sólo espero que Sebastián no me obligue a hacer cosas tan repugnantes.

Lo que es un hecho es que necesito hacer una cita con el ginecólogo lo antes posible. Poner en orden mi alimentación y hacer un plan adecuado para sobrellevar los próximos cuatro meses sin dañar a Sebastián pero conservando la figura, el semblante y la energía para poder trabajar. Me prometo a mí misma que éste es el último gusto que me doy hasta tener esa cita. Sólo falta que después de tanto esfuerzo tenga problemas en el trabajo por engordar desmesuradamente.

Por fin anoche Esteban dio señales de vida. Me llamó por teléfono para reportarse a mis mensajes pero estaba tan dormida que ya ni me acuerdo qué pretexto me dio por haber desaparecido así. El caso es que se comprometió a visitar a mamá desde la mañana, así que pude tomarme el tiempo para arreglarme y planear bien mi cita con el licenciado Aliseda.

Llegué quince minutos antes de la hora convenida y me anuncié con la recepcionista. Me tuvieron esperando casi una hora y cada minuto sentía más nervios porque me daba miedo que se hubiera arrepentido luego de la manera en que forcé las cosas ayer.

Por fin me pasaron a la misma sala de juntas de la vez anterior y apareció la asistente-amante con quien empecé a revisar las cláusulas del contrato. Cuando ella está presente, el licenciado Aliseda se comporta con toda seriedad y guarda mucho respeto y distancia conmigo y eso está bien; lo malo es que tengo la impresión de que ella no me traga y eso puede tener sus puntos negativos. Pero ya con el contrato firmado, ¿qué puede suceder?

Todo fue bien hasta que entramos en las cláusulas de prohibiciones. No puedo ni subir ni bajar más de dos kilos durante el tiempo que dure la campaña, no puedo someterme a ninguna cirugía estética que modifique mi apariencia de la cintura para arriba, no puedo someterme a ningún tratamiento dental, ni estético ni profiláctico sin autorización por escrito, y un montón de restricciones más que desde luego incluyen no poderme embarazar mientras dure la campaña. Disimulé con serenidad y acepté todas las condiciones sin cuestionar ni una coma.

Cuando llegamos al tema del dinero tampoco hubo mayor problema. Luego revisó todos mis documentos para el expediente, y yo veía que les daba vueltas y más vueltas hasta que ya no quedaba nada más que la firma. La mujer me miraba como esperando algo de mí y yo no sabía si mencionarle el tema de la comisión por fuera o esperar a que llegara Mario, porque el licenciado Aliseda se llama Mario, Mario Germán.

Luego de permanecer atoradas varios minutos, ella misma decidió acelerar las cosas. "Creo que no hace falta darle más vueltas... entiendo que te comprometiste a algo...". Yo respiré aliviada. Tal y como me lo pidió, hice el cheque a su nombre y se lo entregué; con eso también pude comprobar que, en efecto, son socios y pareja. Luego pasamos al asunto de la firma y lo hice en cada espacio y rayita que me señaló. En algunas me salió un poco chueca, pero fue de la emoción, así que espero que no haya problema por eso. Luego salió de la sala para entregárselo al licenciado Aliseda. Pasaron algunos minutos y aparecieron ambos, muy sonrientes. "Muy bien, pues todo listo... enhorabuena", me dijo Mario. "Empezamos el jueves con el primer estudio fotográfico; ponte atenta al teléfono porque te va a llamar la secretaria para darte los datos precisos". Yo estaba feliz y los abracé a los dos. Era tanta mi emoción que ni siquiera pregunté cuál de los dos modelos se había quedado como mi pareja; espero que haya sido el que no tenía mal aliento porque si no serán cuatro meses de martirio; pero en última instancia, eso es lo de menos... ya me enteraré el jueves.

Me disponía a despedirme cuando Mario comenzó a hablarme con coquetería. "El contrato tiene que pasar por el jurídico para que lo revisen, en cuanto esté todo firmado y listo, te damos tu original, pero mientras tanto podemos entregarte una copia...". Y mandó a la mujer a sacar la copia. Ella salió de la oficina con muy mala cara y era evidente que se tardaría lo menos posible; así que Mario no perdió el tiempo, y enseguida se acercó a mí y me tomó de la cintura. "Espero que no te hayas olvidado de lo que ofreciste ayer". Nuestros cuerpos quedaron pegados y nos miramos a los ojos. De nuevo sentí esa cosquillita de excitación y volví a rozarlo con la pierna. "Yo siempre cumplo mi palabra...". Y sin decir más, lo besé. Así, sin que me obligara, sin que tuviera que forzarme. Y sentí de nuevo que algo se le movía en el pantalón y eso me excitó todavía más. He escuchado que durante el embarazo las hormonas enloquecen. Entiendo que en mi caso es demasiado pronto pero quiero pensar que estoy así por eso, porque si no me estoy convirtiendo en una zorra de lo peor.

Nos separamos apenas a tiempo para que la asistente-amante no nos descubriera cuando volvió con la copia. Me despedí de ambos con una sonrisa y salí feliz. Así como las malas, las cosas buenas tampoco llegan solas y al llegar al coche revisé mi celular y me encontré con un mensaje de Rodrigo. "No he dejado de pensar en ti. Te extraño mucho".

Mi primera reacción fue de alegría. Luego de mi reunión de trabajo, pensé que ya no me cabía más, pero sí, aún cupo más, mucha más, gracias al recuerdo de Rodrigo. Luego decidí que tenía que celebrar y escogí este restaurante para hacerlo, porque adoro este pastel. Mientras manejaba hacia aquí, comencé a darle vueltas y entendí que el mensaje me ponía en una situación compleja. ¿Qué significan esas palabras? ¿Qué se supone que debo hacer con esa información? Es un mensaje en el que aparentemente me dice mucho pero a la vez no dice nada; al menos nada concreto. Es un mensaje que no se traduce en ninguna acción, pero que llena de ansiedad a cualquiera. Espero que no esté pensando en jugar conmigo, porque para como me estoy volviendo si me lleva a ese terreno, no me cabe duda de que va a perder.

Con respecto a Rodrigo acabo de tomar una decisión definitiva, un juramento muy profundo, tanto ante mí misma como ante Sebastián. No voy a responderle nada, y si no vuelvo a saber de él, pues ni modo. Lo voy a dejar en paz y a recordarlo con cariño; aunque no lo sepa, siempre será el padre de mí hijo y le hablaré de él como un buen hombre del que las circunstancias me separaron, pero del que pude haberme enamorado de verdad. Pero si vuelve a buscarme, aunque sea sólo una vez, aunque sea sólo con un mensajito ambiguo como los que acostumbra mandar, si propone que nos veamos, así sea sólo para tomar un café, entonces, lo prometo, pondré todo lo que esté en mí para retenerlo, para separarlo definitivamente de su familia y conservarlo para Sebastián y para mí.

Él decidió salir conmigo y luego decidió que nos dejáramos de ver, y yo lo acepté; pero si piensa que voy a ser su juguete, que puede tenerme cuando se le antoje para luego hacerme a un lado cuando le dé le gana, ahí sí está muy equivocado. En este caso, Sebastián y yo dejamos el futuro en sus manos; sólo espero que no me juzgue equivocadamente. Si algo he aprendido en los últimos días es que cuando me propongo algo soy capaz de hacer lo que sea para lograrlo. A diferencia de la Elisa del pasado, ésta realmente puede hacer lo que le dé la gana. Me siento fuerte y poderosa y sólo espero no caerme de esta nube y estrellarme contra la pared luego de estar convencida de que podía atravesarla.

31 de octubre, en un restaurante de la colonia Del Valle

Esteban pide un café americano y una ración de pay de queso bañada en salsa de zarzamora. Elisa pide sólo un capuchino descafeinado, pero es evidente que se le van los ojos sobre la charola en que el restaurante exhibe las sugerencias de postre. "¿De veras no vas a pedir nada?". "No, estoy a dieta...". "¿Luego de todo lo que te comiste?". Elisa se muerde el labio inferior, un poco avergonzada y rechaza definitivamente la posibilidad de pedir ese pastel de coco que tanto la seduce. "No, de veras... si acaso una probada del tuyo, pero no más...".

Hasta ahora, la comida ha sido un éxito. Son hermanos gemelos y vivieron bajo el mismo techo hasta los veinticinco años. Sin embargo, esos cinco lustros no sirvieron demasiado para estrechar la distancia entre ambos. Durante ese tiempo, cada uno hizo su vida, cada uno tuvo sus amigos, sus escuelas, sus parejas; más tarde, sus trabajos, y sólo compartían la mesa y la vida de forma exterior y superficial por pertenecer a la misma familia. Cuando Esteban dejó el departamento de sus padres en busca de la independencia y la libertad, esa distancia y esa separación entre ambos no hizo sino crecer, al grado en que están hoy, sentados en la misma mesa pero como si fueran dos conocidos circunstanciales.

En cuanto la madre lo sugirió, ambos se dieron cuenta de que esta comida era una idea excelente. Ya en el restaurante ninguno sabía cómo tirar la barreras, los muros imaginarios unos y reales otros, que los separaban de esa forma tan brutal. "Seguro que por tu trabajo tienes muchos amigos... yo creo que no tengo ninguno y hay demasiados momentos en que me siento completamente sola". Elisa había dicho aquello con una enorme carga de tristeza y melancolía, mientras cortaba un trozo de pan de centeno y lo untaba de mantequilla. "Conocidos... lo que tengo son mucho conocidos... tú sabes cómo es la fiesta, la peda, la noche... Pero amigos... de hecho cada día tengo menos". Elisa no alcanzó a percibir la ironía con que su hermano hizo aquel comentario. Luego, ambos guardaron silencio compartiendo la misma emoción, el mismo desamparo y la misma soledad; aunque, siendo estrictos, no la compartían, sino que cada uno vivía la propia.

Quisieron encontrar una boya a la cual abrazarse en este mar de corrientes extrañas. Pensaron que tenía que existir un momento del pasado en que de verdad hubieran estado unidos, pero ninguno supo nombrarlo, así que tuvieron que escoger uno de forma arbitraria. "Desde nuestro cumpleaños... ¿te acuerdas?... Han pasado muchas cosas desde ese día...". Esteban se quedó pensativo unos instantes. "Sí... demasiadas". Elisa le confesó cuánto extraña estar enamorada, cuánto extraña tener una pareja estable de la cual agarrarse en los tiempos de tempestad. "Es que estando con alguien, siempre es más fácil... te sientes acompañada... no tienes que vivir a la defensiva...".

Hubo momentos en que ninguno de los dos supo qué decir y que a ambos les recordó las comidas en casa, donde había ocasiones en que desde que empezaban hasta que terminaban el tiempo transcurría en absoluto silencio. Elisa levantó la cara del plato y observó a su hermano. "¿De veras quisiste a Laura?". Esteban regresó el bocado que ya tenía listo en el tenedor y clavó la vista en el mantel. Sí, Esteban, responde, ¿de veras la querías? A ti desde luego te gusta pensar que sí, que la amabas, que la deseabas como nunca a nadie, que disfrutabas de su compañía y que te hubiera gustado vivir con ella para siempre; pero cómo pasar por alto que al final, por una razón o por otra, la acribillaste a balazos en medio de la galería. ¿Eso se hace con alguien a quien se ama? Sabemos, porque hemos estado a tu lado todo este tiempo, que no fue fácil, que no querías hacerlo, que tuvieron que pasar muchas cosas para que te decidieras, pero al final lo hiciste; la mataste sin la menor compasión, aun cuando observaste su expresión aterrada. ¿Es posible asesinar a alguien de esa manera cuando de verdad se le ama? Quieres borrar todo esto de tu mente pero sabes que es imposible, que más tarde o más temprano tendrás que enfrentarte con esos demonios que flotan y por momentos se retuercen dentro de tu pecho, que tendrás que lidiar con la culpa, con esa angustia que sabes que está ahí, oculta, agazapada en algún rincón oscuro de tu cabeza, detrás de esa puerta que quisieras que no se abriera nunca, esperando el momento propicio para atacar sin compasión y terminar de devastarte. Tuviste que matarla, es cierto; pero desde luego que la amabas. Claro que eres capaz de amar; no eres un animal sin sentimientos, no eres una bestia asesina, más allá del eufemismo con que Reinaldo te nombraba, para identificarte como suyo en el oficio de matar. Pero tú no eres ningún chacal, ¿o sí? Tú eres sólo un hombre preso de las circunstancias que te orillaron a hacer lo que hiciste, ¿no es así? ¿Cómo se lidia con tanto amor y tanto odio a la vez?

Elisa lo miraba preocupada. Pensó que quizá había ido demasiado lejos con su pregunta; pero si de verdad pretendía acercarse a su hermano, ¿no era ésa la manera? Ella apenas la conoció pero hasta ese momento supo qué tan sensible era esa fibra del corazón de su hermano. A Elisa le llama la atención verlo así. Supo del embarazo de ella, pero también que él no se enteró, así que no puede ser por eso. Si llevaban tan poco tiempo juntos, y de hecho al final la propia Laura le había confesado que estaban distanciados, ¿cómo era posible que estuviera tan afectado? Pensó que lo más probable era que el final trágico que padeció lo hubiera hecho idealizarla. "La verdad, no sé... prefiero no pensar en eso... ¿qué caso tiene?". Elisa le tomó la mano y le habló con cariño, con auténtico deseo de ayudar a su hermano en ese trance de tristeza que ella no terminaba de entender. "Aclarar las ideas y las emociones siempre tiene caso... Te ayuda a saber quién eres en realidad... dónde estás parado". Esteban levantó la vista para clavarla en los ojos de su hermana. "Es que no sé si quiero saber quién soy, y mucho menos dónde estoy parado... tengo demasiado miedo de lo que pueda encontrar". Lo dijo sin pensarlo; como una manera tajante y definitiva de terminar con el tema pero sabía que en el fondo era verdad.

Pero ahora están en el postre y los momentos de tensión han pasado. Esteban da un sorbo al café negro, mientras Elisa le roba el segundo bocado de pay. "¿De veras no quieres uno?". "No, ya te dije que estoy a dieta". Esteban se toma un momento para hacer la pregunta que se le viene a la cabeza. "Estoy impresionado de la manera en que comes... te das cuenta de que acabas de conseguir un nuevo trabajo y que si engordas te van a correr, ¿verdad?... ¿No serás bulímica?". Elisa sonríe mientras termina de saborear el pedazo de pay que tiene en la boca, consciente de que el momento llegó. "Estoy embarazada". Esteban se queda mudo y la mira incrédulo, buscando en el rostro de su hermana las pistas para confirmar que ese comentario forma parte de una broma extraña que no comprende, pero no las encuentra. "¿Embarazada?". Elisa asiente, mientras roba otro bocado de pay. "¿Y de quién es?". "Mío". Elisa responde con absoluta convicción y Esteban borra la expresión de sorpresa y la sustituye por un gesto divertido. "¡No sabes...! Hermanita, estar embarazada sin saber de quién, aquí y en China se le llama putería...". Elisa ríe a carcajadas. "Sí, claro que lo sé... pero no es mi caso. De hecho, no es cosa tuya, ni de él... Sebastián es solamente mío". "¿Quién es Sebastián?". "Mi hijo... tu sobrino". Esteban se estira para mirarle el vientre. "¿Y cómo sabes que va a ser hombre?". "Porque lo sé... lo supe desde el principio". "Ya te volviste loca". Esteban juguetea con los restos de pay mientras piensa cuál es la pregunta que debe seguir. "¿Y qué piensas hacer?". "¿Hacer? Pues nada... tenerlo, desde luego... y no me mires así, esto no fue un error... yo lo planeé, yo lo quise". "Sí... claro". "Es cierto, te lo juro... estoy embarazada porque yo quise. Estoy feliz porque nunca más voy a necesitar de nadie para no estar sola". Esteban desorbitó los ojos y la observó en silencio por un instante. "¿Vas a tener un hijo o una mascota? Elisa, los hijos no se tienen para no estar solos, no se tienen para que te hagan compañía, se tienen para... no sé para qué se tengan, pero no para eso. Si se trata de no estar sola, es más fácil y más barato comprarte un french, o un chihuahua, que son horrorosos pero que están muy de moda... pero no se tiene un hijo". Elisa apenas puede contener el enojo repentino que le hace hervir la sangre. "¿Y tú qué sabes de hijos?". Está a punto de cometer una gran imprudencia, de saciar su coraje luego del tono burlón con que le habla Esteban, pero comprende el daño que le haría al revelarle lo que le dijo Laura y logra reprimir a tiempo ese impulso. "Nunca me vas a entender...".

Elisa toma otro bocado de pay, que está ya por terminarse, mientras Esteban da un sorbo al café. Sabe que hizo enojar a su hermana y trata de remediarlo hablándole en tono de broma "Y qué piensa mamá... supongo que por eso está así... a este paso la vas a terminar de matar". Elisa estalla en una carcajada liberadora. "No, no se lo he dicho aún... Si de aquí a entonces no te pasa nada, el domingo se lo digo". "No entiendo". "Es que a todos los que se lo digo se mueren... primero papá, luego Laura... al menos el último no se ha muerto, pero está en terapia intensiva... supongo que eso es una buena señal, ¿no crees?".

"¿Y por qué me lo dices a mí?". Ambos ríen a carcajadas. "¿De plano me quieres matar?". "Te juro que dentro de mi cabeza no se oía tan estúpido... Ni siquiera me he atrevido a hacer una cita con el ginecólogo...". Ambos ríen de nuevo. "El domingo se lo digo... Sólo te pido que te cuides mucho de aquí a allá, porque si te pasara algo, de veras no sabría que hacer... suena ridículo, ¿verdad?". "No tienes una idea...".

De nuevo ríen. Elisa toma el último bocado de pay, que su hermano ni siquiera probó. Esteban da un sorbo al café, mientras en la cabeza le da vueltas una idea que no termina de comprender. "A ver si entiendo... ¿no se lo has dicho a mamá, tampoco me lo habías dicho a mí, ni siquiera a tu ginecólogo y se lo contaste a Laura, luego de conocerla cinco minutos?". Elisa se da cuenta de que accidentalmente se ha metido en un problema. "Bueno, eso fue diferente. Estábamos en el velorio de papá, me sentía... no sé, vulnerable, quizá... además ella también compartió secretos conmigo". Elisa se arrepiente de forma instantánea de su última frase. "¿Qué secretos?". "Pues eso... secretos. Y lo secretos lo son justo porque no se cuentan... además ya está muerta; ya no tiene importancia". "Si se refería a mí, tengo derecho a saberlo...". "No, no tienes derecho de nada... No le des más vueltas...Si hubiera algo que ella no te dijo, tendría sus razones para no hacerlo y yo no sería nadie para hablar de eso. Y no insistas, porque no pienso decir nada más".

Ambos guardaron silencio por un rato. Él la miraba tratando de leer en sus ojos qué podría ser aquello en apariencia tan importante que Laura le había confesado a Elisa y que sin duda lo involucraba. Quizá con el tiempo se lo diga, quizá, si logra ganarse su confianza convirtiéndose en ese hermano que nunca ha sido, termine por confesárselo. Aunque en el fondo sabes que lo mejor es que las cosas se queden así. ¿Qué caso puede tener enterarte a estas alturas de algo que Laura no quiso decirte? ¿O quizá sí quiso, pero no le diste ocasión? De cualquier forma ya no tiene remedio, ya no tiene sentido saber algo que no puedes cambiar o resolver, y que sólo se convierta en un nuevo factor de culpa, de tristeza, de remordimiento inútil que no te llevará a ningún sitio. Sí, lo mejor es que se respete la decisión de Laura y sigas adelante con tu vida.

Esteban quiere romper la tensión y volver al tono alegre que tenía la platica con su hermana. No puede permitirse el lujo de levantarse así de la mesa y tener que esperar a que suceda otra casualidad para volver a encontrarse. A lo largo de la comida han pasado por momentos de auténtico contacto y no deben tirarse a la basura por culpa de tonterías que ni siquiera dependen de ellos. "¿De veras estás embarazada?". Elisa se relaja de nuevo y asiente. Esteban, gracias a una extraña epifanía, comprende lo que debe hacer y busca con la vista al mesero, a quien le solicita prestada la pluma. Saca del bolsillo de la chamarra la chequera que lo ha acompañado todo el día y comienza a llenar el siguiente talón por el importe completo de su saldo, luego de restar el que le dio a Elisa y el que dejó en el hospital. Lo termina, y luego de cortarlo con cuidado se lo extiende a su hermana. "Toma". Elisa lo observa con cuidado. "¿Qué es esto?". "Un regalo... para tu hijo... para mi sobrino... Con eso de que por tu culpa quizá no sobreviva para conocerlo, quiero que lo tengas de una vez... para que desde ahora tenga sus buenos ahorros". "No seas tonto... no lo digas ni de broma". Y le extiende la mano para devolvérselo. "No... de veras, quédatelo... ábrele una cuenta, qué sé yo... ese dinero es para él... o ella". "Él, y se llama Sebastián". "Para Sebastián, entonces". Elisa observa el cheque y por fin repara en el importe. "Hasta hace muy poco no tenías un peso, y ahora le regalas semejante cantidad a un sobrino que ni siquiera estás seguro de que exista... ¿De dónde estás sacando tanto dinero?". Esteban echa el cuerpo para atrás y libera un suspiro profundo. No puede confesarle la verdad pero está cansado de decir mentiras. "No preguntes... quédatelo para Sebastián y déjalo así...". Elisa baja la cara y observa de nuevo el cheque. "Estás metido en algo malo... lo sé... no quiero que te pase nada... mamá tampoco lo soportaría". Esteban trata de medir su respuesta. "Lo estaba... pero ya no". "¿De veras? Quiero que Sebastián tenga tío". "Lo tendrá, te lo juro... si sobrevivo hasta el domingo, lo tendrá". Elisa sonríe y se retira con gracia un mechón de cabello que le tapa un ojo. "Ya deja de decir eso... me haces sentir una tonta...".

Ambos guardan silencio y Elisa se queda pensativa mientras se le endurece el semblante. "Dime una cosa... ¿yo tuve algo que ver?". "¿Con qué?". "Con tu decisión de hacer... lo que sea que hayas hecho para conseguir dinero. Dime la verdad... Cuándo te presioné con los gastos de papá... ¿te orillé a hacer cosas que no querías?". Esteban la mira en silencio mientras trata de encontrar las palabras justas. "Nadie puede obligar a otro a hacer algo que en el fondo, aun sin ser del todo consciente de ello, no está dispuesto a hacer". Fue lo primero que se te ocurrió para no tener que decir ni sí, ni no; pero ahora has dejado a tu hermana con ese gesto de dolor, con esa mueca pensativa con la que no consigue ocultar que tiene la cabeza hecha un lío, como cuatro madejas de estambre revueltas que por más que se intenta no se consiguen desenredar. Aunque si eres honesto contigo mismo, es lo que sinceramente piensas. El problema es que así tus culpas no harán sino crecer, porque no podrás responsabilizar a otros por lo que has hecho. Por eso, otra vez decides dejar de pensar, decides apagar la luz de esa habitación misteriosa, de ese cuarto oscuro que todos tienen pero que en tu caso sabes a la perfección lo que has ocultado en él y por eso prefieres mantener la puerta cerrada a piedra y lodo. Te preguntas qué oculta Elisa en el suyo que te mira con esos ojos de ansiedad; qué ocultaba tu padre que se llevó el secreto a la tumba; qué oculta en él tu madre que ha terminado en el hospital vencida por la tristeza, la culpa y la depresión... y Reinaldo... ¿también habrá tenido el suyo? Seguramente sí, porque de eso nadie se escapa. Porque el cuarto oscuro lo tienen todos, hasta los que no conoces, hasta los que están sentados en las otras mesas de este restaurante, míralos, hasta aquel mesero que se hurga la nariz, hasta los que desde el silencio de sus rincones privados escuchan estas palabras y te construyen en la imaginación. Sí, también tú... ¿Qué escondes en el tuyo? Los habrá más pequeños, como nichos que guardan cadáveres pudriéndose, o más grandes, como inmensas fosas comunes; más llenos o más vacíos, pero todos arrumban en él sus actos inconfesables y vergonzosos que muchas veces, aun ocultos de uno mismo, no dejan de pesar.

Por suerte Elisa lo interrumpe y lo devuelve al mundo real. Lo toma de la mano y lo mira a los ojos, repentinamente enrojecidos. "Cuántas cosas nos han pasado, y qué lejos estamos el uno del otro... ¿te gustaría volver a ser mi hermano?". La mira emocionado; mientras, de los ojos de Esteban se despeñan dos lágrimas inesperadas y súbitas. "Sí". Quiere decir más cosas, pero se le corta la voz. Quiere decirle que sí, que desde luego que quiere ser su hermano otra vez, que quiere estar cerca de ella, de su sobrino, de su madre; que quiere recuperar lo que le queda de vida; que quiere abrir las ventanas y las puertas y limpiar los escombros de su cuarto oscuro y volver a ser una persona normal. Que quieras todo eso está muy bien, pero, ¿de veras podrás? ¿De verdad piensas que con un simple deseo, con un quiero, con un pensamiento, puedes dejar atrás tantas y tantas acciones que efectivamente has llevado a cabo? ¿No será que la emoción del momento te confunde, pero que eres el mismo que hace sólo unas cuantas horas torturó y mutiló a alguien que en un tiempo consideraste tu amigo?

Diario de Elisa, 31 de octubre en la noche

Según los médicos, mamá va evolucionando muy bien; la verdad, la veo mucho mejor. Ya está más alerta, ya responde a lo que se le pregunta y ya tiene color de gente viva otra vez. El doctor nos dijo que entre jueves y viernes la dan de alta y de nuevo insistió en que para no deprimirse necesita encontrar alguna actividad que la entretenga.

Hoy, luego de no sé cuánto tiempo, pasé un rato magnífico en compañía de Esteban. Y fue magnífico no porque haya sido un rato de puras risas y recuerdos agradables sino porque fueron unas horas en las que hubo tensión, alegría, emotividad, incluso enojo; pero fue un rato en que por primera vez en mi vida me sentí realmente en contacto con mi hermano.

Nos vimos en el hospital y salimos a comer juntos. Platicamos de todo un poco. Nos acordamos de cosas de cuando éramos niños y como decía antes en cierta forma nos tocamos. Por fin fuimos conscientes de lo lejos que estamos el uno del otro. Quizá esto sirva para que las cosas cambien y nos convirtamos en hermanos de verdad y no sólo genéticos. Claro que siempre hay el riesgo de que con el paso de las semanas volvamos a enfriarnos y a ser los de siempre. Supongo que el hecho de que sepa que tendrá un sobrino será una situación permanente que siempre le dará pretexto para mantenerse cerca.

Cuando se lo dije se quedó helado. Juraba que había sido un error, un descuido; hasta llegó a pensar que ni siquiera sabía quién era el padre. Al final lo sentí contento por la existencia de Sebastián. Además le hizo el primer regalo. Me dio un cheque por una buena cantidad de dinero y me pidió que abriera una cuenta para él, para que cuando nazca ya tenga sus ahorros. No quiso decirme de dónde lo sacó pero por su manera de contestar es evidente que de hacer algo ilegal. Al menos prometió que ya lo había dejado y yo le creo, en parte porque Laura murió por la misma razón y se habrá dado cuenta de los riesgos, y porque le quiero creer, porque no soportaría tener un hermano asesinado por delincuentes ni tampoco un hermano preso.

Ya en la tarde, llamé al celular del médico que atiende a Willy. En realidad ya no me importa demasiado lo que pase con él o con la agencia; pero no puedo quitarme de la cabeza la "maldición de Sebastián" (Uf, qué feo se oye). Como era lógico, me hizo ver que aún no han pasado las setenta y dos horas que me dio como margen el domingo. Al menos, quizá lo dijo por calmarme, aseguró que el hecho de que no haya empeorado es, en sí, una buena señal, y que por su experiencia debería salvarse. "Claro que, en estos casos, la salud no tiene palabra de honor...", me dijo muy serio. Tampoco tiene claro aún si podrían quedarle secuelas. A mí eso no me importa; yo sólo quiero que se salve para romper el maleficio; lo demás es problema de Martha, de Lilia y de todas aquellas que tengan algún sentimiento piadoso hacia esa basura humana.

Hoy en la tarde recibí otro mensaje de Rodrigo. "¿Estarías de acuerdo en vernos de nuevo?". Desde que lo leí, empecé a sentir cómo me bullían las tripas y no he podido pensar en otra cosa.

Cuando llegué del hospital me senté en la sala en absoluto silencio a pensar en lo que debía hacer. Yo me había prometido que a la primera señal de Rodrigo iría con todo para retenerlo y esa señal había llegado. Tenía mi palabra empeñada con Sebastián pero también, por más que me incomode, tengo una responsabilidad conmigo misma. Yo quise tenerlo para criarlo sola, para que fuera sólo mío y de nadie más. Pero tampoco tengo el derecho de privarlo al menos de la posibilidad de tener a su padre, si fuera el caso que éste lo acepte y lo quiera. No sé si mi dilema es real o sólo imaginario, pero decidí que si realmente quiero a mi hijo, tengo que abrir las opciones. A cambio de tener a Sebastián, yo había renunciado a la posibilidad de esa vida estable y bonita que nos venden a las mujeres desde que somos niñas; pero ahora no estaba tan segura de querer olvidarme de ella, al menos sin intentar conseguirla. No sabía qué hacer, ni cómo reaccionar al mensaje de Rodrigo y una vez más, y por última, decidí dejarlo a su propia decisión; pero ahora haciéndoselo ver con mayor claridad para que nunca vaya a reprocharme que lo engañé. Escribí mi respuesta: "Si te vuelvo a ver ya no me importará nada y no te dejaré ir nunca; así que piénsalo bien". Y antes de arrepentirme oprimí *Send*.

Ya pasó un rato desde entonces y aunque me arde el estómago de la impaciencia por saber si habrá o no respuesta me siento tranquila porque sé que hice lo correcto. Le estoy abriendo a Sebastián las puertas a la posibilidad de tener un padre. En un caso como éste ya no existen soluciones perfectas pero estoy convencida de que ésta es la que más se acerca. Quizá no vuelva a saber de Rodrigo, pero al menos ahora estoy segura de que, pase lo que pase, será lo mejor tanto para Sebastián como para mí.

Cuando empecé a escribir este diario lo hice en parte para entretenerme y en parte para explorar mis emociones y saber qué sucedía dentro de mí en una época de absoluta confusión. Pero comprendo que hoy ha tomado un sentido distinto, ha cobrado una importancia enorme para mi vida y para la de mi hijo.

Tengo la impresión de que dentro de muchos años, cuando sea el momento adecuado, se lo regalaré a Sebastián para que conozca mis razones y para que sepa por qué y cómo fue que está en el mundo. Quizá para entonces su padre esté con nosotros o quizá ni siquiera supo de su existencia. Sea cual sea la situación, Sebastián sabrá cuánto lo deseo y lo mucho que ya lo amo, aun ahora que ni siquiera se nota, aun ahora que parece que no está y que es todavía como un sueño del que me aterra despertar en cualquier momento.

Sebastián: eres mi hijo y te amo profundamente. Y, así como lo que ha pasado hasta ahora, anotaré cada cosa que suceda a partir de hoy y hasta tu nacimiento para que un día lo sepas y tengas la certeza absoluta de que, a pesar de mis errores y de mis dudas, a pesar de mis temores y mis imprudencias, eres, Sebastián, el hijo más deseado, el más soñado y el más amado que ha habido sobre la faz de la tierra.

Esteban

Aquella comida fue realmente especial. No sólo me enteré de la existencia de mi sobrino Sebastián sino que además pasé una tarde magnífica con Elisa.

Al principio yo pensé que su embarazo había sido un accidente pero luego, la forma en que lo dijo, sus extrañas convicciones, el hecho de decidir tenerlo y poner en riesgo su belleza, de la que siempre se sintió tan orgullosa, y de la cual vivía, me convenció de que fue una decisión pensada y terminé entusiasmado de saber que tendría un sobrino.

La que no lo aceptó tan fácil fue mamá. Por lo que me contó Elisa, hizo un coraje terrible y le tomó varias semanas digerirlo; pero, por supuesto, después fue la más feliz con su primer nieto.

Me acuerdo que a Elisa le daba miedo decírselo, porque a todos los que se los contaba les pasaba algo o morían. Yo le ayudé a romper ese supuesto maleficio. Esa tarde, luego de la comida regresé a casa y me divertía pensar que podría llamarla para hacerle una broma. Luego pasaron otras cosas y lo dejé de lado, pero me hubiera encantado fingir la voz y decirle que Esteban Cisneros tuvo un accidente. Qué bueno que no lo hice, porque, aunque a mí en ese momento me parecía una broma muy divertida, lo cierto es que a ella no le hubiera hecho ninguna gracia. Es posible que hoy lo niegue pero estaba realmente preocupada de que su embarazo pudiera, en algún nivel, ser sinónimo de muerte.

Cuando terminamos de comer volvimos al hospital. Antes, nos dimos un gran abrazo y nos prometimos no sólo repetir con frecuencia reuniones como ésa, sino recuperar el vínculo de hermanos que en algún momento habíamos perdido. La realidad es que eso nunca pasó y reconozco que en gran parte fue culpa mía. Las razones pueden ser muchas pero no viene al caso justificarme ahora. De cualquier manera, lo que vivimos esa tarde valió por muchos años de lejanía; en cierta forma nos hizo saber que, aun sin vernos tan seguido como debería, nos teníamos el uno al otro ante cualquier contrariedad.

Estuve en el hospital con mamá hasta caer la noche y, al volver a casa, las cosas cambiaron de nuevo y de forma definitiva. Ese pasado que por un instante me pareció superado, me cayó otra vez encima de golpe, ahora para quedarse conmigo para siempre.

31 de octubre, en el departamento de Esteban

Esteban gira la llave. Apenas pudo encontrar la boca de la cerradura porque en el pasillo del tercer piso sólo está prendido el foco del fondo, el más lejano a su departamento. Pero nada de esto le importa porque viene feliz luego de la comida magnífica que tuvo con su hermana Elisa y saber que su madre mejora y en un par de días será dada de alta.

No comprende por qué le alegró tanto saber que será tío. Nunca ha tenido interés por los niños; pero éste es distinto, porque será su sobrino. Además el entusiasmo de Elisa le resultó contagioso, eso y su certeza injustificada de que será hombre y se llamará Sebastián, como el abuelo. También te sirvió para deshacerte del dinero maldito. Nadie mejor que tu sobrino para conservarlo, para quitártelo de encima como si fuera un cáncer, para hacerle un bien a alguien que te importa y así cambiarle la polaridad, de maldito a bendito. No le resolverá la vida, pero sin duda será un buen principio.

Abre la puerta y pasea la mano en busca de la tibieza fluorescente del apagador. La luz lo ciega por un instante, pero entra con pesadez hasta sentarse en el sillón. Termina por acostumbrarse a la claridad y observa frente a él los jirones de colores y se promete que a más tardar al día siguiente se deshará de él. Empieza una nueva etapa de tu vida y por más doloroso que sea debes sacudirte por completo el pasado. Piensas en llevarlo al parque y bañarlo en gasolina para que desaparezca del mundo en una hoguera mínima que te regale un poco de paz. "Claro... si sobrevivo". Esteban se ríe alto y recuerda la maldición que le endilgó su hermana al confesarle que está embarazada. Es una locura, sin embargo a ella le afecta. De alguna forma está convencida de la posibilidad de que esa noticia sea un vehículo de muerte y eso no puede conducir a otra cosa que no sea la hilaridad.

Luce relajado y sonriente sobre el sofá pero un ruido apenas perceptible lo pone en alerta. Frunce el seño para escuchar mejor. Sí, ahora escucha mejor: sin duda son unos pasos suaves que se acercan a su puerta. No hay duda, le llegó con claridad el sonido agudo de un rechinido provocado por calzado deportivo al friccionar contra el azulejo del piso. Quien sea, le queda claro que no quiere ser detectado. Pero la duda se desvanece muy pronto, porque por debajo de la puerta, aún sin reparar por completo, se desliza un sobre amarillo que llega hasta muy cerca del sillón que tiene enfrente.

Pero eso no puede ser. Claro que no es el primero que te mandan sin pedirlo; pero aquél era un caso especial. Ahora, has sido muy claro con Pepe en que quieres retirarte y ante la insistencia le has asegurado que lo pensarías. Pero eso fue sólo para quitártelo de encima, para que te dejara salir de su casa, para que te diera permiso de regresar a tu vida. Además, para cualquiera es evidente que pensarlo no es aceptar.

Esteban está paralizado en el sillón. ¿Cómo decir ahora que no? Antes tenías a Reinaldo, a quien podías llamar directamente y explicarle que no lo harías; pero hoy no tienes la menor idea de a quién debes expresarle tu negativa. ¿Será que ahora estás preso y ya no puedes negarte? No parece un trabajo que pueda hacer alguien poco convencido, pero cosas más extrañas y más injustas suceden a diario. ¿Y qué pasa si la foto es de otro conocido? Ya llevas dos... Reinaldo y Frank. Claro que a Laura no la conocías cuando ejecutaste al licenciado Villegas, pero la conocías demasiado bien cuando te encargaron matarla. Desde ese punto de vista, llevas tres de cuatro; no está mal. Tampoco podrías sorprenderte si el encargo es eliminar a alguien cercano. Pero, ¿a quién? Alguien del Esperanto, alguien que ahora no recuerdas pero que conoces de vista por acompañar a Pepe, quizá su mujer... no, ella ya debe estar muerta y bien muerta. ¿Entonces quién? Pero, ¿qué más te da quién sea si no lo piensas hacer? ¿O sí?

Es cierto, te dices una y otra vez que no lo harás; pero entonces por qué esta extraña ansiedad. Por qué tienes repentinamente la boca seca y este temblor de manos; por qué sientes que te sofocas y te falta el aire; por qué no estás furioso con quien intenta manipularte y jugar con esa recóndita, desconocida y naciente necesidad de seguir matando.

Esteban dice que no lo hará pero primero necesita confirmar su sospecha. Con inseguridad y desasosiego se incorpora y con pasos titubeantes camina en dirección del sobre. Llega hasta pocos centímetros de tocar el papel con el pie y lo observa fijamente. Es un hecho, es un sobre amarillo; ¿qué más podría ser? Quieres tomarlo y abrirlo de una vez para salir de dudas, para saber a quién tienes que matar en esta ocasión, pero te resistes. ¿Por qué? Quizá porque después te convenzas de que no tienes más remedio que hacerlo. ¿No es eso lo que quieres? Sentir esta encomienda como una misión irrenunciable, y que además te aportaría un dinero que te dé un poco de margen para tomar una decisión definitiva. ¿Por qué buscas pretextos si en realidad te mueres por enterarte, por probar si eres capaz de resistir la tentación? A estas alturas sabes de sobra que esto es una prueba. Lo dramático está en que no parece que el objetivo de ella sea saber si eres capaz de volver a hacerlo, sino de saber si tienes la fuerza para resistir a tus impulsos y detenerte por fin.

Da un paso atrás y se pregunta de nuevo quién puede ser el muerto en vida. Piensas que tiene que ser un desconocido; no puede ser de otra manera. ¿Eso lo hace más fácil? ¿Eso cambia las cosas? ¿Eso te permitirá con mayor comodidad preparar tu cuerno de chivo y vaciarlo contra alguien? ¿Eso que sientes en la entre-pierna es el hormigueo previo a una erección?

No resiste más y lo levanta. Camina hasta la mesa del come-dor y lo coloca encima. Se aleja de nuevo y da vueltas por la sala. Observa el teléfono pero ya no está de humor para hacerle bromas a Elisa ni a nadie. Intenta calmarse pero no tiene éxito. Piensas que, ya sea para aceptar o para negarte, debes abrirlo y confirmar lo que contiene. Con un poco de suerte es otra cosa, es una feli-citación por tus ejecuciones anteriores. Se sabe que la desespera-ción hace creer en los absurdos. Pero hasta tú, que estás del todo desesperado, sabes que esa ridiculez es desmesurada e imposible. Lo tocas y confirmas la primera impresión; es más grueso de lo normal. Seguramente eso se debe a que tiene más fotos, lo que implica que es un desconocido. ¿Para qué querrías diez fotos de alguien que conoces perfectamente? Como pasó con Reinaldo o con Frank: con una tendrías. ¿Y si son varios los condenados? ¿Y si ahora se trata de muertes múltiples? Ya deja de atormentarte; si lo has de revisar de todos modos, ¿para qué esperar más?

Por fin lo ha hecho. El sobre está encima de la mesa. Ha rasga-do ya la abertura principal. Pero antes de vaciar el contenido, va a la cocina por un poco de agua que le refresque la boca desértica. Ahora está completamente listo para la revisión pero lo sobresaltan unos toquidos suaves en la puerta. ¿Quién podrá ser? Revisa el reloj; son las ocho de la noche con treinta y tres minutos. De nuevo otra tanda de toquidos. No son como los de Ortiz o de Reinaldo que amenazaban con tirar la puerta. Ahora son ligeros, casi etéreos; aunque detecta que cada tanda es más ansiosa e impaciente que la anterior.

Está decidido a despachar con cajas destempladas a quien sea; a cualquiera que haya venido a interrumpirlo mientras toma una de las decisiones más importantes de toda su vida. El corazón le retumba con violencia dentro del pecho y no imagina que en unos cuantos segundos le retumbará todavía más y sentirá también un vacío profundo y súbito en el vientre que le recordará el más profundo e inexpugnable de los abismos. Pero él no sabe nada de esto; él sólo piensa en abrir para deshacerse lo antes posible del visitante inoportuno, que sigue tocando y tocando sin parar. Esteban llega por fin a la puerta y libera el pasador, sin imaginar siquiera que lo visitarán los fantasmas del pasado para no irse nunca más.

Esteban

Resultó ser un desconocido, como casi todos los que vinieron después. Igual que en todas las demás veces, venían fotos, horarios, instrucciones precisas, y a los pocos días llegó otro paquete con los cargadores y las armas que fueron necesarias.

Sí, resultó ser lo que pensaba; resultó ser una prueba que terminé por perder. Pepe ordenó que me enviaran ese sobre, aun sin haberlo pedido, con la única finalidad de tentarme, de comprobar si de veras podía dar vuelta a la página y dejar atrás toda esa etapa de mi vida. Tuvo razón: no pude.

Si lo hice fue porque tenía mis motivos; no sólo se trataba de dinero. Yo sólo maté por dinero dos veces; al licenciado Villegas y a Frank. En todos los demás casos, no ha sido sólo por eso. Claro que tengo que comer, pagar la renta, pagar la universidad, que por fin terminé; pero lo juro, no es sólo por eso.

Es cierto: he matado a toda esa gente. Entiendo que así, amontonados unos sobre otros, parecen muchos; pero es que cuando uno avanza poco a poco, de uno en uno, se van sumando, pero casi no se siente. Pasa un día tras otro, un mes, un año y luego varios y, cuando uno voltea atrás, observa que ese largo camino no se acierta a recordar cómo fue que se recorrió.

Supongo que Elisa siempre ha sospechado que no me retiré de los negocios turbios. No es para menos; siempre tengo dinero y apenas trabajo en los cuatro bares que supuestamente compré pero que por supuesto no son míos. La mayoría del tiempo me dedico a estudiar cosas inútiles para que los meses y los años pasen sin que yo los sienta. Me ve como bicho raro y por eso entiendo que apenas y me deja frecuentar a mis sobrinos.

Yo estaba decidido a dejarlo, lo juro. Sólo revisé el sobre por curiosidad; yo no pensaba matar a nadie más. Pero ese día ella me visitó por primera vez y perdí el control de mí mismo. Luego de eso, ya no pude evitarlo. Cuando a uno comienzan a perseguirlo los fantasmas, la vida se vuelve insoportable. A partir de ese día he tenido un espectro pisándome los talones, obligándome a vivir a salto de mata en mi propia casa, una sonrisa torva que me persigue y no me deja un solo día de paz ni de serenidad, una presencia permanente que me recuerda quién soy y cada cosa que he hecho.

Los he ido matando a todos para liberarme. Es contradictorio, lo sé; pero no supe hacerlo de otra manera. Al principio estaba enajenado de miedo. Hoy ya casi puedo decir que me acostumbré. Desde ese día el fantasma de Laura ha estado siempre conmigo. A veces desaparece unos días y me entusiasmo porque pienso que ya me libré de ella; pero en el momento menos pensado reaparece y me mira con esos ojos de odio y se pone las manos sobre el vientre, para que nunca olvide lo que le hice. Me ha acompañado en los tres departamentos en que he vivido desde su primera visita. Me ha hecho imposible hacer vida con otra mujer; siempre ahí, agazapada en las sombras, oculta en las esquinas, en los recovecos; siempre al acecho, siempre rebotando en mi cabeza con aquellas palabras que vino personalmente a poner entre mis manos y que no he podido olvidar aún con el paso del tiempo, ni siquiera luego de hacerlas arder.

Me gustaría poder matarme. Me sentiría feliz de encontrar en el fondo de mi cerebro esa vocación de suicida que nunca pude desarrollar. Pero me doy cuenta de que no quiero morir. Supongo que me da miedo lo que pueda venir después. De estar seguro que no hay vida más allá, quizá me sería más fácil decidirme. Pero si el fantasma de Laura no me da tregua aquí, estando vivo, qué será cuándo estemos en igualdad de condiciones y ya no sólo tenga la capacidad de perseguirme sino también de aplicarme los tormentos más brutales.

Sí, es verdad que he matado a mucha gente pero que nadie olvide que ya estaban muertos mucho antes de que yo les hiciera nada. ¿Es estúpido justificarse con eso? Quizá. Pero lo que es cierto es que con cada uno yo quería terminar, yo quería que fuera el último, yo quería vivir libre, en paz. Yo veo a Laura en cada uno de los sentenciados y al matarlos tengo la impresión de que se ha ido para siempre; pero al cabo de unos días, vuelve sin remedio a la penumbra de mi habitación. Hubo un tiempo en que dejé de verla por un mes completo. Estaba entusiasmado, feliz; hasta le pedí a Mónica que se viniera a vivir conmigo. Pero volvió, siempre vuelve, y a los pocos días tuve que echar a Mónica de la casa. Ella sí me hizo caso y se fue para no regresar nunca.

Pero Laura siempre reaparece, de pie al lado de la cama o atrás de la mesa donde pongo los sobres amarillos, con su mirada penetrante y retorcida, con ese olor pútrido que despiden los orificios dejados por las balas, con las manos sobre el vientre para que nunca olvide lo que le hice también a él, a nuestro hijo.

Reinaldo decía que yo era un Chacal; un asesino que mata por dinero. Pero, ya ven, no es cierto. Luego de cada muerto me juro que es el último; pero al poco tiempo reaparece Laura y tengo que seguir adelante, tengo que volver a empezar para ver si la próxima vez tengo más suerte. Soy un asesino de muertos que mata para ver si algún día alcanza la libertad. Es estúpido, pero suena bien.

Muchas veces me he preguntado qué sería de mi vida si dejaran de llegar los sobres amarillos, si nunca más vuelve a aparecer uno bajo mi puerta; la verdad, no tengo la menor idea.

31 de octubre, en el departamento de Esteban

Esteban está a punto de abrir la puerta, sobre la que se escucha la última tanda de toquidos suaves y acompasados. En general le fastidian las visitas inesperadas, pero en este caso mucho más. No puede dejar de pensar en el sobre amarillo que lo espera sobre la mesa, conteniendo la prueba a la que Pepe está sujetándolo.

No es para menos; luego de la manera tan precisa y satisfactoria como concluyó la ejecución de Reinaldo, Pepe, sin duda, se ha fijado en él para sustituir a su alfil perdido. Seguramente ya desde el licenciado Villegas, desde Frank, Pepe tenía noticias tuyas; pero con el caso de Laura en el que había un vínculo emocional, y ahora, que no se trató de una simple ejecución donde acribillas a balazos a un desconocido en plena calle, sino de un asesinato cruel y violento contra alguien que fue tu amigo, tu figura como Chacal tiene que haberse encumbrado hasta lo más alto y no piensa dejarte ir. Sin embargo, Esteban sigue pensando que esa propuesta es inaceptable y que no lo hará. Y que si revisa el contenido del sobre es sólo por curiosidad, sólo para saber de quién se trata. Como si el mero hecho de tener esa información no te comprometiera. Según él, sólo lo hará para buscar una dirección, un nombre, una referencia, un número telefónico al cual comunicarse para decir: "No, muchas gracias, pero ya estoy retirado del negocio de matar". Lo que no queda tan claro es por qué, si es tan tajante tu determinación de no hacerlo, tan sólo de pensar en el sobre amarillo te recorre de nuevo esta extraña emoción.

Esteban prefiere no pensar en eso sino concentrarse en la puerta y en lo que le dirá a esa visita inoportuna para quedarse solo de nuevo. Lo que no sabe es que ese visitante nunca se irá. Él sigue creyendo que de alguna forma su vida volverá a ser como era hace ocho semanas, como era antes de ejecutar al licenciado Joaquín Villegas en la puerta de su casa; pero no sucederá así. En fin... para qué decírselo, para qué hacérselo ver, si está a punto de descubrirlo por sí mismo, de convencerse para siempre. Él sigue creyendo que en cuanto despache al visitante regresará al sobre amarillo, encontrará la manera de rechazar la ejecución y así habrá recuperado su vida. Todavía piensa que en las próximas semanas dejará su trabajo en el Esperanto y encontrará uno regular, que le permita continuar con sus estudios y convertirse en un hombre de bien que deje atrás el pasado. Pero a quién quieres engañar; ya se sabe que todo eso no sucederá nunca, porque incluso sin el visitante que espera en el pasillo del tercer piso a que por fin le abras, aun sin él, no hubieras tenido la fuerza para dejar de matar. ¿O sí? Claro que te gusta pensar que sí, pero, ¿de veras crees que hubieras vuelto a ser el de antes? ¿Dónde quedó entonces ese nuevo Esteban que descubriste tantas veces en el espejo y que aún no eres capaz de reconocer por completo? ¿Piensas que se irá, así, sin más? Pero no lo atormentemos por anticipado; los hubieras no existen y este caso no es la excepción. Mejor dejémoslo que se enfrente con la realidad inquebrantable que lo acecha.

Esteban abre la puerta y se topa con un hueco negro. Ahora el pasillo está completamente a oscuras y apenas un remedo de luz que salpica la lámpara de la sala baña tímidamente los primeros centímetros más allá del umbral. Al ajustar la visión, se da cuenta de que se trata de una mujer. Pero no tiene tiempo de hacer conjeturas, porque la visitante da un paso al frente y queda iluminada por completo. El terror es demasiado grande para dejarlo pensar y sólo acierta a retroceder varios pasos hasta tropezar con el respaldo del primer sillón de la sala. Es ella, es Laura que te visita desde la muerte para exigirte una explicación; quizá para tomar venganza por lo que le hiciste.

El espectro avanza y entra al departamento. Ahora lo confirmas con certeza: es ella. Es su rostro, es su cuerpo, es su olor. Los ojos de Esteban amenazan con salirse de sus órbitas. Ahí lo tienes por fin; el primero de los fantasmas del pasado que toca a tu puerta cuando menos lo esperabas. ¿Qué explicación le darás por haberla dejado tirada y muerta sobre un charco de su propia sangre?

El fantasma da otro paso y lo mira con sorpresa, con preocupación. "Oye, no... no te pongas así... no te asustes... soy Luisa... la hermana de Laura". ¿Cuál Luisa? Claramente quiere engañarte; quiere que te confundas; quiere que no distingas lo que es real de lo que no; quiere hacerte creer una cosa, para que luego su venganza sea más brutal. Ella no es Luisa, no puede serlo. Ella no es la mujer que viste de lejos cargando un niño en el cementerio la tarde que enterraron al licenciado Villegas, ¿O sí? No, ella es Laura... lo sabes de sobra; esos ojos, ese perfume, esa cabellera acomodada hacia atrás, esos labios que besaste tantas veces, ese suéter violeta que vestía la tarde en que hablaste con ella por primera vez... Es Laura, es ella... no te dejes engañar. "Oye, de veras. Mil perdones... debí arreglarme el pelo de otra manera, no debí vestirme con este suéter, ni ponerme su perfume... no sé en qué estaba pensando. Cuando salí de la casa me pareció buena idea. Sé cuánto nos parecemos y quería recordártela, pero ahora veo que resultó un poco macabro... Hasta el velador me abrió la puerta sin preguntar. Seguro que él no sabe nada porque sólo me dijo: 'Buenas noches señorita' y siguió leyendo el periódico".

Esteban la mira incrédulo, aterrado, sin aire. Es cierto que la voz tiene un matiz distinto; pero qué sabemos de los cambios que puedan sufrirse luego de pasar por el trance de la muerte. No es capaz de salir corriendo, ni de acercarse a tocarla para confirmar que ya no es humana, ni siquiera de preguntarle a qué ha venido, qué quiere de él. Aprovechando el desconcierto de Esteban, que está inmóvil en una esquina del salón, Luisa echa una ojeada general al departamento y se detiene frente al cuadro hecho jirones que está apoyado en el mueble de la sala. "Seguro que éste es el famoso cuadro...". Luisa se pone en cuclillas frente a él para mirarlo de cerca. "No fuiste al entierro... seguro pensaste que no te reconoceríamos, que no sabríamos de tu existencia...". Se incorpora de nuevo y gira para mirar a Esteban. "Tuviste razón... no hubiéramos sabido quién eras. En los últimos tiempos Laura y yo estábamos un poco distanciadas... ya te enterarás... El punto es que nunca me habló de ti y por eso me dio algo de trabajo dar contigo... Oye, pero no me mires así, no soy un fantasma, te lo juro; mira, soy de carne y hueso...". Luisa intenta acercarse a Esteban, tocarle el hombro, tomarle la mano; pero él huye despavorido hacia la otra esquina del salón, sin darle la espalda ni un solo segundo. "Soy una estúpida... Te juro que no lo hice con mala intención. Simplemente estaba en su cuarto sacando sus cosas y por fin encontré tus datos en un papelito... y de pronto se me ocurrió parecerme a ella y ponerme este suéter que era de sus favoritos, y echarme un poco de su perfume, y peinarme como ella... no sé, la extraño. Perdón, de veras... no sé por qué actué así. A lo mejor me siento un poco culpable por las cosas que le dije, por cómo la traté, pero yo tenía razón. Estaba muerta de miedo y sabía que algo así podría pasar. Yo no quería que los mismos que mataron a mi papá me mataran a mí también, y por error... Si tú, que la conocías bien, mírate cómo estás... ¿Tú crees que un asesino desconocido y con prisa no hubiera podido confundirnos? ¿Y qué tal si iba con mis hijos o con mi marido?... Claro que tampoco quería que la mataran a ella... era mi hermana... Pero ella hizo muchas tonterías y... no quiero decir que se lo buscó, pero...".

Luisa no puede seguir hablando porque se le corta la voz. Apenas logra contener el llanto que se le agolpa atrás de los ojos y que amenaza con desbordarse. Esteban sigue mirándola desde su esquina, agazapado en sí mismo, sin poder moverse, sin saber cómo reaccionar, sin que este miedo monumental que lo recorre, que lo paraliza, le permita concentrar el aliento suficiente para pronunciar siquiera una palabra, ante esa visitante que se desmorona sentada en su sala. "Fue muy doloroso saber que la habían matado, y mucho más por la forma en que lo hicieron... Son unos animales sin escrúpulos, sin compasión... Los primeros días la odié por tonta, por imprudente, por meterse a averiguar cosas que ni siquiera entendía... pero ya después sentí mucha tristeza y fui a la casa y entré a su cuarto y comencé a ordenar sus cosas, y ahí encontré esto...". Mientras decía las últimas palabras, Luisa rebuscó en su bolso y sacó de él el cuaderno de Laura. "Lo leí y entendí muchas cosas que no sabía sobre mi hermana. Es increíble lo poco que sabemos de los demás, ¿no crees?". Esteban permanece inexpresivo. "Ahí me di cuenta de cómo se sentía... y sobre todo, me di cuenta de lo mucho que la quería... pero ya la perdí y eso no tiene remedio. Ya no puedo ni siquiera pedirle perdón...". Por fin se le salen las primeras lágrimas, pero gracias a un esfuerzo enorme consigue reponerse a los pocos segundos. "Y dime una cosa... ¿tú la querías?". Esteban la mira desde su esquina y sólo consigue asentir. "A lo mejor nos sentimos igual, porque ahora que veo lo que le hiciste al cuadro, te puedo decir que exactamente así está mi corazón cuando me acuerdo de Laura... supongo que el tuyo también". Esteban desvía un momento la vista, para dirigirla a los jirones de colores que cuelgan del bastidor. Y por un instante viaja hasta aquella tarde que ahora le parece tan remota e inentendible en que lo vio por primera vez colgado en la pared de la galería y Laura le daba los precios y se reía de su inexperiencia en temas de arte y lo miraba con ternura, con aquellos ojos casi miel, entre divertidos y tristes. Ahora mira a Luisa para tratar de reconocerlos en ese espectro, pero no puede porque justamente en este instante ella se los tapa con un pañuelo desechable con que se seca las lágrimas que no fue capaz de contener.

Luisa se levanta del sillón y toma su bolso para encaminarse a la puerta. Observas que ha dejado sobre la mesa de centro el cuaderno que al parecer le pertenecía a ella, a Laura. Abre la puerta y, ya en el umbral, Luisa se detiene y se vuelve en dirección a Esteban. "No sé quién eres o de dónde saliste, pero estabas muy adentro del corazón de mi hermana. Te quería mucho y sentía un profundo dolor porque estaban distanciados. Al menos murió con una enorme esperanza de que volvería a estar contigo... pero no te digo más; entérate tú mismo... Ahí te dejo su cuaderno... No sé si a estas alturas sirva para algo, pero creo que ahí hay cosas que debes saber, y que ella te las hubiera dicho si no la hubieran matado... así que mejor que sea ella quien te las diga con sus propias palabras... Adiós, fue un placer... y perdón de nuevo". Luisa sale del departamento y cierra la puerta tras de sí.

Esteban continúa inmóvil desde su esquina y observa el cuaderno que Luisa le dejó sobre la mesa. ¿Por qué habrá venido a verte Laura? ¿Qué quiere decirte desde más allá de la muerte? ¿Qué quiere que sepas y que no alcanzó a decirte porque la mataste? ¿Será lo mismo que le contó a Elisa o será otra cosa? Repasa de nuevo la extraña visita y pasan varios minutos antes de que pueda moverse de nuevo. Hace un esfuerzo titánico por vencer ese engarrotamiento que lo tuvo paralizado en una esquina de la sala. Camina hasta el umbral y abre la puerta. Sólo ve oscuridad. ¿Lo soñaste, o de verdad el espectro de Laura vino a visitarte? Cierra de nuevo y voltea a la mesa para confirmar que aquel cuaderno no forma parte de su imaginación. En efecto, ahí está y antes no estaba; así que no lo soñaste, realmente ocurrió. El fantasma de Laura atravesó de regreso las inexpugnables fronteras de la vida para dejar sobre tu mesa un mensaje. ¿Será un mensaje de amor o un reproche? ¿Será el perdón que no hubo ocasión de pedir o será una venganza terrible que te llega desde los negros páramos de la muerte?

Se acerca con lentitud y se sienta frente a él. Te acomodas, exactamente en el mismo lugar en que hace apenas unos minutos estaba sentada Laura y al notarlo te mueves a un lado y te frotas las manos con angustia. Estiras el brazo y titubeas antes de tocarlo. Tiene miedo de que sea sólo una ilusión. Pero no, está ahí, existe, puede tocarlo, y pasea por la cubierta las yemas temblorosas y lo hojea y retira la mano en un movimiento brusco, como si le hubiera quemado. Y das una profunda aspiración y percibes los últimos restos del perfume de naranja que Laura ha dejado en el ambiente y sabes que no puedes esperar más. Por un momento te olvidas del sobre amarillo que te espera sobre la mesa del comedor y te concentras en el cuaderno, que es la representación material de la voz de Laura. Lo toma y lo hojea. No son demasiadas páginas. Por las fechas se da cuenta de que no abarca las impresiones de muchos días, pero sí de los finales. Ahí parecen venir descritos sus últimos pensamientos, sus últimas ideas, sus últimos deseos, sus últimos recuerdos. ¿Cuántos te habrá dedicado a ti? Muy pronto vas a saberlo.

Esteban comienza a leer y con ello comienza a revelársele cada palabra, cada párrafo, y los ojos se le inyectan de tristeza y de coraje, de desesperación y desamparo. Pero, a pesar de todo, hasta el más brutal de los condenados merece un poco de piedad, una pizca de compasión. Hasta el más confeso y arrepentido de los culpables merece un instante de sosiego, de soledad. Lo sé, lo sabemos todos y por eso nos vamos. Por eso te brindamos este espacio de privacidad y descubrimiento. Por eso, ahora, mientras Esteban recorre palabra a palabra y página a página y escucha la voz de Laura retumbándole en la cabeza, en un acto de compasión y de respeto, lo dejamos solo.

México D.F., colonia Roma, febrero de 2010.

Contenido

Para establecer contacto con el autor:
contacto@juancarlosaldir.com

Para comentarios respecto de la obra:
comentario@asesinosdemuertos.com

Asesino de muertos, de Juan Carlos Aldir Doval,
fue impreso y terminado en enero de 2011
en Encuadernaciones Maguntis, Iztapalapa,
México, D. F. Teléfono: 5640 9062.

Cuidado de la edición: Fernando Fernández,
Efrén Calleja y Juan Carlos Aldir.
Interiores: Hernán García Crespo
(www.libroalacarta.com)
En la composición se utilizó la tipografía
Electra LT Std y Glypha LT Std.